HJORTH & ROSENFELDT

DIE OPFER, DIE MAN BRINGT

HJORTH &
ROSENFELDT

DIE OPFER, DIE MAN BRINGT

EIN FALL FÜR SEBASTIAN BERGMAN

Kriminalroman
Aus dem Schwedischen von Ursel Allenstein
und Ulla Ackermann

Wunderlich

Die Originalausgabe erscheint 2018
unter dem Titel «En högre rättvisa»
bei Norstedts Förlagsgrupp AB, Stockholm.

1. Auflage Oktober 2018

Redaktion Annika Ernst
Satz aus der TheAntiqua
Gesamtherstellung CPI books GmbH, Leck, Germany
ISBN 978 3 8052 5088 7

ERSTER TEIL

13. Oktober

Ich träume von dir.
Fast jede Nacht, seit ich angefangen habe.
Wie würdest du es finden, wenn du es wüsstest?
Wüsstest, was ich tue.
Wahrscheinlich schlimm.
Du würdest mich bitten, damit aufzuhören.
Du warst ein besserer Mensch, als ich es bin.
Aber heute Nacht hast du mich angefleht, dich zu retten.
Euch beide zu retten.
Doch ich konnte es nicht.
Nicht einmal im Traum konnte ich es.
Also tue ich stattdessen das, was ich kann.
Und ich habe vor, es wieder zu tun.
Heute Abend.
Die fünfte.
Klara Wahlgren.

Mit dem Oktober kam der Winter.

Was das Wetter anging, war es ein merkwürdiges Jahr gewesen.

Der Frühling hatte erst spät im Mai eingesetzt. Zuvor hatte es sowohl bei der traditionsreichen und gut besuchten Valborgsfeier auf die Mützen der frischgebackenen Abiturienten geschneit als auch tags darauf bei der eher spärlich besuchten 1.-Mai-Demo. Der Sommer hatte bis Ende Juni auf sich warten lassen, in der Woche nach Mittsommer war das Thermometer endlich über zwanzig Grad geklettert, aber dafür hielt sich die Wärme bis Ende September.

Einen richtigen Herbst hatte es nicht gegeben.

Am 18. Oktober war es aber dann schon wieder so weit. Als die Bewohner von Uppsala am Morgen die Jalousien hochzogen, blickten sie auf eine dünne Decke aus weißem Pulverschnee. Das gab den Leugnern des Klimawandels natürlich Auftrieb.

«Wenn du mich fragst, sieht das nicht unbedingt nach einer Erderwärmung aus.»

«Dich fragt aber niemand», wollte Klara jedes Mal erwidern, wenn sie die abgedroschene Phrase hörte und das häufig damit einhergehende selbstgefällige Grinsen sah.

Der Klimawandel war in höchstem Maße real.

Klara war vom Fach, nachdem sie drei Jahre Umweltwissenschaften in Lund studiert und anschließend ein Magisterexamen in Nachhaltigkeitsmanagement in ihrer Heimatstadt Uppsala abgelegt hatte. Die Ergebnisse jahrelanger

Forschung auf der ganzen Welt sprachen eine deutliche Sprache, unabhängig davon, wie es im Oktober vor dem eigenen Küchenfenster aussah.

Aber es war verdammt kalt, dachte sie, als sie abends um kurz vor neun aus dem Unterrichtsgebäude kam und ihren viel zu dünnen Mantel zuknöpfte. Wie immer hatte sie aufgeräumt und den Raum in Ordnung gebracht, nachdem die letzten Kursteilnehmer gegangen waren.

Möbelrestaurierung.

Ab dem 15. September einmal wöchentlich von 18.30 Uhr bis 20.30 Uhr.

Neun Termine.

An diesem Abend hatten sie sich zum fünften Mal getroffen. Klara freute sich über die Fortschritte, die alle gemacht hatten. Sie liebte es, diese Kurse zu geben.

Seit mittlerweile vier Jahren.

Noch einmal überprüfte sie, ob die Tür hinter ihr auch wirklich geschlossen war, ehe sie die Östra Ågatan hinunterging, der Kälte wegen mit schnellen Schritten. Als ihr Handy klingelte, zog sie es aus der Manteltasche und meldete sich mit einem verwunderten Lachen.

«Hallo, mein Schatz, schläfst du noch gar nicht?»

«Wann kommst du nach Hause?» Victors Stimme klang müde. Sie sah ihn vor sich, wie er mit geputzten Zähnen in seinem Spider-Man-Schlafanzug auf dem Sofa saß und krampfhaft versuchte, die Augen offen zu halten.

«Ich bin jetzt auf dem Weg zum Auto, also ungefähr in einer Viertelstunde. Was ist denn los?»

«Die Wunde.»

Ihr Sohn war letzte Woche beim Orientierungslauf im Sportunterricht in irgendwelchen rostigen Schrott getreten, der illegal im Wald entsorgt worden war, und hatte sich eine

Schnittwunde an der Wade zugezogen. Sie war mit fünf Stichen genäht worden, und der Verband musste jeden Abend gewechselt werden.

«Kann Papa das nicht machen?»

«Du kannst das besser.»

Klara seufze leise. Es war ja schön, wenn man geliebt und gebraucht wurde, aber eigentlich war Zach ebenso sehr für seinen Sohn da. Sie hatten sich auch die Elternzeit geteilt, und dennoch, egal worum es ging, Victor fragte immer zuerst nach seiner Mutter. Klara wusste, wie traurig es Zach machte, immer nur die zweite Wahl zu sein.

«Ich bin aber nicht zu Hause, und du musst schlafen», unternahm sie einen Versuch, während sie in die Ångkvarnsgatan einbog.

«Aber der Verband?»

«Lass Papa das machen, und dann gehst du ins Bett, und wenn ich nach Hause komme, sehe ich nach dir. Wenn es nötig ist, können wir dann den Verband noch einmal neu machen.»

Auf ihren Vorschlag folgte eine Pause, als versuchte der Achtjährige herauszufinden, ob er irgendwie an der Nase herumgeführt wurde.

«Abgemacht?», fragte Klara.

«Okay ...»

«Gut. Kuss. Schlaf gut.»

Sie beendete das Gespräch und steckte das Telefon zurück in die Manteltasche. Ließ die Hand dort. Es war wirklich kalt.

Hatte sie das Richtige getan?

Angenommen, Victor wäre noch wach, wenn sie nach Hause käme, und sie wechselte den Verband erneut – würde sie ihn dann nicht darin bestärken, dass Zach es nicht so gut machte wie sie? Hätte sie strenger sein müssen? Keine

Alternativen vorschlagen? Ja, vermutlich wäre das besser gewesen.

Hoffentlich schlief Victor, wenn sie nach Hause kam. Dann wäre das Problem erledigt, dachte sie und betrat den Parkplatz.

In dem quadratischen Innenhof gab es sechs Stellplätze. Zwei davon gehörten zur Volkshochschule. Jetzt parkte nur noch ihr blauer Polo dort in einer Ecke.

Klara blieb stehen.

Es war sehr dunkel. Dunkler als gewöhnlich.

Die umliegenden Häuser waren Büro- und Vereinsräume, in denen um diese Zeit sonst auch kein Licht mehr brannte, aber heute leuchteten die beiden Wandlampen nicht. Klara hatte keine Ahnung, wo sich der Schalter befand. Jemand hatte sie wohl versehentlich ausgeschaltet.

Doch so war es nicht, stellte sie fest, als sie zu ihrem Auto ging und sich ihre Augen allmählich an die Dunkelheit gewöhnten. Unter der Wandhalterung der einen Beleuchtung, direkt neben ihrem Auto, lagen Glasscherben.

Die Lampe war zerschlagen worden.

Oder hatte sie sich irgendwie gelöst und war auf dem Boden zerschellt?

Da jedoch beide Lampen kaputt waren, hatte sich vermutlich jemand einen Spaß daraus gemacht, sie zu zerstören. Obwohl Klara sich selbst noch jung fühlte, ertappte sie sich bei dem Gedanken, dass es sicher irgendwelche Jugendlichen gewesen sein mussten. Vielleicht war es einfach Wunschdenken, dass Vandalismus und anderes rücksichtsloses Verhalten eine gewisse Unreife voraussetzten. Dabei gab es in der heutigen Gesellschaft immer häufiger Beispiele, die das Gegenteil belegten.

Klara zog ihren Autoschlüssel aus der Tasche. Der Polo

blinkte zweimal auf, und die Seitenspiegel brachten sich mit einem leisen Surren in Position. Als sie gerade ihre Hand auf den sicherlich eiskalten Griff legen wollte, zuckte sie zusammen und erschauderte instinktiv.

Hinter ihr waren leise Schritte zu hören.

Sie war nicht allein.

Für einen kurzen Moment sah sie einen schwarzen Schatten im Seitenspiegel.

Verzerrt. Groß. Nah.

Ohne nachzudenken, machte sie einen schnellen Schritt zur Seite und drehte sich um. Anstatt sich ihr von hinten zu nähern, stand die dunkle Gestalt jetzt zwischen Klara und dem Wagen. Klara registrierte die schwarze Kapuze, die das Gesicht verbarg, ehe sie von einem lauten, durchdringenden Geräusch überrascht wurde.

Wie ein Alarm.

Es dauerte einige Sekunden, ehe sie begriff, dass es ihr eigener Schrei war.

Die Gestalt vor ihr schien ein wenig vor der Lautstärke ihrer Stimme zurückzuschrecken. Das gab Klara Kraft.

Sie kam nicht einmal auf die Idee zu fliehen.

Sie würde sich verteidigen.

Um jeden Preis.

Irgendwo in ihrem Hinterkopf schwirrte die Information herum, dass man bei einem Angriff möglichst starken Widerstand leisten sollte, und das tat sie auch. Sie schlug um sich und trat zu. Ihre Arme und Beine schnellten vor und trafen den Körper des Angreifers. Brutal. Wieder und wieder. Blind und voller Wut. Und gleichzeitig schrie sie immer weiter.

Klara wusste nicht, wie lange sie sich verteidigte, wahrscheinlich nur einige Sekunden, die ihr jedoch wie eine Ewigkeit vorkamen. Dann sah sie, wie der Angreifer zurückwich, davonrannte. Zum Eingang des Hofs und von dort nach links in die Ångkvarnsgatan.

Keuchend stand Klara da. Ihr Atem ging rasselnd, und sie dachte noch kurz, dass sie sich beim Schreien irgendeine Verletzung im Hals zugezogen haben musste. Dann schwand ihre Kraft, sie glitt zu Boden, ohne die Kälte und die Nässe des Schnees zu spüren, die sofort durch ihre Hose drang. Ihr Blick fiel auf einen länglichen Gegenstand, der neben dem Asphalt auf dem Boden lag.

Eine Spritze mit einer Flüssigkeit.

Sie sollte betäubt werden.

Betäubt und vergewaltigt.

Genau wie Ida.

Vermisste sie die Reichsmordkommission?

Vanja musste zugeben, dass sie sich diese Frage ziemlich oft stellte. Wie auch jetzt, während sie sich einen Tee kochte, in der Küche der kleinen Zweizimmerwohnung eines Kollegen in Uppsala, wo sie gerade zur Untermiete wohnte. Vorerst für ein Jahr, während er in Den Haag an einem Polizeiprojekt der EU zur Bekämpfung des Menschenhandels mitarbeitete. Zweiundfünfzig Quadratmeter, auf denen Vanja nicht einen Einrichtungsgegenstand benennen konnte, den sie selbst ausgesucht hätte, vielleicht mit Ausnahme des 75-Zoll-Flachbildschirms, der die Wand gegenüber dem schwarzen, durchgesessenen Ledersofa dominierte. Aber so war das eben, wenn man eine möblierte Wohnung mietete. Für ein Jahr würde Vanja es aushalten. Sollte sie länger bleiben, würde sie sich etwas anderes suchen müssen. Etwas Eigenes.

Vermisste sie die Reichsmordkommission?, fragte sie sich erneut, während sie den Teebeutel aus der Tasse mit dem Star-Wars-Motiv zog und ihn in die Spüle warf.

Nicht die Abteilung als solche und auch nicht die eigentliche Arbeit. Ihre Aufgabe in Uppsala war mindestens genauso interessant, aber sie vermisste ihre Kollegen. Nachdem sie inzwischen schon einige Monate ohne sie auskommen musste, begann sie einzusehen, dass sie eher Freunde als Arbeitskollegen waren. Vielleicht sogar ihre einzigen Freunde.

Bis auf Sebastian natürlich.

Er war kein Freund.

Vanja öffnete den Kühlschrank, goss einen Schuss Milch

in den Tee und trug ihn in das kleine Wohnzimmer, wo ihr Laptop aufgeklappt auf dem Rauchglastisch von IKEA stand.

Sie hatte Torkel versprochen, dass sie zurückkommen würde.

Wenn sie wieder ein bisschen Ordnung in ihr Leben gebracht hatte.

Was auch immer das bedeuten sollte.

Zu Anna hatte sie nach wie vor keinen Kontakt, in diesem Punkt hatte sich nichts geändert. Ihre Mutter hatte sie ihr ganzes Leben lang angelogen, und als die Wahrheit endlich ans Licht gekommen war, hatte sie Vanja erneut verraten, indem sie hinter ihrem Rücken Kontakt zu Sebastian aufgenommen hatte und, noch schlimmer, sogar mit ihm im Bett gewesen war.

Valdemar hatte sich hin und wieder bei ihr gemeldet. Kurze, unpersönliche Telefonate über den Umzug, die neue Stadt und die neuen Kollegen. Zu Besuch war er noch nicht gekommen. Obwohl er Anna verlassen hatte, um seine Beziehung zu Vanja zu retten. Obwohl er in ihrer Kindheit immer ihr Vater gewesen war, dem sie näher gestanden und den sie mehr geliebt hatte als jeden anderen, war es ihnen noch nicht gelungen, wieder zueinanderzufinden.

Das schmerzte sie.

Und machte sie wütend.

Dass es Sebastian geschafft hatte, das wenige kaputtzumachen, was ihr im Leben wirklich etwas bedeutete. Vielleicht würden Valdemar und sie allmählich in ihren neuen Rollen zueinanderfinden, doch die laufenden Ermittlungen gegen ihn wegen Wirtschaftskriminalität und sein Suizidversuch standen immer noch zwischen ihnen.

Ihr Leben war ein einziger Sumpf.

Weit davon entfernt, in Ordnung zu kommen.

Das einzig Gute war ihre Beziehung zu Jonathan.

Sie war sogar mehr als gut.

Ihre gemeinsame Reise, die in Kopenhagen begonnen und sie in fünf weitere europäische Länder geführt hatte, hatte genau Vanjas Vorstellungen entsprochen. Zunächst war Jonathan etwas beunruhigt gewesen, dass sie vielleicht einfach nur irgendeinen Partner brauchte, aber nicht notwendigerweise ihn, doch diese Sorge hatte sich schnell als unbegründet erwiesen. Nach dem Sommer hatte er dann von ihrer gemeinsamen Zukunft gesprochen, als wäre es das Natürlichste auf der Welt.

Daher hatte Vanjas Umzug nach Uppsala ihn nicht gerade begeistert, aber bis nach Stockholm waren es nur vierzig Minuten Zugfahrt, und Vanja war, sooft es ging, in der Hauptstadt. Und wenn sie dort war, wohnte sie auch bei ihm, ihre Wohnung in der Sandhamnsgatan hatte sie untervermietet.

Mit Jonathan war also alles bestens, und Sebastian hatte sie nicht mehr gesehen, seit er sie vor drei Monaten in der Garage unter dem Waterfront-Kongresszentrum zurückgelassen hatte. Vanja hatte gehört, dass er sich während seiner Höllenfahrt mit einer Bombe im Auto verletzt hatte, mehrere gebrochene Rippen und ein gebrochener Arm, das hatte Ursula erzählt, mehr wusste sie jedoch nicht.

Das wollte sie auch gar nicht.

Je weniger Platz Sebastian Bergman in ihrem Leben einnahm, desto besser. Diese Maxime galt sicher für alle Menschen.

Also dachte sie nicht mehr an ihn, setzte sich aufs Sofa, trank einen Schluck von ihrem Tee und widmete sich einem Ausdruck von Therese Anderssons Anzeige bei der Polizei.

> Die Geschädigte verlässt um 1.30 Uhr in der Nacht zu 4. Oktober eine Party in der Molngatan 23 und beschliesst dorthin nach Hause zu laufen wo sie in der Almqvistgatan wohnt, nur ein Paar Km. entfernt. Sie nahm den Fussweg Liljefors torg und als sie an der Liljefors-Schule vorbeiging, hörte sie Schritte die sich nährten und dann packt jemand sie von hinten und sie spürt einen Stich in dem Hals.

Natürlich konnte man nicht erwarten, dass alle Anzeigen perfekt formuliert waren, das wusste Vanja, fehlerfreie Protokolle waren sogar wohl eher die Ausnahme, aber dieser Text war wirklich eine Zumutung. Sie schaute nach, wer die Anzeige aufgenommen hatte. PMA Oscar Appelgren. Er war also noch in der Ausbildung, aber da man auf der Polizeischule keinen Schwedischunterricht hatte, bestand auch keinerlei Aussicht auf Besserung. Vanja holte tief Luft und las weiter.

> Danach erinnert sie sich an nichts außer das sie liegend auf dem Boden zwischen ein Paar Büschen neben dem Fussweg auf wacht. Das Kleid ist irgend wie hochgezogen, die Strumpfhose zerrissen und die Geschädigte hat irgendeine Art Sack über dem Kopf. Die Geschädigte kommt hoch und kommt zur Vaksalagatan wo sie umhilfe ruft. Das ist um ungefähr 2.30 Uhr.
>
> Die Polizei wird ins Krankenhaus gerufen und eine Ärztliche Untersuchung ergibt eine Blutung im unterleib nach Penetrazion und Spuren von Sperma. Eine Blutprobe, ergibt Reste von Flunitrazepam Mylan im Blut.

Vanja legte diese Orgie von Rechtschreib- und Kommafehlern beiseite, griff nach der Teetasse und lehnte sich zurück.

Schwere Vergewaltigung, aus dem Nichts heraus.

Solche Fälle machten unter den jährlich angezeigten Vergewaltigungen nur einen geringen Prozentsatz aus. Meistens kannten sich Täter und Opfer, und das Verbrechen fand in privaten Räumen statt. Doch in den Medien wurde so ausgiebig über derartige Überfälle berichtet, dass man glauben konnte, sie kämen häufiger vor. Bisher wurde allerdings nur wenig über Thereses Unglück geschrieben. Doch das würde sich vermutlich schnell ändern, sobald sich auch nur eine Zeitung ernsthaft dafür interessierte.

Sie war nämlich nicht die Erste.

Vanja beugte sich erneut vor, stellte die Tasse ab und öffnete den Bericht des Nationalen Zentrums für Forensik.

Viel stand nicht darin.

Der Abdruck eines Turnschuhs der Marke Vans, Modell UA-SK8-Hi MTE, in der Erde unter dem Gebüsch und die DNA des Spermas, doch der Täter war in keinem Register gespeichert. Dagegen stimmten die Funde mit denen aus einer anderen Vergewaltigung überein, die einen knappen Monat zuvor begangen worden war.

Ida Riitala, vierunddreißig Jahre alt. Überfallen am 18. September auf dem Alten Friedhof. Dieselbe Stadt, derselbe Modus Operandi.

Ein Täter, der sich von hinten anschlich, seinem Opfer ein Betäubungsmittel injizierte, ihm einen Jutesack über den Kopf zog und die Tat vollzog, während die Frau bewusstlos war.

Plötzlich klingelte Vanjas Telefon. Sie warf einen Blick auf das Display.

Anne-Lie Ulander. Ihre neue Chefin.

Es war fast halb zehn Uhr abends. Also noch mehr Arbeit. Vanja nahm das Gespräch an.

«Hallo, was gibt es?»

Das Telefonat dauerte höchstens eine halbe Minute, dann klappte Vanja ihren Laptop zusammen, stand auf und verließ die Wohnung. Falls noch irgendwelche Zweifel geherrscht hatten, dass sie es mit einem Serientäter zu tun hatten, waren die jetzt endgültig ausgeräumt.

Es gab ein drittes Opfer.

Klara kauerte auf dem Sofa. Obwohl sie drei Kleidungsschichten übereinander trug und in eine Decke gehüllt war, fror sie immer noch. Als würde sie die Kälte aus dem dunklen Hinterhof wie eine zweite Haut umgeben. Sie umklammerte ihren Teebecher mit beiden Händen und blickte die Frau an, die leicht vorgebeugt mit einem Notizblock am anderen Ende des Sofas saß.

Anne-Lie Ulander. Kommissarin.

Klara fand, sie sah eher aus wie eine erfolgreiche Anwältin in einer amerikanischen Fernsehserie, mit ihrem einfachen, perfekt geschnittenen und sicher teuren roten Kleid und ihrem schulterlangen dunklen Haar, das wie flüchtig frisiert aussah, doch Klara hatte den Verdacht, dass ein aufwendiges Styling dahintersteckte.

«Schwarze Kleidung, eine Kapuze und irgendein Stoff, mit dem er sein Gesicht verbarg. Können Sie sich an noch etwas erinnern?»

Klara begegnete Anne-Lies mitfühlendem Blick und schüttelte den Kopf.

«Wie groß war er Ihrer Schätzung nach?»

Klara überlegte. Obwohl sie sicher war, dass sie das Erlebte nie vergessen würde, weil es sich ihr für immer eingebrannt hatte, waren ihre Erinnerungen seltsam verschwommen und unzusammenhängend. Als wollte ihr Gehirn sie schützen.

«Ich weiß es nicht genau. Größer als ich.»

«Und wie groß sind Sie?»

«Einen Meter neunundsechzig.»

Anne-Lie vermerkte die letzte Information unter ihren Aufzeichnungen zu Klaras Bericht. Sobald Vanja käme, würde sie zum Tatort fahren. Carlos war bereits dort, und er war ein guter Mitarbeiter, aber sie durften sich nicht den kleinsten Fehler erlauben. Drei Überfälle innerhalb eines Monats. Auf Uppsalas Straßen lief ein gefährlicher Mann herum.

«Er wurde wach, als ich nach Hause kam», erklärte Klara leise. Anne-Lie sah von ihrem Notizblock auf und warf einen Blick in die Küche, wo ein Mann mit einem Jungen in einem Spider-Man-Schlafanzug auf dem Schoß saß. Er las dem Sohn mit gedämpfter Stimme aus einem Buch vor, während das Kind offensichtlich versuchte, sich wach zu halten, und gleichzeitig von Zeit zu Zeit beunruhigt zu Klara hinüberschielte. «Er schlief schon, als ich kam, aber er muss uns gehört und begriffen haben, dass etwas passiert ist ...»

«Möchten Sie, dass ich mit ihm rede?»

Klara wandte den Kopf von ihrer Familie ab und drehte sich fragend zu Anne-Lie um.

«Um ihm was zu sagen?»

«Wie alt ist er denn?»

«Acht.»

«Ich könnte ihm sagen, dass ich mit Ihnen spreche, weil Sie etwas beobachtet haben, das wichtig für uns ist. Er muss nicht denken, dass Ihnen etwas zugestoßen ist.»

«Das hat Zach schon getan. Er hat gesagt, dass ein paar dumme Jugendliche vor der Volkshochschule randaliert haben und ich ein bisschen Angst bekommen hätte ...»

Sie verstummte, weil es an der Haustür klingelte, und erstarrte. Anne-Lie bemerkte es und legte Klara zur Beruhigung die Hand aufs Knie.

«Das ist nur meine Kollegin», erklärte sie und stand auf,

um die Tür zu öffnen. Kurz darauf kam sie mit einer jungen Frau zurück, die sich als Vanja Lithner vorstellte.

«Klara Wahlgren», krächzte Klara heiser, obwohl die neue Polizistin das sicher schon wusste. Klaras Halsschmerzen wurden immer schlimmer. Irgendwie musste sie sich beim Schreien verletzt haben. Vielleicht hätte sie doch ins Krankenhaus fahren sollen? Aber sie hatte es nicht getan. Danach. Denn es war ja nichts passiert.

Oder jedenfalls nicht das, was hätte passieren können.

Klara erschauderte abermals und nahm einen Schluck Kamillentee. Doch der vermochte sie weder zu wärmen noch den Schmerz in ihrem Hals zu lindern, aber sie trank ihn trotzdem. Aus ihrer Tasse mit der Aufschrift *Die beste Mama der Welt.*

Das vermittelte ihr Normalität. Geborgenheit.

Die zweite Polizistin hängte ihre Jacke im Flur auf. Dann kam sie wieder ins Wohnzimmer, setzte sich und fragte, wie es Klara gehe. Sie zuckte mit den Schultern. Wie es ihr ging? Das wusste sie nicht. Ihre Gedanken drehten sich im Kreis. Sie fühlte sich vollkommen erschöpft, nachdem sich der Adrenalinspiegel wieder gesenkt hatte, und trotzdem hatte sie das Gefühl, ihr Körper befände sich noch in höchster Alarmbereitschaft.

Anne-Lie stand auf und überließ Vanja ihre Notizen.

«Ich muss jetzt zum Tatort fahren, aber Vanja wird an dieser Stelle übernehmen.» Damit zog sie eine Visitenkarte hervor und legte sie auf den Sofatisch. «Wenn noch irgendetwas ist, falls Sie Hilfe brauchen, Fragen haben oder ärztliche Behandlung benötigen, rufen Sie einfach an.»

«Danke.»

Hastig legte Anne-Lie ihre Hand auf Klaras Schulter, ehe sie Vanja zunickte und die Wohnung verließ. Klara sah ihr nach. Neben der Tür zum Flur hing ein Foto. Es zeigte sie, Zach und Victor, letztes Jahr auf Kreta. Sie hatten auf der Südseite ein kleines Dorf namens Loutro entdeckt. Hier gab es keine Straßen, und man konnte es nur mit dem Boot erreichen. Etwa fünfzig Häuser, die in einem Halbkreis um die kleine Bucht verstreut waren. Kleine Restaurants und Hotels, kaum Ablenkung – hier konnte man einfach nur baden, sich sonnen und entspannen.

Der perfekte Urlaub.

Das perfekte Leben.

Ob sie je wieder so glücklich sein würde?

Unter dem Foto stand ein Sessel, den sie neu bezogen hatte. Klara ließ ihren Blick auf dem geblümten Muster ruhen, als ihr ein Gedanke kam. Sie hatte schon in dem Moment daran gedacht, als sie auf dem Parkplatz saß, dann war der Gedanke wieder verschwunden.

«War es derselbe Mann, der auch Ida überfallen hat?»

Vanja sah erstaunt von den Notizen auf.

«Ida Riitala?»

Klara nickte.

«War es derselbe?»

«Kennen Sie Ida?», fragte Vanja, anstatt ihr zu antworten, sofort interessiert. Dass zwei der Opfer miteinander bekannt waren, konnte die Suche nach dem Täter womöglich eingrenzen. Gleichzeitig musste es aber nicht unbedingt etwas zu bedeuten haben. Es könnte auch reiner Zufall sein. Wenn der Mann die Lampen an der Gebäudefassade zerstört hatte, musste er jedoch auf Klara gewartet haben, wobei sie das natürlich sicher wussten. Vielleicht hatte er Klara einfach nur aus der Volkshochschule kommen sehen, war ihr gefolgt und hatte die Gelegenheit ergriffen, als sie in den dunklen leeren Innenhof ging.

Doch sie kannte Ida Riitala.

«Woher kennen Sie Ida?»

«Wir haben früher zusammen im Chor gesungen. Wir sind Freundinnen.» Klara verstummte, schien aber noch mehr auf dem Herzen zu haben. Vanja wartete ab. «Na, jedenfalls auf Facebook», fuhr Klara fort, nachdem sie anscheinend genauer darüber nachgedacht hatte, wie ihre Beziehung zu Ida wirklich aussah. «Wir treffen uns nicht so oft ...»

«Kennen Sie auch Therese Andersson?», fragte Vanja.

«Nein, wer ist das?»

«Sie ist ungefähr im selben Alter wie Sie, arbeitet als Gesundheitsberaterin und wohnt mit ihrem Freund Milan Pavic in der Almqvistgatan.»

Klara schüttelte den Kopf.

«Ich habe ein Foto von ihr», erklärte Vanja.

Sie hatte immer Fotos von allen Personen, die im Zusammenhang mit ihren Ermittlungen standen, auf ihrem Handy. Ob das tatsächlich im Einklang mit allen Datenschutzgesetzen und Persönlichkeitsrechten stand, wollte sie gar nicht so genau wissen, denn es war praktisch und erleichterte ihr die Arbeit.

Sie scrollte zu dem Bild von Therese und hielt es Klara hin, die erneut den Kopf schüttelte, nachdem sie einen kurzen Blick darauf geworfen hatte.

«Sind Sie deshalb zu zweit gekommen? Ich dachte, dass höchstens ein, na, Sie wissen schon, ein ganz normaler Polizist vorbeischaut, wenn überhaupt. Man hört ja immer, dass Sie wenig Zeit und nicht genügend Personal haben.»

Vanja musste einen Seufzer unterdrücken. Sie war es so leid, dass das Vertrauen in die Polizei Jahr für Jahr weiter zurückging und bei einem Großteil der Bevölkerung der Eindruck vorherrschte, sie seien personalschwach, ineffektiv und manchmal auch inkompetent. Wobei das leider auch in einigen Fällen zutraf.

«Gewaltverbrechen werden stets vorrangig behandelt, aber ja, wir sind unter anderem hier, weil wir den Verdacht haben, dass der Täter, der Sie angegriffen hat, auch für zwei andere Überfälle auf Frauen hier in Uppsala verantwortlich ist.»

«Wie der Hagamann.»

Diesmal konnte Vanja den Seufzer nicht unterdrücken. Sie hatte bereits bei Anne-Lies Anruf denselben Gedanken gehabt.

Der Hagamann, verurteilt wegen zweifachen Mordversuchs, vier Vergewaltigungen und zwei versuchter Vergewaltigungen und zudem verdächtig, in den Jahren 1998 bis 2005 noch weitere Verbrechen begangen zu haben, ehe er endlich gefasst wurde. Nach sieben Jahren. Das war ein zu langer Zeitraum.

Zu viele Opfer.

Zu viel Leid.

Zu viel Angst.

«Wir werden ihn kriegen, bevor er zu einem neuen Hagamann wird.» Vanja ließ keinen Zweifel daran, dass sie es ernst meinte. Klara reagierte jedoch nicht, sondern ließ ihren Blick wieder in die Küche schweifen, zu ihrer Familie.

«Sind wir bald fertig?», fragte sie. «Es ist schon spät ...»

«Ja, wir sind fertig, es sei denn, Ihnen fällt noch etwas ein?»

«Nein.»

«Wenn doch, dann melden Sie sich bitte», sagte Vanja, ging in den Flur und nahm ihre Jacke vom Haken.

Klara stand auf, machte aber keine Anstalten, Vanja zur Tür zu begleiten. Stattdessen ging sie in die Küche und nahm wortlos ihren todmüden Sohn auf den Arm. Zach erhob sich ebenfalls und legte Klara sanft die Hand auf den Rücken. So gingen sie ins Schlafzimmer.

Die kleine Familie.

Klara fragte sich, ob sie es wagen würde, die Augen zu schließen. Zu entspannen.

In diesem Moment glaubte sie nicht daran.

Carlos Rojas fröstelte und trat von einem Bein auf das andere, während er hinter den Absperrbändern stand und zusah, wie sich die Techniker vorsichtig um das einsame Auto auf dem Innenhof bewegten. Er hatte sich ordentlich eingepackt, nachdem der Anruf gekommen war. Mütze, Handschuhe, Schal, mehrere Schichten unter dem Mantel, sogar seine gefütterten Schuhe hatte er vom Dachboden geholt.

Trotzdem fror er.

Wenn die Leute seinen Namen hörten und sein schwarzes Haar und seine dunkle Haut sahen, dachten sie immer, es läge daran, dass er Spanier war und nicht an das nördliche Klima gewöhnt. Was jedoch nicht der Grund war. Er hatte sein ganzes Leben in Schweden verbracht. Seine Mutter hatte seinen Vater vor achtunddreißig Jahren während eines Urlaubs in Málaga kennengelernt, und er war zu ihr nach Schweden gezogen. Sie hatten sich in Varberg niedergelassen und Carlos und seine beiden Schwestern bekommen. Er war also nicht wegen einer Kindheit im sonnigen Spanien so schlecht gegen die Kälte gerüstet, sondern es war einfach so.

Und das galt nicht nur im Winter.

Er fror einfach immer.

Carlos rieb seine behandschuhten Hände aneinander und hüpfte ein wenig auf der Stelle. Ohne dass es auch nur ansatzweise half.

Einige Minuten später wusste Carlos, dass Anne-Lie im

Anmarsch war, noch ehe er sie sah. Er arbeitete seit sechs Jahren unter ihrer Leitung und kannte den Klang ihrer Schritte. Sie trug immer Schuhe oder Stiefel mit Absatz.

War immer gut angezogen.

Dezent, klassisch, teuer.

Ihre Kleidung vermittelte eine natürliche Autorität.

An diesem Abend war es nicht anders. Schwarze kniehohe Stiefel und ein rotes Kleid, das unter dem schwarzen zweireihigen Mantel von Hope und dem mehrfarbigen Schal aus Lammwolle zu erahnen war. Das war ein Interesse, das sie teilten. Mode. Carlos konnte gar nicht verstehen, dass es manchen Menschen egal war, wie sie sich kleideten. Schließlich sagte das viel mehr über die Persönlichkeit aus, als die meisten wussten oder zugeben wollten. Dabei hatte es nicht unbedingt etwas mit Geld zu tun. Stil brauchte nicht teuer zu sein. Entweder man hatte ihn, oder man hatte ihn nicht. Carlos musste sich nur seine neue Kollegin Vanja Lithner ansehen. Sie war eine gute Polizistin und menschlich ziemlich in Ordnung, wenn auch nicht gerade der Inbegriff an Sozialkompetenz – aber es war ganz eindeutig, dass sie nicht einmal drei Minuten pro Woche an den Gedanken verschwendete, wie sie sich kleidete.

«Frierst du?», fragte Anne-Lie, als sie ihn mit hochgezogenen Schultern dastehen sah.

«Was glaubst du?»

«Ich glaube, dieser Winter wird hart für dich, wir haben erst Oktober.» Sie lächelte kurz, ehe sie sich der Szene auf dem Innenhof zuwandte. «Was gibt es bisher?»

«Schuhabdrücke, es scheint sich um dieselbe Marke und Größe zu handeln wie an den anderen Tatorten, aber diesmal hat er seine Spritze verloren.»

«Können wir ihren Ursprung zurückverfolgen?»

«Mal sehen.»

«Wurde irgendein Sack gefunden?»

Carlos schüttelte den Kopf.

Anne-Lie drehte sich um und spähte in beide Richtungen die Straße entlang.

«Überwachungskameras?»

«Keine hier draußen auf der Straße, aber auf der Östra Ågatan gibt es eine. Ich habe alle Aufnahmen nach 20.30 Uhr bestellt.»

«Gut.»

«Und noch etwas ...»

«Was denn?»

«Die Lampen an der Fassade. Ich habe die Leute angerufen, die hier einen Parkplatz gemietet haben. Ein Mann namens Fredrik Filipsson hat um kurz nach acht sein Auto geholt und sagt, da hätten sie noch beide geleuchtet.»

«Der Täter hat ihr also aufgelauert.»

«Ja, das scheint so.»

«Weil er sie kennt.»

«Vielleicht hat er sie über einen längeren Zeitraum beobachtet. Sie parkt jeden Donnerstag hier und kommt immer ungefähr um dieselbe Zeit zurück. Genau wie Ida Riitala nach ihren Joggingrunden immer die Abkürzung über den Friedhof genommen hat.»

Anne-Lie seufzte, wandte sich von Carlos ab und blickte auf den Fyrisån und den Sportplatz auf der anderen Seite des dunklen kalten Wassers. Sie liebte ihren Job. Alle Aspekte davon. Aber auf diesen Fall hätte sie gern verzichtet. Sie mussten ihn so schnell wie möglich lösen. Am liebsten würde sie bei allen männlichen Einwohnern über fünfzehn in ganz Uppsala einen Massen-DNA-Test durchführen.

«Drei Überfälle in weniger als einem Monat.»

Es war nur eine Feststellung, aber Carlos antwortete dennoch.

«Ja.»

«Er wird nicht aufhören.»

«Nein.»

«Die Frauen werden Angst davor haben, allein auf die Straße zu gehen.»

«Noch mehr Angst.»

Anne-Lie nickte. Das war die Realität, und es war ein gesellschaftliches Problem. Frauen fürchteten sich davor, allein aus dem Haus zu gehen. In jeder Stadt, überall. Eine Untersuchung des Schwedischen Rats für Kriminalprävention hatte ergeben, dass jede fünfte Frau in diesem Land schon einmal aus Angst darauf verzichtet hatte, das Haus zu verlassen. Die Bewegungsfreiheit der Frauen war eingeschränkt, ihre Möglichkeiten wurden begrenzt. Und das sogar schon unter «normalen Umständen».

Ohne dass ein Serienvergewaltiger herumlief.

«Wir müssen alles in unserer Macht Stehende tun», bekräftigte Anne-Lie, wieder an Carlos gewandt.

«Möchtest du mehr Leute?»

«Andere Leute.»

Mit diesen Worten ging sie davon. Carlos hörte das Klappern ihrer Absätze noch lange, nachdem sie längst aus seinem Blickfeld verschwunden war. Er wusste nicht, was sie mit «anderen Leuten» gemeint hatte, aber er würde es sicher bald erfahren.

Wenn Anne-Lie einen Entschluss fasste, wurde er auch in die Tat umgesetzt.

Bist du bald so weit?»

Billy hörte die Frage vor der Badezimmertür, ohne darauf zu reagieren. Er wischte den beschlagenen Spiegel ab, beugte sich über das Waschbecken und betrachtete sein Gesicht.

Wie er es auch damals getan hatte.

An jenem Morgen im Juni. Als er mit einem schweren Kater auf dem Sofa erwacht war. Es schien ihm eine Ewigkeit her zu sein. Dasselbe Gesicht, ein anderer Spiegel.

Bei ihr.

Bei Jennifer.

Ehe er sich erinnert hatte ...

Das Wasser rann aus seinem nassen Haar, blieb kurz an den Brauen hängen und tropfte auf seine Wangen. Er sah sich tief in die Augen. Der Spiegel der Seele, wenn man dieser poetischen Redewendung Glauben schenkte. Doch dann hätten sie ihn verraten müssen, und das war offenbar nicht der Fall. Seine Augen waren freundlich, das bekam er oft zu hören. My sagte es auch immer. *Du hast so liebe Augen.* Sie verrieten nichts über den dunklen Trieb, der wie eine hungrige Schlange in seinem Inneren lauerte. Nichts über seine Phantasien von Dominanz und Kontrolle, die er nun schon eine Weile hatte, aber bisher hatte unterdrücken können. Seit dem, was bei Jennifer passiert war. Normalerweise beschäftigte er sich nicht mit tiefschürfenden philosophischen Betrachtungen, aber in letzter Zeit kam er nicht mehr umhin, sich zu fragen, wer er eigentlich war.

Wer er geworden war. Was er geworden war.

Das Squashspielen, das ihn normalerweise müde machte, hatte ihn heute vollkommen aus dem Gleichgewicht gebracht. Nicht das Match an sich, sondern das, was danach passiert war. In der Umkleidekabine. Der Kollege, der ihn zuvor in drei glatten Sätzen besiegt hatte, war aus der Dusche gekommen und hatte sich neben ihn auf die Bank gesetzt, das Handtuch um die Hüften, die Haare nass. Billy hatte beschlossen, erst zu Hause zu duschen, er ärgerte sich mehr über seine Niederlage, als er zugeben wollte. Drei glatte Sätze, das war ihm seit Jahren nicht mehr passiert. Vielleicht brütete er irgendetwas aus.

«Du kennst doch Jennifer, oder? Jennifer Holmgren», hatte der Kollege gefragt, während er den Deoroller aus seiner Sporttasche hervorgekramt hatte. Billy war erstarrt. Das war vermintes Gelände. Was wollte der Typ?

«Ja, wir haben ein paarmal zusammengearbeitet. Wieso?»

Das stimmte, war aber nicht die ganze Wahrheit. Bei weitem nicht. Sie waren auch mehrfach miteinander im Bett gewesen, als sie zusammengearbeitet hatten. Und das letzte Mal hatte ein fatales Ende genommen.

«Hast du gehört, was passiert ist?»

«Nein, was denn?»

Noch während es an der Badezimmertür klopfte, wurde sie auch schon geöffnet. Sie schlossen nie ab. My fand das überflüssig, wenn ohnehin nur sie beide in der Wohnung waren, denn dann wussten sie schließlich, ob das Bad besetzt war. Billy zuckte vor dem Spiegel zusammen, als hätte seine Frau ihn bei etwas Verbotenem erwischt. Was in gewisser Weise ja der Fall war.

«Was machst du denn so lange hier drinnen?»

«Nichts.»

«Ich muss mir die Zähne putzen, ich will bald ins Bett.»

My schlüpfte ins Bad, nahm ihre elektrische Zahnbürste und drückte ein bisschen Zahncreme auf den runden Kopf.

«Hast du den Link gesehen, den ich dir geschickt habe?»

Sie zwängte sich vor ihn ans Waschbecken, drehte den Hahn auf und hielt die Bürste darunter. Billy lenkte seine Gedanken wieder ins Hier und Jetzt. Er zwang sich, engagiert zu klingen, interessiert.

«Ja, habe ich wahrscheinlich. Welchen denn genau?»

«Heute habe ich nur einen geschickt. Töreboda», erklärte sie, den Mund voll Zahnpastaschaum. «Das weiße Holzhaus mit Strandgrundstück.»

Billy nickte, als würde er sich daran erinnern. Es konnte schon sein, dass sie heute nur einen Link geschickt hatte, aber er öffnete gar nicht mehr alles, was sie ihm weiterleitete. Sie würde ohnehin bald eine Reiseroute für eines der kommenden Wochenenden entwerfen, damit sie sich eine Reihe von Objekten ansehen konnten, und das Haus, wofür My sich entschiede, würden sie auch kaufen. Er würde lediglich Interesse heucheln.

Er würde mit ihr über die Renovierung sprechen und wie sie das Grundstück gestalten sollten.

Er würde mit ihr zur Bank gehen und sich um den Kredit kümmern.

Lächelnd würde er nicken, wenn sie davon schwärmte, wie sehr es ihren künftigen Kindern gefiele, dort die Sommer zu verbringen.

Dass es so käme, wünschte er sich wirklich.

Dass sie eine gemeinsame Zukunft hatten. Billy liebte My. Er hatte sich in den letzten Monaten mehr als bemüht, alles Düstere hinter sich zu lassen. Um wieder der zu werden, der er war. Der, in den sie sich verliebt hatte. Der einfache, nette, unkomplizierte Typ.

Er redete sich ein, dass es noch nicht zu spät war.

My wünschte sich ein Sommerhaus, und normalerweise bekam sie das, was sie wollte. Sie hatten sich vor etwas mehr als einem Jahr auf einem Mittsommerfest kennengelernt. Im Oktober war My der Meinung gewesen, sie sollten zusammenziehen, und im Mai dieses Jahres, elf Monate nach ihrer ersten Begegnung, hatten sie geheiratet.

Im Juni war er fremdgegangen.

Mit Jennifer.

Jennifer, die es gewusst hatte.

Die gewusst hatte, dass etwas mit ihm passiert war, als er Edward Hinde erschießen musste, um Vanja zu retten, und Charles Cederkvist, um sich selbst zu retten. Er hatte das berauschende Gefühl genossen. Die Macht, über Leben und Tod zu entscheiden.

Jennifer, die ihn verstanden hatte.

Die ihm dabei geholfen hatte, seine Phantasien auszuleben, Dominanz, gekoppelt mit Sex und körperlichem Genuss. Die dafür gesorgt hatte, dass seine innere Schlange gesättigt war und er selbst im Gleichgewicht blieb.

Bis er zu viel getrunken hatte.

Bis es schiefging.

Ihm wurde bewusst, dass er noch nichts gesagt hatte. Über das weiße Holzhaus in Töreboda. My spuckte ins Waschbecken und sah ihn ernst an.

«Was ist denn?»

«Nichts.»

«Sicher? Irgendwie wirkst du ein bisschen komisch, seit du vom Training zurück bist.»

Natürlich bemerkte sie es. Es war schließlich ihr Job, das Verhalten von Menschen wahrzunehmen und zu deuten und sie dazu zu bringen, ihr gesamtes Potenzial auszuschöpfen.

Sie war gut. Sie war gut für ihn. Er wollte sie nicht anlügen. Aber sie sollte auch nicht alles wissen. Die halbe Wahrheit war keine Lüge.

«Erinnerst du dich noch an Jennifer? Mit der ich ein paarmal zusammengearbeitet habe ...?»

Natürlich erinnerte sie sich, My und er hatten häufiger über sie gesprochen, und My wusste, dass sie sich auch außerhalb der Arbeit trafen, aber nicht, was sie dann machten.

«Ja, was ist denn mit ihr?», fragte sie unbeschwert.

«Man nimmt an, dass sie ertrunken ist.»

«Was?»

«In Frankreich. Bei einem Tauchunfall. Du weißt ja, dass sie Extremsportlerin war.»

«Oh Gott, wie schrecklich!» My schmiegte sich an ihn und umarmte ihn. «Das tut mir so leid. Ich weiß, dass du sie mochtest.»

«Ja. Ja, das stimmt ...»

So blieben sie eine Weile schweigend stehen, ehe My ihn losließ und zu ihm aufsah.

«Aber man nimmt nur an, dass sie ertrunken ist? Sie wurde noch nicht gefunden?»

«Nein, aber sie haben ihre Kleider in der Nähe eines Höhlensystems gefunden. Je nachdem, was passiert ist, aber wenn eine starke Strömung geherrscht hat ...»

My stieß einen tiefen Seufzer aus, stellte sich auf die Zehenspitzen und küsste ihn sanft auf den Mund.

«Armes Ding ...»

Billy wusste nicht genau, ob sie Jennifer oder ihn meinte. Erneut zog sie ihn tröstend an sich. Sie würde niemals die ganze Wahrheit erfahren.

So schlimm es auch klang – mit einer in Frankreich verunglückten Jennifer konnte er die ganze Geschichte endlich hinter sich lassen. Und sich selbst einreden, dass es nie passiert sei. Er konnte von vorn anfangen und alles richtig machen.

Es war noch nicht zu spät.

Sala.
Dort gab es eine Silbermine, oder jedenfalls hatte es früher eine gegeben.

Mehr wusste Sebastian nicht über die Stadt, in der er sich derzeit aufhielt. Abgesehen davon, dass es fünf Kilometer außerhalb in einem vierstöckigen graubraunen Gebäude ein Zwei-Sterne-Hotel gab, das sich weder von außen noch von innen darum bemühte, einladend auszusehen. Vier Wände in einem nikotingelben Farbton, der einfach nur schmuddelig wirkte, mit einer Reproduktion irgendeines schlecht gerahmten Carl-Larsson-Gemäldes als einzige Dekoration. Auf der einen Seite des schmalen Bettes stand ein Hocker, der als Nachttisch dienen sollte, am Fußende auf einem Eckregal ein bauchiger Fernseher. Man hatte keinen Versuch unternommen, die Kabel zu verstecken. Weder die des Fernsehers noch die der beiden einzigen Lampen. Hinzu kam ein Badezimmer, in dem sich Sebastian nur mit Mühe umdrehen konnte, ohne irgendwo anzustoßen.

Natürlich war es in der heutigen Zeit schwierig, eine Buchhandlung zu betreiben, doch dass es so schlecht lief ... Aber man musste lernen, schwierige Situationen zu lieben und weiterzukämpfen, das hatte auch die Buchhändlerin erklärt, als er sie auf die Krise des Buchmarkts angesprochen hatte.

Die Situation lieben und weiterkämpfen.

Sebastian selbst hatte seine Situation hingenommen.

Sich vielleicht sogar mit ihr ausgesöhnt, aber deshalb musste man sie doch verdammt noch mal nicht gleich lieben.

Er gehörte nicht mehr der Reichsmordkommission an. Torkel war ihn am Ende leid gewesen. Oder besser gesagt: Vanja war ihn leid gewesen, also hatte Torkel sich entscheiden müssen. Er hatte sich für Vanja entschieden. Das war nicht gerade überraschend gewesen, Sebastian hätte in seiner Situation genauso gehandelt. Überraschend war vielmehr, dass er anderthalb Jahre hatte bleiben dürfen. Er war nicht gerade bemüht gewesen, der Mitarbeiter des Monats zu werden, um es so zu formulieren.

Vanja. Seine Tochter.

Seit Juni hatte er sie nicht mehr gesehen.

Er erinnerte sich an das Gefühl, das er gehabt hatte, als er sie in der Garage unter dem Waterfront zurückgelassen hatte und mit der Bombe im Auto davongerast war. Damals hatte er gedacht, er hätte sie zum letzten Mal gesehen.

Sie würde für immer aus seinem Leben verschwinden.

Und offenbar sollte er recht behalten. Lange hatte er gehofft, dass sie ihn besuchen würde, um zu sehen, wie es ihm ging, aber sie tauchte nie auf. Sie wollte keinerlei Kontakt zu ihm haben, das war deutlich.

Sein Fehler. Natürlich.

Er hatte so viele Chancen gehabt und keine davon ergriffen.

Sebastian war sich sehr wohl bewusst, dass er stets die falschen Entscheidungen traf und sich alles kaputtmachte. Doch immer, wenn er ein Gefühl empfand, das nur annähernd an Glück oder auch nur an Zufriedenheit erinnerte, überkamen ihn die Schuldgefühle.

Er hatte sie verloren.

Seine zweite Tochter.

Hatte ihre kleine Hand gehalten, sie aber vom Wasser fortreißen lassen.

Er verdiente es nicht.

Der Gedanke war falsch, das wusste er. Doch einen Fehler zu erkennen und etwas dagegen zu unternehmen waren zwei Paar Stiefel. Also machte er weiter.

An der abschließenden Arbeit zu ihrem letzten Fall war Sebastian gar nicht mehr beteiligt gewesen. Der Dokusoap-Mörder. David Lagergren, der getötet hatte, um auf die Verblödung und Infantilisierung der Gesellschaft aufmerksam zu machen, und am Ende zum Terroristen geworden war. Der Prozess hatte im September stattgefunden, Lagergren war nicht ganz unerwartet zu lebenslanger Haft verurteilt worden, und Sebastian nahm an, dass es noch lange dauern würde, bis diese Strafe zur Bewährung ausgesetzt werden würde.

Das einzig Gute an dem Fall Lagergren war gewesen, dass aus der Berichterstattung klar hervorgegangen war, was für eine wichtige Rolle Sebastian in den Ermittlungen gespielt hatte, vor allem bei der Aufklärung des Falles und der Festnahme des Täters. Seine spektakuläre Wahnsinnsfahrt durch Stockholm, die mit einer Explosion im Riddarfjärden geendet hatte, war auch hilfreich gewesen. Während des medialen Sommerlochs war er ein gerngesehener Gast in Talkshows und Nachrichtensendungen gewesen. Im August hatte sich dann sein alter Verlag gemeldet. Das Interesse an Sebastians früheren Werken über Edward Hinde sei wieder aufgeflammt, und nun fragten sie sich, ob er sich vorstellen könne, ein neues Buch zu schreiben. Womöglich über diesen Lagergren? Letzteres hatte Sebastian freundlich, aber entschieden abgelehnt. Er wollte diesem Mann nicht noch mehr Aufmerksamkeit verschaffen. Da gab es andere, die ihn wesentlich mehr interessierten.

Ralph Svensson zum Beispiel.

Jener Mann, der im Auftrag von Edward Hinde vier Frauen getötet hatte.

Frauen, zu denen Sebastian eine – oft sehr kurze – sexuelle Beziehung gehabt hatte.

Noch dazu hatte Svensson Sebastians alten Freund und Kollegen Trolle Hermansson ermordet.

Dem Verlag hatte die Idee überaus gut gefallen. Eine folgerichtige Fortsetzung der früheren Bücher, noch dazu mit einer persönlichen Verbindung zu Sebastian, die den Text noch aufsehenerregender machen würde. Sebastian hatte nicht vor, ein persönliches und aufsehenerregendes Buch zu schreiben, nahm den Vorschuss aber trotzdem entgegen und begann zu arbeiten. Er verbrachte ganze Tage in seiner Wohnung, im Büro, das so lange unbenutzt gewesen war. Davor hatte er jahrelang nur sein Gästezimmer, seine Küche und das Badezimmer benutzt. Die übrigen Bereiche seiner großen Wohnung hatten ihn zu sehr an andere Zeiten erinnert.

Glücklichere Zeiten.

Die glückliche Zeit.

Die einzige glückliche Zeit. Die Zeit mit Lily und seiner Tochter.

Sie hatten nicht lange zusammen in der Wohnung gelebt. Nachdem Lily und er geheiratet hatten, waren sie nach Köln gezogen, aber sie waren trotzdem oft zusammen in Stockholm gewesen. Sabine hatte ein eigenes Zimmer gehabt. Und Vanja hatte auch schon einige Nächte dort verbracht.

Damals, als sie ihn noch nicht gehasst hatte.

Bevor er alles zerstört hatte.

Der Lehrling, so sollte das Buch heißen. Untertitel: *Das Erbe des Edward Hinde.* Bisher hatte er lediglich recherchiert und sich auf sein erstes Interview mit Ralph vorbereitet, das er nächste Woche führen würde.

Es gab einiges zu tun.

Sebastian schielte zu dem Laptop hinüber, der auf dem Bett lag, verwarf die Idee aber wieder. Dasselbe hätte er mit der Lese- beziehungsweise Vortragsreise machen sollen, die der Verlag für ihn organisiert hatte. Sechs verschiedene Orte in zwei Wochen. Die kleine Tournee war zeitlich auf den Erscheinungstermin der Taschenbuchausgabe abgestimmt, in der seine alten Bücher noch einmal in kleinerer Auflage erschienen.

Doch er hatte sich eben darauf eingelassen.

Deshalb saß er jetzt in diesem deprimierenden Hotelzimmer in Sala. Die einzige Buchhandlung der Stadt hatte ihn eingeladen. Ein großer, gutsortierter Laden, nur einen Steinwurf vom Stora torget entfernt. Mit Angestellten, die sich aufrichtig über sein Kommen zu freuen schienen. Vierzig Leute im Publikum, vielleicht sogar fünfundvierzig. Hauptsächlich Frauen natürlich, wie bei den meisten Kulturveranstaltungen, egal an welchem Ort im Land.

Sebastian beschwerte sich nicht darüber.

Wenn er wollte, kam er bei den Frauen enorm gut an. Und meistens wollte er. Eigentlich immer.

Der Flirt, die Verführung und der darauffolgende Sex gehörten zu den wenigen Dingen, die ihn nach wie vor beflügeln konnten.

Um vorübergehend die Leere auszufüllen. Um den Schmerz zu betäuben.

Die Zuhörerinnen im Buchladen waren wie immer interessiert und aufmerksam gewesen. Vor allem eine Frau um die fünfzig, die rechts von der provisorischen Bühne gesessen hatte. Sie hatte als Erste eine Frage gestellt, als das Publikum dazu aufgefordert wurde, und anschließend war sie zu ihm nach vorn gekommen und hatte sich beide Bücher signieren lassen. Die alte Auflage, registrierte Sebastian, demnach war sie erworben worden, bevor ihn sein Mitwirken im Fall des Dokusoap-Mörders vorübergehend zum Prominenten gemacht hatte.

«Sie können ‹Für Magda› schreiben», hatte sie gesagt und ihn mit einem Lächeln bedacht, das Sebastian als bewundernd einstufte. Ein Fan. Dann würde es leichter gehen.

«Sind Sie das?», hatte Sebastian gefragt und ihr Lächeln erwidert.

«Ja, und wenn Sie mögen, dürfen Sie gern auch noch etwas Persönliches ergänzen», fuhr sie fort und sah ihm in die Augen. Er schrieb einen kleinen Roman auf das Vorsatzpapier und plauderte weiter mit ihr, während er die Bücher der anderen Wartenden in der kurzen Schlange signierte. Anschließend verließen sie den Laden gemeinsam, und Magda fragte ihn, wo er wohne. Er erzählt es ihr, und sie bemitleidete ihn. Es gebe wirklich bessere Hotels in Sala, sagte sie.

Das hoffte er.

Für Sala.

Sein Computer gab ein schrilles Geräusch von sich und riss ihn aus seinen Gedanken. Ein Skype-Gespräch. Sebastian brauchte gar nicht erst auf den Bildschirm zu sehen, um zu wissen, wer es war. Er überlegte kurz, ob er Lust hatte, mit ihr zu sprechen, kam zu dem Schluss, dass dies der Fall war, und nahm das Gespräch an. Ursula erschien auf dem Bildschirm.

«Hallo, habe ich dich geweckt?»

«Nein, nein, keine Sorge», antwortete er und spürte, dass er die richtige Entscheidung getroffen hatte. Er freute sich, sie zu sehen.

«Wo bist du gerade?», fragte sie, nachdem sie seinen Bildhintergrund studiert und nicht wiedererkannt hatte.

«In einer üblen Absteige in Sala.»

«Und was machst du da?»

«Ich hatte so eine Buchveranstaltung. Und du?»

«Ich bin noch im Büro.»

«Ja, das sehe ich.»

Er erkannte die Wand hinter ihr wieder. Sie saß im Besprechungsraum im dritten Stock. Das war der festgelegte Ort, an dem die Reichsmordkommission alle Informationen über den Fall sammelte, an dem sie gerade arbeitete. Sebastian ertappte sich dabei, dass er das vermisste. Beides, die Arbeit und die Kollegen. Was allerdings sinnlos war, denn er würde mit großer Wahrscheinlichkeit nie wieder dort arbeiten.

«Immer noch kein Leben oder viel zu tun?»

«Ich helfe der Cold-Case-Gruppe bei einer Sache.»

Was bedeutete, dass die Reichsmordkommission nicht an einem neuen Fall arbeitete und Ursula tatsächlich immer noch kein Leben hatte. Aber er hätte das nicht fragen sollen. Ursula hatte ihn am späten Abend angerufen, um mit ihm zu reden. Sie dachte an ihn. Dafür müsste er dankbar sein. Aber Dankbarkeit und Hilfsbereitschaft waren eben nicht gerade seine Stärken.

«Torkel ist also nicht da?»

Ursula schnaubte verächtlich, beugte sich vor und senkte die Stimme ein wenig, was natürlich vollkommen überflüssig war. Sebastian konnte sich nur schwer vorstellen, dass sie um diese Zeit nicht allein im Bürogebäude war. Und auf jeden Fall war sie allein im Konferenzraum.

«Seit er mit Lise-Lotte zusammengezogen ist, lässt er jeden Tag um Punkt fünf den Stift fallen.»

Sebastian registrierte, dass sie immerhin nicht «mit dieser Lise-Lotte» gesagt hatte, das war zumindest ein Fortschritt, aber er meinte nach wie vor einen Anflug von Eifersucht in ihrer Stimme zu hören, als sie über Torkels neue Liebe sprach. Doch vielleicht bildete er sich das auch nur ein. Schließlich hatte sie selbst die Beziehung mit Torkel beendet und nicht umgekehrt. Was allerdings nicht unbedingt heißen musste, dass sie es ihm auch gönnte, mit jemand anderem glücklich zu sein. Das mochte vielleicht kleinlich und dumm erscheinen, aber sie war auch nur ein Mensch, und Menschen konnten kleinlich und dumm sein.

«Wann kommst du nach Hause?»

«Morgen.»

«Wollen wir uns sehen? Wir könnten ja zusammen essen gehen?»

«Ja, warum nicht.»

Ursula lachte kurz auf.

«Das klang nicht gerade begeistert ...»

Noch ehe Sebastian etwas erwidern konnte, klopfte es an der Tür.

«Wer ist das denn?»

«Zimmerservice.»

«In einer solchen Absteige? Um diese Zeit?»

Mitunter vergaß er, dass sie eine verdammt gute Polizistin war.

«Ich muss Schluss machen. Wir sehen uns morgen.»

Ehe Ursula noch weiterfragen oder protestieren konnte, hatte er sie weggeklickt. Er grinste ein wenig vor sich hin. Trotz all seiner falschen Entscheidungen war es ihm doch nie gelungen, alle zu vergraulen. Er mochte Ursula. Über die Jahre hinweg war ihr Verhältnis ein wenig wechselhaft gewesen, aber jetzt hatte es sich zu einer Beziehung stabilisiert, die er nicht anders denn als Freundschaft beschreiben konnte. Auch wenn sein Ziel natürlich war, sie wieder ins Bett zu kriegen. Nicht weil er sie besonders vermisst hatte oder weil er glaubte, der Sex würde sie einander noch näher bringen, sondern allein deshalb, weil so klar war, dass er darum kämpfen musste. Dieses Spiel besser spielen musste, als er es je zuvor getan hatte – nur um zu gewinnen. Doch sie war wirklich eine harte Nuss.

Wohl im Unterschied zu jener Bekanntschaft, die er nun noch vor sich hatte.

Er öffnete die Tür zum Flur.

Dort stand Magda.

Aus der Buchhandlung.

Wie sie mit Nachnamen hieß, wusste er nicht, und er hatte auch nicht vor, es herauszufinden. Er nahm seine Jacke von einem Haken neben der Tür und zog sie an.

«Wollen wir irgendwo einen Drink nehmen, oder möchtest du eine Kleinigkeit essen gehen?», fragte er und schlüpfte in den Flur hinaus.

Dieses Zimmer taugte nicht einmal zum Vögeln.

Billy war hellwach, er starrte an die Decke und versuchte, seinen Atem zu kontrollieren. Kurz schielte er zu My hinüber. Sie schlief tief und fest, lag wie immer auf der linken Seite. Dann hatte er also keine Laute von sich gegeben.

Hatte nicht geschrien.

Wie er es im Traum getan hatte.

Nachdem er eine Weile nachts ruhig hatte schlafen können, war der Traum jetzt wiedergekehrt. Vermutlich war das eine Reaktion auf das Gespräch in der Umkleidekabine. My hatte ihn gefragt, ob er darüber reden wolle, war jedoch einfühlsam und klug genug gewesen, nicht weiter nachzubohren, als er den Kopf schüttelte. Dennoch war sie den restlichen Abend verständnisvoll und aufmerksam gewesen. Normalerweise schlief sie ein, sobald ihr Kopf das Kissen berührte, aber heute war sie wach geblieben, hatte ihn umarmt und sein Haar gestreichelt. Ganz nah war sie gewesen. Haut an Haut. Sie war immer für ihn da, wenn er sie brauchte.

My tat ihm gut. Dabei hatte er das eigentlich gar nicht verdient. Aber er würde es schaffen. Die Zeit würde die Ereignisse in eine ferne Erinnerung verwandeln. Sie würden immer stärker in den Hintergrund treten. Ein stummes Flüstern, das er irgendwann würde überhören können.

Dann kam der Traum.

Dabei hat er nichts Traumgleiches an sich. Nichts Abstraktes, Unwirkliches. Keine sanften Konturen, ist weder mild noch beschönigend. Ganz im Gegenteil. Jedes Detail ist unbarmherzig klar.

Der Traum versetzte ihn in der Zeit zurück.

Er rennt aus dem Badezimmer, durch die Wohnung, zu Jennifers Schlafzimmer, wo sie nackt auf dem Bett liegt. Die Hände sind über dem Kopf mit Handschellen ans Kopfende des Bettes gefesselt. Die Beine gespreizt und mit schmalen Lederriemen an das Fußende gebunden. Er atmet schwer und zittert, als er mit der Hand ihre Schulter berühren will, hält jedoch in der Bewegung inne.

An jenen Tag, an jenen Ort.

Dunkellilafarbene Abdrücke an ihrem Hals. Von seinen Fingern. Zwei deutliche Flecken von seinen Daumen, die unter ihrem Kehlkopf zugedrückt haben. Ihr Gesicht. Die Zungenspitze, die zwischen ihren trockenen Lippen hervorragt. Die geplatzten Blutgefäße unter ihrer Haut und in den Augen, die ihn anstarren, denen er unmöglich entkommen kann ...

Billy schlug hastig die Decke beiseite und setzte sich im Bett auf. In dieser Nacht würde er unmöglich weiterschlafen können. Die Angst hatte ihn wieder fest im Griff. Fast genauso heftig und lähmend wie damals.

Als es passierte.

Er erinnerte sich nicht mehr genau daran, was passiert war, nachdem er sie so gefunden hatte, oder wie viel Zeit vergangen war, ehe er wieder eine gewisse Kontrolle über sich erlangt hatte. Aber er wusste noch, wie sich geradezu absurd alltägliche Gedanken, etwa dass er seinen Zug an die Westküste verpassen würde und My wütend auf ihn sein würde, mit der Einsicht verwoben, was er da gerade getan hatte.

Jennifer war tot.

Er hatte sie getötet.

Panik und ein schwerer Kater hatten Übelkeit in ihm aufsteigen lassen, und er war ins Bad gestürzt, um sich zu übergeben. Nachdem er anschließend den Kopf aus der Kloschüssel gehoben und seinen Mund ausgespült hatte, war ihm der Gedanke gekommen, dass er den Todesfall anzeigen musste. Die Polizei rufen, seine Kollegen. Ihnen alles erzählen. Ihnen erklären, dass es ein Unglück gewesen war. Doch dann hatte er gezögert. Es würde keinen großen Unterschied machen, dass er sie nicht vorsätzlich umgebracht hatte.

Sie war trotzdem tot, und er hatte sie getötet.

Er würde alles verlieren. Seinen Job, My, seine Freunde, alles.

Jetzt erinnerte Billy sich daran, wie er wieder ins Wohnzimmer gegangen war, wie er geflucht und geweint hatte, wie er sich mit den Händen an die Schläfen geschlagen und versucht hatte, klar zu denken.

Das Richtige tun – oder sich selbst retten.

Ein innerer Kampf.

Zu guter Letzt hatte er eine Entscheidung getroffen. An diesen Augenblick erinnerte er sich genau. Er hatte auf ihrem Sofa gesessen, und sein Blick war auf den Felshammer und die Karabinerhaken an der Wand gefallen. Er hatte nicht nur eine Entscheidung getroffen, sondern bereits begonnen, einen Plan zu schmieden. Er wusste, was er tun würde. Tun müsste.

Er würde sich retten, sich und das Leben, das er führte.

Billy stand vom Bett auf und verließ das Schlafzimmer. Leise zog er die Tür hinter sich zu und schlich zu dem Laptop auf dem Küchentisch. Jetzt war Jennifer offiziell als vermisst gemeldet, und es gab sogar den Verdacht, dass sie tot war, weshalb ein gewisses Risiko bestand, dass man die letzten Monate ihres Lebens genauer rekonstruieren würde. Billy durften keinerlei Fehler unterlaufen.

Er setzte sich, klappte den Laptop auf und loggte sich ein. Sein Plan war einfach gewesen, die Durchführung hingegen hatte viel Zeit und seine Spezialkenntnisse in Anspruch genommen.

Er hatte beschlossen, Jennifer digital am Leben zu erhalten.

Anschließend hatte er My angerufen und behauptet, er sei gezwungen, noch eine Woche am Fall des Dokusoap-Mörders weiterzuarbeiten. Der Staatsanwalt verlange eine lückenlose Dokumentation der Ermittlungen. Natürlich war sie enttäuscht gewesen, hatte aber sogar angeboten, nach Stockholm zurückzukommen und ihm Gesellschaft zu leisten. Zum Glück war es ihm gelungen, das abzuwenden. Er hatte gesagt, es sei besser, wenn sie wie geplant mit ihren Freunden an der Westküste bleiben würde, und er käme dann nach, sobald er fertig wäre.

So hatte er sich eine Woche Zeit erkauft.

Er suchte Jennifers Handy, ihren Computer und ihre Kreditkarten und alles andere zusammen, was er brauchen konnte. Dann überprüfte er, wie häufig sie in den sozialen Medien aktiv gewesen war. Er hatte Glück. Instagram nutzte sie mehrmals in der Woche, dasselbe galt für Facebook. Sie kommunizierte auch häufiger über Messenger, aber das müsste er ebenfalls bewältigen können. Kompliziert würde es nur werden, wenn jemand anriefe, aber auch in diesem Fall arbeitete das Schicksal für ihn. Ihre engsten Freunde schienen lieber per SMS oder Snapchat mit Jennifer in Verbindung zu treten. Und wenn das Handy doch einmal klingelte, meldete er sich nicht, sondern schrieb später in einer SMS, er hätte den verpassten Anruf gerade erst gesehen, ob es wichtig sei. Meistens war das nicht der Fall, und die Kommunikation konnte beendet werden, nachdem man einige weitere Nachrichten hin- und hergeschickt hatte.

Daneben verbrachte Billy die Woche in Stockholm damit, sporadische Statusmeldungen zu schreiben, in denen Jennifer allein durch die Stadt streifte. Meistens war sie nicht auf den Bildern zu sehen, die sie postete, aber Billy hatte das Gefühl, er müsste auch das eine oder andere Selfie herstellen. Das war zeitaufwendig und riskant, es kam darauf an, die Proportionen, das Licht und die Entfernung richtig zu berechnen. Aber die neue Technik erleichterte es ihm. Mittlerweile gab es so viele Möglichkeiten wie nie zuvor, Fotos und Filme zu fälschen, und wenn man es professionell anstellte, konnte man sie im Prinzip kaum von einem Original unterscheiden.

In der verbleibenden Zeit las er Jennifers alte Einträge, um sich mit ihrem Stil vertraut zu machen, wie sie sich ausdrückte, welche Abkürzungen und Emojis sie verwendete. Es gelang ihm erfolgreich, die wenigen Einladungen zu Drinks und Grillabenden oder gemeinsamen Badeausflügen unter einem Vorwand auszuschlagen. Keiner schien die von ihm fortgeführte Existenz in Frage zu stellen.

In der Woche darauf war er zu My an die Westküste gefahren. Damit wurde seine Unternehmung deutlich schwerer. Allein in Stockholm hatte er sich voll und ganz seiner Aufgabe widmen können, aber jetzt kehrte er parallel dazu in die wirkliche Welt zurück. Gewöhnliche Menschen, sozialer Umgang, Freunde, die Kinder der Freunde, Minigolf, Spaziergänge, die Nächte mit My. Manchmal ertappte er sich dabei, wie er am Rande all dessen stand, was um ihn herum passierte, und sich selbst beobachtete, in der Gewissheit, dass man ihm ansehen musste, wie sehr er sich verändert hatte. Dass man bemerkte, wie sehr er sich anstrengte, ein normales Verhalten an den Tag zu legen, was genau den gegenteiligen Effekt hatte.

Er hatte einzelne Statusmeldungen geschrieben, die darauf schließen ließen, dass sich Jennifer noch immer in

Stockholm befand, aber bald auf Reisen gehen würde. Billys Kollegen hatten länger gebraucht, als er erwartet hatte, um Jennifers Kleidung und ihre Sachen zu finden. Zwar hatte er sich eine Höhle ausgesucht, die erwiesenermaßen als große Herausforderung für Taucher galt und zu großen Teilen unerforscht war, weshalb sie nicht häufig frequentiert wurde, aber dennoch, es hatte gedauert.

Mitte Juli war Billy nach Frankreich gefahren. Zuvor hatte er dafür gesorgt, dass Jennifer ihr Handy fast eine Woche lang «verloren hatte» und deshalb verkündete, sie sei vorübergehend nur über Messenger zu erreichen. Auf diese Weise musste er wenigstens keine neuen Fotos hochladen. Dann war das Handy wieder aktiv, und Jennifer verkündete, sie habe eine Busreise nach Frankreich gebucht, erwähnte jedoch nicht, dass sie dort auch tauchen wollte.

Frankreich war eine Herausforderung gewesen.

Er musste eine knappe Woche verreisen, ohne dass My davon Wind bekam, außerdem die Busreise vorgaukeln, ohne den Bus zu fotografieren, damit niemand beim Reiseveranstalter nachfragen konnte, ein Hotel mit automatischem Check-in und ohne Überwachungskameras am Eingang für Jennifer buchen, spät einchecken und früh auschecken, um so wenigen anderen Gästen wie möglich zu begegnen, und gleichzeitig genau darauf achten, wo ihre Kreditkarte benutzt wurde.

Nach vier Tagen gab es plötzlich keine Statusmeldungen und kein Lebenszeichen mehr, und Jennifer war verschwunden. Gerüchtehalber bekam Billy mit, dass ihr Vater sie vermisst gemeldet hatte, als sie Anfang August nicht wieder bei der Arbeit erschienen war, aber danach tat sich nichts.

Bis jetzt.

Jetzt hatte man endlich ihre Sachen gefunden, die Billy

in der Nähe des gefährlichen Höhlensystems in Frankreich hinterlassen hatte. Es war unverantwortlich, allein hier zu tauchen, aber wer Jennifer kannte, wusste, dass es ihr durchaus zuzutrauen war.

Wegen der Spannung, der Herausforderung, des Adrenalinkicks.

Jedenfalls hoffte Billy das.

Jetzt ging er erneut ihre Seiten auf den verschiedenen Social-Media-Plattformen durch. Einige Freunde hatten gepostet, dass sie es nicht glauben könnten und hofften, Jennifer würde wiederkommen und sich melden. Soweit er es überblicken konnte, war ihm kein Fehler unterlaufen.

Keiner meldete, er hätte Jennifer seit Ende Juni nicht mehr *in real life* gesehen.

«Was machst du?»

Billy zuckte zusammen, als er Mys Stimme hörte. Noch war der Bildschirm für sie verdeckt, und er wechselte schnell auf eine Seite, die etwas mit seinem Job zu tun hatte.

«Arbeiten, ich konnte nicht schlafen.»

My kam zu ihm, legte den Arm um seine Schultern und warf einen kurzen Blick auf den Bildschirm, ehe sie sich halb aufrichtete und ihm einen Kuss auf den Scheitel gab.

«Wegen dieser Sache mit Jennifer?»

«Ich glaube schon.»

«Hättest du mich gern in deiner Nähe?»

Er legte die Hand auf ihren Rücken und seufzte.

«Nein, geh du ruhig wieder schlafen.»

My nickte nur, blieb aber stehen. Das Geheimnis zehrte an ihm, aber schon bald würde es nicht mehr zwischen ihnen stehen. Sowie der Tauchunfall in Frankreich zur offiziellen Version wurde, würde selbst er sich einreden können, es sei die Wahrheit. Der Schrei, der die ganze Zeit unter der Oberfläche hing, würde wieder zu einem stummen Flüstern werden. Davon war er überzeugt.

Natürlich würden sie Jennifers Leiche nie finden.

Auch darum hatte er sich in jenen Tagen in Stockholm noch kümmern müssen.

Es war eine anstrengende Woche gewesen.

14. Oktober

Es war gestern, als ich dich verraten habe.
Euch alle verraten habe. Ich bin gescheitert.
Ich konnte nicht schlafen.
Erinnerst du dich an die Sommernächte, als wir oben auf dem Dach saßen?
Und auf die Stadt blickten.
Meistens schweigend, manchmal unterhielten wir uns auch.
Über alles. Über die Zukunft.
Wir hätten nie gedacht, dass sie so kurz werden würde.
Die Polizei ist gekommen. An den Ort, von dem Klara flüchten konnte. Ich habe die Beamten gesehen.
Es wäre schade, wenn ich einen Fehler begangen hätte.
Wenn sie mir schon auf den Fersen wären.
Ich brauche mehr Zeit.
Ich hätte gedacht, dass ich sie habe.
Das dachten wir damals auch.
In jenen Nächten auf dem Dach.
Über Gävle habe ich bisher nichts gesehen oder gehört.
Sie haben also noch ein Stück Arbeit vor sich.
Aber es ist sinnlos, darüber zu spekulieren.
Ich mache weiter wie geplant.
Ich bin noch nicht fertig.
Noch lange nicht.
Morgen fahre ich nach Västerås.

Sebastian drückte die braune Holztür zu dem Hotel auf. Der junge Mann hinter der Rezeption lächelte ihn an.

«Guten Morgen», sagte er in einem so frechen, angestrengt fröhlichen Ton, dass Sebastian ihn allein für diese beiden Wörter sofort verabscheute. Doch er starrte ihn nur wütend an und ging schweigend weiter.

«Sie haben Besuch.»

Sebastian blieb stehen. Sein erster Impuls war, auf dem Absatz kehrtzumachen. Zu flüchten. Es war niemandem zuzutrauen, ihn hier zu besuchen. Niemandem außer Magda. Hatte sie das Hotel etwa schneller erreicht als er? Vielleicht war sie aufgewacht, nicht mit der ihr zugedachten Rolle zufrieden gewesen, hatte sich ausgenutzt gefühlt und sofort mit dem Auto die Verfolgung aufgenommen. Sebastian ging den Abend und die Nacht noch einmal im Kopf durch. Sie hatte seine Bücher im Regal stehen gehabt und ziemlich viel über ihn gewusst. Und sie war sehr an ihm interessiert gewesen.

Zu sehr?

Wenn es Magda war, dann hoffte Sebastian, dass sie gekommen war, um ihn beschimpfen. Das konnte er ertragen. Würde sie dagegen auf einer Fortsetzung beharren, dürfte es anstrengend werden. Schließlich hatte er wahrlich genug Frauen erlebt, die zu viel in einen One-Night-Stand mit ihm hineininterpretiert hatten. Eine davon saß jetzt wegen versuchten Mordes an Ursula im Frauengefängnis in Ystad.

«Da bist du ja!»

Sebastian drehte sich zu dem Gang um, der in das Hotelinnere hineinführte. An der einen Wand standen zwei schwarze Ledersessel neben einem niedrigen Beistelltisch mit Gratiszeitungen. In einem davon saß eine Frau. Es war nicht Magda. Knappe vierzig, wie Sebastian tippte, schulterlanges, dunkles Haar, blaue Augen und eine gute Figur unter dem Mantel, das registrierte er instinktiv, als sie die Zeitung beiseitelegte, in der sie geblättert hatte, und aufstand.

«Du erkennst mich nicht wieder», stellte die Frau fest und ging mit einem amüsierten Lächeln auf ihn zu.

«Nein», antwortete er ehrlich.

Sollte er das? War sie gestern auch bei seiner Lesung gewesen? Dann hätte sie ihm eigentlich auffallen müssen. Sie wirkte viel interessanter als die etwas biedere Magda, mit der er die Nacht verbracht hatte.

«Anne-Lie Ulander, wir sind uns in Lund begegnet.»

Das half ihm kein Stück weiter. War er mit ihr im Bett gewesen?

Möglicherweise. Wahrscheinlich. Hoffentlich.

Das erklärte aber noch lange nicht, warum sie morgens um halb sieben in seinem Hotel in Sala auftauchte. Wann war er zuletzt in Lund gewesen? Das war viele Jahre her.

«Du hast uns damals bei einer Ermittlung unterstützt», erklärte sie weiter.

«Dann bist du also bei der Polizei in Lund», stellte Sebastian fest und verlor sofort das Interesse, da es um eine berufliche Angelegenheit ging.

«Ich war dort, jetzt bin ich in Uppsala.»

«Sieh an.»

«Hast du schon gefrühstückt?»

Hatte er nicht. Magda hatte noch geschlafen, als er sich um kurz nach fünf davongestohlen hatte. Er hatte den Stadtplan auf seinem Handy zu Rate gezogen und festgestellt, dass er zu Fuß vierzig Minuten zurück zum Hotel brauchte. In der Hoffnung, dass ihm der Spaziergang guttun und die flüchtige Zufriedenheit noch eine Weile bewahren würde, hatte er sich auf den Weg gemacht, aber schon auf halber Strecke durch die menschenleere Stadt hatte er sich wieder leer und niedergeschlagen gefühlt. Also hatte er einen Umweg genommen, weil er dachte, die Sonne würde bald aufgehen und im wahrsten Sinne des Wortes sein Dasein erhellen, doch als er beim Hotel ankam, war es noch immer dunkel.

Dunkel und deprimierend.

Also wollte Sebastian nur schnell aufs Zimmer, seine Sachen packen und auschecken. Doch nun war Anne-Lie aufgetaucht.

«Ich frühstücke nie», behauptete er. Was nicht stimmte, aber er wollte keine Sekunde länger in Sala bleiben und auch nicht wissen, warum eine Polizistin aus Uppsala ihm nachgereist war.

«Aber ich», erwiderte Anne-Lie und lächelte ihn an, ehe sie sich in der Halle umsah, wo sie gerade standen, und dann seinen Arm ergriff. «Allerdings nicht hier.»

Nein.»

Eine kurze, knappe Antwort. Sie ließ nicht viel Raum für Deutungen oder Missverständnisse, aber Anne-Lie wollte sich offenbar nicht so schnell geschlagen geben.

«Warum?» Sie klang eher neugierig als enttäuscht, ehe sie von ihrem Avocado-Sandwich abbiss.

«Weil ich nicht will.»

Das war die einfache Wahrheit.

«Kann ich denn irgendetwas tun, was dich umstimmen würde?», fragte sie und sah ihn über ihr Glas mit Karottensaft hinweg an. Er konnte keinen anzüglichen Unterton oder ein unmoralisches Angebot aus der Frage heraushören, und deshalb beschloss Sebastian, auch nichts dergleichen hineinzuinterpretieren.

«Wie hast du mich gefunden?», fragte er stattdessen.

«Ich habe Torkel Höglund angerufen, und der sagte mir, dass du nicht mehr für ihn arbeitest, sondern ein Buch schreibst. Stimmt das?»

Es verblüffte ihn, dass Torkel davon wusste. Ursula musste es ihm erzählt haben. Sebastian überlegte, ob Torkel sich aus Interesse erkundigt hatte oder ob Ursula es ihm ungefragt mitgeteilt hatte. Nicht, dass es eine Rolle spielen würde. Zu den ehemaligen Kollegen, die er vermisste, zählte Torkel nicht.

«Also habe ich deinen Verlag angerufen, und dort hat man mir gesagt, du seist hier», fuhr Anne-Lie fort, da sie keine Antwort auf ihre Frage bekam.

«Warum hast du mich nicht einfach angerufen?»

«Wärst du ans Telefon gegangen?»

«Nein.»

«Hättest du zurückgerufen?»

«Nein.»

Anne-Lie lächelte ihn erneut an, als amüsierte sie sich über seine ablehnende Haltung.

«Es sind nur fünfundvierzig Minuten Fahrt bis hierher», erklärte sie und zuckte mit den Schultern. «Ich dachte, es würde dir schwerer fallen, mir persönlich eine Absage zu erteilen.» Sie ließ den Blick kurz über den Tisch schweifen. «Vor allem, wenn ich dich zum Frühstück einlade.»

«Nein, es fällt mir nicht schwerer», entgegnete Sebastian ein. «Ich habe es soeben getan.»

Ihr Lächeln verschwand. Sie nahm eine Serviette und tupfte sich den Mund ab, ehe sie sich zu ihm vorbeugte. Jetzt war ihre Miene sehr ernst.

«Wir haben zwei brutale Vergewaltigungen und einen Vergewaltigungsversuch in weniger als einem Monat. Und der Täter wird nicht aufhören. Es wird noch mehr Frauen treffen. Der Kerl ist ein Raubtier.»

«Davon gibt es viele», stellte Sebastian fest und zuckte die Achseln.

«Und du spürst keinerlei Verantwortung, dabei zu helfen, diese Raubtiere aufzuhalten, wenn sich dir die Möglichkeit bietet?» Wieder klang ihre Stimme eher neugierig.

Sebastian sah Anne-Lie an. Die Wahrheit lautete: nein. Er fühlte sich nicht verantwortlich für die Welt. Er wurde nicht von dem Wunsch getrieben, sie zu verbessern. Er war allein für sich und seine Handlungen verantwortlich und hatte kein Verständnis für diejenigen, die sich «schämten, Schwede zu sein» oder «schämten, ein Mann» zu sein oder sich überhaupt stellvertretend für andere schämten. Sebastian glaubte nicht an eine Kollektivschuld. Auch nicht an eine Kollektivverantwortung. Er wusste, dass er dadurch genauso egoistisch und unsensibel wirkte, wie er es auch war. Aber aus irgendeinem Grund wollte er es vermeiden, dass Anne-Lie zu schlecht über ihn dachte.

«Ich arbeite nicht mehr für die Polizei», sagte er also schlicht, senkte seinen Blick und trank einen Schluck Kaffee.

«War das denn deine eigene Entscheidung?»

Sebastian sah sie fragend an.

Anne-Lie begriff, dass er nicht vorhatte zu antworten, also fragte sie weiter: «Verlässt man freiwillig die Reichsmordkommission, um durch irgendwelche Buchhandlungen in Kleinstädten zu tingeln und über zwanzig Jahre alte Bücher zu sprechen?»

Sebastian schwieg nach wie vor. Anne-Lie schob ihren Teller beiseite, verschränkte die Hände unter dem Kinn und nagelte ihn mit ihrem Blick fest.

«Ich habe deine Bücher gelesen. Sie sind ganz in Ordnung, du bist ein passabler Autor. Aber ein weitaus besserer Kriminalpsychologe.»

«Ich bin der beste», hörte Sebastian sich reflexhaft erwidern.

«Warum machst du dann nicht das, was du am besten kannst, anstatt zu tun, was dir nur ganz passabel gelingt?»

«Weil ich nicht will.»

«Also gut, ich habe es immerhin versucht», erwiderte sie und lehnte sich zurück. «Dann werde ich wohl jemand anders konsultieren müssen. Ich dachte da an Persson Riddarstolpe.»

«Riddarstolpe ist ein Idiot», sagte Sebastian und konnte

sich das Grinsen nicht verkneifen. «Und ich durchschaue genau, was du da gerade versuchst.»

«Was versuche ich denn?», fragte Anne-Lie. Jetzt war das charmante Lächeln wieder da.

«Du willst meine erwiesene Abneigung gegen Riddarstolpe benutzen, damit ich für dich arbeite. Aber das wird nicht funktionieren.»

«Also gut, dann beenden wir unser Frühstück jetzt mit der angemessenen Höflichkeit und trennen uns wieder.» Anne-Lie nahm ihre Kaffeetasse und lehnte sich zurück. «Hast du in letzter Zeit einen guten Film gesehen?»

Sebastian betrachtete sie. Sie war anders als die anderen Polizisten, mit denen er bisher zusammengearbeitet hatte. Jetzt verstand er, warum sie keinen schlechten Eindruck von ihm haben sollte. Er mochte sie. Aber er würde nicht für sie arbeiten, und sie würde niemals mit ihm ins Bett gehen, und deshalb würden sie das Frühstück in der Tat mit der angemessenen Höflichkeit beenden und sich dann trennen.

Ihr Handy klingelte, und sie holte es aus der Tasche, ohne sich zu entschuldigen. Nach einem Blick auf das Display meldete sie sich.

«Hallo, Vanja, was gibt's?»

Sie wendete sich von Sebastian ab und lauschte der Antwort, aber er war wie elektrisiert.

Hatte er richtig gehört?

War es Vanja? Seine Vanja?

Arbeitete sie jetzt in Uppsala?

Er wusste, dass sie bei der Reichsmordkommission pausierte, aber Ursula und er hatten nicht darüber gesprochen, wo sie stattdessen untergekommen war. Sebastian hatte nicht danach gefragt, Ursula hatte es nicht erzählt.

Anne-Lie beendete das Gespräch mit der Ankündigung,

gegen neun wieder im Büro zu sein, und legte das Handy auf den Tisch.

«Wer war das?», fragte Sebastian in einem, wie er hoffte, neutralen Tonfall.

«Eine meiner Ermittlerinnen. Du müsstest sie kennen, sie kommt von der Reichsmordkommission. Vanja heißt sie.»

«Vanja Lithner.»

«Ja, das ist sie. Tolle Kollegin.»

Sebastian war der Letzte, der an eine göttliche Vorhersehung, an das Schicksal oder auch nur an den Zufall glaubte, aber dies ... Vanja war in Uppsala und arbeitete an einem Fall, bei dem die leitende Ermittlerin soeben um seine Mithilfe gebeten hatte. Ausgerechnet in Sala war sie aufgetaucht, an diesem frühen Morgen.

Eine neue Chance.

Eine letzte Chance.

Er nahm seine Kaffeetasse und lehnte sich beherrscht genug zurück, um nicht zu eifrig zu wirken.

«Ich habe noch einmal über die Angelegenheit nachgedacht, während du telefoniert hast», begann er und nahm einen Schluck Kaffee, als müsste er überlegen, wie er sich ausdrücken sollte. «Du glaubst also, dieser Mann ist noch schlimmer als der Hagamann.»

Anne-Lie sah ihn überrascht an. Sie hatte mit allem gerechnet, aber nicht damit, dass er über ihren Fall nachdachte, das war deutlich.

«Wenn niemand ihn aufhält, ja», antwortete sie mit einer gewissen Hoffnung in der Stimme.

Sebastian nickte vor sich hin und schien mit sich selbst zu beratschlagen, ehe er aufblickte.

«Na gut, erzähl mir mehr.»

Das kann doch wohl nicht dein Ernst sein?»
Es war unklar, wen sie meinte, aber nachdem Vanja Sebastian nicht mehr aus den Augen ließ, seit er in dem Büro angekommen war, vermutete er, dass sich der kurze Wutausbruch gegen ihn richtete, obwohl Anne-Lie für seine Anwesenheit verantwortlich war.

Er hatte darüber nachgedacht, als sie in die Svartbäcksgatan eingebogen waren und vor dem Polizeigebäude geparkt hatten. Es war ein modernes achtstöckiges Haus mit verglaster Fassade an einer vielbefahrenen Kreuzung. Den Schildern zufolge beherbergte das Hochhaus neben dem Präsidium auch die Justizvollzugsbehörde und die Staatsanwaltschaft.

Eine Weile war er im Auto sitzen geblieben und hatte festgestellt, dass ihn die bevorstehende Begegnung nervös machte.

Wie sollte er auf sie zugehen?

Sollte er überrascht spielen, als hätte er keine Ahnung, dass sie in Uppsala arbeitete und noch dazu ausgerechnet an diesem Fall? Hätte er das gewusst, hätte er diesen Auftrag doch niemals angenommen! Diese Idee verwarf er allerdings schnell wieder. Zu lügen war das eine, das konnte er verdammt gut, aber so zu schauspielern, dass sie es ihm abnahm, wäre wohl schwer. Außerdem könnte Anne-Lie erzählen, dass sie in Sala über Vanja gesprochen hatten, und die Lüge würde unmittelbar auffliegen.

Schließlich hatte Anne-Lie auffordernd an die Scheibe

geklopft, und er hatte ihr Auto verlassen. Sie waren durch den Eingang getreten, und nachdem er sich ausgewiesen und registriert hatte, war er Anne-Lie zu den Aufzügen des neueren Gebäudeteils gefolgt. In diesem Moment hatte er beschlossen, eher entschuldigend auf Vanja zuzugehen. Er wisse ja, dass sie ihn nicht um sich haben wolle, so würde er beginnen und ihr dann versprechen, dass er lediglich mit ihr zusammenarbeiten werde, nichts weiter, und anschließend seine Fehler einräumen und Besserung geloben.

So würde er es machen.

Doch er schaffte es kaum, den Aufzug zu verlassen, geschweige denn, irgendetwas zu sagen.

Vanja entdeckte ihn, als er mit Anne-Lie den Flur entlangkam, und erstarrte sofort. Sobald sie das Büro betraten, verdüsterte sich ihr Blick, Vanja zog die Schultern hoch und spannte den Körper an, wie um sich auf einen Angriff vorzubereiten. Anne-Lie hatte ihn noch nicht einmal vorgestellt, als Vanja auch schon mit der Frage herausplatzte, ob seine Anwesenheit ernst gemeint sei. Die Chefin warf Vanja nur einen kurzen Blick zu, ehe sie in Richtung eines Mannes Mitte dreißig deutete, der am Schreibtisch neben dem Fenster saß.

«Das ist Carlos Rojas, mein engster Mitarbeiter», stellte sie ihn vor. Der Mann erhob sich und kam mit ausgestreckter Hand auf Sebastian zu, dem auffiel, dass Carlos mindestens drei Pullover übereinander trug.

«Und dies ist der Kriminalpsychologe Sebastian Bergman, der uns helfen wird», fuhr Anne-Lie fort und zog ihren Mantel aus.

«Hallo und willkommen», begrüßte Carlos ihn, während er Anne-Lie einen fragenden Blick zuwarf. Hatte sie Vanjas Reaktion nicht bemerkt? Oder wollte sie darüber hinweggehen?

«Danke», antwortete Sebastian und ergriff Carlos' ausgestreckte Hand. Sie war ganz kalt, als wäre er an einem frostigen Wintertag ohne Handschuhe von draußen hereingekommen.

«Vanja, kann ich dich kurz sprechen», fuhr Anne-Lie in einem neutralen Gesprächston fort und deutete mit dem Kopf auf ihr Büro, das eigentlich nur aus zwei Glaswänden bestand, die um einen Schreibtisch, ein Bücherregal und zwei Besucherstühle standen.

«Hallo, Vanja», sagte Sebastian sanft, aber sie starrte ihn nur wütend an, ehe sie ihrer Chefin folgte.

Anne-Lie hängte ihren Mantel auf, während sie Vanja mit einer Geste bat, auf einem der beiden von Hans Wegner entworfenen Besucherstühle Platz zu nehmen. Vanja setzte sich mit dem Rücken zu Sebastian und Carlos dort draußen. Durch die Glaswände waren sie nicht so abgeschieden, wie Vanja es sich gewünscht hätte, und sie hatte das Gefühl, Sebastians Blicke im Rücken zu spüren. Aber sie wandte sich nicht um.

«Okay, dann erzähl mal ...», sagte Anne-Lie und setzte sich Vanja gegenüber.

Womit sollte sie anfangen? Damit, wie Sebastian sie ein ums andere Mal angebettelt hatte, ihn in ihr Leben zu lassen, nur um sie dann zu verletzen? Wie er versprochen hatte, sein Bestes zu tun, nur um sie doch wieder zu verraten. Wie sie gleichermaßen gekränkt und wütend gewesen war, als sie ihn soeben wiedergesehen hatte. Wie viel sollte sie erzählen?

Über Anna, Valdemar und Sebastian.

Ihre Mutter und ihre beiden Väter.

«Zuallererst: Er ist mein Vater.»

Irgendwo musste sie anfangen, und das war eindeutig die wichtigste Information.

«Wirklich?», fragte Anne-Lie und zog die Augenbrauen hoch.

«Ja.»

Anne-Lie blickte ins Büro hinaus, wo Carlos Sebastian gerade seinen Platz zeigte. Dann wandte sie sich wieder an Vanja und nickte ihr auffordernd zu.

Anscheinend reichte die Verwandtschaft für sie als Grund nicht aus, um Vanjas heftige Reaktion zu erklären oder Sebastians Einsatz in Frage zu stellen. Vanja beschloss, nicht zimperlich zu sein.

«Er ist sexsüchtig. Er war schon mehrmals mit Frauen im Bett, die in unsere Ermittlungen involviert waren, Zeuginnen, Staatsanwältinnen, Angehörige von Opfern, einfach alle. Er ist extrem unprofessionell.»

«Gut zu wissen.» Anne-Lie nickte wieder ruhig vor sich hin. «Aber das ist ja mein Problem und nicht deins», entgegnete sie.

Das war nicht gerade die Reaktion, die sich Vanja erhofft hatte. Allmählich war sie es leid. Musste sie wirklich hier sitzen und erklären, warum Sebastian Bergman nicht in die Nähe einer Ermittlung kommen durfte, ja nicht einmal in die Nähe normaler Menschen?

«Er ist arrogant, egoistisch, unverschämt, sexistisch, ich weiß nicht, was du noch alles brauchst, jedenfalls ist er eine wandelnde Bedrohung für das Arbeitsklima.»

«Ich bin die Chefin, diese Probleme landen also auch auf meinem Tisch.»

Vanja seufzte enttäuscht, so erreichte sie nichts. Anne-Lie schien eine unverrückbare Entscheidung getroffen zu haben, und es war offensichtlich ganz egal, was Vanja dazu sagte.

«Er hat mich verletzt, persönlich, mehrmals», unternahm sie einen letzten Versuch, die Frau vor sich wenigstens auf persönlicher Ebene zu erreichen. «Und er war der Grund dafür, dass ich die Reichsmordkommission verlassen habe.»

Was nur teilweise stimmte. Im Frühjahr hatte sie eingesehen, dass Sie gezwungen war, ihre alten Muster zu hinterfragen. Etwas Neues anzufangen. Doch am Ende war es lediglich darauf hinausgelaufen, dass sie in Ruhe darüber nachdachte, was sie eigentlich wollte und wer sie war, «sich selbst zu finden», auch wenn sie so eine dämliche Phrase nie ausgesprochen hätte. Die Reichsmordkommission zu verlassen war lediglich Teil dieser Veränderung gewesen. Aber Sebastians Talent, ständig in ihre Ermittlungen zu stolpern, hatte ihre Entscheidung beschleunigt. Anne-Lie sah sie an und beugte sich vor.

«Ich höre, was du sagst, Vanja. Und mir ist auch schon viel Negatives über ihn zu Ohren gekommen, das stimmt.» Sie stand auf, ging zum Fenster und blickte zu dem Verkehr auf der sieben Stockwerke tiefer liegenden Kreuzung hinab. «Aber es ist nur eine Frage der Zeit, ehe die Presse von diesem Fall Wind bekommt und ihn groß in die Schlagzeilen bringt. Und dann will ich alles in meiner Macht Stehende getan haben. Schwedens besten Profiler hinzuzuziehen ist eindeutig ein Schritt in die richtige Richtung.»

Vanja nickte versehentlich, denn aus professioneller Sicht war gegen Anne-Lies Argumentation nichts einzuwenden.

«Wenn du all das Persönliche außen vor lässt», fuhr Anne-Lie fort und wandte sich Vanja zu. «Macht er seinen Job nicht gut?»

Vanja wollte auf keinen Fall dazu beitragen, dass Sebastian in Uppsala blieb, in ihrer unmittelbaren Nähe, also schwieg sie, was allerdings Antwort genug war.

«Solange er hier in meiner Abteilung ist, wird er seinen Hosenstall geschlossen halten und die Leute mit Respekt behandeln.»

«Viel Glück!», schnaubte Vanja verächtlich.

«Die Frage ist aber», fuhr Anne-Lie fort und ignorierte Vanjas Kommentar, «ob du mit ihm arbeiten kannst?»

«Am liebsten nicht», entgegnete Vanja ehrlich.

«Tut mir leid, Vanja, aber du musst mit Ja oder Nein antworten.»

Sie hatten versucht, den Morgen so normal wie möglich zu gestalten, Victor zuliebe. Gemeinsam waren sie aufgestanden, hatten Frühstück gemacht und den Turnbeutel des Jungen gepackt.

Am Vorabend hatten Klara und Zach lange wach gelegen, mit dem schlafenden Sohn in der Mitte, und sich im Flüsterton unterhalten. Gegen halb zwei war Zach eingeschlafen, und zu ihrer eigenen Überraschung hatte auch Klara ein paar Stunden gedöst, danach ging es ihr heute besser. Vielleicht half ihr die Routine, der Alltag. Victor zwang sie, eine ganz normale Mutter zu sein. Zach erkundigte sich, ob er heute freinehmen solle und wieder nach Hause kommen, nachdem er Victor in die Schule gebracht hätte. Sie beschlossen, alle zusammen zu gehen. Als sie sich von Victor verabschiedet hatten, fragte Zach erneut, was sie jetzt tun sollten. Wonach ihr wäre.

Klara wollte Ida besuchen.

Vor einem knappen Monat, als sie über Umwege erfahren hatte, was Ida auf dem Friedhof zugestoßen war, hatte sie kurz überlegt, ob sie sich bei ihr melden sollte, es dann aber nicht getan. Jetzt wollte sie zu ihr gehen.

Warum, wusste sie selbst nicht genau. Es kam ihr einfach richtig vor.

Zack begleitete sie dorthin, und sie beschlossen, dass er sie in einer Stunde wieder abholen würde. Wenn sie länger oder kürzer bleiben wollte, konnte sie ihm eine SMS schreiben.

Klara war schockiert, als sie der alten Freundin gegenüberstand. Ida sah müde aus, hatte dunkle Ringe unter den Augen, ihre Haut war gräulich blass, und das Haar hing ihr in fettigen Strähnen hinab, als hätte sie schon lange nicht mehr geduscht. Außerdem war sie dünner geworden. Vielleicht schon vor dem Überfall, Klara hatte sie schon lange nicht mehr gesehen, aber irgendetwas sagte ihr, dass dem nicht so war. Ida wirkte nicht sonderlich erfreut über Klaras Besuch, begrüßte sie nur mit einem kurzen «Ach, du bist es», umarmte sie flüchtig und bat sie herein.

Jetzt saß Klara in der Küche, wo sie schon so oft gesessen hatte.

Als sie sich noch häufiger getroffen hatten.

Alles sah so aus wie immer. Der halbkreisförmige Küchentisch an der Wand, die weißen Stühle, die Kommode mit der Zinnschale und den Jesus- und Marienfiguren und der Pinnwand darüber, die cremefarbenen Küchenschränke, die Mikrowelle auf der Arbeitsplatte aus hellem Holz. Klara konnte keinerlei Veränderung feststellen.

«Warum? Das ist das Einzige, woran ich denken kann», sagte Ida, während sie ihnen Kaffee einschenkte. Klara nahm einen schwachen Müllgeruch wahr. «Warum ist es passiert? Warum ausgerechnet ich?»

«Hast du jemanden, mit dem du darüber reden kannst?», fragte Klara und streckte sich nach der Milchpackung auf dem Tisch.

«Nicht wirklich», antwortete Ida und stellte die Kanne wieder zurück in die Kaffeemaschine. «Meine Mutter hat angeboten, für eine Weile herzukommen, aber das wollte ich nicht.»

«Warum denn nicht, wäre es denn nicht besser, als allein zu sein?»

Ja, warum nicht? Diese Frage hatte Ida sich selbst auch gestellt. In den ersten Wochen, als sie bei jedem Geräusch im Gebäude und jedem Schritt im Treppenhaus zusammengezuckt war, wäre es zweifellos schön gewesen, jemanden bei sich zu haben. Aber sie wollte es trotzdem nicht. Am liebsten wäre es ihr, wenn niemand wüsste, was ihr widerfahren war.

«Sie wäre nicht damit zurechtgekommen, sie hätte sich noch größere Sorgen gemacht als ich.» Jetzt lächelte sie gequält, kam zurück zum Tisch und setzte sich Klara gegenüber. «Und ich möchte nicht, dass sie mich anders behandelt.»

Dabei war alles anders.

Zwar hatte sich ihr Körper mittlerweile ein wenig beruhigt. Inzwischen zitterte sie nicht mehr unkontrolliert und wachte nachts nicht mehr ganz so oft auf. Sie musste sich immer noch zwingen, etwas zu essen, doch immerhin tat sie es. Ihre Gefühle dagegen hatte sie nicht mehr im Griff, abwechselnd war sie wütend und traurig und schwankte beständig zwischen extremen Gefühlslagen. Wobei ihre Gedanken immer wieder zu derselben Frage zurückkehrten.

Warum?

Warum ist es passiert?

Warum ausgerechnet ich?

Sie betete, mehr als je zuvor. Sie brauchte Hilfe, um die Ereignisse zu verstehen, Hilfe bei der Seelenheilung. Doch sie fand keine Antworten. Schließlich versuchte sie, Trost in der Bibel zu finden. In die Kirche wollte sie nicht gehen, weil sie fürchtete, dass die Leute ihre Köpfe schieflegten und sie mit mitleidigen Blicken bedachten.

Oder schlimmer noch, dass sie dachten, sie hätte es verdient.

Dass es eine gerechte Strafe für etwas war, das sie getan hatte.

Gott strafte nicht auf diese Weise, das wusste sie, Jesus

hatte die Sünden der Menschheit auf sich genommen, und es genügte, um Vergebung zu bitten, um sie auch zu erhalten. Doch das sahen nicht alle in der Gemeinde so. Einige glaubten noch an den strafenden Gott. Darüber konnte sie mit Klara allerdings nicht reden. Sie hatten sich vor mehreren Jahren in der Kirche kennengelernt, aber Klara hatte einen anderen Weg eingeschlagen.

«Gibt es niemanden in der Gemeinde, der dir hilft?», hörte sie ihre alte Freundin fragen, als hätte sie Idas Gedanken gelesen.

«Einmal in der Woche begleitet mich jemand zum Einkaufen. Ich traue mich nicht allein nach draußen.»

Das konnte Klara verstehen. Sie hatte gespürt, wie nervös sie gewesen war, als Zach sie vor dem Haus verabschiedete, und wie sie schon auf dem kurzen Weg die Treppe hinauf bis zu Idas Tür Angst beschlichen hatte. Idas Erlebnis musste hundertmal schlimmer gewesen sein.

«Manchmal schaffe ich es nicht einmal, den Müll hinunterzutragen», bestätigte Ida. Fast alles, was außerhalb der Wohnung lag, löste Erinnerungen an den Überfall aus. Geräusche, Gerüche, Menschen. Die Lösung war, nicht hinauszugehen. Ihre Welt war auf zwei Zimmer, Küche, Bad geschrumpft. Ida stand auf und schenkte ihnen nach. «Meinst du, du könntest ihn mitnehmen, wenn du gehst?»

«Natürlich. Glaubst du, es ist Zufall, dass wir beide angegriffen wurden?»

Die Frage kam unvermittelt, aber als Klara sich sie stellen hörte, hatte sie das Gefühl, sie wäre deshalb hergekommen. Unbewusst. Auf der Suche nach Zusammenhängen.

«Was sollte es sonst sein», antwortete Ida. «Hattest du nicht gesagt, es gäbe ein drittes Opfer?»

«Ja, irgendeine Therese ...»

«Die wir nicht kennen», fiel Ida ihr ins Wort.

«Nein.»

«Na siehst du.»

In der Küche wurde es still. Ida stellte die Kanne wieder zurück und blieb neben der Arbeitsfläche stehen, als hätte sie keine Lust mehr, noch weiter mit Klara am Tisch zu sitzen.

Wenn Ida ehrlich war, musste sie zugeben, dass der Besuch eher gespaltene Gefühle in ihr auslöste. Als Klara erzählt hatte, warum sie gekommen war, was am Vorabend passiert war, tauchte die alte Frage sofort wieder auf.

Warum ausgerechnet ich?

Aber diesmal fügte eine leise Stimme hinzu: *Warum nicht sie?*

Ida versuchte, nicht zu denken, dass dies ungerecht war. Es war falsch, anderen Menschen Unglück zu wünschen. Doch Klara hatte Gott den Rücken zugekehrt. Sie hatte die Kirche und die Gemeinschaft verlassen und war mit leichten Halsschmerzen davongekommen. Ida hingegen hatte nie gezweifelt, nicht ein einziges Mal. Aber sie war vergewaltigt worden.

«Du, es tut mir leid, aber ich bin so furchtbar müde», sagte sie, um den Besuch zu beenden. Klara nickte nur und stand auf.

«Natürlich, das verstehe ich.»

Ida folgte ihr zur Tür, sah schweigend zu, wie Klara ihre Schuhe und ihre Jacke anzog, die beiden Mülltüten nahm und mit der Hand auf der Klinke stehen blieb.

«Ruf mich an, wenn du etwas brauchst oder ich dir irgendwie helfen kann.»

Sie wussten beide, dass es nie dazu kommen würde. Ida schloss die Tür hinter ihr und hängte die Sicherheitskette ein, ehe sie wieder in die Küche ging und die Tassen wegräumte.

Es hätte nett werden können.

Eine alte Freundin, die versuchte, den Kontakt wiederaufzunehmen.

Eine ausgestreckte Hand.

Es hätte so sein können wie früher.

Aber ihr Leben würde nie wieder sein wie früher. Innerhalb von wenigen Minuten war es von einem Mann zerstört worden. Ida holte tief Luft und versuchte, ihre Gedanken beiseitezuschieben. Manchmal gelang es ihr, und sie konnte sich einreden, dass sie nicht den Mut verlieren durfte.

Sie hatte überlebt.

Es konnte nur besser werden.

Das Schlimmste war schon geschehen.

Sie ging zur Spüle und wusch die Tassen ab, ohne zu wissen, wie sehr sie sich täuschte.

Rashid stieg aus dem Auto und blickte zu den Fenstern im dritten Stock hinauf. Die Rollläden waren heruntergelassen. Natürlich. Er schloss sein Auto ab, seufzte vor sich hin und überquerte die Straße.

Die Hausverwaltung hatte ihn vor knapp einem Jahr als Kontaktperson für die Mieter auserkoren. Der Gedanke war, dass sie sich immer an ein und dieselbe Person wenden konnten. Dass es die Kommunikation zwischen Vermieter und Mieter erleichtern würde. Sie sollten ein Verhältnis zueinander aufbauen, eine Vertrauensbasis.

Bei Rebecca Alm hatte das eher mäßig funktioniert.

Nun war er schon zum vierten Mal wegen derselben Angelegenheit da. Rashid gab den Türcode ein, betrat das Treppenhaus, ging zum Aufzug und drückte die Drei. Alle Mieter hatten die Initiative der Hausverwaltung begrüßt und gemeint, es sei an der Zeit, in jeder Wohnung Rauchmelder zu installieren und sie auch mit einem Feuerlöscher auszustatten.

Alle bis auf Rebecca.

Sie war überzeugt gewesen, dass die Geräte Kameras oder andere Überwachungsinstrumente enthielten, und hatte sie rundheraus abgelehnt. Rashid hatte mit keiner Silbe erwähnt, wie durchgeknallt dieser Gedanke war, sondern geduldig erklärt, dass es auch um die Sicherheit der anderen Mieter ginge und der Einbau daher nicht verhandelbar sei. Also waren sie trotz ihrer lauten Proteste installiert worden. In der Woche darauf hatte er etwas in Rebeccas Wohnung reparieren müssen, und siehe da: Die Rauchmelder waren abgeschraubt worden. Daraufhin begann ein hitziger Meinungsaustausch, bis sie sich schließlich darauf einigten, dass Rebecca ihre eigenen Rauchmelder einbauen durfte, die allerdings spätestens am 1. Oktober an Ort und Stelle sein mussten. Seit dem 3. Oktober versuchte Rashid nun, Rebecca zu erreichen, um zu kontrollieren, ob die neuen Geräte auch wirklich eingebaut worden waren, doch die Mieterin ging nicht ans Telefon und rief auch nicht zurück.

Rashid verließ den Aufzug und ging zu der hellen Holztür mit dem Namen «Alm» auf dem Briefschlitz. Er klingelte und wartete, ohne sich größere Hoffnungen zu machen, dass Rebecca aufmachen würde, selbst wenn sie zu Hause war. Und so war es auch. Er versuchte es mehrmals und hörte, wie es hinter der verschlossenen Tür schrillte, doch niemand öffnete. Mit einem kleinen Seufzer zog Rashid den Generalschlüssel aus der Tasche. Wenn man zuvor angerufen, Kurznachrichten geschickt, E-Mails geschrieben und Briefe mit der normalen Schneckenpost verschickt hatte, durfte man ohne die Zustimmung des Mieters die Wohnung betreten. Das war mit den Juristen der Immobilienverwaltung so abgestimmt worden. Es ging um die Sicherheit aller Mieter im Haus.

Rashid klingelte erneut und wartete einige Sekunden, ehe er den Schlüssel ins Schloss steckte und die Tür ein paar Zentimeter weit aufschob.

«Hallo! Frau Alm!», rief er durch den Spalt. «Hier ist Rashid von der Hausverwaltung, ich komme jetzt rein.»

Keine Reaktion. In der Wohnung war alles still. Rashid schob die Tür ganz auf, putzte sich sorgfältig die Schuhe an der Fußmatte ab und trat in den kleinen Flur.

«Hallo, Frau Alm, hier ist Rashid, sind Sie zu Hause?»

Die absolute Stille war auch eine Antwort, und er entspannte sich ein wenig, während er die Tür wieder hinter sich zuzog. Er wusste, dass sich jemand wie Rebecca Alm zur Wehr setzen würde, wenn man ihre Wohnung mit dem Generalschlüssel betrat. Jetzt blieb ihm die Konfrontation mit ihr und mit größter Wahrscheinlichkeit auch eine Anzeige wegen Hausfriedensbruchs erspart.

Er ging weiter in die Wohnung hinein und kam ins Wohnzimmer, das neben der Küche lag, die in zwei Jahren renoviert werden musste. Rashid warf einen Blick zur Decke über dem Zweisitzer und dem Sofatisch. Keine Rauchmelder. Er verspürte eine gewisse Enttäuschung, hatte er doch gehofft, sich nun zum letzten Mal um diesen Fall kümmern zu müssen. Schulterzuckend setzte er seinen Weg fort, wobei er einen Blick auf die Spüle in der Küche warf. Die Reste eines Frühstücks, die dort offenbar schon eine Weile standen. Ob dieser merkwürdige süßliche Geruch daher stammte?

Rashid ging auf die verschlossene Schlafzimmertür zu. Ein Rauchmelder in jedem Zimmer, so lautete die Absprache. Da im Wohnzimmer keiner installiert war, machte er sich im Hinblick auf das Schlafzimmer nicht gerade große Hoffnungen, aber er war gezwungen, es zu kontrollieren. Behutsam öffnete er die Tür und wich sofort einen Schritt zurück.

Sie war zu Hause. Sie schlief.

Hastig überlegte er. Er konnte sie nicht wecken, das würde sie zu Tode erschrecken. Aber was sollte er tun? Die Wohnung verlassen? Die Schlafzimmertür offen stehen lassen und noch einmal klingeln? Ein anderes Mal wiederkommen? Dann erst verarbeitete sein Gehirn, was er wirklich sah. Rebecca lag auf dem Bett, das schon, aber sie schlief nicht.

Nicht in dieser Stellung. Bäuchlings auf dem Bettüberwurf, während die Beine über die Bettkante ragten.

Von der Taille abwärts nackt, bis auf die Strümpfe.

Mit einem Sack über dem Kopf.

Torkel stieg aus der U-Bahn und ging die Bergsgatan hinunter, später, als er geplant hatte. Heute war er etwas länger im Bett geblieben. Mal wieder. Er schob seine Hände in die Manteltaschen. Alle beschwerten sich über die Kälte, aber Torkel fand sie erfrischend. Überhaupt hatte er keinerlei Grund zu klagen. Ganz im Gegenteil, tatsächlich erwachte er jeden Morgen mit einem geradezu unwirklichen Gefühl.

Er war glücklich.

Und ihm wurde klar, dass er das schon eine ganze Weile nicht mehr gewesen war. Zwischen Yvonne und ihm hatte es bereits Jahre vor der Scheidung gekriselt, und danach ... Was hatte er danach gehabt? Einen Beruf, der fast all seine Zeit in Anspruch nahm, und eine Art Verhältnis mit Ursula, sie waren ab und zu miteinander ins Bett gegangen, mehr jedoch nicht.

Er war allein gewesen.

Und er konnte nicht gut allein sein.

Dann kam der Sommer. Nachdem sie die Ermittlungen im Fall David Lagergren abgeschlossen hatten, war er zurück nach Ulricehamn gegangen. Zu Lise-Lotte. Sie hatten einige Tage bei ihr verbracht, ehe sie für mehrere Wochen in sein Ferienhaus in der Nähe von Mjölby gefahren waren. Vilma und Elin waren auch vorbeigekommen. Ganz und gar freiwillig. Elin jobbte in den Ferien in einem Restaurant in Södermalm, hatte Ende Juli aber eine Woche frei. Sie brachte ihren Freund mit, einen der anderen Kellner. Alles verlief gut. Die Kinder schienen Lise-Lotte nicht nur zu akzeptieren, sondern sogar zu mögen.

Am letzten Abend im Ferienhaus, bevor Torkel wieder zur Arbeit musste – es konnten ja nicht alle so lange Sommerferien haben wie Lise-Lotte –, hatten sie draußen auf der Veranda gesessen und die Flasche Wein geleert, die sie zum Essen geöffnet hatten. Lise-Lotte hatte ihr Glas auf den Tisch gestellt und sich ihm zugewandt. Mit ernster Miene.

«Ich hoffe, du nimmst mir das jetzt nicht übel», sagte sie und ergriff seine Hand. Torkel spürte, wie ihm trotz des lauen Sommerwetters innerlich ganz kalt wurde. Ihm schwante nichts Gutes, und sofort gingen ihm alle möglichen Gedanken durch den Kopf. Die nur auf eines hinausliefen: *Sie wird mich verlassen.*

Er wusste es. Es war einfach zu schön gewesen, um wahr zu sein.

Er sagte nichts, sah sie nur an und vergaß zu atmen.

«Ich musste über eine Sache nachdenken», fuhr sie fort.

Sie wird mich definitiv verlassen, dachte Torkel.

«Im Grunde gibt es ja nichts, was mich noch in Ulricehamn hält.»

Aha, sie will näher bei ihrer Tochter wohnen oder für einige Wochen im Ausland arbeiten. Auch nicht viel besser. «Was würdest du davon halten, wenn ich nach Stockholm käme? Und bei dir einziehen würde?»

Erst dachte er, er hätte sie nicht richtig verstanden. Was er davon halten würde?

Er wünschte sich nichts lieber als das.

«Ich meine, du musst ehrlich sagen, wenn dir das zu schnell geht ...» Lise-Lotte warf ihm einen beunruhigten Blick zu. Torkel fiel auf, dass er immer noch nicht geantwortet hatte, es wurde also höchste Zeit.

«Nein, nein, ganz und gar nicht», stammelte er. Dann verstummte er wieder und fürchtete, dass sie ihm sein Schweigen als Unentschlossenheit auslegen könnte. Als würde er überlegen, wie er aus dieser Situation wieder herauskäme. Diese Art von Gesprächen gehörte wirklich nicht zu seinen Paradedisziplinen. «Ich würde mich schon freuen», brachte er endlich hervor.

«Schon freuen?», wiederholte Lise-Lotte mit einem erleichterten Lächeln, das verriet, wie nervös auch sie vor ihrem Vorschlag gewesen war. Torkel wurde klar, dass seine Reaktion seine Gefühle keineswegs angemessen zeigte. Er musste wohl zu größeren Worten greifen, zu jenen, die er so selten benutzte und die ihm deshalb auch unangenehm waren.

«Ich hätte das nicht zu hoffen und erst recht nicht vorzuschlagen gewagt, aber ich möchte nichts lieber als das.» Er blickte sie feierlich an und ergriff ihre Hand. «Ich fände es wunderbar. Ich finde dich wunderbar. Ich liebe dich.»

Wenn man schon zu großen Worten greift, kann man genauso gut gleich die größten wählen.

Jetzt wohnten sie also in seiner Wohnung in Hornstull. Lise-Lotte hatte eine neue Stelle im selben Privatschulkonzern gefunden, als Rektorin einer Mittelschule in Mälarhöjden. Abends gingen sie zusammen schlafen, morgens wachten sie zusammen auf. Zum ersten Mal seit langem freute Torkel sich darauf, nach der Arbeit in seine Wohnung zurückzukehren.

Er gehörte zu jemandem.

Er war glücklich.

«Guten Morgen», rief er Ursula fröhlich zu, als er die Tür zur Abteilung öffnete.

«Guten Tag wäre angemessener», antwortete sie und sah

von ihrem Computer auf. «Einige von uns waren aber tatsächlich schon heute Morgen hier.»

Torkel kommentierte die freundschaftliche Spitze nicht weiter, sondern zog seine Mütze und seinen Schal aus und steuerte auf die Küche zu, um sich die zweite Tasse Kaffee des Tages zu holen.

«Möchtest du etwas?», fragte er und deutete mit dem Kopf in Richtung Küchenzeile.

«Nein, danke», antwortete Ursula. «Aber du hast Besuch.»

Torkel hielt in der Bewegung inne. Besuch? Soweit er wusste, hatte er für heute keine Termine im Kalender stehen. Hatte Gunilla etwas vergessen? Das sah ihr eigentlich nicht ähnlich. Torkel warf einen Blick über die Schulter, durch die Glasscheibe in sein Büro.

Auf dem Sofa saß Vanja.

Torkel konnte sich ein vergnügtes kleines Lachen nicht verkneifen. Sie waren sich nicht mehr begegnet, seit Vanja ihm im Juni erklärt hatte, sie wolle die Reichsmordkommission für eine Weile verlassen. Aber er hatte sie vermisst. Mehr, als er es sich selbst eingestehen wollte. Das wurde ihm jetzt klar. Torkel beschloss, auf den Kaffee zu pfeifen, und ging sofort in sein Büro. Vanja war bereits aufgestanden, als er die Tür öffnete.

«Sieh einer an, welch hoher Besuch!» Er ging auf sie zu und umarmte sie lange und innig. «Wie schön, dass du mal bei uns vorbeischaust», sagte er, nachdem er sie wieder losgelassen hatte.

«Ja, oder ... vielleicht sogar mehr als das. Wenn ich darf.»

«Heißt das, du willst zurückkommen?», fragte Torkel hoffnungsfroh und bedeutete ihr, doch wieder Platz zu nehmen. Vanja setzte sich. «Möchtest du das? Wieder bei uns anfangen?», fragte er und nahm in dem Sessel gegenüber Platz.

«Ja, ich würde gern zurückkommen», antwortete Vanja und musste lächeln, als sie sah, wie sehr Torkel sich freute.

«Du bist herzlich willkommen, das weißt du», sagte er und schien sich zurückhalten zu müssen, um keinen Freudensprung zu machen oder in spontanen Applaus auszubrechen. «Aber ich dachte eigentlich, du würdest dich in Uppsala wohl fühlen?»

Vanja holte tief Luft. Je mehr sie darüber nachdachte, desto unwahrscheinlicher kam es ihr vor. Sieben Polizeikreise, dreißig Polizeibezirke und eine Unzahl lokaler Polizeibereiche. Im ganzen Land wurden Verbrechen begangen und bekämpft. Und dennoch war es Sebastian Bergman gelungen, genau dorthin vorzudringen, wo sie gerade arbeitete.

«So war es auch», begann sie. «Aber wir haben einen Serienvergewaltiger. Schwere überfallartige Vergewaltigungen ...»

«Ach wirklich?», fiel Torkel ihr ins Wort. «Darüber habe ich gar nichts gelesen.»

«Das ist nur noch eine Frage der Zeit.»

«Wie viele Opfer?»

«Bislang drei. Innerhalb von gut einem Monat, es werden also noch mehr werden.»

Torkel nickte ernst. Überfallartige Vergewaltigungen. Am schlimmsten für jene, die es traf, und zugleich gab es nur wenige Verbrechen, die einen so starken Einfluss auf die Gesellschaft hatten und die Hälfte der Bevölkerung zu Recht in Angst und Schrecken versetzten. Nicht einmal Bandenkriege, Autobrände und die organisierte Kriminalität hatten solche Folgen. Auch in diesen Fällen machte sich ein Gefühl von Unsicherheit breit, das schon, zusätzlich angeheizt von den Medien und von Politikern, die derartige Taten gern polemisch ausschlachteten. Aber die meisten Menschen verstanden trotzdem, dass es dabei vor allem um interne Auseinandersetzungen ging. Nicht so bei Vergewaltigungen. Jede Frau konnte jederzeit das nächste Opfer werden.

«Und jetzt», fuhr Vanja fort, «rate mal, wen meine Chefin eingeschaltet hat.»

Torkel kannte nur eine Person, die Vanja dazu brachte, aus einer anspruchsvollen Ermittlung auszusteigen. Sie war trotz allem eine der besten Polizistinnen Schwedens.

«Nein!», rief er.

«Doch.» Sie nickte.

«Sebastian?», entfuhr es Torkel.

«In höchsteigener, unausstehlicher Person. Anne-Lie hat mich vor die Wahl gestellt, ob ich mit ihm zusammenarbeiten kann oder nicht, und hier bin ich», beendete Vanja ihre Erklärung mit einem kleinen Achselzucken.

«Erinnere mich daran, dass ich ihr zum Dank Blumen schicke», scherzte Torkel, aber er verstand Vanjas Entscheidung genau. Sebastian war eine Belastung für das ganze Team gewesen, seit Torkel ihn in Västerås wieder miteinbezogen hatte. Am allermeisten jedoch für Vanja.

Er hatte buchstäblich ihr ganzes Leben auf den Kopf gestellt.

«Aber kann ich denn einfach so zurückkommen?», fragte Vanja. «Hast du meine Stelle nicht neu besetzt?»

«Bisher gab es dafür keinen Grund, wir haben nur mit ein paar Cold Cases gearbeitet, nichts Großes. Nichts Eigenes.»

Vanja atmete erleichtert aus. Als sie das Revier in Uppsala verlassen hatte, war sie direkt zur Reichsmordkommission gefahren, sie wollte sofort Klarheit haben.

«Wie geht es den anderen?», fragte sie, um ein bisschen sozialen Geist an den Tag zu legen, nachdem sie den wichtigen Teil des Gesprächs erledigt hatten.

«Gut, glaube ich», antwortete Torkel und blickte durch die Glasscheibe, wo just in diesem Moment Billy auftauchte, seinen Rucksack auf den Tisch warf und seine Jacke auszog.

«Ist heute der offizielle Tag des Langschläfers, oder habe ich irgendetwas verpasst?», fragte Ursula mit einem Blick zu Billy, der gerade seine Jacke über die Stuhllehne hängte.

«Ich war zu Hause bei My, wir mussten noch ein paar Sachen erledigen», log Billy und zog seinen Laptop aus dem Rucksack. In Wahrheit war er nicht vor halb sechs eingeschlafen und erst zwei Stunden später aufgewacht, als My schon auf dem Weg ins Fitnessstudio war, um noch vor ihrem ersten Termin trainieren zu können. Die Panik, mit der er während der Nacht zu kämpfen gehabt hatte, hing ihm immer noch nach, und er hatte eine weitere Stunde damit zugebracht, mehrmals alle digitalen Spuren zu überprüfen, die Jennifer nach ihrem Verschwinden «hinterlassen» hatte.

Ursula verkniff sich einen Seufzer. Natürlich kam Billy von zu Hause, von My. Vor nicht allzu langer Zeit war sie die Einzige im Team gewesen, die in einer festen Beziehung gelebt hatte. Mit Micke. Einer verkorksten und dysfunktionalen Beziehung, in der sie ihn regelmäßig betrogen hatte und er eindeutig unglücklich gewesen war, aber dennoch.

Torkel war von Yvonne geschieden.

Vanja und Billy waren Singles gewesen.

Damals.

Jetzt kam Torkel jeden Morgen herein und erzählte vom Vorabend, als wäre es das achte Weltwunder, selbst wenn seine Freundin und er nur gemeinsam gegessen und anschließend ferngesehen hatten. Und Billy hatte My, die Ursula nur auf der Hochzeit kennengelernt hatte, aber es schien ganz so, als hätte sie den Kollegen so sehr um den Finger gewickelt, dass er kaum eine Entscheidung treffen konnte, ohne sie vorher nach ihrer Meinung zu fragen.

Und nun kam Vanja zurück.

Ursula hatte einen Kaffee mit ihr getrunken und sich mit ihr unterhalten, als Vanja vor einer knappen Stunde aufgetaucht war. Dabei konnte sie ziemlich bald feststellen, dass auch Vanja irritierend zufrieden mit ihrem Leben zu sein schien. Sie gehörte zwar nicht zu den Menschen, die viel über ihr Privatleben preisgaben, aber Ursula erfuhr trotzdem mehr als genug über die Europareise und diesen Jonathan, bei dem sie nun einziehen würde, weil sie ihre eigene Wohnung für ein halbes Jahr untervermietet hatte.

Und was machte Ursula selbst, wenn sie nicht arbeitete?

Meistens landete sie auf dem Sofa, trank mehrere Gläser Wein und sah sich irgendeine Netflix-Serie an. Manchmal las sie auch ein Buch. Die Einsicht war unausweichlich.

Sie war einsam.

Schon als sie mit Micke und Bella zusammengewohnt hatte, war sie einsam gewesen. So war sie eben, und vielleicht hatte sie sich das auch selbst ausgesucht. Es war also nicht unbedingt der Fall, dass sie ihre Kollegen um deren Glück beneidete. Im Grunde dachte sie in ihrer Freizeit ohnehin wenig an sie.

Außer an Torkel.

An ihn dachte sie manchmal.

Zwischen ihnen hatte es immerhin eine gewisse Verbindung gegeben. Nicht das, was er wollte, aber das, was sie ihm geben konnte. Was ihm natürlich nicht ausgereicht hatte. Was wohl niemanden ausgereicht hätte.

Bis auf eine Ausnahme.

Sebastian.

Ein internes Telefon klingelte, es war Billys. Ursula nahm

es kaum wahr. Durch die jahrelange Arbeit in der offenen Bürolandschaft hatte sie gelernt, alles um sich herum auszublenden, was sie nichts anging. Doch irgendetwas in Billys Stimme weckte ihr Interesse.

«Was will er?»

Nur drei kurze Wörter, aber seine Stimme klang angespannt.

«Und warum?»

Ursula schielte zu ihrem Kollegen hinüber. Er saß mit geradem Rücken da, als wollte er jeden Moment von seinem Stuhl aufspringen. Fluchtbereit.

«Ist er jetzt hier?»

Ja, Billy war definitiv angespannt. Seine Stimme und sein Körper verrieten es.

«Nein, nein, ich komme schon runter.»

Damit legte er auf, erhob sich und ging zur Tür. Ursula folgte ihm mit dem Blick. Wer auch immer dort unten auf Billy wartete – es war keine Person, die er gern treffen wollte.

Billy ging durch die automatischen Schiebetüren und gelangte in die Rezeption. Er warf Tamara hinter dem Tresen einen hastigen Blick zu, und sie deutete mit dem Kopf auf einen Mann Mitte fünfzig in Jeans und einer offenen weinroten Bomberjacke, der mit Aktentasche, Mütze, Handschuhen und Schal neben sich auf einer der Bänke im Eingangsbereich wartete. Im Grunde war diese Vergewisserung gar nicht nötig. Zum einen sprang der Mann sofort auf, als er Billy sah, zum anderen erkannte Billy ihn wieder. Er ging die letzten Schritte zu seinem Besucher und streckte ihm die Hand entgegen.

«Billy Rosén, Sie wollten mich sprechen?»

«Ja. Ich bin Conny Holmgren, Jennifers Vater.»

«Ach ja, genau, ich dachte mir schon, dass ich Sie irgendwoher kenne», sagte Billy so ungezwungen er konnte. «Ich glaube, ich habe bei Jennifer ein Foto von Ihnen gesehen.»

Es war besser, seine Besuche bei Jennifer offen zu bekennen. Damit es so klang, als hätten sie eine ganz normale Freundschaft gehabt, unter Kollegen. Die besten Lügen waren jene, die der Wahrheit möglichst nahe kamen. Die alles bestätigten, vor allem dasjenige, was sich nachweisen ließ. Er wollte nur das Nötigste verschweigen.

Wie zum Beispiel, dass er Holmgrens Tochter im Suff beim Sex versehentlich erwürgt hatte.

Conny nickte, als hielte er das für logisch. Erst jetzt fiel Billy auf, dass die Augen des Vaters vom Weinen gerötet und voll Verzweiflung waren.

«Sie haben ja vielleicht schon gehört, was passiert ist.»

«Ja, ich habe es gestern erfahren. Es ist so furchtbar, ich ... ich weiß gar nicht, was ich sagen soll. Schrecklich, ganz schrecklich ...»

Conny antwortete nicht, sondern nickte nur wieder kurz vor sich hin.

«Haben Sie schon etwas Neues gehört?», fragte Billy und bemühte sich, hoffnungsvoll zu klingen.

«Nein, nichts.» Conny schüttelte den Kopf. «Jennifers Chefs in Sigtuna stehen mit der französischen Polizei in Verbindung, aber bisher ...» Er beendete den Satz nicht und schien in seinen eigenen Gedanken zu versinken. Billy wusste nicht, was er sagen sollte.

«Schrecklich ...», wiederholte er nur, um das Schweigen zu brechen und Conny endlich dazu zu bringen, ihm den Anlass seines Besuchs mitzuteilen. Doch sein Wunsch ging nicht in Erfüllung. Jennifers Vater blieb weiterhin stumm und starrte auf irgendeinen Punkt in der Ferne.

«Kann ich Ihnen denn irgendwie helfen?», fragte Billy nach weiteren zähen Sekunden.

«Sie kannten sie, oder? Sie beide haben sich getroffen», fragte Conny und sah Billy erneut an. Billy versuchte zu ergründen, ob «sich treffen» vielleicht eine diskrete Umschreibung für «miteinander ins Bett gehen» war, aber Connys Augen gaben ihm keinen Aufschluss darüber.

«Ja, sie hat einige Male mit uns zusammengearbeitet, und wir haben den Kontakt gehalten», antwortete Billy verhalten.

Conny schien sich damit zufriedenzugeben. Billy entspannte sich ein wenig, anscheinend wusste Conny nicht Bescheid. Das wäre wohl auch merkwürdig gewesen. Welche erwachsene Frau erzählte ihrem Vater schon, mit wem sie ins Bett ging?

«Sie hat von Ihnen erzählt», sagte Conny jetzt.

Billy nickte nur. Was hatte sie erzählt? Und wie viel? In ihren SMS oder ihrer Messenger-Konversation mit den Eltern hatte sie ihn nicht erwähnt, das wusste er. Aber Billy hatte natürlich keine Ahnung, worüber sie mit ihren Eltern am Telefon gesprochen hatte. Er musste vorsichtig vorgehen, auf der Hut sein.

«Ja, wie gesagt, wir haben den Kontakt gehalten und uns ab und zu getroffen.»

«Sie hat erzählt, dass Sie hier für den technischen Bereich zuständig sind», sagte Conny und machte eine Geste zum Polizeirevier. «Computer und solche Dinge.»

«Ja, das stimmt. In der Hauptsache.»

«Ich würde Ihnen gern etwas zeigen», erklärte Conny und drehte sich zu der Bank um, auf der seine Aktentasche stand. «Können wir uns irgendwo setzen?»

«Ich habe auch mit Jennifers Chefs in Sigtuna gesprochen, aber sie schienen nicht sonderlich an der Sache interessiert zu sein», erklärte Conny, während er seine Aktentasche öffnete. Sie saßen in einem Café in der Polhemsgatan mit zwei Tassen Kaffee vor sich, an denen sie jedoch nur nippten. Conny stellte die Vase mit den Schnittblumen beiseite und legte zwei Ausdrucke auf den Tisch.

«Schauen Sie sich das mal an», sagte er und schob Billy einen davon hin. Es war ein ausgedrucktes Foto von Jennifers Instagram-Konto. Eines jener Bilder, die Billy Ende Juni kreiert hatte, als er allein in Stockholm gewesen war.

Ein Selfie. Von Långholmen.

Jennifers Lächeln in der unteren rechten Ecke, im Hintergrund die sommerliche Szenerie mit dem Wasser und der Västerbron.

«Und dann vergleichen Sie es mal mit diesem», fuhr Conny fort und legte einen anderen Ausdruck daneben. Ebenfalls ein Bild von Jennifer, allerdings ein älteres, das sie selbst geknipst hatte. Billy erkannte es sofort wieder. Es war im Frühjahr aufgenommen worden, in Oslo. Im Hintergrund ebenfalls Wasser, deshalb hatte Billy es ausgewählt, um Jennifer herauszuschneiden und sie in das Foto von Långholmen hineinzubasteln. Er hatte es etwas verkleinert, das Licht bearbeitet und es spiegelverkehrt gedreht, aber es war dasselbe Bild.

«Es ist dasselbe Bild», sagte Conny jetzt wie ein Echo von Billys Gedanken.

«Wie meinen Sie das, dasselbe Bild?» Billy wagte es nicht, zu Conny aufzublicken. «Die sind doch ganz unterschiedlich.»

«Aber es ist dasselbe Bild von Jennifer.»

«Ich verstehe nicht ganz ...» Nun brachte Billy doch den Mut auf, seinen Blick zu heben. Seine Stimme hatte ihn nicht verraten, und er hoffte, sein Gesicht würde es auch nicht tun.

«Jemand hat es gefälscht», erklärte Conny und tippte auf das Bild von Långholmen. «Schauen Sie sich doch nur mal das Haar an, es weht auf genau dieselbe Weise, nur auf diesem hier ...» Er zeigte auf das Bild aus Oslo. «... weht es nach rechts, und hier nach links. Es ist spiegelverkehrt.»

Nachdem Jennifers Chefs aus Sigtuna anscheinend auch an Connys Ausführungen gezweifelt hatten, bedachte Billy ihn mit einem Blick, aus dem gesunde Skepsis sprach, ehe er sich wieder über die Fotos beugte. Doch jetzt erkannte er es ganz deutlich. Ein Wind von hinten ließ Jennifers Haar auf eine ziemlich charakteristische und, das musste er zugeben, auch leicht wiederzuerkennende Weise zur Seite wehen. Wie hatte er das übersehen können? Er verfluchte sich selbst. Es hätte sich so leicht korrigieren lassen.

«Und was wollen Sie damit sagen?»

Conny zögerte kurz. Billy wusste längst, worauf der Vater hinauswollte, aber vermutlich würde er sich nun sehr genau überlegen, wie er seinen Verdacht vorbringen sollte, damit er nicht für verrückt gehalten wurde. Die Polizei in Sigtuna hatte seinen Hinweis bereits abgetan.

«Die Sache ist so. Als wir die Vermisstenanzeige aufgaben, haben meine Frau Karin und ich darüber gesprochen, dass wir schon seit Ende Juni nicht mehr mit Jennifer telefoniert hatten. Wir haben dreimal vergeblich versucht, sie zu erreichen, und jedes Mal hat sie uns nur mit einer SMS geantwortet, aber nie zurückgerufen.»

«Okay ...?»

«Ich habe auch mit einigen ihrer Freunde gesprochen. Keiner hat sie seit dem 25. Juni persönlich getroffen.»

Billy antwortete nicht. Conny tippte erneut mit dem Zeigefinger auf die Fotos.

«Wenn diese Bilder manipuliert wurden, könnte ihr schon im Juni etwas zugestoßen sein.»

«Und was sollte das sein?», fragte Billy und sah ihn an. «Dass sie freiwillig untergetaucht ist, oder ...?»

«Nein», antwortete Conny, und es gelang ihm, in diesem einen Wort sowohl Irritation als auch Enttäuschung mitschwingen zu lassen. «Wenn sie freiwillig untergetaucht wäre, gäbe es doch wohl keinen Grund, Bilder von ihr zu fälschen!»

Der Vater seufzte schwer, er war sich bewusst, dass er wie jemand wirkte, der den Tod seiner eigenen Tochter nicht wahrhaben wollte und nach dem kleinsten Strohhalm griff, um das Gegenteil zu beweisen.

«Ich weiß ja, wie das klingt, aber ...» Er blickte Billy erneut an, und es schien, als würden ihm gleich die Tränen kommen. «Sie war ein wildes Mädchen. Sie liebte die Herausforderung, aber sie wäre niemals allein in einer unerforschten Höhle in Frankreich tauchen gegangen. Sie hat nie fahrlässig gehandelt.»

Billy nickte nur, während er im Kopf hastig die Situation einschätzte. Eigentlich hatte er ein irrsinniges Glück, dass Jennifers Vater ausgerechnet zu ihm gekommen war. Conny wirkte nicht wie ein Mann, der schnell aufgab. Früher oder später würde er irgendjemanden davon überzeugen, ihm zu glauben und Jennifers Verschwinden neu zu überprüfen. Jetzt würde diese Person Billy sein. Und über ihn schien Conny nicht mehr zu wissen, als dass er bei der Reichsmordkommission für die Technik zuständig war. Dass er nicht für eine Sekunde angenommen hatte, Billy könnte selbst seine Finger im Spiel gehabt haben, lag an seinem Beruf. Die meisten Menschen konnten sich nicht vorstellen, dass Polizisten zu schweren Straftaten fähig waren.

Wie er nun mit dieser Situation umgehen sollte, wusste Billy zwar noch nicht, aber er würde immerhin ein bisschen Zeit gewinnen, wenn er beschloss, Conny zu helfen.

«Das klingt ziemlich ausgeklügelt», antwortete Billy langsam, als wäre er immer noch nicht sicher, ob er die Geschichte glauben sollte oder nicht. «Aber ich mochte Jennifer wirklich sehr, also werde ich gern einen Blick darauf werfen und sehen, was ich tun kann.»

«Danke. Vielen Dank.» Die Erleichterung und Dankbarkeit in der Stimme des Mannes war nicht zu überhören, er hatte sich ganz offensichtlich schon auf eine weitere Abfuhr eingestellt.

«Ich werde dafür sorgen, dass Sie Zugang zu allem bekommen, was Jennifer seit Juni auf Facebook und so weiter gepostet hat», erklärte Conny. «Die Ausdrucke können Sie gern behalten, wenn Sie möchten.»

Billy nickte nur, er war noch immer nicht sicher, wie er weiter verfahren sollte, aber er wusste genau, dass er keine Minute länger mit Jennifers trauerndem Vater in diesem Café sitzen wollte. Fast wie bestellt klingelte in diesem Moment sein Handy. Er zog es aus der Tasche. Torkel.

Sein anderes Leben rief.

Billy stellte fest, dass Vanja immer noch da war, als er in den Besprechungsraum eilte und sich auf dem freien Stuhl neben der Tür niederließ.

«Bitte entschuldigt. Habe ich etwas verpasst?»

«Nein, nichts. Wir haben auf dich gewartet», antwortete Torkel und erhob sich vom Tisch, wo er mit einer dünnen Mappe vor sich gesessen hatte. «Zunächst möchte ich euch sagen, wie froh ich bin, dass wir wieder vollzählig sind.» Er blickte jeden einzeln an. «Das ist ein richtig gutes Gefühl.»

Ursula war kurz davor, Torkel darauf hinzuweisen, dass sie erst mit Sebastian vollzählig wären, verkniff es sich aber. Ein solcher Kommentar würde vermutlich nur die gute Stimmung zunichtemachen.

«Das heißt, du bist wieder zurück?», fragte Billy und streckte sich nach einer der Wasserflaschen auf dem Tisch.

«Ja, ich bin wieder da.»

«Cool. Aber warum eigentlich, ich dachte, es hätte dir in Uppsala gefallen?»

«Hat es auch, aber über die Gründe können wir später sprechen.»

«Ich fürchte, wir sind gezwungen, schon jetzt darüber zu reden», warf Torkel ein. «Gestern hat man in einer Wohnung in Gävle eine Leiche gefunden», fuhr er fort und sah Vanja an, ehe er die Mappe vom Tisch nahm und sie öffnete.

Vanja runzelte die Stirn. Torkels Blick hatte beinahe entschuldigend gewirkt. Als wüsste er, dass ihr das nicht gefallen würde, was er jetzt sagte.

Eine Leiche in Gävle.

Aber was hatte das damit zu tun, dass sie Uppsala verlassen hatte? Gävle lag zwar im Polizeibezirk Gävleborgs län, der wiederum zur Polizeiregion Mitte gehörte, die Uppsala unterstellt war und wo sich Anne-Lie und Sebastian Bergman befanden. Das war aber auch schon alles. Mussten sie deshalb darüber sprechen, warum Vanja von dort weggegangen war? Das schien doch ziemlich weit hergeholt.

Doch kaum hatte sie die Bilder gesehen, die Torkel vor ihnen auf den Tisch legte, begriff sie, dass es keineswegs weit hergeholt war.

Ganz im Gegenteil.

«Nicht im Ernst!», entfuhr es ihr. Ursula und Billy wandten sich neugierig zu ihr um, aber Vanja sank nur tiefer auf ihrem Stuhl, verschränkte die Arme und legte das Kinn auf die Brust wie ein schmollendes Kind, während sie Torkel und die Fotos auf dem Tisch finster anfunkelte. Wohl wissend, worauf er hinauswollte.

«Rebecca Alm», sagte Torkel und deutete auf eine der Aufnahmen, die eine bäuchlings auf dem Bett liegende Frau zeigte.

Die Beine ragten über die Bettkante.

Sie war von der Taille abwärts nackt, bis auf die Strümpfe.

Und hatte einen Sack über dem Kopf.

«Sie wurde, wie gesagt, heute Morgen gefunden, von einem Mitarbeiter der Hausverwaltung. Weil man den Mord sofort mit einer bereits bestehenden Ermittlung in Uppsala in Verbindung brachte, haben die Zuständigen dort übernommen.»

«Anne-Lie hat übernommen», warf Vanja ein.

«Ja», bestätigte Torkel nickend.

«Würdet ihr uns das jetzt bitte erklären, oder wollt ihr,

dass wir es erraten?», fragte Ursula und wandte sich an Vanja. Die blickte Torkel an, der wiederum nur mit den Achseln zuckte und ihr mit einer Geste den Vortritt ließ.

«Wir haben in Uppsala im Fall eines Serienmörders ermittelt, der seine Opfer betäubt und ihnen einen Sack über den Kopf zieht. Genau wie hier.»

Sie deutete auf die Fotos, die Torkel auf dem Tisch ausgebreitet hatte. Billy beugte sich vor und zog die Bilder näher zu sich heran.

«Anne-Lie, meine Chefin in Uppsala, hat Sebastian als Berater hinzugezogen, und deshalb bin ich gegangen», schloss Vanja.

«Und jetzt will sie uns mit einschalten», folgerte Billy.

«Gestern hatte ich einen Vergewaltiger, heute habe ich mit größter Wahrscheinlichkeit einen Mörder – so hat sie es ausgedrückt», bestätigte Torkel.

«Ja, das kann sie gut», ergänzte Vanja. «Sie holt sich jede Unterstützung, die sie braucht.»

Die Enttäuschung, die in diesem Lob mitschwang, war deutlich zu hören. Es war tatsächlich klug, alle Kräfte zu bündeln, aber das bedeutete auch, dass Vanja wieder gezwungen sein würde, mit Sebastian zusammenzuarbeiten. Dass sie alle gezwungen sein würden, mit Sebastian zusammenzuarbeiten.

«Wir müssen diesen Fall annehmen», sagte Torkel in beinahe entschuldigendem Tonfall.

«Ja, ja, ich verstehe schon», antwortete Vanja ein wenig gereizter als geplant.

«Und was denkst du jetzt?», fragte Torkel, während er zu Billy ging und die Fotos von dem Opfer wieder zurück in die Mappe legte. «Was hast du vor?»

Ja, was hatte sie eigentlich vor? Aus irgendeinem Grund war sie eher resigniert als wütend. Seit sie sich das erste Mal in Västerås begegnet waren, schien es einfach unmöglich zu sein, Sebastian Bergman zu entkommen. Immer wieder war es ihm gelungen, sich in ihre Ermittlungen hineinzustehlen und dem Team und ihr immer näher zu kommen. Es spielte keine Rolle, wie oft sie ihn schon hinausgeworfen hatten, er kam immer zurück. Wie ein menschlicher Bumerang. Würde sie an höhere Mächte, an Karma oder an das Schicksal glauben, wäre sie wohl zu dem Schluss gekommen, dass es einen tieferen Sinn hatte, diesen unausstehlichen Mistkerl an ihrer Seite zu haben.

Als Strafe.

Als Prüfung.

Als Bestimmung.

«Anscheinend werde ihn ja doch nicht wieder los ...», fasste sie ihre Gedanken zusammen und zuckte mit den Schultern.

«Es gibt andere Abteilungen, in denen du arbeiten könntest», schlug Torkel vor.

Das stimmte schon, aber Sebastian hatte sie bereits aus Uppsala vertrieben, sollte er sie nun auch noch aus der Reichsmordkommission jagen? Das war immerhin ihr angestammter Arbeitsplatz. Sie gehörte hierher. Nicht er. Es gab Grenzen für die Macht, die er über sie ausüben durfte. Und nun war es an der Zeit, sich zu wehren. Genau wie beim letzten Mal, als er zurückgekommen war und sie überlegt hatte, ob sie gehen sollte. Aber noch einmal – das wäre zu einfach. Und zu feige.

«Nein, dann muss ich eben das Beste aus der Situation machen.»

«Sicher?»

Vanja nickte nur.

«Ich werde sehen, was ich tun kann, wenn wir vor Ort sind. Aber ich kann nicht versprechen, dass er weggeschickt wird.»

«Ich weiß.»

«Obwohl ich nicht glaube, dass irgendjemand in diesem Raum wieder mit ihm zusammenarbeiten will», fuhr Torkel fort und blickte Ursula und Billy an. Billy nickte, wirkte aber ein wenig abwesend. Ursula spürte, wie sie allmählich wütend wurde. Sie hatte anfangs am stärksten dagegen argumentiert, Sebastian wieder ins Team zu holen. Aber das war damals gewesen. Seither war jedoch viel passiert, und wenn sich erwachsene Menschen gegen ihn zusammenrotteten, konnte sie nun doch nicht länger schweigen. Egal, wie gut die Stimmung war.

«Für mich ist es kein Problem, wieder mit ihm zusammenzuarbeiten», sagte sie ruhig und sah die anderen herausfordernd an, einen nach dem anderen. Doch keiner protestierte. Vanja blickte sie lediglich an, als wäre sie verraten worden, ehe sie wortlos aufstand und den Raum verließ.

«Na gut, dann lasst uns fahren», sagte Torkel seufzend und spürte, dass seine Glücksgefühle vom Morgen verflogen waren. Wie immer, wenn Sebastian Bergman in sein Leben trat.

Die Leiche lag noch im Schlafzimmer.

Billy ertappte sich dabei, wie er in der Tür stand und sie anstarrte. Eine tote Frau auf einem Bett. Es war unmöglich, die Gedanken zu verdrängen.

Unterwegs nach Gävle, einer Fahrt von zwei Stunden, die Billy in anderthalb zurücklegte, hatte er überlegt, ob er das Thema Jennifer ansprechen sollte. Immerhin hatten sie schon mehrmals zusammengearbeitet. Ursula hatte Jennifer sogar gemocht, wenn er sich recht erinnerte. Es wäre die natürlichste Sache der Welt, die anderen zu fragen, ob sie schon gehört hätten, was passiert sei, aber gleichzeitig fürchtete er, sie würden ihm irgendetwas anmerken. My war nicht stutzig geworden, aber sie war auch keine Polizistin und arbeitete nicht schon seit Jahren mit ihm zusammen.

Noch dazu war Vanja ein Lügendetektor.

Ein falscher Tonfall, ein kurzes, unmotiviertes Zögern, und sie biss zu wie eine Schlange.

Doch wenn er es nicht thematisierte und sie erst später erfahren würden, dass er die ganze Zeit davon gewusst hatte, wäre das auch merkwürdig. Doch als er gerade ansetzen wollte, darüber zu berichten, erstarrte er.

Vanja wusste, dass er My betrogen hatte.

Er hatte es ihr in einem schwachen Moment gestanden, als er von seinem schlechten Gewissen geplagt worden war. Inzwischen kam es ihm geradezu albern vor, deswegen ein schlechtes Gewissen zu haben, aber damals war es so gewesen.

Hatte er ihr auch erzählt, mit wem?

Billy musste scharf nachdenken. Nein, wohl nicht. Oder?

Er versuchte sich an die Situation zu erinnern. Sie hatten zusammengesessen und die Videos der Mautstationen durchgesehen, weil sie nach einem Wohnmobil suchten.

Da hatte er es ihr erzählt.

Sie hatte gefragt, mit wem.

Er hatte geantwortet ... dass es keine Rolle spiele.

Ja, so war es gewesen. Jetzt war er sich sicher. Blieb also nur noch die Frage, ob er es nun ansprechen sollte oder nicht.

«Habt ihr das von Jennifer gehört?», fragte Vanja im selben Moment und nahm ihm die Entscheidung ab.

«Ja, ich habe davon gehört», antwortete Ursula. «Schrecklich. Ihr habt euch doch auch manchmal privat gesehen, oder?», fragte sie Billy.

«Ich habe mich ein paarmal mit ihr getroffen, nachdem wir zusammen in Kiruna gewesen waren, aber nicht so oft», antwortete er und blickte konzentriert auf die Straße.

«Ich mochte sie nie besonders», gestand Vanja auf der Rückbank leise und blickte durch das Seitenfenster auf die Landschaft, die in Führerscheinentzugs-Geschwindigkeit draußen vorbeirauschte.

«Das liegt nur daran, weil sie dich ersetzt hat», antwortete Billy. Er war froh über die schnelle Wendung, die das Gespräch nahm, und achtete peinlich darauf, auf keinen Fall den Eindruck zu erwecken, dass Jennifer eine bessere Polizistin gewesen wäre als Vanja.

Er durfte die Arbeit der beiden nicht miteinander vergleichen.

Einmal hatte er sich selbst mit Vanja verglichen, und ihr Ehrgeiz und ihr Unwillen zu akzeptieren, dass sie nicht immer in allem die Beste war, hatte zu einem ernsten Zerwürfnis zwischen ihnen geführt. Davor waren sie eher wie Geschwister gewesen, jetzt waren sie Kollegen und wohl auch Freunde, aber die Nähe und das Vertrauen zwischen ihnen hatten sie nie gänzlich wiederherstellen können. Vielleicht war das Glück, dachte Billy. Wären sie noch so eng befreundet, hätte er ihr vielleicht auch erzählt, mit wem er My betrogen hatte.

Es war schlimm genug, wie es war.

«Nein, das ist nicht der Grund», behauptete Vanja. «Sondern weil sie ständig darauf aus war, dass ihr Job so unglaublich spannend ist. Rennen und jagen und schießen und all das.»

«Jetzt bist du aber ein bisschen ungerecht, finde ich», verteidigte Billy Jennifer.

«Sie ist allein in Frankreich in einer Höhle tauchen gegangen.»

«Und sie ist tot!»

Er hatte es lauter und heftiger gerufen als geplant, woraufhin es im Auto still wurde.

«Entschuldige, das war unsensibel von mir», erklang es leise vom Rücksitz. Vanja legte ihre Hand auf seine Schulter und drückte sie. «Verzeih mir, ich weiß, dass du sie mochtest.»

«Ja ...»

Anschließend hatte er noch stärker Gas gegeben, und sie hatten nicht mehr über Jennifer gesprochen. Billy hoffte, es würde auch so bleiben.

«Entschuldigen Sie.»

Ein Mitarbeiter der Spurensicherung zwängte sich an Billy vorbei durch die Tür. Billy trat einen Schritt beiseite und holte tief Luft.

Konzentration.

Er ging durch die Küche zurück ins Wohnzimmer. Bisher hatte die Spurensicherung weder Rebecca Alms Handy noch ihren Laptop gefunden, aber sie hatten auch noch nicht alle Schränke und Schubladen durchsucht.

Billy wusste, was er zu tun hatte.

Er wollte ein guter Polizist sein.

Und er durfte nicht mehr an Jennifer denken.

Sie sollte weniger Raum einnehmen.

Ihr Schrei sollte zu seinem Flüstern werden.

Vanja saß draußen im Treppenhaus, lehnte mit dem Rücken an der Wand und hielt einen sehr vorläufigen, stichwortartigen Bericht in den Händen, der von den ersten Kollegen vor Ort verfasst worden war. Im Grunde hatte sie an einem Tatort nicht viel zu suchen. Das war Billys und vor allem Ursulas Revier. Indem sie mit nach Gävle gefahren war, hatte sie die Begegnung mit Sebastian aber noch um einige Stunden hinauszögern können.

Sie überflog den Text, den sie vor sich hatte.

Rashid Nasir war am Morgen um kurz nach neun gekommen. Er hatte die Tür mit dem Generalschlüssel geöffnet und die Leiche entdeckt. Um 9.16 Uhr war sein Anruf in der Zentrale eingegangen. Der erste Polizist war nach weniger als zehn Minuten vor Ort gewesen, hatte Rashids Angaben bestätigt, den Tatort abgesperrt und weitere Kollegen, unter anderem die Spurensicherung, hinzugerufen. Die Techniker arbeiteten nun in der kleinen Wohnung und hatten bisher lediglich mitgeteilt, dass an der Tür keine Einbruchsspuren zu finden waren. Doch da sie sich im zweiten Stock befanden, war der Täter vermutlich nicht durch das Fenster eingedrungen. Vanja machte sich eine Gedächtnisnotiz. Sie musste herausfinden, wie viele Schlüssel es zu dieser Wohnung gab. Rashid hatte einen Generalschlüssel. Vielleicht gab es noch weitere Schlüssel. Viel mehr enthielten die Notizen nicht. Bisher hatte keiner die Nachbarn befragt. Und es gab keine Informationen darüber, wann Rebecca zuletzt gesehen worden war. Oder wie lange sie schon hier wohnte. Keine Hintergründe. Vermutlich hatte Carlos längst das meiste recherchiert, und wenn nicht, würde Billy es im Handumdrehen erledigen, wenn sie wieder ins Präsidium kamen, aber noch waren sie hier. Und Vanja konnte sich vermutlich nützlicher machen, als lediglich auf der Treppe zu hocken.

Sie stand auf, ging zu der Tür der direkten Nachbarwohnung und klingelte. Ihr wurde sofort geöffnet, als hätte der Bewohner dahinter, ein bärtiger Mann Mitte dreißig in kariertem Flanellhemd und weiten Jeans, die Ereignisse im Treppenhaus schon durch den Spion beobachtet.

«Hallo, mein Name ist Vanja Lithner, Reichsmordkommission», stellte sie sich vor und hielt ihm ihre Dienstmarke unter die Nase. «Dürfte ich Ihnen ein paar Fragen stellen?»

«Klar», antwortete der Mann, war mit einem Ohr jedoch bei dem Kindergeheul, das aus der Wohnung drang und immer fordernder wurde. «Kommen Sie doch rein. Ich dachte, er würde einschlafen, aber ...», sagte er, öffnete die Tür und eilte in die Wohnung. Das Weinen wurde lauter, als der Mann in einem Zimmer verschwand und beruhigend auf das Kind einredete. Vanja trat in den Flur, schloss die Tür und zwängte sich an dem Kinderwagen vorbei. Geradeaus konnte sie durch einen Spalt in ein Zimmer mit einem ungemachten Doppelbett spähen. Sie ging nach rechts ins Wohnzimmer. Ein graues Sofa neben einem runden Sofatisch aus dunklem Holz mit einer Ablage darunter. Auf der einen Seite des Sofas ein Sessel mit einem unpassenden Schemel. Helle Wände mit Kunst, die nicht nach ihrem Wert ausgesucht worden war, sondern weil sie gefiel. Ziemlich viel Spielzeug, das auf dem Boden verstreut lag, und an der Wand unter dem Fenster ein Spielzeugherd. Ein bewohntes Zuhause. Eine unordentliche Gemütlichkeit. Vanja gefiel es.

«Setzen Sie sich doch.» Der Mann zeigte auf das Sofa, als

er wieder aus dem angrenzenden Zimmer kam. Auf dem Arm trug er jetzt einen schläfrigen Jungen mit Schnuller im Mund, der mit T-Shirt und Windel bekleidet war. Vanja winkte dem Kind zu, das sich die Augen rieb, ehe es hastig den Kopf wegdrehte und sein Gesicht an den bärtigen Hals seines Vaters drückte. Vanja setzte sich und beobachtete, wie der Mann in die Küche ging, ein Gläschen mit Babynahrung aus dem Schrank nahm, den Deckel abschraubte und es in die Mikrowelle stellte. Dann füllte er eine Schnabeltasse mit Wasser und reichte sie dem Jungen, der mit gierigen Schlucken trank, ehe er Vanja aus seinen neu erwachten Augen skeptische Blicke zuwarf.

Jonathan würde ein guter Vater sein, dachte Vanja. So könnten sie es auch haben. Sie hatten schon darüber gesprochen, Kinder zu haben. Halb im Spaß, aber eben nicht nur. Es kam ihr wie ein natürlicher Schritt vor, den sie sehr gern mit Jonathan gehen würde. Nächstes Jahr wurde sie fünfunddreißig.

«Wie heißen Sie?», fragte sie den Mann, der jetzt ein Lätzchen, einen tiefen Plastikteller und einen kleinen, grünen Plastiklöffel auf den Tisch vor dem Kinderstuhl legte.

«Oh, Entschuldigung. Ich bin Pierre. Und das ist Grim», sagte er mit einem Blick auf seinen Sohn. Die Mikrowelle machte Pling, und Pierre nahm das Glas heraus und stellte es auf die Arbeitsplatte. Dann setzte er Grim in den Kinderstuhl. Der Junge fing sofort wieder an zu weinen und reckte die Arme in die Luft, um erneut hochgehoben zu werden.

«Jaja, warte mal kurz, du bist ja gleich dran ...», sagte Pierre, nahm das Glas, setzte sich neben Grim an den Küchentisch und gab den Inhalt auf den Teller. Dann rührte er um, pustete ein wenig auf das Essen und legte Grim das Lätzchen um, ehe er den Löffel in das Essen steckte und Grim den Teller hinschob. Der Kleine griff sofort nach dem Plastikwerkzeug und begann, sich mehr oder wenig treffsicher das Essen in den Mund zu schaufeln. Vanja dachte, dass dies sicher nicht der erste Tag war, an dem Pierre mit seinem Sohn zu Hause war.

«Ihre Nachbarin, Rebecca», begann Vanja, nachdem die Lage halbwegs unter Kontrolle zu sein schien und Pierre seine Aufmerksamkeit zwischen ihr und dem Sohn teilen konnte. «Wie lange hat sie schon hier gewohnt?»

«Das weiß ich nicht genau, wir sind erst vor zweieinhalb Jahren hier eingezogen, und damals war sie schon da.»

«Das heißt, Sie kannten sie nicht so gut?»

«Eigentlich gar nicht, ups ...» Hastig beugte er sich vor und fing Grims Hand ein, die dabei war, den gefüllten Löffel wie einen Taktstock zu schwingen. «Sie war ein bisschen komisch.»

«Inwiefern?»

«Hat nie gegrüßt, sondern höchstens etwas vor sich hingebrummelt. Und sie war immer gegen alles. Eigentlich haben wir sie nur selten zu Gesicht bekommen.» Pierre holte ein Küchentuch und wischte die verkleckerten Reste rund um den Kinderteller weg.

«Sie hat geglaubt, sie würde verfolgt», fügte er hinzu.

«Von wem?», fragte Vanja und richtete sich auf dem Sofa auf.

«Keine Ahnung, ich glaube, sie wusste es selbst nicht, aber darum ging es bei dieser ganzen Rauchmeldersache.»

Vanja stand vom Sofa auf, ging zum Küchentisch und setzte sich auf Grims andere Seite. Der Junge sah sie, den Löffel im Mund, mit großen Augen an.

«Erzählen Sie.»

Es war schon spät am Nachmittag, als Billy, Vanja und Ursula Uppsala erreichten. Vanja zeigte Billy, wo er parken konnte, kümmerte sich darum, dass ihre Kollegen einen Passierschein und eine Schlüsselkarte bekamen, und führte sie in den siebten Stock. Dort öffnete sie die Tür zu der Abteilung, die sie vor nicht einmal zwölf Stunden verlassen hatte und wo jetzt Carlos und Sebastian hinter ihren Schreibtischen saßen. Beide sahen auf, und Vanja warf Sebastian einen kurzen, bösen Blick zu, ehe sie sich Carlos zuwandte.

«Das sind Ursula und Billy, meine Kollegen von der Reichsmordkommission», erklärte sie, und Carlos stand auf und ging den Neuankömmlingen entgegen.

«Carlos Rojas. Herzlich willkommen.» Sie schüttelten einander die Hand, ehe Carlos auf die Schreibtische am Fenster zeigte. «Ich sitze hier, Sebastian dort. Vermutlich wird Vanja wieder ihren Platz dort drüben nehmen, aber davon abgesehen könnt ihr euch überall hinsetzen. Wenn ihr Passwörter, Zugänge und so weiter braucht, wendet euch einfach an mich.»

«Danke», antworteten Billy und Ursula unisono und suchten sich ihre Arbeitsplätze aus. Billy wählte den Schreibtisch, der so weit vom Fenster entfernt lag wie nur möglich, Ursula entschied sich für einen Platz Sebastian gegenüber. Sie lächelte ihn an, aber er bemerkte es gar nicht, sondern starrte über ihre Schulter. Auf Vanja.

Natürlich.

Er stand auf und ging zu ihr.

«Hallo», sagte er so offen und reuevoll wie möglich. Sie würdigte ihn keines Blickes, aber er fuhr mit leiser Stimme fort: «Ich weiß, dass du mich nicht hierhaben willst.»

«Und trotzdem bist du da», erwiderte sie, drängte sich an ihm vorbei und steuerte auf ihren alten Arbeitsplatz zu. Sebastian zögerte kurz.

Als Torkel vorhin gekommen war, hatte Sebastian ihn nach Vanja gefragt und erfahren, dass sie zurückkommen würde. Dass sie sich zwar nicht darauf freue, aber vorhatte, das Beste aus der Situation zu machen. Was das bedeutete, wusste er nicht genau. Wahrscheinlich, ihm um jeden Preis aus dem Weg zu gehen.

Verständlich. Aber das konnte er nicht zulassen.

Er brauchte sie.

Er hatte eine letzte Chance bekommen, alles wieder einzurenken. Und diesmal wollte er es auf keinen Fall vermasseln. Vanja nicht verraten, nichts zerstören. Und dann würde sie ihn nach und nach akzeptieren. Nicht als Vater, darauf wagte er nicht mehr zu hoffen, aber als jemanden, den sie in ihrer Nähe ertragen konnte. Mit dem sie es aushielt. Das war jämmerlich wenig, aber damit musste er sich zufriedengeben. Es würde nicht leicht werden, das wusste er, aber er wollte weiterhin den Plan verfolgen, den er sich zurechtgelegt hatte.

«Diesmal wird es anders sein», sagte er und folgte Vanja zu ihrem Arbeitsplatz.

«Das glaube ich nicht», erwiderte sie trocken, setzte sich auf ihren Bürostuhl und drehte ihm den Rücken zu.

«Wir werden einfach nur Kollegen sein, die gemeinsam an einem Fall arbeiten. Nichts anderes. Das verspreche ich.»

«Bisher hast du noch nie auch nur irgendein Versprechen gehalten.»

Was sollte er darauf antworten? Er erinnerte sich nicht an

alle Versprechen, die er ihr gegeben hatte, ging aber davon aus, dass er sie alle gebrochen hatte. Das machte er für gewöhnlich. Ob es nun kleine Versprechen waren wie *Natürlich bleibe ich bis zum Frühstück* oder große wie *Ich werde immer auf dich aufpassen.* Sein ganzes Leben basierte auf Lügen und gebrochenen Versprechen.

«Ich weiß, dass ich Dummheiten gemacht und dich verletzt habe, aber ...»

Jetzt schnellte sie auf ihrem Stuhl herum und sah ihm das erste Mal, seit er nach Uppsala gekommen war, direkt in die Augen.

«Wolltest du etwas zu unserem Fall mit mir besprechen?»

«Nein, oder doch ...» Er blickte zu Anne-Lies Büro hinüber, die sich dort mit Torkel unterhielt. «Aber Torkel sagte, dass wir einen Durchgang machen, sobald ihr da seid, also kann das auch warten.»

«Und warum stehst du dann hier?»

«Wie meinst du das?»

«Wir sollten doch nur Kollegen sein, die gemeinsam an einem Fall arbeiten. Nichts anderes.» Sie lehnte sich zurück, verschränkte die Arme und achtete darauf, mit ihrer ganzen Körperhaltung Distanz auszudrücken. Nicht nur mit Worten. «Warum stehst du also hier?»

«Kollegen halten doch wohl ab und zu mal einen Schwatz.»

«Wir nicht», stellte Vanja klar und kehrte ihm demonstrativ den Rücken zu.

Sebastian verharrte noch einige Sekunden auf der Stelle und überlegte, ob es einen Sinn hatte, erneut anzusetzen, begriff aber, dass er sie damit nur noch mehr provozieren würde.

«Na gut», sagte er leise und ging wieder an seinen Platz. Er sah, dass Ursula ihn mit einem leichten Lächeln betrachtete, das er nicht ganz deuten konnte, vielleicht mitfühlend amüsiert, falls es so etwas gab. Wenn die Begegnung mit ihm Vanja am meisten störte und Ursula am wenigsten, dann musste es auch noch eine Mitte geben. Das nahm Sebastian zumindest an. Jedenfalls konnte er das auch sofort herausfinden, indem er einmal die Runde machte. Also schlenderte er zu Billy hinüber, der gerade neben seinem Schreibtisch stand und seine technische Ausrüstung anschloss.

«Hallo, lang ist's her.»

«Ja.»

Irgendetwas an Billys knapper Antwort verriet Sebastian, dass es seinen Kollegen auch nicht gestört hätte, wenn sie sich erst in einiger Zeit wiederbegegnet wären.

«Und, wie geht's?», fragte er ganz ungezwungen und setzte sich auf Billys Schreibtischkante. Wie Billys Blick verriet, hatte der sofort verstanden, dass hinter dieser Frage mehr steckte als nur eine kollegiale Erkundigung nach seinem Allgemeinzustand. Sebastian war einer der wenigen, oder mittlerweile sogar der Einzige, der Billys dunkles Verlangen kannte. Und der gesehen hatte, wie weit er dafür zu gehen bereit war.

«Danke, gut», antwortete Billy in neutralem Tonfall. «Und dir?»

«Du hast in letzter Zeit keine Ausflüge ins Zoogeschäft oder ins Tierheim unternommen?», fuhr Sebastian im Plauderton fort, ohne seinen Kollegen aus den Augen zu lassen. Billy richtete sich auf und sah sich um. Keiner der anderen schien von ihrem Gespräch Notiz zu nehmen. Dennoch trat Billy ganz nah an Sebastian heran und senkte die Stimme.

«Dieser Witz wird langsam langweilig.»

«Das ist kein Witz.»

«Hör auf. Ich meine es ernst.» In Billys Stimme schwang

eine derartige Härte mit, dass Sebastian keine Sekunde an seinen Worten zweifelte. «Ich weiß, was du gesehen hast, aber das war damals. Vor langer Zeit. Seither ist nichts mehr passiert.»

«Na, dann ist es ja gut.»

«Also lass mich endlich damit in Ruhe.»

Er beugte sich vor, und Sebastian spürte seinen Atem im Gesicht. Sie maßen einander mit Blicken. Lange, schweigende Sekunden. Für einen kurzen Moment überkam Sebastian ein ungutes Gefühl.

Billy konnte gefährlich sein.

Nicht nur für Katzen.

«Okay, ich lasse dich in Ruhe.»

«Gut», sagte Billy, trat einen Schritt zurück und richtete weiter seine neue Arbeitsstation ein. «Dann freue ich mich, wieder mit dir zusammenzuarbeiten», fügte er hinzu, als hätte der Wortwechsel davor nie stattgefunden.

Sebastian stand von dem Schreibtisch auf und ging wieder zu seinem Platz, wo Ursula auf ihn zutrat und ihn kurz und herzlich umarmte.

«Schön, dich wiederzusehen.»

«Eine von dreien, die mich mag», sagte Sebastian lächelnd und machte eine vage Geste in Vanjas und Billys Richtung. «Das ist eine höhere Quote als normal.»

Ursula verstand, dass er es scherzhaft gemeint hatte, aber leider war es die Wahrheit.

Sie waren zu siebt in einem der größeren Besprechungsräume, der das Konferenzzimmer in Kungsholmen ziemlich renovierungsbedürftig aussehen ließ. Lackiertes Fischgrätparkett mit einem großen, rechteckigen roten Teppich unter einem massiven Eichentisch, der Platz für zwölf Personen bot. Die Stühle mit den hohen Lehnen und dem schwarzen Lederbezug waren bequemer als bei ihm zu Hause, dachte Billy, nachdem er sich gesetzt hatte.

An der Decke hing eine moderne, aber funktionale Beleuchtung, die aus drei langen Aluminiumröhren mit einzelnen Lampen bestand. An der einen Wand hingen ein Whiteboard mit einigen Fotos sowie eine Karte von Uppsala hinter Glas, auf dem man etwas markieren und wieder wegwischen konnte, wenn es nicht mehr aktuell war oder geändert werden musste. Torkel nahm sich vor, eine solche Karte von Stockholm für ihren eigenen Konferenzraum zu besorgen.

An der einen Wand befand sich ein Büroregal, in dem in ordentlichen Reihen Papier, Blöcke, Stifte, Ordner und Post-its lagen, darauf standen einen Obstschale und einige Wasser- und Cola-Flaschen. Unter der Decke war ein topmoderner Projektor installiert und auf das Whiteboard gerichtet, über dem man bei Bedarf eine Leinwand herabziehen konnte. Und in beiden Ecken gab es Bildschirme für Videokonferenzen auf drehbaren Stativen.

Im Laufe der Jahre hatten die Mitglieder der Reichsmordkommission schon in vielen verschiedenen Besprechungszimmern im ganzen Land gesessen, aber dies war zweifellos der luxuriöseste. Der Raum vermittelte eher das Gefühl, hier würde gleich die Geschäftsführung eines großen, börsennotierten Unternehmens zusammenkommen und nicht ein Ermittlerteam, das über Mord und Vergewaltigung sprach.

«Na dann», sagte Anne-Lie und zog die letzte der rot-orange gestreiften Gardinen vor den Scheiben zum Flur zu, damit niemand hereinsehen konnte. «Wir sollten wohl mit dem Elefanten im Raum anfangen, dann wären wir das Thema los. Sebastian ...»

Alle drehten sich zu Sebastian um, der neben Ursula saß und sich gerade mit einer Flasche Mineralwasser in der Hand zurücklehnte.

«Er bleibt», stellte Anne-Lie fest. «Ich möchte ihn dabeihaben, und dies ist meine Ermittlung.»

«Ich habe ja schon erklärt, dass wir normalerweise die Verantwortung übernehmen, wenn wir hinzugerufen werden ...», warf Torkel ein und schielte zu Vanja hinüber, doch Anne-Lie schnitt ihm sofort das Wort ab.

«Nicht in diesem Fall, ich bin euch für die Unterstützung wirklich sehr dankbar, aber ich werde nicht sofort kuschen wie irgendeine dämliche Provinztussi, nur weil die tollen Stockholmer kommen.»

Ursula stellte fest, dass sie Anne-Lie mochte. Ihre ganze Art, aber auch die einfache Tatsache, dass sie ein Wort wie Provinztussi benutzte. Ursula vertrat schon lange die These, dass die Kompetenz der Kollegen proportional sank, je weiter entfernt sie von der Großstadt arbeiteten. Und Anne-Lies Wortwahl deutete darauf hin, dass Ursula in ihrer neuen Kollegin und Ermittlungsleiterin womöglich eine Seelenverwandte gefunden hatte.

«Wir sind uns aber auch darüber im Klaren», fuhr Anne-Lie fort und wandte sich direkt an Sebastian, «dass du dich ordentlich benimmst und dein Hosenstall geschlossen bleibt, sonst fliegst du raus.»

Ja, Ursula mochte sie definitiv.

Sebastian nickte, trank einen Schluck Wasser und wischte sich mit dem Handrücken den Mund ab.

«Darf ich ihn denn ab und zu öffnen, wenn ich mal pinkeln muss?»

Anne-Lie machte sich nicht einmal die Mühe, darauf einzugehen. Stattdessen zog sie am Tischende einen Stuhl heraus und setzte sich.

«Gut, dann hätten wir das geklärt und können uns jetzt um die wichtigeren Sachen kümmern. Wer fängt an?»

Sie ließ ihren Blick an ihnen entlangwandern. Carlos stand auf und knöpfte die dünne Daunenweste zu, die er über Hemd und Wollpullover trug, ehe er zum Whiteboard ging und das vergrößerte Passfoto einer Frau neben die anderen hängte. Sie hatte dünnes, strähniges braunes Haar, dunkle Augen, markante Wangenknochen und schmale Lippen.

«Rebecca Alm, dreißig, geboren in Nässjö, ist mit zweiundzwanzig nach Gävle gezogen, demnach hat sie also seit acht Jahre dort gewohnt. Sie hat halbtags in der Schulkantine der Ängsskolan gearbeitet, einer christlichen Privatschule, aber mit ihren Kolleginnen hatte sie kaum Kontakt. Überhaupt schien sie eine ziemliche Einzelgängerin gewesen zu sein. Eine ärztliche Diagnose liegt uns zwar nicht vor, aber die Kollegin, mit der ich gesprochen habe, hatte den Verdacht, sie hätte Depressionen. Das ist alles, was ich bisher habe, ich mache mit ihr weiter», schloss Carlos und ging wieder auf seinen Platz.

«Wir haben in der Wohnung ein Handy gefunden, aber

keinen Computer», hob Billy an. «Ich werde es so schnell wie möglich untersuchen und zusehen, ob ich sie in den sozialen Medien finden kann.»

«Ihr Nachbar hat mir erzählt, dass sie glaubte, sie würde verfolgt», warf Vanja ein.

«Und von wem?», fragte Torkel und beugte sich interessiert vor.

«Das wusste er nicht», antwortete Vanja mit einem Schulterzucken. «Aber sie hat sich gegen die Rauchmelder in ihrer Wohnung gewehrt, weil sie dachte, sie wären mit Kameras präpariert.»

«Warum sollte jemand sie überwachen wollen?», fragte Anne-Lie, stand auf und schrieb *überwacht?* neben Rebeccas Bild. «Hat sie mit jemandem darüber gesprochen?»

Anne-Lie blickte Carlos an, der Vanjas leichtes Achselzucken kopierte.

«Nein, noch habe ich nichts davon gehört.»

«Na gut. Wissen wir, wie lange sie schon tot war?»

Ursula richtete sich auf. Sebastian beobachtete sie aus dem Augenwinkel. Ob ihr Angebot mit dem Abendessen wohl noch stand? Sonst wartete schon wieder ein leeres Hotelzimmer auf ihn. Er würde sich bemühen, das Versprechen, das er Vanja gegeben hatte, zu halten und sich ändern und bessern. Und einige Stunden mit Ursula würden ihm das erleichtern.

«Wenn man die Umgebung und den Zustand der Leiche in Betracht zieht, würde ich von zwei Wochen ausgehen, plus minus ein paar Tage», erklärte Ursula.

«Ihr Nachbar hat sie am 2. Oktober zuletzt gesehen», sagte Vanja.

«Das war auch der Tag, an dem sie zum letzten Mal bei der Arbeit war», ergänzte Carlos.

«Hat sie denn niemand vermisst?», fragte Anne-Lie, während sie *2.10.?* neben Rebeccas Namen schrieb.

«Doch, die Schule hat bei ihr angerufen, und zwei ihrer Kolleginnen waren auch bei ihr zu Hause, aber als sie nicht aufgemacht hat ...» Carlos hob resigniert die Hände. «Anscheinend kam es in den letzten Jahren immer wieder vor, dass sie für ein paar Tage verschwand, aber sie kehrte jedes Mal zurück.»

Ein einsamer Mensch.

Die Städte waren voll davon. Je größer die Stadt, desto zahlreicher waren sie.

Menschen wie Rebecca, die tage- oder sogar wochenlang verschwunden waren, ohne dass sie jemandem fehlten. Sebastian ertappte sich bei dem Gedanken, wie lange er wohl in seiner Wohnung in der Grev Magnigatan liegen würde, wenn er einem Herzinfarkt erläge. Lange. Vermutlich länger als zwei Wochen. Wer würde ihn vermissen? Ursula vielleicht. Aber nicht ausreichend, um sich Sorgen zu machen, ihm könnte etwas passiert sein.

«Hat denn niemand auf den Gestank reagiert?», fragte Vanja.

«Es war ziemlich kühl in der Wohnung, und Rebecca Alm war klein und dünn, beinahe mager, da verwest nicht viel, wahrscheinlich war sie fast sofort mumifiziert», erklärte Ursula.

Immerhin ein Vorteil, dachte Sebastian. Mit seinen überflüssigen Pfunden auf den Hüften würde er vermutlich anfangen zu stinken. Vielleicht sogar durch den Boden bis zur alten Ekensköld im nächsten Stockwerk tropfen. Das war ein guter Grund, nicht mehr auf seinen Arzt zu hören, der ihn immer wieder ermahnte abzunehmen.

«Ob sie ein Betäubungsmittel im Blut hatte und ob es Spermaspuren gibt, wird die gerichtsmedizinische Untersuchung ergeben», fuhr Ursula fort und blätterte in den Aufzeichnungen auf ihrem Tisch. «Sie hatte einen kleinen blauen Fleck am Hals, der von einem Nadelstich stammen könnte, aber das wissen wir erst nach der Obduktion mit Sicherheit», schloss sie und lehnte sich auf ihrem Stuhl zurück.

Anne-Lie nickte, dann ging sie zu der Karte und nahm einen dünnen Stift zur Hand. «Ida Riitala wurde hier angegriffen ...» Sie malte einen kleinen Kreis auf die Karte und schrieb eine Eins daneben. «Auf dem Alten Friedhof, am 18. September.» Anne-Lie schrieb *18. 9.* neben den Kreis.

«Das nächste Opfer ist Therese Andersson, fünf Tage später, hier.» Ein neuer Kreis, eine Zwei und wieder ein Datum. *23. 9.* «Und dann fährt er nach Gävle.»

Sie schrieb Rebeccas Namen außerhalb der Karte und *2. 10.*, wieder mit einem Fragezeichen dahinter.

«Klara Wahlgren hier, am 13. Oktober.» Ein Kreis, eine Vier und *13. 10.* wurden notiert. Dann legte Anne-Lie den Stift auf die Ablage und trat einen Schritt zurück. Alle musterten die Karte, und es entstand ein Schweigen, das Sebastian schließlich brach.

«Uppsala, Uppsala, Gävle und dann wieder Uppsala.»

«Ja, und?», fragte Carlos.

«Das könnte darauf hindeuten, dass die Opfer genau ausgewählt wurden», antwortete Vanja an Sebastians Stelle, und er empfand einen Anflug von Stolz.

Sie dachte richtig. Sie dachte wie er.

Papas Mädchen.

«Oder zumindest, dass Rebecca gezielt ausgesucht wurde», führte er seinen Gedanken weiter und warf Vanja einen anerkennenden Blick zu, den sie natürlich ignorierte. «Gibt es eine Verbindung zwischen den Opfern in Uppsala und Rebecca Alm?»

«Nicht, dass wir wüssten», antwortete Carlos. «Aber wir haben die anderen drei auch noch nicht danach gefragt.»

«Ida und Klara kennen sich», sagte Vanja. «Sie haben im selben Chor gesungen.»

Sebastian nickte vor sich hin. Zwei der Opfer kennen einander, für ein drittes hatte der Täter die Stadt gewechselt. Möglicherweise waren sie etwas auf der Spur.

«Wissen wir, wie er hereingekommen ist?» Torkel blickte Ursula und Billy an, die in der Wohnung gewesen waren.

«Nein», antwortete Ursula. «Das Schloss war intakt, und wir versuchen gerade herauszufinden, wie viele Schlüssel es gibt.»

«Könnte sie ihn hereingelassen haben?», fragte Torkel weiter.

«Wenn sie den Überfall eigentlich überleben sollte, ist das ja wohl nicht besonders wahrscheinlich, oder?», antwortete Sebastian, ohne zu verhehlen, dass er dies für die dümmste Frage hielt, die bisher gestellt worden war.

«Er kann doch maskiert gewesen sein und könnte sich in die Wohnung gedrängt haben, sobald die Tür geöffnet wurde», entgegnete Torkel beharrlich und versuchte, sich seine Irritation nicht anmerken zu lassen.

«Hatte die Tür einen Spion?», fragte Sebastian an Ursula gewandt, und sie nickte.

«Eine Frau, die glaubt, dass sie überwacht wird, guckt durch den Spion, und wenn die Person davor maskiert ist, macht sie nicht die Tür auf», erklärte Sebastian in einem Ton, als würde er mit einem Fünfjährigen reden. Torkel wollte erneut etwas erwidern, aber Anne-Lie mischte sich ein.

«Hast du eigentlich auch etwas Eigenes beizutragen, oder bist du nur darauf aus, uns zu kritisieren?»

«Nett, dass du fragst.» Sebastian stand auf und ging zum

Whiteboard. Er stellte sich mit dem Rücken zu den anderen und studierte die Tafel einige Sekunden. So begann er mitunter seine Vorträge, indem er still mit dem Rücken zum Publikum stand. Und hörte, wie das Gemurmel verstummte. Um für höchste Aufmerksamkeit und Spannung zu sorgen.

«Gerne heute noch», sagte Torkel gereizt.

Seufzend drehte Sebastian sich um.

«Der Täter hat schon eine Weile von dieser Tat phantasiert, und vermutlich wurde das erste Opfer in einer Umgebung angegriffen, die ihm vertraut ist und nicht allzu weit von seinem eigenen Zuhause entfernt liegt», begann er und zeigte auf den Kreis mit der Eins auf der Karte.

«Das heißt also, wir sollten uns zunächst auf Ida Riitala konzentrieren», fasste Torkel schnell zusammen. «Und was noch?»

Sebastian blickte ihn an. Er bekam das Gefühl, dass Torkel ihn bloßzustellen versuchte. Vielleicht war das ein erster Schritt, um ihn loszuwerden.

Aber das würde nicht funktionieren.

«Möglicherweise kannte er die Frau oder hat sie zumindest schon einmal gesehen, eventuell hat er sogar ihre Gewohnheiten beobachtet. Er wollte Überraschungen vermeiden.»

Damit drehte sich Sebastian wieder zum Whiteboard um, und diesmal zeigte er auf die angehefteten Fotos.

«Meistens ist ein Bedürfnis nach Macht und Kontrolle das Motiv, und auch reiner Frauenhass lässt sich nicht ausschließen, aber die Vorgehensweise des Täters deutet darauf hin, dass die Gründe in diesem Fall komplexer sind.»

Er wandte sich wieder um und blickte die anderen an. Offensichtlich hatte er ihr Interesse geweckt. Kurz zog er eine erneute Kunstpause in Erwägung, verzichtete dann aber doch darauf.

«Für die Betäubung könnte es zwei Ursachen geben. Zum einen, dass er sich nicht imstande sieht, den eigentlichen Akt durchzuführen, wenn das Opfer bei Bewusstsein ist, oder aber, dass er ein Gefühl totaler Kontrolle erleben muss.»

Billy sah von seinen Papieren auf. Bildete er sich das nur ein, oder war der letzte Satz auch auf ihn bezogen?

«Wenn das Zweite der Fall ist, hat der Täter mit größter Wahrscheinlichkeit auch schon früher mit Kontrolle und Unterwerfung experimentiert. Im Zusammenhang mit Sex.»

Diesmal bildete Billy es sich nicht ein, Sebastian warf definitiv einen Blick in seine Richtung.

«Eine Art Sadomasochismus?», fragte Vanja und verriet durch ein leichtes Kopfschütteln, dass sie nicht verstehen konnte, wer an so etwas Gefallen fand.

Billy verstand es dagegen genau.

Die Kontrolle.

Die berauschende Macht.

Die Befriedigung.

«Na, jedenfalls irgendeine Form von Dominanz», bestätigte Sebastian nickend. «Geht es hingegen um das mangelnde Selbstvertrauen, den eigentlichen Akt durchzuführen, hat die Person mit größter Wahrscheinlichkeit nur wenig sexuelle Erfahrung, wenn überhaupt, und die, die sie gemacht hat, könnte negativ gewesen sein.»

«Wie finden wir ihn?», fragte Anne-Lie.

«Das ist leider schwieriger zu beantworten, weil Typen dieser Kategorie oft Einzelgänger sind», antwortete Sebastian mit einem leichten Seufzen. «Ein Täter der anderen Sorte könnten sich möglicherweise in BDSM-Kreisen bewegen, aber das Gefühl haben, dass ihm das nicht mehr ausreicht.»

«Hat der Sack auch etwas mit Kontrolle zu tun?», fragte Ursula.

«Er erfüllt zwei Funktionen. Einerseits ist er eine Vorsichtsmaßnahme, damit sie ihn nicht identifizieren können, wenn sie aufwachen.»

«Heißt das, sie kennen ihn?», warf Vanja ein.

«Das muss nicht unbedingt sein, es könnte andererseits genauso gut um Schuld gehen. Er muss sie entpersonalisieren. Damit sie gesichtslos bleiben. Im wahrsten Sinne des Wortes.»

«Wissen wir denn sicher, dass Ida Riitala das erste Opfer war?», fragte Billy.

«Das Datum bietet uns einen gewissen Anhaltspunkt», antwortete Sebastian ironisch und sah vor seinem inneren Auge, wie der Wanderpokal für die dümmste Frage von Torkel an Billy weitergereicht wurde.

«Es könnte doch eine Dunkelziffer geben, Frauen, die es nicht gewagt haben, Anzeige zu erstatten, oder es nicht wollten?», verteidigte Billy sich und warf Sebastian einen trotzigen Blick zu.

«Das ist bei überfallartigen Vergewaltigungen eher selten», entgegnete Sebastian, musste jedoch widerwillig einsehen, dass Billy vielleicht nicht ganz unrecht hatte. Torkel durfte den Pokal behalten.

«Wir konzentrieren uns also vorerst auf Ida», fasste Anne-Lie zusammen. «Und auf der Pressekonferenz veröffentlichen wir einen Aufruf, dass sich Frauen, die Opfer eines Übergriffs geworden sind, unbedingt bei uns melden sollen. Außerdem nehmen wir zu neuen Erkenntnissen Stellung, sofern wir welche haben.» Sie stand auf, um zu signalisieren, dass die Besprechung damit beendet war.

«Wie sieht es mit Überwachungskameras auf dem Weg aus, den Ida nach Hause ging?», fragte Billy, während er sein Material zusammensuchte.

«Es gibt einige, aber nicht direkt am Tatort», antwortete Carlos.

«Kann ich die Filme haben?»

«Klar.»

«Wenn es eine Verbindung zwischen den Opfern gibt, will ich das vor der Pressekonferenz erfahren», betonte Anne-Lie. Alle nickten, und nun war die Besprechung definitiv beendet. Vanja stand auf und verließ den Raum als Erste, ohne Sebastian auch nur eines Blickes zu würdigen. Als er wieder zu seinem Platz ging, sah er Anne-Lie an, die ihm bestätigend zunickte und zufrieden lächelte. Schön, wenn man geschätzt wurde, aber es war nicht ihre Wertschätzung, um die er kämpfte.

Sie war traumatisiert.

Das wurde Sebastian schon in dem Moment bewusst, als Ida die Tür so weit öffnete, wie es die Sicherheitskette zuließ, nachdem Ursula und er ihre Dienstausweise vor den Spion gehalten hatten. Ihr ging es nicht gut, und sie wollte sie nicht bei sich haben, vor allem ihn nicht, dachte Sebastian, nachdem Ida sie widerwillig in ihr stickiges Wohnzimmer gebeten hatte. Sie nahmen nebeneinander auf dem Sofa Platz. Ida selbst blieb in der Nähe der Tür stehen, als wollte sie beim kleinsten Anzeichen von Gefahr die Flucht ergreifen. Sebastian sah, wie sie nervös an einer Haarsträhne herumnestelte, die schwer und fettig an ihrer Wange hinabhing, und sich auf die Unterlippe biss. Etwas war in dieser dünnen, hohläugigen Frau kaputtgegangen, in jener Nacht auf dem Alten Friedhof. Etwas, was nicht wieder heilen wollte.

«Möchten Sie sich nicht setzen?», fragte Ursula freundlich und deutete auf den Sessel neben dem Fenster.

«Nein, ich bleibe lieber hier stehen», antwortete Ida. «Was wollen Sie?»

«Kennen Sie eine Frau namens Rebecca Alm?»

Ida schüttelte stumm den Kopf.

«Sie haben diese Frau auch nie gesehen?» Ursula legte ein Foto auf den Tisch und schob es in Idas Richtung. Die trat einen Schritt vor und betrachtete die Aufnahme, ohne sie in die Hand zu nehmen. Dann schüttelte sie erneut den Kopf.

«Nein, ich weiß nicht, wer das ist.» Sie hob ihren Blick und sah Ursula an. «Warum fragen Sie das?»

«Ihr ist das Gleiche widerfahren wie Ihnen», erklärte Sebastian, noch ehe Ursula antworten konnte. «In Gävle», fügte er hinzu und hoffte, Ida damit das Gefühl zu geben, dass sich der Mann, der ihr das angetan hatte, wegbewegt hatte, dass zwischen ihnen nun Kilometer lagen. Es war überflüssig, mehr zu sagen oder gar alles zu erzählen. Dass der Übergriff diesmal in der Wohnung des Opfers stattgefunden und ein tödliches Ende genommen hatte, musste Ida nicht wissen. Es würde ihr sonst vielleicht den letzten Ort nehmen, an dem sie sich noch sicher fühlte. Ihr eigenes Zuhause. Es war zwar nur eine Frage von Stunden, bis die Medien von der Verbindung zwischen den Fällen und von Rebeccas Tod erfuhren, aber Sebastian hatte das Gefühl, dass sich Ida auch von den Nachrichten und dem Internet fernhielt. In einer idealen Welt würde sie also nie davon erfahren.

Ida nickte nur, keine Folgefragen, kein wie, wann, warum oder ob die Polizei schon eine Spur verfolgte.

Einen Moment lang schwiegen sie.

Sie ist traumatisiert, dachte Sebastian erneut. Ihre ganze Erscheinung vermittelte Schock und inneres Chaos. Neben ihm nahm Ursula gerade das Foto wieder zu sich und stand auf.

«Sie haben die Frau also noch nie gesehen?»

Erneutes Kopfschütteln von Ida. Ursula ging ein Stück um den Couchtisch herum und warf Sebastian einen Blick zu, es war Zeit zu gehen.

Doch Sebastian blieb sitzen. «Haben Sie jemanden, der Ihnen hilft?», fragte er. «Also, mit dem, was passiert ist.»

«Wie meinen Sie das?»

«Nach einem so einschneidenden Erlebnis kann man nicht einfach normal weiterleben, wir brauchen Hilfe, damit wir uns davon erholen, wir benötigen jemanden zum Reden.»

«Ich bete.»

«Jemand anderen als Gott.»

Zum ersten Mal, seit sie hereingekommen waren, blickte Ida ihn direkt an. «Sie glauben nicht, dass er helfen kann?»

Sebastian antwortete nicht sofort. Er selbst glaubte in der Tat nicht an Gott oder irgendeine höhere Macht. Aber er war überzeugt, dass Glauben und Religion dem Menschen ein Gefühl von Halt geben konnten und dass es etwas Größeres gab, eine höhere Ordnung, einen Sinn. An etwas zu glauben, konnte in vielen Situationen helfen, aber eine junge Frau, die ein schweres Trauma erlitten hatte, brauchte etwas anderes.

«Ich glaube, dass seine Möglichkeiten, Ihnen ganz konkret zu helfen, also im täglichen Leben, vielleicht ein wenig begrenzt sind.»

«Sie glauben nicht an Gott und Jesus», stellte Ida fest, und es klang, als hätte sie sich eine feste Meinung über Sebastian gebildet und darüber, was sie von ihm halten sollte.

«Meine Eltern waren gläubig», antwortete Sebastian wahrheitsgemäß, in einem Versuch, trotzdem eine Verbindung zu Ida herzustellen.

«Aber Sie nicht», beharrte Ida. «Deshalb verstehen Sie auch nicht, dass er einem nur hilft, wenn man ihm auch vertraut.»

Das stimmte. Er verstand es nicht.

Hatte es nie getan.

Und noch weniger hatte er Vertrauen.

Vielmehr hatte er einen Großteil seiner Kindheit und Jugend damit verbracht, gegen alles zu kämpfen, woran seine Eltern glaubten und wofür sie standen, und sein rebellisches Desinteresse und seine ständige Distanzierung waren schließlich offenbar nicht nur seinen Eltern zu viel geworden. Das hatte seine Mutter ihm gesagt, als sie sich das letzte Mal sahen.

Gott hat dich verlassen, Sebastian.

Er hält nicht länger seine schützende Hand über dich.

Wenn es so war, würde das natürlich einiges erklären. Aber Sebastian hatte nicht vor, einer dieser Menschen zu werden, die in den verschiedenen Gemeinden und Glaubensrichtungen auf Sinnsuche gingen, wenn sie es im Leben schwer hatten. Zweifellos wäre es angenehm, jemand anderem die Schuld geben zu können. Nicht vollkommen allein dafür verantwortlich zu sein, dass er seine Tochter nicht hatte festhalten, nicht hatte retten können. Ihren Tod als Teil eines höheren, göttlichen Plans anzusehen. Eines unbegreiflichen Plans, aber dennoch eines Plans. Von der Schuld befreit zu werden, die ihn vergiftete.

Jetzt wollte er sich allerdings nicht in eine theologische Diskussion verstricken. Er wusste aus Erfahrung, wie aussichtslos das war. Es ging darum zu glauben. Entweder glaubte man, oder man glaubte nicht, und wenn Menschen glaubten, so wie die junge Frau, die er vor sich hatte, konnten Vernunft und Argumente nicht überzeugen.

«Es geht Ihnen nicht gut, das sehe ich», sagte er stattdessen so einfühlsam wie möglich.

Ida antwortete nicht.

«Wann waren Sie zum letzten Mal draußen?» Auch diesmal erhielt Sebastian keine Antwort. «Ida ...»

«Vielleicht vor einer Woche», sagte sie schließlich.

«Sich vor der Welt zu verstecken, ist keine Lösung.»

«Gott wird mir eine Lösung zeigen.»

«Vielleicht will Gott Ihnen helfen, indem er dafür sorgt, dass Sie mit jemandem sprechen», sagte Sebastian versuchsweise, und er konnte Ida ansehen, dass sie seine Worte zum ersten Mal annahm. «Seine Wege sind unergründlich», fuhr er mit einem Zitat fort, von dem er meinte, er hätte es früher hin und wieder zu Hause gehört, wenn irgendetwas Unerklärliches passiert war. «Vielleicht hat er deshalb mich geschickt.»

Jetzt zeigte ihm Idas Reaktion sofort, dass er zu weit gegangen war.

«Sie glauben, *Sie* würden Gottes Willen ausführen?», schleuderte sie ihm verächtlich entgegen.

Normalerweise würde ihm dieser Gedanke durchaus gefallen, aber in dieser Situation hätte er sich am liebsten auf die Zunge gebissen. Er war möglicherweise kurz davor gewesen, die Frau zu erreichen, und hatte die Chance sofort wieder vermasselt.

«Es ist nicht an mir, das zu glauben», erwiderte er und hoffte, sie mit dieser verschwommenen Formulierung vielleicht doch noch erreichen zu können. Aber so war es nicht.

«Ich möchte, dass Sie jetzt gehen», sagte Ida barsch.

Sebastian erhob sich schwerfällig. Ida wich zurück, als er sich der Tür und damit ihr näherte.

Er unternahm einen letzten Versuch. «Sie brauchen wirklich jemanden, der Ihnen hilft.»

«Bitte gehen Sie.»

«Gibt es denn niemanden, den ich anrufen könnte?», fragte er. Ida verschränkte die Arme und blickte zu Boden.

«Sebastian ...» Ursula gab ihm ein Zeichen, dass er endlich mitkommen sollte, hier konnten sie nichts mehr tun. Jedenfalls nicht jetzt. Mit einem resignierten Seufzer folgte er ihr in den Flur und aus der Wohnung.

Kaum war die Tür hinter ihnen zugeschlagen, war Ida dort, schloss von innen ab und schob die Sicherheitskette wieder vor. Dann atmete sie aus. Sie konnte sich kaum noch auf den Beinen halten. Zwei fremde Personen so nah bei sich zu haben, hatte sie körperlich erschöpft. Und noch dazu zwei Polizisten.

Sie ging in die Küche, setzte sich auf einen Stuhl und versuchte, ihre Gedanken zu ordnen. Ihr Blick fiel auf das Handy auf der Arbeitsfläche. Sollte sie Klara anrufen? Sich erkundigen, ob sie auch bei ihr gewesen waren?

Natürlich, sie mussten bei ihr gewesen sein.

Ob sie etwas gesagt hatte?

Ida biss sich nervös auf die Unterlippe. Sie überlegte schon, wie sie den nächsten Besuch der Polizei überstehen sollte, wenn sie kamen, um zu erzählen, dass Klara Wahlgren Rebecca wiedererkannt hätte und Ida das eigentlich auch müsste. Offenbar würden sie einander doch ziemlich gut kennen. Vielleicht würde es ausreichen, wenn sie behauptete, sie hätte Rebecca nur auf dem Foto nicht wiedererkannt, weil sie nicht richtig hingeschaut hätte.

Ida merkte, dass sie einen Blutgeschmack im Mund hatte. Sie fasste sich an die Lippe und starrte dann auf das Blut auf ihrem Finger.

Ihre Gedanken überschlugen sich. Es war einfach zu viel. Auch noch Rebecca. Sie leckte sich das Blut vom Finger. Er hatte recht gehabt. Dieser Psychologe.

Sie brauchte Hilfe.

Sie brauchte Antworten.

Sie brauchte jemanden, der sie führte. Jemanden, der für sie Entscheidungen traf. Sie musste herausfinden, ob sie das Richtige tat. Rasch griff sie nach dem Telefon und wählte eine Nummer.

Ingrid war schon vor diesem Anruf gereizt gewesen. Im Grunde war es insgesamt ein richtig beschissener Tag.

Am frühen Morgen hatte ein Journalist angerufen und sie zu einer Äußerung befragt, die sie irgendwann einmal auf einer Konfirmationsfreizeit in Jämtland von sich gegeben hatte, als sie noch Pfarrerin der Gemeinde Nya Uppsala gewesen war, und die einer der Konfirmanden offenbar als kränkend und herabsetzend empfunden hatte. Dass dieser Fall ausgerechnet jetzt aufgewärmt wurde, mehrere Jahre später, hatte vermutlich mit der bevorstehenden Bischofswahl zu tun. Eigentlich machte Ingrid sich keine Sorgen, sie hatte damals lediglich Gottes Wort verkündet, wie es geschrieben stand, und wenn man daran Anstoß nahm oder sich gekränkt fühlte, sollte man sich vielleicht nicht konfirmieren lassen. Bei der Konfirmation ging es schließlich darum, die Taufe zu bestätigen. Ja zu Gott zu sagen, sich darauf einzulassen, das eigene Leben in seine Hände zu legen.

Auch wenn die schwedische Kirche, für die Ingrid arbeitete, den Glauben inzwischen als Lebenshilfe wie jede andere verkaufen wollte. *Du bist wertvoll und wichtig, weil du bist, wie du bist,* war auf der Homepage der Kirche zu lesen, auf der über den kirchlichen Akt informiert wurde. *Als Mensch trägst du die Verantwortung für dein eigenes Leben und dafür, wie du anderen begegnest.* Floskeln, die aus jedem billigen Ratgeber hätten stammen können. Hingegen wenig bis gar nichts über Gott. Die Konfirmanden verstanden womöglich noch, dass sie *wertvoll sind, weil sie so sind, wie sie sind, und dass Gott sie liebt,* aber sie verstanden nicht mehr, dass sie auch ihn lieben mussten.

Ihn anbeten.

Ihn verehren.

Dass das gesamte Dasein von Gott und Jesus handelt.

Doch heutzutage war wohl alles uninteressant, was sich nicht an das beständig wachsende Ego unserer Jugend richtete, vermutete Ingrid.

Auch wenn sie sich wegen des Anrufs am Morgen nicht allzu große Sorgen machte, hatte er ihre Vorbereitung auf die obligatorische Befragung – oder das Hearing, wie das Bistum die Prozedur aus unerfindlichen Gründen nannte – doch ein wenig beeinflusst. Zwei Personen befragten sie angesichts der bevorstehenden Wahl eine knappe halbe Stunde lang. Eine Professorin für Theologie und Lebensanschauung an der Universität Umeå und der Leiter einer kirchlichen Weiterbildungsstätte in der Nähe von Lund. Sie waren in Ordnung, aber Ingrid fand, dass sie sich auf die falschen Themen konzentrierten und die falschen Fragen stellten, sodass sie jedes Mal gezwungen war, die beiden wieder auf den richtigen Weg zu führen. Möglicherweise hatte sie dadurch ausweichend gewirkt.

Nicht gewillt, konkrete Antworten zu geben.

Wie eine Politikerin.

Anschließend hatten sie Ingrid gedankt und gesagt, es sei doch gut gelaufen. Ingrid konnte nicht ausmachen, ob dies eine reine Höflichkeit oder ernst gemeint war. Ihre Kampagne war darauf aufgebaut, dass sie ein Gegengewicht zu den liberalen Strömungen darstellte, eine Alternative für all jene, die die alten Werte in Gefahr sahen. Und das waren viele. Viele, die erschrocken verfolgten, wie ihre Kirche ernsthaft darüber diskutierte, ob es Gott wirklich gab oder ob er nur eine Metapher war. Viele, die ihren Ohren nicht trauten, wenn sie selbst aus den höchsten Gremien hörten, die Wahrheit liege im Metaphorischen, nicht im Buchstäblichen. Die mit Erstaunen die Debatte verfolgt hatten, ob Christen bei der Arbeit, etwa in Pflegeberufen, auf das Tragen von christlichen Symbolen verzichten sollten, weil das als Provokation aufgefasst werden könnte.

Zu all diesen Themen hatte Ingrid die richtigen Antworten, was allerdings voraussetzte, dass man auch die richtigen Fragen stellte, doch das hatte keiner getan.

Jetzt nagte das Gefühl an ihr, dass sie eine hervorragende Gelegenheit verpasst hatte, die Öffentlichkeit zu erreichen. Ihre Irritation verstärkte sich zudem, als sie nach der Befragung zu einer Besprechung mit Gewerkschaftsvertretern über ein «Problem am Arbeitsplatz» gefahren war. Alle wussten, wie das Problem hieß und welches Amt sie bekleidete, in unendlichen Sitzungen hatte man über Untersuchungen und Maßnahmen beraten. Ingrid war davon überzeugt, dass auch das heutige Treffen nichts Neues ergeben würde. Doch sie wurde überrascht. Plötzlich konnte man sich das Problem offenbar doch vorstellen, von seinem Amt zurückzutreten. Wenn die Person ein Jahresgehalt als Abfindung bekäme. Unter dieser Bedingung könne sie ihr Wissen über die personellen Probleme in der Gemeinde durchaus für sich behalten.

Das war reine Erpressung.

Hier wurde versucht, die Tatsache auszunutzen, dass Ingrid sich der Bischofswahl stellte.

Sie war eine von sieben Kandidatinnen und Kandidaten, wobei ihrer Einschätzung nach nur drei eine realistische Siegeschance hatten. Vielleicht auch nur zwei, wenn Ingrid sich ihr Wissen über Göran Peltzén zunutze machte. Er hatte

2012 eine Reise nach London unternommen, die für die Gemeinde in Strängnäs viel teurer geworden war als erwartet. Bei näherer Untersuchung stieß man auf einige Quittungen von Restaurants und Theatern, bei denen sich nur schwer erklären ließ, warum die Gemeinde sie begleichen sollte. Noch dazu schienen die Ehepartner der Gruppe zu einem erheblich reduzierten Preis mitgereist zu sein. Die Frage war nur, ob Ingrid ihr Wissen nutzen sollte oder nicht. Wenn, dann müsste sie einen anonymen Hinweis an die Lokalpresse geben, den man jedoch keinesfalls bis zu ihr zurückverfolgen konnte. Andere öffentlich mit Schmutz zu bewerfen, würde ihr nur Nachteile einbringen. Und eigentlich wollte sie auf solche Methoden verzichten, aber zurzeit schienen alle Mittel erlaubt zu sein. Ingrid war sich sicher, dass einer ihrer Konkurrenten den gekränkten Konfirmanden aus dem Hut gezaubert hatte.

Als sie abends mit dem Auto nach Hause gefahren war, hatte sie darüber nachgedacht. Dabei hatte sie festgestellt, wie wütend und aufgewühlt sie war. Die denkbar ungünstigste Gemütsverfassung, um wichtige Entscheidungen zu treffen. Deshalb hatte sie beschlossen, ihr Wissen über Göran Peltzén vorerst für sich zu behalten. Die Wahl würde erst in zwei Monaten stattfinden, sie hatte also noch genügend Zeit und konnte die öffentliche Reaktion auf ihre Befragung abwarten. Im Internet war ein Videomitschnitt davon veröffentlicht worden, sodass sich alle Stimmberechtigten eine Meinung über die Kandidaten bilden konnten. Vielleicht war es doch nicht so schlecht gelaufen, wie sie gedacht hatte. Sie würde sich die Aufnahme ansehen, sobald sie nach Hause käme, und dementsprechend handeln. Ja, so würde sie es machen. Als sie in die Einfahrt ihres Hauses im Domherrevägen fuhr, fühlte sie sich schon etwas besser.

Alles würde sich regeln.

Gott würde ihr den rechten Weg weisen.

Wie immer.

Gerade hatte sie den Motor ausgestellt und wollte das Auto verlassen, als ihr Handy klingelte. Unbekannter Teilnehmer. Hoffentlich war es nicht schon wieder dieser Journalist, dachte sie und meldete sich. Er war es nicht.

«Hallo, hier ist Ida. Ida Riitala», erklang eine leise Stimme am anderen Ende des Hörers.

«Ja ...?»

«Ich weiß nicht, ob Sie sich an mich erinnern, ich war damals mit in Ab...»

«Ich erinnere mich», unterbrach Ingrid sie barsch. Das Letzte, was sie an einem Tag wie heute noch brauchen konnte, war eine Erinnerung an die Zeit in Uppsala. «Womit kann ich dir helfen?», fuhr sie etwas freundlicher fort.

Dann lauschte sie fünf Minuten lang, was Ida über die Vergewaltigungen erzählte, über Klara und über Rebecca, die ermordet worden war, über den Besuch von der Polizei und ihr Verschweigen – und über ihre Zweifel.

«Ich bin mir wirklich nicht sicher», schloss sie. «Vielleicht sollten wir es doch sagen. Was meinen Sie?»

Ingrid lehnte sich an ihre Nackenstütze, schloss die Augen und holte tief Luft. Ja, sie war schon vor diesem Anruf gereizt gewesen.

«Ich finde, ihr habt das Richtige getan», sagte sie mit einer Stimme, der die Menschen gern zuhörten. Der sie vertrauten. «Es gibt keinen Grund, wieder an diesen Punkt zurückzugehen. Wir alle haben das hinter uns gelassen, Reue gezeigt, um Vergebung gebeten und sie auch bekommen.»

Ida reagierte mit Schweigen, ein Schweigen, das Ingrid als Zögern deutete.

Wenn man schweren Prüfungen ausgesetzt war, geriet man leicht ins Zweifeln.

«Du hast alles richtig gemacht. Davon zu erzählen und die Polizei mit hineinzuziehen, das sind irdische Lösungen. Du musst dich auf Gottes Lösungen konzentrieren. Er sieht das Ganze, er wird dir beistehen, damit du durch das, was passiert ist, wächst und stärker wirst. Er prüft dich, aber seine Prüfungen übersteigen nie deine Kräfte. In diesem Wissen kannst du Geborgenheit finden.»

Idas Antwort bestätigte Ingrid, dass sie die richtigen Worte gewählt und die junge Frau erreicht hatte. Sie setzte das Gespräch noch einige Minuten fort, bis sie sicher war, dass auch Ida davon überzeugt war, besser niemandem etwas zu sagen. Am Ende bot sie Ida an, sie könne sie jederzeit anrufen, wenn sie noch etwas auf dem Herzen hätte – in der Hoffnung, Ida würde nie Gebrauch davon machen.

Ingrid blieb noch einen Moment im Auto sitzen und überlegte. Ob sie die anderen anrufen sollte? Klara war aus der Kirche ausgetreten, sie hatte Gott den Rücken gekehrt. Die Argumente, die sie Ida gegenüber vorgebracht hatte, würden bei ihr nicht fruchten. Wenn sie Klara bat, weiterhin den Mund zu halten, könnte sie schlimmstenfalls sogar das Gegenteil bewirken. Dasselbe galt für Rebecca Alm. Sie würde vermutlich sofort eine Konspiration vermuten und dass sich mächtige Kräfte gegen sie verbündet hätten. Sie hatte schon immer eine lebhafte Phantasie gehabt.

Ingrid konnte nichts anderes tun, als abzuwarten.

Und zu sehen, was passieren würde.

Darauf vertrauen, dass Gott ihr dabei half, dieses Problem zu lösen.

Sie verließ das Auto und ging ins Haus, zog die Schuhe aus und legte ihren Mantel ab. Auf dem Weg zur Küche knipste sie einige Lampen an. Als sie den Wasserkocher anstellte, spürte sie, wie erschöpft sie war.

Es war ein langer Tag gewesen.

Doch er war noch nicht vorbei. Während sie darauf wartete, dass das Wasser kochte, ging sie in ihr Arbeitszimmer und schaltete den Computer ein. Sie setzte sich auf den Bürostuhl, stützte die Ellbogen auf dem Tisch ab und legte den Kopf in die Hände. Im Haus war es still. Bis auf ... Ingrid richtete sich auf und horchte. Hatte sie etwas gehört? Sie blickte zur Tür.

Nichts. Stille.

Dann hörte sie das leise Klicken aus der Küche, das verriet, dass das Wasser kochte. Ehe sie aufstand, um den Tee aufzugießen, loggte sie sich in den Computer ein.

Sie spürte es mehr, als dass sie es hörte.

Jemand war im Haus.

Direkt hinter ihr.

Panik stieg in ihr auf, aber sie konnte sich nicht mehr rechtzeitig umdrehen.

Nicht noch einmal. Nicht noch einmal.

Das war der letzte Gedanke, der ihr durch den Kopf schoss, ehe sie den Stich im Hals spürte und auf dem Boden zusammensackte.

Danke, dass Sie alle zu so später Stunde gekommen sind», begann Anne-Lie, nachdem sich Torkel und sie an den Tisch gesetzt hatten, der am Ende des kleineren Versammlungsraums im Erdgeschoss des Polizeipräsidiums stand, und das Gemurmel verstummt war. Der Raum hatte ungefähr dreißig Sitzplätze, schätzte Torkel. Etwa die Hälfte davon war besetzt. Rund fünfzehn Personen also. Wie viele Zeitungen, Sender oder Webseiten sie vertraten, wusste er nicht. Einige Journalisten filmten, manche mit großen Kameras auf Stativen, andere mit dem Handy.

«Dies ist Torkel Höglund von der Reichsmordkommission», stellte Anne-Lie ihn vor. «Er und sein Team sind gekommen, um uns bei dieser Ermittlung zu unterstützen.»

Torkel nickte kurz in die Runde. Er kannte nur einen der Anwesenden.

Axel Weber.

Natürlich.

Er folgte der Reichsmordkommission fast immer auf ihren Reisen quer durchs Land und hatte sogar aktiv an der letzten Ermittlung teilgenommen. Etwas zu aktiv, darin waren sich wohl alle einig. Weber grinste ihn an und hob die Hand zum Gruß. Torkel reagierte nicht.

«Aktuell haben wir einen Mord, zwei Vergewaltigungen und einen Vergewaltigungsversuch, und wir vermuten ein und denselben Täter dahinter», begann Anne-Lie, und Torkel sah, wie das Interesse der Zuhörer wuchs.

Gerade Rücken.

Stifte auf Blöcken.

Finger auf Tastaturen.

Anne-Lie hatte entschieden, dass sie die Pressekonferenz abhielt. Torkel sollte nur jene Fragen beantworten, die direkt an ihn gerichtet waren oder bei denen sie auf ihn verwies. Mehr nicht. Eigentlich hatte Torkel keine Einwände gegen diese Aufteilung. Doch es ging ihm um die Art und Weise, wie sie das Procedere kommuniziert hatte. Wie einen Befehl. Torkel wurde klar, dass ihm schon lange nichts mehr befohlen worden war, und er stellte fest, dass es ihm nicht besonders gut gefiel.

Sie hatten abgestimmt, worauf sie antworten wollten, welche Informationen sie preisgeben würden und welche nicht. Ursula und Sebastian hatten von Ida Riitala die gleiche Aussage erhalten wie Vanja von Klara Wahlgren.

Keine hatte Rebecca gekannt.

Vanja hatte jedoch das Gefühl gehabt, dass Klara ein wenig ausweichend geantwortet hatte, und wollte versuchen, doch noch eine Verbindung aufzuspüren. Torkel war überzeugt, dass sie etwas finden würde. Ihr Instinkt war einfach unübertrefflich. Carlos hatte dieselbe Auskunft bei seinem Gespräch mit Therese Andersson erhalten. Auch sie kannte Rebecca nicht und hatte noch nie von ihr gehört. Deshalb hatten Anne-Lie und Torkel keinen Grund, den Journalisten gegenüber preiszugeben, dass sich zwei der Opfer von früher kannten. Das würde nur für unnötige Spekulationen sorgen. Die Spritzen und den Sack würden sie ebenfalls nicht erwähnen. Wenn dieser Fall so große Schlagzeilen machte, wie Torkel befürchtete, würden die Details sowieso innerhalb von knapp vierundzwanzig Stunden an die Öffentlichkeit sickern. Bei wichtigen Ermittlungen, für die sich die Medien interessierten, gab es eine Tendenz zu undichten Stellen.

«Können Sie uns die Namen der Opfer nennen?», fragte ein glatzköpfiger Mann, der ganz rechts saß und mit einem Handy filmte, als Anne-Lie ihre Zusammenfassung beendet hatte und die Fragerunde eröffnete. «Nein, können wir nicht. Bis auf Rebecca Alm.»

«Das Opfer, das in Gävle ermordet wurde», sagte Weber mit einem Blick in seine Notizen.

«Genau.»

«Wissen Sie, warum der Täter in eine andere Stadt wechselte?»

Torkel nickte vor sich hin. Eine kluge Frage. Eine berechtigte Frage. Weber arbeitete schon so lange als Kriminalreporter, dass er allmählich selbst Polizeiinstinkte entwickelte.

«Nein, zum derzeitigen Stand noch nicht», antwortete Anne-Lie.

«Deutet das nicht darauf hin, dass sie ein auserwähltes Opfer war und er es genau auf sie abgesehen hatte?» Weber fixierte Torkel, doch wieder übernahm Anne-Lie die Antwort.

«Nicht unbedingt. Er könnte sich auch aus anderen Gründen in Gävle befunden haben.»

«Aber ist das eine Theorie, mit der Sie arbeiten?»

«Selbstverständlich. Neben vielen anderen.»

Weber nickte nur und blickte erneut in seine Notizen, offenbar vorübergehend zufrieden. Torkel fragte sich, ob er heute Abend wohl einen Anruf erhalten würde.

Eine rothaarige Frau Mitte fünfzig, die schräg hinter Weber saß, hob die Hand und beugte sich vor, als sie zu sprechen begann.

«Sie haben etwas von BDSM-Sex gesagt, könnten Sie das näher ausführen?»

«Inwiefern?»

Torkel verstand genau, worauf sie hinauswollte. Mehr als

sechzig Jahre nachdem die sogenannte sexuelle Revolution angeblich für eine gelassenere, weniger dramatische Einstellung zu Sex gesorgt hatte, war das Thema doch nach wie vor verrucht und verlockend. Zumal es hier um eine etwas abweichende Sexualität ging, die man obendrein mit einem Verbrechen in Verbindung bringen konnte. Das war purer Sprengstoff und sorgte für viele Klicks auf der Website, wie man heutzutage anscheinend sagte.

«Unser Profiler hat eine Theorie, dass der Mann, den wir suchen, mit Kontrolle und Unterwerfung experimentiert haben könnte», erklärte Anne-Lie. «In sexuellem Zusammenhang.»

«Und wie genau?»

Es war natürlich reines Wunschdenken, dass sich die Frau mit dieser verschwommenen Formulierung zufriedengeben würde.

Sie wollte mehr.

Das wollten sie alle.

Anne-Lie und Torkel wechselten einen hastigen Blick. Wie viel sollten sie preisgeben? Wenn Sebastian recht hatte, würden sie auf diese Weise vielleicht mit Menschen in Kontakt kommen, die früher eine solche Erfahrung mit einem Mann gemacht hatten, der möglicherweise der Täter war, und gleichzeitig wollten sie verhindern, dass zu viele Details an die Öffentlichkeit kamen. Anne-Lie nickte Torkel zu, er sollte übernehmen. Offenbar brauchte sie einen Sündenbock, falls sich ihre Entscheidung zu einem späteren Zeitpunkt der Ermittlungen als taktischer Fehler erweisen würde.

«Möglicherweise hat der Täter von seinen früheren Sexualpartnerinnen verlangt, dass sie während des Geschlechtsverkehrs reglos auf dem Bauch lagen. Und ihr Gesicht verbargen, es möglicherweise auch mit etwas verdeckten.»

«Hat er ihre Gesichter auch bei den Vergewaltigungen verdeckt?», fragte ein junger Mann, der ganz hinten saß.

«Um solche Praktiken geht es», fügte Torkel hinzu und tat, als hätte er die Frage überhört. Er spürte, mehr als er es sehen konnte, dass er in Anne-Lies Augen schon viel zu viel gesagt hatte.

«Wir möchten mit allen Zeugen sprechen, die sich vor, während und nach dem Tatzeitpunkt an oder in der Nähe der Tatorte aufgehalten haben», übernahm nun wieder Anne-Lie und machte damit deutlich, dass nun genug über Sex und den Tathergang gesprochen worden sei. «Wir haben eine Liste mit den Orten und Zeiten ausgedruckt, nehmen Sie sie mit und geben Sie die Informationen korrekt weiter.» Sie deutete auf zwei uniformierte Polizisten, die an der Tür mit einem Stapel Papier bereitstanden.

«Und sollte es jemanden geben, der eine Vergewaltigung oder eine versuchte Vergewaltigung bisher nicht angezeigt hat, möchten wir die Opfer dringend auffordern, sich jetzt bei uns zu melden.»

«Es könnte also noch mehr Opfer geben», stellte der Mann ganz hinten fest.

«Genau das möchten wir herausfinden», entgegnete Anne-Lie und stand auf. Wortlos raffte sie ihre Unterlagen zusammen und verließ den Raum, ehe Torkel überhaupt reagieren konnte. In dem einen Moment waren sie zu zweit gewesen, im nächsten saß er allein da. Von ihrem blitzartigen Abgang erstaunt, wandte er sich an die versammelte Presse. Er suchte Webers Blick, der aber noch immer in seinen Aufzeichnungen versunken zu sein schien.

«Also gut, vielen Dank, dass Sie gekommen sind ...», brachte Torkel hervor, ehe er ebenfalls aufstand. «Wir wären froh, wenn Sie uns dabei helfen würden, die besagten Informationen zu verbreiten, und wir werden Sie regelmäßig über unsere neusten Erkenntnisse informieren. Vielen Dank.» Damit ging er ebenfalls hinaus, begleitet von einzelnen hinterhergerufenen Fragen.

Im Raum brach das Gemurmel wieder los, während die übrigen fünfzehn Anwesenden ihre Sachen zusammenpackten, um anschließend zu veröffentlichen, was sie soeben erfahren hatten.

In Uppsala ging ein Serienvergewaltiger um.

Der verruchte Sexualpraktiken anwendete.

Und der eine Frau sogar ermordet hatte.

Nur Axel Weber blieb still sitzen und starrte weiter auf seine Aufzeichnungen. In der Mitte der Seite hatte er zwei Wörter mehrmals mit einem Kugelschreiber umkringelt.

Rebecca Alm.

Ein Name, den er schon einmal gehört hatte.

>**Ich bin in Uppsala. Wollen wir uns sehen?**

So, jetzt stand es da. Unmöglich rückgängig zu machen.

>**Ich hätte dich wahnsinnig gern gesehen, bin aber gerade nicht in der Stadt.**

Ursula wollte schon grübeln, wo er war, als sie einsah, dass er zum einen im Vertrieb arbeitete und vermutlich gerade auf Dienstreise war und es sie zum anderen nichts anging. Vielleicht war es auch nur eine kleine Lüge, damit er sie nicht treffen musste.

>**Na gut, dann ein anderes Mal.**

Jetzt musste er die Initiative ergreifen.

>**Ich komme morgen nach Hause. Bist du dann noch da?**

>**Ja, bestimmt noch ein paar Tage.**

>**Wie sieht es denn morgen Abend bei dir aus? Wollen wir uns da treffen?**

>**Ja, gern.**

>**Schön. Ich melde mich, und dann machen wir etwas aus. Ich freue mich, dich endlich zu sehen.**

>**Ja, ich mich auch.**

Dann tauschten sie noch die Telefonnummern aus, um sich leichter erreichen zu können. Ursula kopierte die Nummer und gab sie in die Internet-Suchmaschine ein. Sie gehörte einem Petros Samaras in Uppsala. So weit stimmte immerhin alles. Ursula klappte den Laptop zu und lehnte sich seufzend auf dem Stuhl zurück.

Noch ein Abend in einem durchschnittlichen Zimmer, in einem durchschnittlichen Hotel.

Wie viele hundert Male zuvor.

Dieses hier hieß Gillet und lag fußläufig zum Polizeipräsidium. Ein vierstöckiges Gebäude, das von außen nach siebziger Jahren aussah und von innen modern und gemütlich sein wollte, und das sogar mit Erfolg. Sie hatten ein Spa, einen Fitnessbereich, ein Restaurant und eine Bar. Ursula war nicht erpicht darauf, irgendetwas davon zu nutzen, hatte aber auch keine Arbeit, in der sie sich vergraben konnte. Die vorläufigen Ergebnisse zu Rebecca Alm würden sie nicht vor morgen erhalten, und das übrige Material war sie schon durchgegangen. Mehrmals.

Was sollte sie also tun?

Torkel war wieder nach Stockholm zurückgefahren. Zu Lise-Lotte. Vanja hatte Besuch von ihrem Freund und wohnte sowieso nicht im Hotel. Billy war in Uppsala geblieben, arbeitete aber noch. Als Torkel ihn gefragt hatte, ob sie gemeinsam nach Hause fahren sollten, hatte er gesagt, er wolle lieber noch eine Weile bleiben und die Filme der Überwachungskameras durchsehen. Nach etwas suchen, was ihnen einen Anhaltspunkt geben könnte, eine Richtung für die weitere Ermittlung. Er war erst seit einem halben Jahr verheiratet, wollte aber offensichtlich nicht dringend nach Hause zu seiner Frau. Doch Ursula war die Letzte, die sich darüber ein Urteil erlauben durfte. Als sie noch verheiratet gewesen war, hatte sie es auch nie eilig gehabt, zu ihrem Mann und ihrer Tochter zurückzukehren.

Blieb nur noch Sebastian.

Wenn sie sich ein seltenes Mal ehrlich die Frage beantwortete, wann sie in ihrem Leben am zufriedensten gewesen war, also so zufrieden, wie sie es eben sein konnte, dann kam sie auf die Zeit mit ihm. Vielleicht, weil sie sich so ähnlich waren, da er den Erwartungen, dem stereotypen Bild von Liebe, Romantik und Zweisamkeit auch nicht entsprechen konnte oder wollte. Ursula hatte ernsthafte Zweifel, dass sie so lieben konnte, wie die meisten Menschen es erwarteten, aber Sebastian hatte sie geliebt. Als er sie verraten hatte, war das schlimmer für sie gewesen als Mickes Mitteilung, dass er Amanda kennengelernt hatte und sie verlassen wollte.

Zwischen Sebastian und ihr hatte sich wieder etwas angebahnt, ehe sie angeschossen worden war. Dann hatte er sie erneut im Stich gelassen. Jetzt waren sie Freunde. So interpretierte sie ihr Verhältnis jedenfalls, aber sie hatte immer das Gefühl, Sebastian wollte sich nicht ganz damit zufriedengeben und hatte den Hintergedanken, sie ins Bett zu kriegen. Als wäre dies das eigentliche Ziel, wenn sie zusammen waren.

Freunde mit gewissen Vorzügen.

Oder auch Fickfreunde, ein Ausdruck, der ihm vermutlich besser gefallen würde.

Er hatte sich ihr gegenüber geöffnet und ihr einiges anvertraut. Von der Schuld, der Sehnsucht und der Trauer. Er war ihr nähergekommen. Aber weiter durfte es nicht gehen.

Auch wenn sie glaubte, dass sie einander sogar guttun könnten, sich miteinander wohl fühlen würden, wollte sie nicht weitergehen.

Es war einfach zu anstrengend.

Er war zu schwierig, zu angeschlagen.

Er würde es sich nicht erlauben, glücklich zu sein, und würde sie erneut verraten, nur um sich selbst zu zerstören, und das wollte sie sich nicht antun.

Nicht noch einmal.

Aber sie brauchte etwas, nein, falsch, sie brauchte nichts,

sie wollte etwas haben. Etwas Einfaches, Spontanes, Zwangloses.

Wie sie es früher mit Torkel gehabt hatte.

Vor knapp einem Monat hatte sie sich auf einer Dating-Seite angemeldet. Offenbar trafen sich gerade *alle* so, und trotzdem hatte sie die Angaben über sich nur mit großer Unlust ausgefüllt. Die Antworten – oder Übereinstimmungen – hatten auf sich warten lassen. Die meisten Kandidaten, die ihr schließlich vorgeschlagen wurden, hatte sie sofort aussortiert, den Rest nach den ersten kurzen Kennenlern-Sätzen. Alle bis auf einen, mit dem sie sich seit drei Wochen über die Chatfunktion schrieb.

Petros Samaras, dreiundfünfzig Jahre alt, geschieden, zwei Kinder, Vertreter bei einem Pharmaunternehmen, wohnhaft in Uppsala.

Das behauptete er zumindest. Es konnte auch ganz anders sein. Sie wusste nicht einmal, ob er so aussah wie auf seinem Profilbild. Bisher hatten sie sich noch nicht getroffen. Ursula hatte der Versuchung widerstanden, ihn im Polizeiregister zu suchen, nur eine schnelle Recherche im Netz gestartet, ob es wirklich einen Mann mit diesem Namen in Schweden gab.

Als sie von der Arbeit gekommen war, hatte sie ihren Laptop aufgeklappt, sich eingeloggt und ihm einen kleinen Gruß geschickt.

Er hatte schon nach zwei Minuten geantwortet.

Nach den üblichen Floskeln, wie es ihnen ging *(gut)*, was sie gerade machten *(nichts Bestimmtes)* und seiner Bemerkung, dass er ihr auch gerade schreiben wollte *(zwei Seelen, ein Gedanke)* blieb Ursula sitzen, ihre Finger schwebten über den Tasten. Ihre ursprüngliche Entschlossenheit war ein wenig verflogen. Sollte sie diese Geschichte wirklich weiterverfolgen? Ja, lautete die Antwort. Warum nicht?

>Ich bin in Uppsala. Wollen wir uns sehen?

Jetzt saß sie hier.

In diesem Hotelzimmer.

Sie nahm ihr Handy, seine Nummer konnte sie genauso gut jetzt schon in den Kontakten speichern. Dann konnte sie sehen, wenn er sie anrief. Als das erledigt war, blieb sie mit dem Telefon in der Hand sitzen.

Es gab noch jemanden, den sie in Uppsala kannte.

Nicht so gut, wie sie sollte, aber dennoch.

Warum treffen wir uns hier?», fragte Ursula und sah sich in dem Lokal um.

«Es hat heute geöffnet, es liegt zentral, und es ist billig», antwortete Bella und stellte ein Bier und ein Glas Wein auf den Tisch, das sie an der Theke geholt hatte, ehe sie sich ihrer Mutter gegenüber auf die Bank zwängte.

«Es braucht nicht billig zu sein, ich bezahle.»

«Mir gefällt es aber hier.»

Ursula betrachtete ihre Tochter, die einen Schluck von dem Bier trank. Vielleicht gefiel ihr diese Kneipe wirklich, aber sie konnte sie genauso gut ausgesucht haben, weil sie wusste, dass sie Ursula nicht gefallen würde. Im Keller gelegen, schummrig, an den rohen Steinmauern ein paar hässliche Lampenschirme. Klebrige Holztische mit Bänken, keine Stühle. Barspiegel, wie Ursula sie schon seit den Achtzigern nicht mehr gesehen hatte, und eine einsame Jack-Vegas-Maschine in einer Ecke. Die übrigen Gäste sahen so aus, als könnten sie es sich nicht leisten, woanders hinzugehen, und würden dort auch nicht hereingelassen werden.

Doch Ursula beendete das Thema sofort.

Bevor sie das Hotel verließ, hatte sie beschlossen, auf keinen Fall die Konfrontation zu suchen. Konflikte zu vermeiden. Alles für ein nettes Gespräch zwischen Mutter und Tochter zu tun. Davon hatten sie in den vergangenen Jahren weiß Gott nicht viele geführt.

Das war ihre Schuld gewesen. Wie immer.

Sie hatte die Distanz gesucht.

War nicht so gewesen wie andere Mütter.

Andere Mütter verließen ihre Töchter nicht, wenn sie sieben Jahre alt waren, um nach Stockholm zu ihrem Liebhaber zu ziehen.

Andere Mütter hatten nicht immer nur dann Zeit für ihre Töchter, wenn es ihnen gerade in den Kram passte.

Andere Mütter bewiesen durch Worte und Taten, dass sie ihre Töchter liebten.

Sie hingegen hatte Bella in jeder Hinsicht in die Arme ihres Vaters getrieben.

Während der Scheidung hatte sie dann eingesehen, dass sie eine neue Beziehung zu ihrer Tochter aufbauen musste, um sie nicht ganz zu verlieren. Bisher allerdings mit eher mäßigem Erfolg.

Sporadische Telefonate. Fast nie Besuche.

«Du siehst aus, als würde es dir gutgehen», sagte sie und nippte an ihrem Glas. Ein Hauswein. Der einzige, den es hier gab, wie Bella ihr erklärt hatte, als sie um einen Chardonnay gebeten hatte.

«Ja, ist auch so.»

«Wie läuft's mit dem Studium?»

«Gut.»

«Mit welchem Thema beschäftigt ihr euch gerade?»

«Steuerrecht.»

«Interessant.»

«Geht so.»

Sie verstummten. Ursula trank einen kleinen Schluck von ihrem sauren Wein. Anscheinend war es ihre Aufgabe, dafür zu sorgen, dass überhaupt etwas gesagt wurde.

«Wir haben uns schon lange nicht mehr gesehen.»

«Letztes Jahr. Als du hier warst und erzählt hast, dass Papa und du euch scheiden lasst.»

Auch dieses Treffen war nicht so ausgegangen, wie Ursula es sich erhofft hatte, und sie wollte wirklich nicht gern daran erinnert werden. Also wechselte sie sofort das Thema.

Nicht die Konfrontation suchen, Konflikte vermeiden.

Ein nettes Gespräch zwischen Mutter und Tochter.

«Ist mit Andreas alles in Ordnung?»

Ein tiefer Seufzer verriet, dass die Frage entweder nicht willkommen oder in irgendeiner Weise verkehrt war.

«Wir sind nicht mehr zusammen. Wir haben schon vor fast einem Jahr Schluss gemacht.»

«Das hast du gar nicht erzählt.»

«Du hast mich auch nicht danach gefragt.»

«Du kannst doch auch Sachen erzählen, nach denen ich nicht frage.»

«Das würde ich vielleicht auch machen, wenn ich das Gefühl hätte, du wärst interessiert. An meinem Leben.»

Da war sie. Die Kritik. Es wäre auch zu optimistisch gewesen, davon auszugehen, dass sie sich treffen konnten, ohne auf all die Jahre der Distanz und Ursulas anderer Prioritäten einzugehen.

«Es tut mir leid, wenn ich dir diesen Eindruck vermittelt habe», erwiderte Ursula so aufrichtig, dass es nicht zu überhören war. Bellas Blick verriet, dass sie etwas anderes erwartet hatte. Dass Ursula sich zu Unrecht angeklagt fühlen würde, sich verteidigen würde, die Schuld von sich weisen.

«Ich bin absolut an deinem Leben interessiert», fuhr Ursula mit derselben Aufrichtigkeit fort. «Es ist mir nur schwergefallen, das zu zeigen. Und du standest deinem Vater immer näher.»

«Warum wohl?», erwiderte Bella.

Ursula überhörte den Kommentar.

«Vor der Scheidung habe ich von ihm alles Mögliche über

dich erfahren. Ich werde mich bessern, das verspreche ich. Ich möchte mich bessern.»

Bella antwortete nicht, sie nickte nur vor sich hin. Immerhin etwas. Natürlich ließ sich nicht alles auf magische Weise lösen, und früher oder später würden sie Ursulas Rolle in ihrer verkorksten Beziehung diskutieren müssen, aber es war immerhin ein Anfang. Ursula hatte das Gefühl, dass sie es beide so empfanden und die Sache an diesem Abend erst einmal nicht vertiefen mussten.

«Kein Freund – aber du spielst noch Volleyball?», fragte sie, um das Gespräch auf leichtere Themen zu lenken.

«Ich habe nicht gesagt, dass ich keinen Freund habe, ich habe nur gesagt, dass ich nicht mehr mit Andreas zusammen bin.»

«Und wie heißt dein neuer Freund?»

«Nicco. Wir haben uns an der Uni kennengelernt, er ist ein Semester unter mir.»

Ursula lächelte sie an, während sie ihren Wein trank und sich bemühte, dabei nicht das Gesicht zu verziehen. Sie wollte Bella dazu einladen, mehr zu erzählen, obwohl die anscheinend gar nicht so viel über ihre neue Liebe preisgeben mochte. Sollte Ursula trotzdem Interesse zeigen, indem sie mehr fragte, oder würde Bella das als neugierig oder aufdringlich empfinden? Ursula hatte so wenig Erfahrung in diesem Bereich ...

«Möchtest du, dass ich dir Sachen erzähle, nach denen du dich nicht erkundigst?», fragte Bella und bestimmte so, wie das Gespräch weitergehen sollte.

«Ja.»

Ursula nahm das Grinsen hinter dem Bierglas wahr und hatte plötzlich das Gefühl, dass sie ihre Antwort vielleicht bereuen würde.

«Ich bekomme einen Halbbruder.»

«Ach ja?»

«Im Februar. Amanda ist im fünften Monat.»

Es dauerte, bis Ursula antwortete. Sie war auf keinen Fall eifersüchtig, eigentlich nicht einmal überrascht. Micke hatte die Chance bekommen, noch einmal von vorn anzufangen, alles richtig zu machen, und es war klar, dass er diese Gelegenheit ergriff.

Nein, etwas anderes störte sie.

«Wie schön», brachte sie schließlich hervor. «Richte ihnen bitte meine Glückwünsche aus, wenn du sie das nächste Mal siehst.»

«Mache ich.»

Es war Bellas Lächeln. Vielleicht freute sie sich auf ein Geschwisterchen, freute sich für Micke. Vielleicht genoss sie es aber auch einfach nur, etwas zu erzählen, von dem sie glaubte, es würde ihrer Mutter nicht gefallen.

Ursula beschloss, Ersteres anzunehmen. Und dass ihre Tochter sie nicht bewusst verletzen wollte. Sie drehte sich zu dem gutbesuchten Tresen um. Es spielte keine Rolle, ob der Wein ein bisschen sauer und viel zu warm war.

Sie brauchte noch ein Glas.

Mindestens.

Der Barkeeper stellte ihm ein neues Glas Ginger Ale hin. Sebastian nickte zum Dank und ergriff es mit einem Seufzer. Seinen Gemütszustand konnte er wohl am besten als gereizt, rastlos und gelangweilt zusammenfassen.

Als sie aus dem Polizeipräsidium zurückgekommen waren, hatte er noch eine Weile in seinem Hotelzimmer auf dem Bett gelegen und über den Fall nachgedacht. Fast wäre er eingeschlafen, hatte aber dagegen angekämpft.

Er wollte nicht riskieren, dass er träumte.

Schweißgebadet aufwachen, die rechte Hand fest geballt. Die donnernden Wassermassen in den Ohren, während ihn die Leere und die Trauer innerlich so zerrissen, dass er kaum atmen konnte. Dann würde er in dieser Nacht gar nicht mehr schlafen können.

Also war er aufgestanden, hatte rasch geduscht und bei Ursula angeklopft.

Keine Reaktion. Sie war nicht da.

Enttäuscht war er zur Bar gegangen, hatte sich gesetzt, das erste Ginger Ale des Abends bestellt und sich umgesehen. Ein gewisses Potenzial war vorhanden. Kein großes, aber bei einigen der Anwesenden hätte er bestimmt Chancen. Zum Beispiel bei der Frau, die an einem Tisch weiter hinten mit ihrem aufgeklappten Laptop saß.

Sie war vielleicht fünfundvierzig und sah alltäglich aus. Weder ihre Kleidung noch ihre Frisur ließen auf großes Selbstvertrauen schließen. Dazu ein paar Kilo zu viel auf den Hüften. Sebastian sah vor seinem inneren Auge, wie er zu ihr ging und ein Gespräch anfing. Wie es ihm schon nach wenigen Minuten gelang, ihren ursprünglichen Widerwillen gegen seine Gesellschaft zu überwinden und sie auf einen Drink einzuladen. Wie er, nachdem er ihr den Drink gebracht hatte, erfuhr, wie sie hieß, was sie beruflich machte und was sie an einem Abend wie diesem in ein Hotel in Uppsala verschlug und an ihrem Laptop beschäftigt hielt.

Aufmerksam, daran interessiert, noch mehr über sie zu erfahren.

Ganz und gar auf sein weibliches Gegenüber konzentriert.

Das Spiel. Die Verführung. Wie ein Tanz. Abwechselnd führen und folgen. Damit sie sich gesehen, erkannt, bestätigt fühlte und es ihm gelang, den Wunsch nach mehr in ihr zu wecken – und zwar so, dass sie das Gefühl hatte, sie würde ihn verführen und nicht umgekehrt. Als wäre es ihre Idee, gemeinsam die Bar zu verlassen. Und seine, anschließend auf ihr Zimmer zu gehen und nicht zu ihm.

Ja, der Plan würde garantiert aufgehen. Wie schon hundertmal zuvor. Aber nicht heute. Er hatte versprochen, sich zu benehmen.

Sebastian 2.0. *New and improved.*

Er bereute es bereits.

Seine Gereiztheit war kurz davor, die Rastlosigkeit und Langeweile zu besiegen.

Daran war Anne-Lie schuld.

Mit ihrem dämlichen Zölibat.

Es war eine Sache, mit Frauen ins Bett zu gehen, die im Zusammenhang mit den Ermittlungen standen, aber was spielte es für eine Rolle, wenn er irgendeine ältere Steuerfachgehilfin aus Vänersborg vögelte? Keine. Doch er wollte das Risiko lieber nicht eingehen. Wenn das herauskam, würde sie ihn feuern.

Und das durfte nicht passieren.

Ursula hätte ihn retten können. Ursprünglich hatten sie ja geplant, etwas essen zu gehen, aber anscheinend hatte sie jetzt doch etwas anderes vor. Etwas Besseres. Sie hatte ihn im Stich gelassen. Es war also auch ihre Schuld.

Eine Bewegung in der Tür erregte jetzt seine Aufmerksamkeit. Wenn man vom Teufel sprach. Ursula war wieder da. Er winkte ihr zu. Und sah sofort, dass sie nicht mehr ganz nüchtern war, als sie zu ihm kam und sich auf den Barhocker neben ihn setzte. Vielleicht war der Abend doch nicht ganz verschenkt.

«Wo bist du gewesen?»

«Ich habe mich mit Bella getroffen ... meiner Tochter», fügte sie hinzu, als Sebastian nicht auf den Namen reagierte. «Sie ist zum Studium hierhergezogen.»

«Jaja, ich weiß», log Sebastian. Ursula hatte das sicher schon einmal erwähnt, aber er hatte nicht zugehört. «Und warum?»

«Weil sie hier angenommen wurde.»

«Nein, ich meine, warum du dich mit ihr getroffen hast?»

«Wie, warum?» Ursula verstand nicht, worauf er hinauswollte. «Sie ist meine Tochter.»

«Früher wäre das nicht so klar gewesen. Warst du nicht immer Schwedens schlimmste Rabenmutter, oder täusche ich mich?»

Ursula starrte ihn an. Aha, so ein Abend sollte es also werden. Es gab zwei Alternativen. Sie konnte die Bar verlassen und auf ihr Zimmer gehen. Oder die Beleidigung ignorieren und versuchen, das Gespräch in ernstere Bahnen zu lenken. Sie könnte von ihrem Treffen mit Bella erzählen, wie die Stimmung den ganzen Abend geschwankt hatte, mal gut gewesen war und mal unangenehm, und dass sie das Treffen nicht richtig beurteilen konnte.

Doch Sebastian wäre sicher nicht interessiert. Das wäre er schon im Normalfall nicht, und ganz bestimmt nicht an diesem Abend, wo er offenbar schlechte Laune hatte. Möglicherweise würde er so tun, als ob, aber nur, weil er glaubte, sie so ins Bett zu kriegen.

«Was soll diese blöde Attacke?», fragte sie mit scharfer Stimme und entschied sich für die dritte Alternative: zu bleiben, aber Grenzen zu setzen. «Willst du, dass ich gleich wieder gehe?»

«Nein», antwortete Sebastian und wich ihrem Blick aus.

«Dann reiß dich zusammen.»

«Was denn, es stimmt doch.»

«Das heißt noch lange nicht, dass du es mir an den Kopf werfen musst.»

Er nickte kurz, ehe er eine Weile schwieg, anstatt sich wie jeder normale Mensch zu entschuldigen. Jeder normale Mensch, ja, aber nicht Sebastian.

«Was ist denn mit dir los?», fragte Ursula schließlich. «Warum bist du so mies gelaunt?»

«Ich hatte einen Scheißabend, und das ist allein deine Schuld.»

«Wie das?»

«Wir wollten eigentlich zusammen essen gehen, und du bist einfach abgehauen.»

«Wirklich? Wollten wir?»

«Du hast es selbst vorgeschlagen. Gestern.»

Stimmt, das Skype-Gespräch, aber da waren sie davon ausgegangen, dass sie in Stockholm wären, und wenn sie sich richtig erinnerte, hatte er ihren Vorschlag auch nicht gerade begeistert aufgenommen.

«Aber jetzt kam es eben anders», entgegnete sie mit einem Seufzer. «Also reiß dich zusammen.»

Wieder eine ausgezeichnete Gelegenheit, um sich zu entschuldigen.

«Schwamm drüber, jetzt bist du ja hier», erwiderte Sebastian und nickte dem Barkeeper zu. «Der Abend ist noch jung, und du hast immer noch die Chance, alles wiedergutzumachen.»

Er sah sie an und lächelte, in seinem Blick lag eine Spur von Erwartung und Hoffnung. Oder bildete sie sich das nur ein? Interpretierte sie zu viel hinein, weil sie ihn so gut kannte? Es war trotzdem besser, gleich deutlich zu sein.

«Nur dass du es weißt: Ich habe nicht vor, mit dir ins Bett zu gehen.»

Sie konnte förmlich spüren, wie er noch gereizter wurde, aber das war sein Problem, nicht ihres. Behutsam legte sie ihre Hand auf die seine.

«Aber ich kann hierbleiben und noch ein Glas Wein mit dir trinken, wenn du Gesellschaft wünschst.»

Denn so war das unter Freunden. Sie waren füreinander da. Nahmen sich Zeit. Boten einander Nähe und Fürsorge. All das war in Sebastian Bergmans Fall allerdings reine Verschwendung, das wusste sie eigentlich und zog ihre Hand wieder zurück.

«Weil ich dir leidtue.»

«Weil ich gern mit dir Zeit verbringe, wenn du dich nicht gerade wie das letzte Arschloch benimmst. Was leider immer noch viel zu oft vorkommt, nur dass du es weißt.»

Sebastian sah sie an. Er bereute es, dass er sich ihr gegenüber damals geöffnet hatte, zu Hause, in seiner Küche in der Grev Magnigatan. Dass er verletzlich gewesen war und ihr den Eindruck vermittelt hatte, er bräuchte jemanden, er würde Anschluss suchen. Und ihr so die Möglichkeit gegeben hatte, seine Schwäche auszunutzen.

«Ich bin lieber allein, als mich bemitleiden zu lassen.»

«Na gut, wie du willst», erwiderte sie, glitt von dem Barhocker und nahm ihre Tasche. Jetzt war die Grenze überschritten. Sie hatte ihm mehr Chancen gegeben, als es jeder andere getan hätte. «Aber du bist heute sehr behutsam mit Ida Riitala umgegangen. Vielleicht solltest du diese Seite an dir ein bisschen stärker pflegen.»

«Behutsam und weich und lieb ... Solche Männer haben einen Namen. Man nennt sie Torkel.»

Ursula versuchte nicht einmal zu verstehen, ob er nur ihren gemeinsamen Chef beleidigen wollte oder ob darin auch ein Hauch Eifersucht mitschwang.

Es war ihr egal.

«Torkel ist in Ordnung, und das weißt du», sagte sie nur knapp.

«Er ist die menschliche Entsprechung der Missionarsstellung. Erfüllt seinen Zweck, ist dabei aber stinklangweilig.»

«Gute Nacht, Sebastian.»

Mit diesen Worten ging sie. Er sah ihr nach.

Es war beschissen gelaufen.

Weil er es verbockt hatte.

Je näher jemand ihm kam, desto schlimmer wurde Sebastian. Ursula wusste, wie er tickte, was ihn antrieb, davon war er überzeugt, aber er war sich nicht sicher, ob das noch half. Seufzend nahm er sein Handy und schrieb eine SMS. ENTSCHULDIGUNG. In dem Moment fiel ihm wieder ein, was sie in Ulricehamn zu ihm gesagt hatte.

«Hast du dir jemals überlegt, ob du nicht, anstatt immerzu ein Arschloch zu sein und dich dann dafür zu entschuldigen, einfach aufhören solltest, ein Arschloch zu sein?»

Er schickte die SMS trotzdem.

Besser als nichts. Hoffte er.

Dann ließ er seine Getränke auf die Zimmerrechnung setzen und verließ die Bar. Er ging hinauf, legte sich aufs Bett und schaltete den Fernseher ein. Nur Wissenssendungen. Als wäre der Abend nicht schon schlimm genug.

Sie zwang sich, die Augen zu schließen.

Obwohl sie beim kleinsten Geräusch zusammenzuckte, überzeugte sie sich selbst davon, dass sie sich entspannen konnte.

Sie war in Sicherheit. Das Haus war leer. Er war nicht mehr da.

Aber er war zurückgekommen. Er hatte es ihr noch einmal angetan.

Und langsam, aber zielstrebig begann sie, die Erinnerung daran zu verdrängen. Wie sie wach geworden war, wie dunkel es gewesen war, obwohl sie die Augen geöffnet hatte, bis sie sich den Sack vom Kopf reißen konnte. Wie sie gierig Luft geholt hatte, ehe sie aufgestanden und unter die Dusche gegangen war. Sie hatte lange dort gestanden. Die Haut ihrer Finger, die sie nun über der Brust gefaltet hatte, war noch immer schrumpelig. Sie konzentrierte sich aufs Atmen. Durch die Nase ein, durch den Mund aus. Die leise Stimme in ihrem Hinterkopf ignorierte sie. Anstatt darüber nachzudenken, was passiert war, betete sie still und eindringlich zum Herrn.

Er prüfte sie.

Aber das würde sie durchstehen.

Gott hatte das Furchtbare geschehen lassen. Zweimal. Es wäre so leicht gewesen, deswegen ins Zweifeln zu geraten. Doch sie wusste, dass er das, was passiert war, nur zuließ, um sie zu verändern. Damit sie gestärkt daraus hervorging. Mit ihm gemeinsam. Wenn sie nur willig war, ihr Leben in seine Hände zu legen, würde Gott sie in eine neue Phase führen.

Würde ihr helfen, zu neuen Einsichten zu gelangen und eine höhere Ebene zu erreichen. Er würde sie der Person, die sie sein wollte, einen Schritt näherbringen. Die Prüfung, so schmerzlich sie auch war, würde sich als wertvoll erweisen. In der Glut des Ofens kommt die Schlacke an die Oberfläche, damit das Gold gereinigt wird, so hatte es eine Kollegin mal formuliert.

Also lag sie still auf dem Rücken in ihrem Bett, schloss die Augen, faltete die Hände über der Brust und betete still vor sich hin. Sie versicherte Gott wieder und wieder, dass sie willens war, sich und ihr Leben in seine Hände zu legen und ihn in dem Wissen zu preisen, dass er immer die Lösung war und es einen Plan gab. Nach einer Weile verspürte sie eine gewisse Ruhe und hatte das Gefühl, dass ihre Erinnerung bereits ein wenig verblasst war. Sie fand Geborgenheit in dem Gedanken, dass Gott ihr helfen würde, einen Weg zu finden, weil er wusste, dass sie die Voraussetzungen mitbrachte, um weiterzukommen.

Genau wie beim letzten Mal. Beim ersten Mal.

Auch damals hatte er sie durch diese schwere Zeit geführt. Es waren Tage, ja sogar Wochen vergangen, ohne dass sie daran gedacht hatte, und auch damals hatte sie das Gefühl gehabt, dass ihr das Erlebte zu einer merkwürdigen Konzentration verhalf. Es steckte ein tieferer Sinn dahinter, dass es jetzt wieder passiert war, so kurz vor der Bischofswahl. Sie wurde gezwungen, ihren Blick nach innen zu richten, mit sich selbst ins Gericht zu gehen, um so zu werden, wie Jesus es sich von ihr wünschte.

Der Unterschied war nur, dass sie diesmal ahnte, was noch dahintersteckte.

Sie, Ida, Klara und Rebecca.

Es war eine Strafe. Kaum etwas anderes.

Aber das würde sie nie jemandem erzählen.

Nicht jetzt. Und auch nicht später. Niemals.

Als sie unter der Dusche gestanden hatte, war ihr die Frage gekommen. Sollte sie die anderen anrufen? Sie warnen? Darüber sprechen, dass sich der Schrecken wiederholen könnte? Dass es nicht vorbei war.

Dann würden sie sich definitiv an die Polizei wenden. Um beschützt zu werden. Vielleicht würden die Ermittler dem betreffenden Mann eine Falle stellen können. Außerdem würden sie erfahren, wo sie nach ihm suchen mussten, könnten ihn festnehmen und den Übergriffen und alldem Leid ein Ende setzen. Wenn man nur daran dachte, ließ sich die Frage leicht beantworten. Ja, sie musste die anderen anrufen. Sie warnen.

Aber ...

Die Polizei würde fragen, worin die Verbindung zwischen den vier Frauen bestand – Ida hatte kurz auch die fünfte erwähnt, deren Name Ingrid allerdings unbekannt war –, warum sie anfangs gelogen hatten und was diese Serie von gewaltsamen Überfällen ursprünglich ausgelöst hatte.

Sie wären gezwungen, es zu erzählen. Damit würde es an die Öffentlichkeit gelangen. Und im selben Moment wären ihre Chancen, Bischöfin zu werden, dahin. Ihre Möglichkeiten, das Evangelium zu verkünden und Gottes Wort zu verbreiten, so wie es vorgesehen war, wären vernichtet. Der Niedergang und moralische Verfall der schwedischen Kirche würde weitergehen – mit einer starken Gegenstimme weniger.

Solche Entscheidungen waren ohnehin schwierig zu treffen, und unter den gegebenen Umständen beinahe unmöglich. Schließlich beschloss sie, nichts zu unternehmen. Nichts zu sagen. Jedenfalls nicht jetzt. Wenn es der Wunsch des Herrn war, dass die anderen gewarnt wurden und ihnen nichts Böses mehr widerfuhr, dann würde er dafür sorgen.

Ingrid betete auch für sie. Dafür, dass er seine schützende Hand über sie hielt. Dann schloss sie ihr Gebet mit der Lobpreisung Gottes, die sie sonst immer beruhigte, und trotzdem war die leise Stimme in ihrem Hinterkopf immer noch zu hören.

Hatte sie die richtige Entscheidung getroffen? Aus den richtigen Gründen? Hatte sie nicht doch die eigenen Bedürfnisse über die der anderen gestellt? Eigennützig gehandelt? Ja, sogar unchristlich? Sie hätte die Chance, weiteres Leid zu verhindern. Und würde es mit ihrem Bischofstitel bezahlen müssen.

War es das wert? War es richtig?

All das war Teil der Prüfung, und es war an Gott, diese Frage zu beantworten. Nicht an ihr. Sie konnte sich nur hilfesuchend an ihn wenden. Ohne dass sie es verhindern konnte, kam ihr plötzlich der Römerbrief in den Sinn.

Rächt euch nicht selbst, Geliebte, sondern gebt Raum dem Zorn Gottes! Denn es steht geschrieben: «Mein ist die Rache; ich will vergelten, spricht der Herr.»

Ingrid verdrängte den Gedanken, alle Gedanken, inklusive der leisen Stimme, und sie betete eindringlich dafür, alles vergessen zu dürfen. Nicht nur die seelischen und körperlichen Traumata dieses Abends, sondern auch alles andere: Linda Fors, die schicksalsschwere Nacht vor acht Jahren, die Entscheidung, die sie damals getroffen hatten.

Sie betete dafür, dass die Bürde von ihr genommen würde, und sei es nur für einen kurzen Moment.

Ihr Gebet wurde erhört, und sie glitt in einen unruhigen Schlaf.

15. Oktober

Über mich wird in den Zeitungen geschrieben. Und im Internet.
Anscheinend starb Rebecca Alm. Das wusste ich nicht.
Du weißt, dass es nicht so gedacht war.
Die Polizei bittet um Mithilfe. Um Hinweise. Sie sucht Zeugen.
Anscheinend hat keine etwas gesagt.
Die Schuld und die Scham hält sie davon ab.
Deshalb braucht man jetzt die Hilfe der Öffentlichkeit.
Dumm von mir, mich in Sicherheit zu wiegen und zu glauben, ich würde keine Fehler machen.
Soll ich den Takt erhöhen, um mehr zu erreichen, ehe sie mich kriegen, oder mich eine Weile zurückhalten, das ist die Frage.
Ich muss weitermachen. Aber ein Wort, dein Name, von jemand anderem ausgesprochen, und sie finden mich. Halten mich auf.
Ich bin noch nicht fertig.
Das weißt du, Linda.
Heute Nacht habe ich wieder von dir geträumt.
Wie immer, wenn dein Geburtstag bevorsteht.
Du hast auf dem Rücksitz gelegen. Überall war Blut.
Es war nicht ihr Fehler, hast du gesagt.
Aber das war ein Traum.
Es war ihr Fehler.

Der Song, der im Radio gelaufen war, als er gerade eingeparkt hatte, ging ihm nicht mehr aus dem Kopf.

Er wusste nicht, wie er hieß, aber letzten Sommer war er auf allen Kanälen gespielt worden. Ein spanisches Lied, von dem Justin Bieber einen Teil sang. Das wusste er, weil Vilma Justin Bieber mochte. Vor zwei oder drei Jahren hatte sie ihn sogar vergöttert, aber die schlimmste Schwärmerei war abgeflaut, sodass man jetzt wohl von mögen sprechen konnte.

Pfeifend verließ er den Aufzug, ging zur Kaffeemaschine, stellte eine Tasse darunter und drückte auf den Knopf für Milchkaffee. Sein gestriger Abend war schön gewesen. Ein spätes Abendessen mit Lise-Lotte, ein Gespräch darüber, wie ihr Tag gewesen war, während sie mit halbem Auge die Nachrichten verfolgten, und dann ins Bett.

Jemand zu Hause.

Jemand, mit dem man sprechen konnte.

Jemand, neben dem man einschlafen konnte.

Mehr wünschte er sich nicht.

Er nahm seine Tasse und ging ins Büro. Anne-Lie saß schon auf ihrem Platz hinter der Glasscheibe. Er hob die Hand zum Gruß, ging zu seinem Schreibtisch und hängte seinen Mantel auf.

«Du bist ja schon da», stellte er fest, als Anne-Lie aus ihrem Büro zu ihm kam. Er hatte damit gerechnet, der Erste zu sein, weil er fünfundzwanzig Minuten früher als geplant von zu Hause losgefahren war, falls er in einen Stau geriet, aber die Straßen waren frei gewesen.

«Ich wollte mich vergewissern, dass bei dem zusätzlichen Personal alles läuft.»

«Sind denn viele Anrufe gekommen?»

«Nein, leider nicht. Einige, aber nicht viele.»

Torkel schüttelte erstaunt und enttäuscht den Kopf. Als die Reichsmordkommission zuletzt die Öffentlichkeit um Mithilfe gebeten hatte, waren Hunderte Hinweise eingegangen. Aber das war auch verständlich, die Medien hatten den Fall viel größer aufgezogen, weil es um tote C-Promis gegangen war.

«Etwas, das wir verwenden können?», fragte Torkel, trank einen Schluck Kaffee.

«Bisher nicht.»

Anne-Lie zog sich den Bürostuhl vom nächsten Schreibtisch heran und setzte sich zu ihm.

«Wie lange bist du eigentlich schon bei der Reichsmordkommission?»

«Lange, seit über zwanzig Jahren.»

«Der Job gefällt dir also.»

«Ja, meistens schon.»

«Und wie alt bist du?»

Torkel sah sie überrascht an. Mit dieser Frage hatte er nicht gerechnet.

«Achtundfünfzig. Warum?»

«Glaubst du, du wirst bis dreiundsechzig durcharbeiten?»

«Weiß nicht. Vielleicht schon. Warum?»

Anne-Lie verstummte. Der Gedanke ging ihr schon seit einer Weile durch den Kopf. Doch als sie gestern nach Hause gekommen war, hatte sie ihn zum ersten Mal ausgesprochen. Sie war nun schon seit über zwanzig Jahren Polizistin. War zur Kommissarin aufgestiegen und zwischenzeitlich gefragt worden, ob sie Bezirkschefin werden wollte, hatte das Angebot aber ausgeschlagen. Zu viel Verwaltungskram. Sie hatte schon überall in Schweden gearbeitet und sich immer wieder versetzen lassen, weil es ihr schnell langweilig wurde. Nicht die Arbeit an sich, aber die Orte und Menschen. Wenn alles zur Routine wurde, musste sie weiterziehen. Aber im ganzen Land umherzureisen, an immer neuen Ermittlungen zu arbeiten, mit neuen Kollegen, und stets mit den wichtigsten Mordfällen ... Das würde ihr gefallen.

Das wünschte sie sich.

«Ich dachte nur ... Ich bin gut mit Rosmarie Fredriksson von der Nationalen Operativen Abteilung befreundet, und wir unterhalten uns manchmal darüber», sagte sie mit einem Achselzucken, als wollte sie andeuten, dass es nur eine harmlose Plauderei war.

«Ihr unterhaltet euch über meine bevorstehende Pensionierung?» Torkel stellte seine Tasse ab und beugte sich vor. Rosmarie Fredriksson war nicht nur bei der NOA, sie war auch Torkels direkte Vorgesetzte. Ihr Verhältnis würde er als professionell angestrengt beschreiben.

«Nein, nein», erwiderte Anne-Lie mit einem entwaffnenden Lächeln. «Dass es ein ziemlich toller Job zu sein scheint.»

«Den du gerne hättest?»

Vermutlich wäre es etwas frech, so offen zuzugeben, dass sie auf Torkels Stelle aus war, und es würde ihrer ohnehin schon ein wenig leicht angespannten Zusammenarbeit nicht unbedingt guttun, aber sie hatte auch nicht vor, zu lügen und sich für ihren Ehrgeiz zu entschuldigen.

«Den du hast», antwortete sie kurz und diplomatisch.

«Das stimmt. Ich habe ihn.»

Er fixierte sie mit einem Blick, der hoffentlich deutlich machte, dass er ihn auch in Zukunft behalten wollte. Anne-

Lie lächelte, während Carlos zusammen mit Vanja und Ursula in den Raum kam.

«Brrr, ist das kalt», brummelte Carlos und rieb seine behandschuhten Hände, während er zu seinem Platz ging. Torkel reagierte nicht auf die Bemerkung. Das Thermometer im Auto hatte vier Grad angezeigt. Das mochte für die Jahreszeit vielleicht etwas kühl sein, aber man konnte sich ja etwas Warmes überziehen und musste nicht gleich so tun, als käme man von einer Polarexpedition zurück.

«Guten Morgen zusammen!», begrüßte Anne-Lie die Ankömmlinge und stand auf. «Nehmt euch Kaffee und alles, was ihr braucht, dann sehen wir uns in zehn Minuten im Besprechungsraum.»

«Sind Billy und Sebastian denn auch schon da?», fragte Vanja.

«Sie werden hoffentlich in zehn Minuten hier sein.»

Mit diesen Worten verschwand sie in ihrem Büro. Torkel nahm seine Tasse und ging zu Vanja und Ursula hinüber.

«Guten Morgen! Seid ihr zusammen gekommen?»

«Vanja war so nett, mich abzuholen», antwortete Ursula und lächelte die Kollegin an.

«Und wo hast du Sebastian gelassen?»

«Ich wusste gar nicht, dass der in meinen Verantwortungsbereich fällt.»

«Ihr wohnt im selben Hotel, da dachte ich ...»

«Er ist mir seit gestern Abend nicht mehr über den Weg gelaufen.»

«Tja, dann müssen wir wohl hoffen, dass er noch auftaucht.»

«Oder auch nicht», warf Vanja ein.

Vermintes Gelände. Was er auch tat, er würde verlieren. Wenn er auf Vanjas Scherz einging, würde es Ursula verärgern, und wenn er darauf hinwies, dass auch Sebastian zum Team gehörte, würde es Vanja verärgern. Also hielt er lieber den Mund.

«Kaffee?», fragte Ursula an Vanja gerichtet.

«Ich komme mit.»

Sie verließen gemeinsam den Raum. Torkel hatte das Gefühl, dass es ihm in irgendeiner Weise trotzdem gelungen war, sie zu verärgern, und zwar beide. Das Team war nicht mehr dasselbe. Mitunter kam es ihm so vor, als würden sie auseinanderdriften. Vielleicht wäre das ohnehin passiert, denn sie hatten in den letzten Jahren alle viel erlebt. Dennoch konnte Torkel den Gedanken nicht verdrängen, das Problem hätte damit angefangen, dass Sebastian in Västerås aufgetaucht war und Torkel ihn zu den Ermittlungen hinzugezogen hatte. Er wusste noch genau, was er damals zu Sebastian gesagt hatte, nach ihrer ersten gemeinsamen Besprechung im Team.

«Ich erwarte keine Dankbarkeit, aber jetzt liegt es an dir, dafür zu sorgen, dass ich es nicht bereue.»

Inzwischen konnte er schon gar nicht mehr zählen, wie viele Male er es bereut hatte.

Und jetzt fügte er ein weiteres Mal hinzu.

Guten Morgen.»

Sebastian saß bereits im Konferenzraum und sortierte verschiedene Ausdrucke in Stapeln vor sich auf dem Tisch, als die anderen hereinkamen. Er hatte seine Begrüßung in den Raum geworfen, seine Augen dabei aber so fest auf Vanja gerichtet, dass jedem klar war, wen er vor allem gemeint hatte. Sie antwortete ihm mit einem Blick, der verriet, dass sie ihn am liebsten ganz ignoriert hätte, ihre gute Erziehung und ihr Anstand es ihr jedoch verboten.

«Hallo.»

Knapper ging es wohl kaum. Sie zog sich den Stuhl heran, der am weitesten von Sebastian entfernt stand.

«Ich habe Croissants für alle mitgebracht», erklärte Sebastian mit offensichtlich blendender Laune und deutete auf eine Schale mit Gebäck, die auf dem Tisch stand.

«Was machst du so früh hier?» Torkel warf einen fragenden Blick auf das Material, das Sebastian vor sich hatte, und setzte sich.

«Ich dachte, ich könnte schon einmal alle Hinweise durchschauen, die seit gestern eingegangen sind.»

«Dafür haben wir eine eigene Einsatzgruppe», erklärte Anne-Lie.

«Ich weiß, ich überprüfe ja auch nur, ob sie nichts übersehen haben. Deshalb bin ich doch da, oder nicht? Um mit meiner Expertise beizutragen?»

Er hatte nicht vor, ihnen zu erzählen, dass er um halb fünf aus dem Traum erwacht war und nicht wieder einschlafen konnte. Das Hotelzimmer als Zelle. Dass ihn die Angst von dort vertrieben hatte und ihm kein anderer Zufluchtsort eingefallen war als dieser.

«Davon abgesehen habe ich den Abend im Hotel verbracht», fuhr er in ungezwungenem Ton fort. «Habe noch kurz mit Ursula an der Bar gesessen, die gerade von einem Treffen mit ihrer Tochter zurückkam, und bin dann auf mein Zimmer gegangen und habe mich schlafen gelegt. Allein. Tadelloses Benehmen, geschlossener Hosenstall. Genau wie abgemacht.»

«Also gut, dann lasst uns mal anfangen», sagte Anne-Lie und seufzte, als Billy mit seinem Laptop in der einen Hand und einer Tasse Kaffee in der anderen hereinkam.

«Tut mir leid, dass ich zu spät bin», murmelte er, während er sich setzte und seine Sachen auspackte. Sebastian musterte ihn, während er seinen Laptop aufklappte und ihn routiniert an den Projektor anschloss. Er sah erschöpft aus, aber vielleicht hatte er einfach nur lange gearbeitet und zu wenig geschlafen.

Sebastian hoffte es.

Die Alternative machte ihm Angst.

Billy war gestört. Er war gezwungen gewesen, im Dienst einen Menschen zu töten. Zweimal. In irgendeiner Weise hatte er diese Erlebnisse mit Genuss in Verbindung gebracht. Macht, Lust und Befriedigung. Sebastian wusste davon, hatte vor sich selbst aber immer wieder Ausreden gefunden, um der Sache nicht weiter nachzugehen. Er hatte sich eingeredet, dass es nicht nötig war. Dass es ein einmaliger Ausrutscher gewesen war, als Billy im Frühsommer eine Katze erwürgt hatte. Dass er eingesehen hatte, wie wahnsinnig das war, und sich wieder unter Kontrolle hatte, wie er Sebastian bei ihrem letzten Gespräch versichert hatte.

Gestern hatte er jedoch eine andere Seite von sich gezeigt, dachte Sebastian. Man konnte nicht sagen, dass die Lage eskaliert war, aber es hatte gereicht, um die Frage aufzuwerfen, ob der Kollege wirklich alles unter Kontrolle hatte. Widerwillig sah Sebastian ein, dass er wohl gezwungen sein würde, dem noch einmal nachzugehen.

«Wer fängt an?», fragte Anne-Lie und riss ihn aus seinen Gedanken.

«Ich bin gestern die Aufnahmen aller Überwachungskameras rund um die Tatorte durchgegangen», sagte Billy. «Soweit ich gesehen habe, ergibt sich daraus eigentlich nur ein möglicher Hinweis.»

Er drückte ein paar Tasten, und an der heruntergelassenen Leinwand erschien das körnige Bild einer Überwachungskamera.

«Das da ist ein schwarzer Audi Q3 aus dem Jahr 2015. Er fährt, zehn Minuten bevor Ida Riitala am 18. September überfallen wurde, an der Kamera am Thunbergsvägen vorbei.»

Carlos stand auf, ging zu der Karte an der Wand, nahm einen Stift und malte ein kleines Kreuz. Alle sahen, wie nahe es an dem Kreis mit der Eins lag, die Anne-Lie am Vortag dort eingezeichnet hatte. Billy öffnete ein neues Bild neben dem anderen.

«Hier ist ein schwarzer Audi Q3 aus demselben Jahr an der Ecke Sågargatan und Kungsängsesplanaden, nur wenige Minuten nachdem Klara Wahlgren vorgestern überfallen wurde.»

Carlos markierte den Ort auf der Karte. Nur ein paar Straßen vom Parkplatz der Volkshochschule entfernt.

«Was ist denn mit den Nummernschildern?», fragte Torkel und lenkte die Aufmerksamkeit aller auf das eindeutig überbelichtete kleine Viereck, das auf beiden Bildern genau dort erschien, wo das Kennzeichen zu sehen sein sollte.

«Die sind mit einem Reflexspray präpariert, damit man sie auf einer Kamera nicht erkennen kann.»

Fast alle im Raum nickten vor sich hin. Das machte das Auto natürlich umso verdächtiger.

«Ein schwarzer Audi aus dem Jahr 2015. Wie viele davon gibt es denn in der näheren Umgebung?», fragte Torkel Billy.

«Viele, zu viele, ich habe mir eine Liste von der Zulassungsstelle geben lassen. Aber dann bin ich von dem ausgegangen, was Sebastian gesagt hat. Dass der erste Übergriff vermutlich nicht allzu weit vom Wohnort des Täters standfand.»

Die Bilder der Überwachungskameras wichen einem Passfoto. Ein Mann Mitte vierzig mit Geheimratsecken und einem gepflegten Bart in seinem breiten Gesicht starrte direkt in die Kamera.

«Dan Tillman besitzt einen schwarzen Audi Q3, Baujahr 2015, und ist in der Vänortsgatan 83 gemeldet.»

Carlos malte ein neues Kreuz auf die Karte und verdeutlichte damit, dass Tillman nur einige Minuten vom Alten Friedhof entfernt wohnte.

«Was wissen wir über ihn?»

«Zweiundvierzig Jahre alt, Produktentwickler bei einem Maschinenbauunternehmen in Stockholm, geschieden, hat seine Kinder jedes zweite Wochenende, nicht vorbestraft, aber bei der Polizei liegen mehrere Anzeigen gegen ihn vor.»

«Und weshalb?»

«Er hat seine Exfrau und mehrere Freundinnen bedroht und belästigt. Die aktuellste Anzeige ist vom letzten Sommer, als er Nacktbilder von seiner Ex auf Facebook veröffentlicht hat.»

«Was für ein netter Typ», bemerkte Vanja.

«Das kannst du wohl laut sagen», erwiderte Billy. «Er ist dort auch in einigen Gruppen aktiv, die fast alle antifeministisch und oder rassistisch sind. Wenn Leute anderer Meinung sind, wünscht er ihnen gern, dass sie vergewaltigt werden. Oder dass ihre Frauen vergewaltigt werden, wenn es Männer sind. Am liebsten von sogenannten Ausländern.»

Er öffnete eine neue Seite, auf der er einige Kommentare von DanneTillman auf Facebook-Seiten und in Gruppen gesammelt hatte. Es dauerte ein paar Sekunden, die kurzen Beiträge durchzulesen, in denen Tillman anderen sexuelle Gewalt wünschte oder sich daran erfreute, wenn ihnen bereits etwas zugestoßen war.

«Was meinst du?»

Anne-Lie wandte sich an Sebastian.

«Solche Männer wagen sich selten aus den Kommentarfeldern heraus. Meistens reicht es ihnen, ihre Wut auszudrücken und von anderen Bestätigung dafür zu bekommen.»

Billy betrachtete die Beiträge an der Wand und war beinahe traurig. Er gehörte zu den größten Verteidigern des Internets. Er liebte es. Es hatte so viel Gutes an sich. Zurzeit ging es aber immer nur um die negativen Seiten. Googles angebliche Weltherrschaft, wie Informationen illegal gespeichert und verbreitet wurden, all die Lügen, all der Hass und all die Drohungen. Für Billy war das Internet wie eine große Stadt. Es gab einfach alles. Das Angebot war enorm. Für jeden war etwas dabei. Doch wie in allen Städten gab es auch Abflüsse und Kloaken, in denen sich die Scheiße sammelte, und wenn man sich an diesen Orten aufhielt, stank es gewaltig.

«Aber wir sollten definitiv trotzdem mit ihm sprechen», schloss Sebastian.

«Würde er denn wirklich das Auto nehmen, wenn er so nahe wohnt?», fragte Ursula, während Billy seinen Computer ausschaltete.

«Gewisse Männer in einem gewissen Alter fahren überall mit dem Auto hin», erwiderte Sebastian. «Aber auch davon abgesehen würde ich sagen, ja, durchaus, weil ihm das Auto die Möglichkeit gibt, sich schnell wieder vom Tatort zu entfernen, und es bietet ihm eine Art Schutzraum.»

«Okay, gute Arbeit, ihr beiden. Wir sprechen mit ihm. Vanja, Carlos?»

Billy und Sebastian nickten und wechselten lächelnd einen kurzen Blick, während Carlos wieder an seinen Platz ging.

«Aus der Ångkvarnsgatan. Der Überfall auf Klara Wahlgren. Was haben wir da?», fragte Anne-Lie ihn.

«Die Abdrücke stammen von Vans, Modell UA-SK8-Hi MTE, dieselben Schuhe wie schon zuvor. Die Spritze, die wir gefunden haben, lässt sich nicht zurückverfolgen, die kann man überall im Netz kaufen.»

«Und Rebecca Alm?»

«Bisher noch nichts», antwortete Ursula. «Ich rechne damit, dass wir im Laufe des Vormittags einen vorläufigen Bericht von der Gerichtsmedizin und der Spurensicherung erhalten.»

«Sonst noch irgendetwas?», fragte Anne-Lie in den Raum hinein, erhielt jedoch nur Kopfschütteln zur Antwort.

«Gut. Vanja und Carlos übernehmen Tillman, und Billy, du versuchst, noch mehr über ihn herauszufinden.»

«Okay.»

«Ursula, du informierst uns, sobald du den Bericht von der Spurensicherung hast, und dann behalten wir die Hinweise im Auge, die im Laufe des Tages hereinkommen», schloss sie und richtete sich an Torkel. «Möchtest du noch etwas hinzufügen?»

Was gab es da hinzuzufügen? Sie hatte bereits seinem ganzen Team Anweisungen erteilt, abgesehen von Sebastian, den man sowieso nicht dazu bringen konnte, das zu tun, was man wollte. Es schien ganz so, als würde sie nicht nur die Ermittlungen leiten, sondern hätte seinen Job bereits übernommen. Vielleicht interpretierte er nach ihrem kurzen Gespräch am Morgen aber auch zu viel hinein. Noch lohnte es sich nicht, eine große Sache daraus zu machen. Noch.

«Nein, klingt wie ein guter Plan.»

«Na dann.»

Die Besprechung war beendet. Alle sammelten ihre Sachen zusammen und verließen nach und nach den Raum. Vanja ging zu der Karte an der Wand und studierte sie, als wollte sie sich die neuen Informationen einprägen. Sebastian stand auf und schlenderte zu ihr.

«Ich habe gehört, dass dein Freund hier war.»

«Ja, und?», fragte sie knapp, ohne sich umzudrehen. Immerhin hatte sie ihm geantwortet.

«Wie nett. Jonathan, oder?»

Mehr als eine Antwort sollte er allerdings wohl nicht bekommen. Sie reagierte mit Schweigen, drehte sich dann jedoch um.

«Wolltest du etwas Berufliches besprechen?»

«Ja, tatsächlich. Ich habe gedacht, ich könnte zu Tillman mitkommen.»

«Nein, das kannst du nicht.»

Sie drängte sich an ihm vorbei, nahm ihre Sachen vom Tisch und ging. Sebastian seufzte innerlich. Damit, dass er würde kämpfen müssen, hatte er schon gerechnet, aber wie sollte er ihr zeigen, dass er sich verändert hatte, wenn sie keinen Millimeter von ihrer Position abwich? Er blickte zu Ursula hinüber, die noch im Raum war. Sie schüttelte den Kopf, als wollte sie sagen, dass er wohl nie aufgeben würde, und wartete ab, bis Vanja die Tür hinter sich geschlossen hatte, ehe sie sich ihm zuwandte.

«Du, diese Sache gestern ...»

«Ja, ich weiß, ich habe mich dumm benommen. Hast du meine SMS nicht bekommen?»

«Doch.»

«Gut.»

Aber irgendetwas an Ursulas Miene verriet ihm, dass nicht alles gut war.

«Möchtest du, dass ich es auch sage? Entschuldigung, ich habe mich dumm benommen.»

Man musste wirklich angestrengt lauschen, um auch nur eine Spur von Reue in seiner Stimme zu erahnen, und für einen Augenblick schien Ursula zu überlegen, ob es überhaupt sinnvoll war, noch weiter mit Sebastian zu reden, dann aber trat sie einen Schritt näher.

«Es geht nicht nur um gestern. Die ganze Scheiße, die du erlebt hast, gibt dir keinen Freifahrtschein, die Leute wie den letzten Dreck zu behandeln.»

«Das verstehe ich ja. Und ich will die Leute auch gar nicht so behandeln ... Jedenfalls nicht dich», fügte er hinzu, als er einsah, dass seine erste Behauptung doch ein bisschen zu weit von der Wahrheit entfernt war.

«Dann musst du dich besser unter Kontrolle haben. Noch so etwas, und ich laufe zum Team Vanja über.»

«Verstanden.»

«Und das möchtest du nicht», ergänzte sie mit etwas sanfterer Stimme, damit er verstand, dass sie ihm nur zu seinem Besten drohte. Weil sie wusste, was er eigentlich wollte.

Was in diesem Fall sogar stimmte.

«Nein, das möchte ich nicht», bestätigte er mit aufrichtiger Stimme.

Sie sah ihm einige Sekunden in die Augen, ehe sie zum Tisch ging, ein Croissant nahm und mit ihm zusammen den Raum verließ.

Sich unter Kontrolle haben.

Sein Leben.

Sie hätte ihn genauso gut bitten können, den Mount Everest zu besteigen.

«Muss ich meinen Anwalt anrufen?»

Dan Tillman war breit, muskulös und größer, als Vanja es erwartet hatte, im Übrigen sah er genauso aus wie auf dem Passfoto. Der einzige Unterschied war eine Tätowierung, die aus seinem Pulloverkragen hervor und den Hals hinaufkroch. Sie musste neu sein, sonst wäre sie ihnen sicher aufgefallen.

«Haben Sie denn einen Anwalt?», fragte Carlos erstaunt. Er war immer wieder aufs Neue verwundert, wie sehr die Leute von den amerikanischen Polizei- und Gerichtsserien im Fernsehen beeinflusst waren. Sie wussten mehr über die dortigen Abläufe und das Rechtssystem als über das schwedische.

«Ich bekomme doch wohl einen. Vom Staat. Ihr müsst mir einen bereitstellen.»

Als sie vor das zweistöckige Haus aus hellem Backstein in der Vänortsgatan gefahren waren, hatte Vanja bereits das Gefühl gehabt, dass es nicht ganz leicht werden würde. Die meisten der Kommentare, die sie auf Tillmans Facebook-Seite gesehen hatte, waren nicht nur frauenverachtend und rassistisch gewesen, sondern auch von einem Hass durchsetzt, der sich häufig ebenso in einer Ablehnung von Behörden und Politikern äußerte, vor allem, wenn Letztere eher links von der Mitte standen. Die Polizei erwähnte Tillman zwar nur selten, aber auch nie positiv. Jetzt bereute Vanja es fast, dass sie Sebastian nicht mitgenommen hatte. Arschloch gegen Arschloch.

Während sie die Treppe hinaufgingen, hatte sie ihre Sorge Carlos gegenüber geäußert, der ihr jedoch nur den Rat gegeben hatte, sie solle sich nicht provozieren lassen. Genau das war nicht gerade ihre Stärke, dachte sie. Und nachdem sie sich vorgestellt und ihre Dienstmarken gezeigt hatten, war Tillman sofort auf den Anwalt zu sprechen gekommen.

«Sie stehen nicht unter Verdacht», erklärte Vanja so freundlich wie möglich.

«Was machen Sie dann hier?»

«Wir möchten mit Ihnen sprechen.»

«Und was ist, wenn ich nicht mit Ihnen sprechen will?»

Was eindeutig der Fall war. Vanja rechnete damit, dass er ihnen innerhalb der nächsten zehn Sekunden die Tür vor der Nase zuschlagen würde, als Carlos einen Schritt vortrat.

«Dann gehen wir wieder und setzen unsere Ermittlungen fort, und Sie sind in unseren Augen ein bisschen verdächtiger geworden als vorher, weshalb wir ein bisschen genauer suchen werden, und wenn wir irgendetwas finden, so klein es auch sein mag, kommen wir zurück, nehmen Sie fest, verhören Sie – wenn Sie das unbedingt wollen, natürlich gern auch im Beisein eines Anwalts –, und dann werden wir schon sehen, was dabei herauskommt.»

Er machte eine kurze Pause, ehe er seinen Zeigefinger in die Luft streckte, als wäre ihm gerade etwas eingefallen.

«Sie könnten aber auch jetzt ein paar Minuten mit uns sprechen. Uns schnell bei der Klärung einiger Dinge helfen, damit wir Sie anschließend hoffentlich nicht mehr belästigen müssen.»

Es wurde still, während Tillman kurz überlegte. Vanja hörte, wie in der Wohnung nebenan ein Kind untröstlich weinte. Sie war ein bisschen beeindruckt. Bisher hatte Carlos einen eher unauffälligen Eindruck auf sie gemacht, aber seine wohl gewählten Worte mit den impliziten Drohungen waren sehr wirkungsvoll gewesen.

Mit einem missmutigen Grunzen trat Tillman zur Seite und ließ sie in seine Wohnung. Carlos steckte die Hand in die Tasche, holte unauffällig sein Handy hervor, startete die Aufnahmefunktion und schob es wieder zurück. Sein Bauchgefühl sagte ihm, dass es gut wäre, das kommende Gespräch zu dokumentieren.

Sie folgten Dan durch den fensterlosen Flur in die Küche. Eine hellblaue Tapete, weiße Kacheln über der Spüle und den Arbeitsflächen. Eine frei stehende Kühl- und Gefrierkombination aus rostfreiem Stahl, eine Mikrowelle und ein Backofen in Augenhöhe mit einem Weinkühlschrank darunter. Eine leere Spüle, saubere Flächen, Kräutertöpfe neben dem Herd. Alles ordentlich und rein. Keine Spur davon, dass hier jedes zweite Wochenende Kinder wohnten. Keine Fotos, keine Zeichnungen, keine Spielsachen, keine Kalender oder Post-its am Kühlschrank. Vanja glaubte, einen schwachen Ammoniakgeruch wahrzunehmen, konnte aber nirgends ein Katzenklo entdecken.

«Also, was wollen Sie?»

Er bot Ihnen keinen Sitzplatz an. Selbst lehnte er mit verschränkten Armen am Türrahmen. Man brauchte kein Experte für Körpersprache zu sein, um seine Abwehrhaltung wahrzunehmen.

«Wir haben einige Ausdrucke von Facebook, Kommentare, die Sie geschrieben haben ...» Carlos zog sich ungebeten einen Stuhl heran, setzte sich und legte seine Unterlagen auf den Küchentisch. Dan schien kurz protestieren zu wollen, hielt dann aber doch lieber den Mund.

«Wenn die linke Hure erst mal 'nen Afghanenschwanz im Arsch hat, wird sie vielleicht anders denken.» Carlos blickte gelassen von seinem Ausdruck auf. «Das haben sie über eine Frau geschrieben, die sich um unbegleitete Flüchtlingskinder gekümmert hat.»

«Das habe ich nicht geschrieben.»

«Ist das denn nicht Ihr Account?», fragte Vanja und hielt Dan den Ausdruck vor die Nase. «DanneTillman in einem Wort, und das Profilbild sieht Ihnen auch ziemlich ähnlich.»

Dan blickte kurz auf das Blatt und dann zu Vanja, sein Lächeln stand in einem starken Kontrast zu seinen Augen, die sich verdunkelt hatten.

«Ich habe nie gesagt, dass das nicht mein Account ist. Wenn Sie mir besser zuhören würden, anstatt sich hier so wichtig zu machen, hätten Sie auch gehört, dass ich nur gesagt habe, ich habe das nicht *geschrieben*.»

«Mich wichtigmachen? Ich mache mich wichtig?» Vanja wandte sich an Carlos, der froh war, dass er alles aufnahm. Das Gespräch schien bereits nach so kurzer Zeit zu entgleisen.

«Wenn Sie das nicht geschrieben haben, wer dann?», fragte er ruhig und versuchte, den Dialog wieder in die richtigen Bahnen zu lenken.

«Keine Ahnung. Jemand muss mein Konto gehackt haben.»

«Dann haben Sie das hier also auch nicht geschrieben?», fragte Vanja und musste sich beherrschen, damit er ihr den Zorn und die Verachtung nicht anhörte.

«Man kann nur hoffen, dass diese kleine Fotze zur Strafe lang und heftig durchgevögelt wird und dann verblutet.»

Dan lehnte immer noch in der Tür und schüttelte verständnislos den Kopf.

«Das richtet sich an ein sechzehnjähriges Mädchen, das sich für einen Klassenkameraden eingesetzt hat, der abgeschoben werden sollte.»

«Ihr Konto wird anscheinend ziemlich oft gehackt», stellte

Carlos ungerührt fest. «Das hier ist nur ein Bruchteil dessen, was wir gefunden haben.»

«Kann schon sein, ich überprüfe das nicht so oft», erwiderte Tillman in einem Ton, der deutlich machte, dass er wusste, dass sie wussten, dass er log.

«Und Sie haben gar kein Problem damit, dass jemand so etwas in Ihrem Namen schreibt? Auch noch regelmäßig?»

«Ich kapiere das nicht», sagte Dan, richtete sich auf und fuchtelte irritiert mit den Händen. «Sind Sie deshalb hier? Das sind Ansichten. Meinungsfreiheit, schon mal was davon gehört? Die gilt für alle, nicht nur für Gutmenschen, auch wenn es einem manchmal nicht so vorkommt.»

«Ist das Ihre Einstellung zum Thema Vergewaltigung, dass manche Frauen es verdient haben?», fragte Vanja, und diesmal bemühte sie sich gar nicht erst, ihre Gefühle zu verbergen.

«Im Ernst? Seid ihr wirklich wegen so einem Scheiß da? Richtige Gesinnungspolizisten. Haben die deshalb keine echten Bullen geschickt?»

«Echte Bullen? Was meinen Sie damit?», fragte Vanja, obwohl sie die Antwort schon kannte, aber sie wollte sie aus seinem Mund hören.

«Ihr seid doch beide nur wegen der Quote da.»

«Weil ich eine Frau bin und er ...?»

«Ein Kanake, genau.»

«Eigentlich sind wir aber hier, weil wir mit Ihnen über Ihr Auto sprechen möchten», erklärte Carlos weiterhin vollkommen gelassen vom Küchentisch aus, als hätte er die letzten Ausfälle gar nicht mitbekommen.

«Genug gequasselt», sagte Dan. «Ihr könnt euch jetzt mal verziehen.»

«Ihr Audi Q3 wurde im letzten Monat in der Nähe von zwei

Tatorten gesehen.» Vanja trat auf Tillman zu und kam ihm so nah, dass sie seinen Atem spürte. «Genügt das?»

Sie standen sich gegenüber und maßen einander mit Blicken. Vanja wich nicht zurück. Keinen Millimeter. Das wollte sie ihm nicht gönnen.

«Nein, wurde es nicht.»

«Es ist aber auf den Aufnahmen mehrerer Überwachungskameras zu sehen.»

«Netter Versuch, aber ihr könnt meine Kennzeichen doch gar nicht erkennen», entgegnete Tillman selbstsicher und offensichtlich zufrieden, sie zu übertrumpfen.

«Ach nein?»

«Ich habe sie mit Reflexspray behandelt. Ich pendle nach Stockholm und habe verdammt noch mal nicht vor, noch mehr fürs Autofahren zu latzen als sowieso schon. Völlig legal, falls Sie das wissen wollen.»

«Aber im Gesicht haben Sie kein Reflexspray, oder?», fragte Vanja mindestens ebenso selbstsicher und zufrieden. Zu ihrem großen Vergnügen konnte sie sehen, wie Tillmans Blick für einen Moment nervös flackerte.

«Können Sie uns bitte sagen, was Sie zu diesen Zeiten an diesen Orten gemacht haben?», fragte Carlos und schob Tillman einen Zettel mit den Daten und Zeiten der Überfälle auf Ida und Klara hin. Der Mann trat an den Tisch, hob das Papier auf und las.

«Vorgestern habe ich abends Hockey gespielt. Im Bolands-Gymnasium, da sind wir einmal die Woche. Am 18. September ...»

Er holte sein Handy aus der Tasche, öffnete den Kalender und scrollte.

«Da war ich abends mit ein paar Kollegen in Stockholm essen.»

«Deren Namen wir brauchen», stellte Carlos fest,

Dan nickte, und Carlos reichte ihm einen Stift.

Dem Anschein nach zwei Alibis, dachte Vanja, aber diese Vergewaltigungen hatten nicht viel Zeit in Anspruch genommen. Das Risiko, dabei erwischt zu werden, war einfach zu groß. Fünf bis zehn Minuten höchstens. Wenn Dan Tillman zehn Minuten zu spät zum Hockey gekommen war oder eine Viertelstunde früher das Restaurant verlassen hatte, kam er nach wie vor als Täter in Frage.

Sie wünschte sich wirklich, dass er es war.

Zu gern hätte sie einen Grund gehabt, ihn hinter Gitter zu bringen.

Ihn einzusperren und dann die Schlüssel wegzuwerfen.

«Waren Sie in letzter Zeit mal in Gävle?», fragte sie, während Tillman die Namen und Telefonnummern seiner Kollegen auf die Rückseite eines Ausdrucks schrieb.

«Nein.»

«Sind Sie sicher?»

Dan antwortete nicht einmal, er schrieb einfach nur weiter. Aber Vanja hatte nicht das Gefühl, dass er Zeit schinden wollte oder Angst hatte, sich zu verplappern. Er war einfach nur fertig mit ihnen und wollte sie so schnell wie möglich loswerden. Vanja unternahm einen letzten Versuch.

«Wir hätten gern eine DNA-Probe von Ihnen.»

Diesmal hielt Dan inne und wandte sich zu ihr. *Sag nein, sag nein, sag nein,* dachte Vanja hoffnungsfroh.

«Kein Problem.»

Vanja spürte, wie ihr die Luft wegblieb. Der Mann, der vor ihr stand, war in vielerlei Hinsicht ein Vollidiot, aber dumm war er nicht.

Vermutlich hatte er zwei und zwei zusammengezählt.

Sein Auto in der Nähe der Tatorte.

Er hatte Gerüchte gehört.

Oder über die Vergewaltigungen in Uppsala gelesen.

Deshalb war er plötzlich so kooperativ und hatte ihnen seine Alibis präsentiert. Dass er noch dazu freiwillig eine DNA-Probe abgab, nachdem er höchst beabsichtigt an allen Tatorten Spuren hinterlassen hatte, war ziemlich unwahrscheinlich.

Dieser Mann war ein Schwein.

Und sie war davon überzeugt, dass er eines Tages in den Knast kommen würde.

Aber nicht heute, und nicht für diese Taten.

Rebecca Alm.
Gleich nach dem Aufwachen war Weber der Name wieder im Kopf herumgegeistert.

Auf der gestrigen Heimfahrt von der Pressekonferenz hatte er fieberhaft überlegt, wo er ihm schon einmal untergekommen war.

In welchem Zusammenhang.

Wieder in Stockholm angekommen, war er noch in der Redaktion vorbeigefahren und hatte über die Vergewaltigungen in Uppsala und den Mord in Gävle geschrieben. Dabei hatte er vor allem das Material von der Pressekonferenz verwendet und es ein wenig aufbereitet.

Ein Foto von Rebecca Alm.

Ein Archivbild vom Alten Friedhof.

Ein Infokasten über den Hagamann.

Er hatte die Namen der anderen Opfer nicht und somit auch keine Angehörigen, mit denen er sprechen konnte, und er hatte auch nicht vor, so spätnachts noch nach ihnen zu suchen. Also eher Fakten als Gefühle. Wenn der Fall größer wurde, wenn die Konkurrenz mehr daraus machte oder seine neue Chefredakteurin das aus irgendeinem Grund wollte, würde er der Sache weiter nachgehen. Obwohl er wusste, dass es in den Ermittlungen, die Torkel Höglund leitete, nur selten undichte Stellen gab, würde er sicher irgendeinen Namen herausfinden. Einen Angehörigen, Freund oder Arbeitskollegen. Er würde eine persönliche Geschichte daraus machen, mit der sich die Leser identifizieren konnten. Das

Kleine im Großen finden. Die Sorge der Menschen. Das Gefühl, in Angst zu leben.

Anschließend bearbeitete Weber seinen Internetartikel auch für die Printausgabe und schickte ihn weg. Vermutlich würde es Ärger geben, weil er nicht gefilmt hatte. Sie wollten bewegte Bilder. Klicks, die Anzeigenkunden anlockten. Manchmal kam es ihm so vor, als würde er für einen Fernsehsender arbeiten und nicht für eine Zeitung. Obwohl Sonia, seine neue Chefin, nicht ganz so auf alles Digitale fixiert zu sein schien wie ihr Vorgänger Källman. Sie hatte sogar mit Weber über längere Features gesprochen, die nur in der Druckausgabe erscheinen sollten.

Mal sehen, ob daraus etwas werden würde.

Nachdem er alles abgeliefert hatte, war er sein Handy und seine E-Mails durchgegangen.

Hatte nach Rebecca Alm gesucht.

Doch nichts gefunden.

Dann war er nach Hause gefahren.

In seiner Zweizimmerwohnung in der Vegagatan hatte er die Grübeleien aufgegeben. Er würde noch darauf kommen, dessen war er sich sicher. So war es immer. Wenn er eine Weile nicht an das dachte, was ihm momentan nicht einfallen wollte, tauchte es irgendwann von selbst wieder in seinem Gedächtnis auf.

Er stellte sich an seinen Flipper.

Ein KISS Bally. Von 1979. Den hatte er im Jahr 1998 für sechstausend Kronen erstanden.

Die beste Investition, die er je getätigt hatte.

Totale Entspannung und Fokussierung.

Er wusste aus Erfahrung, dass man so ein Besitztum leicht mit einer typischen Junggesellenbude in Zusammenhang brachte oder mit alten Knackern. Und dass es ein wenig traurig wirkte. «Oh, ein Flipper», stellten die wenigen Frauen, die seine Wohnung betraten, stets fest – in einem Du-bist-wohl-schon-länger-Single-und-ich-verstehe-auch-warum-Tonfall.

Alle, bis auf Derya, erinnerte er sich. Letzten Monat war sie nach dem fünfzigsten Geburtstag seines Bruders mit zu ihm gekommen. Sie hatten Wein getrunken und mehrere Stunden Flipper gespielt, und es schien ganz so, als würde es ihr Spaß machen. Sie hatte jedenfalls viel gelacht. Aber Derya war eine Ausnahme. Dennoch hatte sie sich nicht mehr gemeldet. Vielleicht sollte er sie anrufen. In ihrer Gesellschaft hatte er sich wohl gefühlt ...

Doch heute Abend wollte es nicht richtig laufen.

«99 430» als Highscore. Er hatte schon Abende gehabt, an denen er nah an dreihunderttausend gewesen war.

Also ging er lieber schlafen.

Und erwachte wieder mit diesem Namen im Kopf.

Rebecca Alm.

Jetzt saß er mit seiner dritten Tasse Kaffee in der Redaktion, doch er hatte immer noch keine Ahnung, wo ihm der Name schon einmal untergekommen war. Nicht daran zu denken hatte diesmal offensichtlich nicht geholfen, also musste er sich wohl ein bisschen mehr anstrengen. Er nahm sein Handy, rief Torkel Höglund an und bereitete sich schon darauf vor, eine Nachricht auf der Mailbox zu hinterlassen. Umso erstaunter war er, als Torkel sich bereits nach dem dritten Klingeln meldete.

«Hallo, hier ist Axel Weber.»

«Ich weiß. Was wollen Sie?»

Höglunds Stimme klang nicht direkt abweisend, lud aber auch nicht zu Smalltalk ein, also kam Weber direkt auf den Punkt.

«Es geht um Rebecca Alm. War sie schon früher mal in irgendeinen Fall verwickelt?»

«Nicht, dass ich wüsste, warum?»

«Ich kenne den Namen, ich weiß nur nicht, woher.»

«Sie ist in keinem polizeilichen Register zu finden, aber ob sie als Zeugin aufgetreten ist oder in irgendeiner Weise in eine andere Sache involviert war, weiß ich nicht. Jedenfalls hatte es nichts mit der Reichsmordkommission zu tun.»

«Na gut, dann muss ich wohl weitergrübeln.»

«Wenn Sie auf etwas stoßen, dürfen Sie sich gern bei mir melden, das wissen Sie ja.»

Es war nicht zu überhören, dass er auf Webers Interview mit dem sogenannten Dokusoap-Mörder anspielte.

«Mal sehen. Sonst gibt es nichts Neues?»

«Nein.»

«Gut, vielen Dank. Wir hören uns sicher wieder.»

Damit beendete er das Gespräch. Es hatte keinen Sinn, ihn unter Druck zu setzen. Sie hatten ein gutes Verhältnis, er mochte Höglund und hatte zumindest das Gefühl, dass er ihm auch nicht zuwider war. Obwohl sie vor einigen Monaten ernsthaft aneinandergeraten waren, als Weber mit David Lagergren Kontakt gehabt hatte, ohne die Reichsmordkommission davon in Kenntnis zu setzen.

Er stutzte. Da war doch irgendetwas. Der Dokusoap-Mörder hatte ihm Sachen geschickt. Per Boten. Physische Gegenstände. Warum hatte er daran noch nicht gedacht?

Viele der Hinweise, die ihn erreichten, kamen immer noch mit der normalen Post. Die meisten Leute schienen Angst zu haben, digitale Spuren zu hinterlassen, die sich nie wieder beseitigen ließen.

Schneckenpost. Briefe. Umschläge. Briefmarken.

Früher hatte Weber sie immer in seiner untersten Schreibtischschublade aufbewahrt. Als er noch ein eigenes Büro hatte. Seither hatten sie das Gebäude und mehrfach die Räumlichkeiten gewechselt, vom eigenen Büro zur Bürolandschaft mit flexiblen Arbeitsplätzen und wieder zurück. Bei einem dieser Umzüge hatte er die Briefe in einen Schuhkarton gelegt.

Den er dann, wenn er sich recht erinnerte, mit nach Hause genommen hatte.

«Ich bin in einer Stunde wieder zurück», rief er Kajsa zu und verließ die Redaktion. In seiner Wohnung angekommen, blieb er im Flur stehen und konzentrierte sich. Wo war dieser Schuhkarton abgeblieben? Er drehte eine schnelle Runde in seiner Arbeitsecke, um sie abhaken zu können, ehe er sein Schlüsselbund griff und mit dem Aufzug zum Dachboden hinauffuhr.

Dort oben war es kühl und roch feucht und moderig. Weber fröstelte, als er an den Verschlägen aus Holz und Hasendraht vorbeiging, die allen Bewohnern im Haus die Möglichkeit gaben, mehr zu behalten, als sie eigentlich brauchten. Er sah einige saisonale Gegenstände wie Oster- und Weihnachtsschmuck, aber die meisten Dinge würden nie wieder Verwendung finden. Lampen, Regale, Stühle, Geschirr, Gemälde, Koffer, Kisten voll Spielsachen, mit denen nie wieder jemand spielen mit Kleidung, die nie wieder jemand tragen würde. Eine ganze Etage ein Elefantenfriedhof der Konsumgesellschaft.

Er öffnete das Hängeschloss und die Gittertür seines Abteils und zwängte sich hinein. Sein Verschlag bildete keine Ausnahme. Er war zwar nicht ganz so vollgestopft wie die anderen, aber auch dort standen Sachen, an die er schon seit Ewigkeiten keinen Gedanken mehr verschwendet hatte. Eine

Kommode, Stühle und gerahmte Poster, ziemlich viele Umzugskartons, die vermutlich größtenteils Bücher enthielten, und ein IKEA-Regal mit einigen Aktenordnern und kleineren Schachteln. Darunter zwei Schuhkartons. Er zog den einen heraus und öffnete ihn. Fotos. Weber blätterte sie schnell durch, um zu prüfen, ob sich nichts anderes dazwischen versteckte. Freunde und Kollegen, zu denen er den Kontakt verloren hatte, Freundinnen, die ihn verlassen hatten, seine Familie.

Eine andere Zeit.

Möglicherweise eine glücklichere Zeit.

Rasch stellte er die Kartons zur Seite, schließlich war er nicht hier, um in nostalgischen Erinnerungen zu schwelgen.

Dann kam Karton Nummer zwei.

Da waren sie.

Die nackte Glühbirne draußen auf dem Gang bot genug Licht, daher setzte er sich auf den kalten Boden und fing an, die Briefe durchzugehen. Es waren knapp dreißig. Auf einigen stand ein Absender, was ihm die Arbeit erleichterte. Darunter war jedoch keine Rebecca Alm.

Also begann er, die restlichen Briefe aus den Umschlägen zu ziehen und sah als Erstes auf die Unterschrift. Das dritte Schreiben endete mit einem «Mit freundlichen Grüßen» von Rebecca Alm und einer Telefonnummer. Hatte er sie angerufen? Hatte er vielleicht sogar mit ihr gesprochen?

Weber begann zu lesen. Der Brief war nicht lang. Eher ein Teaser, eine Geschmacksprobe, um sein Interesse zu wecken.

An Axel Weber
Expressen

Sehr geehrter Herr Weber,

ich schreibe Ihnen, weil ich nicht weiß, an wen ich mich sonst wenden soll. Sie sind jemand, dem ich vertraue. Ich war bei der Polizei hier in Nässjö, aber irgendjemand dort muss in die Sache verstrickt sein, weil niemand das beendet, was hier passiert. Dass die Gemeinde verstrickt ist, weiß ich sicher.
Es gibt einen großen Hof in der Nähe meines Wohnorts, der Ljungbecka Gård heißt. Er gehört der Gemeinde, und viele mächtige Menschen haben damit zu tun, deshalb ist es wichtig, dass ich anonym und geschützt bleibe. Dorthin kommen Kinder aus dem Ausland, und mindestens drei Kinder, die dort waren, sind verschwunden. Das weiß ich. Ich vermute, man hat sie umgebracht. Ich hoffe, Sie glauben mir. Sie können mich telefonisch erreichen, aber bitte versprechen Sie mir, dass mein Name geheim bleibt. Bitte!!!

Mit freundlichen Grüßen
Rebecca Alm
0707 554 281

Weber drehte den Brief um und sah, dass er sich auf der Rückseite Notizen gemacht hatte. Eine Art Protokoll, was sich verifizieren ließ und was nicht und wen er angerufen hatte, ehe er zu dem Schluss gekommen war, dass es keine Story gab. 2006 hatte die Gemeinde auf dem Hof vorübergehend ein Clearinghouse für unbegleitete minderjährige

Flüchtlinge eingerichtet. Anschließend waren sie in andere Unterkünfte verlegt worden oder tatsächlich vom Radar der Behörden verschwunden, aber das kam leider häufiger vor, und nichts deutete darauf hin, dass die Behauptungen aus dem Brief zutrafen.

Weber blätterte weiter und suchte nach derselben Handschrift. Er fand noch zwei Briefe und öffnete den ersten.

An Axel Weber
Expressen

Sehr geehrter Herr Weber,

hier schreibt Ihnen noch einmal Rebecca Alm. Ich brauche die Hilfe eines mutigen Menschen, wie Sie einer sind. Ich glaube immer noch, dass auf Ljungbecka etwas Schlimmes passiert ist, aber dass die Gemeinde auch für Sie zu mächtig war, weil der Fall nie aufgedeckt wurde. Inzwischen bin ich nach Uppsala gezogen, war länger krank und kam in die Universitätsklinik. Weil ich nur schlecht schlafen kann, bin ich oft nachts über die Flure des Krankenhauses gegangen und habe festgestellt, dass etwas Geheimes vor sich geht. Sie operieren nachts. Sie nehmen den Leuten heimlich Körperteile und Organe und verkaufen sie. Ich weiß, dass der Oberarzt mithilft, und letztens war auch ein Politiker da, das Ganze geht also bis in die höchsten Kreise. Melden Sie sich bei mir, dann kann ich Ihnen beweisen, dass ich die Wahrheit sage!

Ich bin unter der Nummer 0763773921 zu erreichen.
Mit freundlichen Grüßen
Rebecca Alm

Weber las seine Notizen auf der Rückseite und steckte den Brief zurück in den Umschlag. Er meinte, sich vage daran erinnern zu können, wie er pflichtschuldig einige Anrufe getätigt hatte, woraufhin sofort klarwurde, dass die Anschuldigungen substanzlos waren. Mit einem leisen Seufzen nahm er das letzte Kuvert und öffnete es eigentlich nur, um es nicht unterlassen zu haben. Inzwischen war ihm nicht nur eingefallen, woher er den Namen kannte, er wusste auch wieder, warum er ihn sich nicht gemerkt hatte.

Die Frau neigte zu Verschwörungstheorien.

Oder hatte zumindest eine sehr lebhafte Phantasie.

Daher setzte er keine großen Hoffnungen in den letzten Brief.

An Axel Weber
Expressen

Sehr geehrter Herr Weber,

anscheinend wurden Sie die beiden anderen Male daran gehindert, die Wahrheit aufzudecken, oder Sie haben mir nicht geglaubt, aber diesmal müssen Sie es tun. Ich habe es mit eigenen Augen gesehen. Ich hatte ihr Blut an den Händen. Die Kirche hat sie getötet. Obwohl sie doch die gütigste Macht von allen sein soll. Doch die Kirche wollte über sie bestimmen, und dann ist sie gestorben. Ich habe es gesehen!

Aber sie kennen in Uppsala alle. Haben Macht und Geld. Sie werden mich jagen, und wieder wird mir niemand glauben. Niemand. Vielleicht nicht einmal Sie. Bitte glauben Sie mir!

Ich bin nach Gävle gezogen und habe eine Geheimnummer, damit sie mich nicht finden können. Bitte rufen Sie an, ich schwöre und verspreche Ihnen, dass es wahr ist!! Ich verspreche es!!!

Mit freundlichen Grüßen
Rebecca Alm
0737432190

Es kam Weber so vor, als würde er den Brief zum ersten Mal lesen, er hatte keinerlei Erinnerungen daran. Er drehte das Blatt um, da waren keine Notizen. Vielleicht hatte er ihren Namen zu diesem Zeitpunkt wiedererkannt, hatte sich an die beiden früheren Briefe erinnert und diesen nur kurz überflogen, um ihn anschließend beiseitezulegen.

Wer zweimal lügt, dem glaubt man nicht.

Er las ihn noch einmal.

Irgendeine Kirche in Uppsala, welche, blieb unklar, hatte über eine Frau bestimmen wollen, die anscheinend gestorben war. Wer das gewesen war, und wann, wurde nicht erwähnt.

Nicht gerade viele Anhaltspunkte, und noch dazu war der Brief acht Jahre alt.

Doch Rebecca Alm war tot. In Uppsala wurden Frauen vergewaltigt. Bisher war noch keine Reaktion auf den gestrigen Artikel gekommen, also hatte Weber Zeit, noch ein bisschen tiefer zu graben.

Er gab sich einen Tag.

Entschlossen stieß Klara die Türen zum Foyer auf.

Die Entscheidung war im Laufe des Morgens in ihr gewachsen. Sie war früh erwacht, als es draußen noch dunkel war, und in dem Wissen, dass sie nicht wieder würde einschlafen können, hatte sie die Tür zu Victors Zimmer geschlossen, im Wohnzimmer ihre Matte ausgerollt und neunzig Minuten Yoga praktiziert. Es war still in der Wohnung, was nicht oft vorkam, und sie hatte das Training und die Ruhe genossen. Anschließend hatte sie geduscht und Victor und Zach mit frischen Pfannkuchen und Marmelade überrascht. Als es Zeit wurde, Victor in die Schule zu bringen, hatte Zach zum fünften Mal gefragt, ob es auch wirklich in Ordnung sei, wenn er zur Arbeit gehe. Und sie hatte es zum fünften Mal bejaht.

Nachdem die beiden gefahren waren, hatte Klara die Küche aufgeräumt und gespürt, dass ihr die Decke auf den Kopf fiel. Wie lange sollte sie noch zu Hause bleiben? Der Überfall war zwar erst zwei Tage her, aber sie fühlte sich erstaunlich gut. Wenn sie ihre Arbeitskollegen um sich hätte und Aufgaben, auf die sie sich konzentrieren könnte, würde es ihr sicher noch besser gehen. Als sie in der Küche fertig war und eine Maschine Wäsche angestellt hatte, setzte sie sich mit dem iPad und einer Tasse Kaffee aufs Sofa und surfte auf den üblichen Nachrichtenseiten. Es dauerte nicht lange, bis sie auf die ersten Schlagzeilen stieß.

Sadistischer Serienvergewaltiger versetzt Uppsala in Angst und Schrecken

Sie las den ganzen Artikel. Ihr Name wurde nicht erwähnt, sie war lediglich «das vierte Opfer» von vorgestern. Natürlich wurde einiges über Rebecca aus Gävle geschrieben, aber der Fokus war darauf gerichtet, dass die meisten Überfälle in Uppsala passiert waren und der Mann noch immer frei herumlief und möglicherweise eine Verbindung zu BDSM-Kreisen hatte. Die Polizei bat um Hinweise aus der Bevölkerung und hatte eine Liste der Zeitpunkte und Orte herausgegeben. Unter anderem «das Gebiet um die Ångkvarnsgatan, am 13. Oktober zwischen 20.30 und 21.00 Uhr». Klara lief ein Schauer über den Rücken, als sie das las. Für einen kurzen Moment durchlebte sie den Schock und die Panik noch einmal. Sie erinnerte sich daran, welche Angst sie gehabt und wie klein sie sich gefühlt hatte.

Vielleicht ging es ihr doch nicht so gut, wie sie dachte.

Sie surfte weiter. Die zweite Boulevardzeitung hatte das Thema nicht ganz so groß aufgemacht, und auch die Schlagzeile war nicht so reißerisch.

Vergewaltiger wird mit Mord in Verbindung gebracht

Sie las auch diesen Artikel genau.

Der gleiche Inhalt, nur anders verpackt.

Doch bei der letzten Zeile hielt sie inne.

«Bislang hat die Polizei keinen Verdächtigen.»

Klara legte das Tablet beiseite. Sie wusste zwar nicht, wer der Täter war, aber sie konnte der Polizei immerhin einen Anhaltspunkt geben. Sie auf die richtige Spur führen. Gestern hatte sie es nicht getan, als diese Polizistin, Vanja Lithner, zurückgekommen war. Sie hatte erzählt, was Rebecca zugestoßen war, und Klara gefragt, ob sie die Frau kennen würde. Da hatte sie gelogen. Instinktiv. Sie hatte das Gefühl gehabt, erst in Ruhe darüber nachdenken zu müssen. Jetzt reifte der Beschluss in ihr. Wenn sie dabei helfen konnte, diesen Mann zu fassen, ehe er weiteren Frauen etwas antat, wenn sie verhindern konnte, dass andere das erleben mussten, was sie selbst durchgemacht hatte – war sie dann nicht gezwungen, zu handeln? Auch wenn der Preis hoch war.

Im selben Moment hatte sie sich entschieden und das Haus verlassen.

Eine Viertelstunde später hatte sie resolut die Türen zum Polizeipräsidium aufgestoßen und war auf die Anmeldung zugegangen.

Sie wollte erzählen, dass sie Rebecca Alm doch kannte.

Und dass Ida sie auch kannte.

Sie waren in derselben Gruppe gewesen.

Es konnte kein Zufall sein, dass ihnen allen dreien dasselbe widerfahren war. Beziehungsweise beinahe widerfahren war, korrigierte sie sich. Ida hatte immerhin überlebt, und sie selbst war buchstäblich mit dem Schrecken davongekommen.

Das musste etwas mit der Gruppe zu tun haben.

Damit, was Linda passiert war.

Klara konzentrierte sich so sehr auf die Anmeldung, dass sie zusammenzuckte, als ihr Telefon klingelte. Sie zog es aus der Tasche und warf einen Blick auf das Display. Zach. Nachdem sie tief Luft geholt hatte, nahm sie den Anruf an.

«Hallo, ich wollte nur mal hören, wie es dir geht», sagte er.

Mit gebeugtem Kopf wendete sie sich von den anderen Personen im Foyer ab und ging einige Schritte zum Fenster, um etwas abgeschiedener zu sein.

«Mir geht es gut, danke.»

«Was machst du gerade?»

Klara überlegte, ob man am Telefon hören konnte, dass sie nicht zu Hause war. Sie zögerte, die Wahrheit zu sagen, obwohl sie nicht genau wusste, warum. Zach würde ohnehin alles heute Abend erfahren, wenn er nach Hause kam. Sie war gezwungen, es zu erzählen.

«Ich bin in der Stadt, eine Freundin treffen.»

«Ist alles in Ordnung?»

«Ja, alles in Ordnung.»

«Gut, das wollte ich nur wissen.»

Das wollte er oft, seit dem Vorfall. Und dafür liebte sie ihn. Er war so fürsorglich und verständnisvoll. Victor und sie hatten wirklich Glück gehabt. Der beste Vater und Ehemann der Welt.

«Das ist wirklich nett von dir, aber es ist alles gut.»

«Okay. Aber melde dich, wenn du mich brauchst.»

«Ja, mache ich. Wir sehen uns heute Abend.»

«Ja, bis dann. Kuss.»

«Kuss.»

Sie blieb mit dem Telefon in der Hand stehen und sah zur Anmeldung hinüber.

Ihre vorherige Entschlossenheit war einem Zögern gewichen.

Was, wenn das alles doch gar nichts mit der Gruppe zu tun hatte? Dann würde sie vollkommen unnötig die Aufmerksamkeit auf sie ziehen. Nach wie vielen Jahren war ein Mord noch gleich verjährt? Wobei es wohl eher Totschlag war. Wenn überhaupt. Fahrlässige Tötung vielleicht?

Sie hatte jetzt Victor. Sie konnte nicht nur an sich selbst denken.

Und diese Therese hatte Klara nie getroffen, sie war kein

Mitglied gewesen. Ingrid war auch nichts zugestoßen, sonst hätte Klara darüber sicher etwas gelesen. Sie stand immerhin in der Öffentlichkeit.

Vielleicht ging es also doch nicht um die Gruppe.

Würde sie sich nur unnötige Probleme einhandeln? Zerrte sie Dinge ans Licht, die besser verborgen und vergessen blieben? Wer würde davon profitieren, wenn sie es erzählte? Was geschehen war, war geschehen, und wenn sie genauer darüber nachdachte – das, was jetzt passierte, die Vergewaltigungen, der Sack, die Spritze, was sollte das mit Linda zu tun haben?

Nichts, beschloss Klara.

Nach einem letzten Blick zur Anmeldung und der Frau in Zivil, die dahinterstand und mit der sie nicht sprechen würde, steckte sie das Handy wieder ein und verließ das Gebäude ebenso entschlossen, wie sie hereingekommen war.

Doch gerade als sie auf die Straße treten wollte, fiel Klara eine Frau in ihrem Alter auf, die an ihr vorbei und durch die Tür ging. Kurze schwarze Haare, kajalumrahmte Augen, roter Lippenstift, blasse Haut. Eine offene Lederjacke, enge Jeans und Stiefel, die fast bis zum Knie reichten. Ihre Absätze klapperten, als sie zu der Frau am Empfang ging.

«Hallo, mein Name ist Stella Simonsson, ich würde gern etwas zu den Vergewaltigungsfällen aussagen.»

«Verdammter Mist!»

Ursula fluchte hinter ihrem Computer so laut, dass sich alle zu ihr umdrehten.

«Was ist los?», fragte Torkel.

«Kannst du bitte mal alle zusammentrommeln», antwortete Ursula seufzend, den Blick noch immer auf den Bildschirm gerichtet. Torkel stand auf, ging zu Anne-Lies Büro und klopfte an die Glasscheibe. Als sie aufblickte, gab er ihr ein Zeichen, dass sie herauskommen sollte. Die anderen waren bereits um Ursulas Schreibtisch versammelt, als Anne-Lie hinzustieß.

«Was ist denn?»

«Ich habe gerade einen sehr vorläufigen Bericht zu Rebecca Alm von der Spurensicherung und der Gerichtsmedizin erhalten», antwortete Ursula. «Der Sack scheint aus demselben Material und von derselben Marke zu sein, aber das muss noch genauer untersucht werden. Man konnte ein Schlafmittel im Blut nachweisen und hat auch Spermaspuren im Unterleib gefunden. Das Schlafmittel war Rohypnol, aber ...»

Sie machte eine kleine Kunstpause und sah die anderen an. Was sie jetzt sagen musste, würde ihnen genauso wenig gefallen wie ihr selbst.

«... die DNA stimmt nicht mit den anderen Funden überein.»

«Wie bitte?»

«Die DNA lässt darauf schließen, dass Rebecca Alm von einem anderen Mann vergewaltigt und ermordet wurde.»

Es wurde still im Raum, während alle die neuen Informationen in sich aufnahmen und überlegten, was das für den Fall und für ihre Arbeit bedeutete. Sie hatten geglaubt, einen Einzeltäter zu suchen. Aber diese neue Erkenntnis würde ihnen die Arbeit und damit auch das Leben erheblich erschweren.

«Du hast gesagt, es wäre ein vorläufiger Bericht ...», begann Torkel zögernd.

«Ja.»

«Könnten sie sich ganz einfach getäuscht haben?»

«Nicht bei etwas so Unkompliziertem wie einem DNA-Abgleich», antwortete Ursula entschieden.

Sebastian sah sich um. Alle um ihn herum wirkten niedergeschlagen. Er selbst war sowieso nur noch wegen Vanja hier. Der Jutesack und das Schlafmittel hatten den Fall vielleicht ein kleines bisschen interessanter gemacht, aber dennoch suchten sie lediglich einen ordinären Sexualstraftäter. Bis zu diesem Moment ...

«Was bedeutet das?»

Wieder richtete sich Anne-Lie an Sebastian. Er konnte nicht umhin, geschmeichelt und stolz zu sein. Sie legte Wert auf seine Meinung. Die Kollegen von der Reichsmordkommission baten dagegen nie um seine Einschätzung, weshalb er sie ihnen stets mehr oder weniger aufzwingen musste.

Doch leider war Sebastian diesmal gezwungen, Anne-Lie zu enttäuschen.

«Ich weiß es nicht. Dass es mehrere Täter sind, vermutlich.»

«Ein Trittbrettfahrer?»

Sebastian schüttelte den Kopf.

«Diese Nachahmer kommen meistens über die Medien auf die Idee, Taten zu kopieren.»

Er wandte sich Vanja zu, die sich wie immer auch dadurch von ihm distanzierte, so weit wie möglich entfernt zu sitzen.

«Du warst ja damals hier. Als Rebecca überfallen wurde, hat doch nichts über die Überfälle auf Ida und Therese in der Zeitung gestanden, oder?»

Eine berufsbezogene Frage, ganz im Einklang mit den Regeln, die Vanja für ihre Zusammenarbeit aufgestellt hatte.

«Nein, definitiv nichts über den Sack und das Schlafmittel», bestätigte sie.

«Also scheint es eher so zu sein, dass die Täter einander kennen oder sich gegenseitig inspirieren», fuhr Sebastian fort.

«Wie meinst du das, sich inspirieren?»

«Wenn ‹unser Mann› in irgendeiner Weise über seine Taten berichtet hat, könnte er andere dazu angeregt haben, ihn nachzuahmen, ohne dass sich die beiden deshalb notwendigerweise treffen oder überhaupt kennen mussten.»

«Das würde auch den Ortswechsel erklären», warf Torkel zustimmend ein.

«Dan Tillman könnte irgendwo im Internet damit geprahlt haben», schlug Vanja vor.

«Seine Alibis scheinen aber wasserdicht zu sein», erwiderte Carlos. «Ich werde noch mit einigen anderen Kollegen sprechen, die bei dem Abendessen dabei waren, aber bisher ...»

«Es brauchen ja bloß winzige Abweichungen zu sein», wandte Vanja ein und bedachte ihren Kollegen mit einem finsteren Blick, obwohl er nur seinen Job machte. «Ein Unterschied von zehn oder fünfzehn Minuten, und Tillman könnte es trotzdem gewesen sein.»

«Haben wir seine DNA denn nicht?», fragte Sebastian.

«Wir erfahren im Laufe des Tages, ob sie übereinstimmt», antwortete Ursula.

«Das wird sie auf keinen Fall», sagte Sebastian entschieden. «Unser Mann würde sie uns nie freiwillig geben. Es ist nicht Tillman.»

Vanja presste die Lippen zusammen. Vermutlich hatte Sebastian recht.

Bei Tillman zu Hause war sie im Grunde schon zu einem ähnlichen Schluss gekommen. Aber er hatte sie unglaublich auf die Palme gebracht mit seinem Gehabe und Gerede.

«Sein Auto war zweimal in der Nähe der Tatorte.»

Sie hatte sich auf Tillman eingeschossen. Zum einen wollte sie Sebastian einen Dämpfer verpassen, zum anderen konnte sie den Zorn, den sie Tillman gegenüber empfand, nicht einfach ausblenden.

Eine Wut, eine an Hass grenzende Abscheu.

«Wenn er es nicht war, könnte er vielleicht zugesehen haben, während ein anderer die Vergewaltigungen beging. Er könnte den oder die Täter sogar dort hingefahren haben, wir sehen auf den Kameraaufnahmen ja nicht, ob noch jemand auf der Rückbank saß.»

Wenn man sich ihre letzten Fälle vor Augen führte, war das zumindest nicht die absurdeste Theorie, die ihre Kollegen je gehört hatten, dachte Vanja, als sie die skeptischen Blicke der anderen bemerkte. Aber natürlich trotzdem weit hergeholt. Vor allem in einem so frühen Ermittlungsstadium. Tillman war einfach nur der erste und bislang einzige Name, den sie hatten. Aber momentan deutete wirklich alles darauf hin, dass er es nicht war.

«Ich sage ja nur, dass ich immer noch glaube, er hat etwas damit zu tun», erklärte Vanja mit einer entwaffnenden Geste.

«Nein, tust du nicht», entgegnete Sebastian in sachlichem

Ton. «Dafür bist du eine viel zu gute Polizistin. Du *willst,* dass er etwas damit zu tun hat, aber das ist eine andere Sache.»

«Du hast mir nicht zu erzählen, was ich will!», blaffte Vanja zurück und überraschte alle mit ihrem Zorn. «Du hast keine Ahnung, was ich will, und hast es nie gehabt, und als ich es dir erzählt habe, war es dir scheißegal!»

Ein unangenehmes Schweigen breitete sich aus. Vanja bereute ihren kleinen Wutausbruch sofort. Ihre Gefühle und ihre Antipathie gegenüber Tillman hatten ihre Objektivität und Professionalität außer Gefecht gesetzt, und als sie damit konfrontiert worden war, hatte sie darauf reagiert, indem sie auf den Boten eingestochen hatte.

Sebastian hatte recht.

Wieder einmal.

«Entschuldigung», sagte sie leise zu allen außer Sebastian.

«Wir unternehmen im Fall Tillman erst einmal nichts, bis wir die DNA-Analyse bekommen haben, und dann sehen wir weiter», stellte Anne-Lie fest und beendete so die Diskussion.

«Wo wir ohnehin schon einmal hier versammelt sind», warf Torkel hastig ein und hielt Anne-Lie zurück, die bereits wieder auf dem Weg in ihr Büro war. «Wir müssen Rebecca Alms Hintergrund noch näher untersuchen.»

«Warum?»

«Axel Weber glaubt, dass er den Namen irgendwoher kennt.»

Anne-Lie konnte sehen, wie Torkels Kollegen von der Reichsmordkommission nickten, als hätte er gerade etwas Wichtiges gesagt.

«Wer ist Axel Weber?»

«Ein Kriminalreporter vom *Expressen.*»

«Und woher weißt du, dass ihm der Name bekannt vorkommt?»

«Weil er angerufen und es mir erzählt hat.»

Anne-Lie erkannte den Sinn der Medien durchaus an und war auch der Meinung, dass die Öffentlichkeit ein Anrecht auf Information hatte. Dennoch stand sie ihnen feindselig gegenüber. Die Polizei geriet immer wieder wegen ihrer undichten Stellen in die Kritik, und natürlich sollte man nicht bei der Polizei arbeiten, wenn man seine Klappe nicht halten konnte. Doch gäbe es dieses Interesse an allen geheimen Erkenntnissen gar nicht erst, oder sogar die Bereitschaft, dafür zu bezahlen, wäre ein Teil des Problems schon gelöst. Die Jagd der Presse nach schmutzigen Details, mit denen sie die Leser locken konnte, war im besten Fall geschmacklos, im schlimmsten Fall sorgte sie sogar dafür, dass der Täter entkam. Und es gefiel Anne-Lie ganz und gar nicht, dass Torkel offenbar regelmäßig in Kontakt mit irgendeinem Boulevardjournalisten stand.

Über den Fall.

Ihren Fall.

Während sie darüber nachdachte, wann und wie sie ihm das am besten mitteilen sollte, klingelte ihr Telefon.

Der längliche schmale Raum war eigentlich für Mitarbeitergespräche und kleinere Besprechungen gedacht oder um ungestört telefonieren zu können. Drei moderne, aber unbequeme Stühle standen um einen kleinen Tisch, unter dem ein orangefarbener Knüpfteppich lag. Stella Simonsson saß am weitesten von der Tür entfernt. Sie hatte ihren Stuhl so zurückgeschoben, dass sie ihren Kopf an die Wand lehnen konnte, die mit farbenfroher Textilkunst geschmückt war. Vanja und Carlos saßen ihr gegenüber. Sebastian war ebenfalls anwesend. Vanja hatte das zunächst verhindern wollen, dann aber eingesehen, dass sie das Limit ihrer Anti-Sebastian-Statements mit ihrem vorherigen Wutausbruch für heute bereits überschritten hatte.

Als sie in den kleinen Raum gekommen waren, hatte Sebastian sich einen Stuhl aus der Küche geholt und sich wie selbstverständlich hinter Vanja und Carlos an die Wand neben der Tür gesetzt. Ein Signal, dass er eher Zuschauer sein als aktiv an dem Gespräch teilnehmen wollte. Immerhin, dachte Vanja und holte einen Notizblock und einen Stift heraus. Sie legte beides auf den Tisch, doch da es sich aus irgendeinem unerfindlichen Grund eher um einen niedrigen Sofatisch handelte, hatte sie das Gefühl, an Autorität einzubüßen, wenn sie sich immer bücken musste. Daher schlug sie die Beine übereinander und legte den Block auf den Schoß.

«Stella Simonsson, stimmt das?», fragte sie einleitend und sah die Frau mit den kurzen schwarzen Haaren an.

«Ja.»

«Erzählen Sie uns doch, warum Sie gekommen sind.»

Stella richtete sich einen Moment auf dem Stuhl auf, dann beugte sie sich vor, stützte die Ellenbogen auf die Knie und erwiderte Vanjas Blick offen.

«Ich habe von den Vergewaltigungen gelesen. Und ich habe einen Kunden, von dem ich glaube, er könnte etwas damit zu tun haben», sagte sie ohne Zögern.

«Was machen Sie beruflich?»

«Ich bin Sexarbeiterin.»

Carlos glaubte zu wissen, was sie meinte, doch womöglich verbarg sich hinter dieser Berufsbezeichnung ja auch eine Pornodarstellerin, Sexshop-Angestellte oder Sexualberaterin, und er wollte keine übereilten Schlüsse ziehen.

«Sie verkaufen Sex?»

«Ja.»

«Sie arbeiten als Prostituierte», stellte Vanja trocken fest.

«Ich bin Sexarbeiterin», wiederholte Stella nachdrücklich und unterstrich mit einem eindringlichen Blick aus ihren kajalumrahmten Augen, dass sie die terminologische Diskussion hiermit für beendet erklärte.

Vanja seufzte innerlich, sie wollte keinen Streit anfangen, aber wenn man Geld für sexuelle Dienste nahm, war man eben eine Prostituierte. Und ihr war nicht klar, was die Bezeichnung Sexarbeiterin an dieser Tatsache ändern sollte, aber sie ließ es auf sich beruhen.

«Warum glauben Sie, es könnte einer Ihrer Kunden sein?», fragte sie.

«Ich habe diese Beschreibung in der Zeitung gelesen, dass die Frau mit verdecktem Gesicht still auf dem Bauch liegen soll. Und er macht es auch so.»

«Er macht was?»

«Er möchte, dass ich angezogen bäuchlings auf dem Bett

liege, wenn er hereinkommt. Dann streift er mir einen Kopfkissenbezug über den Kopf, und ich darf mich nicht bewegen. Anschließend zieht er mir die Hosen herunter und nimmt mich von hinten.»

Stella schilderte den Ablauf vollkommen undramatisch, sie hätte genauso gut von einer Routineuntersuchung beim Zahnarzt erzählen können.

«Aber Sie haben ihn gesehen?», fragte Vanja und hoffte, dass sie aus dem Gespräch mehr herausholen könnten, als nur einen Einblick in Stellas Berufsleben, das Vanja für ziemlich deprimierend hielt.

«Ja.»

«Könnten Sie ihn einem Polizeizeichner beschreiben?»

«Ich kann es versuchen.»

«Hat er Tätowierungen, Narben, ein Hörgerät, so etwas?», fragte Carlos in der Hoffnung, dass sie über Tattoo-Studios, Krankenhäuser oder Fachgeschäfte etwas herausfinden konnten, noch ehe das Phantombild fertig war.

«Nicht im Gesicht. Er zieht sich nie aus. Öffnet nur seinen Hosenstall.»

«Was passiert dann?» Zum ersten Mal beteiligte sich Sebastian am Gespräch. Stella sah über Vanjas Schulter hinweg zu ihm herüber, als hätte sie seine Anwesenheit zwischenzeitlich vergessen.

«Sagt er etwas?», hakte Sebastian nach.

«Nein, nichts.»

«Was macht er, wenn er fertig ist?»

Das interessierte ihn mehr als der eigentliche Akt. Dessen Beschreibung entsprach ziemlich genau dem, was er erwartet hatte. Doch wie der Mann anschließend reagierte, konnte Sebastian mehr darüber verraten, mit wem sie es zu tun hatten.

Bat er um Entschuldigung?

Weinte er?

Verhielt er sich überlegen, als hätte er einen Feind besiegt?

«Er geht», erwiderte Stella nur kurz und zuckte mit den Achseln. «Ich darf mich nicht bewegen oder den Kopfkissenbezug abnehmen, bis er wieder weg ist.»

«Wie oft kommt er?»

«Einmal. Es geht ziemlich schnell, ein paar Minuten höchstens.»

«Das meinte ich nicht», erwiderte Sebastian und konnte sich ein Lächeln nicht verkneifen. «Ich meinte, wie oft er Ihre Dienste in Anspruch nimmt.»

«Ach so, sorry.» Stella erwiderte sein Lächeln. Sebastian registrierte, dass ihr knallroter Lippenstift eine kleine Spur an einem ihrer Zähne hinterlassen hatte. «Das ist unterschiedlich. Manchmal einmal in der Woche, manchmal vergehen mehrere Wochen oder Monate.»

«Und wann war er zuletzt da?»

«Anfang September.»

Sebastian nickte zufrieden. Dies war ihre bislang beste Spur. Ihr Täter hatte seine Phantasien eine Zeitlang mit Stella ausgelebt. Aber er brauchte mehr, er musste weitergehen. Und am 18. September hatte er seine Träume in die Tat umgesetzt.

«Wie nimmt er Kontakt zu Ihnen auf?», fragte Vanja, die sich ebenfalls interessiert vorgebeugt hatte. Ohne es zu wissen, dachte sie in denselben Bahnen wie Sebastian. Mitte September war Ida überfallen worden. Bisher passte alles zusammen.

«Wir haben eine Homepage.»

«Wir?»

«Mehrere Sexarbeiterinnen, die sich zusammengeschlossen haben.»

«Als eine Art Online-Bordell?»

Stella lehnte sich wieder auf ihrem Stuhl zurück. Sie lächelte noch immer, als hätte sie beschlossen, dass es sich nicht lohnte, sich weiter über Vanja Lithner zu ärgern. Stattdessen amüsierte sie sich lieber über den offenkundigen Moralismus der Polizistin, wenn es um Sex ging. Jedenfalls um Sex als Berufsausübung.

«Sie können über meine Arbeit denken, was Sie wollen. In Schweden ist der Verkauf von Sex legal, nur der Kauf ist verboten.»

«Ich weiß.»

«Aber es gefällt Ihnen nicht.»

«Es geht hier nicht um gefallen oder nicht gefallen, die Sache ist wohl etwas komplizierter, und deshalb sollten wir das Thema jetzt auch nicht weiter vertiefen.»

«Wie bezahlt er?», fragte Carlos, um wieder aufs Wesentliche zurückzukommen. Er hoffte auf eine Kreditkarte oder irgendeine andere elektronische Zahlungsart, die sich zurückverfolgen ließ.

Das klassische *Follow the money.*

«In bar.»

Natürlich. Warum sollte es ihnen auch leichtgemacht werden.

«Und Sie wissen wahrscheinlich auch nicht, wie er heißt.» Es war eher eine Feststellung als eine Frage. Vanja nahm an, Stella hätte ihnen den Namen sonst schon längst genannt. Doch es war ein letzter Versuch, eine Spur zu bekommen, der sie nachgehen konnten, ehe das Phantombild erstellt war.

«Nein. Durch dieses Prostitutionsgesetz, das die Freier

kriminalisiert, sind sie immer sehr darauf bedacht, ihren richtigen Namen zu verheimlichen.»

Stella ging offenbar davon aus, dass Vanja eine eifrige Verfechterin des Prostitutionsgesetzes war. In Wahrheit war sie demgegenüber eher gespalten. Das Gesetz war immer noch eines der wichtigsten Instrumente gegen Menschenhandel, und in Schweden gab es weniger Gewaltverbrechen im Zusammenhang mit käuflichem Sex als in Ländern ohne ein solches Gesetz. Aber da im Grunde niemand, der erwischt wurde, mit einer Strafverfolgung zu rechnen hatte, war es zugleich ein zahnloser Tiger. Noch dazu basierte es auf dem altmodischen moralischen Denken, dass alle, die Sex verkauften, Opfer waren und geschützt werden mussten. Es nahm keine Rücksicht auf Menschen wie Stella, die diesen Beruf anscheinend freiwillig ergriffen hatten und damit ihren Lebensunterhalt verdienten. Natürlich war es problematisch, dass manche glaubten, sie hätten ein Recht darauf, den Körper anderer Menschen zu kaufen, aber wenn es auch Menschen gab, die ihren Körper verkaufen wollten, war es wohl kein Problem mehr, sondern nur noch eine moralische Frage. Außerdem gab es auch ein juristisches Dilemma. Konnte ein Vermieter jemanden herausklagen, der in seiner Wohnung Sex verkaufte, obwohl es nicht verboten war? Es gab viele Für- und Wider-Argumente.

«Wo treffen Sie sich normalerweise?», fragte Vanja konkret, um sich erneut nicht auf eine Diskussion einzulassen.

«Wir haben ein Haus.»

«Wo?»

«Warum wollen Sie das wissen?»

«Damit wir nachsehen können, ob es in der Nähe Überwachungskameras gibt.»

Wenn es so war, mussten sie sich beeilen. Die Filme wurden nur zwei Monate lang gespeichert, demnach waren alle Aufnahmen aus der Zeit vor Mitte August schon gelöscht. Stella schien kurz abzuwägen, welche Vor- und Nachteile es hatte, wenn die Polizei ihren Arbeitsplatz kannte.

«Ich möchte nicht, dass die Bullen vor der Tür stehen und meinen Kunden auflauern», sagte sie schließlich, nachdem sie zu dem Schluss gekommen war, dass die Nachteile überwogen.

«Wir sind nicht daran interessiert, Sexkäufer zu jagen.»

«Sie vielleicht nicht.»

Carlos beugte sich vor und blickte Stella intensiv an.

«Wir sind Ihnen wirklich sehr dankbar dafür, dass Sie gekommen sind», sagte er langsam und eindringlich. «Und ich verspreche Ihnen, dass wir die Information nicht dazu missbrauchen werden, Ihre Kunden zu verfolgen.»

«Und ganz im Ernst», fügte Vanja hinzu. «Wenn wir Ihnen wirklich eins auswischen wollten, könnten wir Ihre Homepage suchen und ein Treffen vereinbaren, und dann hätten wir Ihre Adresse so oder so.»

Sie sah im Augenwinkel, wie sich Carlos mit einem entnervten Seufzer zurücklehnte und Sebastian ihr einen Blick zuwarf. Eigentlich hatte sie Carlos' Worte nur unterstreichen wollen – dass sie nicht an Stellas Freiern interessiert waren –, aber jetzt war ihr selbst klar, dass es eher wie eine Drohung geklungen hatte.

Stella war offenbar der Meinung, dass Vanja nun endgültig all ihre Chancen vertan hatte, und wandte sich demonstrativ an Carlos.

«Norrforsgatan 36. Richtung Tunaberg.»

«Es würde uns helfen, wenn wir genau wüssten, wann er bei Ihnen war, können Sie uns das aus dem Kopf sagen?»

«Nein, aber ich habe die Daten im Computer.»

«Auf den bräuchten wir dann auch einen Zugriff», sagte Vanja.

Diesmal musste Stella keine Sekunde überlegen. Sie sah Vanja an und bedachte sie mit ihrem strahlendsten Lächeln.

«Darauf können Sie lange warten.»

Hier ist es.»

Von außen sah das Haus in der Norrforsgatan aus wie eine ganz normale kleine Firma in einem Industriegebiet, und nichts in dem Empfangsbereich, den Billy betrat, verriet, um was für eine Art von Etablissement es sich handelte. Zwei Sofas, zwei Sessel, ein Couchtisch mit ein paar Zeitschriften. Eine kleine Küchenzeile mit Kühlschrank, Mikrowelle und Kaffeemaschine. Musik aus versteckten Lautsprechern. *Tainted Love,* die Coverversion von Soft Cell. Eine zufällige Playlist, vermutete Billy, sonst würde diese Auswahl auf einen ziemlich subtilen Humor und eine selbstironische Distanz hindeuten. Der Raum erinnerte ein wenig an ein Wartezimmer, aber Billy ging davon aus, dass die meisten, die hierherkamen, nicht zusammen mit den anderen Männern auf dem Sofa ausharrten, sondern dass er eher als Aufenthaltsgelegenheit für Stella und ihre Kolleginnen gedacht war. Eine von ihnen, eine rothaarige Frau um die dreißig, saß mit einem iPad in der Hand in einem der Sessel. Sie blickte auf, als er hereinkam.

«Billy ist von der Polizei, er ist wegen dem Typen hier, von dem ich dir erzählt habe», erklärte Stella mit einer Geste in Billys Richtung. Die Frau nickte nur, hob grüßend die Hand und surfte weiter im Internet.

Stella bog nach links in einen grau gestrichenen Flur ab und zu einer Tür, die sie aufschloss, ehe sie zur Seite trat und Billy hereinließ.

Spätestens jetzt war deutlich, dass es sich hier nicht um

eine normale kleine Firma handelte. So etwas hatte Billy noch nie gesehen. Der ganze Raum war in tiefem Rot gehalten und wurde von einem breiten Bett dominiert, an dessen Kopf- und Fußende Ketten befestigt waren. An den Wänden hingen verschiedene Utensilien: Peitschen, Ruten, Handschellen und andere Gegenstände, mit denen man die Bewegungsfreiheit einschränken konnte. An der einen Wand war ein großes X angebracht, an dem ebenfalls Ketten befestigt waren. Daneben stand eine mit Kunststoff überzogene Bank, die aussah, als gehörte sie eigentlich in ein Fitnessstudio, aber vermutlich eine ganz andere Funktion erfüllte, Billy wusste nur nicht genau, welche.

«Er ist hier drüben», sagte Stella, ging zu einem Möbel, das aussah wie eine ganz normale Kommode, holte einen Laptop daraus hervor und schaltete ihn ein. Während sie darauf wartete, dass der Computer hochfuhr, drehte sie sich zu Billy um, der immer noch an der Tür stand und den Raum auf sich wirken ließ. Es war ein bisschen so, als hätte man einen trockenen Alkoholiker in einen Weinkeller oder eine Bar mit Freigetränken geführt. Billy spürte, wie die Lust in ihm erwachte. Die Schlange in seinem Bauch sich regte.

Sie hatten beschlossen, dass er in die Norrforsgatan fahren sollte, nachdem es Sebastian und Carlos – in Abwesenheit von Vanja – gelungen war, Stella zu überreden, ihnen den Laptop wenigstens zu zeigen.

Unter zwei Bedingungen hatte sie sich darauf eingelassen.

Sie wollte ihn nicht aus der Hand geben.

Und sie wollte dabei sein und alles beobachten, was sie damit machten.

Das konnten sie ihr nicht verwehren. Genau wie bei Dan Tillman hatten sie keine rechtliche Grundlage für eine Hausdurchsuchung, und außerdem wollten sie Stellas Auskunftsbereitschaft nicht gefährden. Wenn ihr Kunde wirklich einer der gesuchten Täter war, glaubte Sebastian, dass er vielleicht wieder Kontakt zu ihr aufnehmen würde. Der Überfall auf Klara war gescheitert, und es war bekannt, dass Rebecca gefunden worden war. Vermutlich war sie nicht absichtlich umgebracht worden, weshalb man auch diese Tat als gescheitert ansehen konnte. Jetzt standen der oder die Täter unter Druck, und eventuell begannen sie, an sich und ihrem Können zu zweifeln. Die Phantasien auszuleben wurde allmählich gefährlich.

Bei den Phantasien zu bleiben, war sicherer.

Die Frage war nur, ob sie ausreichen würden, wenn der Mann bereits die nächste Stufe erreicht hatte.

Die Möglichkeit bestand aber, glaubte Sebastian, weshalb Stella sich melden sollte, wenn der Mann sie erneut kontaktierte.

Daher begnügten sie sich mit einem Blick in ihren Laptop.

Und daher fiel Billy diese Aufgabe zu.

«Das haben wir bisher geschrieben», sagte Stella, nachdem sie sich eingeloggt und Billy die richtige Seite geöffnet hatte. Sie sah ihn an, er war die ganze Zeit staunend an der Tür stehen geblieben, ehe er nun zu ihr kam, und sie lächelte über seine offensichtliche Faszination für ihr Zimmer. «Aber Sie dürfen sich nicht bei meinen anderen Kunden einloggen.»

«Nein, das verspreche ich.»

Billy sah sich um und konnte keinen Stuhl entdecken, deshalb zog er sich die kunststoffbezogene Bank heran und machte sich an die Arbeit.

«Er nennt sich also Villman», stellte er fest, während er ihre digitale Konversation durchging.

«Ja, das habe ich Ihren Kollegen auch schon gesagt, dieses Prostitutionsgesetz hat nur dazu geführt, dass die Kunden ihre Identität verschleiern und man sie nicht finden kann. Und dass uns leichter etwas zustoßen kann.»

«Ist das schon einmal vorgekommen?»

«Wir sind nie allein mit den Freiern. Also, hier drinnen natürlich schon, aber währenddessen ist immer noch eine von uns im Haus. Wie Alma da draußen.»

Billy konzentrierte sich auf seine Arbeit und versuchte, Villmans Chat zurückzuverfolgen. Stella stand schräg hinter ihm und blickte auf den Bildschirm.

«Ich mache das, weil ich es will, nur dass Sie es wissen. Es ist gut verdientes Geld. Ich weiß, dass es nicht alle gern machen, ich aber schon.»

«Das ist doch okay.»

«Mir hat die Verbindung nicht gefallen, die in der Presse hergestellt wurde. BDSM hat nichts mit sexuellen Übergriffen oder Missbrauch zu tun. Es ist etwas, das erwachsene Menschen in gegenseitigem Einvernehmen tun.»

Billy fixierte den Bildschirm und die Tastatur und hämmerte seine Befehle ein. Dies war wirklich kein Thema, über das er gern diskutieren wollte.

«Ich weiß», sagte er nur knapp und hoffte, das Gespräch wäre damit beendet.

«Wir sind uns darüber einig, was wir tun werden», fuhr Stella fort. «Wir planen es vorher, um das Risiko zu vermeiden, dass man sich gegenseitig Schaden zufügt. Damit es beiden gut geht.»

Aber manchmal funktioniert es nicht, dachte er. Wenn der eine zu betrunken ist, um auf das Sicherheitswort zu reagieren. Wenn das Gefühl von Macht über Leben und Tod überhandnimmt. Wenn man die totale Befriedigung darin sucht, diese Macht auszuüben.

«Ja, ich weiß.»

Stella setzte sich auf das Bett. Anscheinend vertraute sie ihm, denn von dort konnte sie den Bildschirm nicht sehen. Billy arbeitete weiter und war für die Stille dankbar.

«Woher wissen Sie das?», fragte Stella plötzlich.

«Woher ich das weiß?» Billy versuchte gar nicht zu verbergen, dass er lieber ohne diese Konversation weitergearbeitet hätte.

«Also ich meine, dass man sich einig ist ... Haben Sie nur so gesagt, dass Sie es wissen, oder darüber gelesen oder es ausprobiert?»

Billy schloss für einen Moment die Augen, schluckte schwer und holte tief Luft. Das war ein abgeschlossenes Kapitel. Etwas, das passiert war, aber nie wieder passieren würde. Gegen das er jeden Tag ankämpfte.

Er war mit My verheiratet.

Er liebte My.

Er wollte der Mann werden, den sie verdient hatte. Der Mann, der er früher gewesen war. Selbst wenn die Schlange in seinem Bauch wieder anfing, sich zu bewegen. Er konnte den Trieb unterdrücken. Das musste er.

«Es klang so, als hätten Sie es schon mal ausprobiert», kam es vom Bett.

Billy antwortete noch immer nicht. Er atmete langsam aus, um sich zu beruhigen. Bald war er hier fertig, er musste sich nur konzentrieren, und dann konnte er diesen Ort verlassen und würde nie wiederkommen.

«Hat es Ihnen gefallen?», fragte Stella neugierig. Anscheinend deutete sie sein Schweigen als eine Bestätigung, dass sie auf dem richtigen Weg war. «Es hat jedenfalls ganz so ausgesehen, als Sie in dieses Zimmer kamen.»

«Ja», antwortete er leise und beherrscht.

«Waren Sie dominant?»

«Ja.»

«Ich kann mich anpassen. Je nachdem, was Sie wollen. Aber am liebsten bin ich devot.»

Hatte er sie richtig verstanden oder interpretierte er zu viel hinein? Plauderte sie nur oder machte sie ihn an? Beziehungsweise, baggerte sie einen Kunden an? Doch jetzt hatte er keine Zeit, noch länger darüber nachzudenken. Der Computer hatte seine Arbeit beendet.

«Fuck!»

«Was ist denn?»

Stella stand vom Bett auf und ging zu ihm. Sie legte eine Hand auf seine Schulter, als sie sich vorbeugte, um auf den Bildschirm zu schauen. Billy spürte ihre Wärme durch das Hemd. Die Schlange regte sich wieder.

«Er hat alles mit einem Prepaidhandy geschrieben.»

«Aber das lässt sich doch sicher orten?»

«Wenn ich die Nummer hätte, könnte ich vom Anbieter die IMEI-Nummer anfordern und es orten, sobald es eingeschaltet ist, aber so ...» Er beendete seinen Satz nicht, sondern schüttelte nur den Kopf, klappte den Laptop zu und stand auf.

«Rufen Sie uns an, wenn Sie wieder von ihm hören», sagte er, holte eine Visitenkarte hervor und legte sie auf den Laptop.

«Ja, natürlich.»

Hastig ging Billy zur Tür. Er musste hier raus, brauchte frische Luft. Einen klaren Kopf.

«Sie wissen ja, wie unsere Webseite heißt», hörte er Stella sagen. Wenn er vorher noch Zweifel gehabt hatte, waren sie jetzt verschwunden. Stella wollte ihn als Kunden werben. Billy antwortete nicht. Er eilte durch den Flur und durchquerte den Empfangsraum, wo Alma nicht einmal von ihrem iPad aufsah, als er an ihr vorbei und durch die Tür hinausstürmte.

Endlich auf der Straße angekommen, hastete Billy zu seinem Auto. Er wollte gerade einsteigen, da klingelte sein Handy. Eine unbekannte Nummer. Er nahm den Anruf an.

«Billy Rosén.»

«Hallo, hier ist Conny.»

Es dauerte einige Sekunden, bis Billy endlich schaltete.

Conny Holmgren.

Jennifers Vater.

Billy verfluchte sich dafür, dass er ans Telefon gegangen war, und versuchte, so entspannt wie möglich zu klingen.

«Hallo, was ... womit kann ich Ihnen helfen?»

«Ich wollte nur mal hören, wie es so läuft.»

«Wir arbeiten an einem neuen Fall, in Uppsala, also ... ich bin bisher noch nicht dazu gekommen, viel zu unternehmen.»

«Verstehe.»

«Ja ...»

«Was glauben Sie denn, wann Sie dazu kommen?»

Billy fasste sich mit Daumen und Zeigefinger an die Nase, schloss die Augen und lehnte an das Auto. Das konnte er jetzt gerade wirklich nicht gebrauchen.

Nicht jetzt. Und auch später nicht. Eigentlich nie.

Aber Conny dachte verständlicherweise an nichts anderes, und deshalb war er gezwungen, eine Lösung zu finden.

«Ähm, demnächst, wir sind wohl bald fertig hier, und dann kann ich es mir ansehen.»

«Sonst kann ich mich auch an jemand anderen wenden.»

«Nein.» Billy bemühte sich, nicht panisch zu klingen. «Nein, ich mache das. Ich möchte es unbedingt. Jennifer zuliebe.»

«Dann können Sie sich ja melden, sobald Sie etwas gefunden haben.»

Sobald, nicht wenn. Conny war sich vollkommen sicher, dass er recht hatte. Es war eine Lose-lose-Situation. Wenn Billy behauptete, nichts würde darauf hindeuten, dass die Fotos manipuliert waren, würde Conny so lange suchen, bis er einen anderen fand, der seinen Verdacht bestätigte.

Wenn Billy ihm dagegen recht gab, würde eine Ermittlung eingeleitet, und es bestand das Risiko, dass erfahrenere Techniker als er eingeschaltet würden. Immerhin ging es um eine Polizistin, die unter mysteriösen Umständen ums Leben gekommen, vielleicht sogar ermordet worden war.

«Ja, das mache ich, das wissen Sie. Ich melde mich, sobald ich kann.»

Nach einigen kurzen Abschiedsfloskeln beendete er das Gespräch und atmete einige Male tief ein und aus, ehe er die Autotür öffnete und in den Wagen stieg. Er machte keine Anstalten, den Motor zu starten, sondern saß einfach nur schweigend da, bis er plötzlich mit den Händen gegen das Lenkrad schlug.

«Scheiße! Scheiße! Scheiße!»

Er musste nach Luft ringen. Das hatte er noch nie erlebt, doch er ahnte, dass sich so eine Panikattacke anfühlte.

Er hatte sich ein wenig Zeit erkauft. Bestenfalls ein paar Tage.

Aber was sollte er machen?

Er war gezwungen, diesen Fall zu lösen.

Alles würde wieder so werden wie früher. Alles würde gut werden.

Das wiederholte er wie ein Mantra, bis er seine Atmung wieder unter Kontrolle hatte.

Als er das Auto startete und die Norrforsgatan verließ, wusste er selbst noch nicht, wie weit er dafür zu gehen bereit war.

Nach seinen Brieffunden auf dem Dachboden hatte Axel Weber den Vormittag mit jener Tätigkeit verbracht, die er an seinem Job am meisten schätzte: An einem Punkt anzufangen, an dem man noch nichts oder nur sehr wenig wusste, und dann langsam, aber sicher aus unterschiedlichen Quellen nach und nach Informationen einzuholen, bis die einzelnen Teile am Ende ein Ganzes ergaben.

Diesmal hatte ihn seine Recherche zu einer Kirche geführt, der Fugelkyrkan in der Gemeinde Nya Uppsala. Ein massiver Koloss aus gelbem Backstein, der eher aussah wie eine Schule oder eine Turnhalle und an dessen Seite ein abstraktes Kunstwerk in Form eines Metallkreuzes prangte. Weber kannte sich mit Architektur nicht sonderlich gut aus, aber dieses Gebäude konnte unmöglich in einer anderen Zeit erbaut worden sein als in den Siebzigern.

Nachdem er dort eingetreten war und sich vorgestellt hatte, war er von einer Mitarbeiterin in den Konferenzraum «Dole» geführt worden, der den Schildern zufolge zwischen «Ole» und «Doff» lag. Sie hatte ihm einen Kaffee angeboten, den Weber ausgeschlagen hatte, und gesagt, dass Cornelis sicher bald kommen würde.

Weber ging in dem kleinen Raum auf und ab und sah sich um. Ein Kruzifix an der einen Wand und ein Kalender mit Bibelzitaten waren das Einzige, was verriet, dass er sich in einer Kirche aufhielt. Davon abgesehen hätte dieses Besprechungszimmer auch an jedem anderen Arbeitsplatz liegen können. Weber überlegte, ob Rebecca jemals in einem dieser

Räume gewesen war. Er hatte fast das Gefühl, sie an diesem Vormittag ein bisschen kennengelernt zu haben.

Rebecca Alm. 1988 geboren in Nässjö. Das einzige Kind von Måns und Karin Alm, die beide verstorben waren. Es war nicht schwer gewesen, die Adresse zu finden.

Er suchte sie auf Google Maps heraus.

Ein Gebiet mit Einfamilienhäusern.

In der Hoffnung, dass sich Nässjö nicht von den meisten anderen Wohngebieten dieser Art unterscheiden würde, die Kinder zogen weg, die Älteren blieben, fuhr er hin. Er machte einen Nachbarn ausfindig. Doch, er erinnere sich gut an die Alms, meinte der Mann. Aber jetzt weile ja keiner von ihnen mehr unter uns. Das Mädchen, Rebecca, sei ziemlich eigen gewesen.

Inwiefern?

Sie blieb für sich, grüßte kaum, war geradezu abweisend, und brachte nie Freundinnen mit nach Hause. Aber das war bei den Eltern auch kein Wunder. Man soll ja nicht schlecht über die Toten reden, aber die ganze Familie war ein bisschen seltsam gewesen. Der Nachbar meinte sich auch zu erinnern, dass sie häufiger Besuch vom Jugendamt gehabt hatten.

Ein Mitschüler aus der Sekundarstufe hatte weitere Hinweise gegeben. Rebecca war in der achten Klasse in seine Klasse gekommen, anscheinend war es schon ihr dritter oder vierter Wechsel.

Ob er wisse, warum sie die Schule so oft gewechselt hatte?

Sie hatte sich nie wohl gefühlt, wertete alles als persönlichen Angriff, machte ständig allen Vorwürfe, meistens waren es aber nur Missverständnisse, oder sie bildete sich ein, dass die Menschen ihr etwas Böses wollten. Sie war merkwürdig, einsam und hielt die anderen auf Abstand.

Auf dem Gymnasium hatte sich an diesem Zustand offenbar auch nichts gebessert.

Ein Monat nach Rebeccas Abitur waren ihre Eltern bei einem Verkehrsunfall ums Leben gekommen. Das Auto war auf die Gegenfahrbahn geraten und mit einem Holzlaster zusammengestoßen. Es gab Gerüchte, es sei Selbstmord gewesen. Die nahe gelegene Kirche hatte eine Hand ausgestreckt, Rebecca war eine einsame Neunzehnjährige, die Hilfe und Unterstützung brauchte. Doch sie lehnte das Angebot natürlich ab.

Hatte sie einen Grund genannt?

Sie hatte geglaubt, sie wollten ihr Böses, wären auf etwas Bestimmtes aus, würden sie ausnutzen, jetzt, da sie allein war. Einer Frau aus der Gemeinde war es dennoch gelungen, sporadischen Kontakt zu ihr zu halten. Sie wusste, dass Rebecca das Haus in Nässjö verkauft hatte und nach Uppsala gezogen war. Anscheinend wollte sie Theologie studieren, musste dafür aber erst einige Kurse nachholen.

Als Weber alle Informationen beisammenhatte, googelte er.

Schwierigkeiten, anderen Menschen zu vertrauen. Deutete alles negativ, als Angriff oder Bedrohung. Konnte widerfahrenes Unrecht oder Kränkungen nur schwer vergessen. Wirkte kühl und abweisend.

Seine Laiendiagnose lautete, dass Rebecca vermutlich unter einer paranoiden Persönlichkeitsstörung gelitten hatte.

Aber wenn sie es wirklich auf dich abgesehen haben, ist es keine Paranoia.

Dieses Zitat tauchte plötzlich in seinem Kopf auf, vielleicht aus einem Film, er wusste es nicht. Jedenfalls war er im Idealfall etwas Großem auf der Spur.

Einer richtigen Story.

Seine Gedanken wurden unterbrochen, als die Tür aufging und ein Mann Mitte vierzig den Raum betrat. Er trug einen beeindruckenden Bart und einen Ohrring, hatte das Haar zu einem langen Pferdeschwanz gebunden und war leger gekleidet mit Jeans und Sneakers. Er hätte genauso gut in einer Mikrobrauerei auf Södermalm arbeiten können, wäre da nicht das kleine Beffchen gewesen, das er über dem weinroten Hemd unter seinem Jackett trug.

«Hallo, bitte verzeihen Sie, dass Sie warten mussten.» Er ging mit ausgestreckter Hand auf Weber zu. «Cornelis Hed, ich bin der Pfarrer hier.»

«Axel Weber, *Expressen.*»

Cornelis bat ihn, auf einem der Sessel vor dem Fenster Platz zu nehmen. Sie setzten sich einander gegenüber.

«Sie haben gesagt, es sei wichtig, als Sie anriefen», sagte Cornelis, schlug die Beine übereinander und faltete die Hände im Schoß.

«Rebecca Alm», antwortete Weber nur. Die Erfahrung hatte ihn gelehrt, so wenig wie möglich preiszugeben, sondern den anderen reden und frei assoziieren zu lassen, um zu sehen, wo das Gespräch hinführte. Zu folgen, anstatt zu führen. Und erstaunlich oft plapperten jene am meisten, die auch am meisten zu verbergen hatten. Cornelis blieb jedoch stumm. Schweigend schien er in seinem Gedächtnis nach dem Namen zu kramen.

«Ich bin mir nicht sicher, ob ich weiß, wer das ist», sagte er schließlich mit einer bekümmerten Falte auf der Stirn.

Weber holte ein Foto von Rebecca hervor, dasselbe, das gestern auch in der Zeitung veröffentlicht worden war, und hielt es ihm unter die Nase.

«Nein, ich erkenne sie nicht wieder. Ist sie ein Gemeindemitglied?»

«Sie war es. Jetzt ist sie tot, sie wurde vor einigen Wochen ermordet.»

«Wie furchtbar ...»

«Ja, sie hat in den letzten Jahren in Gävle gewohnt.»

«Wann war sie denn hier Gemeindemitglied, ist das schon lange her? Müsste ich sie kennen?»

«Anscheinend war sie zwischen 2008 und 2010 sehr aktiv in dieser Kirche. Und damals waren Sie auch schon hier», stellte Weber fest.

«Ich war in dieser Gemeinde, aber in einer anderen Kirche. Ich bin erst 2011 in die Fugelkyrkan gekommen, im Frühjahr.»

Weber verstummte und fluchte innerlich. Er hatte nur geprüft, wer der Gemeindepfarrer war und seit wann, aber nicht alle Details studiert. Sein Fehler. Laut Melderegister war Rebecca Ende August 2010 aus Uppsala weggezogen. Ein halbes Jahr bevor der Hipster-Pfarrer hier angefangen hatte.

«Darf ich fragen, warum Sie sich bei mir oder beziehungsweise bei uns, der Kirche, nach ihr erkundigen?»

Das durfte er gerne fragen.

Die wahre Antwort würde er aber nicht erfahren.

Webers Quelle zufolge hatte Rebecca sich weiterhin isoliert, nur selten an Seminaren teilgenommen und lediglich Fernkurse absolviert. Überhaupt schien sie das Haus nur zu verlassen, um in die Fugelkyrkan zu gehen. Die Frau aus Nässjö hatte das Gefühl, die Gemeinde wäre wichtig für Rebecca, und sie deshalb darin bestärkt.

2010 schrieb Rebecca dann Weber den Brief über die verstorbene Frau. Im Juli, besagte der Poststempel. Zur selben Zeit hatte sie nicht nur die Kirche verlassen, sondern auch Uppsala, hatte ihr Studium aufgegeben und einen Teilzeitjob in Gävle angenommen. Etwas war passiert, und da sie zu anderen Menschen dort keinen Kontakt gehabt hatte, konnte es tatsächlich mit der Kirche zusammenhängen, so wie es im Brief stand.

Das war die Wahrheit.

«Ich arbeite an einem Artikel über Gewalt gegen Frauen und würde gern ein etwas persönlicheres Porträt von ihr zeichnen», behauptete Weber. «Damit sie nicht nur ein anonymes Opfer ist, eine Ziffer in der Statistik, sondern ein Mensch.»

Cornelis nickte, offenkundig zufrieden mit der Antwort, er schien das sogar für eine gute Idee zu halten.

«Es tut mir wirklich leid, dass ich Ihnen nicht helfen kann, aber ich kannte sie nicht.»

«Wer war denn zwischen 2008 und Ihrem Amtsantritt hier Pfarrer?»

«Meine Vorgängerin, Ingrid Drüber.»

«Und wo finde ich die?»

«In Västerås, da war sie die letzten sieben Jahre. Dieses Jahr kandidiert sie bei der Bischofswahl.»

Viel mehr gab es nicht zu sagen. Weber bedankte sich, verließ die Kirche und ging zum Auto. Ein bisschen wütend auf sich selbst. Diesen Umweg über Uppsala hätte er sich sparen können. Er warf einen Blick auf die Uhr. Sollte er Ingrid Drüber anrufen und sie um ein Treffen bitten, vielleicht sogar noch heute Abend? Oder einfach hinfahren und unangemeldet bei ihr auftauchen?

Beide Alternativen hatten Vor- und Nachteile.

Wenn die Leute nicht wussten, dass er kam, konnten sie sich auch nicht vorbereiten und verrieten sich leichter, oder sie verweigerten das Gespräch, was ein Zeichen dafür war, dass er auf der richtigen Fährte war und weitergraben musste.

Andererseits hatten die Leute eher Zeit, wenn er vorher einen Termin vereinbarte, und ein Gefühl von Kontrolle, was sie auch dazu bringen konnte, mehr von sich preiszugeben.

Wenn es etwas preiszugeben gab.

Er beschloss, dass es für einen spontanen Besuch schon zu spät war. Aber er konnte die Pfarrerin noch auf der Rückfahrt nach Stockholm anrufen. Außerdem war er gezwungen, nach dem gestrigen Artikel einen neuen nachzuschieben. Als er auf dem Weg nach Uppsala gewesen war, hatte Sonia angerufen. Das *Aftonbladet* hatte anscheinend irgendetwas darüber gebracht, dass die Opfer einen Sack über dem Kopf hatten, und in der Online-Ausgabe trug der Täter jetzt auch den Spitznamen «Der Sackmann». Weber hatte ihr gesagt, er verfolge eine eigene Spur, gegen die diese Enthüllung der Konkurrenz die reinste Katzenpisse sei. Doch das war vor seinem ergebnislosen Treffen mit Cornelis Hed gewesen.

Jetzt hatte er genauso wenig wie gestern.

Und das hieß: gar nichts.

Abgesehen von dem ergreifenden Porträt einer psychisch kranken jungen Frau, die einsam in ihrer Wohnung in Gävle gestorben war.

Doch das genügte ihm nicht.

Er wollte eine Story.

Und er hoffte, dass Ingrid Drüber in Västerås sie ihm geben würde.

Sie hatte sich krankgemeldet.
Alle Termine abgesagt, bis auf einen.

Die christliche Zeitung *Dagen* wollte ein Porträt über sie bringen. Die dortigen Redakteure hatten schon früher sehr positiv über Ingrid berichtet. Sie waren bereit, ihren Lesern zu vermitteln, was Ingrid über die Stellung des Christentums in Schweden zu sagen hatte und wie sich die Kirche positionieren sollte. Ingrid wusste zwar nicht, wie viele der Stimmberechtigten bei der Bischofswahl *Dagen* lasen, aber die früheren Texte hatten ein breites, positives Echo hervorgerufen. Sie wollte natürlich keine Wahlkampfkampagne starten, das war vor einer Bischofswahl auch nicht üblich. Aber dennoch, es war eine Wahl.

Die Leute gaben ihre Stimme ab.

Es ging darum zu gewinnen.

Und es war wichtig, dass die Menschen wussten, wer sie war und wofür sie stand. Die Kirche hatte eine Aufgabe, die ihr von Jesus Christus übertragen worden war. Das Evangelium zu verbreiten, die gute Botschaft. Und sie musste sich nicht dafür entschuldigen, dass es in ihrer Möglichkeit lag, nicht nur das Leben jedes einzelnen Menschen, sondern sogar die ganze Welt zu verändern und zu verbessern. Die Kirche musste mutig dazu stehen, dass die Bibel die einzige Wahrheit war.

Sich und andere daran zu erinnern, konnte nie schaden.

Davon abgesehen hatte Ingrid den Tag allerdings mit dem Versuch verbracht, aktiv zu vergessen.

Das gestrige Ereignis natürlich, aber auch jene Sommernacht vor acht Jahren.

Anschließend hatte sie ihren Kalender bereinigt, viele Termine abgesagt oder verschoben und einen langen Spaziergang gemacht, der sie beruhigt hatte. Wenn man die Schönheit der Schöpfung in der Natur sah, war es so leicht, Gott nahe zu sein und seine Größe zu erkennen.

Wieder zu Hause angekommen, hatte sie ein leichtes Mittagessen zu sich genommen und den Rest des Tages meditiert und gebetet. Anschließend hatte sie geduscht und ein wenig Make-up aufgelegt – sie fand, dass sie müde und alt aussah, und die Journalistin, die sie treffen würde, wollte einen Fotografen mitbringen. Dann war sie mit dem Auto in die Stadt gefahren. Sie wollten sich in einem Café am Mälaren treffen.

Als sie fünf Minuten vor der vereinbarten Uhrzeit dort eintraf, stand eine junge Frau auf und kam ihr entgegen. Sie stellte sich als Emma vor und erklärte überschwänglich, wie glücklich sie sei, dass Ingrid zugesagt habe, und wie sehr sie sich auf die Begegnung gefreut habe.

Als sie beide eine Tasse Tee vor sich stehen hatten, begann das Interview.

Emma stellte gute Fragen, die richtigen Fragen. Solche Menschen sollte das Bistum für seine Befragungen engagieren, dachte Ingrid. Belesen, wach, interessiert. Die Zeit verging wie im Fluge.

«Ich glaube, dann habe ich alles, was ich brauche», schloss Emma und warf einen Blick auf das Aufnahmegerät. Eine Stunde und sechsunddreißig Minuten. «Unter unseren Porträts haben wir auch immer eine halbe Seite mit zwanzig kurzen Fragen, mehr so zur Auflockerung, ich weiß nicht, ob Sie das schon gesehen haben?»

Ingrid schüttelte den Kopf. Das hatte sie nicht, und im Grunde war sie auch nicht in der Stimmung für eine «Auflockerung».

«Was für Fragen sind das denn?»

«Ach, alles Mögliche, Lieblingsgerichte, welche Musik Sie gern hören, solche Sachen ...»

Ingrid war nicht unbedingt erpicht darauf, nickte aber trotzdem, denn es konnte sicher nicht schaden, eine etwas leichtere, zugänglichere Seite von sich zu zeigen.

«Haben Sie einen Spitznamen?»

«Nein. In der Schule wurde ich Idde gerufen, aber heute nennt mich niemand mehr so.»

«Welche Farbe dominiert in Ihrer Garderobe?»

Ingrid musste kurz nachdenken und versuchte sich ihren Kleiderschrank zu Hause im Schlafzimmer zu vergegenwärtigen.

«Grün, glaube ich.»

«Wann sind Sie heute Morgen aufgewacht?»

«Mein Wecker hat wie immer um kurz nach sieben geklingelt.»

Das war nur die halbe Wahrheit. Ihr Wecker hatte um 7.10 Uhr geklingelt, sie jedoch nicht geweckt, sie war schon seit Stunden wach gewesen.

Der Traum war so real gewesen. Keines der typischen Anzeichen eines Traums, nichts Überhöhtes oder Verzerrtes, das signalisierte, dass sich all das nur im Unterbewusstsein abspielte. Es war eher eine Wiederholung der Wirklichkeit als ein Traum.

Die Schreie vom Rücksitz. Die Stimmen. Laut, schrill, panisch. Die ständigen Zustandsbeschreibungen und Fragen.

Sie blutet!

Wann sind wir endlich da?

Sie ist bewusstlos!

Wird sie überleben?

Ich glaube, sie atmet nicht mehr. Atmet sie?

Und sie selbst, wie sie sich auf die Straße konzentrierte, darauf, so schnell wie möglich im mittsommernachtshellen Uppsala voranzukommen. Sie tat ihr Bestes, um den ängstlichen, flehenden Blicken im Rückspiegel auszuweichen. In denen die Erkenntnis lag, dass etwas Schreckliches geschehen war, und die Ingrid still um Rettung anflehten.

Sie verdrängte die Gedanken, indem sie darauf antwortete, was sie zum Frühstück gegessen hatte *(nichts, obwohl ich weiß, dass das nicht gesund ist)* und welchen Film sie zuletzt gesehen hatte *(Bridget Jones im Fernsehen)* und was ihre Lieblingssüßigkeit war *(dunkle Schokolade).*

«Gibt es etwas in Ihrem Leben, was Sie bereuen?»

Wie zum Beispiel eine blutende, sterbende Frau mitten in der Nacht allein vor einem Krankenhaus zurückzulassen?

Heute Morgen oder besser gesagt in der Nacht, als der Traum sie geweckt hatte, war es ihr plötzlich durch den Kopf geschossen.

Was hatte sie damals eigentlich gedacht?

Sie hatten nicht gewusst, dass Linda sterben würde. Sie hatten gehofft und gebetet, dass sie überleben würde. Und was wäre dann passiert? Wenn sie überlebt hätte? Es war schlimm genug, dass sie an Lindas Situation nicht unschuldig waren, aber dass sie sie dort draußen zurückgelassen hatten, ohne sicher zu sein, ob ihr auch wirklich geholfen wurde, und einfach weggefahren waren – das ließ sich im Nachhinein nicht mehr rechtfertigen.

War sie deshalb gestorben? Kam die Hilfe zu spät?

Es gab also etwas, das sie bereute. Ingrid zögerte einige

Sekunden und überlegte kurz, ehe sie Emma eindringlich ansah.

«Ich bereue es, nicht früher zu Jesus gefunden zu haben. Ich war schon neunzehn, als ich bekehrt wurde.»

Emma nickte einfühlsam und stellte die letzten Fragen.

Lieblingsfach in der Schule.

Was sie auf eine einsame Insel mitnehmen würde.

Was sie gerade in ihren Taschen hatte.

Banale Fragen und sinnlose Antworten, ehe Emma sich für das Interview bedankte. Es sei wunderbar gewesen, Ingrid zu treffen, und sie hoffe wirklich, dass sie die Wahl gewinne. In der heutigen Zeit bräuchte die schwedische Kirche mehr Menschen wie sie, erklärte die junge Journalistin. Der Fotograf war mittlerweile eingetroffen, und sie gingen hinunter zum Wasser, um ein paar Fotos zu machen.

Als Ingrid anschließend zu ihrem Auto zurückkehrte, war sie selbst überrascht, dass es ihr in Anbetracht der Umstände relativ gutging.

Es war gutgegangen.

Es würde gutgehen. Alles.

Ingrid wusste allerdings nicht, dass Axel Weber im selben Moment, als sie sich ins Auto setzte, ihren Namen in das Suchfeld seines Computers eintippte, auf Enter drückte und interessiert zu lesen begann.

Felix Hoekstra zog das Milchkännchen zu sich heran und goss ein wenig in seine Tasse. Dann nippte er an seinem Kaffee und fing an, sich auf die Interviews vorzubereiten. Es war ein zwiespältiges Gefühl, so viel zu tun zu haben. Natürlich freute es ihn, dass seine ehrenamtliche Organisation solchen Zuspruch fand, aber der Grund für die vielen Anrufe schmerzte ihn.

Der Sackmann.

Sie hatten ihren Fuhrpark von zwei Wagen auf fünf vergrößert, und wenn es so weiterging, würden sie ihn verdoppeln müssen. Mindestens. Unter den Frauen in Uppsala ging die Angst um. Das war natürlich furchtbar, aber für die Nachttaxis bedeutete es einen ordentlichen Zuwachs. Felix war bereits von zwei Zeitungen, diversen Lokalsendern und vom staatlichen Rundfunk interviewt worden. Außerdem hatte sich die Gemeinde an ihn gewandt, um sich zu erkundigen, wie sie seine Idee unterstützen könne, und weitere Sponsoren hatten Interesse gezeigt. Obwohl alle ehrenamtlich arbeiteten, hatten die Einnahmen bisher nicht immer die Ausgaben gedeckt, sodass jede Hilfe willkommen war.

Felix brachte die beiden widersprüchlichen Gefühle nicht unter einen Hut, aber daran ließ sich nichts ändern. Es war traurig genug, dass es eine Organisation wie seine überhaupt geben musste.

Der Gedanke hatte ihn schon länger beschäftigt. Seit seine Töchter abends allein unterwegs waren. Oft hatten sie nicht gewollt, dass er sie abholte, ein Taxi war teuer, und selbst wenn er angeboten hatte, dafür zu bezahlen, mochten sie oft keines rufen. Er nahm an, dass es Teil des Abnabelungsprozesses war. Und so hatte er vor fünf Jahren seine Organisation gegründet, um etwas zu verändern und anderen Menschen zu helfen. Vor allem aber, weil er sich von seiner Scheidung ablenken wollte. Seine große Liebe hatte ihn verlassen, und er hatte damit auch ihre gemeinsamen Töchter verloren. Natürlich traf er sie hin und wieder, aber sie wohnten jetzt außerhalb von Hässleholm, mit dem neuen Mann der Mutter und Pferden und Hunden. Vor allem in den ersten Jahren hatte er das Gefühl gehabt, dass er ihnen nichts bieten konnte.

All diese Ereignisse hatten ihn aus heiterem Himmel getroffen.

Als er eines Abends nach Hause gekommen war, hatte Lisa auf ihn gewartet und ihm erzählt, dass die Töchter heute bei ihren Freundinnen übernachten würden. Für einen kurzen Moment wunderte er sich, weil sie sonst nie auswärts schliefen, dann wurde ihm klar, dass es etwas Wichtiges zu besprechen gab.

Die meiste Zeit sprach Lisa. Er weinte vor allem.

Und flehte. Doch es hatte keinen Zweck.

Sie hatte sich bereits entschieden und informierte Felix lediglich darüber. Er hieß Max.

Lisa hatte ihn letztes Jahr auf einer Konferenz kennengelernt und sich verliebt. Felix sei ihr aber nach wie vor wichtig, und sie hoffe, dass sie Freunde blieben, nicht zuletzt wegen der Töchter. Trotzdem würden sie nach dem Ende des Schuljahres alle umziehen. Zu Max auf das Gestüt in Schonen. Die Entscheidung sei ihr nicht leichtgefallen, aber sie habe ihrem Herzen folgen müssen. So sei es für alle das Beste.

Bei der Aufteilung ihres Hausstands waren sie beide großzügig gewesen. Sie hatte auf nichts bestanden, vermutlich wollte sie ihn einfach nur so schnell und unkompliziert wie möglich verlassen, auch wenn sie das so nie gesagt hätte.

Anfangs hatten ihn die Mädchen jedes zweite Wochenende besucht, aber die Fahrt dauerte fünf Stunden einfach, weshalb sie bald nur noch in den Ferien und an den Feiertagen kamen. Es war grausam, wie sich seine Mädchen immer mehr von ihm entfremdeten, ohne dass er etwas dagegen unternehmen konnte.

Doch irgendwann in dieser deprimierenden Zeit hatte er verstanden, dass er etwas tun musste, seine Konzentration auf etwas anderes richten musste als auf das Gefühl, nicht mehr geliebt zu sein. Er nahm sich die Zeit, all seine Emotionen zu analysieren, und begriff, dass es ihm am meisten fehlte, gebraucht zu werden.

Für jemanden wichtig zu sein.

Etwas zu bewirken.

Mehr war es gar nicht.

Er musste etwas finden, das diesem Bedürfnis gerecht wurde. Um die Leere auszufüllen. In dem Moment war der Gedanke an das Nachttaxi wiederaufgetaucht. Uppsala war eine Studentenstadt, es gab viele junge Frauen, die wie seine Töchter bis spät in die Nacht allein unterwegs waren. Das ganze Jahr über.

Also hatte er sich an die größten Studentenvereinigungen gewandt und ihnen eine Zusammenarbeit angeboten. Sie waren sofort begeistert. Lange Zeit waren sie jedoch zu wenige Freiwillige gewesen, um den Service auch an Werktagen anzubieten, doch langsam, aber sicher wuchs die Organisation.

Das war nicht zuletzt Remi zu verdanken. Sie stieß im zweiten Jahr dazu und wurde schnell zu seiner wichtigsten

Mitarbeiterin und rechten Hand, gut organisiert, die perfekte Bürokraft. Remi half ihm dabei, die Bewerber zu sortieren und ihren Hintergrund zu überprüfen, und kümmerte sich um alles, von den Fahrplänen bis hin zu den Sponsorenkontakten. Außerdem war sie Single, und seit Mai letzten Jahres hatten Felix und sie ein Verhältnis. Sie trafen sich regelmäßig und gingen miteinander ins Bett, und er war froh, dass sie die Initiative ergriffen hatte, denn er selbst hätte sich das nie getraut. Sie war ein wenig älter als er und hatte eine Weiblichkeit und Leidenschaft an sich, die er sehr anziehend fand. Allmählich begann er zu hoffen, dass sich die Beziehung zu etwas Festerem entwickeln könnte, aber er wollte es vorsichtig angehen. Die Wunde, die Lisa ihm zugefügt hatte, war noch nicht ganz verheilt, sosehr er seinen Töchtern auch immer versicherte, er hätte alles verarbeitet. Doch es ging in die richtige Richtung. Und als sie ihn im Radio gehört hatten, waren seine Töchter stolz auf ihn gewesen.

Er wurde gebraucht.

Wie er es sich die ganze Zeit gewünscht hatte.

Jetzt kam es nur darauf an, die Organisation auszubauen, ohne dass es zu Problemen kam. Sie erhielten mittlerweile viele Anrufe von Frauen, die einen Fahrdienst benötigten, aber es gab auch mehr Bewerbungen von Freiwilligen, die ihnen helfen wollten. Das bedeutete, dass sie besonders vorsichtig sein mussten, um sich kein faules Ei ins Nest zu setzen. Ein einziges genügte, um die ganze Organisation in Frage zu stellen. Also hatten Remi und er die Hintergrundkontrollen ausgeweitet, neben einem polizeilichen Führungszeugnis wurden nun auch weitere Referenzen gefordert und längere persönliche Befragungen durchgeführt.

Der erste Bewerber für heute war Mitte dreißig. In diesem Alter hatten sie nicht viele Mitarbeiter, normalerweise waren die Jüngeren zu beschäftigt mit Arbeit, Familie, Sport und Vereinen. Den ganz normalen Herausforderungen des Lebens.

Er hieß Zacharias Wahlgren, kam pünktlich, war ordentlich gekleidet und machte einen seriösen Eindruck. Ein guter Anfang. Felix bat den Mann, Platz zu nehmen.

Im Grunde war das Büro nur ein größerer Raum, in dem drei Schreibtische und fünf Computer standen. An der Wand hingen eine Pinnwand, ein paar Plakate und eine Karte von Uppsala. In der einen Ecke befand sich eine Küchenzeile mit zwei Mikrowellen, einer Kühl-Gefrier-Kombination, einer Kaffeemaschine und einem kleinen Tisch mit vier Klappstühlen. Abgesehen von einem Diplom von der Universität Uppsala für ehrenvolle Verdienste gab es nichts, was verriet, womit man sich hier beschäftigte, aber so wurde zumindest deutlich, dass hier ehrenamtlich gearbeitet wurde und nicht für das große Geld.

Felix bot Zacharias einen Kaffee an und begann mit der Standardfrage.

«Warum möchten Sie bei uns arbeiten?»

«Meine Frau wurde vor kurzem überfallen, und seither habe ich das Gefühl, dass ich etwas unternehmen muss. Als ich von Ihnen gelesen habe, dachte ich, mal sehen, ob das etwas für mich sein könnte.»

«Wie geht es ihr denn?», fragte Felix mitfühlend.

«Gut. Sie hatte Glück, es ist nicht so schlimm ausgegangen, wie es hätte ausgehen können.»

«Das freut mich zu hören. Und wie geht es Ihnen?»

«Wie meinen Sie das?»

«Nun, für die Angehörigen ist das ja auch ein ziemlicher Schock.»

Der Mann ihm gegenüber dachte offenbar über diese Feststellung nach. Felix lehnte sich vor. Zacharias war ihm auf Anhieb sympathisch.

Er war ein guter Mensch. Und er schien von dem Erlebnis erschüttert zu sein.

Felix wusste, dass es immer noch Männer gab, die nicht gern über ihre Gefühle sprachen. Er hatte selbst einmal zu ihnen gehört, aber Zacharias warf ihm nur einen dankbaren Blick zu.

«Es ist nett, dass Sie fragen ... Aber ich konnte es nicht verhindern, und jetzt kann ich nichts anderes tun, als für sie da zu sein. Und hoffentlich auch für andere.»

Sie unterhielten sich noch eine Weile, aber wenn Zacharias' Führungszeugnis in Ordnung war und Remi nichts Verdächtiges über ihn herausfinden würde, hatte Felix gerade einen neuen Mitarbeiter gewonnen.

Es war ein deprimiertes Grüppchen, das sich nun bereitmachte, das Polizeipräsidium zu verlassen. Obwohl alle intensiv gearbeitet und zwei ernstzunehmende Spuren verfolgt hatten, denen sie im Laufe des Tages nachgegangen waren, mussten sie am Ende einsehen, dass sie nicht weit gekommen waren.

Tillmans DNA stimmte nicht mit den beiden unterschiedlichen Spermaspuren überein. Was im Grunde niemanden überraschte.

«Was habe ich euch gesagt!», kommentierte Sebastian unpassenderweise, nachdem Ursula dem Team mitgeteilt hatte, was in dem Bericht stand, und die Stimmung noch weiter sank. Als sie über Tillman redeten, fiel Carlos auf, dass keiner nach dessen Schuhgröße gefragt hatte, und er rief ihn an und brachte Tillman mit seiner diplomatischen Art dazu, es ihm zu verraten. Fünfundvierzig. Manchmal auch sechsundvierzig. Die Abdrücke der Vans, die sie am Tatort gesichert hatten, waren Größe 42,5. Tillmans Name war noch nicht aus den Ermittlungen gestrichen, aber als Verdächtiger wurde er ausgeschlossen, bis sie neue oder andere Beweise fänden, die ihn wieder in den Fokus rücken würden.

Die erste Fährte, die sie jedoch nirgendwohin geführt hatte.

Und Billy machte auch die zweite Hoffnung zunichte.

Stella Simonssons Kunde.

Er hatte kurz von seinem Besuch bei ihr erzählt. Sehr wenig über das Haus, in dem die Frauen arbeiten, gar nichts über das rote Zimmer, nur eine Zusammenfassung des Chatverlaufs auf dem Computer gegeben, der sehr knapp und präzise gehalten war.

Der Kunde wolle, wann könne er? Dann eine Zeitvereinbarung. Mehr nicht.

Der Mann, der Stellas Dienste kaufte, nannte sich Villman. In Uppsala gab es fünf Männer mit diesem Nachnamen, die sich jedoch alle mit «W» schrieben. Er zahlte in bar, sodass sich keine Bankdaten zurückverfolgen ließen, und verwendete ein Prepaidhandy, das ebenfalls unmöglich ausfindig zu machen war. Die Überwachungskameras hatte Billy sich ebenfalls angesehen. Die nächstgelegene befand sich auf der 272, die in Uppsala anfing und in Bollnäs endete. Es war eine fast rund um die Uhr vielbefahrene Straße, und obwohl sie inzwischen genau wussten, wann Villman bei Stella gewesen war, musste das noch lange nicht heißen, dass er auch auf einer der Aufnahmen zu finden war. Es gab noch mindestens zwei weitere Straßen, die in das betreffende Industriegebiet führten und die nicht überwacht wurden.

Zusammengefasst also: nichts.

Als wäre das nicht schon schlimm genug gewesen, beendete Anne-Lie die Besprechung auch noch damit, dass sie eine Boulevardzeitung auf den Tisch knallte.

«Wir haben also nicht viel, aber das wenige, was wir haben, ist auch noch nach draußen gesickert.»

Sebastian überlegte kurz, sie zu fragen, was sie eigentlich erwartet hatte, hielt sich dann aber zurück. Anne-Lie schien momentan keine weiteren Irritationsmomente brauchen zu können, und sie gehörte zu den wenigen, bei denen er gerade einen guten Stand hatte, vielleicht war sie sogar die Einzige.

«Sie nennen ihn den Sackmann», erklärte sie aufgebracht und funkelte Torkel an. «So sollte das nicht laufen. Ich wollte den Kerl aufhalten, bevor er zum ‹Uppsalamann› oder irgendeinem anderen beschissenen ‹Mann› werden würde. Deshalb habe ich euch eingeschaltet.»

«Wir sind seit ungefähr zwei Tagen hier», sagte Billy und hob die Hände, als würde er sich fragen, was sie eigentlich erwartete. «Du hast zwei Monate an dem Fall gearbeitet – bevor wir kamen.»

«Und du hast eine Pressekonferenz einberufen und den Fall groß aufgezogen», fügte Ursula hinzu. «Sie geben sich nie mit dem zufrieden, was sie bekommen.»

Torkel sah, wie Vanja zustimmend nickte, und ihm wurde warm ums Herz. Es mochte sein, dass sie sich in der letzten Zeit ein wenig entfremdet hatten, aber wenn es wirklich darauf ankam, traten sie alle füreinander ein. Alle bis auf Sebastian natürlich.

«Wir hätten ihnen nicht erzählen sollen, dass er die Gesichter seiner Opfer verdeckt», beharrte Anne-Lie, Torkel weiterhin im Visier.

Also hatte er recht gehabt. Sie hatte ihm die Erklärung zum Thema Dominanz und Kontrolle überlassen, damit sie ihm die Reaktion darauf später in die Schuhe schieben konnte. Er spürte, wie die Wut in ihm aufstieg, und atmete tief durch.

«Mag sein», gab er zu. Das war aber auch alles. Weiter würde er nicht gehen. Und er würde sich niemals dafür entschuldigen. «Aber jetzt ist es im Umlauf, und wir können die Presse eben nicht kontrollieren», sagte er mit einem Achselzucken und hoffte, die Diskussion damit zu beenden.

«Wir müssen uns aber auch nicht mit ihr anfreunden.»

Okay, jetzt reichte es. Er hatte genug.

Und er hatte genug davon, auf der Ersatzbank zu sitzen, seit sie in Uppsala angekommen waren. In Frage gestellt und als Sündenbock auserkoren zu werden. Und obendrein wollte sie ihm auch noch seinen Job streitig machen. Torkel rückte seinen Stuhl zurück, stand abrupt auf und erhob die Stimme.

«Axel Weber arbeitet beim *Expressen*. Das da ist die Konkurrenz.» Er deutete mit dem Zeigefinger auf die Zeitung, die vor ihm lag, und tippte mehrmals energisch darauf. «Ich habe schon seit zwanzig Jahren mit der Presse zu tun, ich weiß, was ich ihnen geben kann und was nicht. Und es gefällt mir nicht, was du da andeutest.»

«Ich habe ja nicht gesagt, dass du es warst.»

«Aus diesem Grund habe ich den Begriff ‹andeuten› verwendet.»

Im Büro wurde es schlagartig still. Torkel und Anne-Lie standen da und fixierten sich gegenseitig, als hätte der Erste, der blinzelte, verloren. Die anderen wechselten unangenehm berührte und erstaunte Blicke.

«Hört mal, sollen wir nicht einfach ...», begann Vanja, wurde jedoch von Sebastian unterbrochen.

«Pssst, Papa und Mama streiten sich.» Es war nicht zu übersehen, dass ihn die Situation amüsierte. Schließlich gab es nicht viele Menschen, die Torkel dazu trieben, offen seine Wut oder andere Gefühle zu zeigen. Nicht einmal Sebastian hatte ihn besonders oft dazu gebracht, seine Stimme zu erheben. Obwohl er wirklich nervenaufreibend sein konnte.

«Wir sind fertig für heute», stellte Torkel fest, kehrte an seinen Platz zurück und beendete die Besprechung.

Sebastian hatte das Gefühl, dass die Dinge ab sofort ein wenig anders laufen würden.

Ehe er ging, fragte er freiheraus, ob jemand Lust hätte, mit ihm essen zu gehen, aber Billy und Torkel wollten direkt nach Stockholm fahren, Ursula hatte etwas anderes vor, und Vanja antwortete natürlich nicht. Doch Sebastian hatte zuvor ein Gespräch zwischen Torkel und ihr belauscht – ein solches, von dem er sich wünschte, sie beide würden es auch einmal führen – und dabei erfahren, dass heute ihr letzter Abend mit Jonathan war. Er würde morgen früh wieder nach Hause fahren. Carlos musste nach Hause zu seiner Familie, und Sebastian wies ihn nicht darauf hin, dass seine Frage auch gar nicht an ihn gerichtet gewesen war. Anne-Lie hatte sich wieder in ihr Büro zurückgezogen, doch Sebastian hatte ohnehin seine Zweifel, dass sie jetzt in der Stimmung war, essen zu gehen. Und im Grunde war er auf ihre Gesellschaft auch nicht gerade scharf.

Jedenfalls nicht heute Abend.

Er durfte sie ja sowieso nicht verführen.

Für einen kurzen Moment überlegte er, ob er mit Billy nach Stockholm fahren sollte. Ein kleines Gespräch im Auto. Hören, wie es so lief. Aber es schien Billy tatsächlich viel besser zu gehen.

Vielleicht war er heute Morgen wirklich nur müde gewesen.

Vielleicht hatte er alles unter Kontrolle.

Sebastian hoffte es. Er konnte sich nicht richtig dazu durchringen, sich in dieser Angelegenheit zu engagieren. Außerdem würde es nur zu nervige Fragen nach sich ziehen, wenn er gezwungen wäre, Torkel davon zu erzählen.

Wie lange er es schon wisse.

Warum er es nicht früher gesagt hätte.

Ob er ganz sicher sei.

Also nein, und eine Dreiviertelstunde Fahrt mit Billy war auch nicht verlockend.

Und mit Torkel erst recht nicht.

Der würde garantiert versuchen, ihre eingeschlafene Freundschaft wieder zu aktivieren. An früher anzuknüpfen.

Mit persönlichen Fragen oder, schlimmer noch, Erzählungen aus seinem glücklichen neuen Leben mit dieser langweiligen Lehrerin.

Und außerdem, was zum Teufel sollte er in Stockholm machen? Allein. In seiner viel zu großen Wohnung. In der er im Grunde nicht glaubte, je wieder glücklich zu werden. Arbeiten? An dem Buch? Die Interviews mit Ralph Svensson vorbereiten? Oder einfach nur dorthin fahren, um mit jemandem ins Bett zu gehen, ohne dass er dabei erwischt wurde? An und für sich verlockend, aber nein.

Einer nach dem anderen verließen sie das Büro, bis am Ende nur noch Ursula hinter ihrem Computer saß, als auch Sebastian auf dem Weg hinaus war.

«Wollen wir zusammen zum Hotel?», fragte er, während er sich den Mantel anzog.

«Nein, lauf du mal los, ich bleibe hier, ich gehe nachher noch aus.»

«Was hast du denn vor?» Neugierig blieb Sebastian in der Tür stehen.

«Wenn ich wollte, dass du es erfährst, hätte ich es dir gesagt.»

«Und warum darf ich es nicht erfahren?»

«Weil du dann nur zynisch wirst und dich über mich lustig machst.»

«Nein, ganz bestimmt nicht, versprochen.»

Ursula sah ihn an und schien innerlich abzuwägen. Wenn Sebastian Bergman etwas versprach, hatte das nichts zu bedeuten, das wusste sie. Doch heute Morgen hatten sie darüber gesprochen, was sie von ihm erwartete. Dass er sich zusammenreißen und seinen Impuls im Griff haben müsse, sich unmöglich zu benehmen. Und jetzt konnte er es unter Beweis stellen.

«Ich bin mit jemandem verabredet.»

«Jemandem?»

«Ja.»

«Einem Mann?»

«Mehr wirst du nicht erfahren.»

«Mit ‹jemandem› meinst du einen zum Vögeln?»

Ursula schüttelte den Kopf. Er war kurz davor gewesen. Fast hätte er es geschafft. Aber vermutlich konnte er nicht anders und begriff auch nicht, dass andere Menschen einen solchen Kommentar als vulgär und unsensibel auffassten, weil es für ihn überhaupt keinen anderen Grund gab, einen Vertreter des anderen Geschlechts zu treffen.

«Mach's gut, Sebastian», sagte sie und wandte sich wieder ihrem Bildschirm zu, um ihm zu bedeuten, dass das Gespräch beendet war.

«Sei vorsichtig, da draußen läuft mindestens ein Verrückter herum.» Mit diesen Worten zog er die Tür hinter sich zu.

Ursula wusste nicht so recht, wie sie seine Bemerkung deuten sollte. Vielleicht war es reine Fürsorglichkeit, aber es konnte genauso gut sein, dass er in ihr ein unnötiges Misstrauen gegen denjenigen wecken wollte, mit dem sie sich treffen würde. Damit sie sich von ihm distanzierte. Und so ihr Date sabotieren wollte. Unabhängig davon war ihr der Gedanke allerdings auch selbst schon gekommen.

Nicht in Bezug auf Petros und sie, sie konnte schließlich auf sich selbst aufpassen.

Aber wegen Bella und Nicco.

Oder Nicolas Linton, wie er mit vollem Namen hieß. Sie hatte sich Mühe gegeben, Fragen zu stellen und Interesse zu zeigen, als sie Bella schließlich doch angerufen und ihr für den gestrigen Abend gedankt hatte.

Ursula überlegte, ob sie eine kurze Recherche starten sollte. Nur, um auf der sicheren Seite zu sein.

Dass er kein Tillman war.

Da draußen liefen leider genug Tillmänner herum.

Nur Bella zuliebe. Sie würde es nie erfahren. Jedenfalls, sofern Ursula nichts Negatives über ihn herausfand. Aber wenn doch? Was würde sie dann machen? Wie würde sie es Bella mitteilen können, ohne dass die begriff, was Ursula getan hatte? Das würde ihrer ohnehin schon angespannten Beziehung den Todesstoß verpassen. Nein. Ursula musste ihrer Tochter zeigen, dass sie ihr wichtig war, aber dies wäre der falsche Weg. So baute man kein Vertrauen auf.

Als ihr Laptop ein Signal von sich gab, wurde sie aus ihren Gedanken gerissen. Sie öffnete das Fenster auf ihrer Profilseite, wo sie sich bereits eingeloggt hatte.

> Magst du Thai?

Zunächst hatte Petros vorgeschlagen, sie könnten sich doch in ihrem Hotel treffen. Das Restaurant habe einen guten Ruf, und er sei noch nie dort gewesen.

Doch Ursula hatte sich geweigert.

Auf keinen Fall.

Aus zwei Gründen.

Der erste mochte vielleicht albern erscheinen, aber sie wollte nicht in direkter Nähe ihres Zimmers sein. So blieb ihr die Möglichkeit offen, ihm für den Abend zu danken, ein Taxi anzuhalten und nach einer kurzen Umarmung und einem Kuss auf die Wange zu verschwinden. Wie sie es auch mit Sebastian in Stockholm gemacht hatte, als er sich mehr erwartet hatte. Vielleicht ging sie deshalb davon aus, dass Hotelzimmer von den meisten Männern mit Sex assoziiert wurden, weil sie jahrelang mit Torkel in verschiedenen Hotels im ganzen Land geschlafen hatte.

Der zweite Grund war weitaus triftiger. Wenn sie in ihrem Hotel aßen, bestand die Gefahr, dass Sebastian jeden Moment ins Restaurant kam, und einen schlimmeren Albtraum konnte sie sich nicht vorstellen.

Jetzt saßen sie zusammen in einem Thai-Restaurant mit unglaublich vielen Vokalen im Namen, fast alles As. Sie hatte es vorher gegoogelt. Es lag knapp zwanzig Minuten von ihrem Hotel entfernt. Ein angenehmer Spaziergang, ganz egal, wie der Abend endete.

Wie verabredet hatten sie sich vor dem Restaurant getroffen. Sie kam pünktlich, aber er hatte schon mit einem Blumenstrauß in der Hand auf sie gewartet. Für einen kurzen Moment fragte sie sich äußerst undankbar, was sie in einem Hotel mit Schnittblumen anfangen sollte, schob den Gedanken dann aber beiseite, dankte und lobte die Blumen. Es war deutlich, dass er versierter bei solchen Dates war als sie, dachte Ursula, als er ihr die Tür aufhielt. Er hatte sich schick gemacht, sich Mühe gegeben. Sie kam direkt von der Arbeit.

Eine Kellnerin führte sie zu einem Tisch, reichte ihnen die Speisekarte und fragte, ob es schon etwas zu trinken sein dürfe. Auf dem Weg zum Restaurant hatte Ursula ein merkwürdiges Gefühl gehabt, das sie nicht deuten konnte. Jetzt, da sie mit den Speisekarten in den Händen dasaßen und über die Vorspeisen und Getränke diskutierten, ging ihr auf, dass es Nervosität war.

Sie hatte schon lange nicht mehr das Bedürfnis gehabt, sich interessant zu machen, falls sie es überhaupt je gehabt hatte. Wie es damals mit Micke gewesen war, wusste sie nicht mehr genau. Sie waren einfach irgendwie zusammengekommen. Er war damals mehr an ihr interessiert gewesen als umgekehrt. Und daran hatte sich auch während ihrer Ehe nichts geändert.

Sie waren zusammengekommen, zusammengezogen, hatten zusammen Bella bekommen und ein gutes Leben gehabt.

Ein Haus in einer schönen Gegend, genügend Geld, interessante Jobs.

Ein gutes Leben. Vermutlich so gut, wie es überhaupt sein konnte.

Aber sie hatte ihn nie geliebt.

Dann war Sebastian in ihr Leben getreten.

Er hatte deutlich gezeigt, dass er an ihr interessiert war, dass er sie haben wollte, und die Initiative übernommen. Sie hatte nicht einmal einen Finger rühren müssen. Er hatte sie so mitgerissen, wie Micke es nie vermocht hatte und wie sie es bisweilen noch immer vermisste.

Sebastian, der erste Mann, den sie wirklich geliebt hatte.

Sie betrachtete Petros über den Tisch hinweg. Konnte er sie mitreißen? Einen Zugang zu ihr finden, obwohl sie die Menschen nie ganz an sich heranließ, die Distanz überwinden, die sie sonst immer wahrte? Oder lernen, damit zu leben und es sogar zu schätzen wissen. Wie Sebastian es getan hatte.

Wenn sie hier saß und an ihren Exliebhaber dachte, würde sie sich vermutlich nicht unbedingt leichter von ihm mitreißen lassen, also zwang sie sich, die Situation nicht mehr von außen zu betrachten und alles zu analysieren – als wäre sie immer noch im Präsidium und ihr Gefühlsleben wäre ein Tatort, den sie methodisch durchkämmen müsste.

Falls man in ihrem Fall überhaupt von einem «Leben» sprechen konnte.

Manchmal fragte sie sich das wirklich.

Vielleicht würde sie das jetzt herausfinden, wenn sie nur damit aufhörte, alles permanent zu hinterfragen. Also versuchte sie abzuschalten und sich auf die Situation einzulassen.

Ihre Speisen wurden gebracht. Petros hatte recht gehabt, es schmeckte wirklich phantastisch. Und der Weißwein auch. Ursula überlegte, ob sie sich ein zweites Glas bestellen sollte. Unterdessen unterhielten sie sich angeregt, vor allem, weil Petros gut darin war, das Gespräch mit einer Mischung aus ungezwungenem Smalltalk und Fragen voranzutreiben. Er wirkte interessiert, ohne sie auszuhorchen. Es war deutlich, dass er seine Hausaufgaben gemacht hatte. Er wusste noch alles, was sie ihm erzählt hatte, das war allerdings auch nicht sonderlich viel gewesen.

Sie selbst konnte sich dagegen beim besten Willen nicht daran erinnern, wie seine Kinder hießen.

In einer der kurzen, aber nicht unangenehmen Gesprächspausen überlegte Ursula, was sie ihn fragen konnte, um ein bisschen Initiative zu zeigen. Was wusste sie über ihn?

Name, Alter, Familienstand, Beruf und dass er gestern keine Zeit hatte ...

«Wo warst du denn gestern?», erkundigte sie sich und war zufrieden, dass sie für einen kurzen Moment die Unterhaltung geführt hatte.

«In Västerås, wir haben ziemlich viele Kunden dort.»

«Wir hatten mal einen Fall in Västerås», sagte sie.

«Und, habt ihr ihn gelöst?»

«Ja.»

Er stellte keine weiteren Fragen zu dem Vorgang, was sie zu schätzen wusste. Ursula hatte es immer wieder erlebt, dass die Leute bei gesellschaftlichen Plaudereien Details aus aktuellen Ermittlungen erfahren wollten. Als wäre sie als Talkgast in der Sendung «Verbrechen der Woche».

Aber an Västerås erinnerte sie sich noch sehr gut. Weil der Fall außerordentlich tragisch gewesen war, aber auch, weil sie dort nach vielen Jahren zum ersten Mal wieder Sebastian begegnet war.

Sie schob den Gedanken beiseite und trank den letzten Schluck Wein. Auf jeden Fall würde sie noch ein Glas bestellen.

Jetzt schaltete sie ab und ließ sich auf den Augenblick ein.

Ohne an Sebastian zu denken.

Diesmal war es die lange, detaillierte Version. Der gemütliche Morgen im Hotel. Lily in ihren Joggingklamotten, die ihnen zum Abschied zuwinkte. Die Hitze wie eine feuchte Wand, als Sebastian und Sabine endlich nach draußen kamen. Die Entscheidung, zum Meer zu gehen, anstatt am Pool zu bleiben. Sabines kleine Hand in seiner, sein Daumen auf dem billigen kleinen Schmetterlingsring, der an ihrem Zeigefinger saß. Ihre Worte, als sie ein Kind mit einem aufblasbaren Delphin sah. «Papa, so einen will ich auch.» Der letzte Satz, den sie zu ihm gesagt hatte.

Das Wasser, das sich vom Strand zurückgezogen hatte, als sie dort ankamen, was er fälschlicherweise für eine ganz normale Ebbe hielt. Sabines ängstlich-aufgeregte Freude, als er sie bis zum Bauch ins Wasser hielt, vor dem sie sich immer noch ein wenig fürchtete.

Das Platschen. Das Lachen.

Seine Tochter und er im seichten Wasser.

Ihre zarten Hände auf seinen Bartstoppeln. Ihr warmer kleiner Körper an seinem. Ihr Duft, Kinderseife und Sonnencreme. Das Gefühl einer bedingungslosen, grenzenlosen Liebe. Das perfekte Leben.

Dann das Donnern. Die Wassermassen.

Das schonungslose Chaos.

Ihre kleine Hand in seiner. Ein einziger Gedanke. Nie wieder loslassen. Das ganze Leben in seiner rechten Hand. Dann die Einsicht, dass er es doch getan hatte. Dass er sie verloren hatte. Für immer.

Sebastian hatte den Fehler begangen, sich aufs Bett zu legen, als er ins Hotel gekommen war. Um sich ein bisschen auszuruhen, weil er schon so früh auf den Beinen gewesen war.

Jetzt war er gerade erwacht, saß kerzengerade auf dem Bett und versuchte, den Krampf in seiner rechten Hand zu lösen. Zu seiner Verwunderung entdeckte er, dass seine Wangen feucht waren. Er wischte sich mit der Hand über das Gesicht und rechnete damit, dass er sich im Schlaf irgendeine Wunde zugefügt hatte. Schließlich war er es gewohnt, mit Angst, Leere und Verzweiflung aufzuwachen. Doch es waren Tränen. Der Traum war in den letzten Monaten immer heftiger und intensiver geworden.

Jetzt hatte er Sebastian innerhalb von weniger als vierundzwanzig Stunden schon zweimal heimgesucht.

Auch wenn ihm der Gedanke widerstrebte, glaubte er, eine Ursache zu erkennen, ein Muster. Konnte es sein, dass er umso häufiger von Sabine träumte, je mehr Vanja sich von ihm distanzierte? Dass sich der zunehmende Verlust der einen Tochter in den Träumen von der anderen, bereits verlorenen manifestierte? Als Psychologe hätte er diese Hypothese nicht unbedingt unterschrieben, aber es ließ sich nicht leugnen. Sein seelischer Zustand hatte sich immer dann verbessert, wenn er sich gerade gut mit Vanja verstand oder zumindest eine Art Waffenstille zwischen ihnen herrschte.

Dann hatte er seltener geträumt. Weniger intensiv.

Und jetzt herrschte wieder Kriegszustand. Was ganz und gar sein Fehler war. Sie könnte ein Teil seines Lebens geworden sein, wenn er sich ein wenig geschickter verhalten hätte. Doch wie die meisten Menschen, um die er sich nicht bemühte, weil er sie nicht ins Bett kriegen wollte, hatte sie ihn instinktiv verabscheut, als sie sich zum ersten Mal begegnet waren. Das war allerdings zu einer Zeit gewesen, bevor er wusste, wer sie war. Dass sie seine Tochter war. Je größer ihre Probleme mit ihrer Mutter und Valdemar geworden waren, desto mehr hatte sie sich ihm zugewandt. Und sie waren definitiv dabei gewesen, eine engere Beziehung zueinander aufzubauen, nachdem er an Billys Hochzeit erzählt hatte, dass er ihr Vater war.

Sie hatte ihn in seinem Leben akzeptiert.

Langsam, ganz langsam, hatten sie sich einer Beziehung angenähert, die gut hätte werden können. Doch dann hatte er alles zerstört. Natürlich. Hatte hinter ihrem Rücken Intrigen gesponnen. Hatte sie im Stich gelassen. Sich mit der einzigen Person verbündet, die sie wirklich hasste. Hatte das Einzige missachtet, worum sie ihn wirklich gebeten hatte – die Finger von ihrer Mutter Anna zu lassen.

Du hast keine Ahnung, was ich will, und hast es nie gehabt, und als ich es dir erzählt habe, war es dir scheißegal!

Jetzt fiel ihm wieder ein, was sie ihm heute Nachmittag an den Kopf geworfen hatte. Und wenn er ernsthaft in sich ging, was er äußerst ungern tat, hatte sie nicht ganz unrecht.

Hatte er es überhaupt versucht? Sich wirklich dafür interessiert?

Natürlich nicht.

Bei allem, was er tat, ging es immer nur um ihn selbst. Bei allem, was er wollte. Um sein eigenes Bestes.

Wie etwa, als er Vanjas Chancen zunichtegemacht hatte, für die FBI-Ausbildung in den USA angenommen zu werden. Nur weil er sie in seiner Nähe behalten wollte, statt sie auf der anderen Seite des Atlantiks zu wissen.

Im Grunde war es keine Überraschung. Ihm war immer klar gewesen, dass er ein Vollblutegoist war. Rücksichtnahme war in seinen Augen ein überschätztes Verhalten, aber wenn ihn das daran hinderte, sein Ziel zu erreichen, war er gezwungen, seine Haltung zu ändern.

Nur, was wollte sie eigentlich?

Was konnte er tun, damit sie ihm noch eine Chance gab, diese letzte Chance, die er so gerne hätte. Die er verzweifelt brauchte.

Er wusste es nicht, und sie würde es ihm nie erzählen, wenn er danach fragte.

Aber er wusste wohl, wer es wusste oder zumindest wissen sollte. Derjenige, der ihr jetzt am nächsten stand.

Über den selbst Sebastian nur Gutes gehört hatte.

Den sie liebte.

Höchste Zeit, ein bisschen mit Jonathan Bäck zu plaudern.

Jonathan stand in der relativ kleinen Küche im Norbyvägen und kochte.

Ihm wären sofort zwanzig Tätigkeiten eingefallen, die er besser konnte. Sogar dreißig. Aber es machte Spaß und entspannte ihn, wenn er nicht gerade in totale Panik geriet, weil etwas überlief oder gar nicht warm wurde oder anbrannte oder wenn er entdeckte, dass mehrere Zutaten, die längst im Topf sein sollten, immer noch auf der Arbeitsfläche lagen. Heute Abend sollte es Pasta in einer Sahnesauce mit Lachs, Fenchel und Zitrone geben, garniert mit Brunnenkresse, Radieschen und Parmesan. Es klang kompliziert, aber er hatte nach einem Rezept mit weniger als zehn Zutaten gesucht und dieses gefunden. Von irgendeiner Fernsehköchin, von der er noch nie gehört hatte.

Vanja kam in Jogginghosen und T-Shirt in die Küche, das Haar noch nass vom Duschen. Perfektes Timing, er war gerade dabei, die Soße und die Pasta, die hoffentlich al dente war, zu vermischen.

«Deckst du den Tisch?», fragte er, und sie nickte, nahm sich ein Radieschen vom Schneidebrett und steckte es in den Mund, ehe sie den Küchenschrank rechts neben seinem Kopf so energisch öffnete, dass er sich ducken musste.

«Wie ist es möglich, dass selbst deine Teller hässlich sind?», schimpfte Vanja.

Jonathan antwortete nicht.

Zum einen, weil sie ohnehin keine Antwort erwartete, zum anderen, weil es einer dieser Abende war, an dem sie sowieso alles, was er sagte, in den falschen Hals bekam. Manchmal hatte sie diese Stimmungsschwankungen, und meistens wartete er sie einfach ab. Er stritt sich nicht gern. Zwar kannte er einige Paare, die meinten, wenn man sich streiten könne, wäre das ein Zeichen dafür, dass die Beziehung stark und leidenschaftlich sei und man so zeige, was man einander bedeute. Sie behaupteten, es sei nützlich, ja sogar lebenswichtig, ab und zu reinen Tisch zu machen. Vielleicht war etwas Wahres daran, aber Jonathan mochte diese Auseinandersetzungen trotzdem nicht, also vermied er sie möglichst. So wie jetzt.

Er wusste auch, dass es ihr im Grunde nicht um seine Wohnung ging. Es war irgendetwas anderes, Größeres. Seit sie nach Hause gekommen war, hatte sie im Prinzip ununterbrochen nur davon geredet, worüber sie sich im Laufe des Tages geärgert hatte.

Am schlimmsten war Tillman, der jetzt offenbar aus verschiedenen Gründen nicht mehr im Visier der Ermittler war. Jonathan hatte allerdings den Verdacht, dass Vanja bereit war, einen persönlichen Kreuzzug gegen ihn zu führen, nur um ihn hinter Gitter zu bringen. Es war also viel um Tillman gegangen, aber auch nicht wenig um Sebastian, der, wie immer, einfach nur unmöglich war und ein Arschloch vor dem Herrn. Dann erzählte sie noch von Anne-Lie, über die Jonathan bisher eigentlich nur Gutes gehört hatte, die heute aber offenbar einen großen Schritt auf ihre *Shitlist* gemacht hatte, nachdem sie Torkels Kompetenz und damit die gesamte Reichsmordkommission offen in Frage gestellt und kritisiert hatte.

«Weißt du, was das Schlimmste ist? Er hat Kinder. Auch eine Tochter», sagte sie, während sie das Besteck und die Gläser auf dem Tisch platzierte. Jonathan vermutete, dass sie nun wieder bei Tillman angekommen war. «Sie ist erst acht, aber wenn sie größer wird und eine dieser ‹Batikhexen›, über die er schreibt, oder eine engagierte Feministin, wünscht er ihr dann auch, dass sie vergewaltigt wird?»

Obwohl sie auf diese Frage sicher keine Antwort erwartete, spürte Jonathan, dass er etwas sagen musste. Ehrlich sein. Er fand, dass sie zu weit ging.

«Das will er sicher nicht.» Wie ihr Blick verriet, glaubte sie aufgrund seiner Antwort sofort, er würde Tillman verteidigen. Er musste es ein wenig vertiefen. «Es klingt, als sei er ein schrecklicher Mensch, aber das muss ja nicht heißen, dass er seinen Kindern Schaden zufügen will. Das wollen wohl die wenigsten Eltern.»

«Viele tun es aber. Bewusst oder unbewusst. Es gibt so viele schlechte Eltern da draußen.»

Jonathan widersprach ihr nicht. Als Polizistin hatte Vanja schon viel erlebt. Er hatte sich oft gefragt, wie sie das aushielt, wie es überhaupt ein Mensch aushalten konnte, jeden Tag mit diesen menschlichen Abgründen und jenen, die darunter litten, konfrontiert zu werden. Außerdem wusste er, welche schwierige Beziehung sie zu ihren eigenen Eltern hatte. Zu allen dreien. Sie hatten Vanja alle auf die eine oder andere Weise verletzt, hintergangen oder im Stich gelassen. Vermutlich hing ihre Unfähigkeit, die Ereignisse des Tages beiseitezuschieben, irgendwie damit zusammen. Er stellte das Essen auf den Tisch, und sie setzten sich.

«Du triffst doch die ganze Zeit Menschen, die du nicht magst. Warum hast du dich so auf Tillman eingeschossen? Warum kannst du ihn nicht einfach vergessen, wie du es sonst auch machst?»

Er wollte ihr eine Chance geben, ein bisschen nachzudenken. Vielleicht käme sie selbst darauf, dass eigentlich etwas anderes dahintersteckte. Wenn nicht, musste er überlegen, ob er ein bisschen den Amateurpsychologen spielen und das Thema aufgreifen sollte. Davor scheute er sich. Auch wenn es sicher gut für sie war, darüber zu sprechen, wusste er, dass ihre Familie eine offene Wunde war, in die sie nicht gern den Finger legte.

«Ich weiß nicht», antwortete sie, während sie sich Essen auftat.

Jonathan hatte recht. Einen Großteil ihres Berufs und damit auch ihres Lebens war sie mit Menschen konfrontiert, die sie mehr oder weniger schwierig fand oder mehr oder weniger verachtete, teils sogar verabscheute. Sie war nicht unbedingt die verständnisvollste und unvoreingenommenste Polizistin, die nach tieferen Ursachen oder mildernden Umständen suchte. Ihr Urteil hatte sie meist schnell gefällt, war aber auch ziemlich gut darin, ihr Privatleben nicht davon beeinflussen zu lassen.

Sie schob sich eine Gabel Pasta in den Mund.

«Lecker», kommentierte sie knapp.

«Nein, ist es nicht, jedenfalls nicht besonders», erwiderte Jonathan.

«Na ja, du hattest vielleicht nicht unbedingt deine Sternstunde als Koch», räumte sie lächelnd ein, stand auf und holte eine Karaffe aus dem Küchenschrank. «Vielleicht liegt es daran, dass er mein Vater ist», wechselte sie unvermittelt das Thema, während sie die Karaffe mit Leitungswasser füllte. «Ich treffe Sebastian jeden Tag, und dann die ganze Sache mit Valdemar und meiner Mutter und all der Mist. Du weißt schon, Väter, verdammt schlechte Väter.»

Sie setzte sich wieder und schenkte ihnen Wasser ein.

Wie er vermutet hatte. Jonathan wusste zwar nicht über alles Bescheid, was zwischen Vanja und ihren Eltern passiert war, er war nicht von Anfang an dabei gewesen. Doch als sie das erste Mal zusammen waren, hatte er Valdemar ziemlich oft gesehen. Er hatte ihn gemocht und das Gefühl gehabt, dass dies auf Gegenseitigkeit beruhte. Vor allem aber war deutlich gewesen, was für ein enges Verhältnis Vanja und Valdemar hatten. Und er in keiner Weise ein schlechter Vater war.

«Ich dachte immer, Valdemar wäre der beste Vater, den man sich vorstellen kann», sagte er und aß von seiner Pasta.

«Das war er ja auch bis vor kurzem.»

«Aber wenn er über dreißig Jahre lang toll war, warum nimmst du dann nicht wieder Kontakt zu ihm auf? Und klärst die Sache.»

«So einfach ist das nicht.»

Als sie das sagte, spürte sie, dass es der Wahrheit entsprach, und war selbst ein wenig erstaunt. Valdemar war wirklich der beste Vater gewesen, den sie sich vorstellen konnte. Es gab nicht eine schwierige Situation in ihrem Leben, aus der er ihr nicht herausgeholfen hätte. Und er hätte alles für sie getan. Er tat noch immer alles, was er konnte. Er hatte mit Anna gebrochen, er kooperierte mit der Staatsanwaltschaft, er war bereit, seine Strafe zu akzeptieren, hatte sich entschuldigt und aufrichtig Reue gezeigt. Er war immer hundert Prozent ehrlich zu ihr gewesen, eine Tugend, mit der sie in den letzten Jahren sonst nicht gerade verwöhnt worden war.

Sie war bereit gewesen, ihm zu verzeihen und den Versuch zu wagen, wieder zueinanderzufinden. Sie hatte sich ein eigenes Leben aufgebaut, und für einen kurzen Moment hatte sie geglaubt, beide Väter könnten darin Platz finden.

Dann aber war alles erneut zusammengebrochen, und ihre einzige Veränderung hatte darin bestanden, nach Uppsala zu ziehen – oder nach Uppsala zu fliehen, je nachdem, wie man es betrachtete.

Dennoch schwelte dieses grundsätzliche Gefühl weiter, dass er sie verraten hatte. Weil er es die ganze Zeit gewusst, aber nichts gesagt hatte. Selbst wenn seine Beweggründe ehrenvoll gewesen waren und er nichts zwischen ihnen zerstören wollte. Dass ein ganzes Leben auf Lügen basierte, konnte man nicht einfach mit einer Handbewegung ungeschehen machen.

«Doch, so einfach ist das», entgegnete Jonathan beharrlich. «Ruf ihn an, ich bin mir sicher, er wird wahnsinnig glücklich sein.»

«Ich weiß aber nicht, ob ich ihn wahnsinnig glücklich machen will.»

«Aber du vermisst ihn», stellte Jonathan fest.

Vanja sah ihn offen an und nickte.

«Ich vermisse das, was wir hatten, und ich bin mir nicht sicher, ob wir es zurückbekommen.»

Sie schob ihren Teller beiseite, stand auf und signalisierte damit, dass das Gespräch über Valdemar und auch die Mahlzeit hiermit beendet waren. Für einen kurzen Moment verspürte er Enttäuschung. Das Essen war vielleicht nicht überragend, aber es war durchaus genießbar. Sie hatte jedoch höchstens zwei Gabeln davon genommen.

«Es hat dir nicht geschmeckt», stellte er fest.

«Ich bin satt», log sie.

«Wir können rausgehen und uns was zum Mitnehmen holen.»

«Oder ins Bett gehen.»

Sie kam zu ihm, sorgte dafür, dass er mit seinem Stuhl zurückrutschte, und setzte sich auf seinen Schoß. Dann nahm sie sein Gesicht zwischen ihre Hände und küsste ihn.

«Ich liebe dich», sagte sie und strich ihm über das Haar.

«Ich liebe dich auch.»

Sie warf ihm einen Blick zu, der verriet, dass sie ihm etwas erzählen wollte, aber nicht sicher war, ob es ihm gefallen würde.

«Du wirst mich jetzt bestimmt total komisch finden ...»

«Ich finde dich sowieso schon total komisch», sagte er scherzhaft und küsste sie erneut.

«Aber apropos Väter ...», fuhr Vanja fort, als hätte sie seine Bemerkung gar nicht gehört. «Was würdest du davon halten, einer zu werden?»

Sein Plan war so einfach, dass es nicht einmal ein Plan war. Er würde nach Hause fahren. Auf direktem Wege. Das Polizeipräsidium verlassen, zum Auto gehen, erst links abbiegen und dann rechts, fünfundvierzig Minuten auf der E4 mit Cardi B auf voller Lautstärke, und dann: nach Hause.

Zu My. Zu My und ihm.

Im Aufzug nach unten bekam er eine Nachricht. Von My. Er klickte darauf. Ein Link zu einem Immobilienangebot, kein weiterer Text. Er öffnete ihn nicht, doch schon im nächsten Moment gab das Handy erneut ein Signal von sich.

Wann kommst du nach Hause?

Er antwortete: «In einer Stunde», fügte zwei herzäugige Emojis hinzu und ging auf Senden.

Als er gerade auf die E4 fuhr, rief sie an. Ob er nicht, da er ja aus Norden komme, in Åkersberga vorbeifahren könne, dort solle es so gutes Sushi geben? Normalerweise sei es zu weit nur für Sushi, aber wo es doch quasi auf dem Weg liege ... Sie schickte ihm die Adresse und würde in der Zwischenzeit telefonisch etwas bestellen, sodass er es nur noch abholen musste.

Als er nach Hause kam, begrüßte sie ihn mit einem Kuss und sagte, sie habe ihn vermisst, ehe sie ihm die Papiertüte abnahm und damit in die Küche ging. Sie hatte einen Mordshunger, seit einem frühen Mittagessen hatte sie nichts mehr gegessen, weil sie auf ihn warten wollte. Also setzten sie sich sofort an den Tisch und machten sich an das Sushi. Der Umweg hatte sich gelohnt, darin waren sie sich beide einig. Während sie aßen, erzählte My von ihrer Arbeit, sie hatte vor, im Januar auf eine dreitägige Weiterbildung zu fahren, und war gerade mit Tele2 im Gespräch über einen Vertrag als Coach, an den sich die Mitarbeiter wenden konnten, wenn sie eine persönliche oder berufliche Weiterbildung brauchten. Sollte das klappen, wäre es nicht nur ein Erfolg, sondern auch eine erhebliche finanzielle Verbesserung.

Und wo sie gerade bei dem Thema waren ...

«Hast du den Link gesehen, den ich geschickt habe? Von Värmdö. Das ist total perfekt.»

«Da saß ich gerade im Auto, daher habe ich mir das noch nicht angesehen.»

Sie stand auf, holte ihr Tablet, öffnete die Anzeige, und sie betrachteten sie zusammen. Ein Ferienhaus auf Värmdö Stor Saxaren. Sechzig Quadratmeter. Gästehaus. Eigener Bootssteg. 3795000 Kronen. Im Grunde hatte er keine Meinung zu dem Haus, aber sie sprachen eine Weile darüber, sahen sich alle fünfundzwanzig Bilder an, und My sagte, sie werde morgen den Makler anrufen und um einen Besichtigungstermin bitten. Ob das für Billy in Ordnung sei? Das war es.

So sollte es sein. Nach Hause kommen, etwas Gutes essen, über die Arbeit und den Tag reden, über alles Mögliche, Sommerhäuser ansehen.

So war er.

So war sein Leben.

Ihr Leben.

«Da ist noch etwas, was ich dir gern zeigen würde», sagte sie und öffnete eine andere Seite. «Was hältst du davon?»

Billy warf einen Blick darauf. Sonne, Wasser, Berge, bunte Häuser und Strände und ein Werbetext, der verkündete, dass Kapstadt all dies zu bieten hätte.

«Eine Woche im November, habe ich gedacht. Über Weihnachten ist es so teuer, aber im November ist es ja fast noch besser, weil wir dann hier so schlechtes Wetter haben.»

«Im Prinzip gern, aber ich bin mir gar nicht sicher, ob ich noch so viel Urlaub habe.»

«Du musst doch noch mindestens eine Woche haben.»

Er hob den Kopf vom iPad und sah sie verständnislos an.

«Wieso das denn?»

«Du hast doch nach Mittsommer hierbleiben und noch eine Woche länger arbeiten müssen.»

Verdammt, er hätte heulen können. Eben hatte sich alles so gut angefühlt, so normal. Er hatte die Hoffnung gehabt, dass es eine Weile funktionieren würde, doch das andere kam immer wieder angerauscht wie ein Güterzug. Was er auch tat, sosehr er den Gedanken daran auch verdrängte.

Aber es würde besser werden. Irgendwann würden die Momente, in denen er daran erinnert wurde, immer seltener werden. Und schließlich ganz verschwinden. Nichts und niemand in seinem Alltag würde seine Gedanken wieder auf Jennifer lenken. Als wäre es nie passiert. Doch so weit war es noch nicht.

Die Woche nach Mittsommer.

Die Reichsmordkommission dachte, er hätte Urlaub gehabt.

My dachte, er hätte gearbeitet.

Im Vergleich zu Conny war das aber ein kleineres Problem, das er hoffentlich bald ausräumen konnte. Normalerweise mussten sie einen Urlaubsantrag stellen, der registriert wurde, und in diesem Jahr hatte er keine Tage mehr zur Verfügung. Andererseits wurde während der Ermittlungen von ihnen erwartet, dass sie mehr oder weniger rund um die Uhr im Dienst waren, weshalb Torkel normalerweise ein Auge zudrückte, wenn sie sich ein paar Tage freinahmen.

Sollte der Fall in Uppsala bis November abgeschlossen sein, könnte er also ganz einfach mit Torkel wegen eines kurzen Urlaubs sprechen. Wenn sie immer noch daran arbeiten würden, hätte sich das Problem von selbst erledigt. Billy atmete aus.

«Es ist nicht sicher, dass ich freibekomme.»

«Aber wir müssten das jetzt buchen oder jedenfalls bald.»

«Das können wir nicht. Solange wir den Fall in Uppsala nicht aufgeklärt haben, bekomme ich keinen Urlaub.»

«Steht ihr denn kurz vor einem Durchbruch?»

«Leider nein.» Die gespielte Enttäuschung in seiner Stimme überdeckte, dass er nie zufriedener damit gewesen war, keine Fortschritte zu machen. «Wenn wir den Fall lösen, können wir doch einen Last-Minute-Trip buchen», schlug er aufmunternd vor, als er ihre Reaktion sah.

Sie nickte, verstand, dass die Arbeit vorging, wechselte das Thema und meinte, sie könnten einen Film ansehen – oder hätte er eine bessere Idee? Das hatte er nicht. Ein Film, auf dem Sofa, zusammen mit seiner Frau. Ein perfekter Abend.

My holte ein Glas Wein für sich und eine Flasche Bier für ihn, und sie fingen an, das Angebot auf ihren Streaming-Diensten zu überprüfen. Es war immer eine ziemliche Herausforderung, etwas zu finden, was sie beide sehen wollten. Sie hatten einen sehr unterschiedlichen Filmgeschmack, und es war schon öfter vorgekommen, dass sie sich gar nicht einigen konnten und stattdessen etwas anderes machten. An diesem Abend ließ Billy My entscheiden. Auf Netflix fand sie *Die fabelhafte Welt der Amélie.* Sie gab ein «Ooooh!» von sich, als hätte sie gerade ein Katzenbaby entdeckt.

«Diesen Film habe ich so geliebt. Wie fandest du ihn denn?»

«Ich habe ihn nicht gesehen.»

«Wie kann das sein?»

«Er ist französisch.»

Was seiner Meinung nach als Erklärung reichen musste. My schien das für eine ausgezeichnete Gelegenheit zu halten, seinen Filmgeschmack zu schulen. Sie drückte auf Play, schmiegte sich an ihn und zog ihre Füße unter sich. Der Film begann.

Eine Schmeißfliege landete irgendwo auf der Straße, einige Weingläser standen an einem stürmischen Ort, ein Mann strich den Namen eines anderen Mannes aus seinem Telefonbuch, und eine Erzählerstimme berichtete, all dies sei genau in dem Moment geschehen, als die Eizelle befruchtet wurde, aus der die Hauptfigur des Films entstand.

Amélie.

Aus Montmartre.

Schon während der Vorspann lief, konnte Billy sie nicht ausstehen. Es folgte ihre Kindheit in kurzen Sequenzen, die wunderbar, hintergründig, poetisch sein sollten, vor allem aber ein ganz kleines bisschen schräg. Ja, es war ein Film, der ein wenig schräg sein wollte. Und der gar nicht laut genug verkünden konnte, wie unglaublich komisch und wunderbar er war.

Nach zehn Minuten waren Billys Augen zwar noch geöffnet, aber er registrierte nicht mehr, was auf dem Bildschirm vor sich ging.

«Du guckst ja gar nicht.»

Sie stieß ihn lächelnd mit dem Ellbogen an.

«Tu ich wohl», antwortete er reflexhaft und hoffte, sie würde ihn anschließend nicht über die Handlung abfragen. My beugte sich vor, nahm die Fernbedienung, drückte auf Pause und wandte sich zu ihm um.

«Ist alles in Ordnung mit dir?»

Er sah sie an. Seine Frau, neben ihm auf dem Sofa, an einem ganz normalen Abend.

«Ja, alles in Ordnung», sagte er und meinte es ernst.

«Denkst du an Jennifer?», fragte sie, als könnte sie sich mit der Antwort nicht ganz zufriedengeben, weil sein Desinteresse für den Film nicht einfach nur damit zu tun haben konnte, dass er beschissen war.

«Nein, eigentlich nicht. Eher an Uppsala ... es tut mir leid.»

«Ich kann ihn mir ja mal ansehen, wenn du nicht zu Hause bist.» Sie beugte sich erneut vor. Nahm die Fernbedienung und schaltete aus. Dann wandte sie sich ihm erneut zu. «Möchtest du darüber reden?»

«Eigentlich nicht. Es gibt nicht so viel zu reden.» Er verstand, dass sie den Fall meinte. Und tatsächlich gab es daran wenig, was er diskutieren mochte, aber in Wirklichkeit hatte er auch an ein ganz anderes Uppsala gedacht.

Er war wieder in der Norrforsgatan gewesen.

Im roten Zimmer.

Und hatte sich ausgemalt, was er dort alles tun könnte.

«Wer war das denn?», fragte Lise-Lotte, als Torkel wieder ins Wohnzimmer kam, wo sie gerade gesessen hatten. Sie hatte gehört, wie er während des Gesprächs darum kämpfte, höflich und neutral zu bleiben.

«Rosmarie Fredriksson», antwortete Torkel knapp und stellte sein Telefon auf lautlos, um sich zu vergewissern, dass er es ja nicht hörte, wenn sie erneut anrief.

«Was wollte sie denn noch so spät?»

«Tja, was wollte sie? Sie wollte wissen, wie wir vorankommen. Sie macht sich Sorgen, weil zu viel an die Presse gesickert ist und die Ermittlung nicht in dem Tempo vorankommt, wie es wünschenswert wäre.»

Letzteres kennzeichnete er als Zitat, indem er seine Stimme verstellte, um Rosmarie nachzuahmen und gleichzeitig deutlich zu machen, was er davon hielt.

Er hatte sie noch nie gemocht.

Von Anfang an hatten sie sich gegenseitig toleriert, aber mehr nicht.

Solange sie sich nicht in seine Arbeit einmischte. Solange seine Abteilung nicht ihr Budget überzog und für schlechte Presse sorgte und solange sie brav alle Verwaltungsaufgaben erledigten, kümmerte sie sich nicht groß um die Reichsmordkommission. Sie war eine Schreibtischpolizistin im wahrsten Sinne des Wortes.

Bisher hatte sie sich noch nie um undichte Stellen Sorgen gemacht. Oder sich um den aktuellen Stand der Ermittlungen geschert.

Er wusste, wo dieses plötzliche Interesse herkam. Durch Anne-Lie Ulander.

Lise-Lotte wusste, wer Rosmarie war, viel mehr aber nicht. Torkel fasste ihr für gewöhnlich die wesentlichen Ereignisse seines Tages zusammen, wenn er nach Hause kam, äußerte aber nur selten seine Meinung über Kollegen, es sei denn, sie war positiv. Wenn jemand seine Sache gut machte, fiel es ihm auf, und er lobte gern.

Das war nur einer seiner vielen Vorzüge.

Nach dem Anruf schienen seine Schranken jedoch gefallen zu sein. Lise-Lotte erfuhr alles über Anne-Lie, und nichts davon war besonders schmeichelhaft.

Wie sie sich weigerte, die Verantwortung für den Fall an ihn abzugeben, obwohl das die gängige Praxis war.

Wie sie ständig die Arbeit der Reichsmordkommission in Frage stellte.

Wie sie offen ihre Ambitionen kundtat, seine Stelle zu übernehmen.

«Wenn jemand meinen Job kriegen soll, dann Vanja», sagte er. Früher war er sich einmal sicher gewesen, dass sie ihn auch gewollt hätte. Das war jetzt anders.

Von Vanja hatte Lise-Lotte schon viel gehört. Manchmal sprach er so warmherzig über sie, dass man glauben konnte, sie wäre seine dritte Tochter.

«Es ist immer so nett, wenn du von deinen Kolleginnen und Kollegen erzählst, bisher habe ich ja nur eine von ihnen kennengelernt.»

Das stimmte; als Torkel und sie noch ganz frisch zusammen waren und sie zum ersten Mal bei ihm übernachtet hatte, war Ursula gekommen, um ihm Arbeit vorbeizubringen.

«Deine habe ich auch noch nicht getroffen.»

«Würdest du das gern?»

«Das muss nicht unbedingt sein ...»

«Aber ich würde gern deine treffen. Ihr arbeitet schon so lange zusammen, es wirkt beinahe so, als wären sie deine erweiterte Familie.»

Stimmt, das waren sie auch. Vielleicht nicht einmal erweitert. Mehr wie eine richtige Familie. Er sah sie öfter als seine eigenen Töchter, weil diese inzwischen fast ausschließlich bei Yvonne wohnten. Vielleicht war er deshalb so besorgt über die derzeitige Stimmung im Team. Sebastian war, wie er war, und setzte Vanja immerzu unter Druck, aber auch Billy wirkte gedämpfter und verschlossener, und selbst Ursula erschien irgendwie ... verlorener als früher.

«Klar, das ließe sich bestimmt einrichten.»

«Kannst du sie nicht hierher zum Essen einladen?»

Damit hatte er nicht gerechnet. Wenn Lise-Lotte sagte, sie wolle seine Kollegen treffen, stellte er sich eher vor, sie würde eines Tages im Büro vorbeikommen, ihn von der Arbeit abholen, damit er sie allen vorstellen konnte, und nach zehn Minuten Smalltalk würden sie wieder gehen. Auftrag erledigt.

Aber ein Essen? Mehrere Stunden?

«Das käme mir irgendwie komisch vor», protestierte er in Ermangelung triftigerer Gegenargumente.

«Wieso sollte das denn komisch sein? Ihr seht euch fast jeden Tag, schon seit so vielen Jahren.»

«Aber wir treffen uns nicht privat», erwiderte Torkel mit einem Achselzucken.

«Sie können ja ihre Partner mitbringen, wenn du denkst, das würde es leichter machen. Das wären nur zwei Gäste mehr, oder hat Ursula auch jemanden?»

Torkel zögerte kurz.

An dieser Stelle wurde es ein wenig unangenehm. Er hatte Lise-Lotte nie von seiner Beziehung zu Ursula erzählt. Irgendwie hatte sich nie die passende Gelegenheit ergeben. Anfangs hatte er darüber nachgedacht. Sollte er es erzählen? Doch dann war immer mehr Zeit vergangen, und irgendwann wäre es dann nur noch seltsam gewesen.

«Ach, übrigens, ich hatte jahrelang ein Verhältnis mit meiner Arbeitskollegin.»

So etwas sagte man wohl nicht.

Oder doch?

Er hatte es jedenfalls nicht getan.

Schließlich wusste er auch nichts über Lise-Lottes Beziehungen nach ihrer Scheidung. Aber vermutlich begegnete sie ihrem Ex nicht jeden Tag. Wenn es so wäre, hätte sie es ihm bestimmt erzählt.

«Nein, das glaube ich nicht, jedenfalls hat sie nichts davon gesagt.»

«Und was ist mit Sebastian?», fragte Lise-Lotte und riss ihn aus seinen Gedanken. Dieses Thema war erheblich einfacher.

«Nein. Wenn wir wirklich so ein Essen machen, wird er nicht eingeladen», erklärte Torkel bestimmt.

«Arbeitet er denn nicht mit euch zusammen?»

«Vorübergehend, doch, aber wenn man ihn mit anderen Menschen an einen Tisch setzt, darf man leider nicht mit einem gemütlichen Abend rechnen.»

«Ich dachte, ihr wärt mal befreundet gewesen.»

Mehr hatte er ihr nicht über Sebastian Bergman berichtet. Bloß dass sie einmal befreundet gewesen waren. Und viele Jahre zusammengearbeitet hatten. Er hatte anerkennend von seiner fachlichen Kompetenz gesprochen, aber nur wenig von seiner Person erzählt.

«Waren wir auch, aber er hat mir sehr deutlich gemacht,

dass ihm die Freundschaft nichts bedeutet, es sei denn, er kann in irgendeiner Weise von mir profitieren.»

«Von all deinen Kollegen macht er mich am neugierigsten.»

«Sei es lieber nicht, du wirst ihn niemals treffen.»

Lise-Lotte warf ihm einen Blick zu und schwieg, aber er konnte ihr ansehen, dass über die Einladung noch nicht das letzte Wort gesprochen war.

«Bei wie vielen Ermittlungen war er dabei?»

«Du meinst, seit seiner Rückkehr? Dies ist die sechste. In weniger als zwei Jahren.»

«Dann wäre es erst recht unhöflich, ihn nicht einzuladen.»

«Er käme aber auch nie auf die Idee, uns einzuladen.»

«Und du meinst, wir sollten uns auf dasselbe Niveau begeben?»

Torkel entfuhr ein tiefer Seufzer, und er schüttelte den Kopf. Wie konnte man ihr etwas abschlagen? Er zumindest gar nicht.

«Na gut, aber du hast es dir selbst eingebrockt.»

Sie lachte, beugte sich vor und küsste ihn.

Also würden sie seine ehemalige Geliebte und Sebastian Bergman bei sich zum Essen haben.

Selbst auf eine Wurzelbehandlung hätte er sich mehr gefreut.

16. Oktober

Herzlichen Glückwunsch zum Geburtstag, Liebling.
Einunddreißig wärst du heute.
Wenn sie mir dich nicht genommen hätten.
Es ist jeden Tag schwer.
Und wurde noch schwerer, als ich es erfuhr.
Als Ulrika es erzählte.
Aber heute ist es am schwersten.
Hätte ich etwas anders machen können?
Natürlich hätte ich.
Ich hätte mehr herausfinden können.
Dich fragen, auf Antworten bestehen, mich nicht damit zufriedengeben.
Dass alles gutgehen würde.
Doch ich war zu schwach. Zu respektvoll.
Wollte deinen Entscheidungen, deinen Wünschen, deinem Willen nicht widersprechen.
Und jetzt gehe ich stattdessen zu deinem Grab.
Ich vermisse dich. Jeden Tag, die ganze Zeit.
Gestern habe ich Dahlien gekauft. Zwei große Sträuße.
Auch einen für Ulrika.
Erst habe ich sie gehasst. Es war schon schwer genug, wie es war.
Ohne zu wissen, was für eine Angst du hattest, welche Schmerzen, wie du es bereut hast.
Dass sie dich ermordet haben.

Aber mir hat es auch geholfen.
Ich hatte eine Richtung. Einen Fokus. Ein Ziel.
Sie mussten geglaubt haben, sie wären davongekommen.
Haben ihr Leben gelebt. Geliebt, gelacht. Waren glücklich gewesen.
Acht Jahre.
Was wäre passiert, wenn sie dich nicht getötet hätten?
Was hätten wir dann gemacht, du und ich?
Wie würde unser Leben aussehen?
Wer wärst du als Einunddreißigjährige?
Ich versuche, nicht daran zu denken, es ist zu schmerzlich.
Aber an deinem Geburtstag kann ich nicht anders.

Ursula sah sich im Büro um. Schweigen. Klappernde Tasten, ein Stuhl, der bei jeder Bewegung knarrte, eine Klimaanlage, die leise im Hintergrund surrte. Ein Außenstehender hätte die Stimmung im Raum vermutlich als konzentriert beschrieben.

Ursula wusste es besser, es war versteckte Frustration, Enttäuschung, sie erkannte die Atmosphäre wieder.

Bei ihrer kurzen Besprechung am Vormittag war deutlich geworden, dass sie einer Ergreifung des Täters nicht einen Schritt näher gekommen waren als noch vor drei Tagen.

Sie hatten nichts.

Das heißt, eigentlich hatten sie eine ganze Menge: DNA, Fußabdrücke, die Säcke, die Spritzen.

Aber keine Bilder von den Überwachungskameras, keine Zeugen, keine Hinweise aus der Öffentlichkeit.

Sie waren bedrückt, weil alle sich bewusst waren, dass sie vermutlich nichts ausrichten konnten, bis der Täter wieder zuschlug.

Bis es ein weiteres Opfer gab.

Das größte Scheitern.

Das sie um jeden Preis verhindern wollten.

Der Platz Ursula gegenüber war leer. Sie hatte keine Ahnung, wo Sebastian steckte.

Sie hatten sich kurz getroffen, als Ursula von dem Treffen, das vermutlich ein Date gewesen war, zurückkam. Er hatte an der Bar gesessen und nach ihr gerufen. Es war der zweite

Abend in Folge, an dem er auf sie gewartet hatte. Sie fühlte sich in ihre Jugend zurückversetzt, erinnerte sich daran, wie ihr Vater nicht ins Bett gehen konnte, bis sie sicher nach Hause gekommen war. Aber nicht einmal in angeheitertem Zustand wollte sie Sebastian mit ihrem Vater vergleichen, also verdrängte sie den Gedanken schnell wieder, ging zu ihm und setzte sich.

«Und, wie liefs?»

Ursula warf ihm einen prüfenden Blick zu, um zu sehen, ob er sie auf den Arm nehmen wollte oder gleich einen gemeinen Kommentar von sich geben würde. Aber er schien aufrichtig interessiert zu sein, daher beschloss sie, ihm ehrlich zu antworten.

«Gut, glaube ich.»

«Also war es nett?»

Als er es sagte, fiel ihr auf, dass es genau so gewesen war. Nett. Und viel mehr hatte sie auch gar nicht erwartet. Sie war schließlich kein Teenie mehr, der sich Hals über Kopf verliebte und von Gefühlen überwältigen ließ. Dabei war sie nie so gewesen. Nicht einmal als Teenie.

Aber nett war es gewesen.

Nicht so wie mit Sebastian.

Sie hatte nicht das Gefühl, als könnte es kompliziert werden – oder herausfordernd.

Sie war sich auch nicht sicher, ob sie das suchte. Ihr war nicht ganz klar, was sie haben wollte, wenn sie überhaupt etwas haben wollte. Vielleicht sollte sie eine Pause machen, bis sie es herausgefunden hatte?

«Nett, unkompliziert und unterhaltsam», sagte sie nickend.

«Werdet ihr euch wiedersehen?»

«Ich glaube schon.»

«Ihr habt aber nichts vereinbart?»

Allmählich konnte sie nur noch schwer ausmachen, ob das noch der interessierte Zuhörer Sebastian war oder ob er sie ausfragte und dabei möglicherweise auch ein kleines bisschen Eifersucht mitschwang.

«Er hat mich gefragt, ob wir uns wiedersehen, und ich habe geantwortet: ‹Warum nicht?›»

«Er hat dich gefragt, ob ihr euch wiederseht, und du hast geantwortet: ‹Warum nicht?›?», wiederholte Sebastian und konnte sich ein kurzes Lachen nicht verkneifen.

«Ja.»

«In dem Moment muss er gedacht haben, er wäre etwas ganz Besonderes.»

Ihr war auch aufgefallen, dass ein «Gern» oder Ähnliches die bessere Antwort gewesen wäre. Aber jetzt war es zu spät, und es gab schließlich auch einen Grund dafür.

«Er war auch nichts Besonderes, sondern einfach nett», stellte sie mit einem Achselzucken fest.

In dem Moment wurden ihre Erinnerungen jäh unterbrochen, weil Sebastian höchstpersönlich ins Büro kam.

Er rief ein Hallo in den Raum, ehe er seinen Mantel ablegte. Keine Entschuldigung dafür, dass er zu spät war, keine Erklärung.

«Ich habe bei dir geklopft, bevor ich gegangen bin, wo hast du denn gesteckt?», fragte Ursula, als er sich setzte.

«Einfach nur draußen.»

Was eine Lüge war. Er hatte sich den Wecker gestellt, war früh erwacht und aufgestanden, ehe ihn der Traum jagen konnte. Dann hatte er sich zum Norbyvägen begeben.

Dort hatte er draußen gewartet. Es war arschkalt gewesen.

Er stand hinter einer Bushaltestelle und trat fröstelnd von einem Bein aufs andere.

Es erinnerte ihn an den Sommer vor einem Jahr, als er eine Zeitlang jeden Tag vor Vanjas Wohnung in Stockholm gestanden hatte. Nur um einen kleinen Blick auf sie zu erhaschen, um zu beobachten, was sie machte, um ihr nahe zu sein.

Er wollte sie sehen. Sie kennenlernen.

Jetzt hatte er aber nicht sie im Visier. Er hoffte, dass Jonathan zurück zur Arbeit fahren musste. Wenn er normale Arbeitszeiten hatte, würde er einen Zug gegen sieben nehmen. Und bis zum Hauptbahnhof war es eine halbe Stunde Fußweg. Also war Sebastian gegen halb sechs auf Position gegangen, um einen Sicherheitspuffer zu haben.

Aber verdammt, was war es kalt.

Um Viertel vor sieben, als gerade die ersten leichten Schneeflocken vom Himmel wirbelten, kam Jonathan aus der Haustür. Allein. Sebastian jubelte innerlich. Er hatte keinen Plan B für den Fall, dass Vanja beschlossen hätte, ihren Freund zum Bahnhof zu begleiten, ehe sie ins Büro ging, oder Jonathan sich ein Taxi bestellt hätte.

Aber er kam allein. Und es wartete auch kein Taxi auf ihn.

Sebastian folgte ihm. Er sah sich mehrmals um, ob Vanja auch nicht direkt nach ihm auf die Straße kam und beobachtete, wie er Jonathan nachging. Das wäre nicht gut gewesen. Doch weit und breit keine Vanja, und als sie außer Sichtweite des Hauses waren, beschleunigte Sebastian seine Schritte und schloss auf.

«Jonathan?»

Der junge Mann wurde langsamer und blickte Sebastian fragend an, es war offensichtlich, dass er ihn nicht erkannte. Wie sollte er auch. Sebastian vermutete, dass bei ihnen kein gerahmtes Foto von ihm in der Familiengalerie hing.

«Ja?»

«Ich heiße Sebastian Bergman, ich bin ein Kollege von Vanja.»

An seiner Reaktion merkte Sebastian sofort, dass Vanja von ihm erzählt hatte. Und seinem Gesichtsausdruck nach zu urteilen, nicht nur Positives.

«Was wollen Sie?»

«Ich möchte mit Ihnen über Vanja sprechen.»

«Aber ich glaube, ich sollte nicht mit Ihnen sprechen. Das kommt mir nicht richtig vor.»

«Ich weiß, dass sie mich nicht mag.»

«Das ist noch untertrieben.»

Er beschleunigte seine Schritte. Sebastian musste sich anstrengen, um mitzuhalten.

«Ja, ich weiß schon, was sie von mir hält, und ich habe es auch nicht anders verdient, aber ich würde es gern wiedergutmachen.»

«Dann reden Sie doch mit ihr, wäre das nicht einfacher?»

«Sie hört mir nicht zu.»

Jonathan ging schweigend weiter, um deutlich zu machen, dass er das auch nicht vorhatte.

«Das ist alles, worum ich Sie bitte», fuhr Sebastian fort, «dass Sie mir zuhören, und dann können Sie selbst entscheiden, was Sie tun möchten.»

Jonathan ging weiter, und Sebastian konnte ihm den Seufzer eher ansehen als dass er ihn hörte, aber immerhin bat er Sebastian nicht, ihn in Ruhe zu lassen, was er als Chance interpretierte.

Er ergriff sie.

Und begann zu erzählen. Von Anfang an.

Wie er erfahren hatte, dass Vanja seine Tochter war, und eine engere Beziehung zu ihr aufbauen wollte. Er war vollkommen ehrlich, was seine Rolle anging und was der Grund dafür war, dass sie nicht mehr mit ihm sprechen wollte. Wie er ihr die Ausbildung in den USA vermasselt hatte und dass er an der Anklage gegen Valdemar beteiligt war, erwähnte er zwar nicht, aber alles andere. Alle Fehler, alle gebrochenen Versprechen, alle falschen Entscheidungen, doch dass er einsah, wie verkehrt das alles gewesen war, und nun wirklich alles versuchen wollte, um es wiedergutzumachen.

«Was möchte sie?», fragte er schließlich. «Was wünscht sich Vanja? Was kann ich für sie tun? Was vermisst sie?»

«Jedenfalls nicht Sie.»

«Das weiß ich, darum geht es doch gerade.»

Sie waren bei dem schwarzen Klotz angekommen, in dem das Reisezentrum untergebracht war und der nicht nur aus einer ganz anderen Zeit zu stammen schien als das pompöse, schlossartige Bahnhofsgebäude nebenan, sondern auch aus einem anderen Universum, in dem Anpassung nichts zählte. Jonathan blieb vor den Türen stehen und drehte sich zu Sebastian um. Verständlicherweise zögerte er. Sebastian unternahm einen letzten Versuch.

«Wir wollen beide, dass sie so glücklich wie möglich ist, oder? Ich würde alles dafür tun, was in meiner Macht steht, ich muss es nur wissen.»

Jonathan musterte ihn einige Sekunden schweigend, ehe er ausatmete, sein Atem war eine weiße Wolke.

«Sie möchte ihrem Vater näherkommen», sagte er. «Valdemar», korrigierte er sich hastig. «Von euch dreien ist er der Einzige, den sie vermisst.»

«Hat sie das gesagt?»

«Das war nicht nötig.»

Sebastian nahm die neue Information in sich auf. Das klang glaubwürdig. Er hatte selten zwei Menschen erlebt, die sich so nahestanden wie Vanja und Valdemar. Zwischen ihnen hatte es ein Gefühl von Zusammengehörigkeit gegeben, das man vermissen würde, wenn man es verlor.

«Danke», sagte er aufrichtig. «Da ist noch eine Sache. Ich wüsste es sehr zu schätzen, wenn Sie Vanja nicht erzählen würden, dass wir uns begegnet sind.»

«Da besteht keine Gefahr. Ich wollte gerade genau dasselbe vorschlagen.»

Damit ging er in das Gebäude, und die Türen glitten hinter ihm zu. Sebastian steckte die Hände in seine Manteltaschen, wandte sich um und spazierte zum Polizeipräsidium.

Jetzt saß er dort und betrachtete sie. Vanja. Seine Tochter.

Es hatte eine Zeit gegeben, als er alles dafür getan hätte, einen Bruch zwischen ihr und Valdemar herbeizuführen und ihn von dem Podest herunterzuheben, auf dem er stand. Jetzt würde er dabei helfen, ihn wieder hinaufzuheben.

Valdemar würde ihr Vater werden.

Und Sebastian würde ausnahmsweise einmal dadurch auffallen, dass er selbstlos gehandelt und damit gezeigt hatte, dass er ihr Bestes wollte.

Valdemar: geliebt.

Er selbst: akzeptiert.

Damit konnte er leben. «Ich habe alles Material über Rebecca Alm zusammengestellt», rief Carlos von seinem Schreibtisch aus. Torkel sah vom Bildschirm auf, hinter dem er sich eigentlich nur untätig versteckt hatte. Er freute sich über die Unterbrechung. Endlich kam Bewegung in diesen Fall, nachdem sie wirklich in eine Sackgasse geraten waren.

Carlos gab eine kurze Zusammenfassung dessen, was er

am Morgen herausgefunden hatte. Sehr strukturiert, eine gute Präsentation. Er war ein guter Ermittler.

Doch nichts gab Aufschluss darüber, warum Axel Weber ihr Name bekannt vorgekommen war. Ein merkwürdiges Mädchen, in schwierigen Verhältnissen aufgewachsen. Ihre Eltern hatte sie in jungen Jahren verloren. Sie war nach Uppsala gezogen, und dann nach Gävle. Daran war nichts Aufsehenerregendes. Und definitiv nichts, was die Aufmerksamkeit eines Kriminalreporters erregt hätte. Torkel überlegte, Weber anzurufen und direkt zu fragen, ob ihm inzwischen eingefallen war, wo er den Namen schon einmal gehört hatte.

In dem Moment ertönte irgendeine Rap-Musik. Billys Handy. Torkel war wahrlich nicht auf dem neusten Stand der Technik, aber er kannte keinen anderen, der noch Musik als Klingelton hatte. Seine Töchter jedenfalls nicht. Aber vielleicht machten das die Tech-Nerds so. Wie wenn man zwanzig Jahre alte Videospiele spielte.

Die Musik verstummte, als Billy den Anruf entgegennahm. Während er der Stimme am anderen Ende lauschte, konnte man nahezu eine physische Veränderung an ihm feststellen.

«Warten Sie kurz, warten Sie zwei Sekunden», sagte er eifrig und wandte sich den anderen zu, die ihre Aufmerksamkeit bereits auf ihn gerichtet hatten.

«Das ist Stella Simonsson, er hat sich wieder gemeldet. Und will sie treffen.»

Die Kälte war beißend, als sie aus dem Auto stieg. Sie hatte keine Garage und kratzte morgens nicht gern die Scheiben frei, davon abgesehen hatte sie jedoch nichts gegen frostige Temperaturen. Sie summte ein Lied, das sie im Radio gehört hatte, während sie ihre Sachen vom Rücksitz nahm, den Wagen abschloss und auf die Kirche zuging.

Heute fühlte sie sich besser. In der letzten Nacht hatte sie ruhiger geschlafen, morgens mehr Appetit und Energie gehabt und weniger Unruhe verspürt. Sie dankte Jesus für die Kraft, die er ihr gegeben hatte.

«Ingrid Drüber?»

Als sie sich umdrehte, erblickte sie einen Mann, der gerade aus dem Auto gestiegen war und einige Schritte auf sie zuging. Für einen kurzen Moment überkam sie die Panik. Nicht schon wieder, dachte sie. Nicht schon wieder. Dann sah sie ein, dass der Mann, der ihr Böses angetan hatte, sicher nicht so offen auf sie zukäme.

Dies war jemand anderes.

«Bitte entschuldigen Sie, dass ich Sie aufhalte. Axel Weber mein Name, ich bin vom *Expressen*. Hätten Sie vielleicht Zeit, mir ein paar Fragen zu beantworten?»

Ingrid blieb stehen und dachte fieberhaft nach. Sollte sie dem Mann nur eine kurze Abfuhr erteilen oder herausfinden, was er von ihr wollte? Ging es wieder um diese Konfirmationsfreizeit, oder hatte er etwas anderes, etwas Schlimmeres ausgegraben? Wenn das so war, würde sie der Lokalzeitung alles Kompromittierende erzählen, was sie über ihren Konkurrenten Göran Peltzén wusste, sobald sie in ihr Büro käme. Oder vielleicht Emma vom *Dagen*. Ja, das hätte vermutlich eine größere Durchschlagskraft in den richtigen Kreisen. Wenn die anderen schmutzige Wäsche wuschen, würde sie kurzen Prozess machen. Aber dann musste sie auch wissen, was dieser Weber wollte.

«Es kommt darauf an, worum es geht», antwortete sie und trat einen Schritt auf ihn zu.

«Rebecca Alm.»

Das war schlimmer als erwartet, aber Ingrid verzog keine Miene. Immerhin schien es nicht darum zu gehen, ihr bei der Bischofswahl zu schaden. Denn dann hätte dieser Journalist einen ganz anderen Namen genannt.

Linda Fors.

Aber was wollte er? Er musste Rebecca mit der Fugelkyrkan in Verbindung gebracht haben, nur, wie viel wusste er?

«Aha?», sagte sie in einem Ton, dem man nicht entnehmen konnte, ob sie den Namen wiedererkannte oder noch nie gehört hatte. Je nachdem, was als Nächstes kam, würde sie sich für eine Variante entscheiden.

«Kennen Sie Alm?»

«Da bin ich mir nicht sicher, der Name kommt mir irgendwie bekannt vor, aber ich treffe viele Menschen ...», antwortete sie so offen, dass das Gespräch noch immer in verschiedene Richtungen fortgesetzt werden konnte. Immerhin hatten die Zeitungen von Rebecca berichtet, weshalb es eine vollkommen harmlose Erklärung dafür gab, dass sie den Namen wiedererkannte.

Axel Weber zog ein Foto hervor und zeigte es ihr. Ingrid nahm es in die Hand und studierte es eingehend. Dann schüttelte sie langsam und nachdenklich den Kopf.

«Nein. Warum fragen Sie?»

Ihre Stimme verriet nicht, dass sie nicht nur log, sondern auch noch wusste, dass Rebecca tot war. Jetzt musste sie nur überzeugend spielen, wie erstaunt und erschrocken sie war, wenn er es ihr erzählte. Falls er es denn tat. Sie wusste nicht, was Weber wollte, aber was auch immer es war, sie würde es ihm nicht geben. Sie hatte schon viel zu viel mitgemacht, um jetzt zu verlieren.

«Sie ist tot. Sie wurde vor einigen Wochen in Gävle ermordet.»

Ihre Leistung hätte einen Oscar verdient, fand Ingrid. Sie reagierte bestürzt, aber doch so zurückhaltend, dass man nicht denken konnte, sie wäre in irgendeiner Weise persönlich betroffen.

«Sie war häufig in Ihrer Kirche, als sie noch in Uppsala gewohnt hat. Sind Sie sich wirklich sicher, dass Sie die Frau nicht persönlich kennen?», hakte Weber nach.

«Tut mir leid, ich erinnere mich einfach nicht an sie.» Ingrid gab ihm das Foto zurück. «Warum wollen Sie das denn wissen?»

Weber überlegte, ob er seine Standardantwort geben sollte, die Serie über Gewalt gegen Frauen und das persönliche Porträt von Rebecca, zögerte jedoch. Er wollte noch ein bisschen nachbohren, ehe er aufgab. Das Risiko, dass er bei dieser Spur nicht weiterkam, war einfach zu groß, weshalb er zumindest alles versucht haben wollte.

«Sie hat mir 2010 einen Brief geschrieben.»

Er zog eine Kopie des Briefs aus der Innentasche seines Jacketts und reichte in ihr. Ingrid las ihn genau, ehe sie mit einem noch verständnisloseren Blick zu ihm aufsah.

«Ich habe keine Ahnung, worum es geht ...»

Sie entspannte sich ein wenig. Dieser Brief würde ihn nicht weiterbringen. Er stellte keine Fragen über Ida oder

Klara, also hatte er noch einen langen Weg vor sich, bis er der Wahrheit nahe käme und den Zusammenhang sähe.

«Warum haben Sie Uppsala 2010 verlassen?»

Sie bedachte ihn mit einem vorwurfsvollen Blick, als könne er ja wohl nicht ernsthaft behaupten, ihr Umzug hätte etwas mit diesem Brief zu tun.

«Ich habe eine neue Stelle angetreten. Warum?»

«Ach, ich habe mich nur gefragt, ob es wohl einen Grund dafür gab.»

«Sie glauben, mein Umzug hätte mit diesem Brief und der jungen Frau zu tun gehabt?», fragte Ingrid mit der Empörung eines Menschen, der sich zu Unrecht verdächtigt fühlte.

«Rebecca Alm, ja.»

«So ist es aber nicht», entgegnete sie entschieden und reichte ihm den Brief zurück. «Ich hatte zu diesem Zeitpunkt schon viele Jahre in Uppsala gearbeitet, und es war an der Zeit, etwas Neues anzufangen, an einem anderen Ort. Die Kirche ist wie jeder andere Arbeitsplatz auch. Nach ein paar Jahren wechselt man die Stelle, das ist ganz normal.»

Axel Weber schwieg. Beinahe hätte er aufgegeben. Er war kurz davor gewesen, sich zu bedanken, nach Stockholm zurückzufahren und sich einzugestehen, dass Rebeccas dritter Brief ebenso wenig Nachrichtenwert besaß wie die ersten beiden. Doch dann kam Ingrids Antwort wegen des Jobwechsels. Eine richtige kleine Ausführung. Als wollte sie ihn unbedingt davon überzeugen, dass es wirklich keinen anderen Grund als den Arbeitsplatzwechsel gegeben hätte, um Uppsala hinter sich zu lassen. Was möglicherweise bedeutete, dass es doch einen gab.

«Wenn Sie mich jetzt also entschuldigen würden.» Ingrid machte eine Geste zum Kirchengebäude hinter sich, um zu zeigen, dass sie nun hineingehen wollte. Und zwar sofort.

Axel Weber überlegte kurz. Es gab da noch eine Sache. Er hatte ihr nicht allzu viel Bedeutung beigemessen und ihr nicht weiter nachgehen wollen, weil die Idee ziemlich weit hergeholt war. Aber wo er nun schon mal da war ...

«Nur noch eine Frage.»

Ingrid wandte sich ihm wieder zu, ihre gesamte Körpersprache signalisierte, dass es nun aber wirklich schnell gehen müsse.

«Sagt Ihnen der Name AbOvo etwas?»

«Ab...?»

«Ovo.»

Ingrid überlegte kurz, dann schüttelte sie resolut den Kopf.

«Nein. Was soll das sein?»

«Ach, das ist nicht so wichtig. Vielen Dank für Ihre Geduld.»

Ingrid nickte ihm zu, ging zur Kirche und verschwand hinter den schweren Holztüren. Weber wartete, bis sie ins Schloss gefallen waren, ehe er mit einem zufriedenen Grinsen zu seinem Auto zurückging.

Es war nur ein winziger Augenblick gewesen. Eine Millisekunde. Dann hatte sie ihre Gesichtszüge wieder unter Kontrolle gehabt. Aber der hatte ausgereicht. Weber wusste, was er gesehen hatte. Er war sich ganz sicher.

Ingrid Drüber wusste genau, was AbOvo war.

Er selbst hingegen wusste es nicht. Noch nicht.

Doch das war nur eine Frage der Zeit.

Und dann hätte er seine Story.

Die Aktion war zu groß.
Sie waren zu viele.

Es ging um einen einzelnen Mann, von dem sie genau wussten, wo und wann er auftauchen würde. Und er hegte keinerlei Verdacht, deshalb würde es ganz einfach werden.

Sie würden das Etablissement in der Norrforsgatan bewachen. Mit gebührendem Abstand beobachten, wie er dort ankäme.

Würden ihn hineingehen lassen und alle Ein- und Ausgänge bewachen, falls er zu fliehen versuchte.

Ihn festnehmen, wenn er Stellas Zimmer beträte.

Was konnte da schon schiefgehen?

So einiges, wie sich herausstellen sollte.

Stella hatte gesagt, sie antworte ihm normalerweise binnen zehn Minuten, aber da sie in dem Moment auch einen anderen Kunden haben könnte, sei es nicht auffällig, wenn sie ihm erst nach einer Stunde schreibe. Doch im Grunde wollte niemand, dass so viel Zeit verging. Die Energie und Stimmung im Raum hatten sich spürbar verändert. Es lag eine fiebrige Erwartung in der Luft. Sie wollten sofort Ergebnisse haben. Jetzt.

«Das passt zu dem, was wir über ihn wissen», stellte Sebastian fest, nachdem sich alle im Besprechungsraum versammelt hatten. «Er hat an Selbstvertrauen eingebüßt, und jetzt braucht er eine sichere Option, die ihm auf jeden Fall gelingt.»

«Gut. Also, was machen wir?», fragte Billy, während er routinemäßig seinen Laptop an den Projektor anschloss.

«Ich habe eine Idee.»

Torkel schritt zur Karte an der Wand, ohne Anne-Lie eine Chance zu geben, die Besprechung an sich zu reißen, und fand die Adresse, die er suchte. Er studierte die Straßenzüge, ehe er sich Billy zuwandte.

«Wir brauchen eine detailliertere Ansicht.»

«Ich habe eine hier», erwiderte Billy prompt und projizierte ein Google-Maps-Bild an die Wand.

«Dies ist das Haus in der Norrforsgatan», sagte er und kennzeichnete es mit einem roten Pfeil.

«Was liegt hier?», fragte Torkel und zeigte auf das Gebäude gegenüber.

Billy setzte eine neue Markierung, ging auf Streetview, und die Fassade eines zweistöckigen roten Hauses mit Flachdach tauchte auf. Ein Schild verriet, dass es sich um Sahléns Ambulante Veterinärpraxis handelte.

«Ein Tierarzt.»

«Ruf dort an und frag, ob wir hineindürfen. Dann sitzen wir hier ...», er deutete auf das Fenster im ersten Stock des Hauses, «... und überwachen den Parkplatz, und wenn unser Verdächtiger kommt, nehmen wir Kontakt mit dem Kollegen auf, den wir direkt in dem Etablissement postieren, das wird vermutlich Vanja sein.» Er sah sie an, und sie nickte zustimmend. Der Rest klang einfach und praktikabel. Wenn ihr Tatverdächtiger im Haus war, würden die anderen Kollegen die Tierarztpraxis verlassen und gemeinsam mit Billy und Carlos die Fluchtwege bewachen.

Ein solider Plan.

«Wie erkennen wir ihn?», fragte Vanja.

«Wir haben das Phantombild.»

«Das, um ehrlich zu sein, nicht viel mehr zeigt als einen weißen Mann Mitte vierzig. Kaum besondere Merkmale.»

«Er hat einen Termin vereinbart, und derjenige, der zu dieser Zeit auftaucht, ist unser Mann», erwiderte Billy, als hielte er Vanjas Einwände für überflüssig.

«Können wir Stella nicht außen postieren?», fragte Carlos. «Dann kann sie ihn uns zeigen, wenn er sich nähert. Sie könnte doch auch drüben beim Tierarzt warten.»

«Lasst mich nur schnell eine Sache überprüfen», bat Billy, nahm sein Handy und ging hinaus.

Anne-Lie hatte bislang geschwiegen. Jetzt wandte sie sich an Torkel, der sich auf das Schlimmste gefasst machte.

«Ich möchte mehr Leute vor Ort haben.»

«Und warum?», fragte er, obwohl er die Antwort bereits kannte. Er hatte gesagt, das Team der Reichsmordkommission könnte die Aktion allein durchführen, sein ganzer Plan baute darauf auf. Und sie wollte ihm ganz einfach nicht recht geben.

«Ich möchte sichergehen, dass wir ihn kriegen.»

«Wir kriegen ihn.»

Sie wechselten einen finsteren Blick, ohne die Diskussion weiter zu vertiefen.

Billy kam wieder herein und erklärte: «Also, normalerweise geht das so vor sich: Der Kerl kommt rein, Stella nimmt ihn in Empfang, sie geht in ihr Zimmer, und zwei Minuten später kommt er nach.»

«Dann können wir Stella nicht in der Praxis haben», stellte Carlos fest und kippte damit seinen eigenen Vorschlag.

«Kann sie sich nicht mit ihren ... Kolleginnen abstimmen, dass sie in der Zeit, in der er kommt, keine anderen Kunden haben?», fragte Vanja Billy.

«Ich kann sie fragen.»

«Wie soll uns das weiterhelfen?», erkundigte sich Torkel.

«Wenn es keine anderen Freier dort gibt, wissen wir sicher, dass derjenige, der zur abgesprochenen Zeit erscheint, unser Mann ist. Stella kann ihn in Empfang nehmen, und wir haben etwas mehr Zeit.»

Torkel nickte und überlegte kurz, welche Schwächen diese Idee haben könnte. Er fand jedoch keine, also drehte er sich zu Billy um und nickte. Billy nahm sein Handy und verließ erneut das Zimmer.

«Warte mal kurz, wie viel Zeit brauchen wir denn? Wann soll sie sich mit ihm treffen?»

«Das soll sie ihn entscheiden lassen, aber frühestens in einer Stunde.»

Torkel ging alles noch einmal im Kopf durch, ja, das könnten sie schaffen. Eventuell würde es etwas Zeit und Überredungskünste kosten, in die Tierarztpraxis zu gelangen, aber wenn sie keinen Zutritt erhielten, könnten sie auch in einem Auto in der Nähe auf den Mann warten. Dann wären sie zwar ein wenig sichtbarer und das Risiko war etwas größer, aber es könnte trotzdem funktionieren. Ein bisschen mehr Zeit konnte jedoch nicht schaden.

«Zwei Stunden wären noch besser, wenn das geht.»

«Mindestens zwei», fügte Anne-Lie hinzu.

Torkel warf ihr einen müden Blick zu. Musste sie wirklich immer das letzte Wort haben?

«Ich möchte die ganze Mannschaft briefen können», erklärte sie ihre Entscheidung.

«Wir brauchen kein Briefing und auch keine Mannschaft», entgegnete Torkel so langsam und deutlich, als spräche er mit einer bockigen Zweijährigen. «Wenn wir zu fünft sind, haben wir das Vorgehen schnell unter uns abgestimmt.»

«Mindestens zwei Stunden», wiederholte Anne-Lie an

Billy gerichtet, der Torkel einen fragenden Blick zuwarf und dann erneut den Raum verließ, nachdem dieser nur müde genickt hatte.

«Du und ich beim Tierarzt. Vanja bei Stella. Carlos und Billy in der Nähe, damit sie gemeinsam mit uns das Gebäude sichern, sobald er hineingegangen ist. Das reicht. Wozu brauchst du mehr Leute?», fragte Torkel mit unterdrücktem Zorn in der Stimme.

«Weil wir ihn kriegen wollen.»

«In dem Punkt sind wir uns einig.»

«Wir werden jetzt keine Zeit damit verschwenden, uns darüber zu streiten. Das ist meine Ermittlung, und wir machen es so, wie ich es sage», schloss Anne-Lie resolut.

Die Aktion war zu groß.
Sie waren zu viele.

Wie viele Leute brauchten sie eigentlich?

Laut Anne-Lie noch ein halbes Dutzend mehr. Allesamt Männer, alle bewaffnet. Torkel saß mit verschränkten Armen beim Briefing und hörte zu. Es spielte keine Rolle, wie er sich verhielt und was er dachte. Wenn sich an dem Arbeitsverhältnis zwischen ihnen etwas ändern sollte, musste er Härte zeigen und es darauf ankommen lassen.

Entweder er übernahm die Verantwortung für die Ermittlung, oder die Reichsmordkommission würde aussteigen.

Keine der beiden Alternativen wirkte besonders verlockend. Mit Personal weiterzuarbeiten, das er vor den Kopf gestoßen hatte, war nie optimal, und aus der Ermittlung ganz auszusteigen, würde er als Scheitern empfinden. Aber irgendetwas musste sich ändern, das stand fest. Allerdings war dies nicht der geeignete Zeitpunkt. Nicht während dieses Briefings, das so klang, als würde Anne-Lie ein schwerbewaffnetes Drogenkartell hochnehmen und nicht ganz undramatisch einen einzelnen Mann fassen, der nichtsahnend in eine Falle tappte. Torkel ließ seinen Blick durch den Raum schweifen. Die Karte an der Wand. Die Kreuze an ihren Standorten. Die Pfeile in die Richtungen, in die sie sich bewegen würden. Nachdem sie über Funk miteinander kommuniziert hatten.

Es wunderte ihn, dass Anne-Lie der Operation noch keinen Codenamen gegeben hatte.

In dem Moment beendete sie die Besprechung mit der Aufforderung, dass nun alle ihre Waffen und schusssicheren Westen abholen sollten. Treffpunkt in einer Viertelstunde an den Autos.

Torkel stand auf und spazierte hinaus.

Eine Viertelstunde. Genügend Zeit, um noch eine Tasse Kaffee zu trinken und dafür zu sorgen, dass er in einem anderen Auto landete als bei Anne-Lie und dem *A-Team*.

Die Aktion war zu groß.

Sie waren zu viele.

Der Gedanke ließ ihn nicht mehr los, als er mit dem Fernglas vor dem Gesicht neben Anne-Lie in einem der Untersuchungsräume der Tierarztpraxis saß. Es roch nach einer Mischung aus Putz- und Desinfektionsmitteln und nassem Hund. Die Tierärzte hatten sie hereingelassen und sich neugierig erkundigt, was sie denn observieren wollten. Anscheinend hatten sie keine Ahnung über das Gewerbe im Haus gegenüber. Torkel hielt es auch nicht für nötig, es ihnen zu erzählen, sondern erklärte nur, sie würden damit rechnen, dass dort heute ein Tatverdächtiger auftauchte.

Anne-Lie überprüfte per Funk, ob alle in Position waren. Torkel konnte sie ohne große Schwierigkeiten entdecken, sechs Mann, die paarweise an verschiedenen Orten die Stellung hielten. Um sie sofort zu enttarnen, so wie er, musste man aber vermutlich von ihrer Anwesenheit wissen oder sie aktiv suchen. Jemandem, der vollkommen unwissend auf den Parkplatz bog, würden sie hoffentlich nicht auffallen. Es sollte klappen. Es war nur vollkommen unnötig, einen solchen Aufwand zu betreiben. Billy und Carlos, die Torkel im Auto vor dem Nachbarhaus des Bordells sehen konnte, hätten vollkommen ausgereicht.

Im nächsten Moment zog ein Auto seine Aufmerksamkeit auf sich, das auf den Parkplatz einbog. Ein dunkelgrüner Hyundai, dessen Fahrer offenbar allein unterwegs war. Der Motor wurde abgestellt, doch niemand stieg aus.

«Ist er das?», flüsterte Anne-Lie, obwohl natürlich keinerlei Risiko bestand, dass der Mann sie hören konnte. Sie hatten das Phantombild vor sich auf dem Fensterbrett liegen. Torkel warf einen kurzen Blick darauf, ehe er wieder durch das Fernglas sah.

«Ich weiß nicht.» Der Winkel war nicht der beste, und der Mann hatte sich abgewandt, er blickte zu der Tür, durch die er hoffentlich bald ins Haus gehen würde.

«Er ist fünf Minuten zu früh», sagte Anne-Lie, nachdem sie einen Blick auf die Uhr geworfen hatte.

Kurz darauf stieg der Mann aus dem Wagen und schloss ihn ab. Er sah sich unauffällig um, ehe er zum Hauseingang eilte.

«Zielperson eingetroffen. Alle Mann in Bereitschaft», hörte Torkel Anne-Lie über Funk verkünden.

Der Mann ging durch die Tür und schloss sie hinter sich.

«War er es?»

«Weiß ich nicht, schwer zu sagen, aber er muss es ja wohl sein.»

Torkel ließ das Fernglas sinken. Bisher war alles nach Plan verlaufen. Jetzt musste Stella den Kerl nur noch in Empfang nehmen, wieder in ihr Zimmer gehen und Vanja bestätigen, dass es der richtige Kunde war. Vanja wiederum würde die Information an sie alle weitergeben, abwarten, bis der Mann in Stellas Zimmer kam, und ihn festnehmen. Wenn er ihr aus irgendeinem Grund entkommen sollte, hätten sie das Gebäude zu diesem Zeitpunkt bereits umstellt.

«Was zum Teufel machen die da?», rief Torkel aus, als er

draußen eine Bewegung sah. Zwei von Anne-Lies Männern verließen ihre Position und näherten sich langsam dem Haus.

«Er ist dort.»

«Aber uns wurde noch nicht bestätigt, dass er es ist!»

«Du hast es doch selbst gesagt – wer sollte es sonst sein?»

Stella holte tief Luft und öffnete die Tür zum Korridor. Sie ging zu dem Empfangsraum und versuchte, ihren Puls unter Kontrolle zu halten. Aber sie war viel nervöser, als sie gedacht hätte. Doch sie war gezwungen, sich Villman gegenüber genauso zu verhalten wie immer. Was wäre, wenn er sie durchschaute?

Ob er sie als Geisel nehmen konnte? Oder ihr etwas antun?

Warum musste sie ausgerechnet jetzt daran denken!

Nachdem sie einmal tief durchgeatmet hatte, trat sie in den Empfangsraum. Der Mann saß auf der Vorderkante eines Sessels.

Stella blieb überrascht stehen.

Das war nicht Villman.

«Oh, hallo ...», brachte sie hervor und sah sich um. War etwas schiefgelaufen? Hatten sich doch noch andere Kunden angemeldet?

«Ich bin mit Alma verabredet», sagte der Mann mit einem nervösen Lächeln.

«Okay, warten Sie kurz ...»

Stella ging hastig zu Almas Zimmer, riss die Tür auf, ohne vorher anzuklopfen, und stürmte hinein. Alma saß gerade auf dem Bett und schnürte ihre Stiefel.

«So eine Scheiße! Du solltest doch alle Termine absagen», fauchte Stella und stürmte ins Zimmer.

«Ich konnte den Typen nicht erreichen, was hätte ich machen sollen?»

«Dann mach jetzt was. Sorg dafür, dass er vom Eingang wegkommt, und zwar schnell!»

«Ja, verdammt.»

Alma erhob sich vom Bett und begleitete Stella hinaus. Der Mann sprang auf, als er sie sah, und Alma lächelte ihn zur Begrüßung an und schleifte ihn auf ihr Zimmer. Stella sammelte sich kurz, ehe sie in ihren Raum zurückging. Vanja stand an der Wand und wartete.

«Und?», fragte sie erwartungsvoll, nachdem Stella die Tür hinter sich geschlossen hatte. Sie hatte es eilig, wieder von hier wegzukommen. Was waren das bloß für Menschen, die hierherkamen? Vanja war wahrlich nicht prüde, sie mochte Sex, sogar sehr, aber das hier ... Peitschen, Handschellen, Ketten, Klammern, Bälle, die man sich in den Mund schob ...

«Er war es nicht.»

«Wie, er war es nicht?»

«Alma konnte einen ihrer Kunden nicht erreichen, um ihm abzusagen. Der ist eben gekommen. Nicht Villman.»

«Verdammt!»

Vanja stürzte zum Walkie-Talkie, das auf einem Sekretär stand.

«Er war es nicht. Es war ein anderer Freier, nicht er.»

Torkel und Anne-Lie waren gerade dabei gewesen, ihren Posten in der Tierarztpraxis zu räumen. Als es im Funkgerät knisterte, hatten sie beide mit dem *Go* gerechnet und brauchten einen kurzen Moment, um zu begreifen, was Vanja da gerade gesagt hatte. Torkel drehte sich zu Anne-Lie um, ehe er zum Fenster stürzte.

«Ruf sie zurück! Schnell!»

Unten auf der Straße sah er, wie die beiden schwerbewaffneten Kollegen beim Eingang ankamen, dem sie sich aus verschiedenen Richtungen genähert hatten.

«Ruf sie sofort zurück!»

Er hörte, wie Anne-Lie sie abkommandierte, und konnte beobachten, wie die Polizisten unten an der Tür dem Befehl über den Knopf in ihrem Ohr gehorchten. Doch es war schon zu spät. Genau im selben Moment fuhr ein Auto vors Haus. Ein roter Ford. Mehr bekam Torkel nicht mit. Jetzt waren die beiden bewaffneten Männer vor dem Haus unmöglich zu übersehen. Nachdem der Fahrer des Fords kurz abgebremst hatte, als müsste er sich vergewissern, ob er wirklich richtig gesehen hatte, drückte er das Gaspedal durch, machte kehrt und raste davon.

«Verdammt, das ist er! Das ist er! Er entkommt uns!»

Torkel riss sein eigenes Funkgerät an sich.

«Er fährt davon, ein roter Ford!», schrie er an Carlos und Billy gerichtet ins Walkie-Talkie.

Er sah, wie Billy vor dem Nachbarhaus losfuhr und die Jagd aufnahm. Innerhalb weniger Sekunden waren beide Autos aus seinem Blickfeld verschwunden. Torkel atmete tief durch, dann trat gegen einen Metallwagen, sodass die Instrumente darauf klirrend zu Boden fielen.

«So eine Scheiße!»

Es dauerte nicht lange, bis Billy das rote Auto eingeholt hatte. Carlos war immer noch damit beschäftigt, sich anzuschnallen, als der Wagen bereits vor ihnen auftauchte.

«Nimm das Kennzeichen auf», rief Billy und holte das flüchtende Fahrzeug Meter für Meter ein. Sie näherten sich einer Verbindungsstraße, und ohne auch nur abzubremsen, bog der rote Ford darauf in Richtung Stadt ab. Billy folgte ihm. Mit der rechten Hand tastete er nach dem mobilen Blaulicht, das in einem Fach unter dem Radio lag.

«Ich kümmere mich darum, konzentrier du dich auf die Straße.» Carlos schob Billys Hand zurück zum Lenkrad, zog die Warnleuchte heraus und stellte sie auf das Armaturenbrett. Billy setzte sie aufs Dach und schaltete das Blaulicht und die Sirenen ein. Die Bremslichter des roten Fords leuchteten auf, und für einen kurzen Moment sah es so aus, als wollte er rechts heranfahren, raste dann aber doch geradeaus weiter. Aber nicht sonderlich lange. Ohne zu bremsen, nahm er die nächste Abbiegung, eine Auffahrt. Nach einer Hundertachtzig-Grad-Kurve waren sie auf einer Schnellstraße.

«Welche ist das hier?», fragte Billy und beschleunigte weiter. Der Abstand war etwas größer geworden, doch zum Glück herrschte nur wenig Verkehr, und er hatte bald wieder aufgeholt.

«Wie, welche?», fragte Carlos ratlos.

«Auf welcher Straße sind wir hier?», verdeutlichte Billy und zog rechts an einem weißen Toyota vorbei, der aus unerfindlichen Gründen auf der Überholspur war.

«Auf der 55.»

«Frag mal, ob sie dafür sorgen können, die Abfahrten zu besetzen.»

Doch wie ihm rasch klarwurde, war das vermutlich nicht zu schaffen. Dass jemand schnell genug reagieren konnte, zudem einen genauen Überblick über die betreffende Strecke hatte und rechtzeitig Streifen an die richtigen Orte schickte, war einfach unwahrscheinlich.

«Ach nein, vergiss es», sagte er. «Gib ihnen stattdessen durch, wo wir sind, und frag, ob zufällig ein Wagen in der Nähe ist, der eingreifen kann.»

Carlos nickte, nahm das Mikrophon der Funksprechanlage und gab kontinuierlich ihre aktuelle Position durch, während Billy sich weiterhin auf den roten Ford konzentrierte. Die Straße war zweispurig, doch jedes Mal, wenn Billy aufschloss, um das Fluchtfahrzeug zu überholen, fuhr es auf den Mittelstreifen und blockierte ihm erfolgreich den Weg. Billy bremste wieder ab, fiel zurück und versuchte es auf der rechten Seite, doch auch diesmal schwenkte der Ford aus und hinderte ihn am Überholen.

Nach anderthalb Kilometern kam eine Ausfahrt. Der Ford bog ab und raste zur Überführung hinauf, die in einem Kreisverkehr mündete. Billy registrierte einen Lärmschutzzaun, der rechts an ihm vorbeirauschte, und auf der linken Seite vor allem Gestrüpp. Einige der Büsche waren richtig hoch, um die Sicht auf den Kreisel zu blockieren und die Autofahrer dazu zu zwingen, ihre Geschwindigkeit zu drosseln. Was der Fahrer des roten Fords ganz offensichtlich nicht vorhatte.

Er rauschte mit voller Geschwindigkeit hinein.

Ein weißer Kastenwagen mit einem großen Firmenlogo auf der Seite musste eine Vollbremsung hinlegen und hupte wütend. Der Ford bog gleich an der nächsten Ausfahrt wieder rechts ab in eine kleinere Straße. Die Schilder besagten, dass sie zu einem Krankenhaus und einem Stadtteil namens Svartbäcken führte. Carlos verkündete allen über Funk, dass sie gerade in die Svartbäcksgatan abgebogen waren und sich in südliche Richtung bewegten, weshalb dies wohl eine ideale Möglichkeit für einen Zugriff wäre.

«Was hast du jetzt damit gemeint?», fragte Billy.

«Diese Straße endet an der großen Kreuzung direkt vor dem Polizeipräsidium.»

«Da müssen doch verdammt noch mal ein paar Einsatzkräfte zur Verfügung stehen!»

Schon nach wenigen Metern tauchten auf beiden Seiten Wohnhäuser auf. Leben und Bewegung. Fahrradwege, Zebrastreifen, Kinder und Kinderwagen. Billy nahm etwas den Fuß vom Gas. Der Abstand zu dem roten Ford wurde sofort größer. Der Mann vor ihnen war anscheinend nicht bereit, irgendwelche Rücksichten zu nehmen. Auch als sie sich einer Schule und einer Tempo-30-Zone näherten, sah Billy die Bremslichter vor sich nicht aufleuchten. Wenn es ihnen gelingen würde, den Mann aufzuhalten, konnten sie die Anklage auf jeden Fall um ein paar Verstöße gegen die Straßenverkehrsordnung erweitern.

An der nächsten Kreuzung näherte sich ein Paar mit Kinderwagen, das gerade den Fußgängerüberweg betreten wollte, als die beiden die Sirenen hörten und abrupt stehen blieben. Der Ford machte einen kleinen Schlenker nach links, ohne jedoch sein Tempo zu verringern. Wären die Eltern nur einen Schritt weitergegangen, hätte er keine Chance mehr gehabt, ihnen auszuweichen.

«Wir müssen ihn aufhalten», rief Billy entschlossen.

«Oder die Verfolgung aufgeben», erwiderte Carlos. Billy dachte kurz darüber nach. Das war kein dummer Vorschlag, vielleicht sogar die beste Alternative. Wenn irgendetwas passieren würde, wenn ein unschuldiger Verkehrsteilnehmer zu Schaden käme oder der Fahrer die Kontrolle über sein Fahrzeug verlieren würde, würde es einen großen Medienrummel darum geben, dass der Unfall bei einer Verfolgungsjagd durch die Polizei passiert war. Und dann kam immer jemand auf die Idee, sie hätten das Unglück provoziert, weil das Adrenalin ihre gesunde Vernunft ausgeschaltet hätte. Das war es tatsächlich nicht wert. Billy nahm erneut den Fuß vom Gas. Der Abstand wuchs.

«Haben sie jemanden in Bereitschaft?», fragte Billy und drosselte die Geschwindigkeit abermals.

«Wir nähern uns, seid ihr bereit?», fragte Carlos über Funk.

Billy drückte nun doch wieder auf die Tube. Es wäre zu dumm, wenn sie ihn jetzt entkommen ließen. Zu seiner großen Enttäuschung kam über Funk die Nachricht, dass es ihnen noch nicht gelungen sei, einen Wagen in Stellung zu bringen. Billy fluchte laut, während Carlos verkündete, dass ihnen nicht einmal eine Minute bliebe.

Sie näherten sich einem Kreisverkehr. Billy sah den Mopedfahrer, der von links kam und sich in der Sicherheit wiegte, dass er auf dem Zebrastreifen Vorrang hatte. Das galt allerdings nicht, wenn man auf seinem zweirädrigen Fahrzeug saß, und erst recht nicht, wenn die Polizei gerade auf Verfolgungsjagd war.

Der rote Ford bremste in letzter Sekunde ab und konnte so weit nach rechts ausweichen, dass er das Moped um Haaresbreite verfehlte. Daraufhin verlor der Fahrer allerdings die Kontrolle über sein Fahrzeug, stürzte, schlitterte auf die Straße und hinderte Billy effektiv daran, denselben Weg zu nehmen wie der rote Ford. Weil er niemals rechtzeitig hätte bremsen können, blieb ihm nichts anderes übrig, als das

Lenkrad nach links zu reißen. Er streifte das Fußgängerschild auf der Verkehrsinsel, schlitterte quer über die Fahrbahn und nahm einen Laternenpfahl mit, ehe er in die Mitte des Kreisverkehrs rauschte, wo man zur Verzierung zweimal drei solide Betonkugeln in zunehmender Größe platziert hatte. Als hätten sich zwei Schneemänner zum Schlafen ins Gras gelegt.

Das Blech schob sich kreischend zusammen, als das Auto in den Betonschmuck krachte und abrupt zum Stehen kam.

Für einen kurzen Moment wurde alles weiß, als sich der Airbag mit einem Knall öffnete. Noch Sekunden später hatte Billy einen schrillen Ton in den Ohren, während er den Airbag beiseiteschob und sich zu Carlos drehte, so gut er konnte.

«Ist alles okay?»

Carlos nickte nur. Billy sah, dass der Kollege Nasenbluten hatte. Ein dünnes Rinnsal lief ihm über die Oberlippe und in den Mund, als er ihn öffnete und den Unterkiefer von links nach rechts schob.

«Ich höre nichts auf dem linken Ohr», sagte er und fuhr mit seiner Gesichtsgymnastik fort. Wenn man Pech hatte, brachte der Airbag das Trommelfell zum Platzen, wie Billy wusste, aber das Gehör würde zurückkehren.

Über den Polizeifunk wurde soeben verkündet, dass man vor dem Präsidium keinen roten Ford gestoppt hatte. Ob es daran lag, dass sie niemanden mobilisieren konnten oder weil der Wagen vorher abgebogen war, wusste Billy nicht, aber es war ihm egal.

Sie hatten sein Kennzeichen. Sie würden ihn sowieso kriegen.

Als Vanja ins Büro zurückkam, waren dort nur Sebastian und Ursula.

«Es war die totale Katastrophe», fasste sie die Ereignisse des Vormittags zusammen.

«Wir haben es schon gehört», sagte Ursula trocken. Vielleicht bildete er es sich nur ein, aber Sebastian hatte das Gefühl, dass Ursula diesen Vorfall künftig als Beweismittel benutzen wollte, falls Torkel sie wieder einmal bat, gegenüber den Kollegen außerhalb Stockholms ein bisschen mehr Offenheit zu zeigen.

«Wie geht es Billy und Carlos?», fragte er Vanja. Ein wenig Fürsorglichkeit an den Tag zu legen, konnte sicher nicht schaden. Außerdem war diese Frage in höchstem Maße beruflich.

«Sie sind im Ärztehaus. Billy war etwas schwindelig, vielleicht hat er eine leichte Gehirnerschütterung, und bei Carlos ist anscheinend das Trommelfell geplatzt. Haben wir das Auto gefunden?»

«Und was ist mit den anderen?», wollte Ursula wissen.

«Torkel und Anne-Lie müssen sich abstimmen, wie sie mit der Presse umgehen. Offenbar sind die Medien schon auf das Thema ‹halsbrecherische Verfolgungsjagd in Wohngebiet› angesprungen. Was ist mit dem Auto?», wiederholte Vanja ihre Frage.

«Wir haben es nicht gefunden, aber wir wissen, wem es gehört.»

«Und zwar?»

Vanja ging zu Ursulas Schreibtisch, als würde die Antwort auf ihrem Computerbildschirm zu sehen sein.

«Es ist auf eine Firma zugelassen. Brode & Hammarsten. Hier ist die Adresse.»

Sie reichte Vanja einen Zettel. Die warf einen kurzen Blick darauf, ehe sie ihn in die Tasche steckte und sich zum Gehen wandte.

«Kommst du mit?», rief sie Ursula über die Schulter zu.

«Nein.»

Vanja blieb auf dem Weg zur Tür abrupt stehen.

«Warum nicht?»

«Ich habe gerade den Obduktionsbericht von Rebecca Alm erhalten und den vollständigen Bericht der Spurensicherung zu ihrer Wohnung. Die muss ich beide durchgehen.»

«Okay ...»

«Nimm doch Sebastian mit», schlug Ursula vor.

Vanja warf ihr einen Blick zu, der deutlich verriet, was sie von diesem Vorschlag hielt.

«Wir sind ohnehin wenige, und vier von uns sind im Moment nicht da. Wenn wir zusammenarbeiten, arbeiten wir zusammen», erklärte Ursula, ohne Vanja zurechtweisen zu wollen, aber dennoch mit einem Unterton, der nahelegte, wie unprofessionell ihr Verhalten war. Nur das konnte Vanja zum Umdenken bewegen. Sie zögerte, schien nach einem annehmbaren Grund dafür zu suchen, warum sie lieber alleine fahren würde, gab dann aber klein bei.

«Na, also komm schon», sagte sie so enthusiastisch zu Sebastian, als hätte Ursula sie gerade gebeten, einen verflohten Köter mitzunehmen. Sebastian sprang auf, nahm seinen Mantel von der Stuhllehne und mimte Ursula ein stummes «Danke» zu, als er an ihr vorbeiging und Vanja folgte.

Das Navigationsgerät lotste sie zum Dag Hammarskjölds Väg. Es war die einzige Stimme, die im Auto zu hören war. Sebastian schwieg. Er erinnerte sich daran, wie er zum ersten Mal mit Vanja im Auto gesessen hatte. Als er noch nicht wusste, wer sie eigentlich war. Auch damals ließen sie sich vom Navi leiten. Zur ehemaligen Schule seines Vaters. Für einen Moment spielte er mit dem Gedanken ...

Was passiert wäre, wenn er es nie erfahren hätte.

Wenn er niemals in seinem Elternhaus auf die Briefe gestoßen wäre, nie nach Anna gesucht und sie nie gefunden hätte.

Dann wäre Vanjas Leben heute vielleicht nicht unbedingt besser, aber auf jeden Fall viel unkomplizierter.

Sie wäre niemals von Hinde entführt worden.

Anna und Valdemar wären immer noch ein Paar. Und hätten eine gemeinsame Tochter.

Trolle Hermansson wäre noch am Leben, es sei denn, er hätte sich in der Zwischenzeit totgesoffen.

Ursula wäre nicht angeschossen worden.

Der Fund hatte das Leben so vieler Menschen verändert und keines davon positiv, wenn er es sich recht überlegte. Und wie sah es mit seinem eigenen Leben aus?

Er hätte sich nie wieder aktiv bei der Reichsmordkommission beworben. Möglicherweise wäre er trotzdem dort gelandet, als sie im Fall Hinde ermittelten, aber nur als Berater. Der vorübergehend eingeschaltet wurde und sofort wieder verschwand, als der Fall gelöst war. Zurück in sein einsames Leben in einer Wohnung, von der er nur manche Bereiche nutzte, zu einem planlosen Wechsel zwischen einzelnen Aufträgen und sinnentleertem Sex. Man hätte behaupten können, dass diese Beschreibung auch auf sein momentanes Dasein zutraf, aber das stimmte nicht ganz. Jetzt wollte er etwas erreichen, und er war bereit, dafür zu kämpfen, er hatte wieder ein Ziel, was ihm zuvor vollkommen abhandengekommen war. Es war ein Auf und Ab gewesen, aber die Reichsmordkommission hatte eine Konstante dargestellt. Wenn man zu großen Worten greifen wollte, dann hatte Vanja seinem Leben wieder einen Sinn gegeben. Unabhängig davon, wie die Beziehung zwischen ihnen gerade aussah. Allein die Tatsache, dass es sie gab, das Wissen, dass es sie gab, half ihm. Sie hatte ihn gerettet.

Wie war es ihm da gelungen, alles komplett an die Wand zu fahren?

Er war Sebastian Bergman.

Das war die einfache Antwort.

«Kaufst du Sex?»

Sebastian wurde jäh in die Gegenwart zurückgeholt. Hatte er richtig gehört? Hätte er raten müssen, was sie im Auto als Erstes zu ihm sagen würde, darauf wäre er nie gekommen.

«Warum fragst du?»

«Ich musste an dieses Bordell denken, wo wir heute waren, was für ein ekelhafter und trauriger Ort, und dann musste ich an dich denken.»

Ekelhaft und traurig, und dann musste ich an dich denken. Sie wollte es ihm wirklich nicht leichtmachen.

«Und, tust du es?», fragte sie erneut, als er nicht antwortete.

«Suchst du gerade nach Gründen, mich noch weniger leiden zu können?», fragte er.

«Eine Steigerung ist eigentlich kaum möglich.»

Sebastian drehte sich zu ihr und hoffte, ein kleines Lächeln zu sehen, dass ihren Worten ein wenig die Spitze nahm. Doch das war reines Wunschdenken.

«Nein, tue ich nicht», antwortete er ehrlich. «Ich bezahle nicht für Sex.»

«Weil es illegal ist? Denn moralische Bedenken hättest du doch bestimmt nicht.»

«Es ist zu einfach», erklärte er. «Etwas zu bekommen, wofür man bezahlen muss. Darum geht es nicht. Das Vögeln an sich war nie das Wichtigste für mich.»

«Gut, ich will es gar nicht wissen.»

Am liebsten hätte er ihr unter die Nase gerieben, dass man nicht nach Dingen fragen sollte, die man gar nicht wissen wollte, doch er schwieg. Ließ sie bestimmen.

«Ich habe über uns nachgedacht», sagte er nach einer Weile, während das Navi sie anwies, bei der nächsten Möglichkeit rechts abzubiegen und nach achthundert Metern erneut.

«Es gibt kein uns», erwiderte Vanja trocken.

«Na gut, ich habe über dich und mich nachgedacht. Darüber, was du gesagt hast.» Sie erwiderte nichts, forderte ihn aber auch nicht dazu auf, den Mund zu halten, weshalb er weiterredete. «Dass ich mich nicht dafür interessiere, was du möchtest.»

Noch immer keine Reaktion von ihr. Er richtete den Blick starr geradeaus, als fürchtete er, sie würde ihm bei der kleinsten Bewegung wieder über den Mund fahren, ehe er weitersprach.

«Das tue ich aber. Ich habe es immer getan, seit ich erfahren habe, dass du meine Tochter bist. Nur bin ich ein furchtbarer Egoist, oder ich bin einer geworden, und manchmal vergesse ich dann, wie gut du mir tust und wie dankbar ich dafür bin, dich gefunden zu haben. Ich hoffe, dass ich das ändern kann.»

«Hör auf zu schwätzen.»

Er tat, was sie ihm befahl, und verstummte. Dennoch war

er viel weiter gekommen, als er es zu hoffen gewagt hätte. Aber zu reden war eine Sache, das war einfach, das konnte jeder. Sagen, dass es einem leidtue, dass man seine Fehler einsehe, dass man sich verbessern wolle. Was war das schon wert? Nichts.

Taten waren wichtiger als Worte.

Und deshalb war er zu einer selbstlosen Tat gezwungen, um ihr zu zeigen, dass er es ernst meinte. Dass er, wenn er schon nicht ihr Vater sein konnte, wenigstens ihr Freund sein wollte. Er würde dafür sorgen, dass Valdemar und sie wieder zusammenfänden.

Doch jetzt saß er schweigend da.

Sie erreichten die richtige Adresse im Dag Hammarskjölds Väg, ein anonymes zweistöckiges Gebäude, in dem sich eine Kita, eine Schule, Wohnungen, ja, alles Mögliche hätte befinden können. Aber das Schild auf der Vorderseite besagte, dass dies der Firmensitz von Brode & Hammarsten war. Vanja parkte, und sie stiegen aus.

«Was macht das Unternehmen eigentlich?», fragte Vanja und sah sich um, während sie zum Eingang gingen.

«Content Marketing, hat Ursula gesagt.»

«Und was ist das?»

«Ich hatte gehofft, du könntest mir das erklären.»

«Warte mal kurz.»

Vanja blieb einen Moment stehen, ehe sie zu einem der Autos ging, das ein Stück entfernt auf dem Parkplatz stand. Dort holte sie ihr Telefon hervor und hatte schnell die Informationen gefunden, die sie brauchte. Marke, Farbe und Kennzeichen des Fahrzeugs, nach dem sie suchten. Das Baujahr konnte sie von außen nicht feststellen, aber alles andere stimmte überein.

Ein roter Ford mit dem richtigen Nummernschild.

Sie trat neben das Auto und spähte durchs Seitenfenster, während sie eine Nummer wählte und das Handy ans Ohr hielt.

«Ursula, es ist hier. Das Auto. Auf dem Parkplatz», sagte sie, kaum dass die Kollegin sich gemeldet hatte. «Komm her oder schick jemanden vorbei.»

Dann legte sie auf und ging mit hastigen Schritten wieder

zu Sebastian. Wenn der Wagen hier stand, war derjenige, der ihn zuvor gefahren hatte, vermutlich auch anwesend. Sie spürte, wie ihr Adrenalinpegel stieg.

Der nichtssagende Eindruck, den das Gebäude von außen machte, wurde innen mehr als wettgemacht. Hinter der Eingangstür begann ein dicker dunkler Teppichläufer, der zu einem weißen Empfangstresen führte, auf dem eine Vase mit großen weißen Lilien stand. An der Wand dahinter war wieder das Logo zu sehen, diesmal mit erleuchteten Metallbuchstaben, die zwischen zwei Tapetenbordüren mit schwarzweißem Muster hingen. In die weiße Decke war eine Punktbeleuchtung integriert, und aus versteckten Lautsprechern drang Fahrstuhlmusik.

Hinter dem Tresen erstreckte sich eine offene Bürolandschaft. Sebastian schätzte, dass dort etwa dreißig überwiegend jüngere Menschen an ihren Computern arbeiteten, viele trugen Headsets.

«Mein Name ist Vanja Lithner, und das ist mein Kollege Sebastian Bergman. Wir würden gern mit dem Mitarbeiter sprechen, der für ihren Fuhrpark zuständig ist», sagte Vanja und zeigte ihre Dienstmarke. Die Frau hinter dem Tresen, die ihrem Namensschild nach Rosa hieß, musterte erst den Ausweis, dann Vanja und schließlich Sebastian, der seine Hand zu einem kleinen Gruß hob, ehe sie sich wieder Vanja zuwandte.

«Wie, zuständig?»

«Es gibt einen roten Ford, der auf die Firma zugelassen ist und da draußen auf dem Parkplatz steht.» Vanja machte eine entsprechende Handbewegung. «Und ich würde gern mit demjenigen reden, der dafür zuständig ist.»

«Das weiß ich nicht. Aber Sie können Christina fragen.»

«Und wer ist das?»

«Unsere Chefin.»

«Ausgezeichnet, dann holen Sie bitte Christina.»

Rosa nickte und drückte eine Kurzwahltaste. Vanja trat einen Schritt zurück und sah sich um, während sie hörte, wie Rosa am Headset erklärte, hier stünden zwei Polizisten. In die Wand rechts neben dem Tresen war ein Regal eingelassen, in dem etwas stand, das aussah wie eine Nackenstütze aus Edelstahl, angesichts der Tassen und Kapseln daneben aber wohl eine Kaffeemaschine war. Auch eine Wasserkaraffe mit Gurkenscheiben, eine Obstschale und einige Kekse auf einem Teller waren dort geschmackvoll drapiert. Die restliche Wand war mit rechteckigen Regalfächern versehen, in denen Diplome und Auszeichnungen ausgestellt waren.

Eine Frau Mitte vierzig kam auf sie zu. Sie hatte ihr Haar zu einem lockeren Knoten hochgesteckt, trug ein blaues Jeanshemd, eine elegante graue Hose und schwarze Stoffschuhe ohne Absätze.

«Hallo, ich bin Christina», sagte sie und streckte Vanja und Sebastian die Hand entgegen. «Wie kann ich Ihnen behilflich sein?»

Vanja stellte sich vor und zeigte noch einmal ihren Dienstausweis, und Sebastian winkte erneut zum Gruß. Christina fragte, ob sie ihnen etwas anbieten könne. Beide lehnten dankend ab und wiederholten den Anlass ihres Besuchs. Der rote Ford.

«Das ist einer der Wagen, die zu unserem Pool gehören.»

«Und was bedeutet das?»

«Wir haben drei Fahrzeuge, auf die unser Personal freien Zugriff hat. Irgendwann haben wir festgestellt, dass das ökonomischer ist, als immer mit dem Taxi durch die Gegend zu fahren.»

«Wie stellt man fest, wer damit gefahren ist?»

«Man kann sie im Voraus reservieren, aber wenn gerade ein Wagen verfügbar ist, schreibt man einfach nur auf, wie lange man ihn voraussichtlich benutzen wird, und dann kann man ihn nehmen.»

«Wo wird das notiert?»

Christina forderte sie mit einer Geste auf, ihr an den Diplomregalen vorbei bis zum anderen Ende des Büros zu folgen. Die Mitarbeiter hier hatten eine Reihe von eigenen kleinen Glaskästen als Arbeitsplätze. Außerdem gab es einen kombinierten Küchen- und Essbereich mit einem langen Tisch und einer ebenso langen Küchenzeile mit zwei großen Kühlschränken, Mikrowelle und Spülmaschine, einer weiteren Kaffeemaschine und einem Wasserspender.

«Darf ich erfahren, warum Sie sich für das Auto interessieren?», fragte Christina und blieb vor einer weißen Tür mit einem Codeschloss stehen.

«Es wurde heute Vormittag an einem Tatort gesehen.»

Was zwar nicht ganz stimmte, aber die schnellste und einfachste Version war, die hoffentlich auch keine weiteren Fragen nach sich ziehen würde.

«Sind Sie sicher, dass es unser Auto war?» Christinas Stimme war deutlich anzuhören, dass sie hoffte, die Polizei hätte sich geirrt und ihre Firma würde nicht mit einem Verbrechen in Zusammenhang gebracht werden.

«Ja, sind wir», bestätigte Vanja und machte ihre Hoffnung damit zunichte.

Christina schüttelte nur den Kopf, als könnte sie gar nicht fassen, dass einer ihrer Mitarbeiter in eine Straftat verwickelt sein sollte. Sie gab den Code ein und öffnete die Tür. Das Licht ging automatisch an, als sie den Raum betraten, und beleuchtete Regale mit Büromaterial, Akten und Mappen, Toilettenpapier, Adventskerzen und normalen Kerzen,

Tüten mit Chips und Snacks, die von irgendeinem Firmenfest übrig geblieben sein mussten, und eine halb leere Palette mit Bierdosen. Die Vorratskammer bildete einen starken Kontrast zu dem strengen, hellen und protzigen Büro. Direkt neben der Tür hing ein kleiner Schlüsselkasten und daneben ein Spiralblock, von dem ein Stift an einer Schnur herabbaumelte.

«Hier ist es.»

Vanja nahm den Block und öffnete ihn erwartungsvoll.

Die letzte Seite. Die letzte Eintragung.

Nadia Aziz.

Vanja spürte, wie die Enttäuschung sie überkam. Es durfte keine Frau sein.

«Das kann nicht stimmen», erklärte Christina nach einem Blick über Vanjas Schulter. «Nadia ist die ganze Woche nicht da.»

Vanja prüfte das Datum. Der 12. Oktober. Danach war nichts mehr vermerkt. Sie nahm den Block genauer in Augenschein und erkannte jetzt, dass die Seite dahinter ausgerissen worden war, an der Metallspirale hingen noch einige zerfranste Papierfetzen.

«Er hat die Seite ausgerissen», sagte sie zu Sebastian, ehe sie sich wieder Christina zuwandte. «Wie viele Leute arbeiten hier?»

«Wir haben sechsundvierzig Angestellte.»

«Und wie viele davon sind weiblich?»

«Ich weiß es jetzt gerade nicht genau, zwanzig oder zweiundzwanzig vielleicht.»

«Also ungefähr fünfundzwanzig Männer ...»

«Gibt es hier jemanden, der wissen könnte, wer das Auto heute benutzt hat?», fragte Sebastian.

«Da müssen wir uns wohl mal umhören», schlug Christina vor, und Sebastian fiel plötzlich auf, wie außerordentlich kooperativ sie war. Er überlegte, was wohl passieren würde, wenn er sie in einer weiteren «polizeilichen Angelegenheit» besuchen würde. Sein Blick streifte ihre unberingte linke Hand. Nicht, dass es eine Rolle spielte, ob sie verheiratet war, aber in diesem Fall wäre es etwas leichter. Was wiederum Vor- und Nachteile hatte. Aber er hatte ja versprochen ...

«Warten Sie mal kurz», sagte Vanja, zückte erneut ihr Telefon und rief ein Bild auf.

«Kennen Sie diesen Mann?» Sie zeigte das Phantombild, dass sie mit Stellas Hilfe erstellt hatten. Christina legte den Kopf schief und betrachtete es eingehend.

«Das könnte Silas sein. Franzén. Einer unserer Content Manager.»

«Ist er hier?»

«Ja.»

«Gibt es die Möglichkeit, irgendwo ungestört mit ihm zu sprechen?»

«Sie können eines unserer Telefonzimmer nehmen», sagte sie und zeigte auf zwei Türen, die aussahen, als stammten sie von englischen Telefonhäuschen.

«Könnten Sie ihn für uns holen?»

Silas Franzén war groß. Das war das Erste, was Vanja auffiel, als er in den kleinen Raum trat. Und hatte viele Muskeln, über denen der Stoff des blau karierten Hemdes spannte. Ein richtiger Stiernacken mit einem kantigen Gesicht unter den kurzen Haaren. Vanja erkannte die Ähnlichkeit mit dem Phantombild sofort. Wie es Stella geschafft hatte, nicht zu erwähnen, dass er aussah wie Hulk, war ihr allerdings ein Rätsel.

Franzén gab ihnen beiden die Hand, zog sich einen Stuhl

heran, setzte sich breitbeinig hin, stützte die Ellbogen auf seine Beine und blickte fragend von Vanja zu Sebastian.

«Okay, worum geht es?»

Vanja erblickte Ursula hinter der Tür, entschuldigte sich und verließ den Raum.

«Worum geht es?», fragte Silas Sebastian erneut, als sie gegangen war.

«Sie wird stinkwütend, wenn ich einfach ohne sie anfange, wir müssen uns also noch ein kleines bisschen gedulden», antwortete Sebastian, nahm Platz und betrachtete seine Fingernägel.

Die Situation passte ihm ausgezeichnet. Jetzt konnte er beobachten, ob Silas Zeichen von Nervosität oder Ungeduld an den Tag legte. Ob er versuchen würde, Sebastian auszufragen, um herauszufinden, ob sie etwas wussten und wie er sich verhalten sollte. Doch er nickte nur vor sich hin und lehnte sich auf seinem Stuhl zurück. Dem Anschein nach völlig unbeeindruckt von der Situation.

Draußen vor dem Raum ging Vanja auf Ursula zu.

«Hast du die Spurensicherung dabei?»

«Ja.»

«Dann sollen sie das Auto untersuchen, und du nimmst dir seinen Arbeitsplatz vor, während er hier drinnen bei uns ist.» Sie deutete mit dem Kopf auf den Telefonraum, in dem Silas und Sebastian saßen. «Er heißt Silas, es kann dir sicher jemand zeigen, wo er sitzt.»

Ursula nickte und machte sich auf den Weg, während Vanja wieder in das Zimmer trat und sich ebenfalls setzte.

«Es tut mir leid, dass Sie warten mussten ...»

«Das macht nichts, aber wenn Sie mir jetzt erzählen könnten, worum es geht?», versuchte er es zum dritten Mal.

«Wo waren Sie heute zwischen elf und 12.30 Uhr?», fragte

Vanja, ohne damit auch nur ansatzweise seine Frage zu beantworten.

«Um elf war ich hier, so gegen halb zwölf bin ich losgegangen, um etwas zu erledigen, und war im Anschluss Mittag essen, und um kurz vor eins war ich wieder hier. Warum fragen Sie?»

Sebastian und Vanja wechselten einen kurzen Blick, der ihnen sagte, dass sie beide dasselbe dachten. Er erzählte sehr detailliert, hatte alles genau in Erinnerung, besser, als die meisten anderen, und das auch noch ohne nachzudenken. Als wäre es eingeübt.

«Und was haben Sie erledigt?»

«Ein Paket abgeholt.»

«Und wo?»

«Bei ICA. Aus so einem Automaten.»

«Sind Sie mit dem Auto gefahren?»

«Nein, der Laden liegt direkt nebenan.»

«Sie haben also keines der Autos aus dem Pool benutzt?»

«Nein.»

«Wo waren Sie zum Mittagessen?»

«Ich war beim 7-Eleven hier nebenan, hab mir eine Cola und einen Wrap geholt und ihn im Botanischen Garten gegessen.»

«Es ist saukalt draußen.»

Silas machte eine gleichgültige Geste.

«Waren Sie mit jemandem zusammen unterwegs, haben Sie sich mit jemandem getroffen?», fragte Vanja weiter.

«Nein.»

Sebastian musterte den gelassenen Mann vor sich. Er war gerissen. Eine Erledigung, bei der er mit niemandem Kontakt hatte. Und in einem 7-Eleven, der so nah an der Universität lag, dass es dort zur Mittagszeit von Studenten nur so wimmelte, würde sich garantiert niemand an ihn erinnern. Allein im Botanischen Garten. Fingerabdrücke im Auto würden sich leicht erklären lassen. Wenn sie niemanden fanden, der beobachtet hatte, wie Franzén in den roten Ford gestiegen war, hätten sie nicht viel gegen ihn in der Hand. Natürlich wäre es möglich, Stella zu einer Gegenüberstellung zu bitten. Das würde allerdings lediglich beweisen, dass er schon einmal bei ihr gewesen war, nicht aber, dass er in dem roten Ford davongerast war, und definitiv nicht, dass er des Verbrechens schuldig war, dessen sie ihn verdächtigten.

Wortlos stand Sebastian auf, verließ das Zimmer und ging in das Büro hinaus, wo sich einige Kollegen zu mehreren Grüppchen zusammengefunden hatten und miteinander tuschelten. Sebastian verstand, warum. Mit dünnen Handschuhen untersuchte Ursula methodisch einen Schreibtisch am Fenster. Während Vanja und er diskret gewesen waren und Christina gebeten hatten, Silas zu holen und in einem separaten Raum mit ihm sprechen zu können, sorgte Ursulas Anwesenheit für Fragen und Gerüchte. Vor allem, weil auch die Rezeptionistin in einer Gruppe stand und die anderen ihr interessiert lauschten.

Sebastian drängte sich vorbei und ging zu Ursula.

«Na, findest du was?»

«Bisher noch nicht. Wir packen den Computer ein und lassen ihn von Billy untersuchen. Wie geht es bei euch voran?»

«Nicht so gut. Wir brauchen irgendein Indiz, damit wir ihn mitnehmen können.»

«Ich bin hier bald durch, also ...» Ursula zuckte entschuldigend mit den Schultern. Als Letztes tastete sie das blaue Jackett ab, das über der Stuhllehne hing. «Warte.»

Sie ließ ihre Hand in die Innentasche gleiten und angelte ein Handy heraus.

«Sieh einer an.»

«Ein Telefon», sagte Sebastian unbeeindruckt. Ungefähr das, was man in der Innentasche eines Jacketts auch erwartete.

«Ein zweites Telefon.» Ursula deutete auf den Schreibtisch, wo ein Handy neben der Tastatur am Ladekabel hing. Sie schaltete das Telefon ein und stellte fest, dass es kennwortgeschützt war.

«Gib es mir mal.»

Ursula holte eine durchsichtige Beweistüte hervor und steckte das Telefon hinein. Sebastian nahm es, ging mit schnellen Schritten wieder in das Telefonzimmer, in dem Vanja und Franzén saßen, und hielt ihm das Handy vor die Nase.

«Bitte entsperren Sie das einmal für uns.»

Franzén blickte auf das Handy und erkannte es wieder. Sie konnten sehen, wie er wütend seine Kiefer aufeinanderbiss. Mit finsterem Blick wandte er sich an Vanja.

«Hat jemand meine Sachen durchwühlt?»

Vanja antwortete nicht.

«Entsperren Sie es bitte», wiederholte Sebastian.

Franzén lehnte sich zurück und verschränkte die Arme vor der Brust, und noch ehe er den Mund öffnete, wussten sie, was er sagen würde.

«Nein.»

Wie war er eigentlich hier gelandet?

Beim Arzt hatte er nicht lange bleiben müssen, eine schmerzende Schulter, blaue Flecken vom Sicherheitsgurt, eventuell eine leichte Gehirnerschütterung, aber weil ihm mittlerweile nicht mehr schlecht oder schwindelig war, handelte es sich vermutlich nur um Kopfschmerzen. Nichts hinderte ihn daran, zurückzufahren und wieder zu arbeiten, und dazu hatte er auch Lust gehabt.

Also war er hierhergefahren.

In die Norrforsgatan.

Um zu arbeiten, wie er sich einredete. Um sich zu erkundigen, wie es Stella ging. Sie waren hastig wieder aufgebrochen, und noch dazu war Stella mit Vanja allein gewesen, die es nicht unbedingt gut verbergen konnte, wenn sie eine schlechte Meinung von Leuten hatte. Da konnte er auch gleich herausfinden, ob er sich für seine Kollegin entschuldigen musste. Außerdem bestand die Möglichkeit, dass Villman von sich hören ließ und wütend über die Falle war, in die er beinahe hineingetappt wäre. Schließlich konnte er sich denken, von wem der Tipp stammte, und vielleicht würde er Stella sogar drohen. Oder einfach nur nachfragen, was zum Teufel die Bullen vor ihrer Tür zu suchen hatten.

Es gab viele gute Gründe, Stella Simonsson erneut aufzusuchen. In ihrem roten Zimmer.

Billy sah es genau vor sich.

Malte sich aus, was er dort alles machen könnte.

Zugleich wusste er, dass er das nicht tun sollte. Wusste

auch, warum, fand aber auch viele rationale Gründe, um sich seine Einwände wieder auszureden. Was mit Jennifer passiert war, würde nie wieder passieren.

Konnte nie wieder passieren.

Wäre nie passiert, wenn er nicht betrunken gewesen wäre.

In nüchternem Zustand hatte er sich vollkommen unter Kontrolle. Außerdem waren noch andere im Haus. Ja, es wäre sogar gut für ihn, wenn er es täte. Gut für alle. Er würde entspannt und zufrieden sein, und die dunklen Gedanken, die zwischendurch auftauchten, würden verschwinden. Dann wäre die Schlange ruhig und satt.

Dass Stella Prostituierte war und er Polizist, stellte natürlich ein Problem dar. Wenn sie erwischt wurden, würde er seinen Job verlieren. Und My. Vermutlich würde er alles verlieren. Also war es vollkommen wahnsinnig, dass er hier saß und überhaupt darüber nachdachte. Dass er ihre Website auf seinem Handy hatte.

Doch er konnte sich nur zu gut daran erinnern, was er damals empfunden hatte. Daran, was er und Jennifer getan hatten, ehe alles schiefgegangen war. Das zweitintensivste Gefühl, das er je erlebt hatte, nach dem, tatsächlich jemanden zu töten. Die berauschende Macht und die totale Kontrolle, gefolgt von einer sexuellen Befriedigung, wie er sie nie zuvor verspürt hatte.

Nicht mit My, nicht mit einer anderen Frau.

Nur mit Jennifer.

All das befand sich nun in greifbarer Nähe.

Sein Handy gab einen Ton von sich. Eine Nachricht ploppte über Stellas Website auf. Ursula. Zurück in die Wirklichkeit. Er öffnete die Mitteilung.

Ursula fragte, wo er gerade sei und ob er wieder arbeiten

könne. Er antwortete, alles gut, er sei schon auf dem Weg, und dann steckte er das Handy ein, startete den Motor und fuhr davon. Erschüttert darüber, dass er kurz davor gewesen war, etwas richtig Dummes zu tun.

Sie waren gezwungen gewesen, auf einen Anwalt zu warten. Die Unterbrechung kam nicht ungelegen. Das gab ihnen die Möglichkeit, die Befragung vorzubereiten und zu diskutieren, wie sie weiter vorgehen würden. Nach der gescheiterten Aktion bei Stella hatten sie improvisiert und die erstbeste Chance ergriffen, was offenbar auch erfolgreich gewesen war. Aber nun war es an der Zeit, wieder etwas Struktur in ihre Arbeit zu bringen und einen Plan zu entwickeln.

Anne-Lie formulierte gemeinsam mit dem Pressesprecher einen Kommentar zu den Informationen, die bereits in den Medien veröffentlicht worden waren.

Irre Verfolgungsjagd endet mit heftigem Crash

Es gab Fotos von dem schwarzen Volvo in der Mitte des Kreisverkehrs und Zeugenaussagen, die beschrieben, dass Billy und Carlos wie Wahnsinnige durch ein kinderreiches Wohngebiet gerast waren. Darauf musste Anne-Lie reagieren.

Billy arbeitete an Silas Franzéns Handy, und Ursula fuhr in seine Wohnung, um etwas zu finden, das ihn mit den Vergewaltigungen und dem Mord in Verbindung brachte. Das brauchten sie dringend.

Als die Anwältin schließlich eintraf, die sich als Mette Blomberg vorstellte, wollte Franzén sofort erreichen, dass das Handy nicht als Beweismittel verwendet werden dürfte, weil die Polizei es sich mit unerlaubten Methoden angeeignet hätte. Mette erkundigte sich danach, ehe sie mit der Vernehmung beginnen konnten.

«Die Polizei vor Ort hat das Recht, das persönliche Eigentum des Verdächtigen zu durchsuchen, wenn das Strafmaß für die Tat, deren er bezichtigt wird, mehr als zwei Jahre Haft ohne Bewährung beträgt», erklärte Vanja in belehrendem Ton.

«Ich weiß.»

«Grobe Fahrlässigkeit im Straßenverkehr kann mit zwei Jahren Haft bestraft werden.»

«Aber Sie sind von der Reichsmordkommission», konterte Mette. «Sie wollen die Vergewaltigungen und den Mord an Rebecca Alm aufklären und ja wohl kaum einen Verstoß gegen das Prostitutionsgesetz oder ein Verkehrsdelikt.»

«Der letzteren beiden Vergehen wird er zu Recht verdächtigt», sprang Torkel ein, hatte jedoch das Gefühl, vorsichtig vorgehen zu müssen. Mette war scharfsinnig. «Da Silas Franzén aber nun sowieso schon hier ist, würden wir ihn gern auch im Zusammenhang mit den anderen Straftaten vernehmen.»

«Vergewaltigung und Mord.»

«Ja.»

«Derer er aber nicht verdächtigt wird.»

Torkel zögerte kurz. Natürlich wurde er das, aber die Beweislage war zu schwach, und die Verbindung zwischen Silas, Stella und ihrem Fall war, rein juristisch gesehen, nicht vorhanden.

«Nein, nach unserem derzeitigen Stand wird er dieser Straftaten nicht verdächtigt», musste Torkel also zugeben.

«Dann werde ich ihm auch davon abraten, irgendwelche Fragen darüber zu beantworten», machte Mette deutlich. «Sollen wir anfangen?»

Torkel schaltete das Aufnahmegerät ein, das in dem anonymen Raum auf dem Tisch stand. Nur zwei schmale Fenster mit gefrosteten Glasscheiben waren in die schmutzig weißen Wände eingelassen. Die fünf Anwesenden saßen auf einfachen Plastikstühlen mit Metallbeinen. Silas und Mette auf der einen Seite des Tischs, Torkel und Vanja auf der anderen. Sebastian hatte sich wieder als stummer Zuschauer hinter seinen Kollegen platziert, an der Wand neben der Tür.

Ehe Mette aufgetaucht war, hatten sie gehofft, das Gespräch ausführlicher auf die schwereren Verbrechen lenken zu können, Silas nach seinem Alibi zu befragen, über die Opfer zu sprechen, ihn unter Druck zu setzen. Außerdem wollten sie eine Speichelprobe von ihm nehmen. Jetzt hatten sie jedoch vor, damit noch ein bisschen zu warten.

Silas würde sich weigern, Mette würde alles hinterfragen.

Ihr Ziel war es jetzt, genügend Verdachtsmomente zu sammeln, um beim Staatsanwalt einen Haftbefehl zu erwirken. Das würde ihnen mehr Zeit und Ruhe geben, um die Beweise zu suchen, die ihnen bisher noch fehlten.

Torkel war mit der Ausgangslage dennoch recht zufrieden.

Jetzt gab er zu Protokoll, wer im Raum anwesend war, welcher Straftatverdacht gegen Silas Franzén bestand und fragte als Erstes, wie der sich zu den Vorwürfen verhielte.

«Ich habe mit alldem nichts zu tun», antwortete Silas ruhig.

«Wir konnten inzwischen auf das Handy zugreifen, das wir in Ihrem Jackett gefunden haben», begann Vanja einleitend und legte das Telefon in einer durchsichtigen Tüte auf den Tisch.

«Das gehört mir nicht.»

«Es steckte aber in Ihrer Tasche.»

«Nein, steckte es nicht.» Silas blickte ruhig von Vanja zu Torkel und wieder zu Vanja. «Oder hat jemand Sie dabei gesehen, wie Sie es gefunden haben?»

Torkel blickte ihn müde an. Das war der Nachteil daran, wenn man den Verdächtigen vor der Vernehmung zu viel Zeit ließ. Sie konnten sich immer spitzfindigere Antworten ausdenken. Er nahm jedoch an, dass dies nichts war, was er mit Mette abgesprochen hatte. Dafür war sie zu smart.

«Erinnern Sie sich, dass wir Ihre Fingerabdrücke genommen haben, als Sie hergekommen sind?», fragte Torkel gelassen.

Franzén begriff, was das zu bedeuten hatte, und verstummte.

«Dann lassen Sie uns also darüber sprechen, was wir auf dem Handy gefunden haben», fuhr Vanja fort. «Chats mit einer Frau auf einer Seite für Sexarbeiterinnen. Sie hatten sich für diesen Vormittag verabredet.»

«Ich habe mich mit niemandem verabredet.»

«Ein roter Ford Mondeo mit dem Kennzeichen KVT 665, auf den Sie freien Zugriff haben, ist genau zu der Zeit, die Sie mit der Frau auf diesem Handy vereinbart haben, vor dem Bordell aufgetaucht.»

«Ich habe keine Zeit vereinbart.»

«Haben Sie die Sache mit den Fingerabdrücken etwa schon wieder vergessen?», fragte Vanja säuerlich und handelte sich damit einen missbilligenden Blick von Mette ein.

«Nein, das ist mein Telefon, aber jemand anders muss es benutzt haben.»

«Der Chat lässt sich aber mehrere Monate zurückverfolgen.»

Franzén zuckte nur die Achseln, als könnte er sich das selbst nicht erklären.

«Dann wurde es eben mehrmals verwendet, ohne dass ich es gemerkt habe.»

«Wie viele Ihrer Kollegen wissen, dass Sie ein Prepaidhandy in der Innentasche Ihres Jacketts haben?»

«Keine Ahnung. Einige bestimmt. Anscheinend.»

«Und warum haben Sie dieses Handy?»

«Das ist doch nicht verboten, oder?»

«Lassen Sie mich mal testen, ob ich das richtig verstehe», sagte Torkel langsam und beugte sich vor. «Sie meinen also, dass jemand anderes über mehrere Monate hinweg mit Ihrem Handy Termine mit einer Prostituierten vereinbart hat und mit einem Firmenwagen dorthin gefahren ist, um sie zu treffen?»

Silas nickte nachdrücklich, als fände er, seine Erklärung würde noch viel besser klingen, wenn er sie von jemand anderem vorgetragen bekam.

«Ja, so muss es gewesen sein.»

Torkel und Vanja wechselten einen schnellen Blick. Natürlich stimmte nichts von dem, was sie eben gehört hatten, aber das Problem mit Handys, selbst mit Vertrag, war, dass man tatsächlich nicht beweisen konnte, wer sie benutzt hatte. Wenn sie das nicht lösen konnten, durften sie ihn nicht verhaften, das stand fest.

In dem Moment brummte Torkels Telefon in der Tasche, und er las eine Nachricht auf dem Display und erhob sich. Fürs Protokoll sprach er in das Aufnahmegerät, dass er jetzt den Raum verlassen würde, und tat es dann auch. Nachdem er gegangen war, stand Sebastian auf und glitt auf Torkels Stuhl. Vanja sah ihn mit erstaunter Missbilligung an.

«Erzählen Sie vom Sex», sagte Sebastian und beugte sich interessiert zu Silas Franzén vor, der ein wenig zurückwich. «Dem Sex mit Stella Simonsson», verdeutlichte er.

«Ich habe keine Ahnung, wovon Sie reden», antwortete Franzén entschieden.

«Ich rede von Mord, Vergewaltigung und versuchter Vergewaltigung ...»

«Moment mal!», unterbrach Mette Sebastian. Silas Franzén sah gestresst und überrascht aus, mit dieser Wendung hatte er eindeutig nicht gerechnet. Er wandte sich Mette zu, um zu verstehen, was hier gerade vor sich ging, aber sie legte nur beruhigend die Hand auf seinen Arm und bedeutete ihm so zu schweigen. «Dieser Straftat wird mein Mandant nicht verdächtigt.» Sie richtete sich wieder an Vanja, und das Funkeln in ihren Augen passte zu der Schärfe ihrer Stimme. «Dazu wird er keinerlei Fragen beantworten.»

Sebastian bedachte sie mit einem herablassenden Lächeln.

«Wenn Sie jetzt mal für einen Moment Ihre Futterluke schließen, werde ich einen Monolog halten, der nicht mit einer Frage endet, das verspreche ich Ihnen.»

Ohne ihre Antwort abzuwarten, richtete er sich an Silas Franzén.

«Ich möchte, dass Sie wissen, weshalb Sie hier sind. Wegen drei Straftaten. Drei richtig schweren Verbrechen. Hier oben.» Sebastian hielt seine Hand einen knappen Meter über die Tischplatte. «Lebenslänglich. Außerdem haben wir den Kauf von sexuellen Diensten und fahrlässiges Verhalten im Straßenverkehr. Zwei weitere Straftaten. Nicht so gravierend. Irgendwo hier ganz tief unten auf der Strafskala.»

Er beugte sich zur Seite und hielt seine Hand einige Dezimeter über den Boden.

«Drei hier.»

Wieder hob Sebastian seine Hand einen Meter über die Tischplatte.

«Zwei hier.»

Er beugte sich noch einmal herab, ohne Silas aus den Augen zu lassen.

«Wir haben das Handy, wir haben das Auto, wir werden irgendwo auf der Strecke eine gemeine Überwachungskamera finden. Für diese beiden hier unten kommen Sie in den Knast. Wobei das noch nicht einmal sicher ist. Niemand wird für den Kauf von sexuellen Dienstleistungen angeklagt, das ist nur ein Fake-Gesetz, und das Verkehrsdelikt ist eine Ermessenssache. Wenn wir hier fertig sind, können Sie wieder gehen.»

Sebastian stand auf. Vanja folgte ihm mit dem Blick. Es gab viel gegen seine Ausführungen einzuwenden, aber sie schwieg. Sie verstand nicht genau, was Sebastian gerade vorhatte, ließ ihn jedoch gewähren.

«Aber jetzt lügen Sie, und das machen Sie verdammt schlecht», fuhr Sebastian fort und fing an, im Raum auf und ab zu gehen. «Wenn Sie lügen, gehen wir natürlich davon aus, dass es einen Grund dafür gibt. Dass Sie etwas zu verbergen haben. Und zwar mehr als zwei lächerliche kleine Straftaten, die Sie im Prinzip sofort gestehen könnten, und dann wären Sie ein freier Mann. Sie müssten nur auf den Bußgeldbescheid warten, der irgendwann ins Haus flattert, und die Strafe bezahlen, ohne dass Ihre Frau etwas davon erfährt. Morgen schon könnten Sie wieder zur Arbeit gehen, den Mädels in der Kaffeepause sagen, alles wäre nur ein Missverständnis gewesen, und dann Ihr Leben weiterleben.»

Inzwischen stand Sebastian hinter Silas Franzén und schwieg jetzt, um seine Worte wirken zu lassen. Obwohl Sebastian Franzéns Gesicht nicht sehen konnte, glaubte er zu erkennen, dass dessen ganzer Körper angespannt war, während er fieberhaft überlegte, was er nun tun sollte und ob Sebastian bluffte. Er drehte sich ein wenig zur Seite und schielte zu Mette hinüber, die entschieden den Kopf schüttelte. Anschließend schwieg er lange, ehe er tief Luft holte und resigniert mit den Schultern zuckte. Sebastian blickte zu Vanja hinüber, die beinahe unmerklich nickte. Es schien zu funktionieren.

«Okay», sagte Franzén leise. «Ich habe einen Termin mit ...»

«Nein, nein, nein», fiel Sebastian ihm ins Wort und bemühte sich, sein überaus zufriedenes Lächeln schnell einzustellen, bevor er wieder in Silas' Blickfeld trat. «Das Wie interessiert mich nicht, ich will wissen, warum.»

Sebastian setzte sich und richtete seine volle Aufmerksamkeit auf Franzén. Zum einen konnte es wirklich interessant sein, was dieser Mann von sich gab, zum anderen wollte er sich ein genaues Bild davon machen, mit welcher Art von Täter sie es hier zu tun hatten. Das war ein unbezahlbares Wissen für künftige Vernehmungen.

«Weil es ... sonst nicht so richtig funktioniert.»

«Der Sex?»

Silas nickte und senkte den Blick.

«Warum nicht?»

«Ich weiß nicht, ich ... ich brauche es ... ich muss mich so fühlen ... als wäre nur ich da. Damit ich es einfach ... machen kann. Ohne mich um jemand anderen zu kümmern.» Er sah zu Sebastian auf, suchte die richtigen Worte und Verständnis. «Einfach nur ... Sie wissen schon. Hart zu vögeln.»

«Warum verdecken Sie ihr Gesicht?»

«Weil sie eine Hure ist ... Ich will nicht sehen, dass ich eine Hure vögle.»

Die Tür hinter ihnen wurde geöffnet, und Torkel kam mit einer Plastiktüte zurück in den Raum. Sebastian seufzte laut. Unglaublich schlechtes Timing, aber es war zu spät, um Torkel jetzt noch zu bitten, dass er wartete. Franzén richtete sich auf dem Stuhl auf, und der vertrauliche Augenblick war vorüber. Sebastian überließ Torkel wieder den Platz am Tisch und bemerkte, dass der Chef zufriedener wirkte als vorher. Was auch immer er dort draußen erfahren hatte, es mussten gute Nachrichten sein.

«Wir waren bei Ihnen zu Hause», begann Torkel und setzte sich. Wütend sprang Franzén von seinem Stuhl auf. Torkel war sofort in Alarmbereitschaft, Vanja ebenfalls. Franzén war groß und stark. Sehr groß und sehr stark. Mette packte ihn entschieden am Unterarm.

«Herr Franzén ...»

«Meine Frau ist zu Hause», zischte er zwischen seinen zusammengebissenen Zähnen hindurch.

«Mit Ihrem vierten Kind, das wissen wir», erwiderte Vanja ruhig. «Setzen Sie sich wieder.»

Franzén blieb stehen, starrte sie hasserfüllt an und atmete schwer. Dann befreite er seinen Arm mit einem Ruck aus Mettes Griff und nahm wieder Platz, zurückgelehnt, mit verschränkten Armen.

«Was haben Sie ihr gesagt?», fragte er.

«Wir haben gesagt, dass wir gezwungen wären, Ihr Haus zu durchsuchen», erklärte Torkel sachlich.

«Haben Sie einen Grund genannt? Der Typ da hat gesagt, dass es niemand erfahren muss.» Er deutete auf Sebastian, und Torkel warf Vanja einen fragenden Blick zu. Was war hier eigentlich in seiner Abwesenheit vor sich gegangen? Vanja zuckte nur mit den Schultern, und Torkel wandte sich wieder Franzén zu.

«Nein, aber wissen Sie, was wir in Ihrem Arbeitszimmer gefunden haben?»

Torkel packte die Tüte aus und legte den Inhalt auf den Tisch. In einzelnen Beweistütchen lagen mehrere Tablettenschachteln, Hunderterpackungen. Metaxon-10. Weitere Tüten, weitere Schachteln, weitere Namen. Kleine Flaschen mit Tropfen. Bald hatten sie eine ganze Apotheke vor sich. Allesamt AAS. Anabol-androgene Steroide.

«Das sind nicht meine.»

«Und die hier auch nicht?», fragte Torkel und hielt mehrere Spritzen hoch. Vanja erkannte sie wieder. Dieselbe Sorte wie jene, die sie nach dem Überfall auf Klara Wahlgren gefunden hatten. Jetzt konnten sie Franzén definitiv verhaften, daran bestand kein Zweifel mehr. Obwohl er ganz eifrig den Kopf schüttelte.

«Ein Freund hat mich gebeten, das eine Weile für ihn aufzubewahren.»

«Und wie heißt der Freund?»

«Das werde ich nicht sagen.»

Er klang weniger aggressiv, weniger selbstbewusst. Sebastian sah einen Mann vor sich, dem klarwurde, dass er das Spiel verloren hatte.

Ob er die Präparate selbst verwendete? Angenommen, es wäre so. Es war keineswegs ungewöhnlich, dass Männer sexuelle Phantasien über Macht und Dominanz hatten. Wenn er noch dazu Beziehungs- und Potenzprobleme hatte, was nicht ungewöhnlich war, wenn man Steroide nahm, und das wachsende Gefühl, allmählich die Kontrolle über sein Leben zu verlieren, könnte er sich dazu entschieden haben, seine Phantasien auszuleben. Sebastian hatte allerdings nicht den Eindruck, dass Silas Franzén ein Mann war, der noch weiterging. Er schien das, was er brauchte, mit Stella ausleben zu können. Seinem kurzen Gespräch mit Franzén hatte Sebastian entnommen, dass bei ihm auch Scham im Spiel war sowie das Gefühl, er würde einen Fehler machen. Ob er sich auch draußen an unbekannte Frauen heranmachen würde?

Steroidmissbrauch konnte zwar zu unkontrollierten Aggressionen führen, aber an diesen Vergewaltigungen deutete nichts auf ungezähmte Wut hin, die aus dem Ruder gelaufen war. Ganz im Gegenteil, sie waren mit einer beinahe klinischen Kälte ausgeführt worden.

Sebastian glaubte nicht, dass der Mann, den sie hier vor sich hatten, einer der Täter war.

Er hoffte sogar beinahe, dass es so war.

Zum einen, weil er gern recht hatte, vor allem aber, weil es dann für Vanja keinen Grund mehr gäbe, Sebastian weiter in ihrem Umfeld zu dulden. Sobald sie nicht mehr zusammenarbeiteten, würde sie dafür sorgen, dass sie sich gar nicht mehr sähen. Und er selbst würde nie mehr bei der Reichsmordkommission arbeiten dürfen. Dies war also seine letzte Chance, und er war noch nicht fertig.

Wie eine Manifestation seines eigenen Egoismus hoffte er also sich selbst zuliebe, dass dort draußen ein Vergewaltiger frei herumlief.

Axel Weber erfuhr am 16. Oktober so einiges.
Doch es gab auch vieles, von dem er bislang keinen Schimmer hatte.

Er wusste zum Beispiel noch immer nicht, was AbOvo war. Ingrid Drüber hatte er nur deshalb danach gefragt, weil er in einem längst geschlossenen Blog zusammen mit ihrem Namen auf dieses Wort gestoßen war. Er hatte keine Ahnung, wer hinter dem Blog gesteckt hatte, und dort war auch nur zu gelesen gewesen, dass Ingrid AbOvo geleitet hatte und man hier mehr darüber erfahren könne. Doch wenn er auf den Link klickte, erschien nur eine Fehlermeldung: 404 error. Die Seite konnte nicht gefunden werden oder existierte nicht mehr.

Er fragte jene Redaktionskollegen, die technisch versierter waren als er, also im Prinzip alle außer Harriet, ob ihm jemand dabei helfen könne, ein solches Dokument wiederherzustellen. Doch die Antwort lautete nein. Nur die IT-Abteilung sagte, es wäre eventuell möglich, es käme darauf an. Sie erklärten aber nicht, worauf es ankam, und Axel wurde klar, dass es wohl nicht ganz oben auf ihrer Prioritätenliste stand.

AbOvo war Lateinisch, hatte er gelesen, bedeutete «vom Ei» oder so ähnlich und hatte etwas mit mythologischer Dichtung zu tun, mit Horaz und dem Krieg um Troja, aber das machte ihn auch nicht schlauer.

Nachdem er mehrere Stunden am Computer verbracht hatte und alles nachgelesen hatte, was 2010 in den Monaten vor Rebeccas letztem Brief an ihn in Uppsala passiert war, wusste er auch, dass man in der Nacht des 23. Juni eine schwangere Frau blutend vor der Notaufnahme der Universitätsklinik gefunden hatte. Die Frau, Linda Fors, und ihr ungeborenes Kind starben noch am nächsten Vormittag. Das war im Grunde die einzige Nachricht, die aus den Ereignissen der betreffenden Monate herausstach, also hatte er weiterrecherchiert.

Als er einige Stunden später die Redaktion verließ, wusste Axel Weber nicht, dass Derya Neshet, jene Frau, die er auf dem fünfzigsten Geburtstag seines Bruders kennengelernt und mit der er anschließend mehrere Stunden Flipper gespielt hatte, genau in dem Moment ihr Handy zückte, die zentrale Nummer des *Expressen* wählte und darum bat, mit Axel Weber verbunden zu werden.

«Axel Webers Apparat, Kajsa Kronberg.»

Derya nannte ihren Namen und bat darum, mit Axel Weber zu sprechen, erfuhr jedoch, dass er die Redaktion soeben verlassen hatte. Ob Kajsa etwas ausrichten solle?

«Nein, nicht nötig, ich melde mich wieder», hörte Derya sich sagen, bevor sie nach einer Abschiedsfloskel auflegte. Noch im selben Moment bereute sie es. Sie hätte doch eine Nachricht hinterlassen sollen, dass sie ihn gern wiedersehen würde, oder noch besser, nach seiner Handynummer fragen. Kurz überlegte sie, ob sie noch einmal anrufen sollte, aber das würde einen merkwürdigen Eindruck machen. Morgen. Sie beschloss, stattdessen morgen wieder anzurufen. Und diesmal würde sie nicht so leicht aufgeben. Sie fühlte sich beinahe erwartungsvoll, denn nachdem sie sich entschlossen hatte, den ersten Schritt zu machen, sagte ihr Bauchgefühl, dass aus der Sache mit Axel etwas Gutes werden könnte.

Axel Weber wusste also nichts darüber, dass er beinahe mit

einer Frau telefoniert hätte, mit der er, wenn sie ihn erreicht hätte, für den Rest seines Lebens glücklich geworden wäre. Er holte das Auto aus der Tiefgarage unter dem DN-Hochhaus und fuhr auf Kungsholmen hinaus und Richtung Norden.

Was er hingegen wusste, war, dass er sich auf die Fahrt freute. Autofahren war Entspannung für ihn. Er hatte immer noch eine kleine CD-Sammlung im Fach zwischen den Sitzen und warf einen schnellen Blick darauf. Sie entsprach dem Klischee eines weißen Mannes mittleren Alters: Rolling Stones, Bruce Springsteen, Neil Young, John Fogerty, Ulf Lundell. Aber so war er eben. Er angelte eine CD heraus und legte sie ein. Ulf Lundells *Slugger* von 1998. Die ersten Klänge von *Om jag hade henne* strömten aus den Lautsprechern, und Weber drehte die Lautstärke auf und sang mit.

Wie er herausgefunden hatte, war Linda Fors ein Jahr älter als Rebecca Alm, und obwohl sie in unterschiedlichen Gegenden gewohnt hatten, war die Fugelkyrkan für sie beide die nächstgelegene Gemeinde gewesen. Den Nachmittag hatte Weber darauf verwendet, so viel wie möglich über Linda zu recherchieren. Er musste Leute eruieren, die sie gekannt hatten. Wollte wissen, ob sie in die Kirche gegangen und Rebecca begegnet war und ob jemand bezeugen konnte, dass sie irgendwann einmal Ingrid Drüber und oder AbOvo erwähnt hatte. Sollte sich all das bestätigten, hätte er seine Story. Er spürte instinktiv, dass er an einer großen Sache dran war.

In Uppsala kehrte Torkel Höglund gerade an seinen Schreibtisch zurück, nachdem er die Vernehmung von Silas Franzén beendet hatte, und sah dort einen Merkzettel mit Axel Webers Namen liegen. Er hatte sich immer noch nicht bei ihm gemeldet, um zu erfahren, ob dem Reporter inzwischen eingefallen war, weshalb ihm Rebecca Alm bekannt vorkam. In der Zeitung hatte nichts über sie gestanden, was aber nicht bedeutete, dass Axel der Sache nicht weiter nachgegangen war. Auch wenn er ihnen nie alles erzählen würde, hoffte Torkel doch, dass Weber Informationen, die für die Ermittlungen entscheidend sein konnten, mit ihnen teilen würde. Wenn er denn welche hätte. Dass er mit ihnen kooperieren würde, anstatt mit ihnen zu konkurrieren, als stünden sie in einem Wettbewerb. Weil Weber etwas aus den Ereignissen vor dem Sommer gelernt hätte. Torkel würde ihn persönlich anrufen und fragen, falls sich herausstellen sollte, dass Silas Franzén nicht ihr Mann war. Das würde sich in ein paar Stunden zeigen, wenn die Ergebnisse des DNA-Tests kamen.

Auch davon wusste Axel Weber rein gar nichts, als er sich singend und mit den Fingern aufs Lenkrad trommelnd seinem Ziel näherte.

Ebenso wenig wusste er, dass er überempfindlich auf Benzodiazepine reagierte und dieser Wirkstoff beispielsweise in Rohypnol enthalten war.

Aber er wusste, dass er die richtige Adresse erreicht hatte, als das Navi verkündete, das Ziel liege auf der linken Seite. Er parkte das Auto am Straßenrand, stieg aus und ging zum Haus. Er hatte seinen Besuch nicht angekündigt und hoffte, dass man ihn dennoch hereinlassen würde. Und ihm weitere Puzzleteile liefern könnte. Wodurch er seine Story bekäme. Er hoffte es, aber natürlich wusste er es nicht.

Genauso wenig wusste er, dass er nur noch weniger als zwanzig Minuten zu leben hatte.

ZWEITER TEIL

27. Oktober

Sie ist allein zu Hause.
Milan hat einen Ausbildungsplatz. Auf Facebook war sie so stolz darauf.
Ich hätte nicht gedacht, dass ich diese Chance bekommen würde.
Danach. Nachdem dieser Journalist da war.
Nachdem er gestorben ist.
Ich war mir sicher, dass die Polizei kommen würde.
Ingrid, Ida, Therese und Klara wollen davonkommen.
Sich nicht mehr erinnern. Normal sein. Unschuldig.
Ida hat mich überrascht.
Aber dieser Journalist.
Ich konnte ihn nicht erzählen lassen, was er wusste.
Ich wollte ihn aber nicht töten.
Das weißt du.
Du würdest mich jetzt hassen.
Würdest es hassen, was ich getan habe. Wer ich geworden bin.
Es hat mich mitgenommen. Die Sache mit dem Journalisten.
Vollkommen unschuldig.
Doch es sind elf Tage vergangen.
Ich bin immer noch hier. Keiner kommt.
Und Therese ist heute Abend allein.
Höchste Zeit weiterzumachen.

Sie beendeten ihren Arbeitstag im Stockholmer Konferenzraum.

Billy hatte sich schon früher entschuldigt, er musste noch etwas erledigen, und die anderen wären auch längst nach Hause gegangen, wenn Rosmarie Fredriksson nicht darauf bestanden hätte, den neusten Stand zu erfahren. Die Reichsmordkommission war offiziell immer noch an den Ermittlungen beteiligt, die Mitglieder standen täglich mit Anne-Lie und Carlos in Kontakt, aber abgesehen von einigen kurzen Besuchen waren sie schon seit zehn Tagen nicht mehr in Uppsala gewesen. Es gab dort nichts zu tun, was sie nicht auch zu Hause erledigen konnten. Genau genommen gab es momentan gar nichts, was sie tun konnten. Punkt.

Im Grunde warteten sie darauf, dass ihre Täter erneut zuschlagen würden, damit sie neue Beweise, neue Zeugen, neue Möglichkeiten hätten. Hofften, dass die Täter bald ihren ersten Fehler begingen. Nach dem Angriff auf Klara Wahlgren vor vierzehn Tagen hatten sich die Täter zurückgehalten, es hatte keine neuen Anzeigen gegeben.

Hätten sie die Stadt gewechselt, wäre die Reichsmordkommission davon in Kenntnis gesetzt worden. Eine detaillierte Beschreibung des Tathergangs war an sämtliche Polizeidienststellen rausgegangen, und sogar Ursula musste zugeben, dass der Sack und die Spritze auffällig und spezifisch genug waren, um selbst dem unaufmerksamsten Dorfpolizisten nicht zu entgehen.

Wenn die Täter aus irgendeinem Grund die Übergriffe ganz

einstellen würden, wäre das Risiko groß, dass sie nie gefasst würden. Außer in einem anderen Zusammenhang, ein anderes Mal, und dann würden sie durch einen routinemäßigen DNA-Test überführt werden. Das wäre aber reiner Zufall.

Darauf wollte es keiner ankommen lassen.

Am allerwenigsten Torkel.

Die Reichsmordkommission hatte eine hohe Aufklärungsquote, und deshalb durfte er seine Abteilung ohne große Einmischung von außen leiten. Einzig und allein Rosmarie, die Frau, deren Definition von guter Polizeiarbeit darauf beruhte, dass man das Budget nicht überschritt, kam ab und zu auf den Gedanken, sie müsse sich über die Arbeit des Teams informieren. Und zwar immer dann, wenn es um wichtige Fälle ging, die in den Medien – und damit auch beim Polizeipräsidenten – für Aufsehen sorgten.

Torkel wusste, dass Rosmarie die Informationen brauchte, um nach oben und außen Tatkraft und Engagement zu zeigen, während sie gleichzeitig keine Sekunde zögern würde, die Schuld für ausbleibende Fahndungserfolge auf ihn und sein Team abzuwälzen.

Sie war eine, die nach oben buckelte und nach unten trat.

Die ihre Schäflein ins Trockene brachte. Eigentlich ging es nur darum, ihr das zu geben, was sie wollte. Torkel konnte gut mit Rosmarie umgehen. Natürlich ärgerte es ihn manchmal, dass und wie sie diesen Posten bekommen hatte, aber es half ja nichts, über Dinge zu grübeln, die man ohnehin nicht ändern konnte, und meistens konnte einem Rosmarie einfach nur leidtun. All ihre Handlungen entsprangen einem miesen Selbstvertrauen. Sie machte ihre Arbeit nicht gut, und das wusste sie auch. Und deshalb musste man dankbar sein, dass sie das politische Intrigenspiel zu schlecht beherrschte, um eine ernsthafte Bedrohung zu sein. Heute konnte Torkel aber doch nicht umhin, sich über sie zu ärgern, als sie Ursula dazu nötigte, noch einmal Schritt für Schritt die technische Beweisführung darzulegen.

An einem Abend vor einigen Wochen, vor Uppsala, vor Anne-Lie, als Lise-Lotte und er schlafen gegangen waren, hatte er ihr erzählt, dass er mit dem Gedanken spiele, bei der Reichsmordkommission aufzuhören.

Nicht unbedingt in Pension zu gehen, aber etwas kürzerzutreten.

Etwas anderes zu machen.

Etwas weniger Anstrengendes mit festen Bürozeiten und weniger Reisen.

Mehr Zeit für Lise-Lotte, für sie beide. Er sei sich sicher, dass seine viele Arbeit erheblich zum Scheitern seiner beiden früheren Ehen beigetragen habe. Und er wolle Lise-Lotte nicht verlieren.

Sie hatte das zu schätzen gewusst, aber gesagt, er solle noch einmal genau darüber nachdenken, ob er das auch tatsächlich wolle. Ihr Exmann habe sein Leben sehr stark verändert, weil er geglaubt hatte, sie wünsche es sich und es sei für sie beide am besten. Schließlich habe er sich selbst verloren, sich zu sehr angepasst, zu vieles aufgegeben und es Lise-Lotte am Ende zum Vorwurf gemacht.

Torkel hatte den Gedanken dennoch nicht ganz loslassen können.

Bei der Reichsmordkommission aufzuhören, musste keine schlechte Idee sein.

Die Arbeit war immer noch spannend, interessant und bereichernd, aber sie war ihm nicht mehr genauso wichtig wie früher, und er war nun schon so lange dort. Wenn er noch etwas Neues, etwas anderes machen wollte, war es höchste Zeit. Er würde es nicht nur für Lise-Lotte tun, sondern auch für sich. Sie hatte ihm eine neue Tür geöffnet und ihm die Chance auf ein neues Leben gegeben, auf das er gar nicht mehr zu hoffen gewagt hatte. Warum nicht gleich mehr verändern, warum nicht alles? Noch einmal ganz von vorn anfangen, in dem Versuch, etwas Dauerhaftes aufzubauen.

Doch das war vorher gewesen. Ehe es Anne-Lie so offenkundig auf seine Stelle abgesehen hatte und er deutlich spürte, dass sie in diesem Anliegen von seiner nächsten Vorgesetzten unterstützt wurde. Jetzt, an diesem Abend, im Konferenzraum, schien die Idee in weite Ferne gerückt. Er würde auf gar keinen Fall aufhören. Nicht, solange die Gefahr bestand, dass Anne-Lie seinen Posten übernahm, kaum dass er aus der Tür war.

Ursula beendete ihre Zusammenfassung der technischen Beweise: der Sack, die Spritze, das Schlafmittel, die Schuhabdrücke, die DNA, der genaue Tathergang, alles, was sie bisher hatten, aber nichts Neues. Womit Rosmarie nicht zufrieden schien. Sie ließ ihren enttäuschten Blick über den Tisch wandern, bis er bei Torkel innehielt.

«Und was machen wir jetzt? Wie geht ihr weiter vor?»

Torkel räusperte sich und hoffte, seine Stimme würde professionell und neutral klingen, als er antwortete. Er hatte Rosmarie kontinuierlich informiert. Sie wusste von ihren Plänen. Vielleicht neigte er inzwischen schon zu Verschwörungstheorien, aber er hatte den Verdacht, dass Rosmarie die Antwort nur deshalb aus seinem Mund hören wollte, weil sie tatsächlich so klang, als hätten sie nicht viel zustande gebracht.

«Wir haben einen neuen Zeugenaufruf mit den aktuellen Orts- und Datumsangaben gestartet, sind alles Material noch einmal durchgegangen und haben die Anwohner in den umliegenden Wohngebieten befragt. Bisher ohne Ergebnisse.»

«Und dieser Silas Franzén?»

Wieder ein Fakt, den sie eigentlich wissen müsste. Wenn sie die Berichte las, die Torkel ihr schickte, was natürlich nicht gesagt war.

«Wir haben ihn komplett abgeschrieben. Seine DNA ergab eine Übereinstimmung in einem Fall von schwerer Körperverletzung vor einigen Monaten, aber das ist alles.»

«Und jetzt sitzt er immerhin wegen des Kaufs sexueller Dienstleistungen, grober Fahrlässigkeit im Straßenverkehr, Drogenkriminalität und schwerer Körperverletzung in Untersuchungshaft», ergänzte Vanja, und Torkel hatte das Gefühl, sie sagte es aus Solidarität mit ihm und um zu zeigen, dass sie trotzdem Fortschritte gemacht hatten, wenn auch nicht so, wie sie es sich gewünscht hatten.

«Aber nicht für die Vergewaltigungen und den Mord an Rebecca Alm», stellte Rosmarie dann auch sofort fest.

«Nein, wegen des Kaufs sexueller Dienstleistungen, grober Fahrlässigkeit im Straßenverkehr, Drogenkriminalität und schwerer Körperverletzung», wiederholte Vanja, als wollte sie Rosmarie unter die Nase reiben, dass sie schwer von Begriff war.

«Entschuldigen Sie, dass ich mich einmische, ich bin ja gar kein richtiger Polizist», schaltete sich nun auch Sebastian ein und nickte vielsagend. «Aber glauben Sie nicht, wir hätten es Ihnen längst mitgeteilt, wenn er wegen Vergewaltigung und Mordes verhaftet worden wäre?» Er schenkte ihr ein Lächeln, das entwaffnend und charmant war und sie gleichzeitig dumm dastehen ließ. «Dann wäre der Fall nämlich schon gelöst, und Sie könnten sich dem widmen, was Sie am besten beherrschen, nämlich beim Chef zu schleimen oder dafür sorgen, dass Sie bei der Pressekonferenz möglichst vorteilhaft abgelichtet werden, und wir anderen wären an einem viel schöneren Ort, an dem uns nicht langsam, aber sicher die Lebenslust vergeht.»

Torkel blickte zu Sebastian hinüber, der an der Längsseite des Tischs neben Ursula saß. Wenn er es nicht besser wüsste, hätte er fast geglaubt, dass auch Sebastian seine Partei ergriff, allerdings mit dem Ergebnis, Rosmarie ihnen gegenüber noch feindseliger zu stimmen, als sie es ohnehin schon war.

Sie hatten diskutiert, ob Sebastian überhaupt noch weiterhin an der Arbeit der Reichsmordkommission beteiligt sein sollte, nachdem sie ihren Schwerpunkt wieder nach Stockholm verlagert hatten. Anne-Lie hatte ihn eingeschaltet und darum gekämpft, ihn zu behalten. Wollte er an dem Fall weiterarbeiten, sollte er auch in Uppsala bleiben, hatte Torkels Fazit gelautet.

So war es allerdings nicht gekommen.

Es schien nie so zu kommen, wie Torkel wollte, wenn es um Sebastian ging.

Heute würde er beispielsweise bei ihm zu Hause zu Abend essen.

«Was haben Sie eigentlich bisher beigetragen?», entgegnete Rosmarie ein wenig zittrig und versuchte angesichts des gesammelten Widerstands, der ihr entgegenschlug, die Fassung nicht zu verlieren. «Das Täterprofil wurde schon seit einer Woche nicht mehr aktualisiert.»

«Mehr als einer Woche.» Sebastian nickte zustimmend.

«Und woran liegt das?»

Sebastian wusste genau, woran es lag, tat aber so, als würde er angestrengt nachdenken. Er hatte versucht, sich so nützlich wie möglich zu machen, aber nachdem die rein polizeiliche Arbeit mehr oder weniger ins Stocken geraten war und keine neuen Hinweise hinzukamen, blieb das Profil nur ein erster, ziemlich ungenauer Entwurf. Damit war er selbst auch nicht zufrieden, aber ohne neue Informationen konnte er eben nicht viel tun.

«Wie soll ich es erklären, dass Sie es verstehen ...», begann er und verstärkte seinen grüblerischen Ausdruck noch, indem er sich mit Daumen und Zeigefinger das Kinn rieb. «Ja, vielleicht so. Wie Sie bereits wissen, heißt es ‹Täterprofil›. Es wird also aufgrund einer Tat erstellt. Wenn unsere Täter aber nichts tun, gibt es auch nichts zu analysieren und damit auch nicht zu aktualisieren.»

«Wenn dieser Mann hier nicht genug Arbeit hat, sollten Sie vielleicht noch einmal über sein Beschäftigungsverhältnis nachdenken», sagte Rosmarie an Torkel gewandt und fest entschlossen, Sebastian von nun an vollständig zu ignorieren.

«Anne-Lie hat darauf bestanden, ihn in die Ermittlungen einzubinden, nicht wir», antwortete Torkel sachlich. «Rein formal betrachtet ist er also immer noch in ihrer Abteilung beschäftigt und fällt in ihr Budget, nicht in unseres. Wenn Sie daran etwas ändern möchten, müssen Sie mit ihr sprechen.»

Worauf er auch spekulierte. In diesem Fall könnte es sogar positive Auswirkungen haben, dass Sebastian sie gegen sich aufbrachte. Rosmarie könnte Anne-Lie anrufen und sie, unter Freundinnen, darum bitten, Sebastian zu feuern, und schwups, wären Torkels Probleme gelöst.

«Also haben Sie in diesen zwei Wochen nichts anderes zustande gebracht als eine öffentlichkeitswirksame Verfolgungsjagd in einem Wohngebiet», schloss Rosmarie, der es offenbar sehr wichtig war, dass sie das letzte Wort hatte und keiner mit dem Gefühl, etwas geleistet zu haben, den Raum verließ.

«Das liegt einzig und allein daran, dass zwei Polizisten unter Ulanders Verantwortung nicht den Anweisungen gefolgt sind», sagte Torkel und hörte selbst, dass es wie eine Ausrede klang.

Rosmarie sah aus, als wollte sie ihn darauf aufmerksam machen, wer hier der leitende Ermittler war, schien aber im nächsten Moment darauf zu kommen, dass es in diesem Fall nicht stimmte. Zum ersten und vermutlich auch einzigen Mal war Torkel froh darüber.

«Wie Sie ja wissen, leite ich die Ermittlungen diesmal nicht, weshalb mir durch die Entscheidungen, die auf lokaler Ebene getroffen werden, ein wenig die Hände gebunden sind», fügte er sicherheitshalber hinzu.

Rosmarie warf einen kurzen Blick in ihre Papiere, aber anscheinend gab es keine weiteren Punkte auf ihrer Liste über «Ärgernisse, die ich bei der Reichsmordkommission ansprechen muss», denn sie stand auf, dankte ihnen und ermahnte sie noch einmal, sie kontinuierlich auf dem Laufenden zu halten.

Das Team atmete kollektiv aus, als sie die Tür hinter sich schloss. Ihre Blicke zeugten deutlich davon, wie sie die letzten fünfundvierzig Minuten empfunden hatten, weshalb sie auch nicht mehr darüber zu diskutieren brauchten. Stattdessen erfragte Ursula noch einmal, wann genau sie heute Abend bei Torkel und Lise-Lotte erscheinen sollten, und alle verkündeten, wie sehr sie sich auf das Essen freuten, ehe sie aufbrachen.

Nachdem die anderen gegangen waren, blieb Torkel sitzen. Er genoss die Einsamkeit und die Stille, und dennoch empfand er ein leises Unbehagen, das er nicht abschütteln konnte. Einerseits wegen des Falls, er selbst war schließlich auch unzufrieden, dass sie noch nicht weitergekommen waren. Vor zwei Wochen waren sie hinzugerufen worden und der Ergreifung des Täters seither keinen Schritt näher gekommen. Es bestand das Risiko, dass dies ein Fall war, den sie niemals lösen würden. Andererseits machte ihm das bevorstehende Abendessen zu schaffen. So schrecklich die Besprechung mit Rosmarie auch gewesen war, er hatte trotzdem das Gefühl, dass es heute noch schlimmer kommen konnte.

Wie sich herausstellen sollte, lag er damit ganz richtig.

Billy lag nackt auf dem Bett und döste, er hatte einen Halbtraum, wenn es so etwas überhaupt gab. My, Conny, Stella.

Die drei Menschen, die ihn im wachen Zustand am meisten beschäftigen, glitten in seine Gedanken hinein und wieder hinaus, eine Mischung aus Erinnerungen und dem, was sein Unterbewusstsein verarbeitete. Und gleichzeitig hörte er im Hintergrund die Dusche aus dem Bad und die Basslinie aus den Lautsprechern auf der anderen Seite der Wand.

Letztes Wochenende war er mit My unterwegs gewesen.

Sie hatten sich Ferienhäuser angesehen.

Drei, für die sie einen Besichtigungstermin vereinbart hatte. Drei engagierte Makler, die sie empfangen hatten. Drei Häuser in unterschiedlichem Zustand und Stil, für die sich Billy eigentlich gar nicht interessiert hatte. Und trotzdem freute er sich seltsamerweise darauf, eines davon zu besitzen.

Weil es normal war.

Ein Ferienhaus. Nicht zu weit weg, damit sie schon freitags nach der Arbeit hinfahren und ein entspanntes Wochenende dort verbringen konnten. Mit Freunden. Mittsommer feiern. Einen Ausflug mit dem Boot machen, das sie sich dann anschaffen würden, denn alle Objekte hatten einen eigenen Steg. Im Sommer ein bisschen am Haus herumwerkeln. Überlegen, ob sie den Terrassenboden erneuern müssten oder noch ein Jahr warten könnten. Rasen mähen. Den offenen Kamin einheizen, wenn sie im Herbst dorthin kamen.

Ein normales Leben.

Sein Leben. Mit My.

Weit entfernt von den anderen beiden. Conny und Stella.

Er hatte Jennifers Vater angerufen. Weil er dazu gezwungen gewesen war. Hätte er sich nicht gemeldet, wäre Conny zu jemand anderem gegangen, was die denkbar schlechteste Alternative war. Also hatte er beschlossen, dem Vater recht zu geben. Ja, die Bilder schienen manipuliert worden zu sein. Aber er bräuchte mehr Zeit, um ganz sicherzugehen und vielleicht auch Beweise aufzutun, die sie weiterbrächten. Conny hatte fast geweint vor Dankbarkeit und Erleichterung. Und Billy hatte versprochen, sich bald wieder zu melden.

Das war jetzt vier Tage her.

Da war er auf dem Heimweg von Stella gewesen.

Stella. Das rote Zimmer und alles, was er darin tun konnte. Alles, was sie ihm zu tun erlaubte. Als er zum ersten Mal mit ihr in Kontakt getreten war, hatte er sich eingeredet, dass es bei diesem einen Mal bleiben würde. Er würde es ausprobieren, aber ganz unabhängig davon, wie es ausginge, würde er es niemals wieder tun. Das erste Mal würde auch das letzte sein, hatte er sich gesagt.

Seither war er noch zwei weitere Male dort gewesen.

Es war wie eine Droge. Er wusste genau, was er machte. Und wie die meisten Menschen mit einem Suchtproblem redete er sich ein, dass er jederzeit damit aufhören könnte. Wenn er denn aufhören musste. War es wirklich so gefährlich, was er da tat? In den Tagen, nachdem er Stella besucht hatte, war er ein besserer Mensch gewesen, ein besserer Mann. Er wurde ruhiger, dachte klarer, war aufmerksamer, nachdem er ein Ventil für seine Triebe gefunden hatte. Nachdem die Schlange gesättigt worden war.

Nebenan wurde das Wasser abgestellt, und auf der anderen Seite der Wand wurde *Maneater* von Hall & Oates ersetzt durch *You Give Love a Bad Name*. Hier mochte jemand die achtziger Jahre, und ihm fiel auf, dass die Playlist wohl doch durchdachter war, als er es anfangs vermutet hätte.

Nachdem er mit Conny gesprochen hatte, war er noch einmal jeden einzelnen Beitrag von Jennifer in den Sozialen Medien durchgegangen. Hatte sie unter die Lupe genommen und die Risiken analysiert.

Es gab ein großes Problem.

Wenn er Conny gegenüber definitiv bestätigte, dass Jennifers Statusmeldungen gefälscht waren, würde der sofort bei der Polizei Anzeige erstatten. Billys Wort und die Tatsache, dass Jennifer eine Kollegin gewesen war, wogen schwer. Das Erste, was ein versierter Polizist machen würde – oder nein, er müsste noch nicht einmal versiert sein, denn es war reine Routine: Er würde eine Ortung von Jennifers Handy und eine genaue Untersuchung des Nachrichtenverkehrs auf ihrem Computer vornehmen. Daraufhin würde der ermittelnde Beamte ziemlich schnell bemerken, dass Jennifer drei Fotos aus Stockholm veröffentlicht hatte, als sich ihr Handy seltsamerweise gerade in Bohuslän befand. An Orten, wo sich Billy im selben Zeitraum aufgehalten hatte. Billy, der definitiv das nötige Wissen und Können hatte, um solche Profile zu fälschen.

Was zum Teufel hatte er sich gedacht?

Er wusste es. Er war gezwungen gewesen, zu My zu fahren, damit sie sich nicht wunderte, was er eigentlich trieb, und hatte Angst gehabt, dass eine Woche Pause in Jennifers Online-Aktivitäten verdächtig wirken könnte.

Wie hatte er so dämlich sein können.

So unvorsichtig.

In der derzeitigen Situation war dies aber das einzige Problem, das Billy sah, wenn er Connys Verdacht definitiv bestätigte. Andererseits war es ein ziemlich großes Problem, das er lösen musste, ehe er den nächsten Schritt gehen konnte.

Noch ein Anlass, Stella wiederzusehen. Sie machte sein dunkles Begehren kontrollierbar, ja sogar nebensächlich, sodass er sich auf das Wichtige konzentrieren konnte. Präsent sein konnte.

«Du musst gehen, gleich kommt ein neuer Kunde.»

Ihm hatte das Haus am Risten-See am besten gefallen, das ging ihm gerade noch durch den Kopf, ehe er die Augen aufschlug und Stella frisch geduscht in einem weißen Morgenmantel neben dem Bett stehen sah. Wenn My ihn bitten würde, eine Rangliste der Häuser zu erstellen, dann würde er das in Falunrot gestrichene Haus von knapp sechzig Quadratmetern mit dem abfallenden Rasen zum See hin als seinen Favoriten nennen.

Er setzte sich auf und vertrieb die letzten Traumfetzen aus seinem Bewusstsein. Dann erhob er sich und zog sich an. Er blickte zu Stella hinüber, die in einer Ecke vor dem Spiegel stand und ein diskretes Make-up auftrug. Er konnte nicht sehen, ob sie blaue Flecken hatte. Es war ziemlich heftig zugegangen.

«Ist mit dir alles in Ordnung?», fragte er, während er sein T-Shirt über den Kopf streifte.

«Du hast nichts getan, was wir nicht abgesprochen haben», antwortete sie und sah ihn im Spiegel an. Das war jedoch keine richtige Antwort auf seine Frage, und er überlegte, ob er sie anders formulieren konnte und ob er es überhaupt sollte, als sein Telefon klingelte. Er zog es aus der Tasche und warf einen Blick aufs Display. My natürlich. Er ließ es weiterklingeln, während er die Hand zu einem kurzen Gruß hob. Stella winkte ihm schweigend zu und schminkte sich weiter.

Er verließ das Zimmer und eilte zum Ausgang. Als er fast an der Tür war, nahm er den Anruf an.

«Hallo, du.»

«Hallo, wo bist du gerade?» Kein Hauch von Misstrauen oder Eifersucht in ihrer Stimme. Nur eine ganz normale Frage, wo er wohl gerade steckte.

«In Uppsala», antwortete er wahrheitsgemäß, während er zum Auto ging.

«Du hast doch nicht vergessen, dass wir heute Abend eingeladen sind?»

«Nein, nein, ich komme jetzt nach Hause.»

«Wir sollten etwas mitbringen.»

«Okay.»

«Fährst du im Systembolaget vorbei und kaufst eine Flasche Wein oder Schampus?»

«Klar, kann ich machen.»

«Gut, dann sehen wir uns nachher.»

Inzwischen war er beim Auto angekommen und betrachtete sein Spiegelbild in der Scheibe. Ihm wurde bewusst, dass er lächelte. Er war froh. Nicht darüber, wo er herkam, sondern darüber, wo er hinfahren würde. Darüber, was er hatte. Ein Leben mit einer Frau, die ihn anrief und bat, eine Flasche Wein zu kaufen, ehe sie zu einer Einladung gingen.

«Du, My ...», sagte er und blieb stehen.

«Ja?»

«Mir hat das Haus am Risten-See am besten gefallen. Das kleine rote.»

«Mir auch.» Er konnte hören, wie sie lächelte, sah vor sich, wie sie schon den nächsten Schritt plante, und er spürte, wie sehr er sie liebte und dass er es ihr sagen musste.

«Ich liebe dich.»

«Ich liebe dich auch. Fahr vorsichtig.»

Dann legte sie auf. Er blieb breit grinsend mit dem Telefon in der Hand stehen wie der Hauptdarsteller in einer romantischen Komödie, der gerade erfahren hatte, dass er trotz aller Widrigkeiten doch noch rechtzeitig zur Hochzeit kommen würde.

Das Problem mit Conny musste er immer noch lösen, aber er würde es schaffen.

Er würde alles schaffen.

Sie würde sich nie daran gewöhnen.
Die leere Augenhöhle, das dunkle Loch in ihrem Gesicht.

Ursula nahm ein sauberes Handtuch und tupfte sich das Gesicht und den Bereich um das Loch ab, während das Glasauge vorübergehend auf einer Kompresse auf dem Waschbeckenrand lag, nachdem sie ihre Augenhöhle gespült und gereinigt hatte. Sie hörte, wie Bella im Wohnzimmer etwas rief, verstand sie aber nicht, weshalb sie die Tür einen Spaltbreit öffnete.

«Was hast du gesagt?»

«Warum steht auf deinem Briefkasten immer noch B und M? Wir wohnen doch gar nicht mehr hier.»

«Ich habe es einfach noch nicht geändert», antwortete Ursula und begann mit der Prozedur, das Auge wieder einzusetzen. Sie desinfizierte sich die Hände und streifte dünne Handschuhe über.

«Warum nicht?», fragte Bella von draußen.

«Ich habe es einfach noch nicht gemacht.»

Sie konzentrierte sich darauf, die angefeuchtete Prothese an ihren Platz zu bringen, indem sie erst das obere Augenlid anhob und sie darunterschob, dann das untere nach unten zog und das Auge an Ort und Stelle gleiten ließ. Dann blinzelte sie mehrmals und betrachtete sich im Spiegel. Viel besser.

«Keiner von uns wird hierher zurückkommen, das weißt du, oder?»

Wie immer bei Bella war sich Ursula nicht sicher, ob die Tochter sie einfach nur informieren oder ihr einen kleinen

Stich versetzen wollte. In diesem Moment war sie aber zu gut gelaunt, um sich darüber Gedanken zu machen.

«Versteh mich nicht falsch, aber ich möchte auch keinen von euch wieder hier haben», entgegnete sie in einem unbekümmerten Ton, damit Bella ihr Lächeln wahrnahm, auch wenn sie es nicht sehen konnte.

Sie kam aus dem Badezimmer und zupfte das ärmellose, dunkelgrüne Kleid zurecht, zu dem Bella ihr geraten hatte, ehe Ursula bemerkt hatte, dass ihre Augenprothese zu drücken begann.

Als es an der Tür geklingelt hatte, war sie überrascht gewesen, weil sie nicht gerade oft Besuch bekam, aber noch überraschter, als sie sah, dass es Bella war. Die Tochter war in Söder auf einer Party eingeladen und wollte einige Sachen bei ihr abstellen, die sie morgen brauchte, denn sie hatte vor, nach der Feier bei Ursula zu übernachten, wenn das okay sei.

Natürlich war es das.

Mehr als okay.

Bella hatte sich für ihre Wohnung entschieden, anstatt zu Micke und Amanda zu gehen. Ursula hatte sie später sogar nach dem Grund gefragt, während sie zusammen in der Küche eine Flasche Wein aufgemacht hatten. Bella hatte geantwortet, dass Ursula zum einen mehr Platz hatte und sie immer noch ihr altes Zimmer hier habe, zum anderen leide Amanda weiterhin unter Übelkeit, und Bella hatte keine Lust, sie schon frühmorgens würgen und brechen zu hören. Außerdem hatte sie die meiste Zeit eine schreckliche Laune. Bella konnte es ihr aber nicht verübeln. Es musste die reinste Tortur sein, wenn einem mehrere Monate lang jeden Tag schlecht war.

«Dieses Kind bekommt garantiert nie ein Geschwisterchen ... also abgesehen von seiner Halbschwester», korrigierte sie sich. Ursula verspürte ein kleines bisschen Schadenfreude darüber, dass Amanda immerhin nicht barfuß in flatternden weißen Leinenkleidern über den geölten Holzboden schwebte und strahlte, während sie Kräutertee trank und sich über den runden Bauch strich, und alles einfach nur herrlich fand, wie Ursula es sich vorgestellt hatte, als Bella von Amandas Schwangerschaft erzählt hatte.

«Jetzt jag mir bitte keinen Schreck ein! Du hast doch hoffentlich das Auge drin, oder?», fragte Bella und hielt sich die Hand vors Gesicht, als käme gleich etwas Gruseliges im Fernsehen, als Ursula in der Tür zum Wohnzimmer auftauchte. Sie sperrte lachend die Augen auf, um Bella zu zeigen, dass sie beide an Ort und Stelle waren.

«Es tut mir leid, aber ich finde das wirklich so was von eklig», entschuldigte Bella sich.

«Ich auch», erwiderte Ursula, ging in die Küche und holte die Weinflasche aus dem Kühlschrank. Sie hielt sie Bella fragend hin, die nickte und ihr das Glas hinschob. Sie würde erst später aufbrechen.

«Wer kommt denn noch zu diesem Essen heute?», fragte sie und trank einen Schluck Wein.

«Billy und seine Frau, Vanja und ihr Freund, Sebastian und ich», zählte Ursula auf.

«Der Typ, in dessen Wohnung du angeschossen wurdest?»

«Ja.»

«Bist du damals wegen ihm nach Stockholm gezogen?»

Ursula erstarrte. Sie hatte eine weitere Frage über ihre Schussverletzung erwartet. Bis heute hatten sie nicht besonders viel darüber gesprochen. Aber diese Frage? Wo kam die jetzt her? Wann hatte Bella diese Verbindung hergestellt? Und wie? Ursula beschloss kurzerhand, die Unwissende zu spielen und abzuwarten, wohin das führte.

«Was meinst du?»

«Als du mich und Papa verlassen hast. Als ich sieben war.»

Ursula konnte keinen Vorwurf aus ihrer Stimme heraushören, nur die sachliche Neugier einer erwachsenen Tochter, die mehr über eine bestimmte Zeit in ihrer Kindheit erfahren wollte. Das war eigentlich nicht ungewöhnlich. Doch Ursula musste sich entscheiden, wie sie darauf reagieren sollte.

Lügen mit dem Risiko, es offenbar nur zu tun, um die eigene Haut zu retten? Oder ehrlich antworten mit dem Risiko, eine Frau zu sein, die ihre Familie für einen anderen Mann verlassen hatte?

Egal, wie sie sich entschied, beides würde sie als Egoistin bloßstellen. Aber es war besser, damals egoistisch gewesen zu sein als heute. Ihren Fehler zuzugeben, anstatt einen weiteren zu begehen. Doch vielleicht konnte sie sich auch vor der Antwort drücken oder sie hinauszögern, um herauszufinden, was Bella eigentlich wusste, und sich dann anpassen.

«Wo hast du das her?»

«Ich habe mit Barbro gesprochen.»

Damit hatte sie nicht gerechnet. Auf keinen Fall. Sie war sich sicher, dass Micke es erzählt hatte. Vermutlich wusste er mehr, als er preisgab. Und hatte es die ganze Zeit gewusst. Aber Barbro ... Ursula kannte nur eine Barbro, und es war nicht unbedingt wahrscheinlich, dass es sich hier um eine andere Person handelte, aber sie wollte trotzdem sichergehen.

«Meine Schwester?»

«Ja.»

Schon seit vielen Jahren hatte Ursula nicht mehr an Barbro gedacht und seit jenem Nachmittag, als sie ihre Schwester zur Rede gestellt und deren Ehe zerstört hatte, nichts mehr von ihr gehört.

«Warum hast du mit ihr gesprochen?» Ihre Stimme klang kälter und empörter, als sie es beabsichtigt hatte, und verriet deutlich, was sie von ihrer Schwester hielt, aber auch davon, dass ihre Tochter mit Barbro gesprochen hatte.

«Sie hat sich bei mir gemeldet, als du damals angeschossen wurdest. Hat sich Sorgen um dich gemacht und sich nach deinem Zustand erkundigt.»

Ursula schnaubte verächtlich, als glaubte sie das im Leben nicht.

«Sie wollte wohl gern hören, dass ich sterbe.»

«Das weiß ich nicht ... Ich hatte ihr jedenfalls versprochen, dass ich dir nichts von ihrem Anruf erzähle.»

«Aber jetzt hast du es doch getan.»

«Du wolltest ja, dass ich dir Sachen erzähle.»

Ursula nickte vor sich hin. Zu wahr. Sie hatte das Gefühl, dass ihre ausgestreckte Hand und der Pub-Besuch in Uppsala vor zwei Wochen dazu beigetragen hatten, dass Bella jetzt bei ihr auf dem Sofa saß. Ein Anfang, die Möglichkeit zu einem Neustart. Das wollte sie auf keinen Fall zerstören, in dem sie undankbar war.

«Aber anscheinend nur ich dir, oder hattest du auch vor, mir Sachen zu erzählen?», fragte Bella, nahm noch einen Schluck Wein und sah sie auffordernd über den Rand des Glases hinweg an. Ursula holte tief Luft.

«Sebastian war einer der Gründe dafür, dass ich umgezogen bin. Aber ich wollte auch den Job wechseln, und die Reichsmordkommission war viel besser und spannender als meine alte Stelle bei der SKL», gab Ursula zu.

«Besser und spannender als wir?»

Eine etwas vereinfachte und ungerechte Argumentation, dachte Ursula, beschloss jedoch, ihr jüngstes Erfolgsrezept erneut anzuwenden. Auf keinen Fall die Konfrontation suchen. Konflikte vermeiden. Alles für ein nettes Gespräch tun.

«Wir hatten darüber gesprochen, mit der ganzen Familie umzuziehen. Micke wollte jedoch nicht. Tatsächlich war es sein Vorschlag, eine Weile getrennt zu wohnen.»

«Ihr habt aber nicht mit mir gesprochen.»

«Du warst noch zu klein.»

«Wenn ich dich gebeten hätte zu bleiben, hättest du es getan?»

«Du hast mich nie gebeten.»

«Aber wenn.»

Es war eine rein hypothetische Frage. Wenn das Wörtchen wenn ... Man konnte nur spekulieren. Fakt war, dass Bella sie nie darum gebeten hatte, nicht zu fahren. Sie war natürlich traurig gewesen, aber man hatte ihr dennoch so deutlich angemerkt, dass in ihren Augen das richtige Elternteil ausgezogen war. Schon damals hatte es eine gefühlsmäßige Barriere zwischen ihnen gegeben. Einen Abstand. Und jetzt hatte Ursula die Chance erhalten, ihn wieder zu überbrücken, jedenfalls ein bisschen.

«Ich weiß es nicht. Vermutlich nicht.»

Bella nickte nur, sie schien sich mit der Antwort zufriedenzugeben. Es war keine Überraschung für sie, dass Ursula ihre eigenen Bedürfnisse und Wünsche über Bellas stellte, aber immerhin war sie jetzt ehrlich.

«Was ist zwischen dir und Barbro vorgefallen?», fragte Bella und wechselte das Thema.

«Hat sie das nicht erzählt?»

«Nein.»

«Was hat sie denn gesagt?»

Bella holte ihrerseits tief Luft, stellte das Weinglas ab und richtete sich auf.

«Sie hat angerufen und gefragt, was passiert ist. Ich habe gesagt, du wärst bei einem Sebastian zu Hause angeschossen worden, und sie fragte: ‹Der Sebastian?›, und ich wusste nicht, was sie meinte, und sie sagte: ‹Na, der, für den sie nach Stockholm gezogen ist›, und ich sagte, dass ich es nicht wüsste, und sie sagte: ‹Das muss er sein›, und dann hat sie wieder gefragt, wie es dir gehe, und wir haben nicht weiter darüber gesprochen.»

Schweigen.

Ein neuer auffordernder Blick von Bella.

Ursula überlegte. Was hatte sie eigentlich zu verlieren, wenn sie ihr die Geschichte erzählte? Nichts, entschied sie. In diesem Fall war ausnahmsweise sie das Opfer.

«Barbro war mit ihm Bett. Oder er war mit ihr im Bett, in jenem Herbst, als ich wieder nach Linköping zurückgezogen bin. Als dein Vater krank war.»

«Du meinst, als er getrunken hat.»

Ursula war es so gewohnt, Micke zu verteidigen, Ausreden für ihn zu erfinden, ihn zu beschützen, es war zu einem Reflex geworden. Dabei hatte Bella schon lange verstanden, dass ihr Vater ein Alkoholproblem gehabt hatte. Also nickte sie nur.

«Ich habe Micke nicht geliebt, wahrscheinlich habe ich es nie getan, aber Sebastian habe ich geliebt.»

«Du hast doch gerade gesagt, du wärst nicht seinetwegen umgezogen.»

«Bin ich auch nicht, nicht nur. Ich habe erst in Stockholm angefangen, ihn zu lieben. Als wir mehr Zeit miteinander verbrachten ... Aber dann war er mit Barbro im Bett.»

Wieder wurde es still im Zimmer.

Wie viel sie in den letzten Minuten miteinander gesprochen hatten, wie viel Bella über ihre Mutter erfahren hatte.

Zum ersten Mal. Es war beinahe überwältigend. Und es gab sicher noch viel mehr zu bereden. Über ihre Kindheit, über Micke, die Entscheidungen, die Ursula getroffen hatte, ihre Beziehung zu Sebastian, mit dem sie mittlerweile schon seit vielen Jahren wieder zusammenarbeitete. Doch es würde genug Zeit dafür geben.

«Und jetzt geht ihr gemeinsam zu einem Essen», stellte Bella fest.

«Jetzt gehen wir gemeinsam zu einem Essen.»

Das schien ein guter Moment zu sein, um einen Punkt zu machen.

Ursula warf einen Blick auf die Uhr, nahm ihr Weinglas, ging in die Küche und stellte es in die Spüle. Bella blieb auf dem Sofa sitzen. Ihre Party fing noch lange nicht an. Ursula bestellte ein Taxi, vergewisserte sich, dass Bella alles hatte, was sie brauchte, und rief ein «Auf Wiedersehen!» in die Wohnung. Bella kam in den Flur.

«Wir sehen uns morgen», sagte sie und umarmte Ursula.

Das hatte sie, soweit Ursula sich erinnern konnte, noch nie von sich aus getan.

Und Ursula hatte das Gefühl, sie könnte sich daran gewöhnen.

Hallo, komm doch rein.»

Torkel trat zur Seite und ließ Sebastian in die Wohnung. Er sieht aus, als wünschte er sich eigentlich, dass der Abend schon vorbei wäre, dachte Sebastian, während er seinen Schal und Mantel auszog und aufhängte.

«Bin ich der Erste?»

«Ja.»

Lise-Lotte kam aus der Küche, begrüßte ihn und sagte, wie sehr sie sich freue, ihn endlich kennenzulernen. Sie habe schon so viel von ihm gehört. Vermutlich nicht allzu viel Gutes, dachte Sebastian.

«Dann bist du also der Grund dafür, dass Torkel zurzeit immer so glücklich aussieht», sagte er und überreichte ihr die Blumen, die er unterwegs gekauft hatte.

«Ich hoffe es.»

«Da bin ich mir ganz sicher», erwiderte Sebastian lachend.

«Möchtest du etwas trinken?»

«Gern etwas Antialkoholisches.»

«Wie wäre es mit einem alkoholfreien Bier?»

«Ja, wunderbar, danke.»

Torkel stand neben ihm und musterte ihn. Sebastian Bergman. Benahm sich wie ein normaler Mensch. Man konnte leicht vergessen, wie manipulativ und charmant er sein konnte, wenn er es darauf anlegte. Vermutlich durfte Torkel aber froh sein, dass Sebastian sich wenigstens ein bisschen Mühe gab.

Sie gingen ins Wohnzimmer. Sebastian blieb stehen und sah sich um.

«Ich war noch nie hier, oder?»

«Du weißt genau, dass du noch nie hier warst.»

«Schön. Wirklich gemütlich. Wie lange wohnst du schon hier?»

«Seit meiner Scheidung von Yvonne.»

Sebastian nickte interessiert und trat ein paar Schritte auf das nächste Regal zu.

«Sind das deine Töchter?», fragte er, deutete auf ein Foto von Vilma und Elin, nahm es in die Hand und betrachtete es.

Er hielt sich an seinen Plan.

Belangloser Smalltalk.

Wie es einem langweiligen, phantasielosen Mann wie Torkel gefiel. Denn selbst wenn es ihm gelingen würde, Vanja wieder auf seine Seite ziehen, würde das nicht ausreichen, um bei der Reichsmordkommission bleiben zu dürfen. Dafür bräuchte er Torkel.

«Wie groß sie geworden sind.»

«Was machst du hier eigentlich gerade?», fragte Torkel, nahm Sebastian das Foto weg und stellte es wieder ins Regal.

«Was meinst du?»

«Was willst du von mir? Wenn du dich ausnahmsweise mal wie ein normaler Mensch benimmst, führst du immer irgendetwas im Schilde.»

Na gut, vielleicht hatte er ein wenig zu dick aufgetragen, aber wenn er Torkel richtig einschätzte, war es besser, den eingeschlagenen Weg weiterzugehen, anstatt einen Rückzieher zu machen.

«Ich möchte ... ich möchte einen Teil meines alten Lebens zurückhaben.» Er verstummte, als müsste er nach den richtigen Worten suchen. «Wie du weißt, habe ich wieder ein engeres Verhältnis zu Ursula aufgebaut, und ich habe eingesehen, dass ich ... in den letzten Jahren sehr, sehr einsam war. Und wir waren immerhin einmal Freunde, Torkel.»

Torkel musterte ihn schweigend, und Sebastian betrachtete ihn mit dem ehrlichsten und offensten Blick, den er zustande brachte. Zu viel? Zu schnell? Am sichersten war es nun, auf eine Antwort zu warten und sich danach zu richten.

Doch es kam keine, weil es im nächsten Moment an der Tür klingelte. Während Torkel in den Flur ging, um die nächsten Gäste zu empfangen, kam Lise-Lotte ins Wohnzimmer und reichte ihm ein Glas alkoholfreies Bier. Kurz darauf trat Ursula über die Schwelle und hielt einen Moment inne, als sie sah, dass außer ihr bisher nur Sebastian erschienen war. Sollte sie ihm erzählen, dass sie gerade erst über ihn gesprochen hatte? Einen gedanklichen Ausflug in die Vergangenheit gemacht hatte? Aber was würde das schon nutzen. Er hatte nie darüber nachgedacht, was passiert war, da war sie sich sicher. Außerdem würde er niemals um Verzeihung bitten. Vielleicht erinnerte er sich nicht einmal mehr an den Grund, weswegen sie ihn so viele Jahre gehasst hatte.

Lise-Lotte ging auf Ursula zu, um sie zu begrüßen.

«Aber wir haben uns doch schon einmal gesehen», sagte sie und schüttelte Ursulas Hand.

«Ja, das stimmt», erwiderte Ursula lächelnd. Bereits damals, als Lise-Lotte ungeschminkt aus dem Schlafzimmer gekommen war, hatte Ursula bemerkt, wie hübsch sie war. Und jetzt, frisch frisiert, mit einem dezenten Make-up und einem schlichten Karen-Millen-Kleid, sah sie wirklich phantastisch aus.

Ursula fragte, ob sie Lise-Lotte in der Küche helfen könne, aber das meiste war schon fertig. Vieles habe sie gestern vorbereitet und um den Rest habe sie sich gekümmert, als sie am Nachmittag nach Hause gekommen sei, erklärte Lise-Lotte. Ob Ursula etwas zu trinken wolle? Rot- oder Weißwein, Bier, Wasser, Cola?

«Gern ein Glas Weißwein», antwortete Ursula, und Lise-Lotte eilte in die Küche. Natürlich war sie auch die perfekte Gastgeberin.

Ursula ging zu Sebastian und merkte, dass sie schon zwei Gläser Wein getrunken hatte. Sie musste ein bisschen aufpassen.

«Schönes Kleid», begrüßte er sie.

«Danke.»

«Kommt dein Tinder-Date auch?»

«Er ist kein Tinder-Date, und nein, tut er nicht. Wir haben uns bisher ein einziges Mal getroffen.»

«Ich habe mal eine Frau zu einer Buchpremiere mitgenommen, die ich auf dem Weg dorthin in der U-Bahn kennengelernt hatte.»

«Das wundert mich nicht. Leider.»

Sie hörten erneut die Türklingel und bekamen kurz darauf Gesellschaft von Vanja und Jonathan. Sie wurden willkommen geheißen und bekamen Getränke. Vanja verzichtete ebenfalls auf Alkohol. Sie würde heute fahren, sagte sie. Die Wahrheit war, dass sie nicht wusste, ob sie schwanger war oder nicht. Wenn nicht, lag es jedenfalls nicht daran, dass sie es nicht versucht hatten. Aus diesem Grund waren sie auch ein bisschen zu spät gekommen.

Sie begrüßten Sebastian, der Jonathan die Hand gab und sich mit Vor- und Nachnamen vorstellte. Kein Wort darüber, dass sie sich schon begegnet waren. Dies war eine hervorragende Gelegenheit, eine neue und bessere Seite von sich selbst zu präsentieren, fand Sebastian. An einem solchen Abend konnte Vanja ohnehin nicht verlangen, dass sie nur über Berufliches sprachen. Insbesondere, nachdem Torkel und Lise-Lotte sie gebeten hatten, aus Rücksicht auf ihre Partner doch möglichst wenig über die Arbeit zu reden. Das passte Sebastian ausgezeichnet. Ohne Torkel und Lise-Lotte, die ihre Aufmerksamkeit zwischen den Gästen und der Küche aufteilen mussten, waren sie nur zu viert.

Sich an den Plan halten.

Nur belangloser Smalltalk.

Schließlich kamen Billy und My, und die ganze Willkommensprozedur wiederholte sich noch einmal. Mäntel ablegen, hereinkommen, willkommen geheißen werden, Getränke.

«Bitte entschuldigt, dass wir zu spät sind, aber Billy war noch in Uppsala», sagte My, als sich alle begrüßt hatten.

«Was hast du denn da gemacht?», fragte Sebastian in unverfänglichem Plauderton.

«Nur ein paar Sachen überprüft.»

«Was denn für Sachen?»

«Hört doch auf, über die Arbeit zu reden», unterbrach Lise-Lotte ihn mit einem Lächeln. «Und setzt euch, es ist alles fertig.» Sie bewegten sich in Richtung Küche. Sebastian sah Billy nach. Er hatte auch die meiste Zeit des Tages in Uppsala verbracht und gearbeitet, war Billy jedoch nicht im Präsidium begegnet. Und Anne-Lie und Carlos hatten auch nichts davon gesagt, dass sie ihn angetroffen hätten.

«Freie Platzwahl», sagte Lise-Lotte, als sie in die Küche kamen, wo für acht Gäste gedeckt war.

Sebastian beobachtete Vanja, die eindeutig wartete, bis er sich einen Stuhl genommen hatte, damit sie sich so weit wie möglich von ihm entfernt setzen konnte.

Die Vorspeise wurde serviert.

Blumenkohlpuffer mit Parmesan.

Wein wurde nachgeschenkt, und man begann zu plaudern. Jonathan, Lise-Lotte und My bekamen am meisten Aufmerksamkeit. Weil sie andere Berufe und andere Erfahrungen hatten, und außerdem, weil sie drei Menschen aus dem Team nicht in erster Linie als Polizisten kannten, sondern auch als Privatpersonen. Neue Perspektiven, neue Entdeckungen über alte Kollegen.

Pochierter Dorsch mit Krabben und Dillkartoffeln.

Beim Hauptgericht ertappte Sebastian sich dabei, dass er sich wohl fühlte. Die Gesprächsthemen gingen mühelos ineinander über. Fernsehserien, Jobs, Musik, Geburtsorte, Klatsch und Tratsch, Politik. In Gesellschaft der anderen schien auch Vanja ihm gegenüber ein wenig aufzutauen.

Und morgen würde es noch besser werden.

Er hatte mit Valdemar gesprochen und sich verabredet. Valdemar wusste sehr genau, wer Sebastian war, ein Kollege, der mit seiner Tochter – wie er sie immer noch nannte – zusammenarbeitete, hatte die Vaterschaft während des Gesprächs allerdings nie thematisiert, und so nahm Sebastian an, dass Vanja es ihm nie erzählt hatte.

Sebastian hatte ihm erklärt, dass es bei seinem Anruf auch um Vanja gehe. Er hätte das Gefühl, sie würde etwas in ihrem Leben vermissen, und das sei Valdemar. Als Valdemar das gehört hatte, klang er, als würde er anfangen zu weinen. Er musste nicht lange dazu überredet werden, sie mit einem Besuch zu überraschen. Würde sie vorher davon erfahren, würde sie sicher eine Ausrede finden, um ein Treffen zu verhindern.

Status quo war immer das Einfachste.

Die Veränderung war es, die den Menschen schwerfiel.

Veränderung und Versöhnung.

Zitronenmousse, Passionsfrucht und Haferkekse.

Nach dem Essen hatten sie sich alle bedankt und sich einander darin übertroffen, das Essen in den höchsten Tönen zu loben. Ursula bestand darauf, in der Küche zu helfen. Lise-Lotte wollte, dass sie alles stehenließen, Torkel und sie könnten sich auch morgen darum kümmern. Doch Ursula setzte ihren Willen durch.

Die anderen wechselten ins Wohnzimmer. Sebastian konnte sich nicht erinnern, wann er zum letzten Mal an einem sozialen Ereignis wie diesem teilgenommen hatte, ohne nach einer Frau Ausschau zu halten, die er ins Bett kriegen konnte. Sondern einfach nur mit Leuten zusammenzusitzen. Es musste in der Zeit mit Lily gewesen sein. Lange her. Er betrachtete die anderen.

Jonathan und Billy hatten die Köpfe zusammengesteckt und diskutierten über irgendetwas, an dem er nicht einmal Interesse zu heucheln gedachte. Vanja war nicht im Zimmer. Vielleicht war sie in der Küche. Möglicherweise könnte er ein bisschen mit ihr plaudern. Es war ein netter Abend. Das schien sogar sie so zu empfinden. Auf dem Weg in die Küche kam er an My vorbei, die sich gerade Torkel gekrallt hatte.

«Darf ich dich etwas fragen?», hörte er sie sagen. Er verlangsamte seine Schritte, hielt sich in Hörweite, interessiert an allem, was Billy betraf.

«Natürlich.»

«Im November, vorausgesetzt, es liegt gerade nichts Wichtiges an», fügte My hinzu, «meinst du, ihr würdet da eine Woche ohne Billy auskommen?»

«Mal sehen, das kann ich jetzt schwer sagen. Warum?»

«Wir hatten vor, noch einmal wegzufahren. Ein bisschen Urlaub.»

«Wie gesagt, mal sehen. Hat er denn noch Urlaub?»

«Ja, er hat ja nach Mittsommer zusätzlich eine Woche gearbeitet.»

«Wirklich?»

«Ja, er ist erst Anfang Juli zu mir nach Bohuslän gefahren.»

«Okay.» Torkel nickte vor sich hin. «Ich werde mal nachsehen.»

Nichts an ihrem Gespräch weckte Sebastians Interesse, und außerdem schienen sie jetzt alles besprochen zu haben. Er ging weiter in die Küche, wo Lise-Lotte und Ursula gerade das letzte Geschirr abtrockneten. Auch hier keine Vanja. Vielleicht war sie auf der Toilette. Und er konnte wohl nicht davor warten, um sie abzufangen. Lise-Lotte drehte sich zu ihm um, als er hereinkam, und schob ihm einen Stuhl hin.

«Kann ich dir noch etwas anbieten?»

«Nein, danke. Das Essen war wirklich ausgezeichnet, und ich vermute, es war nicht Torkels Verdienst.»

«Er hat mir geholfen.»

«Sieh einer an. Und es war trotzdem gut», erwiderte Sebastian mit einem warmherzigen Lächeln. «Das war jedenfalls eine tolle Initiative. Und schön, dich kennenzulernen.»

«Ich fand es auch schön, euch zu treffen, ich habe so viel von euch gehört, seit ich Torkel kennengelernt habe.»

«Dann hoffen wir mal, dass wir uns noch öfter sehen werden.»

Ursula warf ihm einen Blick zu, als müsste sie sich überzeugen, dass sie richtig gehört hatte. Flirtete er etwa mit Lise-Lotte?

Aufmerksam, höflich, scherzhaft.

So verhielt sich Sebastian nur, wenn er etwas wollte, und wenn er etwas wollte, wollte er immer nur das eine: jemanden ins Bett kriegen. Doch nicht einmal die selbstzerstörerischste Version von ihm konnte wohl im Ernst auf die Idee kommen, Torkels neue Liebe zu verführen. Oder war das ein psychologisches Spiel, mit dem er Ursula eifersüchtig machen wollte? Sie dazu bringen wollte, ihn zu vermissen. Sieh her, Ursula, was für einen tollen Mann du vermisst ...

«Und dass ihr beide hier so nett zusammen in der Küche werkelt», hörte sie ihn im Plauderton fortfahren und merkte sofort, dass sie auf etwas zusteuerten, was den kleinen Flirt vergleichsweise harmlos erscheinen ließ. «Das würden nicht alle so hinbekommen.»

Lise-Lottes Lächeln erstarrte.

«Was denn? Warum denn nicht?»

«Sebastian ...», sagte Ursula in einem gespielt heiteren Ton, um ihn abzulenken. Das hatte jedoch den gegenteiligen Effekt. Lise-Lotte sah von Sebastian zu Ursula und hatte eine verwunderte Falte auf der Stirn, die noch tiefer wurde, als sie erneut Sebastian betrachtete, der jetzt nur noch schweigend dasaß. Ihm war soeben klargeworden, dass Torkel Lise-Lotte nichts von Ursula erzählt hatte.

«Warum sollten wir nicht zusammen in der Küche sein?» Lise-Lotte wiederholte die Frage, als ahnte sie die Antwort bereits. Doch ihr Blick sagte, dass sie die Wahrheit von Sebastian hören wollte.

«Weil ... weil ...», fing er an und fühlte sich wie ein Schüler, der in das Rektorenzimmer gerufen worden war. Er hatte doch ausnahmsweise gar nichts kaputtmachen wollen, nicht den anderen und vor allem nicht sich selbst, er wollte einfach nur nett sein. Wenn Lise-Lotte ihn mochte, wäre die Chance, dass Torkel ihn beim nächsten Mal anfordern würde, etwas größer. Fieberhaft versuchte er, sich eine gute Antwort einfallen zu lassen, aber sein Kopf war leer. Dabei konnte er normalerweise selbst im Schlaf lügen. Dennoch war er gezwungen, irgendetwas zu sagen.

«Okay, ich wollte wirklich nicht ... ich dachte, er hätte es erzählt ...»

«Was erzählt?»

«Sebastian ...», warf Ursula erneut ein, als könnte er aus der Situation herauskommen, in dem er einfach schwieg.

«Was erzählt?», fragte Lise-Lotte erneut mit unterschwelligem Zorn in der Stimme.

«Torkel und Ursula ... hatten mal was.»

«Wie, hatten?»

«Na, du weißt schon, sie hatten was am Laufen», sagte Sebastian achselzuckend. Es war schon furchtbar genug, da musste er nicht auch noch auf Details eingehen.

«Wie lange ist das her?»

«Weiß ich nicht», er blickte Ursula an, als wollte er sie um Unterstützung bitten. «Ein halbes Jahr vielleicht, etwas mehr ...»

Also ein oder zwei Monate bevor sie einander kennengelernt hatten. Lise-Lotte nahm die Nachricht schweigend auf, doch im nächsten Moment kam Torkel in die Küche gestürzt und unterbrach die Stille.

«Ulander hat angerufen, wir müssen los. Er hat wieder zugeschlagen.»

Das kleine Wartezimmer wurde von gedämpftem Licht erhellt, und die Möbel und Textilien waren in Gelb- und Grüntonen gehalten. Farben, die von den meisten Menschen als beruhigend, entspannend, warm und freundlich empfunden wurden. Ein Aquarium an einer Wand, üppige Grünpflanzen und ordentlich arrangierte Zeitschriften auf dem Tisch zwischen dem gelben Sofa und den grünen Stühlen. Dazu anonyme Instrumentalmusik, die leise aus verborgenen Lautsprechern plätscherte. Hier schien ein Innenarchitekt wirklich seine Hausaufgaben gemacht zu haben, was die Auswirkung von Farb- und Raumgestaltung auf das Wohlbefinden von Patienten anging.

Therese saß in einem weichen Sweatshirt und einer grauen Jogginghose auf dem Sofa. Sie hatte die Beine hochgezogen und umklammerte ihre Knie, als wollte sie sich kleiner machen oder ganz verschwinden. Die dunklen Haare hatte sie zu einem lockeren Pferdeschwanz gebunden, doch einige Strähnen fielen ihr seitlich ins Gesicht. Ihre Augen waren vom Weinen gerötet.

«Ich war mit Freunden unterwegs. Um halb elf bin ich nach Hause gefahren», sagte sie so leise, dass Anne-Lie sich vorbeugen musste, um sie zu verstehen. «Ich habe das Nachttaxi angerufen.»

«Das Nachttaxi?»

«Ein Fahrservice für Frauen, die allein unterwegs sind. Es kostet nichts. Ein paar Studenten haben das ursprünglich ins Leben gerufen ...»

Anne-Lie nickte. Sie meinte sich zu erinnern, kürzlich etwas darüber gelesen zu haben, dass die Nachfrage in letzter Zeit enorm gestiegen war – bedauerlicherweise.

«Als Sie das Auto bestellt haben ...»

«Ja?»

«Haben Sie da erwähnt, dass Sie allein zu Hause sind?»

Da der Täter Therese in ihrer Wohnung aufgelauert hatte, als sie nach Hause gekommen war, versuchte Anne-Lie herauszufinden, ob jemand gewusst hatte, dass sie allein sein würde. Vor ein paar Jahren hatten sie in Göteborg einer Einbrecherbande das Handwerk gelegt, an der mehrere Taxifahrer beteiligt gewesen waren. Sie informierten die drei Männer, die die Einbrüche begingen, wenn sie einen Fahrgast zum Flughafen Landvetter brachten, dessen Haus in nächster Zeit voraussichtlich unbewohnt sein würde. In einigen Fällen hatten sie ihre Kunden sogar in ein Gespräch verwickelt, um herauszufinden, wie lange sie verreist sein würden. In diesem Fall war der Zeitrahmen natürlich deutlich enger, aber so etwas war nicht ausgeschlossen.

«Nein, habe ich nicht», antwortete Therese, nachdem sie kurz nachgedacht hatte.

«Sind Sie sicher?»

«Ja.»

Anne-Lie machte sich trotzdem eine Notiz. Ein Taxiunternehmen, das Frauen, die ohne Begleitung unterwegs waren, nachts unentgeltlich nach Hause fuhr, das sollten sie sich genauer ansehen.

In dem Moment kam Gabriella, Thereses jüngere Schwester, in den kleinen Wartebereich zurück. Sie hielt einen dampfenden Becher Tee in der Hand, den sie vor Therese auf den Tisch stellte, bevor sie sich neben ihre Schwester auf das Sofa setzte.

«Ich habe Milan erreicht, er ist auf dem Weg. In ein paar Stunden ist er zu Hause.» Therese nickte dankbar, blieb jedoch unverändert sitzen, umklammerte ihre Beine und machte keinerlei Anstalten, nach dem Becher mit dem heißen Tee zu greifen. Gabriella nahm ihre Hand und drückte sie.

«Milan ist gerade auf einem Workshop», erklärte sie Anne-Lie.

«Wer wusste davon? Dass Sie allein zu Hause waren?»

Gabriella sah ihre Schwester an, diese Frage musste sie selbst beantworten.

«Unsere Freunde, seine Arbeitskollegen, unsere Eltern ...» Therese blickte hilfesuchend ihre Schwester an. Gabriella schwieg.

«Haben Sie irgendetwas darüber in den sozialen Netzwerken gepostet?», hakte Anne-Lie nach. Sie wollte Therese in keiner Weise dazu bringen, die Schuld bei sich zu suchen. An sexuellen Übergriffen war einzig und allein der Täter schuld, niemand sonst. Aber sie musste wissen, ob sie einen Mann jagten, der den Opfern möglicherweise näherstand, als sie anfangs angenommen hatten, oder ob er sich die Informationen, die er für seine Taten benötigte, auch dadurch beschaffen konnte, indem er sich einfach vor einen Computer setzte und im Internet surfte. Dass der Mann in Thereses Wohnung auf sie gewartet hatte, deutete darauf hin, dass er davon ausgegangen war, sie würde allein nach Hause kommen.

«Ja, ich hab es auf Facebook gepostet», gab Therese schließlich zu.

«Und Milan hat gestern Abend Bilder auf Instagram veröffentlicht», warf Gabriella ein.

«Wir haben sogar noch darüber geredet», sagte Therese schluchzend, und zum ersten Mal, seit sie in das Zimmer gekommen war, sah sie Anne-Lie direkt an. «Dass er so schnell wegfährt, so früh nach dem ... Sie wissen schon. Nach dem ersten Mal.»

Ihre Stimme versagte, wieder stiegen ihr Tränen in die Augen. Gabriella legte den Arm um ihre Schultern und drückte sie.

«Ich habe gesagt, es wäre okay. Das, was geschehen ist, sollte uns nicht beeinträchtigen. Ich wollte es einfach nur vergessen und ganz normal weiterleben.»

Eine bewundernswerte Einstellung, doch Anne-Lie wusste, dass die meisten, denen das Gleiche widerfahren war wie Therese, das Erlebte nur schwer hinter sich lassen und so weitermachen konnten wie bisher. Die Übergriffe wirkten sich auf die Betroffenen aus, auch wenn die Traumata vollkommen unterschiedlich ausfallen konnten. Niedergeschlagenheit, Schuldgefühle, Schlafstörungen, Angst, Autoaggression, sogar Suizidgedanken. Jeder reagierte auf seine Weise. Direkt nach der Tat oder auch erst viele Jahre später konnte irgendein Trigger greifen.

«Ich verstehe das nicht. Warum wieder ich?», sagte Therese, mehr zu sich selbst.

«Ich weiß es nicht.» Anne-Lie fühlte wirklich mit ihr. Selbst wenn es Therese gelungen war, die erste Vergewaltigung mehr oder weniger erfolgreich zu verdrängen, ein zweites Mal würde es bedeutend schwieriger werden, wenn nicht gar unmöglich. Auch wenn die Täter gefasst wären, würde Therese die Übergriffe, wenn überhaupt, nur schwer verarbeiten können.

Anne-Lie hasste diese Männer

Sie mussten sie fassen.

«Haben Sie eine Ahnung, warum Ihnen jemand so etwas antun wollte?», fragte sie neutral, abermals darauf bedacht, nicht den geringsten Zweifel zu säen, weswegen Therese die Schuld bei sich suchen könnte. Doch die junge Frau schüttelte lediglich langsam den Kopf.

Anne-Lies Handy vibrierte, sie warf einen Blick auf das Display. Die Reichsmordkommission war eingetroffen.

«Wir werden noch weiter mit Ihnen darüber sprechen müssen, aber nicht jetzt.» Sie schlug ihren Notizblock zu und erhob sich. Dann beugte sie sich vor und legte Therese einfühlsam die Hand auf den Unterarm. «Sie müssen sehr gut auf sich aufpassen, versprechen Sie mir das?»

Therese nickte, während ihr die Tränen über die Wangen liefen.

«Kümmern Sie sich um sie.»

Gabriella nickte bekräftigend und zog ihre Schwester fester an sich.

Torkel, Vanja und Sebastian warteten in einem leeren Flur. Sebastian saß auf einem Krankenhausbett und baumelte mit den Beinen, während Vanja rastlos auf und ab ging. Torkel hatte einen Stuhl und eine Zeitschrift aufgetrieben, die *Das Anglerjournal* hieß, und tat so, als würde er interessiert lesen. Keiner sprach ein Wort.

Sie waren mit zwei Autos gekommen. Torkels und Billys. Vanja und Billy waren gefahren, weil Torkel und Ursula etwas getrunken hatten. Torkel weniger als Ursula, aber genug, um sich nicht mehr hinters Steuer zu setzen. Sebastian hatte darauf bestanden, bei Torkel mitzufahren. Er musste ihm seinen Fauxpas erklären und versuchen, ihn wiedergutzumachen. Torkel hatte eingewilligt, vor allem, weil es am einfachsten war. Ursula und Billy sollten direkt zum Tatort fahren, also war es logisch, dass sie das eine Auto nahmen, und er, Vanja und Sebastian, die ins Krankenhaus wollten, das andere.

Sie hatten Kungsholmen kaum hinter sich gelassen, als sich Sebastian ehrlich und aufrichtig bei Torkel entschuldigte.

«Ich dachte wirklich, du hättest es erzählt», sagte er von seinem Platz in der Mitte der Rückbank. «Ihr seht euch doch jeden Tag bei der Arbeit.»

«Ebendeshalb», erwiderte Torkel kurz angebunden. Vanja hatte beschlossen, sich aus der Diskussion herauszuhalten, sie war ebenfalls davon ausgegangen, Torkel hätte Lise-Lotte von seinem Verhältnis mit Ursula erzählt. In diesem Punkt musste sie Sebastian recht geben. Man gab es doch wohl zu, wenn man jeden Tag Seite an Seite mit seiner Verflossenen arbeitete. Vanja hatte jedoch nicht vor, ihre Meinung zum Besten zu geben. Sie konzentrierte sich darauf, möglichst dicht hinter Billy zu bleiben, als sie auf der E6 Richtung Norden fuhren.

«Ich wollte nichts kaputt machen, wirklich nicht. Wenn du möchtest, erkläre ich es ihr gern.»

«Nein, das möchte ich nicht.»

«Frag Ursula», unternahm Sebastian einen neuen Versuch. Es war wichtig, dass Torkel ihm glaubte, damit er diesmal nicht als der Mistkerl dastand, der er sonst meistens auch war. Besonders mit Vanja im Auto. «Sie war dabei, sie weiß, dass ich es ohne jeden Hintergedanken gesagt habe. Aus Versehen. Es war ein Fehler.»

«Dich zum Abendessen einzuladen, war ein Fehler», knurrte Torkel vom Beifahrersitz, und den Rest der Fahrt redeten sie nicht mehr darüber. Sie redeten gar nicht.

Nicht, als sie den Wagen parkten.

Nicht, als sie das Krankenhaus betraten und in einen Bereich geführt wurden, wo sie sich aufhalten konnten.

Auch nicht auf dem Flur, während sie auf Anne-Lie warteten, die jetzt auf sie zueilte.

«Seid ihr nur zu dritt?», fragte sie, als sie bei ihnen ankam.

«Ursula und Billy sind direkt zu Thereses Wohnung gefahren», erklärte Torkel, legte die Angelzeitschrift beiseite und stand auf.

«Carlos ist bereits dort», informierte sie Anne-Lie.

«Gut, er kann das Kommando übernehmen, wir haben alle zusammen zu Abend gegessen. Ursula hat Wein getrunken.»

«Warum hast du sie dann mitgenommen?» Anne-Lie blickte völlig verständnislos drein.

Warum? Torkel war gar nicht auf den Gedanken gekommen, Ursula nicht mitzunehmen. Sie war nicht betrunken, sie wusste, was sie zu tun und zu lassen und wie sie sich zu verhalten hatte. Aber Torkel bereute bereits, es überhaupt zur Sprache gebracht zu haben. Er schätzte, dass er sich bald die nächste Standpauke von Rosmarie anhören müsste, über Alkohol im Dienst und wie man als Chef damit umging. Schnell entschied er, lieber nicht zu erwähnen, dass er heute Abend selbst zwei Bier getrunken hatte.

«Was hat Therese erzählt?», fragte er stattdessen, um das Gespräch in eine andere Richtung zu lenken.

«Sie ist um Viertel vor elf nach Hause gekommen. Jemand hat ihr in der Wohnung aufgelauert, sie von hinten angegriffen und sie betäubt. Später ist sie mit einem Sack über dem Kopf aufgewacht. Wieder eine vollendete Vergewaltigung. Bei der ärztlichen Untersuchung wurden Spermaspuren festgestellt.»

«Die arme Frau», wie geht es ihr?», fragte Vanja.

«Physisch: Man hat sie auf sexuell übertragbare Krankheiten getestet und ihr die Pille danach gegeben. Beim letzten Mal wurde sie bereits gegen Hepatitis B geimpft. Psychisch: Nicht gut, und vermutlich wird es eher schlimmer als besser werden.»

«Sie hat einen Lebensgefährten», warf Torkel ein. «Woher wusste der Täter, dass sie allein zu Hause war?»

«Über die sozialen Netzwerke, außer, er kennt sie persönlich.»

Sebastian nickte nachdenklich, fast resigniert. Das wäre nicht das erste Mal. Die Fülle an persönlichen Informationen, die Menschen freiwillig mit aller Welt teilten und durch die sie sich exponierten und verwundbar machten, überraschte ihn nach wie vor.

«Sie ist mit dem Nachttaxi gefahren. Einer Art Serviceunternehmen, das Frauen, die allein unterwegs sind, kostenlos nach Hause fährt.»

«Was wissen wir darüber?»

«Dass es diesen Dienst gibt. Wir werden ihn uns morgen genauer vorknöpfen.»

«Er schlägt wieder in ihren eigenen vier Wänden zu, wie bei Rebecca Alm», sagte Sebastian. Auf diese Entwicklung hatten sie gewartet und sich zugleich davor gefürchtet. Ein neuerlicher Überfall. Dieses Mal verkomplizierte er das Bild zusätzlich. «Und was noch wichtiger ist: Er hat Therese ein zweites Mal gewählt.»

«Ja, das sieht ganz danach aus, aber könnte es trotzdem ein Zufall gewesen sein?»

Die Frage war nicht unberechtigt. Sie durften auf keinen Fall übereilte Schlüsse ziehen oder nach Beweisen suchen, die eine bestehende Theorie untermauerten, anstatt unvoreingenommen in alle denkbaren Richtungen zu ermitteln.

«Dann hätte er Facebook nach Frauen durchforstet, die allein zu Hause sind, er wählt ja nicht die Wohnung aus, sondern die Frauen, und wäre durch Zufall auf Therese gestoßen, ohne sie wiederzuerkennen», reflektierte Sebastian diesen Gedankengang, und mit einem Blick in die Runde sprach er aus, was sie eigentlich bereits wussten: «Er hat sie gezielt ausgewählt. Das ist etwas Persönliches.»

«Wenn das stimmt, könnte der Täter es auch ein zweites Mal auf Ida und Klara abgesehen haben», sagte Vanja.

Sie blickten einander an. Vanja hatte recht. Es war spät, aber hoffentlich noch nicht zu spät. Sebastian sprang vom Krankenhausbett und folgte den anderen.

Sebastian musste an Idas Zustand bei ihrer letzten Begegnung denken.

Verängstigt, isoliert, verletzt.

Also suchte er nach ihrer Handynummer und informierte sie per SMS, dass sie auf dem Weg zu ihr waren. Andernfalls bestand das Risiko, dass sie in Panik geriet, wenn jemand mitten in der Nacht an ihrer Wohnungstür klingelte. Sie antwortete nicht, also schickte er eine zweite SMS. Als sie vor der Eingangstür ihres Wohnhauses standen, rief er an. Der Anruf wurde direkt zur Mailbox weitergeleitet. Sebastian legte auf, ohne eine Nachricht zu hinterlassen. Überflüssig. In weniger als einer Minute würden sie an ihrer Tür läuten.

Gemeinsam mit Anne-Lie hastete er die Treppen zu Idas Wohnung im zweiten Stock hoch. Sie klingelten. Das Haus war alt und weitestgehend unrenoviert, weshalb es keine Briefkästen im Eingangsbereich gab, sondern immer noch die klassischen Briefschlitze in den Wohnungstüren. Sebastian ging in die Hocke und öffnete die schmale Klappe. Im Flur brannte Licht.

«Ida, hier ist Sebastian Bergman von der Reichsmordkommission», rief er gerade so laut, dass sie es in der Wohnung hören konnte, aber nicht jeder neugierige Nachbar auf dem Treppenabsatz.

Nichts rührte sich.

Anne-Lie klingelte erneut und hielt den Knopf diesmal länger gedrückt. Sebastian spähte durch den Schlitz, konnte in dem begrenzten Sichtfeld aber nicht viel erkennen.

«Ida, können Sie uns hören? Hier ist Sebastian von der Reichsmordkommission. Wir müssen mit Ihnen reden.»

Aus der Wohnung drang immer noch kein Laut.

Sebastian stand auf und blickte Anne-Lie an, die ihr Telefon hervorholte. «Was machen wir?»

«Wir gehen rein», entschied sie und wählte eine Nummer, während sie gleichzeitig ein paar Treppenstufen nach unten lief. Sebastian blieb unschlüssig zurück.

Keine zehn Minuten später tauchte ein uniformierter Beamter mit dem passenden Werkzeug auf, um Idas Wohnungstür zu öffnen. Auch wenn Sebastian ziemlich sicher war, dass sie nicht zu Hause war, rief er laut durch den Briefschlitz, was sie vorhatten. Es gab immer noch eine kleine Chance, dass sie im Bett lag und schlief, und wenn sie davon aufwachte, dass sich jemand Zutritt zu ihrer Wohnung verschaffte, würde sie panische Angst bekommen.

Die Tür glitt auf, und der uniformierte Polizeibeamte machte einen Schritt zur Seite. Sebastian betrat den Flur.

«Ida ...»

Keine Antwort. Ein einzelner Brief lag auf dem Fußboden vor der Tür. Alles war ruhig, aber die Luft wirkte stickig und abgestanden, hier war schon länger nicht mehr gelüftet worden. Sebastian und Anne-Lie gingen weiter in die Wohnung hinein. Im Wohnzimmer und in der Küche brannte Licht. Sebastian betrat die Küche. Genau wie beim letzten Mal war alles sauber und ordentlich, abgesehen von einer Papiertüte auf dem Fußboden und einigen Lebensmitteln auf der Arbeitsfläche. Eine Schublade stand offen. Sebastian sah hinein. Küchenutensilien. Messer, ein Pfannenwender aus Holz, ein Schneebesen und andere Gegenstände. Er ließ seinen Blick über die Arbeitsfläche schweifen. Konserven, ein Stück Käse, eine Packung Butter, Eier, eine Tüte Tiefkühl-Köttbullar und

Toilettenpapier. Einiges davon wäre im Kühlschrank oder im Gefrierfach definitiv besser aufgehoben. Sebastian schaute in die Papiertüte, die auf dem Boden stand. Ein Kassenzettel ragte daraus hervor. Er suchte das Datum. 21. Oktober. Vor sechs Tagen.

In dem Moment hörte er Anne-Lie fluchen und ging zu ihr hin.

«Was ist?»

Sie deutete mit dem Kopf ins Schlafzimmer. Sebastian stellte sich neben sie und blickte hinein. Auf dem Fußboden neben dem Bett befand sich ein Jutesack, der ihm allzu bekannt vorkam. Idas Hose und ihr Slip lagen am Kopfende des Bettes.

«Scheiße, wir sind zu spät gekommen.»

Gleichzeitig wandten sie sich zu der geschlossenen Badezimmertür um. Der einzige Ort, an dem sie noch nicht nachgesehen hatten. Die rote Markierung des Drehschlosses signalisierte *besetzt*. Mit einem mulmigen Gefühl in der Magengegend klopfte Sebastian an die Tür.

«Ida, hier ist Sebastian von der Reichsmordkommission.» Keine Antwort. Hinter der Tür war kein Laut zu hören. Er tauschte einen kurzen Blick mit Anne-Lie, die nickte und den uniformierten Beamten rief, der draußen im Treppenhaus wartete.

Die Badezimmertür ließ sich problemlos aufbrechen. Wieder trat der Mann zur Seite und gewährte Sebastian und Anne-Lie den Vortritt. Sebastian holte tief Luft und stieß die Tür auf. Er hoffte, Ida auf dem Boden liegend zu finden, aber lediglich gelähmt vor Angst und unfähig, sich zu bewegen.

Das unmittelbare Gefühl, das ihn bei dem Anblick überkam, der sich ihm wirklich bot, war Trauer.

Ida lag in der Badewanne.

Das Wasser rot von Blut.

Ein Obstmesser auf dem Boden.

An den Unterarmen hatte Ida tiefe Schnittverletzungen. Ihre Augen starrten ins Leere. Der Körper war nach einigen Tagen im Wasser aufgedunsen. Sebastian rechnete nach. Vermutlich lag sie seit dem 21. Oktober dort. Sechs Tage.

Er sah vor seinem inneren Auge, wie sich Ida auf die Straße gewagt hatte, um einkaufen zu gehen. Allein oder in Begleitung. Wie sie nach Hause gekommen war und angefangen hatte, ihre Einkäufe in der Küche auszupacken. Wie der Mann, der auf sie gewartet hatte, sie von hinten angegriffen, sie betäubt und sie ins Schlafzimmer gezerrt hatte. Und wie sie schließlich mit dem Sack über dem Kopf wieder zu sich gekommen war.

Hatte der zweite Überfall Therese endgültig zermürbt, was musste der neuerliche Übergriff dann erst mit Ida gemacht haben. Sie war bereits schwer angeschlagen gewesen. Und die Wochen der Einsamkeit hatten ihren Zustand nicht verbessert, da war Sebastian sich sicher.

So viel Zeit, um zu grübeln, Fragen zu stellen, die Schuld bei sich zu suchen, zu bereuen, den Gedanken freien Lauf zu lassen, sich von ihnen beherrschen zu lassen, ohne jemanden, der versuchte, sie zu entwirren oder den Teufelskreis zu durchbrechen.

Niemand hatte ihr geholfen.

Sebastian wich von der geöffneten Badezimmertür zurück, er verspürte ein schlechtes Gewissen, weil er nicht beharrlicher gewesen war. Ida musste in dem Moment, in dem sie wieder zu sich gekommen war, die Entscheidung getroffen haben, dass sie nicht mehr konnte. Die Risse in ihrem Inneren hatten sich ausgeweitet, sie endgültig zu Bruch gehen lassen. Somit waren die dunkelsten Empfindungen ungehindert an die Oberfläche gedrungen und hatten alle anderen Gedanken verdrängt, jene, die versuchten, einen Ausweg zu sehen, eine Möglichkeit auszuhalten, um trotz allem weiterzuleben. Es war ein Sog der Hoffnungslosigkeit gewesen, unmöglich abzuwehren.

Also war sie in die Küche gegangen, hatte das Obstmesser geholt und im Badezimmer die Wanne volllaufen lassen ...

Sebastians schlechtes Gewissen vermischte sich mit Zorn. Diese Männer würden viel zu verantworten haben. Aber insgeheim musste er sich eingestehen, dass dieser Fall allmählich interessant wurde. Hier handelte es sich um eine Gruppe oder zumindest zwei Personen mit einer stark ausgeprägten Impulskontrolle, was bei Sexualverbrechern eher ungewöhnlich war, die bei der Ausführung ihrer Taten nichts dem Zufall überließen.

Akribisch vorbereitet, gefühlskalt, effektiv, zielstrebig.

Gezielt ausgewählte Opfer.

Das warf alles, was sie bisher über die Täter zu wissen geglaubt hatten, über den Haufen. Das erste Opfer war nicht aufgrund seines geographischen Aufenthaltsorts ausgewählt worden. Bei dem Motiv ging es nicht um Macht, Kontrolle, Frauenhass oder Sex, um nichts, worüber sie spekuliert hatten. Die Säcke und die Spritzen waren nach wie vor wichtig, hatten aber keineswegs die Funktion, die Opfer zu entmenschlichen oder den Tätern das Gefühl zu geben, die totale Kontrolle auszuüben. Es war nicht einmal sicher, ob es den Tätern überhaupt um Dominanz und Unterwerfung ging.

Nach dem zweiten Angriff auf Therese und Idas Tod mussten sie umdenken. Neu denken.

Sebastian zog sein Handy aus der Tasche und rief Torkel an. In knappen Worten berichtete er ihm, was sie in Idas

Wohnung vorgefunden hatten. Waren er und Vanja noch bei Klara?

Sie mussten wirklich dringend mit ihr sprechen.

Klara war diejenige, die ihnen die Lösung präsentieren konnte, da war er sich sicher.

Ida ist tot?!»

Klara schien völlig neben sich zu stehen. Sie hatten sie mit ins Präsidium genommen, obwohl es schon nach ein Uhr nachts war. Zunächst hatte sie gefragt, warum sie sich nicht bei ihr zu Hause unterhalten könnten, doch Vanja und Torkel hatten nur erwidert, dass es besser sei, das Gespräch im Präsidium zu führen. Klara hatte nicht protestiert, vermutlich ahnte sie, worüber sie mit ihr sprechen wollten.

Weil sie damit gerechnet hatte.

Früher oder später würden sie dahinterkommen, dass sie ihnen Informationen vorenthalten hatte.

Ihr Ehemann hatte ihnen die Tür geöffnet und erklärt, dass Klara schon schlafe. Doch sie bestanden darauf, dass er sie weckte, und ein paar Minuten später saßen sie zu viert in der Küche, und Torkel und Vanja erzählten mit gedämpften Stimmen, was Therese zugestoßen war. Das Geschehene deute darauf hin, dass die Opfer gezielt ausgewählt worden seien und es deshalb Klara ebenfalls erneut treffen könne. Ob sie sich einen Grund dafür vorstellen könne?

Klara hatte ausweichend reagiert, fand Vanja. Sie war viel mehr darauf eingegangen, dass sie Therese nicht kannte und nichts mit ihr zu tun hatte, als auf die wichtigste Frage: Wenn sie ausgewählt worden war, aus welchem Grund?

Kurz darauf hatte Sebastian angerufen und ihnen berichtet, dass Ida tot war. Ihre Theorie hatte sich bestätigt, jetzt benötigten sie alle Antworten, die sie kriegen konnten. Und zwar sofort.

Daher hatten sie sich nun im Konferenzraum versammelt, Klara, Anne-Lie, Torkel, Vanja und Sebastian. Anne-Lie hatte die Seitenflügel des Whiteboards zugeklappt, auf dem ihre gegenwärtigen Ermittlungsergebnisse dokumentiert waren, und die anderen hatten sich rund um den Tisch verteilt, um Klara nicht das Gefühl zu vermitteln, sie würden sich gegen sie verbünden, vier gegen eine. Doch zugleich unterstrich ihre mehrköpfige Anwesenheit den Ernst der Lage.

«Ja, allem Anschein nach wurde Ida ein zweites Mal vergewaltigt und hat sich anschließend das Leben genommen», erklärte Anne-Lie sachlich. Sie konnte verstehen, dass Klara verwirrt und beunruhigt war. Sie war mitten in der Nacht geweckt und ins Polizeipräsidium gebracht worden, um zu erfahren, dass man eine Bekannte tot aufgefunden hatte. Es wäre einfühlsamer gewesen, damit bis morgen zu warten, doch Anne-Lie durfte keine Zeit verlieren. Sie würden professionell und effektiv agieren, und wenn Klara etwas wusste, würden sie es herausbekommen.

«Oh Gott ...» Klara stiegen Tränen in die Augen, und sie schüttelte den Kopf.

«Ida und Therese wurden ein zweites Mal überfallen», bestätigte Anne-Lie.

«Sie kannten Ida», stellte Torkel fest und stand auf. Klara nickte. Torkel ging zum Schrank mit dem Büromaterial und der Obstschale, neben der ein Stapel Papierservietten lag. Er nahm ein paar und reichte sie Klara. «Aber Therese nicht?»

Klara schüttelte den Kopf und griff dankbar nach den Servietten.

«Was ist mit Rebecca?»

Ein kurzes Zögern. Dann ein schwaches Nicken. Vanja beugte sich auf ihrem Stuhl vor. Jetzt kommt es, dachte sie. Als sie Klara das letzte Mal diese Frage gestellt hatten, hatte sie behauptet, Rebecca Alm nicht zu kennen. Eine Lüge, doch jetzt würden sie die Wahrheit erfahren. Sogar Sebastian, der direkt neben der Tür an der Wand lehnte, horchte auf.

«Sie kannte ich auch», sagte Klara leise, den Blick auf die Tischplatte gerichtet. «Wir waren ... wir waren gemeinsam in einer Gruppe, so kann man es wohl nennen, vor acht, zehn Jahren.»

«Was für eine Gruppe?», hakte Vanja nach.

«Sie hieß AbOvo. Wir haben uns in der Kirche getroffen.»

«Und was haben Sie bei AbOvo gemacht?»

Klara holte tief Luft, schaute auf und sah Vanja an. Sebastian meinte, ihrem Blick zu entnehmen, dass sie nicht gern daran zurückdachte.

«Die Gruppe hat schwangere Frauen dabei unterstützt, ihr Kind zu behalten, damit sie keine Abtreibung vornehmen lassen mussten.»

«Sie waren Abtreibungsgegner?»

«Unserem Verständnis nach waren wir nicht gegen etwas, sondern für etwas. Für das Leben.»

«Abtreibungsgegner also», wiederholte Vanja, und die Art und Weise, wie sie das Wort aussprach, brachte deutlich zum Ausdruck, dass sie sich nicht als künftiges Mitglied betrachtete. Sebastian kannte sie gut genug, um zu wissen, was sie davon hielt, wenn ihr jemand Vorschriften machen wollte, wie sie mit ihrem Körper umzugehen hatte. Am allerwenigsten ein zweitausend Jahre altes Buch, das sich auf einen göttlichen Willen berief.

«Wer war noch in dieser Gruppe?», fragte Anne-Lie, um voranzukommen.

«Ingrid Drüber, die Gründerin, und wir vier, Ida, Rebecca, ich und Ulrika.»

«Ulrika und wie weiter?»

«Månsdotter. Sie war schon älter, in Ingrids Alter.»

Anne-Lie sah Torkel an, der mit einem Nicken den Raum verließ, um Billy und Carlos zu bitten, so viele Informationen wie möglich über Ingrid Drüber und Ulrika Månsdotter zusammenzutragen.

«Das heißt, Sie, Ida und Rebecca waren zusammen in dieser Gruppe. Aber nicht Therese», fasste Sebastian zusammen. Drei von vier genügten, damit sie mit ziemlicher Sicherheit davon ausgehen konnten, auf der richtigen Spur zu sein. Den Grund für die Übergriffe auf Therese mussten sie später herausfinden. Auch zu ihr musste es eine Verbindung geben, da war er sich sicher.

«Nein.»

«Wenn die Überfälle tatsächlich mit der Gruppe zusammenhängen – können Sie sich vorstellen, was der Anlass gewesen sein könnte, Sie alle zu vergewaltigen?»

Klara zögerte erneut. Diesmal länger. Schon bei ihrem ersten Gespräch mit der Polizei, nachdem der Täter sie an ihrem Auto überfallen hatte, war ihr der Gedanke gekommen. Die Nachricht von Rebeccas Tod hatte den letzten Zweifel beseitigt, und dennoch war es ihr gelungen, sich selbst einzureden, dass es einen anderen Grund für die Überfälle geben müsste, es reiner Zufall gewesen sein könnte und sie sich irrte.

Sie wollte sich irren.

Wenn sie recht hatte, würde sie das teuer zu stehen kommen.

Sie war an jenem Abend nicht dabei gewesen, aber sie wusste davon.

Wusste, was geschehen war.

Wusste, was sie getan hatten.

Und sie hatte geschwiegen. Doch jetzt konnte sie ihr Schweigen nicht länger aufrechterhalten.

«Das Einzige, was mir einfällt, ist Linda, das, was mit ihr passiert ist.»

«Linda wer, und was ist mit ihr passiert?» Vanja wurde hellhörig. Ein Motiv. Endlich würde Klara ihnen ein Motiv liefern.

«Linda Fors. Sie hatte Kontakt zu unserer Gruppe aufgenommen. Die Ärzte hatten ihre Schwangerschaft als Risikoschwangerschaft eingestuft und ihr zu einem Abbruch geraten, aber sie wollte das Kind. Wir haben sie in ihrer Entscheidung unterstützt.»

«Haben Sie sie unterstützt oder überredet?»

Klara blickte Vanja an, registrierte den unterschwelligen Vorwurf, schien aber zu erschöpft zu sein, um darüber in Rage zu geraten oder sich zu rechtfertigen.

«Unterstützt. Sie hatte sich bereits entschieden, aber es war schwierig für sie.»

«Was ist passiert?»

«Sie ist gestorben. Ich war an dem Abend nicht dabei, ich hatte gerade Victor bekommen und war zu Hause. Ich weiß nicht genau, was vorgefallen ist, aber Linda ist gestorben, und danach habe ich die anderen auch nicht mehr getroffen. Die Gruppe hat sich aufgelöst. Ingrid und Rebecca sind weggezogen, und ich bin aus der Kirche ausgetreten.»

«Wann war das?»

«2010. Victor ist acht.»

«Wusste die Kirche davon?», fragte Sebastian, denn falls es so war, konnte er bei dem Gedanken, dies dem Rest der Welt zu enthüllen, eine gewisse Vorfreude nicht unterdrücken. Ein symbolischer Racheakt an seinem streng religiösen Vater, den er gehasst hatte, dessen war er sich bewusst, aber dadurch bereitete ihm der Gedanke nicht weniger Genugtuung.

«Das glaube ich nicht. Die Gruppe war Ingrids Projekt, und sie war immer sehr darauf bedacht, dass wir nicht mit den anderen Gemeindemitgliedern darüber sprachen.»

«Ingrid Drüber?»

«Ja.»

«Sie sagten, dass sie weggezogen ist. Wissen Sie, wohin?»

«Västerås, glaube ich.»

Seine Heimatstadt. In die er nach seinem letzten Besuch nie wieder einen Fuß setzen würde, das hatte Sebastian sich geschworen.

Anschließend blieben sie noch eine Weile im Konferenzraum sitzen.

Sie versuchten, sich weiterhin zu konzentrieren. Draußen vor den Fenstern herrschte tiefe, herbstliche Dunkelheit, und das grelle Deckenlicht machte überdeutlich, wie blass und müde sie waren. Die belebende Wirkung des Kaffees war verflogen und übersäuerte nur noch ihre Mägen.

Es war ein verdammt langer Tag gewesen.

Klara war von uniformierten Polizeibeamten nach Hause gefahren worden. Sie hatten sich vergewissert, dass sie nicht allein sein würde, ehe sie mit ihr das weitere Vorgehen besprachen. Angesichts der Vorfälle waren Personenschutz und andere Maßnahmen angebracht.

Billy und Carlos waren wieder zu ihnen gestoßen und berichteten das wenige, was sie herausgefunden hatten. In Bezug auf AbOvo war es noch weniger als wenig, praktisch nichts. Es schien keine Gruppierung gewesen zu sein, die offiziell von der Kirche getragen worden war, und der einzige Treffer im Netz, den die Schlagwortsuche geliefert hatte, führte zu einer 404-Fehlerseite.

Bei Linda Fors sah die Informationslage besser aus. Sie war

in der Nacht zum 23. Juni 2010 blutend vor dem Universitätsklinikum gefunden worden. Trotz aller Bemühungen hatte man weder sie noch das Kind retten können. Es hatte eine polizeiliche Voruntersuchung gegeben, da man aber von einer Situation ausging, die keinen Verdacht auf ein Verbrechen nahelegte, war sie eingestellt worden.

«Von welcher Situation ging man denn aus?», hakte Torkel nach.

«Dass sie sich mit ein paar Freundinnen getroffen hatte, auf dem Heimweg Krämpfe und Blutungen bekam, ins Krankenhaus wollte, aber vor der Notaufnahme zusammenbrach, ehe sie das Gebäude betreten konnte.»

«Lag das Krankenhaus auf ihrem Heimweg?»

«Es war kein großer Umweg», erwiderte Carlos und ging zu der Karte an der Wand, «sie wohnte hier ...» Er markierte die Stelle mit einem grünen Punkt. «... und das Universitätsklinikum liegt hier.» Ein weiterer Punkt, einige Zentimeter vom ersten entfernt. «Und ihre Freundinnen sagten aus, dass sie sich hier getrennt haben.» Noch eine Markierung.

«Was haben sie davor gemacht?», fragte Vanja und studierte die Karte, als könnte sie ihr eine Antwort geben.

«Sie waren zu Hause bei Ulrika, haben zusammen gegessen und sich unterhalten. Linda wollte zu Fuß nach Hause gehen, das Wetter war schön», erwiderte Billy nach einem Blick in die alte Voruntersuchungsakte, die vor ihm auf dem Tisch lag.

«Wer hat das zu Protokoll gegeben?»

«Die ermittelnden Beamten haben nur mit einer der Frauen gesprochen, mit Ingrid Drüber.»

«Und Lindas Handy?» Vanja hatte den Blick nach wie vor auf die Karte gerichtet, als würde sie den geschilderten Ablauf nicht ganz glauben. «Hat sie denn nicht versucht, die

Notrufzentrale, das Krankenhaus oder ihren Mann anzurufen, falls es einen gab?»

«Nein, laut Aufzeichnungen ihres Mobilfunkanbieters hat sie den ganzen Abend über nicht telefoniert.»

«Ist das nicht merkwürdig?», Vanja blickte ihre Kollegen an. «Sie ist schwanger, und auf dem Heimweg bekommt sie Blutungen. Wer entscheidet sich denn da, zum Krankenhaus zu laufen? Ohne jemanden anzurufen?»

«Vielleicht war es im ersten Moment nicht so gravierend, und die Symptome haben sich erst später verschlimmert ...», konstruierte Torkel eine mögliche Erklärung, merkte jedoch selbst, wie unwahrscheinlich sie klang.

«Was wissen wir über Ingrid Drüber?», fragte Anne-Lie, die vorankommen wollte, für Spekulationen gab es keinen Grund.

«1970 in Jönköping geboren, Magisterexamen in Theologie an der Universität Göteborg, Pfarrvikariat im Bistum Västerås, dort erfolgte 1998 auch ihre Ordination. 2003 zog sie nach Uppsala, 2011 kehrte sie nach Västerås zurück, wo sie derzeit für das Bischofsamt kandidiert. Steht für ein konservatives Christentum, war früher Mitglied in der Evangelisch-lutherischen Missionsgesellschaft Bibeltreue Christen. Ledig, keine Kinder, keine Vorstrafen, und sie hat keine Anzeige wegen Vergewaltigung erstattet», fasste Carlos zusammen. «Ich habe noch mehr, aber ich denke, es ist spät», sagte er mit einem beinahe entschuldigenden Blick in Anne-Lies Richtung und legte für die anderen einen Stoß Ausdrucke auf den Tisch.

«Wir müssen mit ihr reden. Sie warnen», sagte Vanja, während sie sich ein Exemplar vom Stapel nahm.

«Was ist mit der fünften Frau, Ulrika Månsdotter, was wissen wir über sie?», warf Ursula ein. Sie konnte ihre Augen nur noch mit größter Anstrengung offen halten und hatte in der letzten Viertelstunde nicht das Geringste zum Gespräch beigetragen. Torkel hatte ihr erzählt, dass er Anne-Lie gegenüber aus Versehen das Abendessen erwähnt hatte, weshalb Ursula ihr nicht den kleinsten Grund zur Beanstandung liefern wollte.

«Sie ist tot», sagte Billy. «Im April an Brustkrebs verstorben.»

«Aber Ingrid Drüber, wenn sie nicht schon vergewaltigt wurde, wird sie es noch. Sollte es bereits passiert sein, wird es ein zweites Mal passieren. Klara zufolge war sie die Leiterin der Gruppe», beharrte Vanja.

«Oder sie ist in irgendeiner Weise an der Sache beteiligt», warf Sebastian provokativ in die Runde.

«Inwiefern?»

«Ich weiß nicht, aber wie du gesagt hast: Sie war die Leiterin der Gruppe, und sie ist die einzige der Frauen, die nicht überfallen wurde.»

«Oder sie hat ganz einfach keine Anzeige erstattet», konterte Vanja.

«Jedenfalls wird ihr heute Abend nichts zustoßen.» Sebastian zuckte leicht mit den Schultern, als wollte er die Diskussion beenden. «Es ist noch nie zweimal an ein und demselben Abend passiert.»

«Einer der Täter kann bereits in Västerås sein. Wir haben es mit mehreren Tätern zu tun.»

Es war deutlich, dass Vanja nicht vorhatte, die Sache für heute auf sich beruhen zu lassen, egal wie spät es war. Sebastian seufzte leise, verließ seinen Platz an der Tür und ging an das Whiteboard, auf dem nach wie vor alle Orte der Überfälle mit Datumsangabe aufgelistet waren.

«Hier haben wir die Zeiten und die Reihenfolge, in der sich

die Überfälle ereignet haben», begann er und deutete auf die Tafel. «Zuerst Ida, dann Therese, Rebecca, Klara. Dann ein weiteres Mal Ida, anschließend wieder Therese. Rebecca ist tot, also ist Klara die Nächste.»

«Woher willst du das wissen? Wir haben keine Ahnung, wie Ingrid in dieses Szenario passt. Vielleicht hat sie nur keine Anzeige erstattet. Wie oft soll ich das noch sagen?»

Sebastian antwortete nicht.

Vanja hatte natürlich recht.

Ingrid Drüber konnte genau wie die anderen Frauen ein Opfer sein, sie konnte sogar das nächste Opfer sein. Dass sie in irgendeiner Weise an den Vorfällen beteiligt war, war eine reine Spekulation seinerseits, für die es eigentlich keinerlei Anhaltspunkte gab.

Aber in dem anderen Punkt hatte er recht.

Sie würde nicht heute Abend überfallen werden, und deshalb war es sinnvoller, noch zu warten und weitere Informationen zu sammeln, damit sie mehr vorzuweisen hatten, ehe sie morgen mit ihr sprachen.

Doch das war nicht der Hauptpunkt, der ihn beschäftigte, als er vor dem Whiteboard stand und es nachdenklich betrachtete. Während er die Namen aufzählte und sich die Zeitpunkte noch einmal vergegenwärtigte, hatte sich in seinem Kopf allmählich eine Idee herauskristallisiert. Er wandte sich an Billy und Carlos, die zu den neuen Namen, die Klara ihnen genannt hatte, den ersten Hintergrundcheck durchgeführt hatten.

«Gab es einen Vater zu dem Kind? Hatte Linda einen Ehemann oder Lebensgefährten?»

«Einen Lebensgefährten», antwortete Carlos nach einem raschen Blick in seine Unterlagen. «Hampus Bogren. Sonderschullehrer. Wohnt inzwischen in Hudiksvall. Wieso?»

Sebastian trat wieder an das Whiteboard und deutete auf die Kreise und Zahlen, die Anne-Lie bei ihrer ersten Besprechung dort zusammengetragen hatte, als wollte er eine Theorie testen, ehe er sie laut aussprach.

«Ich glaube, dass wir einen Mann suchen», sagte er schließlich langsam, als würde er seine Gedanken in Echtzeit in Worte fassen, während er sie im Kopf strukturierte, «oder mehrere Männer, die etwas verloren haben oder alles verloren haben, als Linda starb.»

«Warum?»

«Es ist wie ein Schema, wiederholte vollendete Vergewaltigungen, zwischen denen einige Wochen vergehen.» Nach wie vor klang es, als entwickelte er seinen Gedankengang, während er redete. Dann schien er den Schlusssatz gefunden zu haben und wandte sich der erschöpften Schar im Konferenzraum zu. «Er will die Frauen schwängern.»

«Was?»

«Die Ärzte haben Linda über die Risiken ihrer Schwangerschaft aufgeklärt.»

Sebastian nickte bestätigend zu seinen eigenen Worten, er wirkte jetzt sicherer und sprach schneller.

«AbOvo hat Linda überredet, das Kind zu behalten, woraufhin sie starb. Jetzt sollen die Verantwortlichen für ihren Tod dazu gezwungen werden, zwischen zwei Alternativen zu wählen, die für sie im Prinzip gleichermaßen undenkbar sind: ein Kind zur Welt zu bringen, das das Resultat einer Vergewaltigung ist, oder abzutreiben. Pest oder Cholera auf höchstem Niveau.»

Die übrigen Anwesenden quittierten seine Theorie mit Schweigen. Ein Serienvergewaltiger war schlimm, doch hin und wieder gab es solche Fälle. Wenn der Täter – oder in diesem Fall die Täter – außerdem dieselben Frauen mehrfach attackierten, war es noch schlimmer, abartiger. So etwas hatten sie bislang noch nicht erlebt. Sebastians Theorie war in ihrer verqueren Perfidität daher nahezu undenkbar.

Gleichzeitig konnte sie keiner aus dem Stegreif widerlegen. Sebastians Überlegung war nicht ganz von der Hand zu weisen. Betrachtete man die Verbrechen und Tatzeitpunkte ganz objektiv, konnte dies durchaus das Motiv sein. Leider.

«Weshalb es umso wichtiger ist, Ingrid Drüber zu warnen», sagte Vanja leise.

«Was sie angeht, gibt es ziemlich viele Fragezeichen», warf Anne-Lie ein. «Zum Beispiel, wie Linda vor das Krankenhaus kam. Ingrid Drüber war die Letzte, die sie gesehen hat, und die Einzige, die mit der Polizei gesprochen hat.»

«Und deswegen soll sie vergewaltigt werden, willst du das damit sagen?», erwiderte Vanja aufgebracht.

Normalerweise hätte Sebastian alles getan, um ihr Schützenhilfe zu leisten, doch in diesem speziellen Fall war er fest davon überzeugt, dass es besser war, zu warten und weitere Fakten zu sammeln, ehe sie mit Ingrid Drüber sprachen.

«Ich verspreche, dass ihr heute Abend nichts zustoßen wird», sagte er überzeugt. «Bis morgen und vermutlich noch länger besteht für sie keine Gefahr.»

«Wenn du das versprichst, ändert das die Sachlage natürlich», erwiderte Vanja sarkastisch und zeigte ihre Verärgerung deutlich. Falls die anderen eine Meinung dazu hatten, wie ihr nächster Schritt aussehen sollte, behielten sie die jedenfalls für sich. Die Nacht ging bereits in den Morgen über, und keiner hatte große Lust, eine Diskussion über die beste Vorgehensweise vom Zaun zu brechen, besonders, weil die endgültige Entscheidung ohnehin bei Anne-Lie lag.

Also wandten sich alle ihr zu.

«Wir machen es so, wie Sebastian es vorgeschlagen hat»,

beschloss Anne-Lie mit einem Nicken in seine Richtung. Vanja stand abrupt auf und verließ den Besprechungsraum. Sebastian musste den finsteren Blick, den sie ihm im Vorbeigehen zuwarf, nicht einmal sehen, um zu wissen, was sie in diesem Moment von ihm hielt.

Morgen würde es besser werden, tröstete er sich.

Valdemar auf dem Podest.

Er selbst im Pluspunkte-Bereich.

Bis dahin waren es nur noch wenige Stunden.

Es war fast halb vier, als Billy seine Wohnungstür aufschloss.

Nach der Besprechung hatten sie kurz diskutiert, ob sie in Uppsala übernachten sollten, doch wegen des Abendessens bei Torkel und Lise-Lotte hatten sich alle ein wenig in Schale geworfen, und keiner hatte Wechselkleidung dabei. Und ein Hotel zu finden und einzuchecken, würde fast genauso lange dauern, wie nach Stockholm zurückzufahren. Also entschieden sie sich für Letzteres.

Als sie das Präsidium verließen, hatte Torkel mehr als deutlich gemacht, dass er einzig und allein Vanja als Mitfahrerin akzeptieren würde, und so stiegen Ursula und Sebastian in Billys Auto. Die Rückfahrt verlief schweigend. Auf den Straßen herrschte kaum Verkehr, weshalb Billy noch schneller als gewöhnlich fahren konnte und die knapp achtzig Kilometer in etwas mehr als einer halben Stunde schaffte. In Stockholm angekommen, bestand er darauf, zuerst Sebastian zu Hause abzusetzen. So musste er nicht dessen Fragen über sich ergehen lassen, sobald sie allein im Auto säßen.

Wie es ihm momentan ging.

Wie es mit My lief.

Ob er einen Rückfall gehabt hätte.

Sebastian hielt sich für so verdammt clever. Nur weil er Billy einmal bei einer Dummheit ertappt hatte, glaubte er, alles über ihn zu wissen. Zu wissen, wer er war.

Doch er wusste es nicht.

Das wusste niemand.

Billy zog Jacke und Schuhe aus, warf seine Schlüssel in die Schale, die auf der kleinen Flurkommode stand, und ging in die Küche. Er musste etwas essen, das Menü bei Torkel war zwar üppig gewesen, doch seither waren auch fast neun Stunden vergangen. Er holte Butter, Käse und eine Tube Kalles Kaviar aus dem Kühlschrank und schmierte sich zwei Brote. Als er Aufstrich und Käse wieder in den Kühlschrank zurücklegte, griff er nach der Saftpackung und schüttelte sie. Fast leer, dafür lohnte sich kein Glas. Er setzte sich an den Küchentisch, biss hungrig in eines der Brote und trank einige Schlucke direkt aus der Tüte. Auf dem Tisch lag ein Lokalblättchen, Billy zog es zu sich heran, während er das erste Brot mit ein paar schnellen Bissen verschlang.

Unter der Zeitschrift kam ein weißer Briefumschlag zum Vorschein, auf dem in von Hand geschriebenen Druckbuchstaben sein Name und seine Adresse standen. Billy drehte ihn um, kein Absender. Verwundert runzelte er die Stirn und öffnete das Kuvert. Er versuchte sich zu erinnern, wann er das letzte Mal einen handschriftlichen Brief mit Briefmarke per Post bekommen hatte, doch es gelang ihm nicht. Welcher Mensch im Vollbesitz seiner geistigen Kräfte verfasste heute noch ein Schreiben mit der Hand, steckte es in einen Umschlag und bezahlte dafür, dass jemand anderes es drei Tage später zustellte?

Als Billy ein zusammengefaltetes DIN-A4-Blatt aus dem Umschlag zog und es auseinanderfaltete, fiel ein ausgedrucktes Foto auf den Tisch.

Dieselbe von Hand geschriebene Druckschrift.

Kurz und knapp.

5000 KRONEN ODER DEINE FRAU ERFÄHRT DAVON

Darunter die Adresse einer Webseite, kopiert, in viel kleineren Buchstaben. Es schien irgendein Online-Spieleforum zu sein. Billy nahm das herausgefallene Foto in die Hand, er hatte bereits eine ungefähre Vorstellung, was darauf zu sehen sein würde, ehe er es umdrehte und seine Vorahnung bestätigt bekam.

Es zeigte ihn selbst beim Verlassen der Norrforsgatan.

Nachdem er in dem roten Zimmer gewesen war.

Bei Stella.

Billy starrte das Bild an, unfähig, irgendeine Gefühlsregung zu empfinden. Die natürlichste Reaktion wäre wohl Besorgnis oder Zorn oder eine Mischung aus beidem gewesen. Vor lauter Angst und Nervosität einen Kloß im Hals zu spüren, eine unglaubliche Wut auf den anonymen Erpresser, der Billy bereits ausreichend kompliziertes Leben gerade noch komplizierter machte. Doch sein Gefühlsbarometer schien bereits die Spitze der Skala erreicht zu haben.

Billy betrachtete das Bild genauer. Es zeigte ihn in keiner kompromittierenden Situation. Wenn man wusste, welche Art von Etablissement sich unter der Adresse befand, dann ja ... Aber andererseits: Er war auch schon einige Male dienstlich dort gewesen. Es gab keinen Hinweis, dass dieses Bild nicht bei einer dieser Gelegenheiten entstanden war. Was das anging, konnte er sich herausreden. Falls er beschloss, nicht darauf zu reagieren. Doch das würde unnötige Fragen aufwerfen. Besonders jetzt. Er überlegte, wie der Erpresser an seine Adresse gekommen war, und vermutete, dass er sie über das Nummernschild herausgefunden hatte. Er war mit seinem Privatwagen gefahren. Der Typ hatte sein Kennzeichen durch irgendwelche Datenbanken laufen lassen, ihn gefunden, herausbekommen, dass er verheiratet war, und einen Brief geschrieben. Aber vielleicht wusste die betreffende Person nicht, dass er Polizist war. Konnte er das zu seinem Vorteil nutzen?

So etwas hatte ihm wirklich gerade noch gefehlt. Während der Rückfahrt von Uppsala, nach seinem Stelldichein mit Stella, hatte Conny wieder angerufen. Er hatte gefragt, ob Billy bereits genügend Beweise gefunden hätte, um ganz sicher zu sein. Sich vergewissert, dass Billy immer noch der Ansicht war, dass die Bilder manipuliert worden waren. Billy hatte ihn beruhigt. Ja, davon sei er nach wie vor überzeugt, aber die Ermittlungen in Uppsala hätten sich intensiviert, und er benötige noch etwas mehr Zeit, um die Beweise zusammenzustellen. Wie lange? Einen Tag, vielleicht zwei, höchstens drei. Am Ende des Gesprächs hatte Conny Billy mitgeteilt, dass er erwarte, bald von ihm zu hören, damit er noch vor dem Wochenende Anzeige bei der Polizei erstatten könne.

Ab Montag würde in Jennifers Vermisstenfall also Verdacht auf ein Verbrechen vorliegen, umfassende Ermittlungen würden aufgenommen werden, und Billy wäre derjenige, der das entscheidende Beweismaterial vorlegte, damit eine Voruntersuchung eingeleitet werden konnte. Etwas anderes blieb ihm nicht übrig. Danach musste er sich auf sein Gespür verlassen. Das Einzige, was ihm gefährlich werden könnte, waren die Bilder aus Bohuslän, aber es war nicht gesagt, dass sie überhaupt je mit ihm in Verbindung gebracht werden würden.

Leise Barfußschritte näherten sich der Küche, und Billy wurde aus seinen Gedanken gerissen, raffte Brief, Umschlag und Foto zusammen, verbarg alles zwischen den Seiten der Lokalzeitung, faltete sie zusammen und schob sie außer Reichweite. Eine Sekunde später kam My in die Küche. Sie band den Gürtel ihres dünnen Morgenmantels zu, ihre

Augen waren verschlafen, ihre Haare zerzaust. Sie sah phantastisch aus, fand Billy. Das war der Grund, warum er seine Probleme lösen musste, erinnerte er sich.

Um zu ihr heimzukehren.

Jeden Abend, für den Rest seines Lebens.

«Bist du jetzt erst gekommen, du Armer?»

«Ja.»

«Wie war es in Uppsala?»

«Zwei weitere Vergewaltigungen und ein Selbstmord.»

Sie ging zu ihm hin und legte die Arme um ihn. Er bohrte sein Gesicht in ihren Bauch und spürte die Wärme ihres bettwarmen Körpers durch den dünnen Stoff. Sie strich ihm zärtlich über die Haare.

«Du hast einen Brief gekriegt.»

«Ja, ich hab's gesehen.»

«Was stand drin?»

«Nichts, irgendjemand, der wissen wollte, ob ich zu einem lächerlichen Zinssatz einen Kredit aufnehmen möchte.»

My setzte sich auf seinen Schoß, umarmte ihn und lehnte das Gesicht gegen seine Schulter. Er schloss die Augen. Ließ es zu, die Nähe, die Zärtlichkeit zu genießen. Die Liebe. Nach einer Weile dachte er, My wäre eingeschlafen.

«Vanja möchte ein Kind», sagte sie, ihre Stimme klang, als ob sie im Halbschlaf wäre. Er konnte schwören, dass sie zumindest die Augen geschlossen hatte.

«Aha.»

«Sie hat es beim Abendessen erzählt. Jonathan und sie versuchen es.»

Merkwürdig, dachte Billy. Vanja war kein Mensch, der private Details preisgab. Allerdings besaß My das Talent, Leute zum Reden zu bringen, sie dazu zu bringen, sich zu öffnen. Außerdem war sie ausgezeichnet darin, die Zukunft zu planen. Wie zusammenzuziehen, zu heiraten, ein Sommerhaus zu kaufen ...

«Ich möchte keine Kinder.» Billy wollte diese Diskussion auf keinen Fall führen.

Nicht jetzt. Nicht heute Abend.

«Nie?»

Er spürte, wie sich Mys Körper ein wenig versteifte, und ohne sie anzusehen, wusste er, dass sie die Augen jetzt geöffnet hatte.

«Ich weiß nicht, vielleicht. Aber nicht jetzt.»

Vor allem nicht jetzt, dachte er.

«Okay.»

Sie schwiegen wieder, doch er spürte ihre geöffneten Augen, ahnte ihre überraschte Enttäuschung. Er wusste, dass er ihr eine Erklärung liefern musste. So gut er konnte.

«Wir sind auf der Suche nach einem Sommerhaus, wir haben erst vor einem knappen halben Jahr geheiratet. Wir kennen uns noch nicht einmal zwei Jahre. Können wir nicht einfach eine Weile leben, müssen wir ständig das nächste große Zukunftsprojekt vor Augen haben?»

My richtete sich auf, legte ihm die Hände auf die Schultern und blickte ihm ernst in die Augen.

«Bereust du irgendetwas davon?»

Billy holte tief Luft, schüttelte den Kopf und brachte ein überzeugendes, beruhigendes Lächeln zustande.

«Du weißt, dass ich das nicht tue. Aber es geht alles so schnell.»

«Zu schnell?»

«Manchmal. Ich wünsche mir, dass du einfach nur lebst. Im Hier und Jetzt. Und dir das ausreicht. Dass sich nicht neunzig Prozent unserer Unternehmungen um die Zukunft drehen und darum, was wir als Nächstes machen.»

Auch wenn er momentan von diesem «Nächsten» ganz besessen war.

Aber erst, wenn all die Dinge, für die er zurzeit eine Lösung finden musste, überstanden waren.

«Ich wusste nicht, dass du es so empfindest.»

«Jetzt weißt du's.»

«Ich wünschte, du hättest schon früher etwas gesagt. Über solche Dinge musst du reden. Das ist wichtig.»

«Ich werde mich bessern.»

«Du bist schon der Beste», erwiderte sie, nahm sein Gesicht in ihre Hände und beugte sich vor.

«Und du bist die Beste», brachte er heraus, ehe sie ihn küsste. Er hoffte, dass sie mit ihm schlafen wollte, und fürchtete sich gleichzeitig ein wenig davor. Er spürte, dass Nähe und Intimität ihm guttäten, aber gleichzeitig wusste er, dass der Sex wieder so blümchenhaft und langweilig sein würde, dass er sich hinterher im Großen und Ganzen unbefriedigt fühlen würde.

«Ich leg mich wieder hin, ich muss in ein paar Stunden aufstehen», sagte My und entschied damit diese Frage. Sie küsste ihn noch einmal auf den Mund. «Wir reden morgen weiter.» Sie stand auf und ging zurück ins Schlafzimmer.

Billy wartete, bis er sicher war, dass sie nicht noch einmal zurückkam, ehe er nach der Zeitung griff und den Brief und das Foto hervorholte.

Er zog sein Handy aus der Tasche, öffnete einen Browser und gab die Adresse der Webseite an, die in dem Brief stand. Er hatte recht gehabt, es war ein Spieleforum. Er gelangte direkt in einen Thread, den ein User namens WoLf232 erstellt hatte. «Wird Billy zahlen?», hieß er. Unter der einleitenden Frage standen bereits einige Kommentare von anderen Forumsmitgliedern, überwiegend *WTFs* und Fragezeichen.

Jemand versuchte, hilfsbereit zu sein, und erkundigte sich, welches Spiel WoLf232 denn meine. Billy begriff, dass von ihm erwartet wurde, seine Antwort im Thread zu posten und mit dem Erpresser künftig auf diesem Weg zu kommunizieren. Aber nicht jetzt. Nicht heute Nacht.

Er war völlig erschöpft, und wenn man müde war, machte man Fehler.

Billy konnte es sich nicht leisten, Fehler zu machen.

Seine Zukunft stand auf dem Spiel.

Torkel seufzte vor Erleichterung darüber, endlich zu Hause zu sein. Er hängte seine Jacke auf und ging direkt ins Badezimmer, wusch sich das Gesicht und begegnete seinem Blick im Spiegel.

Ein erschöpfter Mann.

Vielleicht sollte er doch ein wenig kürzertreten. Er wurde nicht jünger. An Tagen wie diesen spürte er es besonders deutlich. Doch er schob den Gedanken beiseite, eine solche Entscheidung traf man nicht um kurz vor vier Uhr morgens, nachdem man zwanzig Stunden auf den Beinen gewesen war. Er putzte sich rasch die Zähne, pinkelte, wusch sich die Hände und schlich ins Schlafzimmer.

Er legte sich ins Bett, stellte den Wecker seines Handys und seufzte erneut, als er sah, dass er schon in vier Stunden und zweiundzwanzig Minuten klingeln würde.

«Ich bin wach», sagte Lise-Lotte. Er drehte sich zu ihr um. Sie lag auf der Seite und schaute ihn an. «Ich wusste nicht, ob du in Uppsala übernachten würdest oder nicht.» Vielleicht bildete er es sich nur ein, aber er glaubte, einen leisen Vorwurf in ihrer Stimme zu hören.

«Entschuldige, dass ich mich nicht gemeldet habe. Der Tag war verrückt. Wir hatten zwei weitere Vergewaltigungen und einen Selbstmord.»

Lise-Lotte antwortete nicht. Sie hob nur seine Decke an und rutschte zu ihm hinüber. Legte einen Arm auf seine Brust und lehnte die Stirn gegen seine Wange. Er schob seinen Arm unter sie.

«Wegen Ursula ...», fing Torkel an.

«Wir müssen jetzt nicht darüber reden.»

«Ich weiß nicht, warum ich es dir nicht erzählt habe», fuhr er fort, als hätte er ihren Einwand nicht gehört. «Wahrscheinlich dachte ich, wenn ich es dir sage, würdest du etwas dagegen haben, dass ich sie jeden Tag bei der Arbeit sehe ...»

«Hast du den Eindruck, dass ich ein eifersüchtiger Mensch bin?»

«Ich wusste zumindest nicht, dass du keiner bist, nicht am Anfang unserer Beziehung ... Und irgendwie ergab sich nie die Gelegenheit, bis ich dachte, dass es keine Rolle spielt.»

«Tut es auch nicht.»

Torkel sah sie an. Würde sie es ihm wirklich so leichtmachen?

«Es spielt keine Rolle, dass ihr zusammen wart oder dass ihr jetzt zusammenarbeitet. Ich hätte es nur gern von dir erfahren.»

Sie war wirklich ein besserer Mensch, als er es verdient hatte.

«Aber ich verstehe jetzt, was du über Sebastian meintest», ergänzte Lise-Lotte und spürte, wie sie lächelte.

«Und dabei hat er sich diesmal wirklich Mühe gegeben, sich zu benehmen», entgegnete er.

«Schlaf jetzt», erwiderte sie und strich ihm über die Wange.

«Ich liebe dich.»

Er hatte vor, das oft zu sagen. Jeden Tag. Es nicht einfach nur zu sagen, sondern es auch zu zeigen. In allem, was er tat. Damit ihr niemals Zweifel kamen.

«Ich weiß, und das ist klug von dir», neckte sie ihn und gab ihm einen Kuss auf seine stoppelige Wange. «Ich liebe dich auch.»

Aber Torkel war schon eingeschlafen.

28. Oktober

Drei Menschen sind tot.
Handele ich wirklich richtig?
Ist es das wert?
All das geschieht, weil du nicht wolltest, dass jemand stirbt.
Aber wir hatten nur verschiedene Auffassungen darüber, wann jemand lebt.
Du sollst nicht töten.
Unter keinen Umständen.
So hast du es ausgedrückt.
So steht es geschrieben.
So ist es.
Das tröstet mich manchmal, wenn mir Zweifel kommen.
Denn es steht auch geschrieben:
Wenn aber Schaden geschieht, so sollst du geben,
Leben um Leben. Auge um Auge. Zahn um Zahn.
So kommen sie vielleicht glimpflich davon.
Die anderen.
Die, die überleben.
Wir hätten darüber diskutieren können.
Wie wir es auch sonst immer getan haben.
Wir waren nicht immer einer Meinung.
Beileibe nicht.
Aber wir respektierten einander.
Die Ansichten des anderen.
Auch wenn sie verrückt waren. Lebensgefährlich.

Ich würde alles dafür geben, um diese Zeit zurückzubekommen.
Eine Möglichkeit, es anders zu machen.
Es richtig zu machen.
Ich denke viel an damals.
An dich. An uns.
Immer öfter an die Vergangenheit.
Immer seltener an die Zukunft.
Vielleicht weil ich spüre, dass ich keine habe.

Valdemar stand schon draußen auf dem Bürgersteig und wartete, als Sebastian kam, um ihn abzuholen. Ihm fiel auf, wie dünn Valdemar geworden war, ganz eingefallen. Aber vermutlich war das kein Wunder, er hatte in der letzten Zeit viel durchgemacht.

Krebs. Zweimal.

Ein Selbstmordversuch und ein laufendes Strafverfahren.

Sebastian versuchte sich daran zu erinnern, wann er Valdemar das letzte Mal gesehen hatte. Es musste in der Phase gewesen sein, als er gerade herausgefunden hatte, dass Vanja seine Tochter war, und er ein ungesundes, zwanghaftes Bedürfnis gehabt hatte, in ihrer Nähe zu sein.

Als er – und darauf war er nicht stolz – sie mehr oder weniger überwacht hatte. In dieser Zeit hatte er Valdemar jeden Donnerstag gesehen, wenn er Vanja zu ihrer Wohnung in der Sandhamnsgatan gefolgt war, nachdem sie bei Valdemar und Anna zu Abend gegessen hatte.

Bei ihren Eltern.

Als Valdemar und Anna noch ein Paar waren. Eine Familie.

Bevor alles kaputtging.

Bevor Sebastian in ihrem Leben auftauchte.

Er erinnerte sich, wie er sich danach gesehnt hatte, Vanja so nahe zu sein, wie Valdemar es war. Wie er alles dafür hätte geben können, derjenige zu sein, den sie zum Abschied umarmte, der sie liebevoll auf die Stirn küssen durfte.

Wie eifersüchtig er gewesen war.

Wie neidisch.

Wie er alles darangesetzt hatte, ihre Beziehung zu zerstören. Kaum vorstellbar, dass diese Ereignisse erst etwas mehr als ein Jahr zurücklagen und er jetzt genauso viel Energie – wenn nicht mehr – darauf verwandte, die Beziehung zwischen Ziehvater und Tochter wieder zu kitten.

Als Valdemar sich angeschnallt hatte, deutete Sebastian auf eine Tüte mit Kaffee, Käsebrötchen und zwei Zimtschnecken von 7-Eleven im Fußraum der Beifahrerseite, aber Valdemar schüttelte den Kopf. Er war offensichtlich nervös, verkrampfte die Hände im Schoß und sah aus dem Fenster. Sebastian schaltete das Radio ein, und sie fuhren schweigend los.

«Und sie weiß immer noch nicht, dass ich komme?», fragte Valdemar, als sie in die Straße in Sundbyberg einbogen, in der Jonathan wohnte.

«Nein.»

«Was ist, wenn sie mich nicht sehen will?»

«Ich glaube schon, dass sie das will.»

«Aber wenn nicht?»

Sebastian konnte seine Besorgnis nachvollziehen. Die derzeitige Funkstille, die zwischen Valdemar und Vanja herrschte, konnte man vielleicht damit erklären, dass Vanja keine Zeit hatte, dass sie frisch verliebt war und in einer anderen Stadt arbeitete. Sie hatte zu viele andere Dinge um die Ohren. Aber ein bewusster Bruch, eine Zurückweisung, eine vor der Nase zugeschlagene Tür. Das war etwas anderes.

Damit kannte Sebastian sich aus.

«Vanja vermisst Sie.»

«Das sagen Sie.»

Mehr als das, Sebastian hoffte, dass es die Wahrheit war. Viel hing davon ab, nicht nur für Vanja und Valdemar. Im Grunde waren die beiden bei dieser Aktion nicht einmal halb so wichtig wie er selbst.

Sebastian parkte vor einem schmutzig gelben vierstöckigen Wohnhaus mit sandgestrahlter Betonfassade und feuerroten Fensterrahmen und Balkonen. Als könnte ein bisschen frische Farbe übertünchen, dass hier vor fünfundsiebzig Jahren eine schwere Bausünde begangen worden war. Er blickte auf die Uhr. Weil sie bis in die frühen Morgenstunden im Konferenzraum gesessen hatten, hatten sie vereinbart, heute erst später mit der Arbeit zu beginnen. Doch plötzlich war Sebastian sich nicht mehr sicher, ob sein Plan wirklich eine so gute Idee war. Genauer gesagt: das Fehlen eines Plans.

War sie schon wach?

War sie überhaupt da?

Wollte sie von ihren beiden Vätern geweckt werden, von denen sie sich doch bewusst distanzierte?

Er hatte keine Ahnung, aber er musste es durchziehen. Also wandte er sich an Valdemar und öffnete gleichzeitig die Autotür.

«Kommen Sie», sagte er so aufmunternd wie möglich. «Es wird schon gutgehen.»

Sie stiegen aus und wollten gerade auf die Eingangstür zusteuern, als eine Stimme in ihrem Rücken sie aufhielt.

«Was zum Teufel macht ihr denn hier?»

Sie drehten sich synchron um und erblickten Vanja, die trotz der Kälte in verschwitzten Joggingklamotten und außer Atem hinter ihnen auf dem Bürgersteig stand. Sie warf ihnen beiden einen finsteren Blick zu, in dem nicht die geringste Andeutung von freudiger Überraschung lag.

«Hallo Vanja», hörte Sebastian Valdemar sagen, und diese Worte allein enthielten so viel unterdrücktes Glück darüber, sie zu sehen, dass sogar Sebastian nicht umhinkonnte, ein wenig gerührt zu sein. Auf Vanja schienen sie allerdings nicht dieselbe Wirkung zu haben.

«Was zum Teufel macht ihr hier?», wiederholte sie, diesmal ein bisschen langsamer, als glaubte sie, die beiden hätten sie beim ersten Mal nicht verstanden.

«Das war meine Idee», sagte Sebastian und machte ein paar Schritte auf sie zu. Valdemar blieb, wo er war, als befürchtete er, Vanja könnte sich umdrehen und weglaufen, wenn er sich ihr näherte.

«Natürlich, wessen sonst.»

«Hör mir nur zwei Minuten zu ...»

«Lieber nicht.»

«Bitte. Zwei Minuten, dann fahren wir ...»

Vanja sah zu Valdemar hinüber, der verloren die Schultern sinken ließ und auf den Boden starrte. Mit einem zustimmenden Nicken wandte sie sich wieder Sebastian zu.

«Es ist meine Schuld. Alles ist meine Schuld», begann er und entschied sich für die Wahrheit. Dies war seine letzte Chance, entweder es klappte, oder es klappte nicht. «Ich habe deine Familie zerstört. Wenn ich nicht aufgetaucht wäre, hättest du sie noch. Mir ist klar, dass sich deine Beziehung zu Anna nicht wieder reparieren lässt, aber Valdemar ...» Sebastian deutete mit dem Kopf auf die bedauernswerte Gestalt auf dem Gehweg. «Du vermisst ihn doch. Ich weiß, dass du ihn vermisst.»

«Woher? Hast du mit Jonathan gesprochen?»

Verdammt, sie war wirklich gut. Schnell. Vermutlich hatte sie nicht mit vielen Leuten über ihre Sehnsüchte und Wünsche geredet. Was ihr Gefühlsleben anging, war sie keinesfalls ein offenes Buch. Aber Sebastian hatte nicht vor, ihrem Freund in den Rücken zu fallen, und wollte ihren Zorn nicht noch mehr anfachen.

«Das war nicht nötig. Ich habe über das nachgedacht, was du gesagt hast. Dass es mir egal ist, was du willst. Ich habe mir Gedanken darüber gemacht, was du wollen könntest, und ich weiß, wie eng dein Verhältnis zu Valdemar war.»

Er sah sie ehrlich und aufrichtig an, ein Gesichtsausdruck, den er üblicherweise bis zur Vollendung beherrschte, doch jetzt, wo er es ernst meinte, fiel er ihm plötzlich schwer.

«Diese Art von Nähe. Diese Liebe. Ich weiß jedenfalls, dass ich sie vermissen würde.»

Er überlegte rasch. Sollte er wirklich die Lily-und-Sabine-Karte spielen? Warum nicht. Er musste alle Register ziehen, die ihm zur Verfügung standen, damit sein Plan funktionierte.

Und es war die Wahrheit.

Alles, was er bis hierher gesagt hatte, war die reine Wahrheit.

Vielleicht lief es deswegen so verhältnismäßig gut.

«Ich weiß, dass ich sie vermisse. Jeden Tag.»

Er hörte selbst, dass seine Worte wie aus einer amerikanischen Schnulzenromanze klangen. Fehlten nur noch liebliche Geigentöne im Hintergrund.

Vanja antwortete nicht sofort, Sebastian deutete es dennoch als Fortschritt. Sie blickte zu Valdemar hinüber, der immer noch dort stand, wo Sebastian ihn zurückgelassen hatte, unsicher, wie er die Situation bewerten sollte.

«Wir müssen nach Västerås», sagte Vanja, aber ihre Stimme klang genauso schwach wie das Argument.

«Wir müssen zu keiner bestimmten Zeit dort sein.»

Ein neuerlicher Blick, ein kurzes Abwägen, das in einen kleinen Seufzer und ein Nicken mündete.

«Na gut, ich wollte sowieso noch frühstücken, er kann mir Gesellschaft leisten.»

«Ich warte im Auto.»

Sebastian blieb stehen und sah dabei zu, wie Vanja auf Valdemar zuging und er ihr nach einer kurzen, fast linkischen Umarmung ins Haus folgte. Ein warmes Gefühl breitete sich in ihm aus. Er hatte es geschafft.

Ein Schritt in Richtung Akzeptanz, ein Schritt in Richtung seiner Tochter.

Er sah einen Lichtstreifen am Horizont.

Seine selbstlose Tat hatte Resultate erbracht.

Allmählich wurde es kalt im Auto.

Sebastian überlegte gerade, ob er eine Runde um den Block fahren sollte, um den Wagen und sich aufzuwärmen, als Vanja und Valdemar gemeinsam aus dem Haus traten. Die Umarmung, mit der sie sich voneinander verabschiedeten, sagte ihm, dass die letzten fünfundfünfzig Minuten die beiden einander definitiv nähergebracht hatten. Die Frage war nur, wie nah. Nach einigen kurzen Abschiedsfloskeln ging Valdemar davon, während Vanja zum Auto kam, die Beifahrertür öffnete und einstieg.

«Sollen wir ihn nicht nach Hause bringen?», fragte Sebastian und blickte Valdemar hinterher, der sich langsam entfernte.

«Er nimmt die U-Bahn. Ich habe ihm gesagt, dass wir arbeiten müssen.»

«Okay.»

Vanja schnallte sich an, und Sebastian startete den Motor und fuhr los. Als sie Valdemar überholten, winkte Vanja ihm lächelnd zu. Ein weiteres Zeichen, dass sein Plan offenbar funktioniert hatte, doch es schadete nichts, sich Gewissheit zu verschaffen.

«Wie ist es gelaufen?», fragte er in einem so neutralen Konversationston wie möglich.

«Gut. Richtig gut.»

«Das freut mich.»

Vanja wandte sich ihm zu und sah ihn offen und aufrichtig an.

«Danke», sagte sie.

Sebastian begnügte sich mit einem Nicken als Antwort, aber innerlich jubelte er. Er würde es an dieser Stelle auf sich beruhen lassen und Vanja nicht dazu zwingen, mehr zu erzählen, als sie wollte. Stattdessen gab er Gas, drehte das Radio ein bisschen lauter und fuhr schweigend weiter.

Vanja lehnte sich auf dem Sitz zurück, als sie Sundbyberg in Richtung Norden und der E18 verließen. Der Himmel war wolkenverhangen, und es war nicht so hell wie sonst um diese Zeit im Spätherbst. Die Hausfassaden wirkten düsterer als üblich. Für die weihnachtlichen Lichterketten in den Fenstern war es noch zu früh, die kamen erst im November. Die Bäume hatten bereits ihr ganzes Laub verloren, und die Menschen hüllten sich gegen die Kälte in warme dunkle Kleidung. Grau und farblos, das war der Eindruck, den die Welt draußen vor der Windschutzscheibe vermittelte.

Was für ein merkwürdiger Morgen.

Valdemar war mit Vanja in die Wohnung gegangen und hatte sich mit Jonathan in die Küche gesetzt, während sie duschte und sich fertig machte. Als sie sich im Schlafzimmer anzog, hörte sie, wie die beiden sich unterhielten und Valdemar lachte. Es war ein gutes Gefühl, ihn fröhlich zu wissen. Sie ging in die Küche, und Jonathan sagte, er würde sie jetzt allein lassen und zur Arbeit fahren. Er drückte Valdemar herzlich die Hand und beteuerte, dass es wirklich schön gewesen sei, ihn wiederzusehen.

Valdemar stimmte ihm zu.

Vanja konnte sehen, dass beide es ernst meinten.

Als sie mit Valdemar allein war, gestaltete sich das Zusammentreffen wieder etwas zäher. Vanja machte sich Frühstück und bot Valdemar auch etwas an, doch er lehnte ab und begnügte sich mit einer Tasse Kaffee. Es schien, als traute er sich nicht so recht, die Initiative zu ergreifen, wenn sie allein waren.

Er wirkte immer noch schutzlos, schwach, entschuldigend.

Aber auch hundert Prozent ehrlich.

Darauf bedacht, ihr zu erklären, dass er sich nicht habe aufdrängen wollen und deshalb keinen Kontakt zu ihr gesucht habe. Dass er ihr die Zeit lassen wollte, die sie brauchte, um eine Entscheidung zu treffen, und er sie akzeptieren würde.

Er gab offen zu, dass der Krebs, das Strafverfahren und die ganze Sache mit Vanja und Anna dazu geführt hatten, dass er für eine Weile den Boden unter den Füßen verloren hatte. Zeitweilig hatte er geglaubt, es gäbe keinen Ausweg mehr und nichts, für das es sich weiterzuleben lohnte. Doch er hatte sich geirrt, das wusste er jetzt. Es ging ihm besser. Sie sollte ihn also unter keinen Umständen wieder in ihr Leben lassen, weil sie sich schuldig fühlte oder Angst davor hatte, er könnte sich etwas antun.

Wenn sie einen Weg zurück zueinander finden würden, dann, weil Vanja es wollte.

Sie hatte ihn auch nach dem Strafverfahren gefragt. Doch er hatte nur die Achseln gezuckt. Was sollte er sagen.

Er hatte einen Fehler gemacht.

Dumme Entscheidungen getroffen.

Gegen das Gesetz verstoßen.

Die ganze Daktea-Geschichte war unüberschaubar. Größer und komplizierter als der Trustor-Wirrwarr. Zahlreiche Unternehmen waren daran beteiligt. Strohmänner, Briefkastenfirmen, Hintermänner. Die Akten umfassten bereits mehrere tausend Seiten, und die Voruntersuchung war noch nicht abgeschlossen. Valdemar stand immer noch unter Verdacht, daran beteiligt gewesen zu sein, musste jedoch nicht in Untersuchungshaft.

Wohin sollte er auch verschwinden?

Allen war klar, dass er nicht an der Spitze dieses Geflechts gestanden und nirgendwo Geldbeträge in Millionenhöhe versteckt hatte, von denen er nach einer Flucht leben könnte. Und dass er Beweise vernichten würde, hielt man für ausgeschlossen.

Also war er auf freiem Fuß.

Aber ohne Anna. Und ohne seine Tochter.

Allein.

Vielleicht hatte das Treffen Vanja nachdenklich gestimmt, weil sie in letzter Zeit mit dem Gedanken gespielt hatte, eine eigene Familie zu gründen, zu jemandem zu gehören, eine Geschichte zu haben. Sie hatte immer gewusst, dass Valdemar derjenige war, der am wenigsten Fehler gemacht und sie am wenigsten enttäuscht hatte, den es aber am härtesten getroffen hatte. Daher glaubte sie zu wissen, wohin dieses morgendliche Treffen führen würde, doch sie musste erst ihre Eindrücke sortieren, damit sie auch sicher war, die richtige Entscheidung zu treffen.

Ein merkwürdiger Morgen, aber sehr angenehm. Vanja fühlte sich gut. Valdemar zu treffen, hatte ihr gutgetan. Und das war Sebastians Verdienst. Das hätte sie niemals gedacht. Vielleicht hatte er sich geändert.

Glaubte sie das wirklich?

Egal.

Sie wusste, dass er von sich aus nicht mit ihr sprechen würde, weil sie ihn gebeten hatte, es nicht zu tun, aber er sollte eine kleine Belohnung bekommen. Sie wandte sich ihm zu.

«Wie fandest du Torkels Neue?», fragte sie.

Sebastian sah aufrichtig erstaunt aus. Er hatte erwartet, dass sie sich an ihren Vorsatz halten würde, nur über berufliche Dinge mit ihm zu reden, doch er drehte schnell das Radio leiser.

«Nett. Sie scheint nett zu sein. ... Das mit Ursula war wirklich keine Absicht. Ich war mir ganz sicher, dass er es ihr erzählt hätte. Er ist doch eigentlich der Typ, der so etwas erzählt.»

«Ja», stimmte Vanja ihm zu.

«Ich hoffe, dass ich damit nichts kaputtgemacht habe», beteuerte Sebastian aufrichtig. «Er ist glücklich, das sieht man.»

«Ja ... Was hältst du von Billys besserer Hälfte?»

«Ich weiß nicht recht. Was ist sie von Beruf? Lifestyle-Coach?»

«Lebens- und Karriereberaterin», korrigierte Vanja mit einem kleinen Lächeln, das ihn noch mehr wärmte als die Autoheizung, die auf vierundzwanzig Grad hochgedreht war.

«Und was macht man da genau? Ich weiß, dass sie es erklärt hat, aber ich habe mich ein bisschen ausgeklinkt.»

«Man hilft Menschen, sich besser zu fühlen und ihr volles Potenzial auszuschöpfen.» Vanja sah ihn an, und das kleine Lächeln wurde breiter. «Du bist doch Psychologe. Da habt ihr sicher einiges gemeinsam.»

Sie neckte ihn. Das gefiel ihm.

«Nein, haben wir nicht», erwiderte Sebastian nachdrücklich. Er hatte ein fünfjähriges Universitätsstudium absolviert und sich nach seinem Abschluss spezialisiert. My hingegen hatte wahrscheinlich eine Lizenz oder ein Diplom bei irgendeinem Online-Kurs gemacht. Auf ihrer Homepage schrieb sie vermutlich: «Glaube an dein Potenzial», «Komme in Kontakt mit deiner inneren Energiequelle», «Alle Antworten liegen in dir selbst», und ihren Mangel an Qualifikationen und wissenschaftlich fundierten Kenntnissen kaschierte sie mit der angeblichen Einsicht, dass es «meine eigene Reise durch das Leben und die Erfahrungen, die ich währenddessen sammeln durfte, waren, von denen ich am meisten gelernt habe».

«Aber Billy scheint glücklich mit ihr zu sein», schloss er mit einem Schulterzucken.

«Da bin ich mir nicht so sicher.»

Vanja verstummte, als hätte sie eingesehen, dass sie zu viel gesagt hatte. Sebastian wartete ab.

«Er hat sie betrogen», ergänzte Vanja schließlich.

«Wann?»

«Im Sommer. Als wir hinter Lagergren her waren.»

«Mit wem?»

«Ich habe keine Ahnung.»

«Woher weißt du das?»

«Er hat es mir gesagt.»

«Und wollte er auch, dass du es mir erzählst?»

Eine höchst berechtigte Frage. Die Antwort lautete natürlich nein. Billy und sie waren Freunde. Er war einer ihrer engsten Freunde, einer der wenigen, die sie überhaupt hatte. Also, warum saß sie in einem Auto auf dem Weg nach Västerås und plauderte private Dinge über ihn aus?

Das war Mys Schuld.

Irgendwann während des Essens bei Torkel und Lise-Lotte war sie allein mit My gewesen, und plötzlich hatte sie sich dabei ertappt, wie sie ihr anvertraute, dass sie versuchte, schwanger zu werden. Eine Sache, die niemanden etwas anging. Vor allem nicht My, die das Kunststück vollbracht hatte, interessiert und neugierig zu reagieren, während sie gleichzeitig von Billy, ihrem Job, ihrer Ehe und ihrer Suche nach einem Sommerhaus erzählte. Alles so schrecklich vollendet und herrlich, dass Vanja das Bedürfnis verspürte, das perfekte Bild ein bisschen zu beflecken. Wenn es My gelungen war, ihr etwas zu entlocken, das eigentlich niemand erfahren sollte, dann war es nur recht und billig, dass auch Vanja etwas erzählte, das nicht für fremde Ohren gedacht gewesen war.

Natürlich eine völlig verquere Logik.

Kleinlich, kindisch, unreif.

Aber es war passiert.

«Sag bitte niemandem etwas davon», bat sie nachdrücklich, «und auf gar keinen Fall Billy.»

«Nein, natürlich nicht.»

«Versprich es.»

«Meine Versprechen bedeuten doch nichts», erwiderte er mit gespielt beleidigtem Unterton. Doch er sah sofort, dass der Witz nicht gut ankam. «Ich verspreche es. Wenn ich mit Billy reden will, dann gibt es andere Dinge, über die wir uns unterhalten.»

Offensichtlich hatte er nicht die Absicht, ihr zu erzählen, was er damit meinte, und sie hakte auch nicht nach. Vanjas Handy vibrierte. Sie warf einen Blick auf das Display.

«Billy und Carlos haben ihre Ergebnisse zu Ingrid Drüber geschickt.»

Vanja begann zu lesen, und sie fuhren in einvernehmlichem Schweigen weiter. Eine der besten Autofahrten, die er je erlebt hatte, dachte Sebastian.

Nicht einmal das Ortsschild, das ihnen eine knappe Stunde später mitteilte, dass sie Västerås erreicht hatten, konnte seine gute Laune trüben.

Manchmal musste man sich fügen und aufgeben. Manchmal ging es einfach nicht mehr.

Der Anruf von Ida, die beiden Übergriffe, dieser Journalist, der sie auf dem Parkplatz abgepasst hatte, all das hatte sie erfolgreich abgewehrt und ausgehalten. Weil sie ihr Ziel vor Augen hatte, und das Ziel war wichtiger als die weltlichen Dinge, die sie durchmachen musste. Sie hatte einen Gott, der ihr Kraft gab, ihr beistand, bei jedem Schritt auf ihrem Weg.

Heute Morgen war sie um sechs Uhr aufgewacht. Inzwischen schlief sie nachts wieder einigermaßen gut. Zwar war sie besonders vorsichtig, wenn sie allein nach Hause kam, aber im Großen und Ganzen kam sie Tag für Tag besser zurecht. Wie sie es von vornherein gewusst hatte. Mit Gottes Hilfe. Sie fühlte neue Kraft. Nach einem halbstündigen Gebet, einem schnellen Spaziergang, einer Dusche und einem raschen Frühstück war sie zur Kirche gefahren.

Als die morgendliche Personalbesprechung beendet war, hatte sie sich in ihr winziges, schlicht eingerichtetes Büro zurückgezogen. Ein Schreibtisch, ein kleines Sofa und ein einzelner Sessel in der Ecke für vertrauliche Gespräche, an einer Wand ein Regal, das zu gleichen Teilen mit Informationsbroschüren und Büchern bestückt war. Dazu Bilder mit verschiedenen christlichen Motiven an den dunkelgrünen Wänden. Hinter ihrem Schreibtischstuhl hing ihr Lieblingsbild, ein Leinwanddruck des Gemäldes *Salvator Mundi*, das Leonardo da Vinci zugeschrieben wurde.

Sie hatte den ganzen Vormittag mit Verwaltungsarbeit und der Planung des Gottesdienstes am nächsten Sonntag zugebracht, heute standen keine Termine in Zusammenhang mit der Wahl an, keine Seelsorgegespräche oder Vorgespräche für Taufen, Hochzeiten oder Beerdigungen. In ihrem E-Mail-Postfach warteten zahlreiche unbeantwortete Mails, sie musste einen Rehabilitationsplan durchgehen und sich in ein arbeitsrechtliches Anliegen eines Kirchenmusikers einlesen. Ein normaler Tag mit normalen Beschäftigungen.

Dann waren diese beiden Polizisten aufgetaucht.

Von der Reichsmordkommission.

Eine jüngere Frau, ein älterer Mann. Vanja Lithner und Sebastian Bergman. Sie wussten viel mehr, als dieser Journalist gewusst hatte. Sie schienen offenbar alles zu wissen.

Manchmal musste man sich fügen und aufgeben.

Manchmal ging es einfach nicht mehr.

Die junge Frau fixierte sie mit dem Blick, als würde sie jedes Wort, das Ingrid äußerte, im Vorfeld von ihren Augen ablesen und deuten.

«Wir haben von AbOvo erfahren», begann sie und schwieg wieder, offenbar erwartete sie, dass Ingrid etwas sagte. Einen kurzen Moment spielte Ingrid mit dem Gedanken zu lügen. Oder zumindest völlig ahnungslos zu tun, doch ihr war klar, dass Ida oder Klara davon erzählt haben mussten, wenn die Polizei den Weg zu ihr gefunden hatte.

«Eine Anti-Abtreibungs-Gruppe in Uppsala, die Sie geleitet haben», ergänzte Vanja, als Ingrids Antwort auf sich warten ließ.

«Ja.»

«In der Linda Fors Mitglied war.»

Wieder kam Ingrid der Gedanke, alles zu leugnen. Klara

war in der betreffenden Nacht nicht dabei gewesen, sie konnte nichts erzählt haben. Was hatte Ida gesagt? Vermutlich alles. Ingrid hatte ihr am Telefon angehört, dass sie kurz vor dem Zusammenbruch stand.

Es war acht Jahre her.

Erinnerungen verblassen.

Man vergisst, dichtet hinzu, verkürzt.

Vielleicht konnte sie den Vorfall ein weiteres Mal vertuschen. Doch dafür musste sie mehr wissen.

«Warum fragen Sie danach?»

«Wir glauben, dass etliche Überfälle, Vergewaltigungen und Todesfälle mit dieser Gruppe und dem, was Linda Fors zugestoßen ist, in Zusammenhang stehen könnten», erwiderte Vanja sachlich, den Blick nach wie vor fest auf Ingrid hinter ihrem Schreibtisch gerichtet.

«Wirklich?»

«Ja, auch Sie gehören zu den Betroffenen», warf Sebastian ein.

«Nein.»

Eine schnelle Antwort, eine schnelle Lüge. Sebastian entging sie nicht, er war überzeugt, dass Vanja sie ebenfalls bemerkt hatte.

«Sind Sie sicher?»

Rasch wog Ingrid die Alternativen ab. Half es ihr, wenn auch sie zu den Opfern gehörte? Wenn sie bereits bestraft worden war? Natürlich nicht im juristischen Sinn, aber auf einer persönlichen Ebene. Schaden konnte es jedenfalls nicht.

«Ich möchte nicht, dass jemand davon erfährt ...», sagte sie leise und senkte den Blick.

«Wir müssen es nicht an die große Glocke hängen.»

Ingrid holte tief Luft, hob den Kopf und sah Vanja direkt

an. Dann erzählte sie von den beiden Übergriffen. Wie sie sich abgespielt hatten. Das erste Mal, als sie nach einer Besprechung auf dem Weg zu ihrem Auto war. Das zweite Mal bei ihr zu Hause.

Die Spritze.

Der fürchterliche Sack.

Als sie die Geschehnisse in Worte fasste, mit jemandem darüber sprach, spürte sie plötzlich, wie sehr sie doch davon mitgenommen war, wie die furchtbaren Erlebnisse sich in ihrem Inneren festgebissen hatten. Dabei hatte sie sich eingeredet, ihr würde es bessergehen, als es tatsächlich der Fall war. Doch zugleich war Ingrid dankbar dafür, dass ihr Glaube ihr geholfen hatte, die Vergewaltigungen zu verarbeiten und weiterzumachen.

Die Polizisten erkundigten sich, ob sie den Täter gesehen hatte.

Das hatte sie nicht. Beide Male war sie von hinten angegriffen worden. Vanja und Sebastian erfuhren, wann sich die Übergriffe zugetragen hatten. Innerhalb des Schemas, nach dem die Täter vorzugehen schienen, lagen beide Ereignisse vor den Überfällen auf Ida. Ingrid war also das erste Opfer gewesen. Das klang plausibel. Immerhin hatte sie die Gruppe geleitet.

Darüber zu reden, wühlte Ingrid auf. Es holte Erinnerungen an die Oberfläche, die sie mit aller Macht zu verdrängen versucht hatte. Sie musste kurz aus dem Zimmer gehen, sich sammeln und ein Glas Wasser trinken.

«Erzählen Sie von Linda», bat Vanja, als Ingrid zurückkehrte und Platz genommen hatte.

«Ich weiß nicht, was ich sagen soll ...»

«Wie ist sie in Ihre Gruppe gekommen?»

«Sie war schwanger. Die Ärzte rieten ihr zu einem Schwangerschaftsabbruch, und sie benötigte Halt und Unterstützung. Eine Freundin hatte ihr von unserer Gruppe erzählt.»

«Warum hielten die Ärzte einen Abbruch für ratsam?»

«Sie waren der Meinung, dass eine Fortsetzung der Schwangerschaft ein Risiko für Mutter und Kind darstellte.»

«Also haben Sie Linda überredet, das Kind zu behalten, obwohl Sie wussten, dass es für sie gefährlich war», fasste Vanja zusammen und versuchte, ihre Stimme neutral klingen zu lassen und sich professionell zu verhalten.

«Wir haben sie nicht überredet», korrigierte Ingrid. «Sie kam zu uns, weil sie das Kind behalten wollte. Und es wusste ja niemand wirklich, ob es für sie gefährlich war. Niemand außer Gott.»

«Also hat die Meinung der Ärzte nicht viel gezählt?», fragte Sebastian, der die Missbilligung in seiner Stimme nicht ganz so gut verbergen konnte wie Vanja.

«Wenn Gott gewollt hätte, dass Mutter und Kind überleben, dann hätten sie es getan», erwiderte Ingrid mit dogmatischer Selbstgewissheit.

«Aber das hat er offensichtlich nicht gewollt», konterte Sebastian. «Der Typ mit dem Rauschebart da oben im Himmel war sich mit der medizinischen Wissenschaft einig ...»

Diese Situation hatte Ingrid schon unzählige Male erlebt. Kritik aus dem Lager der liberalen Bibeldeuter. Leute, die den Glauben an die Grundgedanken der säkularen Gegenwart anpassten und die Bedeutung der Heiligen Schrift herabwürdigten, waren eine Sache, mit denen konnte sie diskutieren. Einen eingefleischten Atheisten, wie es Sebastian ihrer Meinung nach war, würdigte sie dagegen nicht einmal einer Antwort. Sie bedachte ihn mit einem beinahe mitleidigen Blick und schwieg.

«Also, Linda ist zu Ihnen gekommen ...», resümierte Vanja

und versuchte, das Gespräch wieder auf den Grund ihres Besuchs zurückzulenken. Es wäre nicht das erste Mal, dass Sebastians persönliche Ansichten und seine Wortwahl einen Zeugen oder einen Verdächtigen dazu brachten, nicht mehr mit ihnen zu sprechen.

«Zu Hause bekam sie keine Unterstützung», sagte Ingrid. «Ihr Lebensgefährte, der Vater des Kindes, zog sich zurück, distanzierte sich von ihr, wenn ich es richtig verstanden habe.»

«Was war mit ihren Eltern, Geschwistern oder Freunden?»

«Die Eltern hatten keine Ahnung von der Diagnose der Ärzte. Linda wollte es ihnen nicht erzählen. Sie meinte, sie hätten ihre Entscheidung nicht verstanden.» Ingrid machte eine kurze Pause, beugte sich vor und heftete den Blick auf Vanja, während sie eindringlich weitersprach. «Sie war ganz allein. Sie hatte nur uns, in einer sehr schwierigen Situation.»

«Was geschah am Abend des 22. Juni 2010?»

Sie ruft am frühen Abend an und will, dass sie sich treffen. Sie hat versucht, ihren Lebensgefährten dazu zu bringen, mit ihr zu reden, über sie beide, über das Kind, über ihre Zukunft, falls das Schlimmste eintreffen sollte, aber er weigert sich, zieht sich zurück. Sie fühlt sich einsamer denn je, auch gesundheitlich geht es ihr nicht gut.

Sie sind für sie da. Alle außer Klara Wahlgren. Die hat gerade selbst ihr Kind zur Welt gebracht. Einen Sohn. Sie reden darüber, dass sie fast gleich alt sein, sich vielleicht anfreunden werden. Lindas und Klaras Kinder.

Als sie eintrifft, ist sie blasser als gewöhnlich, aber das ist nicht unbedingt verwunderlich, schließlich macht sie gerade viel durch. Sowohl physisch als auch psychisch. Als sie sich er-

kundigen, wie es ihr geht, antwortet sie, dass sie ein schlechtes Gefühl habe, zum ersten Mal habe sie den Eindruck, dass etwas nicht stimmt. Dieses Gefühl macht ihr Angst, weckt Fragen, lässt sie zweifeln. Und es wird nicht leichter dadurch, dass ihr Lebensgefährte nicht imstande ist, sie zu unterstützen. Dass niemand für sie da ist. Sie hat ihre beste Freundin, Therese, doch die ist keine echte Stütze, versteht Lindas Entschluss nicht voll und ganz. Sie sagt nur, dass sie hinter jeder Entscheidung stehe, die Linda treffe, dass es Lindas Sache sei, doch zwischen den Zeilen kann Linda hören, dass ihre Freundin der Ansicht ist, dass sie das Falsche tut.

Also gibt es niemanden.

Außer AbOvo.

Sie reden, über alles, nicht nur über die Schwangerschaft und die Angst. Es gelingt ihnen, dass Linda sich entspannt, sich besser fühlt, ruhiger wird. Sie versuchen, sie dazu zu bringen, die Angst loszulassen und darauf zu vertrauen, dass Gott immer das Richtige tut. Sie solle sich darüber freuen, ein kleines Leben in sich zu tragen. Das Wunder zu genießen, das in ihr heranwächst. Nach dem Gespräch beten sie gemeinsam. Für sie, für ihr ungeborenes Kind, für ihren Lebensgefährten. Sie beten dafür, dass alles gutgehen wird, beten für Kraft in der schweren Zeit, in der sie sich gerade befindet, dafür, dass Lindas Unruhe sich legt und sie zu ihrem Lebensgefährten und einer liebevollen Beziehung mit ihm zurückfindet.

Tatsächlich scheint sie sich besser zu fühlen, glücklicher und ruhiger geworden zu sein. Sie bedankt sich bei ihnen, sie wisse gar nicht, was sie ohne sie tun würde. Ohne ihren Glauben. Ohne Gott. Jetzt wollen sie aufbrechen. Linda will nur noch schnell zur Toilette. Sie warten auf sie, unterhalten sich, über Linda und das Kind natürlich, aber auch über andere Dinge.

Ulrika fällt es als Erster auf.

«Merkwürdig, wie lange sie braucht.»

Sie warten noch ein, zwei Minuten, dann gehen sie alle zusammen in die Toilettenräume im Erdgeschoss. Nur eine Kabine ist abgeschlossen und besetzt. Sie klopfen an die Tür.

«Linda.»

Doch sie erhalten keine Antwort.

«Linda, geht es dir gut? Ist alles in Ordnung?»

Stille. Ein paar Sekunden herrscht Verwirrung, bevor sie beschließen, die Tür aufzubrechen. Glücklicherweise ist es ein altes Schloss, so eines mit einem Schlitz, in den man eine Münze oder einen Schlüssel stecken kann, um es von außen zu öffnen. Also machen sie das.

Linda liegt auf dem Boden. Sie ist bewusstlos. Überall um sie herum ist Blut. Sie bekommen einen Schock und wissen nicht, was sie tun sollen. Ida fängt im Hintergrund leise an zu beten. Ulrika betritt die Kabine, rüttelt Linda, tastet nach ihrem Puls und findet ihn. Er ist unregelmäßig, aber deutlich. Linda braucht ärztliche Hilfe, sie müssen sie ins Krankenhaus bringen.

«Ruft einen Krankenwagen!»

Eine natürliche Reaktion, die richtige Reaktion, aber das können sie nicht tun. Sie können keinen Krankenwagen rufen. Sie befinden sich in kirchlichen Räumlichkeiten. In Räumlichkeiten der Schwedischen Kirche. Unter keinen Umständen darf die Kirche mit ihrer Gruppe und ihren Aktivitäten in Zusammenhang gebracht werden.

«Verstehen Sie, wie falsch das ist?», unterbrach Ingrid ihre Schilderung, und Sebastian und Vanja registrierten, dass sie sich auf ihrem Schreibtischstuhl aufrichtete, dies war offensichtlich ein Punkt, der ihr unter den Nägeln brannte. «Eine Gruppe, die dafür steht, dass das Wort der Bibel, das Wort

Gottes, unantastbar und unanfechtbar ist, darf nicht zeigen, dass sie ein Teil der Kirche ist.»

«Warum nicht?», hakte Vanja nach, obwohl sie das Gefühl hatte, die Antwort zu kennen.

«Warum? Weil die Kirche ihre Richtung verloren hat. Man würde alles tun, um sich zu distanzieren, und entschieden erklären, dass die Kirche damit nichts zu tun hatte, und Maßnahmen einleiten.»

«Die Fundamentalisten rausschmeißen», schlug Sebastian vor.

«Maßnahmen einleiten, weil wir an Gottes Wort glauben und danach leben», fuhr Ingrid fort, als hätte sie Sebastians Einwurf nicht gehört. Sowohl Sebastian als auch Vanja fiel auf, dass sich ihre Wangen zusehends röteten. «Weil wir dafür stehen, dass ein Leben heilig ist. Die Kirche ist so tief gesunken, dass sie sich mit aller Schärfe von uns distanzieren würde, obwohl wir uns für das einsetzen, für das eigentlich sie sich engagieren sollte. Das ist der Grund, warum sich die Schwedische Kirche in der Krise befindet.»

«Sie haben also keinen Krankenwagen gerufen, weil Sie Angst hatten, gefeuert zu werden?»

Ingrid wandte sich Sebastian zu, und Vanja hatte den Eindruck, dass deren Geduld allmählich am Ende war. Sie fluchte innerlich. Schließlich benötigten sie von Ingrid Drüber so viele Informationen wie möglich, und da waren konstante Provokationen selten die beste Taktik.

«Ich erwarte nicht, dass Sie das verstehen», entgegnete Ingrid jedoch mit, wie Vanja fand, beeindruckender Ruhe.

«Gut, das tue ich nämlich auch nicht.»

«Wenn mich das Bistum aus irgendeinem Grund nicht suspendieren würde, würde die Öffentlichkeit meine Entlassung fordern. Das Volk richtet in den sozialen Medien.

Früher war es nicht so schlimm wie heute, wo Twitter dein ganzes Leben zerstören kann, aber schlimm genug.»

«Ich bin mir sicher, dass es irgendwo eine abstruse Freikirche gibt, die Sie mit offenen Armen aufnimmt.»

«Sebastian», mischte sich Vanja mit ermahnender Stimme ein. «Halt die Klappe.»

Er kam ihrer Aufforderung nach. Ihm war klar, dass er im Begriff war, ihr Anliegen zu sabotieren. Vanja wandte sich wieder an Ingrid Drüber.

«Ich muss mich für meinen Kollegen entschuldigen. Bitte erzählen Sie weiter. Was geschah dann?»

Gemeinsam gelingt es ihnen, Linda hinaus zum Auto zu tragen und auf den Rücksitz zu legen. Sie blutet noch immer, aber hin und wieder kommt sie kurz zu Bewusstsein, ängstlich, verwirrt. Ingrid fährt, Ulrika neben sich auf dem Beifahrersitz. Rebecca und Ida sitzen links und rechts von Linda auf der Rückbank. Unfähig, irgendetwas zu tun, und in Panik. Ingrid versucht, sich auf den Verkehr zu konzentrieren, darauf, so schnell wie möglich das nach wie vor sommernachthelle Uppsala zu durchqueren. Von Zeit zu Zeit wirft sie einen Blick in den Rückspiegel.

Vom Rücksitz kommt ein Strom von Statusberichten und Fragen mit schrillen, hohen Stimmen.

Sie blutet!

Wann sind wir da?

Sie ist bewusstlos!

Ich glaube, sie atmet nicht mehr. Atmet sie?!

Gestresst bittet Ingrid die anderen, still zu sein. Sie weiß es nicht, sie kann ihnen keine Antwort auf ihre Fragen geben. Sie sieht erneut in den Rückspiegel. Linda ist für einen kurzen Moment bei Bewusstsein. Ihre ängstlichen, flehenden Blicke. In denen die Erkenntnis lag, dass etwas Schreckliches geschehen war, und die Ingrid still um Rettung anflehten. Trotzdem hält sie an, als sie nur noch eine Minute von der Notaufnahme entfernt sind. Plötzlich wird ihr klar: Auch Linda ins Krankenhaus zu begleiten, wird Konsequenzen haben.

Fragen würden gestellt werden, Antworten eingefordert, Zusammenhänge hergestellt werden.

Langsam nähern sie sich der Klinik, während sie versuchen, sich darüber einig zu werden, was sie tun sollen. Schließlich suchen sie eine Stelle in der Nähe des Eingangs der Notaufnahme, wo sie ungesehen parken können, und hieven Linda mit vereinten Kräften aus dem Auto. Vorsichtig legen sie sie auf den Boden, während Ulrika, die die Ruhigste von ihnen zu sein scheint, zur Rezeption in der Notaufnahme eilt. Schnell erklärt sie, dass draußen vor dem Eingang eine Frau auf dem Boden liege, sie blute, scheine schwer verletzt zu sein. Bevor jemand etwas fragen kann, verschwindet sie und stößt an dem zuvor vereinbarten Treffpunkt wieder zu den anderen. Sie warten, bis sie sehen, dass Krankenhausmitarbeiter Linda finden und sie in die Notaufnahme bringen. Dann fahren sie schweigend davon.

Sie kehren zur Kirche zurück, putzen die Toilette und räumen auf. Die Ereignisse des Abends werden weggewischt, bis sie nie geschehen sind. Dann legen sie sich eine Geschichte zurecht, auf die sie, falls erforderlich, zurückgreifen können: Sie haben sich bei Ulrika zu Hause getroffen. Zusammen gegessen und sich unterhalten. Ingrid und Rebecca haben Linda ein Stück auf ihrem Heimweg begleitet. Irgendwann haben sie sich getrennt, unweit des Krankenhauses.

Sie haben ihr Möglichstes für Linda getan. Egal, wie es ausgeht, es gibt keinen Grund, AbOvo in die Sache mit hineinzuziehen. Damit wäre niemandem geholfen. Mit schweren

Schritten und schweren Gemüts trennen sie sich draußen vor der Kirche. Keine von ihnen ist stolz auf das, was sie getan haben, aber sie hatten keine Wahl.

«Was hätten Sie gemacht, wenn Linda überlebt hätte?», fragte Sebastian, aufrichtig interessiert. Ihr schnell zusammengeschusterter Plan wäre in dem Moment implodiert, in dem Linda das Bewusstsein zurückerlangt hätte.

«So weit haben wir nicht gedacht», gab Ingrid ohne Umschweife zu und wandte sich wieder an Vanja. Wechselte den Fokus, wechselte das Thema. «Warum glauben Sie, dass die Sache mit Linda mit den Dingen zu tun hat, die uns widerfahren sind?»

Vanja sah zu Sebastian, der es jedoch offensichtlich ihr überließ zu antworten. Sie zögerte kurz, entschied sich dann aber für die Wahrheit.

«Wir glauben, dass der Täter will, dass Sie schwanger werden. Sie zwingen will, eine unmögliche Wahl zu treffen. Als Strafe.»

«Zu strafen ist Gottes Aufgabe, nicht die des Menschen.»

«Nicht alle Menschen glauben an Gott», schnaubte Sebastian. «Glücklicherweise.»

Er erhob sich, um zu gehen. Es reichte, er hatte die Nase voll, sowohl von Ingrid Drüber als auch von sich selbst. Außerdem waren sie fertig, sie hatten das erfahren, was sie wissen mussten. An der Tür blieb er stehen und wartete auf Vanja.

«Warum geschieht es jetzt?», fragte Ingrid und hielt Vanja damit zurück, als die sich auch vom Sofa erheben wollte. «Das Ganze ist acht Jahre her. Warum ausgerechnet jetzt?»

Eine Frage, die sie sich selbst gestellt hatten, seit sie relativ sicher waren, dass sämtliche Ereignisse mit Lindas Tod zusammenhingen. Aber bislang hatten sie noch keine Antwort gefunden.

«Wir wissen es nicht. Ist in letzter Zeit irgendetwas Auffälliges passiert? Hat sich irgendjemand mit Ihnen wegen Linda Fors in Verbindung gesetzt?»

«Da war ein Journalist. Er hat mich nach AbOvo gefragt.»

«Axel Weber?»

«Ja, so hieß er. Er war hier, aber es war ein belangloses Treffen, und er hat sich nicht wieder gemeldet.»

«Wann war das?»

«Vor zwei Wochen ungefähr.»

Nach der Pressekonferenz. Vanja beschloss herauszufinden, ob sich noch jemand anderes für die Ereignisse im Juni vor acht Jahren interessiert hatte, bevor die Überfälle und Vergewaltigungen anfingen. Aber sie ging davon aus, dass ihnen die Nachforschungen, die Billy und Carlos in Bezug auf Linda angestellt hatten, einige Namen liefern würden, mit denen sie weiterarbeiten konnten. Männer in Lindas Umfeld, die alles verloren hatten, als sie starb, so hatte Sebastian es formuliert. Es konnte nicht allzu viele geben, auf die diese Beschreibung zutraf.

Vanja machte einen zweiten Versuch, sich zu erheben. Dieses Mal gelang es ihr, aber sie kam nicht weiter als bis zur Tür, die Sebastian nach wie vor aufhielt, ehe Ingrid sie erneut zurückhielt.

«Ich kandidiere für das Bischofsamt.»

«Das ist uns bekannt.»

«Das hier muss doch nicht an die Öffentlichkeit dringen? Ich habe wirklich alles getan, um Ihnen zu helfen.»

«Die Ermittlung wegen Linda Fors' Tod wird vermutlich wiederaufgenommen werden», erklärte Vanja. «Das hängt also vom abschließenden Untersuchungsergebnis ab.»

Sie schätzte, dass es am Ende darauf hinauslaufen würde, dass man die vier Frauen, die an jenem Abend mit dabei gewesen waren und von denen inzwischen nur noch Ingrid lebte, der fahrlässigen Tötung für schuldig befinden würde, wobei die Verjährungsfrist jedoch bereits verstrichen war. Dass ein Staatsanwalt auf Mord plädierte, erschien Vanja eher unwahrscheinlich. Also war es gut möglich, dass diese Sache niemals ans Licht der Öffentlichkeit gelangte.

«Eine Anti-Abtreibungs-Gruppe innerhalb der Schwedischen Kirche, die Mitschuld am Tod einer jungen Frau und ihres ungeborenen Kindes trägt und versucht, es zu vertuschen», hörte Vanja Sebastian sagen. «Sie werden wohl hoffen müssen, dass Ihr Gott will, dass niemand davon erfährt, andernfalls sieht es ziemlich finster für Sie aus, würde ich meinen.»

Er stieß die Tür auf und verließ den Raum

Vanja warf Ingrid einen entschuldigenden Blick zu, bevor sie Sebastian folgte. Dann beschleunigte sie ihre Schritte und holte ihn auf halbem Weg zum Ausgang ein. Unterdessen hatte sie bereits ihr Handy am Ohr, um Torkel Bericht zu erstatten und zu hören, ob sich bei ihnen in der Zwischenzeit etwas Neues ergeben hatte.

«Manchmal habe ich keinen blassen Schimmer, warum du tust, was du tust», sagte sie, während sie darauf wartete, dass Torkel ans Telefon ging.

«Ja, ich weiß. Ich bin ein Rätsel.»

«Nein, du bist ein Idiot», konstatierte Vanja, ehe Torkel sich meldete und Sebastian und sie gemeinsam die Kirche verließen.

Im Konferenzraum war es warm.

Das war Torkels erster Gedanke, als er ihn nach seiner Rückkehr aus Stockholm bereits leicht verschwitzt betrat und zu den anderen stieß. Er warf einen Blick auf den Thermostat neben der Tür. Sechsundzwanzig Grad. Dann schaute er zu Carlos hinüber, der mit T-Shirt, Hemd, Sweatshirt und Daunenweste bekleidet am Tisch saß und den anderen seine rechte Seite zuwandte, da sein Gehör auf dem linken Ohr nach dem Auffahrunfall noch nicht vollständig wiederhergestellt war. Draußen hatten sich die Temperaturen einem für Ende Oktober angemessenen Normalwert genähert, es war sogar mild. Gegen Mittag hatte ein anhaltender Nieselregen eingesetzt, der nicht den Eindruck machte, als wollte er in nächster Zeit wieder aufhören. Himmel und Stadt bildeten ein tristes Einheitsgrau. In drei Tagen war der 1. November, aber das Wetter hatte einen Frühstart hingelegt und das Land in sein düsterstes, deprimierendstes Gewand gehüllt. Das spiegelte nur allzu gut die allgemeine Gefühlslage wider, die im Team herrschte. Sie hatten ein mögliches, sehr wahrscheinliches Motiv, waren der Ergreifung eines Täters aber kein Stück näher als zu Beginn der Ermittlungen.

Sofern der Gesuchte nicht einer der Männer war, deren Bilder am Whiteboard hingen. Der Erste war um die dreißig, hatte hellblaue Augen, blondes Haar, keinen Bart und ein rundes Gesicht. Er wirkte sympathisch. Hampus Bogren, Lindas Lebensgefährte und Vater ihres gemeinsamen Kindes, das sie nie bekommen hatten.

Neben ihm ein Mann im gleichen Alter. Es war ein Schwarzweißfoto aus dem Passregister. Starrende, dunkle Augen, rasierter Schädel, keine Andeutung eines Lächelns.

Ein Erscheinungsbild, das den Großteil der Nation sofort dazu veranlassen würde, den Mann für schuldig zu halten, sobald sein Foto auf der Titelseite einer Zeitung oder einem Kiosk-Aushang auftauchte. Was er sicherlich mit neunzig Prozent der Bevölkerung gemein hatte. Nur wenigen Menschen gelang das Kunststück, auf ihren Passbildern freundlich und vertrauenerweckend auszusehen. Der Mann auf dem dritten Foto, in Torkels und Sebastians Alter, bildete da keine Ausnahme. Die gleichen dunklen Augen wie der Jüngere, aber mit dunklem, gelocktem Haar und einem Vollbart. Außerdem einem großen Ring im Ohr.

Rodrigo und Daniél Valbuena.

Lindas Vater und ihr Halbbruder.

Darunter hing das Foto eines weiteren Mannes, den Torkel bislang noch nicht gesehen hatte. Er war ungefähr im selben Alter wie Hampus Bogren, um die dreißig. Fliehender Haaransatz, nach hinten gekämmtes langes helles Haar, das ihm bis auf die Schultern reichte, blasse Augen hinter einer Brille, eine sehr markant hervortretende Nase, ein schmaler Mund und ein Oberlippenbart, der in den Siebzigern den Neid eines jeden Pornostars geweckt hätte.

«Wer ist Boris Holt?», fragte Torkel und deutete auf den Neuzugang an der Tafel, ehe er sich umdrehte, den Thermostat auf erträgliche dreiundzwanzig Grad herunterstellte und seine Jacke auszog.

«Ein Freund von Linda. Therese zufolge ihr bester. Jedenfalls bis 2010», informierte ihn Anne-Lie, während Torkel auf einem der freien Stühle am Konferenztisch Platz nahm. «Wir hatten heute alle einiges zu erledigen», fuhr sie fort, «aber beginnen möchte ich mit meinem Besuch in der Almqvistgatan.»

Milan Pavic öffnete ihr die Tür, und Anne-Lie erklärte ihm sie müsse mit Therese sprechen. Milan fragte, ob das wirklich nötig sei. Ja, das war es. Er ging einen Schritt zur Seite und ließ sie herein. Im Wohnzimmer saß Gabriella, Thereses jüngere Schwester. Anne-Lie hatte das Gefühl, eine Schwarzweißfotografie zu betreten. An der einen Wand ein graues Sofa, mit grau-weißen Kissen dekoriert. Ein weißer Stoffsessel mit einer grauen Decke. Schwarzweißbilder an den Wänden. Ein hellgrauer Teppich unter dem weißen Couchtisch. Lampenschirme, Vasen, sämtliche Einrichtungsgegenstände waren weiß oder grau. Einzig der braune Parkettfußboden wich vom Farbkonzept ab.

Gabriella fragte, ob sie Anne-Lie etwas anbieten könne. Sie lehnte ab und setzte sich in den Sessel. Vorsichtig, als hätte sie Angst, ihr rotes Kleid könnte abfärben.

«Wie geht es Therese?», fragte sie deren Schwester, während sie warteten.

«Sie schläft die meiste Zeit.»

Also nicht gut, dachte Anne-Lie. Eine halbe Minute später erschien Therese im Wohnzimmer und bestätigte ihre Vermutung. Sie hatte sich einen Kimono über Unterhemd und Shorts gezogen und sah unendlich erschöpft aus. Dunkle Ringe unter den Augen, ihre Haut nahezu durchsichtig, blass und trocken. Sie hatte die Augen halb geschlossen, als würde es sie Kraft kosten, sie offen zu halten. Mit unsicheren Schritten ging sie zum Sofa und setzte sich neben Milan, der ihr behutsam eine Hand auf die Schulter legte. Anne-Lie hatte den Eindruck, dass er sie nie wieder aus den Augen lassen würde.

«Wie geht es Ihnen?», erkundigte sie sich.

«Nicht gut.»

«Schaffen Sie es, einige Fragen zu beantworten?», fuhr Anne-Lie so einfühlsam wie möglich fort. Therese nickte, wickelte ihren Kimono fester um sich und schlang die Arme um ihren Bauch, als würde sie sich selbst umarmen.

Anne-Lie holte tief Luft und informierte Therese über die Erkenntnisse und Theorien der Ermittlergruppe. Über AbOvo und die wahren Umstände von Lindas Tod und dass vermutlich jemand Rache dafür übte. Nach einem kurzen Zögern fügte Anne-Lie außerdem hinzu, dass der Täter Therese offenbar zweimal vergewaltigt hatte, weil sie schwanger werden sollte.

«Ich hoffe, dass man Ihnen gestern im Krankenhaus die Pille danach gegeben hat. Haben Sie die bekommen?»

Therese nickte nur. Anne-Lie sah, wie ihr die Tränen in die Augen stiegen. Als wären die Übergriffe, die Gewalt gegen ihren Körper, gegen ihr ganzes Wesen, nicht schon schlimm genug. Nun verfolgte jemand auch noch ein ganz konkretes Ziel damit, den perfiden Plan, das, was das ersehnte Ergebnis einer liebevollen Vereinigung sein sollte, ins Gegenteil zu verkehren und zu etwas Abstoßendem und Groteskem zu machen.

«Sie haben dieser AbOvo-Gruppe nicht angehört?» Besser, sie zog das Tempo an, wer wusste, wie lange Therese imstande war, auf ihre Fragen zu antworten.

«Nein.»

«Waren Sie sich über die Risiken von Lindas Schwangerschaft im Klaren?» Ein weiteres kurzes Nicken. «Aber Sie haben nicht versucht, Linda dazu zu bewegen, die Schwangerschaft abzubrechen.» Das war eher eine Feststellung als eine Frage. Wäre das Gegenteil der Fall gewesen, hätte Therese nicht erleiden müssen, was ihr zugefügt worden war.

«Sie wollte nicht. Sie wollte es wirklich nicht», antwortete Therese leise, und die Tränen liefen ihr jetzt die Wangen hinunter. Milan zog sie fester an sich, als wollte er sie umhüllen, sie beschützen. «Sie war meine beste Freundin. Ich habe sie unterstützt», fügte Therese hinzu.

«Natürlich haben Sie das.»

«Außerhalb der Kirche hatte sie nur mich.»

«Was war mit ihren Eltern und ihrem Halbbruder?»

«Sie wussten nichts davon. Linda war ganz allein. Aber ich war für sie da.»

Die Täter sahen das offenbar anders. In deren Augen waren all die, die das Unglück nicht verhindert hatten, mitschuldig.

«Fällt Ihnen jemand ein, der Linda vielleicht rächen will? Abgesehen von ihrem ehemaligen Lebensgefährten, ihrem Vater und ihrem Halbbruder?»

«Boris», antwortete Therese, ohne zu zögern.

«Boris und wie weiter?»

«Holt. Sie waren früher Nachbarn, in der Jumkilsgatan, wissen Sie, wo die ist?» Anne-Lie nickte. «Die beiden waren ständig zusammen. Ich war fast ein bisschen eifersüchtig. Denn Linda war zwar meine beste Freundin, aber ich nicht ihre.»

Das war eine Situation, in die sich Anne-Lie gut hineinversetzen konnte. Sie hatte selbst zahlreicher solcher Freundschaften gepflegt, bei denen die anderen ihr mehr bedeutet hatten als sie ihnen. Sich dieser Einsicht zu stellen, war immer schwer.

«Aber Linda hat den Kontakt zu ihm abgebrochen, als er ihre Entscheidung, das Kind zu behalten, nicht guthieß. Ich glaube, er war in sie verliebt.»

«Offenbar waren sie schon als Teenager befreundet, saßen

nachts zusammen auf dem Dach, schauten sich den Sonnenaufgang an und redeten über alles. Er war für sie mehr ein Bruder als ihr eigener Halbbruder», beendete Anne-Lie die Zusammenfassung ihres Gesprächs mit Therese.

«Also, was wissen wir über Boris Holt?», fragte Torkel und wandte sich an Carlos und Billy. Ein Mann, der den Menschen verloren hatte, den er geliebt hatte, genau danach hatten sie gesucht.

«Logistikchef bei einer Firma, die Haushaltswaren vertreibt. Wohnt seit 2013 in der Nähe von Norrtälje, seit 2005 verheiratet, zwei Stiefkinder», referierte Carlos.

«Haben wir jemanden zu ihm geschickt?»

«Das ist leider sinnlos, die Familie ist gestern nach Zypern geflogen. Herbstferien. Sie kommen am Sonntag zurück.»

Torkel sah ein, dass sie geduldig warten mussten. Die zypriotische Polizei einzuschalten, um Holt vor Ort zu verhören, war aus mehreren Gründen nicht möglich, und wenn sie ihn anriefen, würden sie ihn schlimmstenfalls nur warnen, dass sie ihm auf der Spur waren. Nicht besonders schlau, wenn sich der Verdächtige ohnehin schon im Ausland aufhielt. Einen Moment spielte Torkel mit dem Gedanken, Kriminaltechniker zu Holts Adresse zu schicken, um DNA-Material zu sichern, damit sie hundertprozentige Gewissheit hatten, ob er einer ihrer Täter war. Aber angesichts der Informationen, die ihnen vorlagen, konnten sie Holt nicht als dringend tatverdächtig einstufen. Er hatte Linda gemocht, das war alles und bei weitem nicht genug, um eine Hausdurchsuchung zu rechtfertigen.

«Der Gedanke kommt mir erst jetzt», unterbrach Vanja seine Überlegungen. «Wenn die Täter tatsächlich wollen, dass die Frauen schwanger werden ... Wir leben im Jahr 2018, sie müssen doch nur die Pille danach nehmen.»

«Ich nehme an, dass höchstens Therese dazu bereit ist», wandte Sebastian ein. «Für die anderen, die Mitglieder bei AbOvo waren, ist die Pille danach bestimmt gleichbedeutend mit Abtreibung.»

«Therese ist mit diesem Nachttaxi nach Hause gefahren, wie weit sind wir da?», fragte Anne-Lie und lenkte das Gespräch in eine andere Richtung. Sie wandte sich an Carlos, der sich aufrichtete und einen Blick auf seinen Notizblock warf.

«Diesen Dienst gibt es seit fünf Jahren, er war ursprünglich nur als Service für Studentinnen gedacht gewesen, aber seitdem ist das Unternehmen gewachsen, inzwischen haben sie fünf Autos. Der Gründer und Betreiber heißt Felix Hoekstra.»

«Was hat er gesagt?»

«Er war nicht da.»

«Wo ist er?»

«Linköping, Växjo, anschließend Borås, eine kleine Tournee durch Universitäts- und Hochschulstädte, in denen die Kommunen Interesse an unserem Konzept bekundet haben», sagte die junge Frau, die auf Carlos' Klingeln hin an der Tür des Nachttaxi-Unternehmens in der Innenstadt von Uppsala erschienen war. Als er seinen Dienstausweis vorgezeigt und ihr sein Anliegen vorgetragen hatte, wurde er hereingelassen, und auf Nachfrage erfuhr Carlos außerdem, dass die junge Frau Samantha hieß und abgesehen von ihr momentan niemand im Büro war.

«Dies ist doch aber kein kommunaler Betrieb?», erkundigte sich Carlos, während er Samantha in die Räumlichkeiten folgte, nachdem er es abgelehnt hatte, seine Jacke aufzuhängen.

«Nein, aber Sicherheitsfragen sind hochaktuell. Wir versuchen, eine Zusammenarbeit zu etablieren. Bitte schön.» Samantha machte eine ausholende Geste in die verwaiste Bürofläche. Drei Schreibtische und fünf Computer. Eine Teeküche in einer Ecke. Eine Pinnwand, ein paar Poster und ein Stadtplan von Uppsala an der Wand.

Samantha erklärte, dass bis vier Uhr nachmittags generell nur sie im Büro wäre. Dann wurde es allmählich dunkel, und ab dem Zeitpunkt stieg die Nachfrage für ihren Service. Außerdem hatten fast alle Mitarbeiter noch andere Jobs und konnten meistens erst spätnachmittags oder abends kommen, und auch nur an einigen Tagen in der Woche.

«Wie viele Mitarbeiter beschäftigen Sie?», fragte Carlos.

«Um die zwanzig, aber an einem normalen Abend sind wir zu dritt oder zu viert, plus die Fahrer. An den Wochenenden sind es einige mehr.»

«Ich brauche eine Liste mit den Namen aller Angestellten.»

«Unsere Leute sind nicht angestellt, sie sind ehrenamtlich tätig, sie bekommen kein Gehalt.»

«Ich brauche eine Liste mit den Namen aller Leute, die hier arbeiten», formulierte Carlos seine Bitte neu, ohne das geringste Anzeichen von Irritation, obwohl Samantha sein Anliegen bestimmt bereits beim ersten Mal verstanden hatte.

«Alle Mitarbeiter haben ein polizeiliches Führungszeugnis vorgelegt», erklärte Samantha, als würde sich Carlos' Bitte dadurch in irgendeiner Weise erübrigen.

«Das glaube ich Ihnen gern, aber ich brauche trotzdem eine Liste.»

Bestenfalls würde dort ein Name auftauchen, der ihnen im Laufe der Ermittlung bereits begegnet war. Ein Name, den sie mit Linda Fors oder einem der Opfer in Verbindung bringen konnten. Vielleicht hatten sie Glück. Es waren schon ganz andere Zufälle passiert.

«Ich weiß nicht genau, wo die liegt. Um so etwas kümmert sich Felix. Oder Remi, sie erledigt viel Verwaltungskram, aber sie ist auch nicht hier.»

«Dann rufen Sie einen der beiden an», schlug Carlos vor, was Samantha für eine gute Idee zu halten schien. Sie zog ihr Handy aus der Tasche, wählte eine Nummer, kurz darauf meldete sich jemand, und Samantha erklärte ihr Anliegen. Dann setzte sie sich an einen der Computer, loggte sich ein, erhielt Anweisungen, wie sie weiter vorgehen sollte, wurde zu der richtigen Stelle geführt, und einen Moment später begann ein Drucker im Raum zu arbeiten.

«Brauchen Sie noch etwas anderes?», fragte sie und nahm ihr Handy vom Ohr. «Jetzt, wo ich Remi gerade in der Leitung habe?»

«Die Fahrten, speichern Sie die Informationen zu den Fahrten ab?»

«Speichern wir die Fahrten irgendwo?», fragte Samantha ins Handy. Dann tippte sie erneut etwas ein.

Die Ermittlergruppe interessierte vor allem die Frage, wie lange die Zeitspanne zwischen einem Anruf und der Ankunft des Nachttaxis an der gewünschten Adresse war. Nicht weil Carlos glaubte, dass ihnen dieses Wissen besonders viel nutzen würde, sondern er hatte eher das Gefühl, dass sie mit diesen Angaben einen Zusammenhang zwischen den Übergriffen und dem Nachttaxi-Service ausschließen konnten. Denn dass jemand hier einen Anruf entgegennahm, dabei erfuhr, dass die betreffende Frau allein zu Hause sein würde, diese Information an seinen Komplizen weitergab, der wiederum zu der genannten Adresse fuhr, dort einbrach und der Frau bei ihrer Heimkehr auflauerte, das klang ziemlich weit hergeholt ...

«… und in dem Zeitrahmen, von dem wir ausgehen, im Prinzip unmöglich», schloss Carlos seinen Bericht über den Besuch in den Räumlichkeiten der Nachttaxi-Zentrale.

«Hat eines der anderen Opfer diesen Service in Anspruch genommen?»

«Klara nicht, das wissen wir. In Gävle, wo Rebecca wohnte, gibt es diesen Fahrdienst nicht. Und in Idas Fall habe ich den Einkaufszettel vom 21. Oktober, den wir in ihrer Wohnung gefunden haben, mit den Fahrtenlisten abgeglichen. Ida war nachmittags einkaufen, zu dem Zeitpunkt hat dort niemand ein Taxi bestellt.»

«Gute Arbeit», lobte Torkel, als Carlos seinen Block zuschlug. Er war ein bisschen beeindruckt von dem verfrorenen Mann. Die Fahrtenlisten mit der Zeit auf Idas Einkaufszettel abzugleichen, war clever. Diese Art von Intelligenz hatte Torkel gern um sich. Sollte Carlos irgendwann einmal den Job wechseln wollen, würde er ihn mit offenen Armen aufnehmen. Er wäre eine ausgezeichnete Verstärkung für sein Team, ruhig, methodisch und sympathisch. Und dass Torkel, falls Carlos einmal bei der Reichsmordkommission landen sollte, Anne-Lie obendrein ihren engsten Mitarbeiter wegschnappen würde, war ein zusätzlicher Bonus.

«Hast du gefragt, ob Weber dort war?», erkundigte er sich und war sicher, eine positive Antwort zu erhalten. Also, dass Carlos gefragt hatte, nicht dass Weber dort gewesen war. Weber schien untergetaucht zu sein, er war weder ans Telefon gegangen, als Torkel anrief, noch hatte er zurückgerufen.

«Nein, Weber war nicht da. Jedenfalls nicht laut dieser Remi, mit der Samantha telefoniert hat. Und sie schien ziemlich gut Bescheid zu wissen, was in dem Unternehmen so vor sich geht.»

«Hat Weber sich denn noch mal gemeldet?», fragte Ursula.

Soweit sie sich erinnern konnte, war sie ihm nur einmal begegnet, aber sie wusste, dass Torkel dem Journalisten einen gewissen beruflichen Respekt entgegenbrachte und er ihnen in dem einen oder anderen Fall geholfen hatte.

«Nein.»

«Was haben die Leute vom *Expressen* gesagt?»

«Nichts.»

Torkel saß an dem glänzenden dunklen Eichentisch in dem eleganten Konferenzraum, an dessen Wänden gerahmte historische Titelseiten hingen. Er erinnerte sich an seinen letzten Besuch in diesen Räumlichkeiten. Damals hatten er und Sebastian den ehemaligen Chefredakteur der Zeitung, Lennart Källman, dazu überredet, ein Interview mit Sebastian zu führen, das dann indirekt der Grund dafür war, weshalb David Lagergren ihn später ermordete. Also Källman, nicht Sebastian. *Leider,* schoss es Torkel reflexartig durch den Kopf, doch er schämte sich sofort und bereute den Gedanken.

Er erinnerte sich auch, dass er damals mindestens genauso sauer auf Källman gewesen war wie jetzt auf dessen Nachfolgerin Sonia.

«Sie können mir nichts sagen?»

«Nicht darüber, woran er gerade arbeitet, nein.»

Torkel biss die Zähne zusammen und holte tief Luft. Er wollte mit der Chefredakteurin sprechen, weil sie erfahren hatten, dass Weber Kontakt mit Ingrid Drüber aufgenommen und vermutlich die Verbindung zwischen Linda Fors und AbOvo aufgespürt hatte.

Weber verstand sein Handwerk.

Widerwillig musste Torkel zugeben, dass eine winzige Möglichkeit bestand, dass der Journalist mit seinen Nachforschungen weiter gekommen war als sie. Das, was sie bislang wussten, deutete leider darauf hin. Zumindest war er genauso weit gekommen wie sie, nur schneller.

Dann hatte Torkel erfahren, dass Weber seit über einer Woche von niemandem mehr gesehen worden war, fast schon seit zwei. Ein, wie es Torkel schien, seit vielen Jahren geschätzter Mitarbeiter verschwand, während er einem Verbrechen nachging. Da sollte man doch meinen, die Zeitung würde kooperieren, um herauszufinden, was vorgefallen war.

Offensichtlich war es aber nicht so.

«Sagten Sie nicht gerade, dass Sie seit mehr als einer Woche nichts mehr von ihm gehört haben?», fragte Torkel ungläubig und hoffte, etwas missverstanden zu haben.

«Seit zwölf Tagen», bestätigte Sonia.

«Sieht es ihm ähnlich, einfach so zu verschwinden?»

«Nein, das hat er den Kollegen zufolge noch nie gemacht.»

«Und trotzdem wollen Sie mir nicht erzählen, woran er gearbeitet, was er recherchiert hat, denn vielleicht könnte das der Grund für sein Verschwinden sein?»

«Ich will, aber ich darf nicht.»

Torkel verstand sofort, was sie meinte. Informantenschutz. Ein phantastisches Gesetz, das einen Journalisten dazu verpflichtete, die Identität eines Informanten geheim zu halten. Natürlich konnte es Sonia in ihrer Position als Chefredakteurin nicht riskieren, dagegen zu verstoßen. Torkel hatte auch nicht erwartet, einfach so grünes Licht zu bekommen, um in Webers Computer herumzuschnüffeln, aber er hätte schon gedacht, dass jemand Interesse hatte, ihm zu helfen.

«Blödsinn», platzte Torkel deshalb heraus und erhob die Stimme. «Wenn Sie seine Aufzeichnungen durchgehen, den Suchverlauf seines Computers, können Sie mir die Informationen geben, ohne gegen irgendwelche Gesetze zu verstoßen.» Das Gefühl eines Déjà-vu war offenkundig. Mit Källman hatte er dieselbe Diskussion geführt, dasselbe Maß an Frustration verspürt, doch diesmal lag ihm noch einiges mehr daran, seinen Willen durchzusetzen. Er hatte das mulmige Gefühl, dass Weber womöglich verschwunden war, weil er den Tätern zu nahe gekommen war.

Tödlich nahe.

Aber er erreichte nichts.

Sonia erklärte, sie könne sein Argument nachvollziehen. Falls Weber bei der Polizei noch nicht offiziell als vermisst gemeldet worden sei, könnte sie einwilligen, ihm zu helfen, aber nicht gestatten, dass die Zeitung der Polizei Informationen zur Verfügung stellte. Das würde schwerwiegende vertrauensrechtliche Fragen aufwerfen. Vor allem in der heutigen Zeit, in der «Fake News» an der Tagesordnung seien und die Menschen den etablierten Medien immer weniger Glauben schenkten, sei es besonders wichtig, ihren Kritikern keine weiteren Argumente für ihre angebliche Überflüssigkeit zu liefern.

Torkel hätte noch einige Argumente parat gehabt, presseethische, moralische, auf Fakten basierende, sah aber ein, dass sie wirkungslos sein würden. Sonia hatte sich entschieden. Er bedankte sich, dass sie sich Zeit genommen hatte, ging durch die Redaktion zu den Fahrstühlen, und nachdem er an der Rezeption seinen Besucherausweis abgegeben hatte, stand er zwei Minuten später auf der Straße vor dem Medienhaus. Ein kalter Wind zerrte an ihm, und er blieb stehen, um seine Jacke zu schließen.

«Sind Sie Polizist?», fragte eine Stimme hinter ihm, und er drehte sich um. Eine Frau um die dreißig kam auf ihn zu und stellte sich als Kajsa Kronberg vor. Sie kam Torkel bekannt vor. Hatte sie nicht oben in den Redaktionsräumen gesessen?

«Kennen Sie Axel?», fragte sie und bestätigte seine Vermutung. «Sind Sie wegen ihm hier?»

«Ja, kennen Sie ihn näher?» Torkel spürte neue Hoffnung in sich aufkeimen. Immerhin war sie ihm nachgegangen, und es konnte nicht nur Neugier sein, die sie dazu getrieben hatte. «Wissen Sie, woran er gerade arbeitete?»

Kajsa blickte sich um wie in einem alten Spionagefilm, und Torkel entfernte sich unbewusst einige Schritte vom Eingang und trat in den Schatten des Gebäudes.

«Er hat in einer Sache recherchiert, die sich Ab Ovo nennt.» Zwischen dem b und O machte sie eine kleine Pause, vermutlich, um zu unterstreichen, dass diese Lücke bedeutsam war, und damit er sich den Namen leichter merken konnte. «Er wollte wissen, wie man eine gelöschte Webseite wiederherstellt, aber ich glaube nicht, dass ihm jemand dabei geholfen hat.»

Torkel sah an ihrer Reaktion, dass es ihm nicht gelungen war, seine Enttäuschung zu verbergen.

«Das wussten Sie schon», stellte Kajsa fest.

«Ja. Er hat keine weiteren Namen genannt oder gesagt, wohin er wollte?»

«Nein, leider.»

«Trotzdem vielen Dank.» Torkel nickte ihr zu und ging in Richtung Auto, um nach Uppsala zurückzufahren.

«Ich mag ihn», rief Kajsa ihm nach. «Was werden Sie jetzt unternehmen?»

«Wir schreiben seinen Wagen zur Fahndung aus und versuchen, sein Handy zu orten», erklärte Torkel, nachdem er seine Begegnung mit der vierten Gewalt in Stockholm zusammengefasst hatte. «Kannst du dich darum kümmern, Billy?»

Billy schaute von seinem Laptop auf. Er hatte sich gerade in dieses Spieleforum eingeloggt. Heute Morgen in aller Früh hatte er eine Antwort gepostet und sich bereit erklärt, die von dem Erpresser geforderte Summe zu zahlen. Nicht weil er sich tatsächlich dafür entschieden hatte, aber auf diese Weise erkaufte er sich mehr Zeit. Das schien das Einzige zu sein, was er momentan machte: sich Zeit erkaufen. Sachen aufzuschieben und zu hoffen, dass sie sich auf wundersame Weise von selbst lösen würden. Jetzt wartete er auf eine Antwort von WoLf232, doch bislang war sein eigener Post der letzte im Thread.

Heute Vormittag hatte Billy eine Weile versucht, die Identität dieses Users zurückzuverfolgen, doch ohne Erfolg, und dann waren andere Dinge dazwischengekommen. Die Arbeit. Auf die er eigentlich seine volle Aufmerksamkeit richten sollte, doch er war immer häufiger unkonzentriert und gab viele Aufgaben an Carlos ab.

Würde es helfen, wenn er zu Stella fuhr?

Er schob den Gedanken beiseite. Das war nicht nötig. Er durfte seine Sehnsucht nach dem roten Zimmer nicht mit der Arbeit rechtfertigen. In diesen Ermittlungen spielte die Technik eine vergleichsweise geringe Rolle, dementsprechend war seine Spezialkompetenz nicht besonders gefragt. Er hatte mehrfach die Filme aus den Überwachungskameras gesichtet, Silas Franzéns Handys durchsucht, aus dem Netz so viele Informationen wie möglich über Dan Tillman zusammengetragen, einen Hintergrundcheck zu Ingrid Drüber gemacht sowie zu den vier Männern, deren Fotos am Whiteboard hingen. Und jetzt sollte er also Axel Webers Handy orten.

«Ja, kein Problem», erwiderte er und klappte seinen Laptop zu. «Aber wenn er sein Handy seit zwölf Tagen nicht benutzt hat, ist das Risiko groß, dass der Akku leer ist», fuhr er fort und hoffte, allen Anwesenden war klar, dass das Telefon in dem Fall nicht geortet werden konnte.

«Wir haben außerdem noch den Computer und das Tablet von Ulrika», erinnerte ihn Ursula, und Billy nickte.

«Bin schon dabei.»

«Was hat der Witwer gesagt?», fragte Anne-Lie.

«Gösta? Nicht viel. Oder eigentlich sehr viel, aber nicht viel, was uns weiterhilft.»

Der weißhaarige Mann war aus dem Haus gekommen und ihnen entgegengegangen, noch bevor Ursula und Billy das Grundstück überhaupt betreten hatten. Sie hatten vor dem einstöckigen roten Klinkerhaus in der verschlafenen Anliegerstraße mit dem äußerst zutreffenden Namen Ruheweg geparkt. Der Vorgarten machte mit drei großen Bäumen an der Hausseite, einer Thuja-Hecke hinter dem braunen Lattenzaun und zahlreichen Wacholderbüschen, die in unterschiedlichen Formen und Größen zwischen Rasenfläche und Beeten angeordnet waren, trotz des Herbstes einen grünen Eindruck.

«Kommen Sie wegen des Hauses?» Der Mann wies mit dem Kopf auf ein kleines orangefarbenes Schild eines Maklerbüros, das neben einem Buchsbaum im Boden steckte.

«Nein.»

«Eine schöne Hütte, aber für mich allein viel zu groß», fuhr er fort, als wäre die Antwort spurlos an ihm vorübergegangen. «Das Grundstück ist auch ziemlich groß, und ich kann Gartenarbeit nicht ausstehen, darum hat sich immer Ulrika, meine Frau, gekümmert, ich würde am liebsten nicht einmal den Rasen mähen ...»

«Wir sind von der Polizei», fiel Ursula ihm ins Wort und erklärte, dass sie gern mit ihm über Ulrika und einen Todesfall sprechen würden, der acht Jahre zurücklag.

«Linda?», fragte der Mann und wies mit einer Geste in Richtung Haus. «Möchten Sie eine Tasse Kaffee? Ich wollte mir sowieso gerade eine Kanne kochen.»

Ursula und Billy lehnten ab, hatten aber beide das Gefühl, dass sie trotzdem gleich eine Tasse in die Hand gedrückt bekämen. Sie folgten dem weißhaarigen Mann, der sich, bevor er die Haustür öffnete, zu ihnen umdrehte.

«Ich heiße übrigens Gösta.»

Billy und Ursula stellten sich ebenfalls vor und betraten das Haus.

«Sie brauchen Ihre Schuhe nicht auszuziehen», erklärte Gösta, und sie gingen auf direktem Weg in die Küche und streiften im Gehen ihre Jacken ab. «Setzen Sie sich doch», sagte Gösta und deutete auf die Stühle am Küchentisch, ehe er sich der Arbeitsfläche und den weiß lackierten Küchenschränken zuwandte, um Kaffee zu kochen.

Ursula und Billy hängten ihre Jacken über die Rückenlehnen der Stühle und setzten sich. Auf dem Tisch lagen eine Tageszeitung, auf der Seite mit dem Kreuzworträtsel aufgeschlagen, ein Bleistift, ein Radiergummi und eine Lesebrille. Auf der Fensterbank am Tischende standen zwei Blumentöpfe mit rot blühenden Pflanzen, die selbst Billy als Geranien identifizieren konnte, daneben lagen eine Pillenbox mit Fächern für morgens, mittags und abends sowie einige Briefumschläge, der oberste stammte vom medizinischen Versorgungszentrum Gottsunda.

«Wir wissen, dass Ihre Frau im Frühjahr verstorben ist», begann Ursula, um auf den Grund für ihre Anwesenheit zurückzukommen. Gösta, der nun die Kaffeemaschine befüllt hatte, öffnete nickend einen der Schränke über der Spüle und nahm drei Kaffeetassen heraus.

«Am 18. April. Da hat die Kraft sie verlassen ... Keiner hat geglaubt, dass ich sie überleben würde. Ich bin mehr als zwanzig Jahre älter. Sie war erst zweiundzwanzig, als wir uns kennenlernten. Keiner war von unserer Beziehung besonders begeistert, am allerwenigsten ihre Eltern, denke ich, aber wir haben zusammengehalten. Neunundzwanzig Jahre waren wir zusammen. Zwei Kinder ...» Er deutete auf die Kühlschranktür, an der zwei Fotos hingen. Das eine zeigte einen etwa fünfundzwanzigjährigen Mann mit einem Baby auf dem Arm und einem zwei oder drei Jahre alten Kind neben sich. Auf dem anderen war eine jüngere dunkelhaarige Frau zu sehen, die in die Kamera lächelte. Das Bild schien irgendwo in Südostasien gemacht worden zu sein. «Johannes und Emelie, von ihnen habe ich zwei Enkelkinder. Das jüngste, Maya, wurde im März geboren, Ulrika hat sie also noch erlebt.»

«Sie haben vorhin eine Linda erwähnt?» Ursula unternahm einen erneuten Versuch, das Gespräch auf ihr Anliegen zurückzulenken.

«Ja.»

«Was können Sie uns über sie erzählen?»

Gösta ging an den Kühlschrank und nahm eine geöffnete Packung Ballerina-Kekse heraus, die er auf den Tisch legte.

«Sie war eine Bekannte aus der Gemeinde. Einige der Frauen hatten irgendeine kleine Gruppe gegründet. Sie haben sich manchmal getroffen. Milch?»

«Nein danke. Wissen Sie, was sie in dieser Gruppe machten?»

«Sich unterhalten, nehme ich an», antwortete Gösta mit einem leichten Schulterzucken. «So was wie ein Nähkränzchen, nur ohne Nähen.»

Er wusste also nichts über AbOvo und wofür die Gruppe eintrat oder was die Frauen vereinte. Oder er wusste es, hatte jedoch keine Ahnung, dass sie es wussten, und hielt es auch nicht für notwendig, es ihnen mitzuteilen. Aber im Grunde war er mehr als bereit, mit ihnen zu sprechen, und darauf kam es an.

«Was hat Ihre Frau über Linda erzählt?»

«Dass sie gestorben ist. Sie war schwanger, und sie und das Kind sind beide gestorben. Linda war an dem Abend hier, zum Abendessen, zusammen mit den anderen Frauen. Ich war nicht zu Hause, aber Ulrika hat es mir erzählt, als ich nach Hause kam. Ich habe viele Jahre für einen technischen Betrieb gearbeitet. Bin viel gereist. Eine interessante Arbeit. Dabei habe ich viele wunderbare Menschen getroffen, aber es war natürlich auch anstrengend. Besonders als die Kinder klein waren, habe ich viel verpasst. Mit zunehmendem Alter bin ich weniger gereist, dafür allerdings weiter weg. Wir hatten viel mit China zu tun. Ein faszinierendes Land. Waren Sie schon einmal dort?»

«Nein.»

«Ich habe gearbeitet, bis ich neunundsechzig wurde, auch wenn ich am Ende ein wenig kürzertreten musste. Was hätte ich auch den ganzen Tag allein zu Hause machen sollen? Ulrika hat ja noch gearbeitet. Vor fünf Jahren bin ich endgültig in Rente gegangen. Aber nächstes Jahr werde ich fünfundsiebzig, also wird es langsam Zeit, das Haus zu verkaufen und mir etwas Kleineres und Einfacheres zu suchen. Ich spiele mit dem Gedanken, in die Nähe der Kinder zu ziehen. Sie wohnen beide südlicher. Johannes lebt mit seiner Familie in Kalmar, und Emelie hat gerade eine Wohnung in Helsingborg gekauft.»

«Linda», erinnerte Ursula ihn in einem leicht fragenden Tonfall. Dabei hatte sie ein schlechtes Gewissen. Gösta schien seit langem mit niemandem mehr gesprochen zu haben.

«Ja, das hat Ulrika schwer getroffen, das hat es wirklich. Danach ... Ich weiß nicht. Irgendetwas hat sie belastet.»

«Haben Sie nie darüber geredet?»

«Sie wollte nicht, aber irgendetwas hat ihr auf der Seele gelegen, das habe ich ihr angesehen.»

«Wissen Sie, ob Ulrika mit jemand anderem darüber gesprochen hat?»

Gösta wandte sich wieder der Kaffeemaschine zu, griff nach der Kanne und füllte die Tassen, die auf dem Tisch standen.

«Sie hat immer den Kontakt zur Kirche gehalten, und irgendwann kam ein neuer Pfarrer, den mochte sie. Cornelis irgendwas ... Vielleicht mit ihm oder irgendeiner Diakonissin, ich weiß es wirklich nicht.»

Billy und Ursula tauschten über den Tisch hinweg einen Blick. Sie schienen beide dasselbe zu denken. Wenn Lindas Tod Ulrika belastet hatte, war es gut möglich, dass sie ihr Gewissen hatte erleichtern wollen, ehe sie starb.

Um Vergebung bitten.

Absolution erhalten.

Mit wem konnte sie gesprochen haben?

Vermutlich mit jemandem von der Kirche, doch es bestand auch die Möglichkeit, dass sie sich Freunden, Verwandten oder Bekannten anvertraut hatte. Aber acht Jahre waren eine lange Zeit, und es war nicht sehr wahrscheinlich, dass sie so lange mit jemandem Kontakt gehalten hatte, sofern es denn überhaupt jemanden gegeben hatte.

Wo fand man heutzutage am schnellsten ehemalige Bekannte wieder?

Billy wusste die Antwort.

«Besaß Ihre Frau einen Computer, ein Tablet oder ein Handy?», fragte er und steckte sich einen Keks in den Mund.

Als Kind hatte er immer die obere Kekshälfte abgeknabbert und mit den Zähnen die Schokoladenfüllung weggekratzt, aber inzwischen konnte er sich das wohl nicht mehr erlauben.

«Ja, diese Gerätschaften hatte sie», bestätigte Gösta. «Ich benutze so etwas nicht. Oder doch, ein Mobiltelefon habe ich, damit die Kinder anrufen können, aber nichts von dem anderen Kram. Bislang kann ich meine Rechnungen immer noch per Papierüberweisung oder Bankeinzug bezahlen und meine Zeitung aufschlagen, aber es wird wohl immer schwieriger. Im Fernsehen und im Radio berichten sie ständig vom Internet, Apps und Pods und wie das nicht alles heißt.»

Das ist die Gegenwart, dachte Billy. Wenn man verlangte, dass alle immer noch dieselben Dienste und Serviceleistungen zur Verfügung stellten wie vor zwanzig oder dreißig Jahren, war das so, als würde man darauf bestehen, mit der Dampflok zu fahren oder Musik auf Kassette zu hören.

Neue, schnellere und bessere Technologien gaben jetzt den Ton an.

«Sind Ulrikas Computer und die anderen Geräte noch hier?», fragte er.

«Letzte Woche war ich in einem neuen Café», fuhr Gösta fort, als hätte er Billys Frage gar nicht gehört. «Ich wollte eine Tasse Kaffee trinken und ein Stück Kuchen essen, und sie haben kein Bargeld mehr akzeptiert, können Sie sich das vorstellen? Keine Münzen oder Scheine.»

«Sind Ulrikas Computer und ihre anderen Geräte noch im Haus?», wiederholte Billy, und diesmal erhielt er eine Antwort.

«Ja, im Hobbyraum, wollen Sie die Sachen ansehen?»

Nicht nur das. Sie wollten sie mitnehmen, was Gösta ihnen anstandslos erlaubte. Da er keines dieser Geräte nutzte, hatte er es glücklicherweise auch nicht eilig, Ulrikas «Maschinen», wie er sie nannte, zurückzubekommen.

«Ich nehme sie mir vor, sobald wir hier fertig sind. Vielleicht finde ich etwas», rundete Billy Ursulas Schilderung ihres Besuchs bei Gösta ab.

Es schien, als hätte sich ein weiteres Puzzleteil an seinen Platz gefügt. Wenn Ulrika tatsächlich ihr Gewissen hatte erleichtern und um Vergebung bitten wollen, würde das erklären, warum all diese Dinge erst jetzt geschahen und nicht schon früher passiert waren.

«Gut, wo sich Lindas bester Freund derzeit aufhält, wissen wir. Wie steht es mit den anderen?», fragte Anne-Lie, die aufstand und dadurch signalisierte, dass sie sich dem Ende der langen Besprechung näherten. Sie trat ans Whiteboard und zeigte auf die dort aufgehängten Fotos. «Ihrem Exlebensgefährten, ihrem Vater und ihrem Halbbruder.»

«Ihr Exlebensgefährte, Hampus Bogren, wohnt in Hudiksvall, ist von Beruf Sonderschullehrer, verheiratet, eine Tochter. Keine Vorstrafen, nichts, was hervorsticht», referierte Billy rasch und sah zu Carlos hinüber, damit er den Staffelstab übernahm.

«Rodrigo und Daniél Valbuena. Rodrigo kam 1977 aus Venezuela nach Schweden, heiratete Gudrun Torsson, 1980 wurde ihr Sohn Daniél geboren. 1983 reichte Rodrigo die Scheidung ein. 1986 heiratete er Renate Fors. Ein Jahr später kam ihre Tochter Linda zur Welt. Als Linda fünfzehn war, ließen ihre Eltern sich scheiden. Rodrigo zog nach Göteborg, wo Daniél wohnte. 2013 gingen die beiden nach Venezuela und gründeten dort gemeinsam eine Elektronikfirma. Ich habe versucht, sie zu erreichen. Es gibt eine E-Mail-Adresse und eine Telefonnummer, bei der jedoch nur ein Anrufbeantworter anspringt. Ich habe auf Spanisch und Schwedisch eine Mail geschrieben, aber keine Antwort erhalten. Wir wissen nicht, wo sich die beiden zurzeit aufhalten», schloss Carlos und blickte die anderen an.

«Einer von ihnen könnte der Täter sein, aber nicht beide», warf Ursula ein.

«Warum?»

«Die Männer, deren Sperma wir sichergestellt haben, sind laut Labor nicht miteinander verwandt.»

Anne-Lie nickte gedankenverloren und betrachtete erneut die vier Fotos am Whiteboard.

«Lindas Freund. Boris Holt. Kannte er den Bruder oder den Vater?»

«Das müsste er eigentlich», antwortete Torkel. «Zumindest den Vater, schließlich waren sie Nachbarn.»

«Oder Lindas ehemaligen Lebensgefährten.»

«Wenn der Vater einer der Täter ist, stimmt seine DNA mit Lindas überein. Haben wir DNA-Material von ihr?»

Anne-Lie sah Sebastian und Vanja an, die ihrerseits einen Blick tauschten. Wer sollte die Zusammenfassung des Gesprächs, das sie am Nachmittag geführt hatten, übernehmen?

Vanja nickte Sebastian zu, der tief Luft holte.

«Das war nicht ganz leicht.»

Sie waren gerade dabei, genau diese Frage zu erörtern, als Anne-Lie anrief und sie bat, bei Renate Fors, Lindas Mutter, vorbeizufahren, da es fast auf dem Rückweg von Västerås lag. Wie sollten sie an DNA-Material ihrer toten Tochter kommen, ohne der Mutter zu sagen, warum sie es benötigten?

Das war völlig unmöglich.

Gleichzeitig war der Gedanke, ihr die genaueren Umstände von Lindas Tod zu schildern, nicht besonders verlockend. Einer Frau, die seit acht Jahren glaubte, ihre Tochter hätte auf dem Nachhauseweg von einem Abend mit ihren Freundinnen plötzlich Schmerzen bekommen und zu spät das Krankenhaus erreicht. Wollten sie ihr gegenüber diese tragische Geschichte wirklich widerlegen und ihr die bedeutend grausamere Wahrheit erzählen? Sie hatten beschlossen, das zu vermeiden, solange es ging.

Zu ihrem eigenen Besten.

Aus reiner Fürsorge.

Kurz darauf erreichten sie Örsundsbro. Keiner von ihnen hatte überhaupt gewusst, dass diese kleine Ortschaft existierte, ehe sie die Adresse von Lindas Mutter ins Navi eingegeben und sich von ihm zum Skolvägen hatten leiten lassen. Acht identische Reihenhäuser säumten die Straße, allem Anschein nach lediglich durch den absolut erforderlichen, gesetzlich vorgeschriebenen Mindestabstand voneinander getrennt. Die spitzen Giebel waren entweder rot oder grau. Renate Fors wohnte in einem der grauen Häuser, dem dritten in der Straße. Sie parkten direkt davor, gingen an der Garage vorbei zur Eingangstür und klingelten. Kurz darauf sahen sie eine Bewegung hinter der Milchglasscheibe, und einen Augenblick später öffnete ihnen eine Frau um die fünfzig. Sebastian war in seinem Leben noch nicht vielen Irinnen begegnet, aber diese Assoziation drängte sich ihm sofort auf, als er das dicke rote Haar der Frau und ihre grünen Augen sah. Sie war barfuß und trug eine ausgeblichene Jeans und ein weites weißes Hemd. Unterhalb ihrer Brust baumelte ein Anhänger in Form einer französischen Lilie. Vanja und Sebastian nannten ihre Namen, sagten, woher sie kamen und dass sie mit ihr über ihre Tochter Linda sprechen müssten. Mit einer fragenden und leicht verwirrten Miene bat Renate Fors sie herein. Sie hatten sich in dem modernen, geschmackvoll eingerichteten Wohnzimmer noch nicht einmal gesetzt, als Renate Fors bereits fragte, warum sie mit ihr über Linda reden wollten. Sebastian blickte die Frau an, die sichtlich beunruhigt auf der Türschwelle stehen geblieben war, die Hände vor den Bauch hielt und nervös den Goldring an ihrer Hand drehte.

«Ich verstehe nicht ...», sagte Renate und blickte verwirrt von Vanja zu Sebastian. Er sah ein, dass sie ihr Anliegen nicht erklären konnten, ohne ihr die Wahrheit zu sagen. Denn vermutlich malte sie sich gerade wesentlich schlimmere Gründe für ihren Besuch aus.

«Sie sind von der Reichsmordkommission?», fuhr Renate fort und bestätigte mit dieser Frage Sebastians Befürchtung.

«Ja ...», antwortete Vanja schwebend.

«Wurde sie ermordet?» Renate Fors schlug sich die Hand vor den Mund, während ihr die Tränen in die Augen stiegen. Sebastian und Vanja tauschten einen Blick. Es musste sein. Sebastian bat Renate, sich zu setzen. Sie kam seiner Bitte nach, drehte aber weiter unablässig ihren Ring.

Dann begann Sebastian ruhig und einfühlsam zu erzählen.

«Sie wusste es?», war Renates erste Reaktion, nachdem Sebastian ihr erklärt hatte, was in der Nacht von Lindas Tod vorgefallen war, was zu dem Grund ihres Besuchs geführt hatte und zu der Frage, ob es etwas im Haus gab, an dem sie Lindas DNA sicherstellen konnten. «Sie wusste, dass sie sterben konnte?»

«Es sieht so aus», erwiderte Sebastian. «Wir haben Lindas Krankenakten nicht gelesen. Wir kennen also die Diagnose der Ärzte nicht.»

«Warum hat sie nichts gesagt?»

Was sollten sie darauf entgegnen?

Aber es war auch keine Frage, auf die Renate eine Antwort erwartete, das wusste Sebastian. Es war eine Frage, die zeigte, dass sie gezwungen war, ihre Beziehung zu ihrer Tochter neu zu definieren, weil sie, wie die meisten Eltern, damit gerechnet hatte, dass ihr Kind in solch einer Situation zu ihr kommen würde. Dass das Vertrauen zwischen ihnen so groß wäre und die Tochter Trost und Unterstützung bei ihr suchen würde, wenn sie es brauchte. Zu erfahren, dass man sich getäuscht hatte, war hart, schmerzhaft und brutal.

«Und die Leute in dieser Gruppe?», fragte Renate, nachdem sie sich einen Augenblick Zeit genommen hatte, die Informationen sacken zu lassen und ihre Gedanken zu sortieren.

«Wie wir bereits sagten, wir verfolgen die These, dass sich jemand an den Frauen rächt», antwortete Vanja.

Renate nickte nachdenklich, doch als sie den Zusammenhang zwischen dem, was sie ihr gerade mitgeteilt hatten, und dem eigentlichen Anlass für ihren Besuch hergestellt hatte, erstarrte sie.

«Warum wollen Sie Lindas DNA? Glauben Sie, dass Rodrigo der Täter ist?», fragte sie in einem Tonfall, der ausdrückte, wie absurd dieser Gedanke für sie war.

«Nein, aber wir müssen so viele Leute wie möglich ausschließen», sagte Vanja so überzeugend, dass selbst Sebastian es kurz für die Wahrheit hielt.

«Er lebt in Venezuela», erklärte Renate und gab ihnen damit gleichzeitig zu verstehen, dass sie ihre Zeit verschwendeten. «Rodrigo kommt aus Südamerika, alle haben ganz selbstverständlich angenommen, er wäre gläubiger Katholik, aber er war Atheist. Linda war die Gläubige in unserer Familie. Aber wir haben den Glauben beziehungsweise Nichtglauben des anderen respektiert.».

«Wir haben weder ihn noch seinen Sohn erreicht.»

«Die beiden haben Linda geliebt, aber nein ...» Renate verstummte, allein der Gedanke, ihr Exmann und sein Sohn könnten etwas mit den Vergewaltigungen zu tun haben, war so unvorstellbar, dass sie ihn nicht einmal in Worte fassen konnte. Eine einzelne Träne lief ihre Wange herunter, sie wischte sie mit der Handinnenfläche weg.

«Haben Sie etwas von Ulrika Månsdotter gehört?», fragte Vanja, um herauszufinden, ob Renate ihre Theorie über eine Art Beichte von Ulrikas Seite bestätigen konnte.

«Wer ist das?»

«Sie hat keinen Kontakt zu Ihnen aufgenommen?»

«Nein, wer soll das sein? Ist sie auch in dieser Gruppe?»

«Sie war. Jetzt ist sie tot.»

«Ist sie eine von den Frauen, von denen Sie gesprochen haben, die ... gestorben sind?»

Vanja war klar, was Renate sagen wollte: eine der Frauen, die infolge der Übergriffe gestorben waren. Dazu gehörte Ulrika nicht, aber es gab keinen Grund, Renate genauere Auskünfte über die Identität der Opfer und die Zeitpunkte der Taten zu geben, also nickte sie nur bestätigend und trieb die Ermittlungen voran, indem sie zu dem eigentlichen Grund ihres Besuchs zurückkehrte.

«Glauben Sie, dass es noch etwas im Haus gibt, an dem sich Lindas DNA befinden könnte?»

«Aber das gab es also nicht», stellte Anne-Lie mit einer gewissen Enttäuschung in der Stimme fest.

«Spontan fiel ihr nichts ein, aber sie wollte darüber nachdenken und sich melden, falls sie etwas findet.»

«Okay, gute Arbeit, von euch allen», lobte Anne-Lie und signalisierte mit einer Geste, dass die Rekapitulation ihrer heutigen Arbeit beendet war. Alle streckten sich und begannen, ihre Sachen zusammenzusuchen. «Ich möchte, dass wir jetzt wie folgt weitermachen», fuhr Anne-Lie fort und forderte ihre Aufmerksamkeit noch einige Minuten länger ein.

Torkel biss die Zähne zusammen. Bei Anne-Lie gab es immer nur ein «Ich», nie ein «Wir». Er und seine Abteilung hatten zwar nicht die Verantwortung für die Ermittlung übernommen, aber das mindeste, was er verlangen konnte, war, wenigstens darüber informiert zu werden, in welche Richtung die Ermittlungen laufen sollten, damit er seine Sicht der Dinge vorbringen und Argumente beisteuern konnte. Er wollte nicht einfach vor vollendete Tatsachen gestellt werden, sondern dass sie nach einem gemeinsam Handlungsplan vorgingen, nicht nur nach ihrem.

Aber offensichtlich sah Anne-Lie das anders.

«Billy, du untersuchst Ulrikas Computer, Tablet und Handy.»

«Klar, das wird wohl ziemlich schnell gehen. Gösta hat uns die Passwörter gegeben.»

«Carlos, klemm du dich hinter Lindas Vater und den Halbbruder. Vielleicht kannst du jemanden auftreiben, der weiß, wie man sie außerhalb ihrer Firma erreicht.»

Carlos nickte nur und schloss seine Weste, während er gleichzeitig einen Blick auf den Thermostat warf.

«Torkel, du nimmst die Leute, die bei diesem Nachttaxi-Service arbeiten, genauer unter die Lupe», fuhr Anne-Lie fort, doch Torkel hob die Hand und unterbrach sie.

«Das kann Ursula machen. Ich habe vor, mich mit Kajsa Kronberg vom *Expressen* zu unterhalten.» Er hatte über ihre kurze Begegnung nachgedacht. Es schien, als wüsste sie ungefähr, woran Weber arbeitete, und sie mochte ihn. Vielleicht konnte er sie dazu überreden herauszufinden, auf was Weber gestoßen war, ohne dabei irgendein Pressefreiheitsgesetz zu verletzen. Anne-Lie wirkte für einen Moment wenig erfreut darüber. Sie war jedoch klug genug, um einzusehen, dass es eine Sache war, Torkel nicht im Vorfeld in ihre Entscheidungen einzubeziehen, eine ganz andere aber, ihn dazu zu zwingen, danach zu handeln.

An diesem Punkt war sie noch nicht.

Würde ihn auch nie erreichen.

«Den Einzigen, den wir noch befragen müssen, ist der Exlebensgefährte in Hudiksvall», schloss sie mit einem langen Blick in Torkels Richtung.

«Das machen Sebastian und ich», sagte Vanja schnell zum großen Erstaunen aller Anwesenden. Nicht zuletzt Sebastians. Er spürte eine warme, sprudelnde Freude in sich aufsteigen. Die morgendliche Initiative, seine selbstlose Tat, zahlte sich wirklich aus. Sie bildete freiwillig mit ihm ein Team. Das war noch nie vorgekommen, nicht einmal in ihrer besten Phase.

«Wir müssen reden», sagte sie mit einem ernsten Blick in seine Richtung, und Sebastian spürte unmittelbar, wie seine Freude im Keim erstickt wurde. Denn auch wenn es klang wie von der Ratgeberseite eines Männermagazins: Auf diesen Satz war für ihn noch nie etwas Gutes gefolgt.

Wir müssen reden.

Aber irgendwann war schließlich immer das erste Mal.

Sie waren wieder zu zweit im Auto. Heute kamen viele Kilometer zusammen. Noch einmal zweihundertdreißig weitere. Nach Hudiksvall. Vanja manövrierte sie aus Uppsala heraus, fuhr in nördliche Richtung auf die E4 und beschleunigte. Sebastian saß schweigend auf dem Beifahrersitz und sah zu, wie die Besiedelung immer dünner wurde und das Tageslicht immer schwächer, bis sie Kilometer für Kilometer in völliger Dunkelheit zurücklegten. Vanja hatte bislang kein Wort gesagt. Sebastian begegnete seinem Blick im Seitenfenster, er konnte die Angelegenheit genauso gut hinter sich bringen. Also drehte er sich zu ihr.

«Du wolltest über etwas reden.»

Vanja antwortete nicht, sie sah ihn nicht einmal an, sondern konzentrierte sich weiterhin aufs Fahren, die Hände in einer stabilen Zehn-vor-zwei-Position am Lenkrad.

«Vanja ...»

Einen Moment wägte sie offenbar ab, ob sie etwas sagen sollte, und wenn ja, wie.

«Es wird dir nicht gefallen», begann sie schließlich.

«Das habe ich mir schon gedacht», erwiderte Sebastian mit einem scherzhaften Unterton, um zu überspielen, wie nervös er war.

«Heute Morgen, das mit Valdemar, das weiß ich wirklich zu schätzen.»

«Gut, so sollte es sein.»

«Ich habe darüber nachgedacht, und ... er ist mein Vater.»

«Das weiß ich.»

«Das war er dreißig Jahre lang, bevor du aufgetaucht bist», fuhr sie fort, als hätte Sebastian irgendwelche Einwände vorgebracht und sie müsste ihn überzeugen. «Und ich habe ihn vergöttert. Ich liebe ihn. Er hat mir gefehlt.»

Sebastian schwieg. Vanja hatte recht gehabt, ihre Erklärung gefiel ihm wirklich ganz und gar nicht.

«Wie du ja selbst gesagt hast, du hast meine Familie zerstört. Und wenn du weiterhin ein Teil meines Lebens bleibst, wirst du es wieder tun.»

Sebastian wandte sich ab. Das entwickelte sich zu einer richtigen Katastrophe. Er konnte kaum atmen.

«Nicht absichtlich», sagte Vanja sanft. «Nicht weil du es darauf anlegst, sondern weil du es nicht lassen kannst.»

«Ich kann mich ändern, mich bessern», erwiderte Sebastian leise.

«Kannst du das wirklich?» Vanja verstummte. Sie erwartete keine Antwort von Sebastian, aber sie wollte sich erst entscheiden, wie sie ihre Gedanken in Worte fassen sollte. Er musste es verstehen.

«Ich weiß, dass du sie vermisst. Deine Frau und deine Tochter. Sabine.» Sie sah, wie er beim Namen seines Kindes erstarrte. «Ich glaube, dass du versuchst, sie durch mich zu ersetzen. Genau wie du es bei Nicole und ihrer Mutter gemacht hast.»

Sebastian antwortete nicht, bat sie aber auch nicht, die Klappe zu halten. Er zeigte kaum, dass er überhaupt gehört hatte, was sie gesagt hatte, also fuhr sie fort.

«Ich kann ihren Platz nicht einnehmen. Ich will es nicht. Ich bin nicht deine Tochter. Ich bin Valdemars Tochter.»

Sebastian starrte weiterhin mit leerem Blick aus dem Fenster. Die Landschaft lieferte ein getreues Abbild seiner Gefühlslage. Komplette Finsternis.

«Wir könnten Freunde sein», hörte er sich schließlich murmeln, das Gesicht immer noch von ihr abgewandt, damit sie die lautlose Träne nicht sah, die ihm die Wange hinunterlief. Doch er bewegte sich nicht, er wollte sie nicht wegwischen. Vanja sollte nicht sehen, dass er weinte.

«Sebastian ...»

«Arbeitskollegen», versuchte er.

«Du würdest dich nie damit zufriedengeben.»

Das stimmte. Sie hatte recht. Das war die Beziehung, in der sie momentan zueinander standen, Arbeitskollegen, und er hatte alles dafür getan, damit das nicht so blieb. Zu viel getan, wie sich nun herausstellte.

«Die Sache heute Morgen, hast du das für mich oder für dich gemacht?»

Er vergaß immer wieder, wie verdammt schlau sie war. Natürlich hatte sie die Ereignisse des Morgens analysiert, nicht nur, was passiert war, sondern auch, warum. Wäre er nicht gerade am Boden zerstört, er wäre beeindruckt.

«Kann ich es nicht für uns beide getan haben?», fragte er mit belegter Stimme.

Vanja betrachtete seinen Nacken. Zeit, das Gespräch zum Abschluss zu bringen. Dafür gab es keinen guten Weg, aber sie konnte es sich nicht leisten, Rücksicht auf seine Gefühle zu nehmen. Sie hatte ihre Entscheidung getroffen, und er musste akzeptieren, dass es fortan so und nicht anders laufen würde.

«Dreißig Jahre lang hatte ich etwas, dann kamst du und hast alles zerstört», sagte sie mit fester Stimme. «Jetzt bin ich dabei, wieder auf die Füße zu kommen, mich selbst wiederzufinden, mein Leben neu zu organisieren. Und du wirst genauso wenig ein Teil davon sein wie Anna.»

Deutlicher konnte sie es nicht sagen.

Es gab nichts hinzuzufügen.

Offenbar schien auch Sebastian das zu begreifen. Nachdem er noch einen Augenblick aus dem Fenster gestarrt hatte, richtete er den Blick nach vorn. Hastig fuhr er sich mit der Handfläche über die Wange, als wischte er etwas weg. Vanja sah ihn von der Seite an. Sein Gesicht war vollkommen ausdruckslos. Er beugte sich vor und schaltete das Radio an.

Happier von Ed Sheeran.

Die restliche Fahrt über schwiegen sie.

Ich möchte am liebsten nicht über Linda sprechen.»
Hampus Bogren stieß den Rauch seiner Zigarette aus. In seiner zu dünnen Windjacke zitterte er vor Kälte. Seine ganze Gestalt wirkte zerbrechlich, und im Licht der Gehweglaterne, unter der sie saßen, wirkte er beinahe durchsichtig. Er hatte blondes, fast weißes, halblanges Haar, das ihm in dünnen Strähnen in die Stirn fiel und über eines seiner wässrigen hellblauen Augen. Sein Gesicht wirkte kantig mit der geraden, scharfgeschnittenen Nase, den markanten Wangenknochen unter leichten Bartstoppeln und den schmalen Lippen, die gerade erneut an der Zigarette zogen. Seine dürren Beine steckten in einer schwarzen Jeans und seine Füße in ebenfalls schwarzen Converse-Sneakers aus Leder. Hampus erinnerte Sebastian an einen dieser coolen Typen, mit denen er vor vielen Jahren in die Oberstufe gegangen war. Die in den Pausen immer in der Raucherecke gehockt hatten.

So wie sie jetzt, nur dass er mit Vanja in einem Park auf einer ramponierten, mit Graffiti beschmierten Holzbank saß und Hampus auf einer ebensolchen Bank ihnen gegenüber. Links von ihnen befand sich ein Betonfuß mit einem Schild in der Mitte, das verkündete: *Hier darf geraucht werden*, ergänzt durch die stilisierte Zeichnung einer qualmenden Zigarette.

Das war alles. Zwei einander gegenüberstehende Bänke und ein Schild, jenseits des Parkplatzes aufgestellt, außerhalb des eigentlichen Wohngebiets. Nichts, was Schutz vor Wind oder Regen bot. Wenig einladend und schwer zugänglich, als hätte sich die Verwaltung die Förderung der Volksgesundheit auf die Fahnen geschrieben.

Sebastian hatte noch nicht verarbeitet, was Vanja ihm im Auto mitgeteilt hatte. Ihm war klar, dass es mit der Zeit irgendeine Form von Reaktion bei ihm auslösen würde, und sie würde nicht besonders angenehm ausfallen, doch das hielt er für den Moment auf Abstand. Jetzt lag der Fokus auf Hampus.

«Warum nicht?», fragte er. «Warum wollen Sie nicht über Linda sprechen?»

«Weil ich Zeit gebraucht habe, das alles zu verarbeiten. Jetzt habe ich neu angefangen, mir ein neues Leben aufgebaut», antwortete Hampus und wies mit dem Kopf in Richtung der erleuchteten Fenster des dreistöckigen Hauses, aus dem sie gekommen waren und wo seine Lebensgefährtin und seine Tochter auf ihn warteten.

Bevor sie das gelbe Wohnhaus im westlichen Teil der Stadt erreicht hatten, hatte Vanja Sebastian erklärt, wie sie das Gespräch mit Hampus führen wollte. Die Situation war eine andere als bei ihrer Unterredung mit Renate Fors. Hier hatten sie es mit einem Mann zu tun, der sehr wohl ein Verdächtiger sein konnte, ein potenzieller Täter. Vanja wollte ihn als Erstes davon in Kenntnis setzen, dass sie die Ermittlungen wegen Lindas Tod wieder aufgerollt hatten und neue Informationen darauf hindeuteten, dass sich nicht alles so zugetragen hatte, wie es der damalige Abschlussbericht darstellte.

Sie würden kein Wort von Rache sagen.

Nicht die Vergewaltigungen zur Sprache bringen.

Abwarten, was Hampus ihnen lieferte.

«Wir machen es so, wie du willst», hatte Sebastian erwidert und danach im Großen und Ganzen nur noch kurze Antworten auf direkte Ansprache gegeben.

Sie hatten an der Tür im dritten Stock geklingelt und sich vorgestellt, woraufhin Hampus sie gebeten hatte, ihn nach draußen zu begleiten. In diese deprimierende Raucherecke, in der sie nun saßen. In der Wohnung durfte er der Tochter wegen nicht rauchen, und die Hausverwaltung hatte den Innenhof zur rauchfreien Zone erklärt.

«Hat Ulrika sich bei Ihnen gemeldet?», fragte Hampus, und sein Blick wanderte zwischen ihnen hin und her. Vanja schaute ihn ein wenig verblüfft an. Sie hatte nicht erwartet, dass sie ihre Theorie so leicht bestätigt bekommen würden, wonach die Person, die Linda rächte, ihre Informationen von dem inzwischen verstorbenen AbOvo-Mitglied erhalten haben könnte.

«Ulrika?», wiederholte Vanja, als hätte sie keine Ahnung, von wem er sprach.

«Sie hat irgendwann im Winter angerufen. Ulrika irgendwer. Hat gesagt, sie müsse mir was über Linda erzählen.» Hampus warf seine Kippe auf den Boden, trat sie aus und angelte schon im nächsten Moment eine Zigarettenschachtel aus seiner Jackentasche und schüttelte eine neue heraus. «Ich wollte nicht darüber reden, also habe ich aufgelegt.»

«Interessiert es Sie, was Linda zugestoßen ist?»

«Sie ist gestorben», entgegnete er kurz und zuckte mit den Schultern. Dann zündete er sich die Zigarette an und nahm einen tiefen Zug. «Ich habe mehrere Jahre gebraucht, um damit klarzukommen.»

Er stand auf, entfernte sich einige Schritte, kehrte Vanja und Sebastian dabei den Rücken zu und blickte auf das Haus, in dem er wohnte, in dem sein neues Leben existierte. Vanja und Sebastian ließen ihm Zeit und beobachteten die Rauchwolken, die sich in dem kalten Licht um seinen Kopf bildeten.

«Ich kam damit nicht zurecht und habe mich vollkommen zurückgezogen. Ich dachte, wenn ich auf Distanz gehe, würde es mich nicht so hart treffen. Dabei habe ich ihr die Entscheidung überlassen. Ich war mir sicher, dass wir das Kind verlieren würden, aber ich habe geglaubt, Linda würde überleben.»

Hampus verstummte und drehte sich zu ihnen um. Ein gebrochener Blick aus traurigen Augen. Sebastian kannte diesen Blick, er war ihm selbst schon viele Male im Spiegel begegnet.

«Ich habe Jahre gebraucht, um die Schuldgefühle zu bewältigen. Weil ich sie nicht retten konnte, nicht versucht habe, sie zu überreden ... Verstehen Sie?»

Sebastian verstand ganz genau.

Das Gefühl, dass man jemanden nicht hatte retten können.

Und damit leben musste.

All die Gedanken, was man hätte anders machen können, was man hätte tun sollen, tun müssen. Sebastian hatte nur wenige Sekunden gehabt, um anders zu reagieren, und trotzdem grübelte er pausenlos darüber nach. Hampus hatte wie lange Zeit gehabt? Wochen? Monate? So viele Gelegenheiten, um zu handeln und die Zukunft zu verändern.

«Ich habe Therese, Lindas beste Freundin, gebeten, mit ihr zu reden, auf mich hörte sie ja nicht, aber ...» Hampus schüttelte den Kopf, offenbar war auch Therese nicht zu Linda durchgedrungen. Er trat seine zweite Zigarette aus und steckte die Hände in die Jackentaschen. «Heute weiß ich, dass wir nichts hätten tun können. Sie hatte sich entschieden. Es war ihr Körper. Ich konnte sie ja nicht mit Gewalt ins Krankenhaus bringen und eine Abtreibung erzwingen.»

Vanja sah ihn prüfend an.

Sie war in vielem gut, aber am besten konnte sie erkennen,

ob Leute logen oder die Wahrheit sagten. Hampus Bogren hatte keine Ahnung von Lindas wahren Todesumständen, da war sie sich sicher. Die Reichsmordkommission war jedoch überzeugt davon, dass die Informationen, die höchstwahrscheinlich von Ulrika stammten, das Motiv für die Verbrechen waren.

Was bedeutete, dass Bogren unschuldig war.

Dennoch erschien es allzu leichtfertig, nur aufgrund einer Überzeugung das Feld zu räumen. Zwar konnten sie ihn nicht nach seinem Alibi für die betreffenden Tage und Zeitpunkte fragen, ohne zu viel zu enthüllen. Und um ihn festzunehmen, hatten sie nicht genug gegen ihn in der Hand, es reichte nicht einmal für einen Anfangsverdacht. Obendrein könnte er Beweise vernichten, sobald sie weg waren, wenn er ahnte, warum sie mit ihm sprachen. Dennoch würden sie nicht mit völlig leeren Händen wieder abziehen müssen, beschloss Vanja.

«Wären Sie bereit, uns eine DNA-Probe von Ihnen zu geben?», fragte sie.

«Warum?»

«Wie gesagt, wir haben die Ermittlung um Lindas Tod wieder aufgerollt, und je mehr Leute wir ausschließen können, desto besser.»

«Wurde sie ermordet?», fragte Hampus, merkwürdigerweise mit einem Anflug von Hoffnung in der Stimme. Sebastian wusste genau, wie er dachte. Anscheinend hatte er die Tatsache akzeptiert, dass er Lindas Tod ohnehin nicht hätte verhindern können, und trotzdem war ein nagender Zweifel in ihm zurückgeblieben, der ihn langsam von innen auffraß. Wenn Lindas Tod einen anderen Grund hatte, den er unmöglich hätte beeinflussen können – wie beispielsweise dass ihr ein Mörder auf dem Heimweg begegnet war –, würde das den letzten Rest an Selbstvorwürfen und Schuldgefühlen beseitigen. Er wäre frei.

«Nein», erwiderte Vanja unumwunden und machte seine Hoffnung zunichte. «Aber die Umstände von Lindas Tod könnten anders gewesen sein, als man damals glaubte, und wir gehen die technischen Beweise erneut durch.»

«Aber die Todesursache war die Schwangerschaft?»

«Soweit wir wissen, ja», antwortete Vanja wahrheitsgetreu. Am liebsten hätte sie behauptet, dass Linda möglicherweise ermordet worden sei, denn daraufhin hätte er wahrscheinlich einer DNA-Probe zugestimmt, um sich von jeglichem Verdacht reinzuwaschen. Aber das wäre eine zu große Lüge gewesen, die ihn zu sehr belastet hätte. In Bezug auf die Todesursache konnte sie nicht lügen, vor allem, falls Hampus doch irgendwann einmal die Wahrheit erfahren sollte.

«Dann verstehe ich nicht ...» Er wirkte aufrichtig ratlos.

Leichter Schneefall hatte eingesetzt. Die Schneeflocken rieselten im Licht der einsamen Gehweglaterne herab, die Hampus' Schatten auf den Boden warf. Dieses Bild von Ruhe und Harmonie bildete einen scharfen Kontrast zu der Verwirrung, die der Mann vor ihnen ausstrahlte.

«Ich war an dem Abend nicht zu Hause. Linda hatte sich mit irgendwelchen Freundinnen aus der Kirche getroffen und hat versucht, ins Krankenhaus zu kommen. Das Krankenhaus hat am nächsten Morgen angerufen, da war sie schon tot.»

«Jedenfalls wäre es eine große Hilfe für uns, wenn Sie uns eine DNA-Probe geben würden», versuchte es Vanja erneut.

Hampus musterte sie, Sebastian sah ihm an, dass er einen anderen Beweggrund hinter ihrer Bitte erahnte und annahm, dass Vanja irgendetwas im Schilde führte.

«Nein.»

«Warum nicht?»

«Ich will nicht. Ich will nicht, dass Sie meine DNA haben. Ich will nicht, dass der Staat alles über mich in seinen Datenbanken hat.»

Er blickte sie an. Wenn es ihnen zuvor gelungen war, irgendeine Art von Vertrauen aufzubauen, dann war es jetzt wie weggeblasen. Hampus wickelte seine Jacke fester um den Körper, wich einen Schritt zurück und signalisierte mit seiner ganzen Haltung, dass das Gespräch seiner Meinung nach beendet war.

Und weil das Gespräch freiwillig war, war dem auch so.

Als sie nach Uppsala zurückfuhren, herrschte auf den Straßen kaum Verkehr. Vanja drückte das Gaspedal durch. Sie wollte nicht mehr Zeit mit Sebastian zusammen im Auto verbringen als nötig.

Ein rascher Blick in seine Richtung.

Er saß wieder halb abgewandt da.

Hatte den Kopf in die Hände gestützt, es war schwer zu sagen, ob er schlief.

Jedenfalls redete er nicht. Hatte keinen Ton gesagt, seit sie Hudiksvall verlassen und rasch konstatiert hatten, dass Hampus Bogren mit größter Wahrscheinlichkeit nicht einer ihrer Täter war, obwohl er sich geweigert hatte, ihnen eine DNA-Probe zu geben. Vielleicht war es für ihn wirklich eine Frage des Identitätsschutzes, vielleicht war er auch schuldig, aber nicht an den Verbrechen, in denen sie ermittelten, darüber waren sie sich einig.

Das Radio lief. Irgendeine Sendung, in der der Moderator mit einfühlsamer Stimme und geheucheltem Interesse Anrufer durch ziemlich banale Geschichten zum Thema «Aufrappeln» lotste. Was sich auf alles Mögliche beziehen konnte, die Überwindung eines persönlichen Tiefs, einer persönlichen Krise, einer Krankheit oder schlichtweg darauf, wieder auf die Beine zu kommen, wenn man der Länge nach hingefallen war. Das blieb dem Anrufer überlassen, und Vanja konnte ganz und gar nicht verstehen, wer diese mehr oder wenigen persönlichen, langatmigen und belanglosen Geschichtchen interessant finden konnte.

«Kann ich das abschalten?», fragte sie geradeheraus.

«Klar», kam es von Sebastian.

Also schlief er nicht.

Vanja stellte das Radio aus, bereute es jedoch umgehend. Jetzt herrschte wirklich absolute Stille im Auto. Sie überlegte, ob sie das Radio wieder anschalten und irgendeinen Musiksender suchen sollte. Aber sie ließ es bleiben.

Wenn es still war, dann war es eben still.

Sie hatte das, was sie Sebastian auf der Hinfahrt erklärt hatte, sagen müssen. Nur zu gut erinnerte sie sich daran, wie sie Sebastian nur wenige Wochen zuvor überhaupt nicht hatte ertragen können. Das Treffen mit Valdemar zeigte zwar, dass er zu Dingen imstande war, die nicht nur ihm allein nutzten – aber sich nur zusammenzureißen, war nicht genug.

Das war nicht Sebastians Normalzustand.

Das Unmögliche, Arrogante und Unsympathische an ihm überwog eindeutig. Dass sie sich überhaupt Gedanken über seine Gefühle machte, zeigte im Grunde nur, wie manipulativ er war, und bewies nicht, dass er sich geändert hatte oder es je tun würde.

Er war eine destruktive Kraft in einer fortwährenden Abwärtsspirale, und früher oder später würde er sie mit sich in die Tiefe ziehen.

Tiefer, als er es ohnehin schon getan hatte.

So tief, dass sie nicht wieder würde emporklettern können.

Ja, das, was sie ihm gesagt hatte, hatte sie sagen müssen.

Wenn es still im Auto war, dann war es eben still.

Obwohl sie einen kleinen, erleichterten Seufzer nicht unterdrücken konnte, als ihr Handy klingelte und sie den Anruf über die Freisprechanlage annahm.

«Vanja hier, du bist auf Lautsprecher gestellt», meldete sie sich.

«Hier ist Ursula», kam es aus den Boxen. «Wie ist es in Hudiksvall gelaufen?»

«Wir haben keine DNA-Probe bekommen, aber Sebastian und ich sind uns trotzdem ziemlich sicher, dass Hampus Bogren keiner der Täter ist», sagte Vanja mit einem schnellen, bestätigenden Blick in Richtung Beifahrersitz.

«Ihr habt sicher recht», pflichtete Ursula Vanja bei. «Billy hat sich Ulrika Månsdotters Computer angesehen. Im März hat sie Cosas Útiles gegoogelt und ihnen eine E-Mail geschickt.»

«Und Cosas Útiles ist ...»

«Rodrigo und Daniél Valbuenas Firma in Venezuela.»

«Was hat sie ihnen geschrieben?», fragte Sebastian interessiert und richtete sich auf. «Hallo, übrigens.»

«Hallo, sie hat geschrieben, dass sie mit ihnen sprechen müsse und es um Linda gehe.»

«Was haben sie darauf geantwortet?»

«Sie haben nicht geantwortet. Aber Ulrika hat in der E-Mail ihre Handynummer angegeben. Vielleicht haben sie miteinander telefoniert. Wir warten noch auf die Gesprächslisten von Ulrikas Mobilfunkanbieter.»

Vanja und Sebastian verarbeiteten die neue Information in einer anderen Art von Stille als der, die noch vor wenigen Minuten im Auto zwischen ihnen geherrscht hatte. Billys Entdeckung war ein großer Schritt in die richtige Richtung, aber offensichtlich sollten sie einen noch größeren machen.

«Das ist noch nicht alles», fuhr Ursula nämlich fort. «Beide Valbuenas sind vor gut zwei Monaten über Göteborg nach Schweden eingereist.»

«Sie sind hier?», fragte Vanja, pures Erstaunen in der Stimme. «In Schweden?»

«Ja, aber niemand weiß, wo, sie haben keine Adresse angegeben.» Es war nicht zu überhören, wie zufrieden Ursula war. Vier Männer, die für die Ermittlungen relevant gewesen waren, hatten sich innerhalb weniger Stunden auf zwei Hauptverdächtige reduziert. «Die Fahndung nach ihnen läuft», fügte Ursula überflüssigerweise hinzu.

Vanja warf einen Blick auf die Uhr im Armaturenbrett.

«Wir sind in knapp einer Stunde in Uppsala. Sollen wir noch ins Präsidium kommen?»

«Nein, heute können wir nicht mehr viel ausrichten. Anne-Lie will, dass wir alle morgen früh um acht zur Stelle sind.»

«Okay, dann fahre ich in meine Wohnung, und Sebastian ...» Vanja warf ihm rasch einen Blick zu. Hatte er vor, nach Stockholm zu fahren oder in Uppsala zu bleiben?

«Ich gehe ins Hotel.»

«Dann sehen wir uns vielleicht später da», sagte Ursula.

«Bist du schon dort?»

«Nein, ich bin noch bei der Arbeit. Ich bin zum Abendessen verabredet.»

«Mit Bella?»

«Nein ... Fahrt vorsichtig.»

Damit legte sie auf, und es wurde wieder still im Auto.

Eine Serviette.
Eine quadratische weiße Leinenserviette.

Nicht ganz sauber, kleine vereinzelte Flecken zeugten davon, dass jemand sie benutzt hatte. Ursula saß am Fußende des Bettes in ihrem Hotelzimmer und betrachtete das viereckige Stück Stoff.

Es war einfach absurd.

Dieses Mal war es ihm gelungen, sie zu überreden. Es war spät gewesen, die Küche hatte bis 22:00 Uhr geöffnet, und es war bequem. Hinterher hatte sie es nicht weit bis zu ihrem Zimmer nach einem langen Tag. Viele gute Gründe, sich im Hotelrestaurant zu treffen. Petros hatte draußen auf sie gewartet und aufrichtig erfreut gewirkt, als er sie erblickte, und sie hatte ihrerseits gespürt, wie sich ein Lächeln auf ihrem Gesicht ausbreitete. Nach einer kurzen Umarmung gingen sie in das kleine, etwas mehr als halbvolle Lokal. Ursula hoffte, dass man sie an einem Tisch platzieren würde, der von der Straße, vom Eingang des Hotels und von der Bar aus nur schwer gesehen werden konnte, und war erleichtert, als sie an einen Tisch für zwei Personen hinter einem Regal mit Büchern und Küchenutensilien geführt wurden. Sie machten es sich auf den gelben Stühlen bequem, warfen einen Blick in die Karte und bestellten. Ursula haderte mit der Tatsache, dass sie seit mittags nichts mehr in den Magen bekommen hatte, und dem Vorsatz, spätabends nicht allzu viel zu essen. Schließlich entschied sie sich für eine vegetarische Hippie Bowl und ein Glas Wein. Nach den ersten Schlucken und etlichen nervösen Blicken in Richtung Eingang wurde sie ruhiger. Sebastian würde sie hier nicht entdecken. Petros trug sein Übriges zu ihrer Entspannung bei. Darin war er nach wie vor besser als sie. Er sorgte dafür, dass das Gespräch nahtlos von einem zum anderen Thema überging, hörte ihr zu, stellte anknüpfende Fragen und ließ den Abend wie die überaus natürliche Fortsetzung ihres ersten Treffens erscheinen.

Sie bekamen ihr Essen.

Ursula bestellte ein zweites Glas Wein.

Sie hatte gerade in vagen Worten erzählt, dass ihre Ermittlungen Fortschritte machten, und Petros hatte scherzhaft sein Bedauern darüber ausgedrückt – schließlich bedeutete das, dass sie Uppsala bald verlassen würde. Dabei war Stockholm nicht besonders weit entfernt, wie sie sich versicherten. Dann erkundigte sich Petros danach, wie es Bella ging. In dem Moment schoss Ursula der Gedanke schlagartig durch den Kopf.

Als sie sich zum ersten Mal getroffen hatten. Im Thai-Restaurant.

Da war er am Abend zuvor in Västerås gewesen.

An jenem Abend, an dem Ingrid Drüber zu Hause vergewaltigt worden war. In Västerås. Das wusste sie inzwischen.

Ursula brauchte weniger als eine Sekunde, um einzusehen, wie lächerlich dieser Gedanke war. Idiotisch. Haufenweise Menschen waren an diesem Abend in Västerås gewesen. Nicht zuletzt die Västeråser. Und einer dieser Menschen war einer ihrer Täter. Aber nicht Petros. Natürlich nicht. Alles deutete darauf hin, dass es die Valbuenas waren. Mit ziemlicher Sicherheit sogar.

Rodrigo und Daniél Valbuena. Vater und Sohn.

Obwohl ihre Täter nicht miteinander verwandt waren.

Petros Samaras war nicht mit den Valbuenas verwandt.

Ursula zwang sich dazu, sich zusammenzureißen und ihre Überlegungen zu verdrängen. Sie hatte zu viel gearbeitet, ihr Gehirn war überhitzt. Dieser Fall setzte ihr mehr zu, als sie geglaubt oder sich hatte eingestehen wollen. Deshalb kamen ihr diese dummen, lächerlichen Gedanken in den Sinn. Das musste die Erklärung sein. Oder etwas anderes.

Sie konzentrierte sich auf Petros und darauf, einen ebenso netten Abend mit ihm zu verbringen wie neulich. Es gelang ihr.

Fünfundvierzig Minuten später brachen sie auf. Er umarmte sie und beteuerte, wie schön der Abend gewesen sei. Sie verabredeten, so ein Treffen bald zu wiederholen, bevor Petros in die Nacht hinaus verschwand und Ursula sich Richtung Lift wandte.

Mitten im Schritt hielt sie inne. Zögerte. Dann ging sie zurück ins Restaurant, wo der Kellner gerade dabei war, ihren Tisch abzuräumen. Sie entschuldigte sich kurz, trat an den Tisch und steckte Petros' Serviette ein.

Mit der er sich vorsichtig den Mund abgetupft hatte.

An der seine DNA haftete.

Dann ging sie in die Lobby und fuhr mit dem Fahrstuhl zu ihrem Zimmer hinauf. Wo sie jetzt saß. Am Fußende des Bettes. Mit der Serviette vor sich.

Es war einfach absurd.

Aber tief in ihrem Inneren wusste sie, was passiert war und warum. Sie glaubte nicht, dass Petros einer ihrer Täter war. Nicht ernsthaft. Aber sie hatte zugelassen, es zu glauben.

Um es sich zu zerstören.

Um einen Grund zu haben, Petros nicht zu vertrauen, ihm nicht vertrauen zu *können*. Es erstaunte sie beinahe, dass sie sich nicht von ihm dabei hatte ertappen lassen. Dass sie ihnen nicht von Anfang an genug Hindernisse in den Weg gelegt hatte, damit es nie normal zwischen ihnen werden konnte. Alltäglich. Nett.

Sie war kein Mensch für normal, alltäglich, nett.

So funktionierte sie nicht.

Sie hatte es mit Micke versucht, viel zu viele Jahre lang. Und gehofft, es zu schaffen, weil dann alles so viel einfacher werden würde.

Ihre Ehe, das Muttersein, das Leben.

Wenn sie sich doch nur begnügen, sich zufriedengeben könnte.

Anschließend hatte sie es mit Torkel probiert, sich aber zurückgezogen, es beendet, als die Möglichkeit – oder das Risiko – bestand, dass es so werden könnte, wie er es haben wollte.

Normal, alltäglich, nett.

Das war nicht sie.

Warum also sollte sie es mit Petros versuchen? Es würde mit ihm genauso wenig funktionieren wie mit Micke und Torkel.

Sie kannte nur einen Menschen, mit dem es funktioniert hatte.

Nur einen Menschen, mit dem *sie* funktionieren konnte.

Ein Mensch, der, wie sie, nie richtig zufrieden war, nie vollkommen zur Ruhe kam. Der Distanz wählte, Abstand vom Mittelpunkt des Lebens wollte. Genau wie sie. Ein Seelenverwandter. Sofern es so etwas gab.

Sebastian Bergman.

Sie hatte sich geschworen, nie, niemals wieder mit ihm etwas anzufangen, doch sie musste sich der Einsicht stellen: Sie war ebenso wenig für ein Zusammenleben geschaffen wie er, und mit ihm würde es nie normal, alltäglich und nett werden.

Es würde anders werden.

So, wie nur sie beide es verstehen und schätzen konnten.

Ihr irrsinniges Handeln am heutigen Abend war ihre Art gewesen, sie vor sich selbst zu warnen, weil sie einen Fehler beging, wenn sie glaubte, sein zu können wie alle anderen.

Sich mit jemandem aus einem Dating-Portal zu verabreden.

Mit ihm essen zu gehen, sich zu unterhalten, Zeit mit ihm zu verbringen, die Beziehung gedeihen zu lassen.

Ihm nahezukommen und mit ihm zusammenzuwachsen.

Wem versuchte sie eigentlich etwas vorzumachen? Wenn sie sich nur mit angemessenen Erwartungen auf Sebastian einließ, konnte daraus etwas Besonderes werden. Sie hatte ihn trotz allem einmal geliebt.

Ursula stand auf, knüllte die Serviette zusammen und legte sie auf den Schreibtisch. Das Reinigungspersonal würde sie morgen wegräumen. Dann verließ sie das Zimmer, ging in den nächsten Stock und klopfte an Sebastians Tür. Laut. Vielleicht schlief er. Ein zweites Mal. Lauter. So laut, dass niemand dahinter weiterschlafen konnte. Doch die Tür blieb geschlossen.

Sebastian war nicht da.

Er war da gewesen.

Für kurze Zeit, vor einer knappen Stunde. Vanja hatte ihn vor dem Hotel abgesetzt. Er meinte, Ursula im Restaurant zu sehen, registrierte es jedoch nur und fuhr hinauf in sein Zimmer.

Jetzt kam die Erkenntnis allmählich bei ihm an.

Der Verlust der zweiten Tochter.

Die Art und Weise, wie sie es ihm mitgeteilt hatte. *Du wirst genauso wenig ein Teil davon sein wie Anna.* Dass Vanja ihrer Mutter irgendwann einmal verzeihen und sie zurück in ihr Leben lassen würde, hielt Sebastian für völlig undenkbar. Mit Anna in einen Topf geworfen zu werden, verhieß daher nichts Gutes. Ganz und gar nicht. Der Einsicht musste er sich stellen. Er hatte Vanja verloren.

Diesmal für immer.

Rastlos lief er in seinem Hotelzimmer auf und ab. Buchstäblich. Vor und zurück. Wäre er alkohol- oder drogenabhängig, würde er jetzt einen Rückfall erleiden. Seine selbstlose Tat, die Vanja zu einem ersten Schritt hatte veranlassen sollen, ihn in einem anderen Licht zu sehen – und die aus diesem Grund vielleicht nicht völlig selbstlos gewesen war –, war misslungen. Der Schuss war auf eine Art nach hinten losgegangen, die er nicht hatte voraussehen können. Ohne jede Hoffnung auf die Zukunft hatte Vanja ihn zurückgelassen, weshalb er auf die Erinnerungen an die Vergangenheit angewiesen war.

In gewisser Weise war Vanja tatsächlich ein Ersatz für Sabine. Das war nicht unbedingt verwunderlich. Wenn man eine Tochter verloren hatte, wollte man die andere in der Nähe haben. Hatte man zwei Väter, war es dagegen anscheinend nicht ganz so selbstverständlich, dass man beide um sich haben wollte.

Das war nicht unverständlich.

Nur unerträglich.

Es war seine letzte Chance gewesen. Er hatte sie ergriffen und versagt. Nun war es an der Zeit weiterzugehen. Nur leider war das seine absolut schlechteste Disziplin.

Jedes Unglück hatte auch sein Gutes, dachte Sebastian in seiner Rastlosigkeit. Er hatte sich Vanja zuliebe zusammengerissen. Um weiterhin bei der Ermittlung mitarbeiten zu dürfen. In ihrer Nähe. Wenn sie aber sowieso nichts von ihm wissen wollte, spielte es keine Rolle, was er tat.

Oder mit wem.

Sie schien überrascht zu sein.

Darüber, dass es abends um diese Uhrzeit an der Tür klingelte, vor allem aber darüber, wer davorstand.

«Es war ein aufreibender Nachmittag, ich wollte mich erkundigen, wie es Ihnen geht», erklärte Sebastian auf ihre Frage hin, weshalb er gekommen war.

«Sie sind extra hierhergefahren, um sich zu erkundigen, wie es mir geht?» Ihr Tonfall verriet eine gesunde Skepsis. Sie fixierte ihn mit ihren grünen Augen. «Seit wann ist die Polizei derart fürsorglich?»

«Ich bin kein Polizist, ich bin Psychologe. Kriminalpsychologe. Ich betrachte das als eine meiner Aufgaben, wenn ich mit der Reichsmordkommission zusammenarbeite», log Sebastian leichthin. Wäre sie nicht eine attraktive Frau im richtigen Alter und er nicht rastlos, enttäuscht und auf Sex aus, wäre es ihm natürlich vollkommen schnuppe gewesen. «Aber ich störe vielleicht?»

«Nein, ganz und gar nicht.» Doch sie machte keinerlei Anstalten, ihn ins Haus zu bitten, sondern stand weiter in der halb geöffneten Tür und musterte ihn, als versuchte sie zu erkennen, ob er nicht doch Hintergedanken für seinen späten Besuch hatte. Sebastian begegnete ihr mit einem ehrlichen, offenen Blick, von dem er aus Erfahrung wusste, dass er unmöglich zu durchschauen war. Einen Moment später trat Renate zur Seite und ließ ihn herein.

«Kann ich Ihnen etwas anbieten?», fragte sie, während er Jacke und Schuhe auszog. «Kaffee, Tee?»

«Nein danke, ich möchte nichts.»

Sie führte ihn ins Wohnzimmer. Gedämpftes Licht, außer über einem der Sessel, der von einer hellen Leselampe erleuchtet wurde. Auf einem kleinen Tisch stand ein fast leeres Weinglas, daneben lag eine angefangene Stickerei. Das erstaunte ihn. Aus irgendeinem Grund hatte er nicht gedacht, dass sich eine Frau wie sie mit Handarbeiten beschäftigte. Renate wies mit dem Kopf auf das Sofa, knipste die Deckenspots an und nahm ihr Glas vom Beistelltisch.

«Wein?», fragte sie ihn.

«Ich trinke nicht.»

«Warum nicht?»

Soweit Sebastian wusste, fragte man nur in Schweden so direkt und ungeniert nach, warum jemand keinen Alkohol trank. In Gesellschaft Alkohol zu trinken, war die Norm, und es nicht zu tun, konnte nach Ansicht eines Großteils der Bevölkerung mit Recht hinterfragt werden.

«Ich bin ein Suchtmensch», erwiderte Sebastian und war zum ersten Mal seit seinem Auftauchen ehrlich. Und er hoffte stark, innerhalb der nächsten Stunde – oder wie lange es auch immer dauern würde, sie ins Bett zu bekommen – einen Rückfall in seine Sexsucht zu erleiden.

Sebastian nahm auf dem Sofa Platz und blickte sich um, während Renate in die Küche verschwand. Der Raum war weiß und hell, modern und klug eingerichtet. Große Flächen, wenige Möbel, und die vorhandenen schienen mit Bedacht ausgewählt worden zu sein. Sebastian hatte keine Ahnung, ob es sich um Designermöbel oder Massenware von IKEA handelte, aber alles war geschmackvoll und persönlich. Renate kam mit einem kleinen Tablett zurück. Ein Glas Weißwein, eine Cola light und ein Schälchen mit Cashewnüssen.

«Ich habe Ihnen eine Cola mitgebracht», sagte sie, als sie das Tablett auf den Couchtisch stellte und sich mit ihrem Weinglas neben ihn aufs Sofa setzte.

«Danke.»

Er streckte sich nach der Dose, öffnete sie und goss die Cola in ein Glas. Bevor er sich zurücklehnte, trank er einen kleinen Schluck. Es gab keinen Anlass für Smalltalk, das Haus und die Einrichtung zu loben, sie zu fragen, wie lange sie schon hier wohnte, oder sich nach ihrem Beruf oder ihren Hobbys zu erkundigen. Schließlich war er rein aus beruflicher Fürsorge hier.

«Wie ich bereits sagte, unser Besuch heute Nachmittag kann eine Menge Gefühle und Emotionen aufgewühlt haben, deswegen wollte ich nachsehen, wie es Ihnen geht.»

«Ich habe viel darüber nachgedacht», erwiderte Renate und nippte an ihrem Wein. Sebastian spürte, wie seine Hoffnung stieg. Sie wollte eindeutig reden. Ein Gespräch würde sie einander näherbringen, als Eröffnung dienen und ihm die Möglichkeit geben, das Spiel zu spielen. Und zu gewinnen. «Vor allem darüber, was wir hätten anders machen können», fuhr Renate fort. «Nicht in Bezug auf ihre Schwangerschaft, sondern davor. Damit Linda das Gefühl gehabt hätte, uns vertrauen zu können. Es uns zu erzählen.»

Sebastian nickte mitfühlend. Hier konnte er zwischen zwei Wegen wählen. Entweder ihr zustimmen, dass in der Beziehung zu ihrer Tochter ein Riss existiert hatte, ein Misstrauen, und versuchen, Renates Gefühl zu lindern, etwas falsch gemacht zu haben.

Oder.

Eine andere Erklärung für das Geschehen liefern und Renate die Verantwortung dafür voll und ganz abnehmen.

Trost oder Dankbarkeit, das war hier die Frage.

Der Sex war nach Trost üblicherweise besser, aber Dankbarkeit war ein zuverlässigerer Garant für Erfolg. Heute Abend brauchte er nichts Besonderes, einfache Befriedigung reichte völlig aus. Also fiel seine Wahl auf Dankbarkeit.

«Es muss nicht so gewesen sein, dass Linda kein Vertrauen zu Ihnen gehabt hat. Möglicherweise wollte sie Sie schonen, Ihnen eine belastende Situation ersparen», sagte Sebastian langsam, als wählte er seine Worte mit Bedacht. «Sie wusste, was sie wollte, und ihr war klar, was Sie gewollt hätten. Auf diese Weise hat sie Ihnen ein gewisses Leid erspart. Im Nachhinein betrachtet, hätten Sie nicht anders handeln können, egal wie die Schwangerschaft ausgegangen wäre, weil Sie nichts davon gewusst haben.»

«Was wollen Sie damit sagen? Dass Linda aus Rücksichtnahme nicht mit uns darüber geredet hat?»

«Gut möglich. Ich kannte sie nicht, ich weiß nichts über Ihre Beziehung zueinander, ich sage nur, dass es nicht daran gelegen haben muss, dass Linda Ihnen nicht vertraut hat.»

Er sah, wie Renate diese Möglichkeit in Erwägung zog, dass es ein neuer Gedanke für sie war, ein willkommener Gedanke.

«Was hätten Sie getan», fuhr Sebastian fort und beugte sich interessiert vor, «wenn Sie es gewusst hätten?»

Renate nahm einen weiteren Schluck Wein und strich sich eine rote Haarsträhne aus dem Gesicht, die ihr in die Augen gefallen war.

«Versucht, sie zu überreden. Sie zu retten.»

«Sie wollte nicht gerettet werden. Sie war erwachsen, volljährig. Sie hatte sich entschieden, es war ihr Körper. Sie hätten sie nicht mit Gewalt ins Krankenhaus bringen und eine Abtreibung erzwingen können.» Er lieh sich Hampus Bogrens Worte. Der hätte sicher nichts dagegen, es war für eine gute Sache. Für den Sex.

«Wir hätten es versuchen können. Vielleicht wären wir zu ihr durchgedrungen und hätten sie dazu gebracht, sich anders zu entscheiden. Vielleicht hätte sie uns hinterher dafür gehasst, nie wieder mit uns geredet, aber sie würde noch leben.»

«Darüber nachzudenken, was man hätte anders machen können, ist ganz natürlich, aber in diesem Fall hätten Sie nichts tun können. Man kann nur aufgrund der Informationen handeln, die man hat.»

«Die sie uns nicht gegeben hat.»

«Richtig. Um Sie zu schützen. Ihre Beziehung zu schützen. Damit sie nicht das Gefühl haben musste, Sie hintergangen zu haben, und Sie nicht das Gefühl der Machtlosigkeit ertragen mussten. Oder sich von ihr distanziert hätten.»

Er sah, wie Renate über seine Worte nachdachte. Sie in sich aufnahm. Und vielleicht bildete er es sich auch nur ein, aber er hatte den Eindruck, etwas an ihrer Körpersprache signalisierte eine gewisse Erleichterung. Das war nicht so gut wie Dankbarkeit, aber Erleichterung würde auch funktionieren, hoffte er.

Renate änderte ihre Sitzhaltung, zog die Beine unter sich und lehnte sich zurück. Obwohl ihr Weinglas fast leer war, schwappte es bei der Bewegung beinahe über. Wieder fiel ihr eine Strähne ins Gesicht, sie strich sie zurück und sah ihn an.

«Wissen Sie, wenn ich früher Traueranzeigen anlässlich des fünften, zehnten oder fünfzehnten Todestages von jemandem gelesen habe, dachte ich immer: *Get over it*. Lasst los. Macht mit eurem Leben weiter.» Sie trank den letzten Schluck Wein aus und stellte das Glas auf den Tisch. Während sie sich vorbeugte, warf Sebastian einen raschen Blick in ihren Ausschnitt, wobei er bewusst darauf achtete, ihr anschließend in die Augen zu sehen, als sie sich wieder auf dem Sofa zurechtsetzte. «Aber was macht man, wenn man es nicht kann? Wenn die Trauer immer noch allgegenwärtig ist. Die Leere.»

«Ich weiß, was Sie meinen», stimmte Sebastian zu. «Die Balance zu finden zwischen trauern, gedenken und weiterleben ... Das kann sehr schwierig sein.»

Er hoffte, dass etwas in seiner Stimme Renate zu verstehen gab, dass er nun nicht aus einem rein beruflichen Blickwinkel heraus sprach, sondern aus einem persönlichen. Dass er jemand war, der es tatsächlich so meinte, wenn er sagte: *Ich verstehe, was du durchmachst.*

«Wen haben Sie verloren, wenn ich Ihnen diese Frage stellen darf?»

Sebastian zögerte. Doch diesmal nicht aus taktischen Gründen. Sondern aus echter Unsicherheit. War das ein Weg, den er gehen wollte? Sollte er Sabine benutzen, um seine Ziele zu erreichen? Wollte er diese Tür öffnen? Nach einer kurzen Überlegung kam er zu dem Schluss, dass es ihm dadurch unmöglich noch schlechter gehen konnte.

«Meine Frau und meine Tochter. In Thailand. Am zweiten Weihnachtsfeiertag 2004.»

«Der Tsunami?»

Sebastian nickte und begann zu erzählen. Fünfundzwanzig Minuten später beugte Renate sich vor und küsste ihn.

Die anderen waren bereits vollzählig versammelt, als Sebastian den Konferenzraum betrat.

Er hatte einen ungewöhnlichen Start in den Tag hinter sich, in jeglicher Hinsicht. Anstatt wie gewohnt mitten in der Nacht mit der fest zur Faust geballten rechten Hand aufzuwachen, die Angst aus dem Traum wie ein klebriges Spinnennetz auf seiner Haut, war er um halb sieben von Renate geweckt worden. Draußen war es immer noch dunkel gewesen, aber Morgen, nicht Nacht. Das Gefühl von Leere und Schwermut, das sich im Prinzip jedes Mal direkt nach einer Eroberung bei ihm einstellte, war nicht vorhanden. Die nächtliche Befriedigung war zwar verflogen, aber er fühlte sich nicht schlechter als sonst, als er aufstand und sich anzog. Er ertappte sich sogar dabei, diesmal nicht das Bedürfnis zu haben, sofort zu verschwinden, und zu seinem Erstaunen leistete er Renate in der Küche beim Frühstück Gesellschaft. Solchen Frauen war er schon früher begegnet. Frauen, die mehr gaben als nur Sex. An denen man Gefallen finden konnte und von denen man den Eindruck hatte, zu ihnen zurückkehren zu wollen. Besonders wenn man ein bisschen aus der Form war. Sebastian hatte sogar einen speziellen Namen für sie.

Wachsende.

Renate war eine Wachsende.

In ihrer Gegenwart war er gelöst und entspannt. Nicht weil er in irgendeiner Weise eine feste Beziehung anstrebte. Wenn es nach Sebastian ging, würden sie sich nie wiedersehen, aber es war ein angenehmes Erlebnis, das er nicht besonders häufig hatte.

«Tut mir leid, dass ich ein bisschen zu spät bin», entschuldigte er sich und sah zu Vanja hinüber. Sollte er den Grund nennen? Erzählen, was er gemacht hatte? Es ihr einfach so unverblümt sagen, wie sie sich ihm gegenüber auch immer verhielt? Er hatte nichts zu verlieren, allerdings auch nicht gerade viel zu gewinnen, besonders nicht bei den anderen im Team, also beschloss er, es zu lassen. Auf dem Weg zu einem freien Platz ging er hinter Carlos und Billy vorbei. Als er einen Blick auf Billys Bildschirm warf, sah er, dass Billy sich in irgendeinem Spieleforum eingeloggt hatte. Also schienen sie noch nicht mit der Arbeit begonnen zu haben.

«Was macht ihr gerade Schönes?», fragte er, zog einen Stuhl unter dem Tisch hervor und setzte sich.

«Wir haben über die Opfer gesprochen, die Reihenfolge ...», erwiderte Anne-Lie und wies mit dem Kopf auf das Whiteboard, an dem jetzt eine Seite aus einem Collegeblock haftete, auf der die inzwischen nur allzu bekannten Namen aufgelistet waren.

Ingrid. Ida. Therese. Rebecca. Klara. Ingrid. Ida. Therese.

«Rebecca ist tot. Wenn die Täter ihrem Schema treu bleiben, dann ist Klara die Nächste», erläuterte Anne-Lie, obwohl das nicht nötig war. Sebastian wusste sehr gut, welche der Frauen wann überfallen worden war. «Wir haben noch nicht alle Details besprochen», fuhr sie fort, «aber wir haben einen Plan, um die Täter zu fassen.»

«Darf man erfahren, wie der aussieht?»

Als Erstes würden sie eine Pressekonferenz anberaumen. Sie wollten mit der Information an die Öffentlichkeit gehen, dass es eine weitere Vergewaltigung gegeben hatte und das ursprünglich zweite Opfer erneut überfallen worden war.

Dann würden sie zugeben, dass sie noch keine Spur hatten, es nach wie vor keine Verdächtigen gab und sie zum gegenwärtigen Zeitpunkt nicht wussten, warum ausgerechnet das zweite Opfer ein zweites Mal vergewaltigt worden war oder ob eine Verbindung zwischen den Opfern existierte. Die Öffentlichkeit sollte den Eindruck haben, die Ermittlung wäre festgefahren, und Sebastian schätzte, dass Torkel diesmal eine prominentere Rolle im Rampenlicht zugewiesen bekommen würde.

«Werden die Täter uns abkaufen, dass wir keinen Zusammenhang hergestellt haben?», fragte er skeptisch.

«Wir glauben schon», erwiderte Anne-Lie ernst. «Sie wissen nicht, dass wir mit Ingrid Drüber gesprochen haben, und über Idas Suizid haben die Zeitungen nichts berichtet, geschweige denn ihn mit unseren Ermittlungen in Zusammenhang gebracht.»

«Die Täter glauben also, dass wir glauben, dass Therese das zweite Opfer war, und sie gehörte nicht einmal zu dieser AbOvo-Gruppe», ergänzte Torkel.

«Selbst wenn wir Idas Selbstmord verschweigen, meint ihr nicht, dass die Täter davon ausgehen werden, dass Ida Anzeige erstattet hat?», fragte Sebastian.

«Vielleicht, schlimmstenfalls. Aber die Frage ist, ob es sie aufhalten würde, wenn es so wäre.»

Sebastian dachte kurz darüber nach und schüttelte dann den Kopf.

«Nein, da wird nichts dabei herauskommen.» Er stand auf und tat so, als würde er das Seufzen der anderen und Anne-Lies wütenden Blick nicht bemerken. «Selbst wenn wir den Tätern weismachen können, dass wir nicht nach jemandem suchen, der mit AbOvo oder Linda Fors in Verbindung stand ...», er drehte sich zu der Namensliste an der Wand um, «… werden sie davon ausgehen, dass wir die Reihenfolge, nach der sie vorgehen, durchschaut haben. Dass Klara die Nächste ist.»

«Noch einmal: vielleicht», erwiderte Anne-Lie. «Aber ich glaube, dass wir es mit Tätern zu tun haben, die bereit sind, ein Risiko einzugehen.»

Stimmt, das musste Sebastian tatsächlich zugeben. Vielleicht würden sie es trotzdem erneut bei Klara versuchen, auch wenn es riskant war und vielleicht das Letzte sein würde, was sie taten. Zumindest für einen von ihnen. Er zuckte mit den Schultern.

«Und weiter?»

«Klara und ihr Mann haben auf Facebook und Instagram gepostet, dass Vater und Sohn während der Herbstferien für ein paar Tage zu den Großeltern fahren. Also ist Klara allein zu Hause. Ihr Job lässt es nicht zu, dass sie mitfährt.»

«Und wir bewachen sie?»

«Nicht richtig, nicht nur.»

«Ich nehme nachts ihren Platz ein», sagte Vanja.

In Sebastian breitete sich sofort ein mulmiges Gefühl aus. Das Wohlbehagen des Morgens hatte sich mit einem Schlag verflüchtigt.

«Ingrid, Ida und Therese wurden beim zweiten Mal in ihren Wohnungen überfallen, also werde ich in Klaras Haus die Stellung halten», erläuterte Vanja.

«Ich verstehe das nicht ganz», gab Sebastian zu.

Sie klärten ihn auf. Die Idee war, dass sich Vanja nachts in Klaras Haus aufhielt, morgens das Haus verließ und sich mit Klara traf, die in Vanjas Wohnung geschlafen hatte. Klara würde wie immer zur Arbeit fahren, aber dafür sorgen, tagsüber keinen Moment lang allein zu sein. Nach Feierabend kehrte sie in Vanjas Wohnung zurück und tauschte mit ihr den Platz, woraufhin Vanja zu Klaras Haus fahren, das Auto in der Garage parken, ins Haus gehen und über Nacht bleiben würde.

«Und wenn ihr dort jemand auflauert?», fragte Sebastian und merkte, dass sich seine Besorgnis in seiner Stimme als Irritation und Frustration niederschlug.

«Wir können nicht täglich das Haus durchsuchen, bevor Vanja dort eintrifft», erklärte Anne-Lie. «Falls die Täter es beobachten.»

«Aber Billy installiert Kameras mit Bewegungsmeldern», beeilte Torkel sich zu sagen, ehe Sebastian protestieren konnte. «Wir wissen, wenn jemand ins Haus eindringt.»

Sebastian schüttelte den Kopf. Die Sache gefiel ihm nicht, aber er wusste, dass seine Meinung nicht die geringste Rolle spielte. Sie würden es so machen, und abgesehen von seinem instinktiven Widerwillen dagegen, dass seine Tochter sich in eine Undercover-Situation begab und Risiken aussetzte, war es kein durch und durch schlechter Plan.

Er konnte funktionieren.

Er musste funktionieren.

Sebastian würde keinem von ihnen je verzeihen, wenn es schiefging.

1. November

Therese hat wieder Anzeige erstattet, Ida nicht.
Klingt unwahrscheinlich, aber vielleicht hat sie es wirklich nicht getan.
Sie sagten, sie hätten keinen Zusammenhang zwischen den Taten herstellen können.
Auf der Pressekonferenz am Montag.
Das müssen sie nicht, um sich auszurechnen, wer die Nächste ist.
Also bewachen sie Klara.
Sie ist allein zu Hause.
Voller Gewissheit, dass sie sie schützen können.
Ich war da, ich habe sie gesehen.
Das macht es schwieriger. Gefährlicher.
Aber ich werde es schaffen.
Um jeden Preis.
Sie sollen leiden.
So wie ich gelitten habe.
Wie du gelitten hast.
Ich wollte es am Wochenende tun.
An Allerheiligen. Allerseelen.
Wenn wir die Toten ehren.
Aber ich habe meine Pläne geändert.
Morgen wird es sein.
Freitag.
Ich muss mich bereit machen.

Am Freitagmorgen erwachte Vanja mit einer Mischung aus Nervosität und Erwartung, bevor der Wecker klingelte. Sie blieb noch einen Moment liegen und holte einige Male tief Luft, ehe sie ihre Pistole unter Zacharias' Kopfkissen hervorzog und sie auf den Nachttisch legte.

Der vorletzte Tag, an dem etwas geschehen konnte.

Heute oder morgen.

Davon abgesehen fühlte es sich allmählich seltsam vertraut an, im Doppelbett in Klaras und Zacharias' Schlafzimmer aufzuwachen und ihr Hochzeitsfoto auf der weißen Kommode neben dem Schrank und die Bilder von Victor in verschiedenen Altersstufen an der Wand zu sehen.

In den ersten Nächten hatte sie unter Hochspannung gestanden. Sie hatte so gut wie kein Auge zugetan, im Dunkeln gelegen, gelauscht und auf jeden kleinsten Laut reagiert. Nachts hörte man viele Geräusche, im Haus und draußen in der Umgebung, und da sie ungewohnt und fremd für Vanja waren, konnte sie nicht einordnen, ob sie harmlos waren.

Oder ob sie bedeuteten, dass jemand im Haus war.

Zusammen mit ihr.

Jemand, der Böses im Schilde führte.

Hin und wieder meldete sie sich bei Billy. Mitten in der Nacht. Bat ihn, alle Kameras noch einmal zu überprüfen. Sicherheitshalber. Griff nach dem Funkgerät und vergewisserte sich, dass die beiden Kollegen vor dem Haus positioniert waren. Dass sie wach und in der Nähe waren. Ihre Dienstwaffen kontrollierten und sie ständig in Reichweite hatten.

Doch nichts war geschehen.

Die ganze Woche nicht.

Vanja stand auf und ging ins Badezimmer. An dieser Wand gab es keine Fenster, sie brauchte also nicht daran zu denken, ihren Kopf abzuwenden oder ihr Gesicht auf andere Art zu verbergen. Sie schloss die Tür ab und stieg unter die Dusche. So fühlte sie sich sicherer, kam sich allerdings doch ein bisschen albern vor, als sie ihre Pistole in den Edelstahlkorb neben Shampoo, Duschgel und Conditioner legte. Aber nackt unter der Dusche war sie am verwundbarsten und empfand eine gewisse Angst.

Im Verlauf der Woche hatte sie darauf geachtet, sich hin und wieder an einem der Fenster zu zeigen. Sie war genauso groß wie Klara, hatte den gleichen Körperbau wie sie. Das Einzige, was sie benötigte, war eine Perücke, damit sie die gleiche Frisur hatten. Glücklicherweise trug Klara einen Pony. Solange Vanja den Kopf ein wenig zur Seite neigte, ihn leicht abwandte oder mit dem Pony ihrer Perücke spielte und darauf achtgab, dass niemand einen längeren Blick auf sie erhaschte, konnte sie kaum enttarnt werden. Aus der Entfernung war das unmöglich.

Nachdem sie sich angezogen hatte, ging sie in die Küche. Dort gab es ein Fenster, durch das morgens die Sonne schien, weshalb es ganz natürlich war, dass Vanja die Jalousie herunterließ. Einen Becher Kaffee und ein Brot, dann würde sie das Haus verlassen. Während der gesamten Woche hatten Vanja und Klara den Rollentausch in Vanjas Wohnung vollzogen. Falls die Täter sie beobachteten, wunderten sie sich vielleicht, warum Klara jeden Morgen und jeden Abend jemanden im Norbyvägen besuchte. Doch Vanja konnte schwören, dass ihr niemand gefolgt war. Sie hatte jedes Mal einen anderen Weg genommen und genau auf den Verkehr geachtet.

So war die Zeit vergangen.

Tag für Tag.

Oder genauer gesagt: Nacht für Nacht.

Sie übernachtete in Klaras Haus, verließ es in der Früh, löste Klara ab, die zur Arbeit aufbrach und nach Feierabend in Vanjas Wohnung zurückkehrte. Daraufhin fuhr Vanja ihrerseits ausgeruht «nach Hause», parkte das Auto in der Garage, ging ins Haus und verbrachte eine weitere Nacht dort.

Immer dasselbe. Wieder und wieder

Vier Tage seit der Pressekonferenz.

Alles war ruhig gewesen.

Zu ruhig. Gestern hatte Anne-Lies Geduld ein Ende gehabt. Vanja wollte sich gerade hinlegen und die Gelegenheit nutzen, um ein bisschen zu schlafen, solange Klara bei der Arbeit war, als sie ins Präsidium gerufen wurde.

«Was ist passiert?», fragte sie, nachdem sie zu den anderen gestoßen war, die sich im Büro versammelt hatten.

«Nichts ist passiert, das ist das Problem», erwiderte Anne-Lie, der die Unzufriedenheit über den Mangel der Ergebnisse der letzten Tage deutlich anzuhören war.

«Wir haben immer noch nicht ermittelt, wo sich Vater und Sohn Valbuena aufhalten», fuhr sie in unverändert schrillem, ungehaltenem Tonfall fort. «Und soweit wir wissen, ist Lindas ehemaliger Lebensgefährte nach wie vor in Hudiksvall, und Boris Holt kommt am Wochenende von Zypern zurück.»

«Wissen wir mit Sicherheit, dass Hampus Bogren Hudiksvall nicht verlassen hat?», fragte Ursula und blickte Carlos und Billy an, von denen sie offenbar annahm, die beiden wüssten es, wenn Bogren sich von der Stelle gerührt hätte.

«Er ist jedenfalls nicht hier und greift Vanja an, oder?»,

spuckte Anne-Lie förmlich aus. «Wir haben das Auto von diesem Weber nicht ausfindig gemacht und sind keinen Schritt weiter in der Frage, mit welchen Recherchen er sich beschäftigt hat, die ihn das Leben gekostet haben.»

«Kajsa Kronberg, seine Kollegin, kann uns auch nicht helfen», informierte Torkel die Anwesenden ruhig und gelassen. «Ihre Chefin hat die IT-Abteilung angewiesen, ihr mitzuteilen, falls jemand versucht, sich Zugang zu Webers Computer zu verschaffen, also ...» Er zuckte mit den Schultern, um zu unterstreichen, dass diese Fährte eine Sackgasse war. Leider nicht die erste. «Außerdem wissen wir nicht, ob Weber tot ist», fügte er abschließend an Anne-Lie gewandt hinzu.

«Nein, wir wissen nichts. Wir haben nichts. Und das ist inakzeptabel.»

Torkel vermutete, dass sie ins Präsidium bestellt worden waren, weil irgendein ranghöherer Vorgesetzter Anne-Lie gefragt hatte: «Wie gehen die Ermittlungen voran?», allerdings in einem Tonfall, der keinen Zweifel daran ließ, dass er oder sie eigentlich meinte: «Sieh zu, dass der Fall schnell aufgeklärt wird, sonst ...» Seit der zweiten Pressekonferenz am Montag, bei der Anne-Lie und Torkel die versammelten Journalisten über den zweiten Übergriff auf Therese informiert und – ganz nach Plan – ein ziemlich inkompetentes Bild von sich gezeichnet hatten, stand Anne-Lie extrem unter Druck. Die Zeitungen berichteten seitdem täglich über den Fall. Zwei Journalisten waren von ihren Zeitungen sogar extra abbeordert worden, um über den «Vergewaltiger von Uppsala» zu schreiben. Die sexuellen Übergriffe wurden in sämtlichen Nachrichtensendungen thematisiert, und in keinem der Beiträge war die Arbeit der Polizei positiv dargestellt worden. Alles ganz nach Plan, aber dennoch: Anne-Lie hatte nicht vor, sich für nichts und wider nichts als unfähig und unqualifiziert abstempeln zu lassen. Torkel konnte sich denken, dass sie versucht hatte, mit Rosmarie zu sprechen, diese jedoch auch nicht hatte helfen können. Da Anne-Lie sich weigerte, die Verantwortung für die Ermittlung an die Reichsmordkommission zu übergeben, konnte offiziell kein Schatten auf Torkels Team fallen und mithin auch nicht auf Rosmarie. Also war es ganz allein Anne-Lies Problem, für das sie eine Lösung finden musste. Wozu sie nun fest entschlossen zu sein schien.

«Wir werden den Tätern ein Fenster vorgeben. Einen Zeitrahmen, der sie zwingt zu handeln.»

«Wie?», fragte Sebastian, und es war ihm anzuhören, dass er die Idee schon für schlecht hielt, ohne sie überhaupt im Detail zu kennen.

«Klara wird in den sozialen Netzwerken posten, dass sie eine Weile verreist. Für unbestimmte Zeit. Sie fährt Samstagabend.» Anne-Lie griff nach einem Stapel Ausdrucke, der vor ihr auf dem Tisch lag, teilte jedem ein Exemplar aus, und sie begannen zu lesen.

Ich wollte euch allen nur sagen, dass wir Uppsala am Samstagabend verlassen. Zach, Victor und ich verreisen eine Weile. Für wie lange und wohin genau, wissen wir noch nicht. Zach und Victor sind schon bei Zachs Eltern, und ich fahre ihnen am Wochenende nach. Wir haben uns für einige Zeit beurlauben lassen, damit wir als Familie zusammen sein können. Hinter uns liegt ein anstrengender Herbst, und wir müssen einfach ein bisschen ausspannen. Damit ihr Bescheid wisst, wenn ich mich für einige Wochen nicht melde. Passt auf euch auf. Alles Liebe, Klara.

«Weiß Klara davon?», fragte Vanja, während sie den Text überflog.

«Natürlich, sie hat das selbst geschrieben.»

«Nein», kam es von Sebastian, als er den geplanten Post durchgelesen und den Ausdruck weggelegt hatte. «Macht das nicht.»

«Warum nicht?»

«Erzwingt keine Reaktion, provoziert die Täter nicht, das geht immer schief. Habt Geduld. Früher oder später schlagen sie zu. Vielleicht nicht diese Woche, vielleicht nicht nächste, aber wir werden sie fassen.»

«Schon diese Woche ist eine Woche zu spät.»

Sebastian sah sich hilfesuchend um. Torkel legte den Ausdruck auf den Tisch und schob seine Brille in die Stirn.

«Ist das ein so großer Unterschied zu dem, was wir bereits tun?», fragte er und blickte Sebastian an.

«Ja, ist es.»

«Inwiefern?»

Sebastian stand auf und begann, im Raum auf und ab zu gehen.

«Weißt du noch, dass du in Sala den Täter mir gegenüber als Raubtier bezeichnet hast?», fragte Sebastian und wandte sich direkt an Anne-Lie.

«Ja.»

«Stell dir ein richtiges Raubtier vor, einen ... menschenfressenden Löwen. Du willst ihn fangen. Also nimmst du eine Ziege als Köder und sorgst dafür, dass Leute vor Ort sind, die eingreifen, wenn der Löwe auftaucht, und ihn einfangen oder töten.»

«Hast du mich gerade mit einer Ziege verglichen?», warf Vanja mit einem leichten Lächeln ein. Sebastian überging ihren Kommentar.

«Ihr wartet, der Löwe kommt näher. Wenn er sich sicher fühlt, greift er an, und dann könnt ihr ihn fangen.»

«Okay.»

«Dasselbe Szenario. Doch dieses Mal jagt ihr den Löwen. Treibt ihn mit Feuer auf die Ziege zu. Was, glaubst du, passiert?» Ehe Anne-Lie überhaupt Luft holen konnte, um zu antworten, fuhr Sebastian fort. «Der Löwe greift an, aber nicht unbedingt die Ziege, dann flieht er. Wahrscheinlich tötet er jemanden dabei.»

«Ich bin die Ziege, oder?»

«Gut, hört zu, das ist vielleicht nicht der beste Vergleich», sagte Sebastian, nachdem er innegehalten und die skeptischen und leicht amüsierten Blicke der anderen gesehen hatte. «Aber Fakt ist: Es ist keine gute Idee, eine Reaktion zu erzwingen.»

«Ich finde, es ist eine ausgezeichnete Idee», widersprach Vanja und setzte sich aufrechter hin. «Warum länger als nötig warten?»

«Das habe ich gerade erklärt.»

«Ich weiß, dass du mich beschützen willst. Das ist irgend so ein Papa-Ding, aber ich muss nicht beschützt werden, am allerwenigsten von dir.»

«Darum geht es nicht. Es geht nicht um mich.»

«Bei allem, was du tust, geht es um dich. Aber ich kann selbst auf mich aufpassen.»

Sebastian hob die Arme in einer Geste, die sowohl bedeuten konnte, dass er aufgab oder seine Hände in Unschuld wusch.

Anne-Lie hatte die Idee gehabt.

Torkel war nicht dagegen.

Vanja wollte es tun.

Sebastian war selten besonders einsichtig, doch sogar er begriff, dass dies eine Schlacht war, die er nicht gewinnen konnte.

Das war gestern gewesen. Vanja hatte den ganzen Abend im Haus verbracht. Versucht, ein bissen zu lesen, einen Film zu schauen, dabei aber die ganze Zeit über Sebastians Worte nachgedacht. War es dumm, eine Handlung zu erzwingen? Wurden die Täter auf diese Art verzweifelter und dadurch gefährlicher? Sie hatte sich häufiger als sonst bei den vor dem Haus postierten Beamten gemeldet und Billy angerufen, doch da hatte sie den Eindruck gehabt zu stören, offenbar war er mit anderen, wichtigeren Dingen beschäftigt. Er hatte zerstreut und gestresst gewirkt, also hatte sie das Gespräch beendet und stattdessen Jonathan angerufen und bis tief in die Nacht mit ihm geredet. Sie war nervöser und unruhiger gewesen als die gesamten letzten Tagen über.

Aber als sie heute Morgen erwachte, waren diese Gefühle vollständig verschwunden, und sie war von einer nervösen, erwartungsvollen Spannung erfüllt.

Heute oder morgen würde es geschehen.

Sie würden sie schnappen.

Endlich würden sie die Täter schnappen.

Vanja war vor allem froh, dass die Sache bald ein Ende hatte, weil sie sich nach Jonathan sehnte. Die ganze Woche über hatten sie sich nicht gesehen. Sie vermisste ihn. Seine Gesellschaft. Seinen Körper. Sie wollte mit ihm schlafen. Ein Kind mit ihm zeugen.

Rasch trank sie den letzten Schluck Kaffee und stellte den Becher in die Spüle, dann ging sie in den Flur und zog die dunkelgrüne Kapuzenjacke an. Sie setzte die Kapuze auf, betrachtete sich im Spiegel und zupfte den Pony zurecht. Am liebsten hätte sie auch eine Sonnenbrille aufgesetzt. Aber angesichts der Tatsache, dass es draußen nicht besonders hell war, geschweige denn die Sonne schien, hätte das vermutlich verdächtig ausgesehen. Stattdessen senkte sie den Kopf ein wenig, als sie die Haustür öffnete, abschloss und zur Garage ging. Sie wusste, dass die Beamten, die ein Stück weiter die Straße hinunter in einem Auto saßen, sie sahen, warf aber keinen Blick in ihre Richtung, als sie sich nach links wandte. Sie schob das Garagentor hoch, das laut quietschte. Jedes Mal, wenn sie sich in dieser Woche ins Auto gesetzt hatte, hatte sie sich vorgenommen, es zu ölen. Wie auch immer man das machte. Vanja hatte keine Ahnung, und jetzt war absolut nicht der richtige Moment, um darüber nachzudenken. Wenn sie dieses Geräusch seit einer Woche jeden Tag ertragen hatte, würde sie es morgen auch noch einmal aushalten.

Sie betrat die Garage, und ihre Augen brauchten einige Sekunden, um sich an die Dunkelheit zu gewöhnen. Dann nahm sie die Kapuze ab und ging zur Fahrerseite des blauen Polo. Sie wollte gerade die Tür öffnen, als sie erstarrte. Es war eher ein Gefühl als eine konkrete Wahrnehmung.

Das Gefühl, nicht mehr allein zu sein.

Das Gefühl, dass jemand dort stand und ihr auflauerte.

In der dunklen Ecke links vom Garagentor, wo sie keine Kamera installiert hatten.

Das Gefühl, dass sich jemand von hinten an sie heranschlich.

Lautlos, in einem Paar Vans Größe 42,5.

Instinktiv beschloss sie, nicht einmal den Versuch zu unternehmen, ihre Waffe zu ziehen, sondern die Chance Mann gegen Mann zu ergreifen. Aber sie kam nicht dazu, sich zu ducken oder sich umzudrehen, bevor es in der dämmrigen Garage komplett dunkel wurde und sie einen schmerzhaften Stich im Hals verspürte. Mit einer Hand versuchte sie, sich den Sack vom Kopf zu zerren, aber der Angreifer schlug ihre Hand einfach weg. Vanja dachte, dass sie es ein zweites Mal versuchen musste, um den Mann sehen zu können, der sie attackierte, aber ihr Arm gehorchte nicht. Einen Augenblick später versagten auch ihre Beine den Dienst, und sie sackte bewusstlos auf den schmutzigen Garagenboden.

Berg und Yadav saßen in angemessener Entfernung von Klara Wahlgrens Haus im Auto. Sie hatten die Anweisung, es rund um die Uhr im Auge zu behalten, ohne dass es auffiel. Beide hofften aus tiefster Seele, dass sie wirklich nicht auffielen, um in keiner Weise den Erfolg dieser Aktion zu gefährden. Sie mussten ihren Fehler wiedergutmachen. Sie sprachen nicht darüber, aber jeder von beiden wusste, dass sie häufig an die verpatzte Chance bei diesem Bordell in der Norrforsgatan dachten. Zwar hatten sie nicht den gesuchten Täter verscheucht, es war also kein größerer Schaden entstanden, aber trotzdem, einen weiteren Schnitzer konnten sie sich nicht leisten. Sie hatten gehört, wie der leicht übergewichtige Psychologe, den Anne-Lie ins Team geholt hatte, sie nach ihrem missglückten Einsatz in der Kantine wiederholt als Kling und Klang bezeichnet hatte. Kling und Klang. Wenn sie nicht aufpassten, würden ihnen diese Namen auf ewig anhängen. Die Kollegen würden ihn verwenden und es als freundschaftliche Hänselei abtun, falls sie darauf reagierten.

Am Haus tat sich etwas. Vanja trat mit der dunkelgrünen Jacke bekleidet und mit Kapuze auf dem Kopf auf die Vordertreppe. Sie wandte ihnen den Rücken zu und schloss die Haustür ab. Berg und Yadav sahen, wie sie in Richtung Garage ging, links abbog und aus ihrer Sichtweite verschwand. Beide folgten ihr mit den Blicken, und Berg griff nach einem kleinen Block, der zwischen den Sitzen lag, schaute auf die Uhr und notierte den Zeitpunkt, an dem Vanja aus dem Haus gegangen war. Keiner hatte sie darum gebeten, aber sie taten es trotzdem. Führten genau Buch, wann sie ihr Auto verließen, wann sie eine Runde um das Haus machten – in angemessener Entfernung natürlich –, wann sie Kontakt mit Vanja hatten, wann sie sie abends zum letzten und morgens zum ersten Mal sahen. Bei diesem Einsatz durfte nichts schiefgehen.

Berg legte Block und Stift wieder beiseite und wollte seinen Kollegen gerade darauf aufmerksam machen, dass Vanja heute länger als üblich brauchte, um das Auto zu holen, als der blaue Polo rückwärts aus der Garage setzte, auf die Straße fuhr, rechts abbog und auf sie zukam. Sie blieben sitzen und sahen, wie Vanja nach wie vor in der grünen Jacke und mit der fellbesetzten Kapuze auf dem Kopf an ihnen vorbeifuhr. Berg grüßte unauffällig. Vanja hob zwei Finger vom Lenkrad, blickte aber nicht in ihre Richtung. Yadav griff nach dem Funkgerät und erstattete Bericht, dass Vanja das Haus verlassen hatte und auf dem Weg war. Sie würden das Haus weiterhin beobachten und sich melden, wenn sie etwas Ungewöhnliches bemerkten oder sich jemand dem Haus näherte.

Sebastian saß in einer der angrenzenden Querstraßen in seinem Auto und hörte die Nachricht von Kling und Klang ebenfalls. Er verbarg sich und hielt Abstand, weil er nicht wollte, dass Vanja seine Überwachung bemerkte, dass er als Back-up in der Nähe war. Wenn sie nicht bereits mit ihm gebrochen hätte, würde er allerdings nicht hier stehen. Dann hätte er eine panische Angst, sie könnte ihn entdecken und den Eindruck bekommen, dass er ihr nicht vertraute, sondern glaubte, sie müsse von einem Mann beschützt werden. All das, was sie gestern aufgezählt hatte. Doch so, wie die Dinge jetzt zwischen ihnen lagen, konnte es nicht mehr schlimmer werden, es gab nichts mehr zu verlieren, also konnte Sebastian wenigstens seine Besorgnis dämpfen und tun, was in seiner Macht stand, damit ihr nichts zustieß.

In dem Moment sah er Vanja vorbeifahren, ließ den Motor an und folgte ihr in sicherem Abstand. Er wusste, dass sie häufig in den Rückspiegel blickte. Vanja hatte gerade die Kreuzung erreicht, wo sie nach links abbiegen würde. Sebastian bremste so stark, dass er fast stehen blieb. Der Polo blinkte.

Nach rechts. Er fuhr nach rechts.

Sebastian runzelte verwundert die Stirn.

Was zum Teufel ...

Er gab Gas und erreichte die Kreuzung, bog ebenfalls nach rechts ab, drückte das Gaspedal noch weiter durch und sah gerade noch, wie Klaras Auto an einem Schild mit einem Kind, einer Frau und einem Mann mit Rucksack links abbog. Ein Naherholungsgebiet. Irgendetwas stimmte da nicht. Irgendetwas stimmte ganz und gar nicht. Sebastian folgte dem Polo, musste aber anhalten, um entgegenkommende Autos passieren zu lassen. Mit wachsender Besorgnis nahm er sein Funkgerät vom Beifahrersitz.

«Hallo, Kling und Klang. Hier spricht Sebastian Bergman. Ich folge Vanja, und irgendetwas stimmt nicht.»

«Was ist los?», kam es unmittelbar zurück.

«Sie nimmt eine andere Strecke und fährt in irgendein verdammtes Naherholungsgebiet hier um die Ecke.»

Endlich hatte der Gegenverkehr ein Ende, Sebastian bog in den schmalen Weg ein und war kurz darauf von Bäumen umgeben.

«Vielleicht will sie eventuelle Verfolger täuschen», hörte er Kling oder Klang vorschlagen.

«Nein, das tut sie nicht!» Sebastian schrie beinahe. «Irgendetwas läuft hier schief. Bewegt eure tölpelhaften Ärsche her. Sofort.»

«Wo sind Sie?»

Sebastian blickte sich um. Ja, wo war er? Er hatte keine Ahnung. Die ruhige Wohnsiedlung war reiner Natur gewichen.

«Sie ist zuerst nach rechts, dann nach links abgebogen ... In irgendein Naherholungsgebiet.» Schnell warf er einen Blick aus dem rechten Seitenfenster. «Ich fahre gerade an einem Fußballplatz vorbei.»

«Wir wissen, wo das ist. Wir kommen.»

«Beeilt euch», forderte Sebastian und spürte, wie seine Atmung schwerer ging, wie sein Herz raste. Er war nicht mehr besorgt.

Er hatte Angst. Panische Angst.

Konzentriert folgte er dem Weg weiter, passierte eine Art Blockhütte mit einem Parkplatz davor. Kein blauer Polo. Der Weg wurde schmaler, aber Sebastian fuhr schneller. Nach einigen hundert Metern gabelte sich der Weg. Fluchend hielt Sebastian an, schnallte sich ab und stieg aus dem Auto. Er lief zu der Gabelung, als wäre er ein verdammter Fährtenleser, der Reifenspuren zuordnen konnte. Verzweifelt trampelte er über den Boden, raufte sich nervös die Haare, gab ein gepresstes Wimmern von sich, blickte sich um, beide Wege führten geradeaus in den Wald.

Er lief gerade zu seinem Wagen zurück, um alles auf eine Karte zu setzen und auf gut Glück einen der beiden Wege zu nehmen, als er hörte, wie zu seiner Linken ein Stück tiefer im Wald eine Autotür zugeschlagen wurde. Sofort rannte er den kleinen Schotterpfad hinunter. Eine halbe Minute später entdeckte er den blauen Polo, der am Wegrand parkte. Eine Gestalt beugte sich durch die geöffnete Hintertür ins Wageninnere. Sebastian sah nur die untere Rückenpartie, die Beine und die Schuhe, aber ihm war sofort klar, dass dies nicht Vanja war. Der laufende Motor schien die

Geräusche seiner Schritte zu übertönen, denn die Gestalt reagierte erst, als Sebastian sie fast erreicht hatte. Sebastian packte den Mann an den Schultern, zerrte ihn aus dem Auto und schleuderte ihn nahezu zur Seite. Dann warf er einen schnellen Blick auf den Rücksitz. Vanja, die Frau mit dem Sack über dem Kopf konnte nur Vanja sein. Sie lag auf dem Bauch und bewegte sich nicht, ihre Hose und ihr Slip waren heruntergezogen. Sebastian drehte sich um, rechnete mit einem Angriff, damit, sich verteidigen zu müssen, doch nichts geschah. Er wirbelte herum, überrascht und verwirrt. Die Sekunden, die er gebraucht hatte, um den Anblick im Auto zu erfassen, hatte der Täter zur Flucht genutzt. Sebastian sah, wie er in die Richtung davonlief, aus der er selbst gerade gekommen war. Er ließ ihn laufen. Ohnehin hatte er nicht die Kondition, ihn einzuholen, und er musste sich um wichtigere Dinge kümmern.

Rasch wandte er sich wieder dem Auto zu und wollte sich gerade in den Fond beugen, als er erstarrte. Zwischen Vanjas Beinen lag eine Spritze. Mit irgendeiner Substanz gefüllt.

Hatte er sie hier betäubt?

Wie hatte er sie dann ins Auto bekommen?

Vanja hätte sich gewehrt. Der Kerl hätte sie nie überwältigen und hierherbringen können, ohne sie vorher irgendwie auszuschalten. Also enthielt die Spritze kein Betäubungsmittel, außerdem war es den anderen Opfern in den Hals injiziert worden ...

Langsam griffen die Zahnräder ineinander. Einerseits war Sebastian klar, was er vor sich sah. Andererseits schien sich sein Gehirn der Schlussfolgerung noch zu widersetzen. Er ahnte, worum es sich bei der weißgrauen Flüssigkeit in der Spritze handelte. Aber warum sollte ein Mann Sperma in einer Spritze mit sich führen?

Sebastians Gedanken überschlugen sich und entglitten ihm, bevor er sie richtig zu fassen bekam. Was hatte das, was er sah, zu bedeuten? Die Antwort war so weit hergeholt, so undenkbar, dass sein Verstand ihn zum Umdenken zwang. Es war zu absurd. Zu krank. Mit einem weiteren Blick auf Vanja gelangte Sebastian dennoch zu dem einzig möglichen Schluss. So schnell er konnte, rannte er zurück zu seinem Auto, riss die Tür auf, griff nach dem Funkgerät, und während er zu Vanja und dem blauen Polo zurücklief, schrie er hinein: «Eine Frau, wir suchen nach einer Frau!»

Berg und Yadav hatten das Clubhaus des Natur- und Orientierungsvereins passiert und waren kurz vor der Einfahrt des Waldwegs, als sie Sebastians Mitteilung über Funk hörten. Yadav hielt an und drehte sich zu seinem Kollegen, der dasselbe zu denken schien. Sie hatten gerade eine Frau überholt, die in raschem Tempo in Richtung Landstraße gelaufen war. Außer ihr waren sie unterwegs keinem anderen Menschen begegnet, und Berg erinnerte sich, dass ihm die Frau aufgefallen war, weil sie keine Jacke getragen hatte.

«Die Opfer wurden doch vergewaltigt, oder?», fragte Yadav, und es war deutlich, dass er versuchte, die jüngste Information mit dem, was sie über den Fall wussten, in Einklang zu bringen.

«Ja.»

«Wie kann es dann eine Frau sein?»

Darauf hatte Berg keine Antwort, und er starrte seinen Kollegen weiterhin verständnislos an. Frauen konnten auch Vergewaltigungen begehen, aber nicht auf diese Art. Jedenfalls soweit ihm bekannt war.

«Ich weiß es nicht.»

«Die Person, an der wir vorbeigefahren sind, war eine

Frau ...», sagte Yadav und wies mit dem Kopf in Richtung Rückscheibe und der Straße, auf der sie gekommen waren.

«Ja, aber ...», Berg beendete seinen Satz nicht. Was sollten sie tun? Der leicht übergewichtige Psychologe hatte von einer Frau gesprochen, doch sie suchten einen Vergewaltiger. Hatten es mit vollendeten Vergewaltigungen zu tun. An Frauen. Wenn sie umdrehten und für diese Taten eine Frau festnahmen, würden sie sich wieder zum Gespött der Kollegen machen. Kling und Klang würden ihnen auf ewig anhängen. Aber andererseits ... Sie hatten eine direkte Anweisung erhalten. Von einem Mann aus dem Kern des Ermittlerteams und noch dazu einem Augenzeugen, wenn denn tatsächlich irgendetwas Ungewöhnliches im Auto passiert war, was angesichts des Ortes, an dem sie sich befanden, mit ziemlicher Wahrscheinlichkeit zutraf. Aus welchem Grund sollte Vanja auf dem Weg zum Norbyvägen hier entlangfahren?

«Vielleicht ist die Frau eine Komplizin?», schlug Yadav vor und riss Berg aus seinen Grübeleien.

«Möglich», stimmte Berg zu. «Das könnte sie in der Tat sein.»

Sie tauschten einen Blick, trafen eine Entscheidung, und Yadav legte den Rückwärtsgang ein, wendete und fuhr der Frau hinterher, die vor einigen Minuten an ihnen vorbeigelaufen war.

Sie saßen zusammen auf der Rückbank, als sie zu Bewusstsein kam.

Er hatte sie in eine halb sitzende Position gebracht, sie an sich gelehnt, er selbst saß an der geöffneten Tür. Den Sack und die Spritze hatte er ins Handschuhfach gezwängt und sich dabei nicht im Geringsten darum geschert, dass er vermutlich Beweise zerstörte. Vanja sollte nichts davon sehen müssen, wenn sie zu sich kam, auf gar keinen Fall.

Ehe sie die Augen aufschlug, bewegte sie sich ungefähr eine Minute lang leicht, als würde ihr Körper aufwachen, bevor ihr Gehirn es tat. Einen Moment starrte sie geradeaus, und Sebastian konnte sehen, wie sie versuchte, sich darüber klarzuwerden, wo sie sich befand, mit wem und wie sie hierhergekommen war. Nachdem sie die Situation erfasst hatte, richtete sie sich kerzengerade auf und keuchte.

«Alles ist gut», sagte Sebastian sanft. Ihm war klar, dass sie das genaue Gegenteil empfand, und als sie sich zu ihm umdrehte, sah er die Panik in ihren Augen.

«Alles ist gut. Es ist nichts passiert», fuhr er mit leiser, beruhigender Stimme fort. «Versprochen.»

Langsam holte sie die Erinnerung ein, dann begriff sie, was er meinte, was hätte passieren können. Sie schaute nach unten. Ihre Hose war zugeknöpft. Erneut blickte sie Sebastian fragend an, damit er bestätigte, dass sie ihn richtig verstanden hatte.

«Nichts ist passiert. Ich war rechtzeitig da.»

Es gab keinen Grund, sie ein größeres Trauma durchleben zu lassen, als unbedingt nötig. Wie es war, war es schon schlimm genug. Und es war knapp gewesen. Aber warum sollte er ihr erzählen, wie er sie gefunden hatte? Halbnackt. Der Täter über sie gebeugt. Die Spritze zwischen ihren Beinen. Dass er sie angezogen hatte. Wem wäre damit geholfen? Niemandem. Es gab keinen Grund, Vanja unnötigen Qualen auszusetzen. Die Spritze war gefüllt, oder etwa nicht? Ja, daran bestand kein Zweifel. Es war besser, Vanja in dem Glauben zu lassen, sie wäre lediglich betäubt und verschleppt worden, nichts Schlimmeres. Das war ihr schon einmal passiert. Damals war es Edward Hinde gewesen. Und

Billy hatte sie und Sebastian gerettet. Diesmal war er es selbst gewesen.

«Es ist nichts passiert», wiederholte er leise. Um sie zu überzeugen, aber auch einen klitzekleinen Teil von sich selbst.

Vanja nickte vor sich hin, sie brauchte nach wie vor Zeit, um alles zu verstehen. Sie lehnte sich an ihn, den Kopf an seiner Schulter, und Sebastian spürte, wie der Druck von ihr abfiel, wie ihr Körper sich entspannte und sie zu weinen begann. Er hielt sie fest im Arm.

So saßen sie immer noch da, als er hörte, wie sich Autos näherten, im Wald Stimmen erklangen und dann Torkel auf sie zulief, dessen Besorgnis förmlich mit Händen zu greifen war.

«Sie ist okay. Es ist nichts passiert. Ich war rechtzeitig da.»

Die Sonne schien von einem knallblauen Himmel, aber sie wärmte nicht. Es war so kalt, als wäre es bereits mitten im Winter, und das steigerte Sebastians Irritation und Anspannung nur noch mehr, als er mit zusammengebissenen Zähnen an der Rezeption vorbeimarschierte, seine Schlüsselkarte hervorzog, zum Fahrstuhl ging und in den achten Stock hinauffuhr.

Er hatte Vanja ins Krankenhaus begleitet. Eine Routineuntersuchung. Vor allem, um sicherzustellen, dass das Betäubungsmittel keine negativen Auswirkungen gehabt hatte. Ihr Kopf schmerzte an der Seite, mit der sie glaubte, auf den Garagenboden aufgeschlagen zu sein. Man erteilte ihr den Rat, die Symptome weiterhin zu beobachten, für den Fall, dass sie eine Gehirnerschütterung hatte. Ansonsten war ihr Zustand den Umständen entsprechend gut. Als Jonathan gekommen war, hatte Sebastian das Krankenhaus verlassen.

Jetzt trat er aus dem Fahrstuhl und steuerte mit entschlossenen Schritten auf ihr gemeinsames Büro zu, durch die Glaswand konnte er Anne-Lie und Billy sehen, die nebeneinanderstanden. Er stieß die Tür auf und betrat das Büro. Anne-Lie drehte sich um und machte einen Schritt auf ihn zu.

«Wie geht es Vanja?»

«Sie ist okay, aber das ist verflucht noch mal nicht dein Verdienst.»

Anne-Lie blieb mit hängenden Armen stehen, offensichtlich überrascht von seiner aggressiven Reaktion.

«Es ist einzig und allein deshalb nichts passiert, weil ich rechtzeitig da war», fuhr Sebastian gleichermaßen zornig fort. «Dein Scheißplan, um auf Biegen und Brechen Ergebnisse zu erzwingen, hat nicht funktioniert, und du hast deine Leute Gefahren ausgesetzt.»

«Es war unglücklich, dass ...»

«Es war nicht unglücklich», fiel Sebastian ihr ins Wort. «Es war unverantwortlich und unüberlegt.»

«Du kannst darüber denken, wie du willst», entgegnete Anne-Lie und gewann ein Stück weit ihren Stolz und ihre Autoritätshaltung zurück, nachdem sich ihre Überraschung über die feindselige Begrüßung gelegt hatte.

«Es geht nicht darum, was ich darüber denke. Vanja ist wegen dir in der Notaufnahme.»

«Wie gesagt, du kannst darüber denken, wie du willst», wiederholte Anne-Lie mit erzwungener Ruhe. «Aber in einem Punkt irrst du dich.»

«Ach ja?»

«Der Plan hat funktioniert. Wir haben sie.»

«Wen? Wo?»

Sebastian holte tief Luft und öffnete mit einem gewissen Zögern die Tür von Verhörraum 2.

Carlos und Torkel drehten sich zu ihm um, als er den kleinen unpersönlichen Raum betrat. Torkel wandte sich wieder dem Tisch zu und gab für die Tonbandaufnahme des Verhörs zu Protokoll, dass Sebastian Bergman soeben zu ihnen gestoßen war. Sebastian setzte sich leise auf einen Stuhl, ein Stück entfernt von den vier anwesenden Personen, Torkel, Carlos, ein zugewiesener Strafverteidiger und schließlich die rothaarige Frau, die mit einem kleinen, fast schon flirtenden Lächeln auf den Lippen zu ihm herübersah.

Renate Fors.

Seine Wachsende.

Als er erfahren hatte, wen sie in Untersuchungshaft genommen hatten, war er unschlüssig gewesen, ob er bei dem Verhör anwesend sein sollte. Was, wenn sie es erzählte? Wie er zu ihr gekommen war. Wie sie zu ihm gekommen war. Dass sie ihn gestern im Hotel aufgesucht hatte und er sie ohne Zögern in sein Zimmer gelassen hatte. Sie war trotz allem eine Wachsende. Er hatte sich schon genügend Vorhaltungen darüber anhören müssen, dass er mit Frauen schlief, die in Zusammenhang mit ihren Ermittlungen standen. Vanja hatte sogar einmal halb im Scherz gemeint, sie sollten einfach nur abwarten, mit wem Sebastian als Nächstes in die Kiste sprang, und die Frau anschließend festnehmen. Das war während ihrer Ermittlung in Värmland gewesen, als eine seiner vorübergehenden Eroberungen einen Moment lang zu den Verdächtigen gezählt hatte.

Sie war es nicht gewesen.

Er hatte nie mit einer Täterin geschlafen.

Bis jetzt.

Aber welchen Schaden würde es denn verursachen, überlegte er, wenn Renate davon erzählte. Vanja hatte sich bereits von ihm distanziert, er würde nie wieder mit der Reichsmordkommission zusammenarbeiten, und Anne-Lie, gut, er hatte ihr versprochen, seinen Hosenstall geschlossen zu halten, aber das war zu einem Zeitpunkt gewesen, wo sie noch nicht die Sicherheit seiner Tochter aufs Spiel gesetzt hatte. Die Wahrscheinlichkeit, dass sie seine Dienste erneut in Anspruch nehmen würde, war alles andere als haushoch, und das, was er getan hatte, war nicht strafbar – verquer, unmoralisch, möglicherweise unverantwortlich, aber nicht strafbar.

Er begegnete Renates Blick. All die positiven Gefühle, die er für sie gehabt hatte, waren wie weggeblasen. Das, was sie getan hatte, was sie Vanja und den anderen Frauen angetan hatte ... Er hatte noch nie von einem ähnlichen Fall gehört, und in beruflicher Hinsicht interessierte Renate Fors ihn zweifellos, doch er hatte das Gefühl, dass dies ihre letzte Begegnung sein würde. Sie lächelte ihn erneut an, und er begriff, dies war kein Flirtversuch, wie er angenommen hatte, sondern eher die Versicherung einer stillschweigenden Übereinkunft. Sie teilten ein gemeinsames Geheimnis.

Torkel forderte wieder Renates Aufmerksamkeit ein.

«Sie haben gerade von Ulrika gesprochen», erinnerte er.

«Ja», Renate nickte und wandte ihren Blick von Sebastian ab und Torkel zu. «Sie hatte mich gebeten, zu ihr ins Krankenhaus zu kommen. Das war einige Tage vor ihrem Tod. Sie erzählte mir, was in dieser Nacht vorgefallen war.»

«Als die Frauen Ihre Tochter vor dem Krankenhaus allein ließen.»

«Sie glauben, dass das der Grund ist, nicht wahr?», erwiderte Renate. «Weil sie Linda einfach draußen vor dem Krankenhaus liegen gelassen haben.» Renate schüttelte leicht den Kopf und lächelte wieder, diesmal mehr für sich, als hätte sie ein lustiges Missverständnis entdeckt. «Sie bekam ziemlich schnell ärztliche Hilfe. Es hätte keinen Unterschied gemacht, wenn die vier sie bis in die Notaufnahme gebracht hätten.»

Renate heftete ihre grünen Augen auf Torkel, es war wichtig, dass er verstand, worum es ging.

«Nein, sie hatten Linda schon lange davor zum Tode verurteilt. Als sie sie dazu überredeten, die Schwangerschaft fortzusetzen. Als sie ihr mit irgendeiner Art ewiger Verdammnis drohten, falls sie sich für eine Abtreibung entschied.»

«Sie wollten die Frauen also schwängern und sie so zwingen, eine Wahl zu treffen.»

«Genau.»

Eine kurze Bestätigung. Ohne jede Spur von Triumph. Im Gegensatz zu vielen anderen Menschen, denen Sebastian in seinem Beruf begegnet war, besaß Renate Fors kein aufgeblasenes Ego, das verlangte, dass sie verstanden, wie clever die Person gewesen war, und sie dafür bewunderten, dass es ihr gelungen war, sie monatelang zu täuschen.

«Und Weber?», fragte Torkel in einem Ton, der verriet, dass er die Antwort eigentlich gar nicht wissen wollte.

«Der Journalist? Er starb. Das war keine Absicht.» Zum ersten Mal trat eine Spur von Reue in ihre Stimme. «Es sollte nie jemand umkommen. Ich habe ihm die Betäubungsspritze gegeben, um mir ein bisschen Zeit zu erkaufen, und er ... er hörte einfach auf zu atmen.»

Torkel blickte in seine Unterlagen. Sie hatten ein Geständnis. Er war sich ziemlich sicher, dass Ursula in Renate Fors' Haus technische Beweise finden würde, und die Motivlage war klar. Es blieb nicht mehr viel für sie in Uppsala zu tun.

«Sie arbeiten für diesen Nachttaxi-Service», übernahm Carlos. Offenbar war er anderer Ansicht.

«Schon seit mehreren Jahren. Die haben aber nichts damit zu tun. Es ist eine gute Organisation. Felix ist ein anständiger Mann. Ein guter Mann.»

«Remi, sind das Sie?»

«Mein zweiter Vorname ist Mimmi», bestätigte Renate.

Carlos machte sich eine Notiz, dann hielt er inne, den Stift auf dem Papier. Offensichtlich wollte er noch etwas wissen.

«Woher hatten Sie das Sperma?»

«Woher? Aus Kondomen. Männer kümmern sich nicht darum, wo die abbleiben, sobald sie fertig sind. Von wem sie stammen, werden Sie allerdings nie von mir erfahren.»

«Wir wissen, dass es mehr als ein Mann war. In Gävle haben wir eine andere DNA sichergestellt.»

«Ja, vor Rebecca musste ich wechseln», gab Renate zu. «Zu dem Zeitpunkt war der Mann, bei dem ich mich sonst bedient habe, nicht verfügbar.»

Sie wandte ihren Blick von Carlos ab und ließ ihn zu Sebastian hinüberwandern, der dem Verlauf des Verhörs schweigend folgte, ohne sich einzumischen.

«Das kommt manchmal vor. Dann muss man nehmen, was gerade zur Hand ist ...»

Die Erkenntnis überrollte ihn wie ein Güterzug. In seinem Inneren breitete sich Eiseskälte aus.

Verflucht!

Er dachte zurück.

An den Tag. Den Abend. Die Nacht. Den Erfolg. Hatte er ihn zu leicht errungen? Er versuchte, den Frauen immer das Gefühl zu geben, dass sie diejenigen waren, die ihn verführten, doch in diesem Fall konnte es sehr gut tatsächlich so gewesen sein. Dass es nicht Trost und Unterstützung gewesen waren, die sie von ihm gebraucht hatte, sondern etwas ganz anderes. Und gestern war es vermutlich dasselbe gewesen. Sie hatte ihm deutlich zu verstehen gegeben, was sie wollte. Und schon fast dankbar hatte er den Lückenbüßer gespielt. Er war zur Hand gewesen. Natürlich bestand die Möglichkeit, dass sie nach ihm noch mit jemand anderem geschlafen hatte, aber irgendetwas in ihren grünen Augen, die sie auf ihn richtete, sagte ihm, dass es nicht so war.

Ohne ein Wort stand er auf und ging zur Tür. Torkel warf ihm einen fragenden Blick zu, doch das kümmerte ihn nicht.

Es war eine neue Erfahrung, der Boden schwankte unter seinen Füßen, als Sebastian den Verhörraum verließ.

Draußen auf dem Flur lehnte er sich schwer gegen die Tür, um sich auf den Beinen halten zu können. Er versuchte, seine Gedanken zu sammeln, die kreuz und quer durch seinen Kopf schossen, in Richtungen, die ihm absolut nicht behagten, doch irgendwann gelang es ihm zu verstehen, weshalb er im Verhörraum so stark reagiert hatte. Er war überrumpelt worden und hatte unter Schock gestanden.

Aber er war rechtzeitig da gewesen.

Die Spritze war gefüllt gewesen.

Es war nichts passiert.

Wenn er seine Schilderung der Ereignisse jetzt widerrief, hätte er eine Menge zu erklären. Zum Beispiel, warum er behauptet hatte, Vanja vollständig bekleidet gefunden zu haben. Er holte einige Male tief Luft und spürte, wie er allmählich wieder er selbst wurde. Er musste sich ganz auf das Warum konzentrieren, dachte er. Warum er diese Entscheidung getroffen hatte.

Um Vanja zu schützen.

Um ihr unnötige Qualen zu ersparen.

Die Tatsache, dass das Sperma in der Spritze von ihm stammen konnte, machte die Vorstellung, was hätte passieren können, noch kranker und abstoßender. Wenn Vanja davon erfuhr, würde ihr dieses Wissen vermutlich mehr schaden als der eigentliche Überfall.

Er war rechtzeitig da gewesen.

Die Spritze war gefüllt gewesen.

Es war nichts passiert.

Also gab es auch nichts, was er erzählen musste.

Sie saßen zu siebt in einer Ecke der Kantine.

In der Mitte des Tischs thronte eine Torte, und vor ihnen standen mehr oder weniger ausgetrunkene Kaffeebecher und Cola-Dosen. Für eine Feier war das ziemlich dürftig, aber die Finanzabteilung würde bei der Kostenerstattung garantiert keine Probleme bereiten.

Anne-Lie hielt eine kleine improvisierte Rede.

Sie gab zu, dass die Ermittlungen nicht ganz konfliktfrei verlaufen seien, aber die Hauptsache sei schließlich, dass der Fall gelöst war und sie das gemeinsam vollbracht hatten.

Sie war zufrieden.

Sogar sehr zufrieden.

Was Vanja nicht ganz glauben konnte.

Zwei Morde, Axel Weber und Rebecca Alm. Ein ehrgeiziger Staatsanwalt würde versuchen, in Idas Fall auf fahrlässige Tötung zu plädieren, sieben vollendete Vergewaltigungen und zwei versuchte. Anne-Lie hatte gehofft, den Täter dingfest machen zu können, ehe der Fall ein ähnliches Ausmaß annahm wie der Hagamann-Fall, und am Ende war es sogar schlimmer gekommen.

Sie konnte unmöglich zufrieden sein.

Gut, sie hatten Vater und Sohn Valbuena schließlich doch noch aufgespürt. Renate hatte gewusst, dass sie in Schweden waren, um zu sondieren, ob sie hier eine neue Geschäftsidee aufziehen konnten. Die Lage in Venezuela war unhaltbar geworden, und beide besaßen die schwedische Staatsbürgerschaft. Aber nichts deutete darauf hin, dass Ulrika nach der

E-Mail, die sie den beiden geschrieben hatte, je in direktem Kontakt mit ihnen gestanden hatte oder sie in irgendeiner Weise an Renates Racheplan beteiligt gewesen waren. Rodrigo hatte freiwillig einer DNA-Probe zugestimmt, als sie ihn darum baten. Sie wollten ausschließen, dass Renate Sex mit ihrem Exmann gehabt und er möglicherweise gewusst hatte, wozu sie das Sperma verwendete. Dadurch hätte er sich der Mittäterschaft schuldig gemacht, doch es gab keinerlei Anzeichen dafür. Davon abgesehen hatten sie es aufgegeben herauszufinden, mit welchen Männern Renate geschlafen hatte. Sie hatte alle ihre Fragen beantwortet bis auf diese eine, und sie war nicht von Belang.

Es war auch zweifelhaft, ob die Männer glücklich darüber gewesen wären zu erfahren, dass sie unbewusst bei schweren Verbrechen mitgewirkt hatten.

«Ich fahre nach Stockholm zurück», sagte Torkel und erhob sich. «An dieser Stelle erst einmal danke, wir werden uns ja weiterhin sehen. Es gibt noch so einiges, was wir abschließen müssen.»

Er war den ganzen Nachmittag in sich gekehrt gewesen. Renate hatte ihnen erzählt, wo sie Weber finden würden. Sie hatten auch sein Auto ausfindig gemacht. Zwar glaubten sie nicht, dass Renate Fors irgendjemanden deckte oder Taten auf sich nahm, die sie nicht begangen hatte, doch Billy hatte trotzdem Webers GPS kontrolliert, und die letzte eingegebene Adresse war Renates. Sebastian wünschte, sie hätten das Auto früher gefunden. Schon am vorherigen Wochenende.

Torkels Aufbruch gab das Startsignal für alle anderen, ebenfalls für heute Schluss zu machen. Sie gingen ins Büro und sammelten ihre Sachen zusammen. Billy war schnell fertig, seine Jacke und sein Laptop waren im Prinzip das Einzige, was er mitnehmen musste. Vanja hielt ihn auf, als er den Raum verlassen wollte.

«Nimmst du mich mit nach Stockholm?»

«Hätte ich gerne gemacht, aber ich muss vorher noch etwas erledigen.»

«Okay, bis dann.»

«Bis dann.»

Ohne sich von einem der anderen zu verabschieden, verließ Billy das Büro, ging an den Aufzügen vorbei, drückte eine Tür auf, über der ein Notausgangschild hing, und joggte die Treppen hinunter.

Vanja nahm ihre Jacke von der Rückenlehne des Stuhls und ihre Tasche vom Schreibtisch. Sie hatte ihre Sachen schon gepackt, bevor sie sich in der Kantine versammelt hatten. Jetzt drehte sie eine Runde und verabschiedete sich von Carlos und Anne-Lie, bevor sie zu Sebastian kam.

«Danke», sagte sie schlicht.

«Nichts zu danken. Ich bin nur froh, dass ich da war.»

Sie schwiegen. Vanja spürte, dass sie noch etwas sagen sollte, etwas, das eher nach einem Abschluss klang.

«Jetzt sehen wir uns eine Weile nicht», brachte sie schließlich hervor.

«Eine Weile?», erwiderte Sebastian mit hochgezogenen Augenbrauen und Hoffnung in der Stimme.

Vanja seufzte, sie wusste es doch besser. Sie durfte ihm kein Hintertürchen offen lassen. Er gehörte zu den Menschen, die gleich die ganze Hand nahmen, wenn man ihnen den kleinen Finger reichte.

«Das habe ich nur so gesagt. ‹Nie mehr› hätte hart geklungen.»

«Es ist hart.»

«Ja, aber so wird es in Zukunft sein.»

Sebastian nickte. Also nichts Neues. Er machte sich keine Illusionen mehr, dass sein Eingreifen im Wald irgendetwas verändern würde. Sie war dankbar, aber nicht so dankbar, dass sie ihre Entscheidung über den Haufen warf. Er räusperte sich, damit Vanja nicht hörte, wie belegt seine Stimme klang. «Pass auf dich auf.»

«Danke, du auf dich auch.»

Der geeignete Moment für eine Umarmung, fand er, aber Vanja drehte sich auf dem Absatz um und verließ ihn. Sebastian hatte es geahnt, aber es tat trotzdem unendlich weh. Einfach nur dazustehen und sie gehen zu sehen.

Ursula kam zu ihm herüber und drückte tröstend seinen Arm.

«Bist du fertig?»

Sebastian blickte sich um. Vanja war weg. Die Reichsmordkommission war ein abgeschlossenes Kapitel. Ein Buchprojekt wartete auf ihn. Einsame, graukalte Novembertage, auf die er sich freuen konnte. Er atmete tief ein, ließ die Luft mit einem Seufzer entweichen und nickte. Er war fertig.

«Gut, wir müssen uns unterhalten.»

«Über was?»

«Über etwas, das mir neulich Abend klargeworden ist. Du kannst mich nach Hause fahren.»

Gemeinsam ließen sie das Büro, das Polizeipräsidium und Uppsala hinter sich.

Billy saß im Auto und wartete.

Mitten im Nirgendwo, an einem Ort, der Google Maps zufolge Fiby Urskog hieß. Die Befriedigung darüber, eine Mörderin geschnappt und den Fall abgeschlossen zu haben, war schwächer geworden, von akuteren Problemen überlagert, die eine Lösung erforderten. Die Ermittlung war eine von drei Sachen gewesen, die Billys Gedanken in den letzten Wochen beherrscht hatten, auf die er aber am wenigsten Zeit und Mühe verwendet hatte. Er hatte das getan, was er sollte und was von ihm erwartet wurde, weder mehr noch weniger, aber in den Routinemodus geschaltet. Mechanisch gearbeitet, uninspiriert und sich häufig von seinen Gedanken ablenken lassen.

Bei Conny zum Beispiel.

Jennifers hartnäckigem Vater.

Sie hatten sich vor ein paar Tagen getroffen, Billy hatte es nicht mehr länger hinauszögern können. Sie hatten sich in dem Café verabredet, wo sie sich beim ersten Mal unterhalten hatten, und er hatte Conny die Beweise überreicht, die seiner Ansicht nach belegten, dass die Bilder manipuliert worden waren. Conny hatte ihm gar nicht genug danken können. Nun würde die Polizei gezwungen sein, Jennifers Verschwinden und Connys Verdacht ernst zu nehmen. Genau das hatte Billy befürchtet, aber gleichzeitig, je mehr er darüber nachdachte, konnte er die Tatsache, dass er Conny geholfen hatte, zu seinem Vorteil nutzen.

Er arbeitete bei der Reichsmordkommission, einer der angesehensten Abteilungen der schwedischen Polizei, und er war derjenige, der dafür gesorgt hatte, dass eine Ermittlung eingeleitet wurde. Ein besorgter Kollege, der die Wahrheit herausfinden wollte. Solange niemand seinen Aufenthalt in Bohuslän mit den Aktualisierungen in Jennifers Facebook- und Instagram-Profilen in Zusammenhang brachte, war er sicher.

Er würde das hier lösen.

Beim Abschied hatte Conny ihn fest umarmt und erklärt, wie froh er sei, dass Jennifer einen so loyalen und fürsorglichen Freund wie Billy gehabt hatte. Das hatte ihm für einen kurzen Moment ein schlechtes Gewissen bereitet, aber davon abgesehen hatte er sich nach dem Gespräch mit Conny erstaunlich gut gefühlt.

Also blieb nur noch eine Sache, die er klären musste. Er warf einen Blick auf den wattierten Umschlag, der neben ihm auf dem Beifahrersitz lag. Falls erforderlich, war er bereit zu zahlen. Sollten danach noch weitere Drohungen kommen, würde er alles abstreiten und behaupten, das Bild sei entstanden, als er dienstlich in dem Etablissement zu tun gehabt hatte, in einer polizeilichen Angelegenheit. Klar, das würde unerwünschte Aufmerksamkeit auf ihn lenken, aber er konnte sich auch nicht bis zum Sankt-Nimmerleins-Tag erpressen lassen.

Sie hatten im Forum vereinbart, wo und wann sie sich treffen würden. Die genaue Ortsangabe hatte er in Form von Koordinaten erhalten. Der ganze Aufwand, von der Kommunikation über ein Internetforum bis zu den Koordinaten, für die doch recht bescheidene Summe, die der Erpresser forderte, ließ Billy vermuten – möglicherweise ein bisschen voreingenommen und pauschalisierend –, dass ein noch relativ junger Computernerd auf der Bildfläche erscheinen würde.

Aber mit einem solchen Grünschnabel hatte er dann doch nicht gerechnet.

Einige Minuten nach der vereinbarten Zeit kam ein magerer Teenager angeradelt, sechzehn, vielleicht siebzehn Jahre alt, und hielt gut zehn Meter von Billys Wagen entfernt an. Er stieg vom Rad, ließ es auf den Boden fallen und blickte mit zusammengekniffenen Augen in Richtung Auto. Der Junge trug eine schwarze Jeans, einen schwarzen Windbreaker und Boots. An seinem Kinn spross ein vorpubertäres, dünnes Ziegenbärtchen, an einer Augenbraue und unterhalb der Lippe prangte ein Piercing. Als er seinen Fahrradhelm abnahm, kam struppiges Haar zum Vorschein, das viel zu schwarz war, um nicht gefärbt zu sein. Hier hatte jemand den Gothic-Grundkurs absolviert, dachte Billy, während der junge Mann mit selbstbewussten Schritten auf sein Auto zusteuerte. Er öffnete die Fahrertür und stieg aus.

«Billy?», fragte der Teenager mit dunklerer Stimme, als Billy erwartet hatte.

«Was soll die Frage, schließlich hast du mir ein Foto von mir geschickt.»

«Hast du das Geld dabei?»

«Ja, aber wie kann ich sicher sein, dass du mich nicht weiter erpresst?»

«Ich hab das Bild nicht mehr.»

«Sicher», schnaubte Billy, und aus dem einen Wort war deutlich die Frage herauszuhören, für wie dumm er Billy eigentlich hielt.

«Warum, glaubst du, habe ich das Bild mit der Post geschickt? Weil alle digitalen Daten zurückverfolgt werden können. Ich bin nicht dämlich.»

Ansichtssache, dachte Billy. Wenn nicht dämlich, dann zumindest unerfahren.

«Wie lange ziehst du diese Nummer schon ab?», fragte Billy aufrichtig neugierig.

«Noch nicht lange», erwiderte der schwarz gekleidete Teenie zu Billys Erstaunen. «Als ich geschnallt habe, was in dem Haus vor sich geht, dachte ich mir, ich könnte mir durch die Schweine, die Frauen ausnutzen, ein bisschen Kohle verdienen.»

«Sie macht es freiwillig, nach ihren Bedingungen, aber sicher ...»

«Hast du das Geld?», wiederholte der Typ, diesmal leicht gestresst.

Billy verstummte und musterte den jugendlichen Erpresser. Er stand breitbeinig da, verlagerte das Gewicht unentwegt vom rechten auf den linken Fuß und wieder zurück. Vielleicht absichtlich, um zu signalisieren, was für ein harter Kerl er war, vermutlich aber eher aus unbewusster Nervosität. Dass er auf Fragen antwortete, erklärte, herumlaberte, vermittelte Billy den Eindruck, dass der Junge nicht ganz so abgebrüht und selbstsicher war, wie er ihm weismachen wollte.

Er würde nicht bezahlen müssen.

Er würde ihm Angst einjagen können.

Billy zog seine Pistole.

Der Grünschnabel erstarrte. Panik im Blick ob der jähen Wendung der Situation. Es war ein spontaner Einfall, eine Eingebung aus dem Augenblick heraus. Billy erinnerte sich, dass er das Gefühl gehabt hatte, sich bewaffnen zu müssen, obwohl es gegen jegliche Vorschrift verstieß, außerhalb des Dienstes seine Pistole bei sich zu tragen.

In dem Moment, als er die Pistole in der Hand hielt, erwachte die Schlange und begann sich in seinem Inneren zu rühren.

Erschieß ihn, zischte sie. *Töte ihn*.

«Gib mir dein Handy.»

«Das Bild ist nicht mehr drauf!» Die Stimme des Jungen überschlug sich. «Ich hab es ausgedruckt und anschließend gelöscht. Es existiert nicht mehr. Nirgendwo. Ich schwör's.»

Was so nicht ganz stimmte, dachte Billy. Gelöschte Dateien ließen sich ziemlich leicht wiederherstellen, aber man brauchte dafür das Handy, mit dem das Bild aufgenommen worden war.

«Gib mir dein Handy», wiederholte er und machte einen Schritt auf den Jungen zu. Sofort zog der sein Telefon mit zitternden Händen hervor, während er Billy stammelnd und unzusammenhängend bat, die Waffe wegzustecken und ihm versicherte, dass es nur ein Scherz gewesen sei. Stotternd versuchte er ihn zu überreden, nichts Dummes zu tun, entschuldigte sich mehrfach und beteuerte, dass Billy nie wieder etwas von ihm hören würde.

Erschieß ihn. Töte ihn.

Die Schlange bewegte sich immer heftiger. Sie wand sich hin und her, witterte Beute und die Möglichkeit, für eine lange, lange Zeit satt und zufrieden zu sein.

«Das geht nicht», hörte Billy eine innere Stimme der Schlange antworten. «Die Kugel kann zurückverfolgt werden. Eine Kugel liefert viele technische Beweise.»

Billy steckte die Pistole in das Holster zurück, ging auf den Jungen zu und nahm ihm mit der einen Hand das Telefon ab. Mit der anderen packte er ihn am Handgelenk, zog ihn zu sich heran und stieß ihm sein Knie in den Schritt und den Bauch. Es spielte keine Rolle, wo er ihn traf. Die Hiebe kamen so überraschend und mit einer solchen Wucht, dass dem Jungen die Luft wegblieb und er sich zusammenkrümmte. Billy warf das Telefon weg, packte den Jungen am Kragen seines Windbreakers, zog ihn hoch und presste ihn gegen das Auto.

«Existiert das Bild nur in deinem Handy?», stieß er zwischen zusammengepressten Zähnen hervor, sein Gesicht lediglich einige Millimeter von dem des Jungen entfernt.

«Es ist nicht mehr da ...», die Stimme des Jungen war jetzt viel heller, ängstlich und schrill.

«Aber es hat nur dort existiert, du hast es nicht irgendwo anders hochgeladen?»

Der Junge schüttelte den Kopf. Vor Schmerzen und Angst liefen ihm Tränen die Wangen herunter.

«Wer weiß sonst noch davon? Dass du mich hier treffen wolltest?»

«Niemand. Ich schwör's. Ich hab's niemandem erzählt.»

Billy ließ den Jungen los, der sich wieder vor Schmerzen krümmte und heulend und wimmernd versuchte, ruhiger zu atmen.

Billy trat einen Schritt zurück und betrachtete ihn. Die Schlange wand sich. Flüsterte. Lockte.

Du brauchst keine Pistole.

Billy ging wieder zu dem Jungen und trat ihm die Füße unter den Beinen weg, sodass er haltlos zu Boden stürzte. Im nächsten Augenblick saß Billy auf seiner Brust und fixierte die Arme des Jungen mit den Knien, legte ihm die Hände um den Hals und drückte zu. Der Junge versuchte sich zu wehren. Ohne Erfolg. Nach einer Weile spürte Billy, wie das Zucken und Zappeln der Beine in seinem Rücken schwächer und schwächer wurde und schließlich ganz aufhörte. Er beugte sich vor, dicht über das Gesicht des Jungen, und er konnte immer noch den warmen Atem spüren, der durch die leicht geöffneten Lippen entwich. Billy drückte fester zu. Sah ihm in die Augen. Er durfte ihn nicht verpassen. Den magischen Moment, wenn das Leben erlosch. Er wollte sich von der berauschenden Macht überschwemmen lassen. Sich von

Gefühlen ausfüllen lassen, die stärker waren als alles, was er je erlebt hatte.

Er stieß einen triumphierenden Schrei aus, als der Junge aufhörte zu atmen und seine dunklen Augen erloschen.

Anschließend lag er tot neben dem Auto.

Billy saß mit geöffneter Tür auf dem Vordersitz.

Er war unvorsichtig gewesen, hatte technische Beweise hinterlassen. Fasern seiner Kleidung, Hautpartikel unter den Nägeln, Schweiß- oder Speicheltropfen im Gesicht des Jungen. Aber er hatte schon einmal eine Leiche beseitigt. Erfolgreich. Das hier wäre einfacher. Diesen Jungen musste er nicht wochenlang am Leben erhalten.

Er konnte einfach verschwinden.

Wie es Jugendliche manchmal taten.

Spurlos verschwunden. Er würde nie gefunden werden.

Billy griff nach seinem Handy und rief My an. Er schloss die Augen, lehnte sich an die Kopfstütze, legte die Hand auf seinen erigierten Penis, der sich unter seiner Jeans abzeichnete, und beruhigte seine Atmung, während es in der Leitung klingelte. Adrenalin und Endorphine rauschten durch seinen Körper und verliehen ihm einen Scharfsinn, eine Ruhe und eine Befriedigung, die merkwürdigerweise zugleich extrem erregend war.

Als My sich meldete, sagte er, dass er in ein, zwei Stunden heimkommen würde, dass er sie liebte und es nicht erwarten könnte, mit ihr zu schlafen, sobald er zu Hause sei.

Der liebevolle Mann, den sie verdiente.

Der dafür sorgte, dass die Schlange gesättigt war.

Dort, im Auto in Fiby Urskog, traf ihn die Erkenntnis in einem Moment plötzlicher Klarheit wie eine Offenbarung.

Es ging nicht darum, eine Wahl zu treffen.

Er konnte beides sein.

EPILOG

Sebastian stand in seinem Arbeitszimmer und betrachtete den Weihnachtsstern auf der Fensterbank. Er hatte ihn seit dem 23. Dezember nicht mehr gegossen, trotzdem blühte er nach wie vor rot und allem Anschein nach unverdrossen weiter. Offensichtlich war es ganz und gar unmöglich, ihm den Garaus zu machen. Er hatte ihn von Ursula bekommen. Ein dicker roter Weihnachtsmann mit einem Blumenstab im Hinterteil steckte neben der Pflanze in der Erde und grinste ihn fröhlich an.

Grins du nur, dachte er. Übermorgen ist Knut, der zwanzigste Tag nach Weihnachten, da fliegst du raus. Weihnachtsstern und Weihnachtsmann waren das Einzige in der Wohnung, was daran erinnerte, welches Fest wieder einmal verstrichen war.

Er hasste Weihnachten.

Häufig erreichte seine Sexsucht während der Feiertage ihren absoluten Höhepunkt.

Weil er nicht allein sein wollte. Nicht nachdenken. Sich erinnern.

Der zweite Weihnachtsfeiertag war am schlimmsten. Da konnte er es kaum mehr ertragen. Die Trauer und der Verlust nahmen physische Formen an. Er bekam Schmerzen, litt unter Atemnot, war gezwungen, etwas zu finden, jemanden, der die Gedanken für einige Stunden verscheuchte.

Dieses Weihnachten war es Ursula gewesen.

Im November, im Auto während der Rückfahrt von Uppsala, hatte sie erzählt, dass Petros aus dem Rennen war und sie sich wirklich freuen würde, wenn sie sich öfter sähen. Ursula und Sebastian. Wenn er wollte.

Das wollte er, also hatten sie es getan.

Sich öfter gesehen. Sich häufiger getroffen.

Weihnachten überwiegend gemeinsam verbracht, und zum ersten Mal seit 2004 war es erträglich gewesen. Sie hatte es sogar auch am zweiten Weihnachtsfeiertag mit ihm ausgehalten, es ihm leichter gemacht, wofür er aufrichtig dankbar war. Auch Silvester hatten sie zusammen gefeiert. Oder was hieß feiern? Sie hatten abends zusammen gegessen, Ursula hatte sich an Wein und Champagner gütlich getan und war um Mitternacht eingeschlafen, als er vorschlagen wollte, runter zur Nybroviken zu gehen und sich das Feuerwerk anzusehen.

Sie hatten Spaß zusammen. Ursula hatte nach wie vor ihre Wohnung, er seine. Aber sie trafen sich, wenn sie beide es wollten. Wie heute Abend, als sie anrief und fragte, was er mache (*nichts*), ob er Lust auf ein gemeinsames Abendessen habe (*warum nicht*), und sagte, dass sie nach der Arbeit auf dem Weg irgendetwas bei einem Take-away besorgen (*am liebsten kein Sushi*) und in ein paar Stunden vorbeikommen würde.

Einfach. Spontan. Unverbindlich.

Er selbst war in Lövhaga gewesen und hatte mit Ralph Svensson über sein Buch gesprochen. Es war ihre zweite Begegnung. Ein gutes Gespräch. Beim ersten Mal war Svensson unfreundlich gewesen und die ganze Zeit darauf zurückgekommen, dass Sebastian ihn in der Dunkelheit eingesperrt hatte. Dass er sich niederträchtig verhalten und ihn verletzt hatte. Dieses Mal war das Gespräch besser verlaufen. Sie hatten über Svenssons Kindheit gesprochen. Über den Stiefgroßvater und die Menschen mit Tiermasken in einem Ferienhaus im Wald, die sich sexuell an ihm vergriffen hatten. Sebastian wollte versuchen, dieses Haus zu finden. Vielleicht war er einer größeren Sache auf der Spur als einem Buch über einen Nachahmungstäter.

Aber davon unabhängig würde es ein gutes Buch werden.

Das spürte er.

Er vermisste Vanja, wann immer er an sie dachte. Weshalb er sich Mühe gab, es nicht zu tun. Inzwischen war ihm klar, dass er einen Großteil seiner Energie darauf verwendet hatte, sie zurückzugewinnen. Energie, die er jetzt in sein Buch steckte, ins Schreiben, in den Versuch, seine Vorlesungstätigkeit wiederaufzunehmen. In gewisser Weise war es also gut, dass sie nicht mehr in seiner Nähe war. Aber ohne Ursula hätte er es nicht verkraftet.

Die klingelte jetzt an der Tür, sie besaß noch keinen eigenen Schlüssel. Er verließ sein Arbeitszimmer, um ihr aufzumachen. Als sie hereinkam, griff er nach den Tüten, die sie dabeihatte, und ging in die Küche. Ursula hängte ihren Mantel auf und folgte ihm.

«Was ist das?», fragte Sebastian und warf einen Blick in die weißen Plastiktüten.

«Mezze», antwortete Ursula, nahm ihm die Tüten aus der Hand und trat an die Arbeitsplatte. «Machst du einen Wein auf?»

Sebastian ging zum Kühlschrank und holte eine Flasche heraus. Er hatte sich angewöhnt, Wein im Haus zu haben. Ab und zu ertappte er sich bei dem Gedanken, ob Ursula nicht ziemlich viel trank oder zumindest ein bisschen zu häufig, nämlich täglich, aber er verscheuchte den Gedanken sofort wieder. Über den Alkoholkonsum des Partners zu nörgeln, war eher Torkels Art.

Nicht seine, nicht ihre.

«Hast du das von Jennifer gehört?», fragte Ursula, während sie gefüllte Blätterteigtaschen, Lammhackspieße, Falafelbällchen, Chickenwings und Brot auf mehrere Servierteller verteilte.

«Jennifer?»

«Holmgren. Sie war mit uns in Jämtland und mit Billy in Kiruna.»

«Ach so, die. Was ist mit ihr?»

Ursula drehte sich mit einem belustigten und leicht fragenden Lächeln zu ihm um. Sie glaubte offenbar, seine Gedächtnislücke wäre nur gespielt und es gäbe einen Grund, weshalb er vorgab, sich nicht an Jennifer zu erinnern.

«Hast du mit ihr geschlafen?»

«Gott nein, sie ist ein bisschen zu jung für mich.»

Allerdings hatte er sofort an sie gedacht, auch wenn er in dem Moment nicht auf ihren Namen gekommen war, als Vanja ihm von Billys Seitensprung erzählte hatte. Er wusste nicht recht, warum. Doch irgendetwas an der Art, wie Billy sich in ihrer Gegenwart verhalten hatte, als sie zusammengearbeitet hatten, war ihm auffällig erschienen. Wie er über sie sprach. Und dass er von allen in Frage kommenden Kollegen ausgerechnet sie mit nach Kiruna genommen hatte, als er eine Begleitung brauchte.

«Was ist mit ihr?», wiederholte er und goss ein Glas Wein ein.

«Sie ist im Sommer verschwunden. Man hat ihre Sachen im Oktober an einem Taucherspot in Frankreich gefunden und angenommen, dass sie ertrunken ist, aber jetzt wurde eine Mordermittlung eingeleitet.»

«Aus welchem Grund?»

«Es ist dubios», sagte Ursula und stellte Schalen mit Baba Ganoush und Hummus auf den Tisch. «Seit Mittsommer hat sie niemand mehr zu Gesicht bekommen, und es sieht so aus, als hätte sie jemand danach in den sozialen Netzwerken am Leben erhalten.»

«Was meinst du mit ‹am Leben erhalten›?»

«Du weißt schon, Beiträge in den sozialen Medien gepostet, Fotos und aktuelle Statusmeldungen und My Story und wie der ganze Kram heißt.»

Das Essen war angerichtet. Sebastian nahm ein alkoholfreies Bier aus dem Kühlschrank und öffnete es. Er hatte keinen besonderen Bezug zu Jennifer, ehrgeizig, meinte er sich zu erinnern, sympathisch, aber trotzdem war sein Interesse geweckt. Es klang, als wäre dies ein Täter nach seinem Geschmack. Vielleicht sollte er den ermittelnden Beamten seine Hilfe anbieten.

«War sie auf den Bildern zu sehen?», fragte er, setzte sich an den Tisch und bediente sich.

«Ja, aber die Fotos waren nicht echt. Ihr Vater ist misstrauisch geworden, und Billy hat ihm geholfen und konnte beweisen, dass sein Verdacht begründet war. Einige der Bilder sind manipuliert worden, also hat man eine Voruntersuchung eingeleitet. Jetzt haben sich die Kollegen an uns gewandt und angefragt, ob wir sie unterstützen.»

«Und tut ihr es?» Er hoffte nicht. Falls die Reichsmordkommission auf den Plan trat, konnte er seine Mitwirkung vergessen.

«Torkel wartet noch ab.»

«Wie ist sie nach Frankreich gekommen?»

«Möglicherweise gar nicht. Es gibt Posts von der Hinreise, aber man hat sie nicht gefunden.»

Sebastian begann zu essen. Alles schmeckte gut. Er tunkte ein Stück Brot in den Hummus, nahm einen Bissen und dachte nach. Was hatte Ursula gesagt? Ganz am Anfang?

«Wann, sagtest du, ist sie verschwunden?»

«In der Woche nach Mittsommer.»

Da war das Detail, auf das er reagiert hatte. Sie hatten erst neulich über die Woche nach Mittsommer gesprochen. Während des Abendessens bei Torkel und seiner Neuen. Es war um genau diese Woche gegangen, in der sich Billy Torkel zufolge freigenommen hatte, während My glaubte, dass er auf einer Dienstreise gewesen war ...

«Aber ich habe ja noch viel größere Neuigkeiten!» Sebastian wurde aus seinen Grübeleien gerissen. Er blickte von seinem Teller auf. Ursulas Augen leuchteten, und sie klatschte vor Begeisterung in die Hände. «Vanja ist schwanger!»

Einen Moment lang erstarrte Sebastian, doch dann gelang es ihm, überraschte Freude zu heucheln.

«Wirklich? Das ist toll. In welcher Woche ist sie?»

«In der zwölften.»

Hastig rechnete er im Kopf zurück. Wenn er es von Lilys Schwangerschaft noch richtig in Erinnerung hatte, ließ sich der Zeugungszeitpunkt nicht auf den Tag genau bestimmen, aber in etwa. Zwölf Wochen zurück. Damit landete er bei Ende Oktober oder Anfang November. In einem blauen Polo im Wald.

«Glückwunsch, du wirst Großvater», sagte Ursula und hob lächelnd ihr Weinglas.

«Danke.»

Er zwang sich ein kleines Lächeln auf die Lippen, ehe er hart schluckte, die Augen schloss und aus tiefstem Herzen hoffte, dass er wirklich Großvater werden würde.

Die Sebastian-Bergman-Reihe bei Polaris, Rororo und Wunderlich

«Der Mann, der kein Mörder war»
«Der beste Schwedenkrimi des Jahres.» *Die Welt*
«Ein Ende mit raffiniertem Cliffhanger.» *Hörzu*
«Ein beeindruckendes Krimidebüt – psychologisch dicht, mit unerwarteten Wendungen und einem ungewöhnlichen Ermittler.» *3sat, Kulturzeit*

«Die Frauen, die er kannte»
«Ein Krimi, wie er besser nicht sein kann.» *NDR Info*
«Eines der intelligentesten und interessantesten Produkte, das in den letzten Jahren aus der schwedischen Thrillerproduktion lanciert wurde.» *taz*
«Schon jetzt einer der besten Krimis des Jahres.» *Der Standard*

«Die Toten, die niemand vermisst»
«Fesselnd bis zum Schluss.» *SAT 1, Buchtipp*
«Ein tolles Buch mit einem eigenwilligen Protagonisten.» *Süddeutsche Zeitung, Buchhändlerin Monika Dobler*
«Wer die beiden Vorgänger gelesen hat, der wird in die Buchhandlung stürzen und sich den dritten Band holen.» *NDR Kultur*

«Das Mädchen, das verstummte»

«Das schwedische Autorenduo ist einmal mehr ein verdienter Senkrechtstarter ... Spannend, anspruchsvoll, mit unerwarteten Wendungen.» *Der Standard*

«Ein Spannungshighlight!» *Neue Presse*

«Hjorth & Rosenfeldt auf der Höhe ihres Könnens. Starke Figuren, starker Plot und fast 600 Seiten Hochspannung.» *Bayerischer Rundfunk*

«Die Menschen, die es nicht verdienen»

«Hjorth & Rosenfeldt zählen mittlerweile zu den erfolgreichsten und zu den besten skandinavischen Krimiautoren.» *Hamburger Abendblatt*

«Ein absolutes Muss.» *WDR 4*

«Hjorth & Rosenfeldt sind wieder einmal grandios unterwegs, und das mit Knalleffekt.» *Der Standard*

«Die Opfer, die man bringt»

Das für dieses Buch verwendete Papier ist FSC®-zertifiziert.